Und dennoch ist es Liebe

Die Autorin

<u>JODI PICOULT</u> geboren 1967 auf Long Island, lebt seit ihrem Studium in Princeton und Harvard zusammen mit ihrem Mann und drei Kindern in Hanover, New Hampshire. 1992 veröffentlichte sie ihren ersten Roman. 2003 wurde sie für ihre Werke mit dem *National England Book Award* ausgezeichnet. Sie gehört zu den erfolgreichsten amerikanischen Erzählerinnen weltweit. Nahezu all ihre Romane standen in den USA auf Platz 1 der Bestsellerliste.

Jodi Picoult

Und dennoch ist es Liebe

Roman

Aus dem amerikanischen Englisch
von Rainer Schumacher

Weltbild

Die amerikanische Originalausgabe erschien 1993 unter dem Titel
Harvesting the Heart bei Viking, Penguin, New York.

Besuchen Sie uns im Internet:
www.weltbild.de

Genehmigte Lizenzausgabe für Weltbild GmbH & Co. KG,
Steinerne Furt, 86167 Augsburg
Copyright der Originalausgabe © 1993 by Jodi Picoult
Copyright der deutschsprachigen Ausgabe © 2013 by Bastei Lübbe AG, Köln
Übersetzung: Rainer Schumacher
Umschlaggestaltung: Johannes Frick, Neusäß
Umschlagmotiv: Trevillion Images, Brighton (© Allan Jenkins)
Gesamtherstellung: GGP Media GmbH, Pößneck
Printed in the EU
ISBN 978-3-95569-782-2

2018   2017   2016
Die letzte Jahreszahl gibt die aktuelle Lizenzausgabe an.

Für Kyle Cameron van Leer,
durch dessen Augen ich sehen durfte,
um die Welt neu zu entdecken

Prolog

Paige

Nicholas will mich nicht in mein Haus lassen, aber ich kann meine Familie aus der Ferne beobachten, da ich im Garten campiere. So weiß ich ganz genau, wann Nicholas Max ins Kinderzimmer bringt, um ihm die Windel zu wechseln. Das Licht geht an – es kommt von einer kleinen Dinosaurierlampe, deren Schirm mit Dinosaurierknochen bedruckt ist –, und ich sehe die Silhouette der Hände meines Mannes, wie sie die Pampers ausziehen.

Als ich vor drei Monaten wegging, hätte ich noch an den Fingern einer Hand abzählen können, wie oft Nicholas die Windeln gewechselt hatte. Aber was hatte ich auch erwartet? Jetzt blieb ihm keine Wahl mehr, und Nicholas war schon immer ein Meister der Notfallbewältigung gewesen.

Max plappert vor sich hin. Es sind sinnlose Silben, die sich aneinanderreihen wie Perlen an einer Kette. Neugierig stehe ich auf und klettere an den niedrigen Ästen der Eiche hinauf, die dem Haus am nächsten steht. Mit ein klein wenig Mühe kann ich mich so weit hinaufziehen, dass mein Kinn auf einer Höhe mit dem Kinderzimmerfenster ist. Ich halte mich schon so lange im Dunkeln auf, dass ich blinzeln muss, als das gelbe Licht des Raumes über mich hinwegfließt.

Nicholas zieht gerade den Reißverschluss von Max' Schlafsack zu. Als er sich herunterbeugt, greift Max nach

Nicholas' Krawatte und steckt sie sich in den Mund. Als er sie ihm wieder abnimmt, sieht er mich am Fenster. Er nimmt das Baby und dreht Max' Gesicht absichtlich von mir weg. Dann geht er zum Fenster, dem einzigen, das nahe genug ist, um hineinzusehen, und starrt mich an. Nicholas lächelt nicht und sagt kein Wort. Schließlich zieht er die Vorhänge zu, sodass ich nur noch die Umrisse der Ballons, der Ponys und der Tuba spielenden Elefanten sehen kann – all die lächelnden Bilder, die ich gemalt und zu denen ich gebetet habe, als ich schwanger war, in der Hoffnung, die Märchen würden mir die Angst nehmen und meinem Sohn eine glückliche Kindheit garantieren.

*

In dieser Nacht, in der der Mond so weiß und schwer ist, dass ich nicht schlafen kann, ohne Angst zu haben, zerquetscht zu werden, erinnere ich mich an den Traum, der mich zu meiner vermissten Mutter geführt hat. Natürlich weiß ich jetzt, dass es kein Traum war, sondern die Wahrheit. Es war eine Erinnerung, die zurückkam, kurz nachdem Max geboren wurde – in der ersten Nacht nach der Entbindung und dann in der Woche, als wir ihn nach Hause gebracht haben –, manchmal mehrmals in der Nacht. Häufig habe ich mir diese Erinnerung auch dann wieder vor Augen geführt, wenn Max aufwachte und gefüttert oder gewickelt werden wollte. Und es ist mir unangenehm, zugeben zu müssen, dass ich die Verbindung viele Wochen lang nicht erkannt habe.

In der Küche meiner Mutter waren Wasserflecken an der Decke, sie waren blass und rosa, und ihre Form erinnerte an

Pferde. *Da,* sagte meine Mutter immer und deutete nach oben, während ich auf ihrem Schoß saß, *kannst du die Nüstern sehen? Den geflochtenen Schweif?* Jeden Tag beschäftigten wir uns mit unseren Pferden. Vor dem Frühstück saß ich auf der Arbeitsplatte, während meine Mutter die Spülmaschine ausräumte, dann stellte ich mir vor, dass das Geräusch von Porzellan auf Porzellan magische Hufschläge wären. Nach dem Abendessen, wenn wir im Dunkeln saßen und dem Rumpeln der Wäsche in der Waschmaschine oder im Trockner lauschten, küsste meine Mutter mich auf den Kopf und flüsterte mir die Namen der Orte zu, an die uns die Pferde bringen würden: Telluride, Scarborough, Jasper. Mein Vater, der Erfinder war und sich mit Programmierarbeiten etwas dazuverdiente, kam immer spät nach Hause und fand uns dann schlafend vor, einfach so, in der Küche meiner Mutter. Ich habe ihn immer wieder gebeten, auch nach oben zu schauen, doch er konnte die Pferde nicht sehen.

Als ich das meiner Mutter erzählte, sagte sie, dann müssten wir ihm eben helfen. Eines Tages hob sie mich auf die Schultern, während sie auf einem kleinen Hocker balancierte. Sie gab mir einen schwarzen Textmarker, der stark nach Alkohol roch, und sagte, ich solle damit die Umrisse von dem zeichnen, was ich sehe. Dann malte ich die Pferde mit der farbigen Kreide aus meinem Wal-Mart-Set aus – eins braun mit weißem Stirnfleck, einen erdbeerfarbenen Rotschimmel und zwei leuchtend orange gefleckte Appaloosas. Meine Mutter fügte die muskulösen Vorderbeine hinzu und die wehenden Mähnen. Dann zog sie den Tisch mit dem Hackbrett in die Mitte der Küche und stellte mich darauf. Draußen summte der Sommer, so wie er es in Chicago immer tut.

Meine Mutter und ich lagen Schulter an Schulter nebeneinander und starrten zu den drei Hengsten hinauf, die über die Decke galoppierten. »Oh, Paige«, seufzte meine Mutter friedlich, »schau dir doch nur einmal an, was wir vollbracht haben.«

Mit fünf Jahren wusste ich noch nicht, was ›vollbringen‹ bedeutet, und ich verstand auch nicht, warum mein Vater so wütend war und warum meine Mutter ihn ausgelacht hat. Ich wusste nur, dass ich in den Nächten, nachdem meine Mutter uns verlassen hatte, rücklings auf dem Küchentisch gelegen und versucht habe, ihre Schulter an meiner zu fühlen. Ich habe versucht, das Auf und Ab ihrer Stimme zu hören, und nach drei Monaten hat mein Vater Tünche gekauft, um damit die Decke zu streichen und Zoll für Zoll die Rassehengste auszulöschen, bis es so war, als seien die Pferde nie dagewesen und auch meine Mutter nicht.

*

Um 02.30 Uhr geht das Licht im Schlafzimmer an, und ich betrachte es als einen Hoffnungsschimmer, doch das Licht wird genauso schnell wieder ausgeschaltet. Max ist ruhig, er wacht nicht mehr drei- bis viermal in der Nacht auf. Ich krieche aus dem Schlafsack, öffne den Kofferraum meines Wagens und krame zwischen Starthilfekabeln und leeren Coladosen herum, bis ich meinen Zeichenblock und die Conté-Stifte finde.

Ich musste sie mir neu kaufen. Ich könnte Ihnen noch nicht einmal ansatzweise sagen, wo ich die alten Stifte vergraben habe, nachdem mir klar geworden war, dass ich nicht auf die Kunsthochschule gehen und mich gleichzeitig um Max kümmern konnte. Aber nachdem ich weggelaufen war, habe ich wieder zu zeichnen begonnen. Zuerst habe ich dummes Zeug gezeichnet: das Einwickelpapier der Hamburger beim Mittagessen, ein Stoppschild, Pennymünzen. Dann habe ich mich an Menschen versucht, auch wenn ich da ein wenig eingerostet war: die Kassiererin im Minimart und zwei spielende Kinder. Ich habe Bilder der irischen Götter und Helden gezeichnet, deren Geschichten ich mein Leben lang gehört habe. Und Schritt für Schritt kehrte das Zweite Gesicht, das ich immer in meinen Fingern hatte, wieder zurück.

Ich bin nie einfach nur eine Künstlerin gewesen. Solange ich denken kann, habe ich den Dingen auf dem Papier Sinn eingehaucht. Ich mag es, die Lücken zu füllen und dunklen Flecken Farbe zu verleihen. Ich zeichne Bilder, die so nah an die Ränder des Papiers heranragen, dass sie Gefahr laufen herunterzufallen. Und manchmal werden Dinge in meinen Zeichnungen enthüllt, die ich selbst nicht begreife. Gelegentlich beende ich ein Porträt und sehe plötzlich etwas in einer Nackenkuhle oder in einer dunklen Stelle hinter dem Ohr, das ich gar nicht habe zeichnen wollen. Wenn ich das fertige Werk sehe, bin ich immer wieder überrascht. Ich habe schon Dinge gezeichnet, die ich nicht wissen konnte, Geheimnisse, die mir nicht verraten worden sind, und Liebesbeziehungen, die nicht sein sollten. Wenn die Menschen meine Bilder sehen, sind sie fasziniert. Sie fragen mich, ob ich weiß, was all diese Dinge bedeuten, doch das weiß ich nie. Ich kann das Bild zeichnen, doch die Menschen müssen sich ihren Dämonen selber stellen.

Ich weiß nicht, warum ich diese Gabe habe. Sie zeigt sich auch nicht in jedem Bild, das ich zeichne. Das erste Mal geschah es, als ich im siebten Schuljahr war und im Kunstunterricht eine simple Skyline von Chicago zeichnen sollte. Aber ich habe die blassen Wolken mit Visionen von tiefen, leeren Hallen und klaffenden Türen gefüllt. Und in der Ecke befanden sich fast unsichtbar eine Burg, ein Turm und eine Frau im Fenster, die die Hände aufs Herz presste. Zutiefst verstört riefen die Nonnen meinen Vater an, und als der die Zeichnung sah, wurde er kreidebleich. »Ich wusste ja gar nicht«, sagte er, »dass du dich so gut an deine Mutter erinnerst.«

Als ich nach Hause zurückkehrte und Nicholas mich nicht mehr hineinlassen wollte, habe ich das Naheliegende getan: Ich habe mich mit Bildern von meinem Mann und meinem Sohn umgeben. Ich habe Nicholas' Gesichtsausdruck gezeichnet, als er die Tür geöffnet und mich gesehen hat, und ich habe Max gezeichnet, wie er auf Nicholas' Armen gesessen hat. Dann habe ich beide Bilder ans Armaturenbrett in meinem Wagen geklebt. Sie sind technisch nicht gut, aber es ist mir gelungen, die Gefühle einzufangen.

Heute, während ich darauf wartete, dass Nicholas aus dem Krankenhaus wieder nach Hause kommt, habe ich aus dem Gedächtnis gezeichnet. Ich habe Bild auf Bild angefertigt und beide Seiten des Papiers bemalt. Jetzt habe ich mehr als sechzig Bilder von Nicholas und Max.

Ich arbeite gerade an einer Zeichnung, die ich früher am Abend begonnen habe, und ich bin so sehr darin vertieft, dass ich nicht einmal bemerke, wie Nicholas auf die Veranda tritt. Das sanfte weiße Licht umgibt ihn wie einen Heiligenschein. »Paige?«, ruft er. »Paige?«

Ich gehe zur Veranda, an eine Stelle, wo er mich sehen kann. »Oh«, sagt Nicholas und reibt sich die Schläfen. »Ich wollte nur nachsehen, ob du noch immer hier bist.«

»Ja, ich bin noch immer hier«, erwidere ich, »und ich werde auch nirgendwo anders hingehen.«

Nicholas verschränkt die Arme vor der Brust. »Nun«, sagt er, »dafür ist es wohl ein wenig spät.« Kurz glaube ich, er würde sofort wieder ins Haus gehen, doch stattdessen zieht er den Bademantel enger um die Schultern und setzt sich auf die Verandatreppe. »Was machst du da?«, fragt er und deutet auf meinen Zeichenblock.

»Ich habe gerade an dir gearbeitet. Und an Max«, antworte ich und zeige ihm eine der Zeichnungen, die ich früher am Tag gemacht habe.

»Das ist gut«, sagt er. »Du warst schon immer gut darin.«

Ich kann mich nicht daran erinnern, wann Nicholas mich zuletzt für etwas gelobt hat. Kurz schaut er mich an, und fast wäre seine Schutzmauer in sich zusammengefallen. Seine Augen sind müde und blass. Sie sind vom gleichen Blau wie meine.

In dieser einen Sekunde, während ich Nicholas anschaue, sehe ich wieder den jungen Arzt, der einst davon geträumt hat, zur Spitze zu gehören, und der sich in meinen Armen geheilt hat, immer wenn einer seiner Patienten gestorben war. Und ich sehe in seinen Augen das Spiegelbild eines Mädchens, das früher einmal an Romantik geglaubt hat. »Ich würde ihn gerne mal in den Arm nehmen«, flüstere ich, und bei diesen Worten huscht ein Schatten über Nicholas' Gesicht.

»Du hattest deine Chance«, sagt er, steht auf und geht wieder ins Haus.

Im Mondschein arbeite ich weiter an meiner Zeichnung. Die ganze Zeit über frage ich mich, ob Nicholas auch schlecht schlafen kann, und ich stelle mir vor, wie gereizt er morgen sein wird, wenn er nicht hundert Prozent fit ist. Vielleicht wird das Bild ja so, wie es wird, weil ich mich nicht voll darauf konzentriere. Wie auch immer, jedenfalls ist alles falsch. Ich habe ein Bild von Max gezeichnet – die winzigen Fäuste, das zerzauste, samtige Haar –, doch irgendwie passt nichts zusammen. Es dauert ein paar Minuten, bis ich erkenne, woran das liegt. Ich habe Max nicht mit Nicholas, sondern mit mir gezeichnet. Er sitzt auf meinem Arm und greift nach meinem Haar. Für einen Außenstehenden ist das Bild vollkommen normal, doch verborgen in Max' ausgestreckter Hand liegt ein feingewebter Blätterkranz. Und ins Zentrum dieses Kranzes habe ich das Bild meiner weglaufenden Mutter gemalt, die vorwurfsvoll das Kind in den Armen hält, das ich nie gehabt habe.

Teil I

Empfängnis
1985–1993

Kapitel 1

Paige

Ich habe das *Mercy* gefunden, als ich am wenigsten damit gerechnet habe. Das *Mercy* war ein kleiner Schnellimbiss in einer schäbigen Nebenstraße in Cambridge, und die Kundschaft bestand vorwiegend aus Studenten und Professoren, die sich unters gemeine Volk mischen wollten. Ich war damals Ende zwanzig. In der Nacht zuvor war mir klar geworden, dass niemand, der noch bei Verstand war, mich ohne Referenzen als Kindermädchen einstellen würde, und dass mich ein Lächeln und mein mageres Portfolio nicht an die Kunsthochschule bringen würden. Also habe ich um 05.30 Uhr meine Schultern gestrafft, bin ins *Mercy* gegangen und habe zu einem Gott gebetet, an dem ich mein Leben lang gezweifelt habe, dass dies wirklich der Ort meiner Erlösung sein würde.

Der Imbiss war irreführend klein, und es roch nach Thunfisch und Putzmitteln. Ich ging an den Tresen und tat so, als würde ich mir die Speisekarte ansehen. Ein großer, farbiger Mann kam aus der Küche. »Wir haben noch nicht geöffnet«, sagte er, drehte sich dann um und ging wieder hinein.

Ich schaute nicht von der Speisekarte auf. Es gab Cheeseburger, Muschelpastetchen und griechische Vorspeisen. »Wenn Sie noch nicht geöffnet haben«, sagte ich, »warum ist die Tür dann nicht abgeschlossen?«

Es dauerte einen Moment, bis der Mann mir darauf antwortete, er kam aus der Küche und legte je einen fleischigen Arm rechts und links neben mich auf den Tresen. »Solltest du dich um diese Zeit nicht für die Schule vorbereiten?«, fragte er.

»Ich bin achtzehn.« Ich hob das Kinn auf die Art, wie ich sie in alten Schwarzweißfilmen bei Katherine Hepburn gesehen hatte. »Ich habe mich gefragt, ob Sie vielleicht eine Stelle zu besetzen hätten.«

»Eine Stelle«, wiederholte der Mann, als hätte er das Wort noch nie gehört. »Eine Stelle.« Er kniff die Augen zusammen, und mir fiel zum ersten Mal die Narbe auf, die ihm gewunden und gezackt wie Stacheldraht über das ganze Gesicht bis in den Nacken reichte. »Du meinst, du willst einen Job.«

»Nun ... ja«, bestätigte ich und sah dem Mann sofort an, dass er keine Kellnerin brauchte, vor allem keine unerfahrene. Wahrscheinlich benötigte er im Moment wohl noch nicht einmal eine Spülhilfe.

Der Mann schüttelte den Kopf. »Dafür ist es definitiv noch zu früh.« Er drehte sich um, schaute mich an und sah, das weiß ich sicher, wie dürr und heruntergekommen ich war. »Wir machen um 06.30 Uhr auf«, sagte er.

Also hätte ich den Laden auch wieder verlassen können. Ich hätte einfach in die kühle U-Bahn-Station gehen können, in der ich die letzten Nächte geschlafen und den sanften Geigen der Straßenmusiker und den verrückten Schreien der Obdachlosen gelauscht hatte. Doch stattdessen nahm ich das mit Fettflecken übersäte Blatt Papier, auf dem die Sonderangebote des gestrigen Tages standen, aus der Speisekarte. Die Rückseite war leer. Ich holte einen schwarzen Stift aus meinem Rucksack und machte das Einzige, von dem ich selbstbewusst sagen konnte, dass ich es gut beherrschte: Ich zeichnete den Mann, der mich gerade abgewiesen hatte. Ich zeichnete ihn anhand dessen, was ich durch die Durchreiche zur Küche von ihm erkennen konnte. Ich sah, wie sein Bizeps sich wölbte und wieder streckte, als er große Mayonnaise-Krüge und Mehlsäcke vom Regal wuchtete, und ich zeichnete die Bewegung, die Eile, und als ich mich dann an sein Gesicht machte, zeichnete ich es entsprechend rasch.

Dann hielt ich das Bild von mir weg, um es zu betrachten. Auf die breite Stirn des Mannes hatte ich die Umrisse einer starken, alten Frau gezeichnet, mit Schultern, die unter der Last der vielen Arbeit und der Selbstverleugnung herunterhingen. Sie hatte Haut von der Farbe schwarzen Kaffees, und auf ihrem Rücken waren die Erinnerungen an Peitschenhiebe zu sehen, die mit der gewundenen Narbe des Mannes verschmolzen. Ich kannte diese Frau nicht, und ich verstand nicht, wie sie auf das Papier gekommen war. Es war nicht meine beste Zeichnung – das wusste ich –, aber es war etwas, das man zurücklassen konnte. Ich legte das Papier auf den Tresen, ging vor die Tür und wartete.

Schon bevor ich die Macht erhielt, die Geheimnisse der Menschen zu Papier zu bringen, habe ich daran geglaubt, gut zeichnen zu können. Ich habe es genauso gewusst, wie andere Kinder wussten, dass sie aus Stofffetzen und Glitter die schönsten Buchhüllen machen konnten. Ich habe immer schon gekritzelt. Mein Vater hat mir einmal erzählt, dass ich als Kleinkind mal ein Stück rote Kreide genommen und eine durchgehende Linie um das ganze Haus herum gezeichnet habe, immer in meiner Augenhöhe und über Türen und Fenster hinweg. Er sagte, ich hätte das einfach nur so, aus reiner Freude getan.

Als ich fünf Jahre alt war, habe ich einen dieser Wettbewerbe in der Fernsehzeitung entdeckt, bei dem man eine Cartoonschildkröte zeichnen und das Bild einschicken muss, und dann bekommt man ein Stipendium für die Kunsthochschule. Ich habe nur ein wenig herumgekritzelt, doch meine Mutter hat mein Bild gesehen und gesagt, es sei nie zu früh, für eine ordentliche College-Ausbildung zu sorgen. Sie war es dann auch, die das Bild eingeschickt hat. Als der Brief kam, in dem man mir zu meinem Talent gratulierte und mir einen Platz an der National Art School in Vicksburg anbot, hat meine Mutter mich hochgehoben und zu mir gesagt, das sei unser Glückstag. Sie sagte, ich hätte mein Talent geerbt – ganz offensichtlich –, und mit großem Tamtam zeigte sie meinem Dad den Brief beim Abendessen. Mein Vater hat sanft gelächelt und gesagt, so einen Brief würden sie jedem schicken, von dem sie glaubten, er würde Geld für irgendeine betrügerische Schule ausgeben. Meine Mutter stand daraufhin auf und schloss sich im Badezimmer ein. Trotzdem klebte sie den Brief an den Kühlschrank, direkt neben ein Fingerbild und eine Nudelcollage von mir. Am Tag ihres Verschwindens war auch der Brief verschwunden, und ich habe mich immer gefragt, ob sie ihn mitgenommen hat, weil sie gewusst hat, dass sie mich selbst nicht hat mitnehmen können.

In letzter Zeit habe ich viel an meine Mutter gedacht, weit mehr als in den letzten Jahren – zum einen wegen dem, was ich getan hatte, bevor ich von zu Hause weggegangen war, und zum anderen weil ich überhaupt weggegangen war. Ich fragte mich, was wohl mein Vater dachte. Ich fragte mich, ob der Gott, an den er so sehr glaubte, ihm wohl erklären konnte, warum die Frauen in seinem Leben ihn immer verließen.

Als der farbige Mann um zehn nach sechs schließlich in der Tür erschien – er füllte sie wirklich vollständig aus –, da wusste ich bereits, wie es ausgehen würde. Mit offenem Mund und besorgt starrte er mich an. In der einen Hand hielt er mein Porträt, und die andere streckte er aus, um mir vom Bürgersteig aufzuhelfen, auf den ich mich gesetzt hatte. »In zwanzig Minuten kommen die ersten Gäste zum Frühstück«, sagte er zu mir. »Aber erwarte dir nicht zu viel.«

Lionel – so hieß der Mann – führte mich in die Küche und bot mir einen Stapel Toast an, während er mir die Spülmaschine vorstellte, den Grill und seinen Bruder Leroy, den Chefkoch. Er fragte mich nicht, woher ich kam, und er diskutierte auch nicht über den Lohn, ganz so, als hätten wir das bereits abgemacht. Dann erzählte er mir plötzlich und einfach so, dass ›Mercy‹ der Name seiner Urgroßmutter sei, die vor dem Bürgerkrieg in Georgia als Sklavin gerackert hatte. Und sie war die Frau, die ich ihm auf die Stirn gezeichnet hatte. »Du musst Gedanken lesen können«, sagte er, »denn normalerweise erzähle ich niemandem von ihr.« Er sagte, die meisten dieser Harvardtypen glaubten, der Name ›Mercy‹ habe einen philosophischen Hintergrund, aber wie auch immer ... In jedem Fall zog sie das immer wieder her. Dann ging er weg, und ich dachte darüber nach, warum so viele Weiße ihre Töchter mit Namen wie Hope, Faith oder Patience bedachten – Namen, denen sie nie würden gerecht werden können –, während schwarze Mütter ihre Babys Mercy, Deliverance und Salvation nannten – nach Bürden, die sie immer würden tragen müssen.

Als Lionel wieder zurückkam, gab er mir eine saubere und gebügelte pinkfarbene Uniform. Dann warf er einen prüfenden Blick auf mein Navy-Sweatshirt, meine Kniestrümpfe und meinen alten Faltenrock. »Ich werde mich nicht mit dir darüber streiten, ob du nun achtzehn bist oder nicht«, sagte er, »aber du siehst verdammt noch mal wie ein Schulmädchen aus.« Er drehte sich um, während ich mich hinter dem stählernen Kühlschrank umzog, und zeigte mir dann, wie die Registrierkasse funktionierte und ich üben sollte, Teller auf den Armen zu balancieren. »Ich weiß wirklich nicht, warum ich das tue«, murmelte er vor sich hin, als mein erster Gast hereinkam.

Wenn ich jetzt so daran zurückdenke, wird mir klar, dass niemand anders als Nicholas mein erster Gast hatte sein können. So funktioniert das Schicksal nun einmal. Wie auch immer ... In jedem Fall war er an jenem Morgen die erste Person, die in den Imbiss kam. Er kam sogar noch vor den beiden festangestellten Kellnerinnen. Er zwängte sich in die Nische – so groß war er –, die von der Tür am weitesten entfernt war, und schlug sein Exemplar des *Globe* auf. Das machte ein nettes Geräusch wie Blätterrascheln, und die Zeitung roch nach frischer Tinte. Er sprach kein Wort mit mir, nicht, als ich ihm den kostenlosen Kaffee servierte, und auch nicht, als ich ein wenig davon auf die Zeitung verschüttete. Nur einmal sagte er etwas zu mir, als ich seine Bestellung aufnehmen wollte: »Lionel weiß Bescheid.« Dabei schaute er mich nicht an. Wenn er noch mehr Kaffee haben wollte, dann hob er einfach seine Tasse, bis ich kam, um sie zu füllen. Und er drehte sich auch nicht zur Tür um, als die Türklingel die Ankunft von Marvela und Doris, den beiden anderen Kellnerinnen, verkündete oder als während seines Aufenthalts sieben weitere Leute zum Frühstück kamen.

Als er fertig war, legte er Messer und Gabel ordentlich auf den Tellerrand, wie jemand mit Manieren. Anschließend faltete er seine Zeitung und ließ sie in der Nische zurück, damit andere sie noch lesen konnten. Und in diesem Augenblick schaute er mich zum ersten Mal an. Nicholas hatte die hellsten blauen Augen, die ich je gesehen hatte, und vielleicht lag es ja nur an ihrem starken Kontrast zu den dunklen Haaren, aber ich hatte das Gefühl, als könne ich durch ihn hindurch den Himmel sehen. »Also wirklich, Lionel«, sagte er, »es gibt da ein Gesetz, das besagt, dass du Kinder erst einstellen darfst, wenn sie nicht mehr in die Windeln machen.« Und er lächelte mich an zum Zeichen, dass ich das nicht persönlich nehmen dürfe. Dann ging er.

Wahrscheinlich war es Anstrengung, die mich meine erste halbe Stunde als Kellnerin gekostet hatte, oder es lag am Schlafmangel, ich denke, einen wirklichen Grund gab es eigentlich nicht, aber ich spürte, wie mir die Tränen in den Augen brannten, und da ich fest entschlossen war, nicht vor Doris und Marvela zu weinen, ging ich zu Nicholas' Tisch, um abzuräumen. Er hatte zehn Cent Trinkgeld zurückgelassen. Zehn lausige Cent. Das war nicht gerade ein vielversprechender Anfang. Ich ließ mich auf die Bank fallen und rieb mir die Schläfen. Ich würde nicht anfangen zu weinen, sagte ich mir immer und immer wieder. Und dann hob ich den Blick und sah, dass Lionel meine Zeichnung über die

Kasse gehängt hatte. Ich stand auf, was mich all meine Kraft kostete, und steckte mein Trinkgeld in die Tasche. Dabei hörte ich im Geiste meinen Vater in seinem irischen Akzent sagen: *Das Leben steckt voller Überraschungen.*

*

Eine Woche nach dem schlimmsten Tag in meinem Leben habe ich mein Zuhause verlassen. Wahrscheinlich habe ich schon die ganze Zeit über gewusst, dass ich gehen würde, ich habe nur das Ende des Schuljahres abgewartet. Ich weiß nicht, warum mich das überhaupt interessiert hat, ich kam ohnehin nicht sonderlich gut in der Schule zurecht. Die letzten drei Monate war ich zu krank, um mich zu konzentrieren, und schließlich wirkten sich meine Fehlzeiten auf die Noten aus. Vermutlich wollte ich einfach wissen, ob ich den Abschluss schaffen konnte, wenn ich wollte, und ich habe ihn geschafft, auch wenn ich zweimal ein D bekommen habe, eines in Physik und eines in Religion. Ich stand mit dem Rest meiner Klasse in der Pope Pius Highschool auf, als Vater Draher uns dazu aufforderte, legte meine Quaste von links nach rechts, küsste Schwester Mary Margareta und Schwester Althea und sagte ihnen, ja, ich plane, auf die Kunsthochschule zu gehen.

Die Chancen dafür standen auch gar nicht so schlecht, denn ich war bereits an der Rhode Island School of Design angenommen worden – allerdings aufgrund von Noten aus der Zeit, bevor mein Leben auseinandergebrochen war. Ich war sicher, dass mein Vater bereits einen Teil der Studiengebühren für das erste Semester bezahlt hatte. Und selbst als ich ihm den Brief schrieb, in dem ich ihm mitteilte, dass ich fortgegangen war, fragte ich mich noch, ob er das Geld wohl wieder zurückbekommen würde.

Mein Vater ist Erfinder. Im Laufe der Jahre hat er viele Dinge erfunden, doch zu seinem Unglück kam er damit zumeist einen Schritt zu spät. Zum Beispiel als er eine Krawattenklammer mit ausziehbarer Plastikfolie erfand, mit der man den edlen Stoff bei Geschäftsessen schützen konnte. Er nannte das Ding ›Tidy Tie‹, und er war sicher, damit den Grundstein zu seinem Erfolg legen zu können. Doch dann erfuhr er, dass irgendjemand schon ein ähnliches Patent angemeldet hatte. Genauso erging es ihm mit dem dampfresistenten Badezimmerspiegel, dem schwimmenden Schlüsselbund und dem Schnuller, den man aufschrauben konnte, um flüssige Medizin einzufüllen. Wenn ich an meinen Vater denke, dann denke ich an Alice und das Weiße Kaninchen und daran, immer einen Schritt zu spät zu kommen.

Mein Vater ist in Irland geboren, und er hat den größten Teil seines Lebens versucht, gegen die Vorurteile anzukämpfen, die mit dieser Herkunft verbunden sind. Er schämte sich nicht, Ire zu sein – genau genommen war es sogar das Ruhmreichste in seinem Leben –; er schämte sich nur, ein irischer *Einwanderer* zu sein. Mit achtzehn Jahren zog er von Bridgeport, dem Iren-Viertel Chicagos, in ein Viertel an der Taylor Street, wo vorwiegend Italiener lebten. Er hat nie getrunken, und eine Zeit lang hat er erfolglos versucht, sich den Akzent des Mittleren Westens anzueignen. Die Religion aber war seiner Meinung nach nichts, was man sich aussuchen konnte. Er glaubte mit dem Eifer eines Fernsehpredigers, als wäre Spiritualität etwas, das durch die Adern fließt und nicht der Kontrolle durch den Verstand unterliegt. Ich habe mich häufig gefragt, ob er wohl Priester geworden wäre, wenn er meine Mutter nicht kennengelernt hätte.

Mein Vater hat immer geglaubt, Amerika sei nur ein Zwischenstopp auf seinem Weg zurück nach Irland, aber er hat uns nie gesagt, wie lange er bleiben wollte. Er war gerade erst fünf Jahre alt, als seine Eltern ihn nach Chicago brachten, und obwohl er in dieser Stadt aufgewachsen ist, hat er stets an das offene Land von Donegal gedacht. Ich habe mich immer gefragt, wie viel davon Erinnerung und wie viel Fantasie gewesen ist. Aber dann stellte sich diese Frage plötzlich nicht mehr, wenn mein Vater mir seine Geschichten erzählte. Im dem Jahr, in dem meine Mutter uns verließ, brachte er mir anhand von Kinderbüchern zur irischen Mythologie das Lesen bei. Während andere Kinder sich mit Ernie und Bert beschäftigten, lernte ich alles über Cuchulainn, den berühmten, irischen Helden, und seine Abenteuer. Ich las vom heiligen Patrick, der die Insel von den Schlangen befreite; von Donn, dem Gott der Toten, der die Seelen in die Unterwelt geleitete, und vom Basilisken, vor dessen schalem, tödlichen Atem ich mich des Nachts unter der Decke versteckte.

Die Lieblingsgeschichte meines Vaters war die von Oisin, dem Sohn von Finn Mac Cool. Oisin war ein legendärer Krieger und Dichter, der sich in Niamh verliebte, eine Tochter des Meeresgottes. Sie lebten jahrelang glücklich auf einem Juwel von Meeresinsel, doch Oisin musste ständig an seine Heimat denken. *Irland*, pflegte mein Vater zu sagen, *hat man im Blut.* Als Oisin seiner Frau sagte, er wolle wieder zurückkehren, da lieh sie ihm ein magisches Pferd und warnte ihn, nicht abzusteigen, denn inzwischen seien dreihundert Jahre vergangen. Doch Oisin fiel vom Pferd und verwandelte sich in einen sehr, sehr alten Mann. Trotzdem war der heilige Patrick da, um ihn willkommen zu heißen, wie – so sagte mein Vater – er dereinst auch uns willkommen heißen wird.

Nachdem meine Mutter uns verlassen hatte, versuchte mein Vater, mich so gut wie möglich zu erziehen. Also schickte er mich in eine Konfessionsschule, wo ich jeden Sonntag beichten musste und wo ein Bild von Christus am Kreuz wie ein Talisman über meinem Bett hing. Mein Vater sah die Widersprüche im Katholizismus nicht. Vater Draher lehrte uns, unsere Nächsten zu lieben, doch den Juden sollten wir nicht vertrauen. Schwester Evangeline predigte uns von unreinen Gedanken, dabei wussten wir alle, dass sie fünfzehn Jahre lang die Geliebte eines verheirateten Mannes gewesen war, bevor sie ins Kloster eingetreten war. Und natürlich gab es die Beichte und die Absolution, was nichts anderes bedeutete, als dass man mit allem durchkommen konnte, solange man anschließend nur ein paar Ave-Maria und Vaterunser sprach. All das habe auch ich eine ganze Zeit lang geglaubt, bis ich erkennen musste, dass die Seele Narben davontragen kann, die nichts und niemand auszulöschen vermag.

Mein Lieblingsort in ganz Chicago war die Werkstatt meines Vaters. Dort war es staubig, und es roch nach Holzspänen und Klebstoff, und es gab dort Schätze, alte Kaffeemühlen, verrostete Scharniere und purpurfarbene Hula-Hoop-Reifen. An den Abenden und an verregneten Samstagen verschwand Daddy im Keller und arbeitete, bis es dunkel war. Manchmal kam ich mir dann wie das andere Elternteil vor, wenn ich ihn nach oben zerren und ihn ermahnen musste, auch mal etwas zu essen. Manchmal arbeitete er auch an seinen Erfindungen, während ich auf dem alten grünen Sofa saß und meine Hausaufgaben machte.

In seiner Werkstatt verwandelte sich mein Vater in einen anderen Menschen. Er bewegte sich mit der Eleganz einer Katze, und er zauberte Bauteile, Räder und Zahnkränze aus der Luft wie ein Magier, um Dinge wie aus dem Nichts zu erschaffen. Wenn er von meiner Mutter sprach – was nur selten der Fall war –, dann nur in der Werkstatt. Manchmal erwischte ich ihn dabei, wie er zum nächstgelegenen Fenster hinaufstarrte, einem kleinen geborstenen Rechteck. Milchiges Licht fiel dann auf ihn, und er sah um Jahrzehnte älter aus, als er tatsächlich war. Und ich musste mich selber daran hindern, die Jahre zu zählen und zu überlegen, wie viel Zeit tatsächlich vergangen war.

Es war nicht so, dass mein Vater je zu mir gesagt hätte: *Ich weiß, was du getan hast.* Er hat einfach aufgehört, mit mir zu sprechen. Und da habe ich gewusst, dass er wollte, dass ich so schnell wie möglich aufs College ging. Ich dachte an ein Mädchen aus meiner Klasse, das zum Thema Sex einmal bemerkte: *Hat man es erst einmal getan, dann kann jeder es sehen.* Galt für Abtreibungen das Gleiche? Konnte mein Vater mir das am Gesicht ansehen?

Ich wartete eine Woche, nachdem es passiert war, und hoffte, dass es während der Abschlussfeier zu irgendeiner Art von Verständigung kommen würde. Mein Vater hat während der Feier regelrecht gelitten und niemals ›Herzlichen Glückwunsch‹ gesagt. Er bewegte sich an diesem Tag durch die Schatten in unserem Haus, als fühle er sich unwohl in seiner eigenen Haut. Um 23.00 Uhr schauten wir uns die Spätnachrichten an. Die wichtigste Nachricht des Tages handelte von einer Frau, die ihr drei Monate altes Kind mit einer Dose Fisch erschlagen hatte. Die Frau war in eine psychiatrische Klinik eingewiesen worden, und ihr Mann sagte den Reportern, dass er es hätte kommen sehen müssen.

Als die Nachrichten vorbei waren, ging mein Vater zu seinem alten Kirschholzschreibtisch und holte eine blaue Samtschachtel aus der obersten Schublade. Ich lächelte. »Ich dachte, du hättest es vergessen«, sagte ich.

Er schüttelte den Kopf und schaute schweigend zu, wie ich mit den Fingern über den weichen Deckel strich und auf Perlen oder Smaragde hoffte. Im Inneren lag ein Rosenkranz mit wunderbaren Perlen aus feinstem Holz. »Ich dachte, den könntest du vielleicht gebrauchen«, sagte Daddy leise.

Als ich in jener Nacht meine Sachen packte, sagte ich mir selbst, ich würde das nur tun, weil ich ihn liebe, ich wollte nicht, dass er die Last meiner Sünden für den Rest seines Lebens tragen musste. Ich packte nur praktische Kleidung ein, und ich zog meine Schuluniform an, weil ich glaubte, das würde mir helfen, mich unter die Leute zu mischen. Technisch gesehen lief ich nicht weg. Ich war achtzehn und somit volljährig. Ich konnte kommen und gehen, wann ich wollte.

Meine letzten drei Stunden daheim verbrachte ich unten in der Werkstatt meines Vaters und überlegte mir verschiedene Formulierungen für meinen Abschiedsbrief. Ich strich mit den Fingern über Daddys neuestes Projekt. Es war eine Geburtstagskarte, die ein kleines Liedchen sang, wenn man sie aufklappte, und wenn man dann auf die Ecke drückte, blies sie sich automatisch zu einem Ballon auf. Daddy sagte, für so ein Zeug gäbe es tatsächlich einen Markt. Mein Vater hatte allerdings noch Probleme mit der Musik. Er wusste nicht, was mit dem Mikrochip passieren würde, wenn das Ding sich aufblies. »Eigentlich«, hatte er am Tag zuvor gesagt, »denke ich, dass ein Gegenstand, den man besitzt, sich nicht plötzlich in etwas anderes verwandeln sollte.«

Zu guter Letzt schrieb ich schlicht: *Ich liebe dich. Es tut mir leid. Ich werde schon zurechtkommen.* Als ich mir die Worte noch einmal durchlas, fragte ich mich, ob es stimmte. Tat es mir leid, dass ich ihn liebte oder dass ich zurechtkommen würde? Schließlich legte ich den Stift beiseite. Ich glaubte, dass ich die Verantwortung dafür trug, und ich war sicher, dass ich ihm irgendwann sagen würde, wo ich gelandet war. Am nächsten Morgen brachte ich den Rosenkranz zu einem Pfandleiher in der Stadt. Dann kaufte ich mir mit der Hälfte meines Geldes eine Busfahrkarte, die mich von Chicago so weit weg wie möglich bringen würde. Dabei versuchte ich mir mit aller Kraft einzureden, dass es nichts gab, was mich hielt.

Im Bus dachte ich mir dann falsche Namen und Lebensgeschichten aus und erzählte sie jedem, der mich fragte. Auf einem Rastplatz in Ohio beschloss ich, in Cambridge, Massachusetts auszusteigen. Das lag nahe genug an Rhode Island und klang anonymer als Boston. Außerdem fühlte der Name sich einfach gut an. Er erinnerte mich an dunkle englische Sweatshirts, Gelehrte und andere schöne Dinge. Dort würde ich genug verdienen, um mir einen Platz an der Rhode Island School of Design leisten zu können, der RSID.

Nur weil das Schicksal mir wieder einmal einen Stock zwischen die Beine geworfen hatte, musste ich meine Träume noch lange nicht aufgeben. Ich schlief ein und träumte von der Jungfrau Maria, und ich fragte mich, woher sie gewusst hatte, dass sie dem Heiligen Geist vertrauen konnte, als er zu ihr gekommen war, und als ich aufwachte, da hörte ich eine Geige, und sie kam mir wie die Stimme eines Engels vor.

*

Ich rief meinen Vater von einem Münztelefon im Brattle Square Busbahnhof aus an. Ich meldete es als R-Gespräch an. Während ich wartete, beobachtete ich eine kahle, alte Frau beim Stricken auf einer Bank und eine Cellistin, die sich Lametta in die Rastazöpfe geflochten hatte. Dann versuchte ich, das verschlungene Graffiti an der gegenüberliegenden Wand zu lesen, und in diesem Augenblick kam die Verbindung zustande. »Hör zu«, sagte ich, bevor mein Vater auch nur Luft holen konnte. »Ich werde nie wieder nach Hause zurückkommen.«

Ich wartete darauf, dass er mir vehement widersprechen würde oder dass er zusammenbrechen und mit tränenerstickter Stimme gestehen würde, zwei Tage lang die Straßen von Chicago nach mir abgesucht zu haben. Doch stattdessen stieß mein Vater nur einen leisen Pfiff aus. »Sag niemals nie, Kind«, sagte er. »Das könnte sich als Bumerang erweisen.«

Ich hielt den Hörer so fest, dass meine Knöchel weiß hervortraten. Mein Vater, einer der Menschen – nein, der *ein-*

zige Mensch – in meinem Leben, den es interessierte, was aus mir werden würde, schien jedoch gar nicht sonderlich besorgt. Sicher, ich hatte ihn enttäuscht, aber konnte das die ganzen achtzehn Jahre einfach ausradieren? Einer der Gründe, warum ich den Mut aufgebracht hatte zu gehen, war, dass ich tief in meinem Inneren davon überzeugt gewesen war, dass er immer auf mich warten würde, dass ich nicht wirklich allein sein würde.

Nun schauderte ich jedoch und fragte mich, ob ich mich auch in Dad geirrt hatte, und wusste nicht, was ich antworten sollte.

»Vielleicht könntest du mir ja sagen, wohin du willst«, sagte mein Vater in ruhigem Ton. »Ich weiß, dass du zum Busbahnhof gegangen bist, doch dann sind die Details ein wenig unscharf.«

»Wie hast du das herausgefunden?« Ich schnappte nach Luft.

Mein Vater lachte – ein Geräusch, das mich vollkommen einhüllte. Ich glaube, sein Lachen war meine erste Erinnerung. »Ich liebe dich«, sagte er. »Was hast du denn erwartet?«

»Ich bin in Massachusetts«, verriet ich ihm. Ich fühlte mich mit jeder Minute besser. »Aber mehr sage ich nicht.« Die Cellistin griff zu ihrem Bogen und zog ihn über die Saiten. »Was das College betrifft, so weiß ich noch nicht ...«, fuhr ich fort.

Mein Vater seufzte. »Das ist kein Grund, einfach so abzuhauen«, murmelte er. »Du hättest doch zu mir kommen können. Es gibt immer ...« In diesem Augenblick rauschte ein Bus vorbei und verschluckte den Rest von Daddys Worten.

32

Und es gefiel mir, dass ich ihn nicht hören konnte. Es war leichter, als zugeben zu müssen, dass ich nicht wissen wollte, was mein Vater zu sagen hatte.

»Paige?«, hakte mein Vater nach. Offenbar hatte ich eine Frage verpasst.

»Dad«, sagte ich, »hast du die Polizei verständigt? Weiß irgendwer, dass ich weg bin?«

»Ich habe keiner Menschenseele was gesagt«, antwortete er. »Ich habe daran gedacht, weißt du, aber eigentlich war ich davon überzeugt, dass du jeden Moment wieder zur Tür hereinkommen würdest. Ich habe es *gehofft*.« Seine Stimme wurde immer leiser und dumpfer. »Die Wahrheit ist, ich habe nicht geglaubt, dass du einfach gehen würdest.«

»Das hat nichts mit dir zu tun«, verteidigte ich mich. »Das musst du wissen. Es hat wirklich nichts mit dir zu tun.«

»Doch, es hat etwas mit mir zu tun, Paige. Wäre es anders, hättest du nie auch nur daran gedacht zu gehen.«

Nein, wollte ich ihm sagen, *das kann nicht wahr sein. Das kann nicht wahr sein, weil du mir all die Jahre gesagt hast, es habe nichts mit mir zu tun, dass sie gegangen ist. Es kann nicht wahr sein, weil du das Einzige bist, das zurückzulassen mir schwergefallen ist.* Doch die Worte blieben mir in der Kehle stecken, während mir gleichzeitig die Tränen über die Wangen rannen. Ich wischte mir mit dem Ärmel über die Nase. »Vielleicht komme ich eines Tages ja wieder zurück«, sagte ich.

Mein Vater trommelte mit dem Finger auf die Sprechmuschel, so wie er es auch immer getan hat, als ich noch klein war und er über Nacht wegmusste, um seine Erfindungen

33

an den Mann zu bringen. *Hast du das gehört?*, hat er dann immer geflüstert. *Das ist das Geräusch eines Kusses, der in dein Herz galoppiert.*

Ein Bus von Gott weiß woher fuhr in den Busbahnhof ein. »Ich bin vor lauter Sorge fast verrückt geworden«, gab mein Vater zu.

Ich beobachtete, wie Wasser von den Reifen des Busses auf den Asphalt der Einfahrt tropfte. Ich musste an die Rube-Goldberg-Maschinen meines Vaters denken, die er nur konstruiert hatte, um mich damit zu unterhalten – zum Beispiel einen Wasserhahn, aus dem Wasser in einen Abfluss floss, um dort wiederum einen Propeller anzutreiben, der seinerseits ein Paddel bewegte, das mit einem Zugseil verbunden war, welches schließlich die Cornflakes-Schachtel zum Frühstück öffnete. Mein Vater konnte das Beste aus allem machen, was man ihm gab. »Mach dir keine Sorgen um mich«, sagte ich selbstbewusst. »Immerhin bin ich deine Tochter.«

»Aye«, erwiderte mein Vater, »aber wie es aussieht, hast du auch was von deiner Mutter geerbt.«

*

Nachdem ich zwei Tage im *Mercy* gearbeitet hatte, vertraute Lionel mir so weit, dass er mich den Laden abschließen ließ. In den umsatzschwachen Zeiten, zum Beispiel um drei Uhr nachmittags, ließ er mich am Tresen sitzen und bat mich, Porträts zu zeichnen. Natürlich habe ich die anderen gezeichnet, mit denen ich in der Schicht arbeitete – Marvela und Doris und Leroy –, und dann habe ich den Präsidenten, den Bürgermeister und Marilyn Monroe auf Papier verewigt. In einigen dieser Porträts waren Dinge, die ich nicht verstand. So war zum Beispiel in Marvelas Augen ein finsterer, leidenschaftlicher Mann zu sehen, der vom Meer verschlungen wurde, und in Doris' Nacken hatte ich Hunderte von Katzen gezeichnet, die, wenn man sie der Reihe nach betrachtete, Menschen immer ähnlicher wurden, bis die letzte schließlich mit Doris' eigenem Gesicht verschmolz. Und in den Rundungen von Marilyn Monroes verführerischem Arm waren nicht ihre Liebhaber zu erkennen, wie man hätte erwarten können, sondern Ackerland, Weizenfelder und die traurigen Augen eines Beagles. Manchmal fielen den Gästen des *Mercy* diese Dinge auf und manchmal nicht – die Bilder waren immer klein und subtil. Aber ich habe immer weiter gezeichnet, und jedes Mal, wenn ich fertig war, hing Lionel das Bild über die Kasse. Irgendwann erstreckte sich die Galerie dann durch den halben Laden, und mit jedem Bild, das dazukam, fühlte ich mich dort mehr daheim.

Doris bot mir ihre Couch als Schlafplatz an, denn ich tat ihr leid. Ich erzählte ihr folgende Story: Mein Stiefvater habe sich an mich rangemacht, also hätte ich mir, kaum dass ich achtzehn geworden war, das Geld geschnappt, das ich mir als Babysitter verdient hatte, und sei dann auf und davon. Mir gefiel diese Geschichte, denn sie entsprach zumindest halb der Wahrheit – das mit dem achtzehnten Geburtstag und dem Geld. Und ein wenig Mitgefühl tat mir auch gut, denn damals nahm ich alles, was ich kriegen konnte.

Es war Doris' Idee, dass wir so eine Art Spezialangebot machen sollten: zwei Dollar für einen Hühnchenschenkel und dazu ein Porträt. »Sie ist gut genug dafür«, sagte Doris, während sie mir zuschaute, wie ich Barbra Streisands krauses Haar zeichnete. »Und diese Normalos können sich so wenigstens für einen Tag wie ein Prominenter fühlen.«

Mir kam die ganze Sache ein wenig komisch vor. Ich fühlte mich wie im Zirkus, aber das Angebot kam überwältigend gut an, und ich bekam weitaus mehr Trinkgeld fürs Zeichnen als fürs Kellnern. Ich zeichnete die meisten Stammgäste schon am ersten Tag, und es war Lionels Idee, die ersten Bilder umsonst zu machen und sie zu Werbezwecken zu den anderen zu hängen. Dabei hätte ich die meisten Gäste auch zeichnen können, ohne dass sie für mich Modell sitzen mussten. Schließlich hatte ich sie schon lange genug beobachtet und kannte auch ihre Geschichten – zumindest in Umrissen –, und während meiner Freizeit gestaltete ich sie in der Fantasie aus.

Da war zum Beispiel Rose, die blonde Frau, die jeden Freitag zum Mittagessen kam, nachdem sie beim Friseur gewesen war. Sie trug teure Leinenkostüme, klassische Schuhe und einen mit Diamanten besetzten Ehering. Sie hatte eine Gucci-Handtasche, und sie ordnete ihr Geld: Einer, Fünfer, Zehner und Zwanziger. Einmal brachte sie einen fast kahlköpfigen Mann mit, der die gesamte Mahlzeit hindurch ihre Hand hielt und Italienisch mit ihr sprach. Ich überlegte mir, dass es ihr geheimer Liebhaber sein könnte, denn ihr Bilderbuchleben war einfach zu perfekt.

Marco wiederum war ein blinder Student an der Kennedy School of Government. Selbst an den heißesten Julitagen kam er in einem langen schwarzen Mantel. Er hatte sich den Kopf kahl rasiert und ein Tuch um die Stirn gebunden, und er spielte Spiele mit uns. *Welche Farbe ist das?*, fragte er zum Beispiel. *Gib mir einen Tipp.* Und ich sagte dann so was wie *McCarthy*, und er lachte und antwortete *Rot.* Er kam immer spät am Abend und rauchte eine Zigarette nach der anderen, bis sich über ihm eine dichte graue Rauchwolke unter der Decke gebildet hatte.

Doch der Gast, den ich am aufmerksamsten beobachtete, war Nicholas. Lionel hatte mir seinen Namen verraten. Nicholas studierte Medizin, was auch der Grund dafür war, dass er zu so unmöglichen Zeiten erschien, sagte Lionel. Ich starrte Nicholas ständig an, aber er schien das nie zu bemerken, noch nicht einmal, wenn er gerade einmal nicht las und ich versuchte herauszufinden, was mich an ihm so verwirrte.

Ich arbeitete seit genau zwei Wochen im *Mercy*, als ich es herausfand: Nicholas passte einfach nicht hierher. Er schien vor dem Hintergrund der alten, zerrissenen Vinylbezüge auf den Bänken förmlich zu glühen, und er hielt hier regelrecht Hof. Wenn er noch etwas zu trinken haben wollte, hob er einfach nur die Tasse, und wollte er zahlen, wedelte er mit einem Schein, und doch fand ihn keine von uns herablassend. Ich studierte ihn mit der Faszination eines Wissenschaftlers, und wenn ich mir Dinge mit ihm vorstellte, dann fanden die stets nachts auf Doris' Wohnzimmercouch statt. Ich sah seine ruhigen, sicheren Hände und seine klaren Augen, und ich fragte mich, weshalb ich mich so zu ihm hingezogen fühlte.

Ich hatte mich auch in Chicago bereits verliebt, und ich kannte die Konsequenzen. Nach alldem, was mit Jake passiert war, war es nicht eben meine Absicht, mich noch einmal zu verlieben – wahrscheinlich wollte ich mich sogar nie wieder verlieben. Und ich fand es kein bisschen sonderbar, dass schon mit achtzehn dieser weiche Teil in mir für immer zerbrochen war. Womöglich war das der Grund, warum ich nie darüber nachgedacht habe, Nicholas zu zeichnen, während ich ihn beobachtete. Und so hat die Künstlerin in mir ihn auch nicht sofort als Mann wahrgenommen: die Symmetrie seines Kinns oder die unterschiedlichen Schattierungen von Schwarz, wenn das Sonnenlicht auf sein Haar fiel.

Ich beobachtete ihn auch beim ersten Kritzel-Suppen-Special – Lionel hatte darauf bestanden, es so zu nennen. Doris, die während des Mittagsansturms mit mir gearbeitet hatte, war früher nach Hause gegangen, und so war ich allein. Ich füllte gerade die Salzstreuer auf, als Nicholas hereinkam. Es war 23.00 Uhr, kurz bevor wir den Laden schlossen, und er setzte sich an einen meiner Tische. Und plötzlich wusste ich, was mit diesem Mann los war. Ich musste an Schwester Agnes in der Pope Pius Highschool denken, als sie mit dem Lineal auf die Tafel trommelte und darauf wartete, dass ich einen Satz mit einem Wort formulierte, das ich nicht kannte. Das Wort war *Grandeur*. Nervös war ich von einem Fuß auf den anderen getreten und hatte hinter mir die anderen Mädchen kichern hören. Mir fiel einfach kein Satz ein, und schließlich warf Schwester Agnes mir vor, wieder in meinem Heft herumgekritzelt zu haben, statt zuzuhören, was nicht stimmte. Doch in diesem Moment, während ich beobachtete, wie Nicholas seinen Löffel hielt und den Kopf neigte, da verstand ich, dass *Grandeur* nichts mit Adel oder Würde zu tun hatte. *Grandeur* war die Fähigkeit, sich in der Welt wohl zu fühlen und alles leicht aussehen zu lassen. *Grandeur* war das, was Nicholas hatte und ich nicht.

Mit dieser Erkenntnis ging ich zum Tresen und begann, Nicholas zu zeichnen. Und ich zeichnete nicht nur sein Gesicht, sondern auch seine Leichtigkeit und Eleganz. Genau in dem Moment, als Nicholas in seiner Tasche nach dem Trinkgeld suchte, war ich fertig und trat einen Schritt zurück, um das Bild zu betrachten. Was ich sah, war jemand Schönes, vielleicht sogar schöner als alles, was ich bisher in meinem Leben gesehen hatte. Es war jemand, auf den andere zeigten und hinter dessen Rücken sie sich flüsternd unterhielten. Und an den geraden Augenbrauen, der hohen Stirn und dem energischen Kinn konnte ich deutlich erkennen, dass dieser Jemand dazu bestimmt war, andere zu führen.

Lionel und Leroy kamen mit Resten in den Schankraum, die sie für ihre Kids mit nach Hause nehmen wollten. »Du weißt ja, was zu tun ist«, sagte Lionel zu mir, winkte mir zu und ging zur Tür. »Bis dann, Nick«, rief er.

Und leise, sehr leise, korrigierte Nicholas ihn: »Ich heiße Nicholas.«

Ich hielt das Porträt noch immer in der Hand, als ich hinter ihn trat. »Haben Sie etwas gesagt?«, fragte ich.

»Nicholas«, wiederholte er und räusperte sich. »Ich mag es nicht, wenn man mich ›Nick‹ nennt.«

»Oh«, sagte ich. »Wollen Sie noch etwas?«

Nicholas schaute sich um, als bemerke er erst jetzt, dass er inzwischen der einzige Gast im Laden und die Sonne schon vor Stunden untergegangen war. »Ich nehme an, du willst schließen«, sagte er. Er legte ein Bein auf die Bank und verzog den Mund zu einem Lächeln. »Hey«, sagte er, »wie alt bist du eigentlich?«

»Alt genug«, erwiderte ich und trat näher, um seinen Teller abzuräumen. Ich beugte mich vor, hielt noch immer die Speisekarte mit seinem Bild in der Hand, da packte er mein Handgelenk.

»Das bin ja ich«, sagte er überrascht. »Hey, lass mich mal sehen.«

Ich versuchte, mich loszureißen. Mir war egal, ob er meine Zeichnung sah oder nicht, aber das Gefühl seiner Hand auf meinem Handgelenk lähmte mich. Ich spürte den Puls in seinem Daumen und die Rillen auf seinen Fingerkuppen.

Aufgrund der Art, wie er mich berührte, wusste ich, dass er in dem, was ich gezeichnet hatte, etwas erkannte. Ich schaute auf das Papier und war selber überrascht, was ich zu Papier gebracht hatte. In eine Ecke des Bildes hatte ich Könige aus verschiedenen Jahrhunderten mit goldenen Kronen und endlos langen Hermelinmänteln gezeichnet, und in der anderen Ecke war ein knorriger, blühender Baum zu sehen. Ganz oben saß ein dürrer Junge im Geäst und hielt die Sonne in der Hand.

»Du bist gut«, sagte Nicholas und deutete mit einem Nicken auf den Platz ihm gegenüber. »Wenn doch niemand mehr da ist, um den du dich kümmern musst«, sagte er, »warum setzt du dich dann nicht zu mir?«

Ich fand heraus, dass er im dritten Semester Medizin studierte, dass er der Klassenbeste war und dass er gerade von einer Praktikumsschicht kam. Er wollte Herzchirurg werden, und er schlief nachts nur vier Stunden. Den Rest der Zeit verbrachte er entweder im Krankenhaus oder mit Lernen. Er schätzte mich auf fünfzehn und keinen Tag älter.

Ich sagte ihm die Wahrheit. Ich erzählte ihm, dass ich aus Chicago stamme, dass ich auf eine Konfessionsschule gegangen sei und dass ich längst auf der Rhode Island School of Design wäre, wenn ich nicht von zu Hause weggelaufen wäre. Mehr sagte ich jedoch nicht, und Nicholas setzte mich auch nicht unter Druck. Dann erzählte ich ihm von den Nächten, die ich in der U-Bahn-Station verbracht hatte, und wie ich morgens immer vom Lärm der ersten Bahn geweckt worden war. Ich könne vier Tassen samt Untertellern auf dem Arm balancieren, sagte ich zu ihm, und *Ich liebe dich* in zehn Sprachen sagen. *Mimi notenka kudenko*, sagte ich auf Swahili, um das zu beweisen. Und ich erzählte ihm, dass ich meine Mutter nicht wirklich kennen würde. Das war etwas, was ich bisher noch nicht einmal meinen engsten Freunden gegenüber zugegeben hatte. Aber ich erzählte ihm nichts von meiner Abtreibung.

Es war schon weit nach ein Uhr nachts, als Nicholas sich schließlich zum Gehen erhob. Er nahm das Porträt, das ich von ihm gezeichnet hatte, und warf es auf den Tresen. »Werdet ihr das auch aufhängen?«, fragte er und deutete zu den anderen Bildern hinauf.

»Wenn Sie wollen«, antwortete ich.

»Du«, sagte er. »Du reicht.«

Ich holte meinen schwarzen Filzstift heraus und schaute mir das Bild an. Kurz dachte ich: *Das ist, worauf du gewartet hast.* »Nicholas«, sagte ich leise und schrieb seinen Namen oben auf das Blatt.

»Nicholas«, wiederholte er und lachte. Er legte mir den Arm um die Schulter, und so standen wir kurz da, Seite an Seite. Dann trat er einen Schritt zurück, streichelte mich weiter am Hals. »Hast du gewusst«, fragte er und drückte mit seinem Daumen auf meine Haut, »dass man bewusstlos wird, wenn jemand hart genug auf diese Stelle drückt?« Und dann beugte er sich vor und berührte die Stelle so leicht mit seinen Lippen, dass ich schon beim puren Gedanken daran hätte ohnmächtig werden können. Als ich bemerkte, dass er sich bewegte, war er schon zur Tür hinaus. Lange stand ich einfach nur da, taumelte und fragte mich, wie ich hatte zulassen können, dass so etwas wieder geschah.

Kapitel 2

Nicholas

Nicholas Prescott war als Wunder geboren worden. Zehn Jahre lang hatten seine Eltern vergeblich versucht, ein Kind zu bekommen, als sie endlich mit einem Sohn beschenkt wurden. Seine Eltern waren natürlich ein wenig älter als die der meisten anderen Jungs, mit denen Nicholas auf die Schule ging, doch er bemerkte es noch nicht einmal. Als wollten sie einen Ausgleich schaffen für all die anderen Kinder, die sie nie gehabt hatten, verwöhnten die Prescotts Nicholas, wo immer es ging, und ließen ihm jede Laune durchgehen. Nach einer Weile musste er seine Wünsche nicht einmal mehr aussprechen. Seine Eltern begannen zu erraten, was ein Junge von sechs, zwölf oder zwanzig Jahren sich wünschte, und er erhielt alles. So wuchs er mit Saisonkarten für die Celtics und einem schokoladenbraunen Vollblut mit Namen Scour auf, und seine Ausbildung in Exeter und später in Harvard war von Anfang an niemals in Frage gestellt. Und in seinem ersten Semester in Harvard fiel Nicholas dann auch auf, dass die Art, wie er erzogen worden war, nicht die Norm darstellte. Jeder andere junge Mann in seiner Position in diesem Moment hätte vielleicht die Gelegenheit ergriffen, sich die Dritte Welt anzusehen, oder er hätte sich freiwillig zum Friedenskorps gemeldet, doch das passte nicht zu Nicholas. Dabei war er weder desinteressiert noch herzlos, er war es einfach gewöhnt, eine bestimmte Art von Mensch zu sein.

Und Nicholas Prescott, der von seinen Eltern immer und alles auf einem Silbertablett serviert bekam, gab ihnen als Gegenleistung das, was von ihm erwartet wurde: Nicholas war der Inbegriff eines perfekten Sohns.

Nicholas war stets der Klassenbeste gewesen. Seit seinem sechzehnten Lebensjahr war er mit einer ganzen Reihe von schönen, blaublütigen Wellesley-Mädchen ausgegangen, und er hatte erkannt, dass sie ihn attraktiv fanden. Er wusste, wie man charmant sein und wie man Einfluss ausüben konnte. Seit er sieben war, hatte er gesagt, er wolle Arzt wie sein Vater werden, und diese Prophezeiung hatte er erfüllt und sich für Medizin eingeschrieben. 1979 machte er seinen College-Abschluss, seine Zulassung für das Medizinstudium musste zunächst noch warten. Zuerst reiste er durch Europa und genoss Affären mit zierlichen Pariserinnen, die Mint-Zigaretten rauchten. Dann kehrte er wieder nach Hause zurück und trainierte auf Drängen seines alten College-Trainers mit anderen hoffnungsvollen Sportlern auf dem Princeton Lake Carnegie für die Ruder-Ausscheidungswettkämpfe zu den Olympischen Spielen. Schließlich ruderte er auf Position Sieben des Achters der Vereinigten Staaten. Seine Eltern gaben am Wettkampfmorgen einen Brunch für ihre Freunde, tranken Bloody Mary und schauten zu, wie ihr Sohn die Silbermedaille gewann.

Es kamen also mehrere Dinge zusammen, als Nicholas Prescott im Alter von achtundzwanzig Jahren mitten in der Nacht zitternd und schwitzend aufwachte. Er löste sich von Rachel, seiner Freundin – die ebenfalls studierte und vermutlich die klügste Frau war, die er je kennengelernt hatte –, und ging nackt zum Fenster, von wo aus man in den Hof seines Apartmenthauses schauen konnte. Im blauen Licht des Vollmonds lauschte er dem Verkehr auf dem benachbarten Harvard Square und streckte die Hände aus, bis das Zittern aufgehört hatte. Und er wusste, was sich hinter seinen Albträumen verbarg, auch wenn er es nicht zugeben wollte: Nicholas hatte sein ganzes Leben lang gegen das Versagen angekämpft, und nun erkannte er, dass seine Uhr abgelaufen war.

Nicholas glaubte nicht an Gott – dazu war er viel zu sehr ein Mann der Wissenschaft –, aber er glaubte, dass irgendjemand oder irgendetwas seine Erfolge beobachtete, und er wusste, dass Glück nicht ewig hält. Immer häufiger dachte er an seinen Zimmergenossen im ersten Semester, einen dürren Jungen mit Namen Raj, der ein C+ in Literatur bekommen hatte und daraufhin vom Dach gesprungen war und sich das Genick gebrochen hatte. Wie hatte Nicholas' Vater stets gesagt? *Das Leben steckt voller Überraschungen.*

Mehrmals in der Woche fuhr Nicholas über den Fluss zum *Mercy*, dem Schnellimbiss an der JFK Street, denn ihm gefiel die Anonymität dort. Viele Studenten verkehrten dort, doch für gewöhnlich studierten sie weniger anspruchsvolle Fächer wie Philosophie, Kunstgeschichte oder Englisch. Bis zu diesem Abend hatte Nicholas noch nicht einmal gewusst, dass irgendjemand dort seinen Namen kannte. Aber der schwarze Kerl, der Wirt, kannte ihn, und auch diese Göre von Kellnerin, die ihm schon seit zwei Wochen nicht mehr aus dem Kopf ging.

Sie glaubte, er habe sie nicht bemerkt, aber man konnte an der Harvard Med keine drei Jahre überleben, ohne seine Beobachtungsgabe zu schulen. Sie glaubte, sie sei diskret,

45

doch Nicholas spürte die Hitze ihres Blicks, und er bemerkte, dass sie sich jedes Mal ein wenig länger als nötig über sein Glas beugte, wenn sie es auffüllte. Er war es gewohnt, dass Frauen ihn anstarrten, also hätte ihm das nichts ausmachen dürfen. Doch diese Kellnerin war noch ein Kind. Sie hatte gesagt, sie sei achtzehn, aber das konnte er nicht glauben. Auch wenn sie vielleicht ein wenig jung für ihr Alter aussah, konnte sie keinen Tag älter als fünfzehn sein.

Und sie war nicht sein Typ. Sie war klein, hatte knochige Knie, und sie hatte rotes Haar, um Himmels willen. Aber sie trug kein Make-up, doch auch so waren ihre Augen groß und blau. Er habe einen Schlafzimmerblick – das sagten die Frauen von ihm –, und nun sah er, dass das auch auf diese Kellnerin zutraf.

Nicholas wusste, dass er einen ganzen Berg von Arbeit zu bewältigen hatte. Eigentlich hätte er heute gar nicht ins *Mercy* gehen wollen, doch er war im Krankenhaus nicht zum Abendessen gekommen, und auf der ganzen Fahrt von Boston zurück hatte er an seine Lieblingspfannkuchen gedacht. Und er hatte auch an die Kellnerin gedacht und an Rosita Gonzalez, und er fragte sich, ob sie wohl wieder gut nach Hause gekommen war. Diesen Monat arbeitete er in der Notaufnahme, und kurz nach vier Uhr hatten die Sanitäter ein Latino-Mädchen hereingebracht: Rosita. Nach einer Fehlgeburt war sie über und über mit Blut bedeckt. Als Nicholas einen Blick in ihre Krankenakte geworfen hatte, war er schockiert gewesen: Rosita Gonzalez war erst dreizehn Jahre alt. Nicholas hatte eine Ausschabung vorgenommen, Rosita anschließend so lange es ging die Hand gehal-

46

ten und sie immer wieder und wieder murmeln hören: *Mi hija, mi hija.*

Und dann hatte dieses andere Mädchen, diese Kellnerin, ein Bild von ihm gezeichnet, das einfach nur erstaunlich war. Jeder konnte seine Gesichtszüge kopieren, doch sie hatte etwas anderes getan. Sie hatte seine aristokratische Haltung gezeichnet, die müden Falten um seinen Mund und – am wichtigsten von allem – die Angst, die sich hinter seinen Augen verbarg. Und in der Ecke war da dieses Kind ... Nicholas war ein Schauder über den Rücken gelaufen. Immerhin hatte dieses Mädchen unmöglich wissen können, dass Nicholas als Kind gerne auf Bäume geklettert war, um von dort aus die Sonne einzufangen – und er war fest davon überzeugt gewesen, das auch zu können.

Nicholas hatte das Bild angestarrt und erstaunt bemerkt, wie gelassen die Kellnerin sein Kompliment angenommen hatte. Und plötzlich erkannte er, dass dieses Mädchen wahrscheinlich auch ein Porträt von ihm gezeichnet hätte und ihn besser gekannt hätte, als er zuzugeben bereit war, wenn er nicht Nicholas Prescott gewesen wäre, sondern sein Geld als Hilfsarbeiter oder Müllkutscher verdient hätte. Es war das erste Mal in seinem Leben, dass er jemanden kennenlernte, der von dem überrascht war, was er in ihm sah, jemanden, der seinen Ruf nicht kannte, jemanden, der mit einem Lächeln oder einem Dollar oder was auch immer Nicholas gerade entbehren konnte zufrieden war.

Kurz, kaum länger als einen Herzschlag, stellte Nicholas sich vor, wie sein Leben wohl verlaufen wäre, wenn er jemand anderes gewesen wäre. Sein Vater wusste es, doch sie hatten nie darüber geredet, also blieb Nicholas nichts anderes übrig, als zu spekulieren. Was, wenn er tief im Süden großgeworden wäre, an einem Fließband gearbeitet und jeden Abend den Sonnenuntergang über den Bayous von einer knarrenden Veranda aus beobachtet hätte? Ohne eitel sein zu wollen, fragte er sich, wie es wohl wäre, über die Straße zu gehen, *ohne* die Aufmerksamkeit auf sich zu ziehen. Er hätte alles dafür gegeben – den Treuhänderfonds, die Privilegien und die Verbindungen –, nur um fünf Minuten lang einmal nicht im Scheinwerferlicht zu stehen. Nicht bei seinen Eltern und noch nicht einmal bei Rachel hatte er den Luxus gehabt zu vergessen, wer er war. Wenn er lachte, dann nie zu laut. Wenn er lächelte, berechnete er die Wirkung auf die Umstehenden. Und selbst wenn er sich entspannte, wenn er sich die Schuhe von den Füßen trat und die Beine auf die Couch legte, war er stets zurückhaltend, als müsse er auch noch rechtfertigen, dass er sich ein wenig Freizeit nahm. Er wusste, dass die Menschen stets haben wollten, was sie nicht besaßen, und dennoch hätte er es gerne wenigstens einmal versucht: ein Bootshaus, ein geflickter Sessel und ein Mädchen, das die Welt in den Augen hat, ihm weiße Hemden für fünf Dollar kaufte und ihn nur dafür liebte, was er wirklich war ... Mehr wünschte er sich nicht.

Nicholas wusste nicht, was ihn dazu getrieben hatte, die Kellnerin zu küssen, bevor er gegangen war. Er hatte einfach nur den Duft ihres Halses eingeatmet, der noch so sehr an ein Kind erinnerte. Als er Stunden später die Tür zu seinem Zimmer öffnete und Rachel wie eine Mumie in die Bettlaken gewickelt sah, da zog er sich aus und schlang die Arme um sie. Doch als er die Hand um Rachels Brust legte und sah, wie sich ihre Finger um sein Handgelenk schlossen, da dachte er noch immer an jenen anderen Kuss, und er fragte sich, warum er die Kellnerin nicht nach ihrem Namen gefragt hatte.

*

»Hi«, sagte Nicholas. Sie öffnete die Tür zum *Mercy* und schob einen Stein davor, damit sie nicht wieder ins Schloss fiel. Dann drehte sie das Geschlossen-Schild mit einer natürlichen Eleganz um.

»Du solltest besser nicht reingehen«, sagte sie. »Die Klimaanlage ist kaputt.« Sie nahm ihr Haar von hinten nach vorne und wedelte sich Luft damit zu, als wolle sie ihre Aussage so unterstreichen.

»Ich will auch gar nicht rein«, erwiderte Nicholas. »Ich muss ins Krankenhaus. Aber ich kenne deinen Namen nicht.« Er trat einen Schritt vor. »Ich wollte einfach wissen, wie du heißt.«

»Paige«, antwortete sie leise und rang mit den Händen, als wisse sie nichts damit anzufangen. »Paige O'Toole.«

»Paige«, wiederholte Nicholas. »Gut.« Er lächelte und trat wieder auf die Straße hinaus. Im U-Bahnhof versuchte er, den *Globe* zu lesen, doch irgendwie verlor er ständig den Faden, denn der Wind im Tunnel sang ihren Namen.

*

Während sie an jenem Abend alles dichtmachte, erzählte Paige ihm von ihrem Namen. Ursprünglich war es die Idee ihres Vaters gewesen. Schließlich war Paige ein guter, irischer Name.

49

Ihre Mutter hatte sich jedoch strikt dagegen ausgesprochen. Sie glaubte, eine Tochter namens Paige sei durch den Namen verflucht. Schließlich stamme der Name von ›Page‹, und ihre Tochter solle anderen Menschen nicht dienen müssen, niemals. Aber ihr Mann bat sie, noch einmal darüber zu schlafen. Und das tat sie, und sie träumte von dem Namen und dessen anderer Bedeutung. ›Page‹ ist schließlich auch das englische Wort für ›Seite‹. Und das Leben ist wie ein unbeschriebenes Blatt Papier. Ein wunderschönes, unbeschriebenes Blatt, das Paige mit ihrer eigenen Geschichte würde füllen können. Und so wurde sie schließlich doch noch auf diesen Namen getauft.

Dann erzählte Paige Nicholas, dass das Gespräch über die Geschichte ihres Namens eines von insgesamt sieben Gesprächen mit ihrer Mutter war, an die sie sich noch vollständig erinnern konnte. Und ohne darüber nachzudenken, zog Nicholas sie auf seinen Schoß, nahm sie in den Arm und lauschte dem Schlagen ihres Herzens.

Anfang letzten Jahres hatte Nicholas den Entschluss gefasst, sich auf Herzchirurgie zu spezialisieren. Aus dem Beobachtungsraum hoch über dem OP hatte er wie Gott hinabgeschaut und gesehen, wie die Chirurgen einen dicken Muskel aus einer Kühlbox genommen und ihn in den klaffenden Brustkorb des Empfängers eingesetzt hatten. Als das Herz dann zu schlagen begann, Blut und Sauerstoff durch die Adern des Mannes pumpte und ihm so ein zweites Leben verlieh, da hatte Nicholas geweint. Allein das hätte sicherlich schon gereicht, um den Entschluss in ihm reifen zu lassen, Herzchirurg zu werden, doch eine Woche später hatte er den Patienten noch einmal besucht, als es hieß, der

Körper habe das fremde Organ angenommen. Er hatte auf der Bettkante gesessen, während Mr. Lomazzi, ein sechzigjähriger Witwer, der nun das Herz eines sechzehnjährigen Mädchens besaß, über Baseball erzählt und Gott gedankt hatte. Bevor Nicholas gegangen war, hatte Mr. Lomazzi sich vorgebeugt und gesagt: »Ich bin nicht mehr derselbe, wissen Sie? Ich denke wie sie. Ich schaue mir Blumen länger an, und ich kenne Gedichte auswendig, die ich nie gelesen habe, und manchmal frage ich mich, ob ich mich wohl je verlieben werde.« Dann hatte er Nicholas' Hand genommen, und Nicholas war schockiert von der sanften Stärke und dem warmen Fluss des Bluts in den Fingerspitzen. »Ich will mich nicht beschweren«, hatte Mr. Lomazzi gesagt. »Ich weiß nur nicht mehr, wer hier die Kontrolle hat.« Und Nicholas hatte sich murmelnd verabschiedet und noch an Ort und Stelle unumstößlich beschlossen, sich fortan der Herzchirurgie zu widmen. Vielleicht hatte er ja schon immer gewusst, dass die Wahrheit über einen Menschen in seinem Herzen war.

Das wiederum ließ die Frage in ihm aufkeimen, warum er Paige in den Arm genommen und welcher Teil von ihm nun die Kontrolle hatte.

*

An seinem ersten freien Tag im Juli fragte Nicholas Paige, ob sie mit ihm ausgehen wolle. Dabei redete er sich ein, dass das ja nicht wirklich eine Verabredung sei. Er war ja mehr wie ein großer Bruder, der seiner kleinen Schwester die Stadt zeigte. Schon in der Woche zuvor hatten sie einige Zeit miteinander verbracht. Sie waren zu einem Spiel der Red Sox gegangen, waren durch die Boston Commons spaziert und auf einem Schwanenboot gefahren – was Nicholas noch nie gemacht hatte, obwohl er schon seit achtundzwanzig Jahren in Boston lebte, doch das verschwieg er Paige. Er beobachtete, wie das Sonnenlicht ihr rotes Haar erglühen ließ, sah, wie ihre Wangen sich rosa färbten, und er hörte sie lachen, als sie einen Hot Dog ohne Brot aß, und er versuchte, sich selbst davon zu überzeugen, dass er nicht gerade dabei war, sich zu verlieben.

Es überraschte Nicholas nicht, dass Paige Zeit mit ihm verbringen wollte. Auch wenn das arrogant klingen mag, Nicholas war es einfach gewohnt, schließlich wirkten alle Ärzte auf alleinstehende Frauen wie ein Magnet. Die eigentliche Überraschung war, dass er es war, der Zeit mit *ihr* verbringen wollte. Es war schon fast so etwas wie eine Besessenheit für Nicholas geworden. Er liebte es, Paige bei Sonnenaufgang barfuß durch die Straßen von Cambridge gehen zu sehen, wenn der Asphalt sich wieder abkühlte. Er liebte es, dass sie Eiswagen um den ganzen Block hinterherjagte und dabei die Werbemelodie mitsang. Er liebte es, dass sie sich wie ein Kind benahm – vielleicht, weil er vergessen hatte, wie das ging.

Zufälligerweise fiel sein freier Tag auf den 4. Juli, und Nicholas plante alles ganz genau: Dinner in einem berühmten Steakhaus nördlich von Boston, gefolgt vom Anschauen des Feuerwerks an den Ufern des Charles.

Sie verließen das Restaurant um sieben Uhr, sodass sie noch jede Menge Zeit hatten. Nicholas sagte, er wolle zur Esplanade, doch ein brennendes Auto auf dem Highway sorgte für einen einstündigen Stau. Nicholas hasste es, wenn irgendetwas nicht nach Plan verlief, besonders wenn die Gründe dafür sich seiner Kontrolle entzogen. Nicholas lehnte sich zurück und seufzte. Er schaltete das Radio an und dann wieder aus. Er hupte, auch wenn sich nichts bewegte. »Ich glaube das einfach nicht«, sagte Nicholas. »Wir werden nie rechtzeitig dort ankommen.«

Paige saß mit verschränkten Beinen auf dem Beifahrersitz. »Das ist doch egal«, sagte sie. »Feuerwerk ist Feuerwerk.«

»Dieses nicht«, widersprach Nicholas. »So etwas hast du noch nie gesehen.« Er erzählte ihr von den Barken auf dem Charles und wie das Feuerwerk mit der Ouvertüre 1812 synchronisiert werden würde.

»Die Ouvertüre 1812?«, fragte Paige. »Was ist das?« Und Nicholas hatte sie angeschaut und den reglosen Wagen vor sich angehupt.

Nachdem sie sechs Partien Schiffe Versenken und drei Partien Tic-Tac-Toe gespielt hatten, setzte der Verkehr sich wieder in Bewegung. Nicholas raste wie ein Irrer nach Boston, doch er kam nicht näher an die Esplanade heran als bis zu Buckingham, Browne and Nichols, einer Privatschule, die meilenweit von seinem Ziel entfernt lag. Er stellte den Wagen auf dem Schulparkplatz ab und sagte Paige, es sei den Fußmarsch wert.

Als sie die Esplanade schließlich erreichten, erwartete sie dort ein wahres Menschenmeer. Über die Köpfe der Masse hinweg konnte Nicholas das große, muschelförmige Dach der Freilichtbühne und darunter das Orchester sehen. Eine Frau trat ihm vors Schienbein. »Hey, Mister!«, rief sie. »Ich campiere hier schon seit fünf Uhr morgens. Hier wird sich nicht vorgedrängelt.« Paige schlang die Arme um Nicholas' Hüfte, als ein Mann ihr von hinten an der Bluse zog und ihr sagte, sie solle sich setzen. Nicholas fühlte, wie sie an seiner Brust flüsterte: »Vielleicht sollten wir einfach gehen.«

Sie hatten keine Wahl. Sie wurden von der wogenden Menschenmasse immer weiter nach hinten gedrängt, bis sie in einem Tunnel standen. Der Tunnel war lang und dunkel, und sie konnten nichts sehen. »Ich glaube das einfach nicht«, sagte Nicholas, und noch während er überlegte, ob es wohl noch schlimmer kommen könnte, rollte eine Gruppe Biker heran, und einer davon fuhr ihm über den linken Fuß.

»Bist du okay?«, fragte Paige und berührte Nicholas an der Schulter, während er mit schmerzverzerrtem Gesicht im Kreis humpelte. Im Hintergrund hörte Nicholas, wie das Feuerwerk begann. »Himmelherrgott noch mal!«, fluchte er.

Hinter ihm lehnte Paige an der feuchten Betonwand des Tunnels. Sie verschränkte die Arme vor der Brust. »Dein Problem, Nicholas«, sagte sie, »ist, dass das Glas für dich immer halb leer ist und nicht halb voll.« Sie stellte sich vor ihn, und selbst in der Dunkelheit konnte er das Glühen ihrer Augen sehen. Von irgendwoher war das Pfeifen eines Römischen Lichts zu hören. »Das ist ein rotes«, sagte Paige, »und es steigt immer höher und höher, und jetzt ... Da ... Es strahlt am Himmel und regnet wie Glut zur Erde hinab.«

»Um Himmels willen«, knurrte Nicholas. »Du kannst doch gar nichts sehen. Mach dich nicht lächerlich, Paige.«

Das war beleidigend, doch Paige lächelte nur. »Wer macht sich hier lächerlich?«, erwiderte sie und legte ihm die Hände auf die Schultern. »Und wer sagt, dass ich nichts sehen kann?«

Zweimal war ein Knallen zu hören. Paige drehte sich herum und schmiegte sich mit dem Rücken an Nicholas, sodass beide auf dieselbe kahle Tunnelwand starrten. »Zwei explodierende Kreise«, sagte Paige. »Einer im anderen. Erst breiten sich blaue, dann weiße Streifen auf ihnen aus, und jetzt, wo sie wieder verblassen, erscheinen silberne Spiralen an den Rändern wie tanzende Glühwürmchen. Und da ist ein Brunnen aus Gold, der spuckt wie ein Vulkan, und da drüben ist ein Schirm, aus dem winzige blaue Punkte regnen wie Konfetti.«

Nicholas spürte Paiges seidiges Haar unter seiner Wange und das Beben ihrer Schultern, wenn sie sprach. Dass die Fantasie eines einzelnen Menschen so bunt sein konnte, erstaunte ihn. »Oh, Nicholas«, sagte Paige, »das ist das Finale. Wow! Gewaltige Explosionen aus Blau und Gelb breiten sich auf dem ganzen Himmel aus, und da ...! Da ist ein riesiger, silberner Propeller, dessen Blätter immer größer und größer werden, und sie zischen und knistern und füllen den Himmel mit einer Million neuer, pinkfarbener Sterne.« Nicholas hatte das Gefühl, Paiges Stimme ewig lauschen zu können. Er zog sie dicht an sich, schloss die Augen und sah ihr Feuerwerk.

*

»Ich werde dich nicht in Verlegenheit bringen«, sagte Paige. »Ich weiß, welches die Salatgabel ist.«

Nicholas lachte. Sie fuhren zum Haus seiner Eltern, wo sie zum Dinner eingeladen waren, und eigentlich hatte er sich bis jetzt überhaupt keine Gedanken über Paiges Tischmanieren gemacht. »Weißt du«, sagte er, »dass du vermutlich der einzige Mensch auf der Welt bist, dem es gelingt, mich die Medizin mal einen Augenblick vergessen zu lassen?«

»Ja, ich habe viele Talente«, erwiderte Paige und schaute ihn an. »Ich weiß auch, was ein Buttermesser ist.«

Nicholas grinste. »Und wer hat dir all diese großartigen Dinge beigebracht?«

»Mein Dad«, antwortete Paige. »Er hat mir alles beigebracht.«

Sie hielten an einer roten Ampel, und Paige beugte sich aus dem Fenster, um sich selbst im Außenspiegel besser sehen zu können. Sie streckte die Zunge heraus. Bewundernd betrachtete Nicholas ihren weißen Hals und die Zehenspitzen ihrer nackten Füße, die sie unter sich geschoben hatte. »Und was hat dein Vater dich sonst noch gelehrt?«

Nicholas lächelte, als Paiges Gesicht aufleuchtete. Sie zählte an ihren Fingern ab. »Nie das Haus ohne Frühstück zu verlassen«, begann sie, »bei einem Sturm immer mit dem Rücken zum Wind zu laufen ...« Und sie erzählte Nicholas von den Erfindungen ihres Vaters – von denen, die funktioniert hatten, wie dem automatischen Karottenschäler, und denen, die nicht ganz so gut gewesen waren, wie der Hundezahnbürste. Dann legte sie mitten in ihrem Vortrag den Kopf auf die Seite und schaute Nicholas an. »Er würde dich mögen«, sagte sie. »Ja.« Sie nickte. »Er würde dich wirklich sehr mögen.«

»Und warum?«

»Wegen dem, was ihr gemeinsam habt«, antwortete Paige. »Mich.«

56

Nicholas strich mit der Hand über das Lenkrad. »Und deine Mutter?«, fragte er. »Was hast du von ihr gelernt?«

Erst nachdem er das gefragt hatte, erinnerte er sich daran, was Paige ihm im *Mercy* über ihre Mutter erzählt hatte, und nun hingen diese dummen Worte zwischen ihnen. Einen Augenblick lang antwortete Paige nicht darauf, und sie rührte sich auch nicht. Nicholas nahm schon an, sie habe ihn nicht gehört, doch dann beugte sie sich vor, schaltete das Radio ein und drehte es so laut auf, dass kein Gespräch mehr möglich war.

Zehn Minuten später parkte Nicholas im Schatten einer Eiche. Er stieg aus und ging um das Auto herum, um Paige die Tür zu öffnen, aber sie war bereits ausgestiegen und reckte sich.

»Welches davon ist eures?«, fragte Paige und schaute über die Straße hinweg zu den hübschen, viktorianischen Häusern mit den weißen Lattenzäunen. Nicholas nahm sie am Ellbogen und drehte sie zu dem Haus hinter ihnen herum, einem riesigen Gebäude im Kolonialstil, auf dessen Nordseite Efeu wuchs. »Du machst wohl Witze«, sagte Paige und wich unwillkürlich einen Schritt zurück. »Bist du ein Kennedy?«, murmelte sie.

»Mit Sicherheit nicht«, antwortete Nicholas. »Das sind alles Demokraten.« Er führte Paige über einen schiefergedeckten Weg zur Vordertür, die Gott sei Dank nicht vom Zimmermädchen, sondern von Astrid Prescott persönlich geöffnet wurde. Sie trug eine zerknitterte Safarijacke und hatte sich drei Kameras um den Hals gehängt.

»Nicholas!«, keuchte sie und schlang die Arme um ihn. »Ich bin gerade erst wieder zurückgekommen. Aus Nepal.

Eine fantastische Kultur. Du musst unbedingt sehen, was ich habe.« Sie streichelte eine ihrer Kameras, als wäre sie lebendig. Dann zog sie Nicholas mit der Macht eines Hurrikans ins Haus und nahm Paiges kleine, kalte Hände in die ihren. »Und du musst Paige sein. Ich darf doch Du sagen, oder?« Paige nickte. Astrid führte sie in einen atemberaubenden, mit Mahagoni verkleideten Flur. Der Boden bestand aus Marmor, und Paige fühlte sich an die Herrenhäuser in Newport erinnert, die sie als Highschool-Schülerin mal im Rahmen eines Besuchs an der RSID gesehen hatte. »Ich bin seit noch nicht einmal einer Stunde wieder hier, und Robert hat von nichts anderem als von der geheimnisvollen, magischen Paige gesprochen.«

Paige wich einen Schritt zurück. Robert Prescott war ein sehr bekannter Arzt, aber Astrid Prescott war eine Legende. Nicholas erzählte Bekannten nicht gerne, dass er mit *der* Astrid Prescott verwandt war, denn es war ein Name, den die Leute mit der gleichen Ehrfurcht aussprachen wie hundert Jahre zuvor den von Mrs. Astor. Jeder kannte Astrid Prescotts Geschichte: das reiche, verwöhnte Mädchen, das trotzig auf Bälle und Gartenpartys verzichtet hatte, um mit der Fotografie zu spielen, nur um schließlich eine der Besten auf diesem Gebiet zu werden. Und jeder kannte Astrid Prescotts Arbeit, vor allem ihre eindrucksvollen Schwarzweißaufnahmen, die vom Aussterben bedrohte Arten zeigten. Und diese Fotografien hingen – das fiel Paige jetzt auf – willkürlich verteilt im Flur. Es waren eindringliche Fotos mit beeindruckenden Licht- und Schattenspielen, und sie zeigten Meeresschildkröten, Berggorillas, prachtvolle Schmetterlinge, eine fliegende Eule und die Finne eines Blauwals. Paige erinnerte sich an einen Artikel über Astrid Prescott in der *Newsweek*, den sie vor Jahren einmal gelesen hatte und in dem die berühmte Fotografin erklärt hatte, sie wäre gerne beim Aussterben der Dinosaurier dabei gewesen.

Paige schaute von einem Foto zum nächsten. Jeder hatte einen Astrid-Prescott-Fotokalender oder zumindest einen Abreißkalender, denn ihre Bilder waren einfach nur bemerkenswert. Sie fing Entsetzen und Stolz gleichermaßen gut ein. Neben dieser geradezu mystischen Frau und in diesem riesigen Haus fühlte Paige sich schier unendlich klein.

Auf Nicholas hatte sein Vater eine weit größere Wirkung. Als Robert Prescott den Raum betrat, veränderte sich die Atmosphäre, als wäre die Luft ionisiert. Nicholas straffte die Schultern, setzte sein gewinnendstes Lächeln auf und beobachtete Paige aus dem Augenwinkel heraus. Und zum ersten Mal fragte er sich, warum er vor seinen eigenen Eltern eine solche Schau abziehen musste. Er und sein Vater berührten einander nie, es sei denn, man zählte Händeschütteln dazu. Es hatte etwas mit dem Zeigen von Zuneigung zu tun, und das war bei den Prescotts verboten. Als Folge davon fragten sich die Familienmitglieder bei Beerdigungen stets, warum sie dem Verstorben so viele Dinge nie gesagt hatten, die sie eigentlich hätten sagen sollen.

Bei kalter Fruchtsuppe gefolgt von Fasan mit frischen Kartoffeln erzählte Nicholas seinen Eltern von seinen Erfahrungen in den unterschiedlichen Abteilungen, vor allem von der Notaufnahme. Allerdings verzichtete er bei Tisch auf die Schilderung der grausigen Einzelheiten. Seine Mutter wiederum lenkte das Gespräch immer wieder auf ihre letzte Reise. »Der Everest«, sagte sie. »Man kann ihn noch nicht einmal mit dem größten Weitwinkelobjektiv einfangen.« Sie hatte die Jacke zum Diner ausgezogen. Darunter trug sie ein altes Tanktop und eine weite Khakihose. »Aber diese Sherpas kennen die Berge wirklich wie ihre Westentasche.«

»Mutter«, sagte Nicholas, »nicht jeder ist an Nepal interessiert.«

»Nun, Chirurgie interessiert auch nicht jeden, Liebling; trotzdem haben wir alle höflich zugehört.« Astrid drehte sich zu Paige um, die den Kopf eines riesigen Hirschs anstarrte, der über der Tür zur Küche hing. »Der ist furchtbar, nicht wahr?«

Paige schluckte. »Es ist nur, dass ich mir nicht vorstellen kann, dass Sie ...«

»Der ist von Dad«, unterbrach Nicholas sie. »Dad ist Jäger. Und sprich das hier besser nicht an«, warnte er. »Die beiden sind nicht immer einer Meinung, was das betrifft.«

Astrid warf ihrem Mann einen Kuss zu, der am anderen Ende des Tisches saß. »Aber dank dieses furchtbaren Dings habe ich wenigstens meine eigene Dunkelkammer im Haus bekommen«, sagte sie.

»Das nenne ich einen fairen Deal«, erklärte Robert und salutierte seiner Frau mit einer aufgespießten Kartoffel.

Paige schaute von Nicholas' Vater zu Nicholas' Mutter und wieder zurück. Sie kam sich inmitten dieses liebevollen Geplänkels verloren vor, und sie fragte sich, wie Nicholas sich in so einem Umfeld als Kind überhaupt hatte bemerkbar machen können. »Paige, meine Liebe«, sagte Astrid, »wo hast du Nicholas kennengelernt?«

Paige spielte mit dem Besteck und nahm die Salatgabel.

60

Nur Nicholas fiel das auf. »Wir haben uns bei der Arbeit getroffen«, antwortete sie.

»Dann bist du also eine ...« Astrid ließ den Satz unvollendet und wartete darauf, dass Paige ihn mit *Medizinstudentin*, *Krankenschwester* oder *Medizinisch Technische Assistentin* beendete.

»Ich bin Kellnerin«, erklärte Paige rundheraus.

»Ich verstehe«, sagte Robert.

Paige konnte förmlich sehen, wie ihr Astrid die Wärme, mit der sie sie bis jetzt umhüllt hatte, wieder entzog, und sie sah den Blick, den Astrid ihrem Mann zuwarf. *Sie ist nicht, was wir erwartet hatten.* »Eigentlich«, sagte Paige, »bezweifele ich, dass Sie das verstehen.«

Nicholas, dem sich der Magen schon zusammengezogen hatte, kaum dass er an den Tisch gekommen war, tat noch etwas, das bei den Prescotts verboten war: Er lachte laut. Seine Eltern schauten ihn an, doch er drehte sich nur zu Paige um und lächelte. »Paige ist eine wunderbare Künstlerin«, erklärte er.

»Oh«, sagte Astrid und beugte sich vor, um Paige eine zweite Chance zu geben. »Was für ein bewundernswertes Hobby für eine junge Dame. So hat das auch bei mir angefangen, weißt du.« Sie schnippte mit den Fingern, und eine Dienerin erschien und räumte den leeren Teller ab. Dann beugte Astrid sich wieder vor und legte die Ellbogen auf die blütenweiße Tischdecke. Sie lächelte glatt, doch dieses Lächeln erreichte ihre Augen nicht. »Wo bist du aufs College gegangen, meine Liebe?«

»Ich war nicht auf dem College«, antwortete Paige in ruhigem Ton. »Ich wollte auf die RSID, aber dann ist etwas dazwischengekommen.« Sie benutzte das Akronym der Rhode Island School of Design, denn darunter war sie weithin bekannt.

»Riz-dee«, wiederholte Robert kühl und schaute zu seiner Frau. »Darüber haben wir noch nicht viel gehört.«

»Nicholas«, sagte Astrid in scharfem Ton, »wie geht es Rachel?«

Nicholas sah, wie Paiges Gesicht bei der Erwähnung einer anderen Frau förmlich in sich zusammenfiel, einer Frau, deren Namen sie noch nie gehört hatte. Nicholas zerknüllte seine Serviette zu einem Ball und stand auf. »Was kümmert dich das denn auf einmal, Mutter?«, fragte er. »Das war dir früher doch auch egal.« Er trat hinter Paiges Stuhl, zog ihn zurück und hob sie an den Schultern hoch. »Tut mir leid«, sagte er, »aber ich fürchte, wir müssen gehen.«

Wieder im Wagen, fuhren sie erst einmal im Kreis. »Was zum Teufel war das denn?«, verlangte Paige zu wissen, als sie schließlich den Highway erreichten. »Bin ich einfach nur ein Spielzeug für dich?«

Nicholas antwortete nicht darauf. Ein paar Minuten lang starrte Paige ihn mit verschränkten Armen an und ließ sich dann wieder in den Sitz fallen.

Kaum hatten sie den Stadtrand von Cambridge erreicht, da öffnete Paige die Tür. Nicholas trat auf die Bremse. »Was machst du da?«, fragte er ungläubig.

»Ich steige aus. Den Rest kann ich auch zu Fuß gehen.« Und das tat sie auch. Hinter ihr leuchtete der Mond unmittelbar über den Ufern des Charles. »Weißt du, Nicholas«, sagte Paige, »du bist wirklich nicht, wofür ich dich gehalten habe.«

Und als sie dann fortging, zuckte ein Muskel an Nicholas' Kiefer. *Sie ist genau wie alle anderen auch*, dachte er, und nur um ihr das zu zeigen, trat er aufs Gas und raste an ihr vorbei auf die Route 2. Dabei schrie er wie ein Wahnsinniger, bis ihm die Lungen zu platzen drohten.

*

Am nächsten Tag kochte Nicholas immer noch vor Wut. Er traf sich mit Rachel nach ihrem Anatomieseminar und schlug vor, gemeinsam eine Tasse Kaffee trinken zu gehen. Er kenne da einen Laden, sagte er, wo während des Essens ein Porträt von den Gästen gezeichnet wird. Zwar sei er ein wenig weiter entfernt, auf der anderen Flussseite, aber er liege relativ nah bei seinem Apartment – für danach. Und dann ging Nicholas neben Rachel zum Wagen und bemerkte die Blicke der anderen Männer, als sie Rachels honigfarbenes Haar und ihre sanften Kurven sahen. Und als sie schließlich vor der Tür des Schnellimbisses standen, riss Nicholas sie an sich und küsste sie leidenschaftlich auf den Mund.

»Sieh mal einer an«, sagte Rachel und lächelte. »Willkommen zurück.«

Nicholas führte sie zu der Nische, in der er immer saß, doch sie ging erst einmal in den Waschraum. Paige war nirgends zu sehen, und das machte Nicholas wütend. Schließlich war er ihretwegen hier! Er hing diesem Gedanken noch nach, als sie plötzlich hinter ihm stand. Sie war mucksmäuschenstill, und Nicholas hätte ihre Gegenwart gar nicht bemerkt, wäre da nicht der frische Duft von Birnen und Weiden gewesen, an dem er sie erkennen konnte. Als sie vor ihn trat, waren ihre Augen groß und müde. »Tut mir leid«, sagte sie. »Ich wollte nicht, dass du sauer auf mich bist.«

»Wer ist denn hier sauer?«, erwiderte Nicholas und grinste, doch er spürte ganz deutlich einen Stich in seinem Herzen, und er fragte sich, ob das das Gefühl war, das Herzpatienten ihm immer beschrieben.

Genau in diesem Augenblick kam Rachel wieder zurück und setzte sich zu Nicholas in die Nische. »Bitte, entschuldigen Sie«, sagte Paige, »aber diese Nische ist besetzt.«

»Ja, ich weiß«, erwiderte Rachel kühl. Sie schaute zu Nicholas und dann zu Paige, und sie streckte die Hand aus und verschränkte die Finger besitzergreifend mit denen von Nicholas.

Nicholas hätte es nicht besser planen können, doch er hatte nicht damit gerechnet, dass es so wehtun würde. Der Grund dafür war jedoch nicht, dass Paige wie angewurzelt vor ihm stand, den Mund leicht geöffnet, als habe sie nicht richtig gehört. Der Grund dafür war, dass Nicholas keine Enttäuschung sah, betrogen worden zu sein, als sie sich wieder zu ihm umdrehte. Stattdessen, so erkannte er, schaute sie ihn immer noch an, als wäre er ein mystisches Wesen. »Weshalb bist du hergekommen?«, fragte sie.

Nicholas räusperte sich, und Rachel trat ihm unterm Tisch vors Bein. »Rachel hat von den Bildern gehört und hätte gern eins.«

Paige nickte und ging ihren Block holen. Als sie wieder zurückkam, setzte sie sich neben der Nische auf einen kleinen Hocker und hielt den Block schräg, so wie sie es immer tat, damit das fertige Bild auch sie überraschte. Sie zeichnete saubere, schnelle Linien und verwischte sie mit dem Daumen, und während sie zeichnete, schauten andere Gäste ihr über die Schulter, lachten und flüsterten miteinander. Als sie fertig war, warf sie den Block vor Nicholas hin und ging in die Küche. Rachel drehte ihn herum, sodass sie das Porträt betrachten konnte. Da waren ihr Haar, das Glitzern in ihren Augen, und sogar das Wesentliche ihrer hübschen Gesichtszüge hatte Paige eingefangen, aber dennoch ... Das Bild zeigte ganz eindeutig ein Reptil.

*

Obwohl er in dieser Nacht Rufbereitschaft hatte, tat Nicholas etwas, das er noch nie getan hatte: Er meldete sich telefonisch krank. Dann aß er einen Bissen bei McDonald's und spazierte nach Sonnenuntergang über den Harvard Square. Schließlich setzte er sich an der Ecke auf eine Bank und schaute einem Artisten zu, der mit brennenden Fackeln jonglierte, und er fragte sich, ob der Kerl wohl Angst davor hatte, dass etwas passieren könnte. Nicholas legte eine Dollarnote in den Gitarrenkoffer eines Jazzgitarristen und blieb vor dem Fenster eines Spielzeugladens stehen, wo Plüschalligatoren in Plastiksümpfen badeten. Dann, um fünf vor zwölf, ging er zum *Mercy* und überlegte sich, was er tun sollte, wenn heute Doris oder Marvela abschlossen und nicht Paige. Er würde wohl einfach weitergehen, bis er sie gefunden hatte.

Paige leerte gerade die Ketchupflaschen, als er hereinkam. Über ihren Kopf hinweg war das Bild von Rachel als Reptil zu sehen; es klebte neben den anderen an der Wand. »Es gefällt mir«, bemerkte Nicholas, und Paige erschrak.

Dann lächelte sie unwillkürlich. »Ich bin mir sicher, damit habe ich einen Gast vergrault«, sagte sie.

»Wenn schon!«, erwiderte Nicholas. »*Mich* hast du damit wieder zurückgeholt.«

»Und was bekomme ich dafür?«, fragte Paige.

Nicholas lächelte. »Was immer du willst.«

Viele Jahre später, als Nicholas an dieses Gespräch zurückdachte, erkannte er, dass er keine Versprechen hätte machen sollen, die er nicht halten konnte. Aber damals hatte er geglaubt, alles sein zu können, was sie wollte. Er hatte da so ein Gefühl gehabt – ein Gefühl, dass alles, was Paige wirklich brauchte, nichts mit seinem Erfolg und seinem Status zu tun hatte, und das war so neu für ihn, dass er glaubte, eine große Last sei von seinen Schultern genommen worden. Er zog Paige näher zu sich heran und sah, wie sie sich zuerst versteifte, dann jedoch entspannte. Er küsste sie aufs Ohr, die Schläfe und den Mundwinkel. Er roch Schinken und Waffeln in ihrem Haar, aber auch den Sonnenschein und den September, und er fragte sich, woher all die Gedanken kamen, die ihm plötzlich durch den Kopf gingen.

Als sie vorsichtig die Arme um ihn schlang, legte er ihr die Hände auf die Hüfte. »Ist Lionel noch da?«, flüsterte er, und als sie den Kopf schüttelte, zog er den Schlüssel aus ihrer Tasche, schloss die Tür und schaltete das Licht aus. Dann setzte er sich auf einen Barhocker und zog Paige an sich heran, sodass sie zwischen seinen Beinen stand, und er küsste sie und strich ihr mit der Hand vom Hals über die Brust und bis zum Bauch. Er küsste sie sanft, diese Kindfrau, und als er ihr über die Schenkel strich, zuckte sie zusammen, und er musste unwillkürlich lächeln. *Sie muss noch Jungfrau sein*, erkannte er und dachte überwältigt: *Ich will ihr Erster sein. Ich will der Einzige sein.* »Heirate mich«, sagte er, und er war genauso überrascht wie sie von diesen Worten. Er fragte sich, ob das nun wirklich das Ende seiner Glückssträhne war, ob nun auch seine Karriere den Bach hinunterging, ob das der Stein war, der alles ins Rollen brachte. Aber er hielt Paige in den Armen, und er erkannte, dass die Leere in seinem Herzen sich nun mit Liebe füllte. Nicholas staunte. Er staunte über so viel Glück, endlich jemanden gefunden zu haben, der die Sicherheit brauchte, die er geben konnte ... und auch wenn die Gefahren andere waren, vielleicht musste ja auch er beschützt werden.

KAPITEL 3

NICHOLAS

Als Nicholas vier Jahre alt war, brachte seine Mutter ihm bei, wie er sich Fremden gegenüber zu verhalten hatte. Sie setzte sich mit ihm hin und ermahnte ihn zwanzigmal hintereinander, auf der Straße mit niemandem zu reden, es sei denn, es war ein Freund der Familie. Auch dürfe er sich von niemandem an der Hand über die Straße führen lassen, und vor allem dürfe er nie zu jemandem ins Auto steigen – niemals! Nicholas erinnerte sich daran, nervös auf dem Stuhl herumgerutscht zu sein, weil er raus wollte. Er wollte nach der Dose Bier sehen, die er über Nacht auf der Terrasse gelassen hatte, um damit Schnecken zu fangen. Doch seine Mutter wollte ihn nicht gehen lassen, noch nicht einmal aufs Klo – nicht, bevor Nicholas ihre Ermahnungen nicht auswendig nachplappern konnte. Und als es schließlich so weit war, hatte Nicholas Bilder von düsteren, stinkenden Phantomen heraufbeschworen, die zerfetzte schwarze Umhänge trugen, sich in Autos, Rinnsteinen und dunklen Gassen versteckten und nur darauf warteten, sich auf ihn zu stürzen. Als seine Mutter ihm dann sagte, jetzt könne er raus spielen gehen, da hatte er beschlossen, drinzubleiben, und noch Wochen später hatte er sich jedes Mal unter der Couch versteckt, wenn der Postbote geklingelt hatte.

Heutzutage hatte Nicholas die Angst vor Fremden natürlich überwunden, aber die Folgen übermäßigen Vertrauens, die seine Mutter ihm ausgemalt hatte, die hatte er nicht vergessen, und so stand er häufig abseits von den anderen. Zwar konnte er auch charmant sein, wenn die Umstände es verlangten, doch er neigte mehr dazu, Interesse an einer Stuckdecke zu zeigen, als sich in ein Gespräch mit Leuten hineinziehen zu lassen, die er nicht kannte. Bei manchen Menschen ließ man solch ein Verhalten als Schüchternheit durchgehen, doch bei jemandem mit Nicholas' Hintergrund, Aussehen und Bildung betrachtete man es oft als Arroganz. Nicholas machte das jedoch nichts aus. So hatte er Zeit, sich seine Antworten genauer zu überlegen, während andere häufig redeten, bevor sie nachdachten.

Nichts von alledem erklärte aber, warum er Paige O'Toole so impulsiv um ihre Hand gebeten hatte oder warum er ihr den Zweitschlüssel zu seinem Apartment gegeben hatte, noch bevor sie darauf hatte antworten können.

Gemeinsam gingen sie schweigend vom *Mercy* zu seinem Apartment, und Nicholas begann, sich selbst zu hassen. Paige schien nicht mehr sie selbst zu sein. Er hatte alles ruiniert. Nicholas war so nervös, dass er zuerst das Schlüsselloch nicht fand, und dabei wusste er noch nicht einmal, warum er so nervös war. Als sie die Wohnung dann schließlich doch noch betraten, hielt er die Luft an, bis er Paige leise sagen hörte: »In meinem Zimmer war es nie so ordentlich.« Und dann entspannte er sich und lehnte sich an die Wand. »Ich kann lernen, unordentlich zu sein«, erwiderte er.

Gespräche wie dieses in den ersten Stunden, nachdem er Paige einen Heiratsantrag gemacht hatte, zeigten Nicholas, dass er noch verdammt viel nicht von ihr wusste. Er wusste die allgemeinen Dinge, jene Dinge, über die man auf Dinerpartys sprach: Er kannte den Namen ihrer Highschool, wusste, wie sie zum Zeichnen gekommen war, und er kannte den Namen der Straße, in der sie in Chicago gewohnt hatte. Aber er kannte die Einzelheiten nicht, jene Dinge, die ein Liebhaber für gewöhnlich wusste: Wie hatte sie den Hundewelpen genannt, den ihr Vater wieder ins Tierheim gebracht hatte? Wer hatte ihr beigebracht, einen Curve Ball zu werfen? Welche Konstellationen konnte sie am Nachthimmel erkennen? Nicholas wollte das alles wissen. Er war von einer Gier erfüllt, die ihn wünschen ließ, er könnte die letzten sechs Jahre seines Lebens einfach ausradieren, um sie mit Paige noch einmal zu erleben.

»Mehr habe ich nicht«, sagte Nicholas zu Paige und bot ihr eine Schachtel mit alten Keksen an. Er bat Paige, sich auf die schwarze Ledercouch zu setzen, und schaltete die Halogenlampen an. Paige hatte noch nicht gesagt, ob sie ihn heiraten wollte oder nicht, und dieses Detail war Nicholas nicht entgangen. Und es wäre ihm vielleicht auch gar nicht so unrecht gewesen, wenn sie seinen Antrag als Scherz abgetan hätte, denn er war sich noch immer nicht sicher, warum er ihn überhaupt gemacht hatte. Aber er wusste, dass Paige das nicht leichtnahm, und natürlich wollte er die Antwort auch wissen. Gott, die Vorstellung machte ihn wahnsinnig, dass sie ihm ins Gesicht lachen könnte, und allein das verriet ihm mehr über sich, als er zugeben wollte.

Plötzlich wollte er sie zum Reden bringen. Er nahm an, wenn sie ihn nicht mehr länger so anstarren würde und er sie dazu bringen könnte, ihm irgendwas über Chicago oder die schrägen Erfindungen ihres Vaters zu erzählen, dann würde sie mittendrin vielleicht zufällig erwähnen: Ja, sie wolle ihn heiraten.

»Ich bin nicht hungrig«, sagte Paige. Sie ließ ihren Blick durch die Wohnung schweifen, und Nicholas machte sich allmählich Vorwürfe, ihr einen Schrecken eingejagt zu haben. Paige war erst achtzehn. Kein Wunder, dass sie vor ihm zurückschreckte. Sicher, er wollte in ihrer Nähe sein, und zugegeben, er hatte sich in sie verguckt, aber Hochzeit ...? Er wusste nicht, woher die Idee gekommen war. Himmelherrgott, das war, als würde man eine Fliege mit einem Vorschlaghammer erschlagen.

Aber er wollte den Antrag auch nicht wieder zurücknehmen.

Paige schaute auf ihre Schuhe. »Das ist seltsam«, sagte sie. »Das fühlt sich einfach nur seltsam an.« Sie rang mit den Händen. »Ich meine, ich habe mir bis jetzt keine Gedanken darum machen müssen. Dieses Gefühl. Ich habe das nicht geplant. Weißt du, als ich einfach mit dir herumgehangen habe, war das nicht so ... so ...« Sie hob den Blick und suchte nach den richtigen Worten.

»Nicht so folgenschwer?«, schlug Nicholas vor.

»Ja.« Ein Lächeln erschien auf Paiges Gesicht, und sie atmete tief durch. »Du weißt immer, was du sagen musst«, erklärte sie schüchtern. »Das ist einer der Gründe, warum ich dich mag.«

Nicholas setzte sich neben sie auf die Couch und legte den Arm um sie. »Du magst mich also«, sagte er. »Das ist ja schon mal ein Anfang.«

Paige schaute ihn an, als wolle sie etwas sagen; doch dann schüttelte sie nur den Kopf.

»Hey«, sagte Nicholas und hob ihr Kinn an. »Es hat sich nichts geändert. Vergiss, was ich gesagt habe. Ich bin noch immer derselbe Kerl, den du vor zwei Tagen mitten auf der Route 2 hast sitzenlassen. Ich bin noch immer der, dem du beim Pokern die Hosen ausziehen kannst.«

»Du hast nur zufälligerweise von Hochzeit gesprochen.«

Nicholas grinste sie an. »Ja, das habe ich wohl.« Er versuchte, so nonchalant wie möglich zu klingen. »So mache ich das immer nach dem dritten Date.«

Paige legte den Kopf an seinen Arm. »Wir hatten ja noch nicht einmal drei echte Dates«, sagte sie. »Ich kann einfach nicht aufhören, an dich zu denken ...«

»Ich weiß.«

»... dabei kenne ich noch nicht einmal deinen zweiten Vornamen.«

»Jamison.« Nicholas lachte. »Das ist der Mädchenname meiner Mutter. So. Und was steht uns sonst noch im Wege?«

Paige drehte den Kopf, damit sie ihn anschauen konnte. »Und was ist mein zweiter Name?«, forderte sie ihn heraus, um klarzumachen, worauf sie hinauswollte.

»Marie.« Nicholas versuchte, sich Zeit zu erkaufen, während er sich ein Gegenargument überlegte. Dann erkannte er, dass er richtig geraten hatte.

Paige starrte ihn mit offenem Mund an. »Mein Vater hat immer gesagt, ich würde es schon merken, wenn jemand wirklich zu mir passt«, murmelte sie. »Er hat gesagt, Gott richtet es stets so ein, dass man zur richtigen Zeit am richtigen Ort ist.« Nicholas wartete darauf, dass sie das erklärte, doch Paige legte die Stirn in Falten und schaute zu Boden. Dann drehte sie sich wieder zu ihm um. »Warum hast du mir den Antrag gemacht?«, fragte sie.

Eine Million weitere Fragen schwangen in dieser einen mit, und Nicholas wusste nicht, wie er sie alle beantworten sollte. Er war noch immer wie benommen davon, dass ihr zweiter Vorname einfach so in seinem Kopf aufgetaucht war. Also sagte er das Erste, was ihm in den Sinn kam: »Weil du mich nicht gefragt hast.«

Paige schaute ihn wieder an. »Ich mag dich wirklich«, sagte sie.

Nicholas lehnte den Kopf an die Couch, fest entschlossen, ein ganz gewöhnliches Gespräch zu führen, so wie Menschen es tun, die schon ewig zusammen sind. Er sprach vom Wetter und vom hiesigen Baseballteam, und dann plapperte Paige über die Kellnerinnen im *Mercy*. Der Klang ihrer Stimme beruhigte Nicholas. Er stellte ihr immer neue Fragen, nur damit sie weitersprach. So beschrieb sie ihm in allen Einzelheiten das Gesicht ihres Vaters und erzählte ihm, dass sie einmal versucht hatte, ein Wörterbuch von vorne bis hinten zu lesen, weil eine Mitschülerin gesagt hatte, dass sie dadurch klüger würde, doch sie war nur bis N gekommen. Und als sie erzählte, wie sie einmal im Mai in den Michigansee gewatet war, beschrieb sie das so lebendig, dass Nicholas unwillkürlich schauderte und eine Gänsehaut bekam.

Sie lagen nebeneinander auf der schmalen Couch, als Nicholas Paige nach ihrer Mutter fragte. Sie hatte sie beim Abendessen erwähnt, und soweit Nicholas sagen konnte, zog die schwer zu fassende Mrs. O'Toole immer wieder wie ein Schatten durch Paiges Bewusstsein, doch Paige war nicht bereit, Einzelheiten preiszugeben. Nicholas wusste, dass die Frau ihre Familie verlassen hatte, er wusste, dass Paige damals fünf Jahre alt gewesen war, und er wusste, dass Paige sich nicht gut an sie erinnern konnte. Aber sie musste doch irgendwelche Gefühle in ihr ausgelöst haben, oder zumindest einen vagen Eindruck musste ihre Mutter hinterlassen haben.

»Wie war deine Mutter so?«, fragte Nicholas in sanftem Ton und kam Paige dabei so nah, dass seine Lippen ihr Ohr berührten.

Er spürte, wie sie sich sofort verspannte. »Angeblich war sie genau wie ich«, antwortete sie. »Mein Vater hat immer gesagt, sie habe genauso ausgesehen wie ich.«

»Du meinst, *du* siehst aus wie *sie*«, korrigierte Nicholas sie.

»Nein.« Paige drehte sich um und setzte sich auf. »Ich meine, sie sah aus wie ich. Ich bin schließlich die, die geblieben ist.«

Nicholas widersprach dieser Logik nicht, aber er setzte sich ebenfalls auf und strich mit der Hand über das weiche Leder der Couch. »Hat dein Vater dir je gesagt, warum sie gegangen ist?«

Nicholas sah, wie Paige alle Farbe aus dem Gesicht wich. Dann lief sie rot an und stand auf. »Willst du mich oder meine Familie heiraten?«, fragte sie gereizt. Sie starrte Nicholas an, dem es mehrere Sekunden lang die Sprache verschlug, dann lächelte sie so offen, dass man ihre Grübchen sehen konnte, und die Ehrlichkeit dieses Lächelns reichte bis zu ihren Augen hinauf. »Ich bin einfach nur müde«, erklärte sie. »Ich wollte dich nicht anmotzen. Aber ich muss jetzt wirklich nach Hause.«

Nicholas half ihr in den Mantel und fuhr sie zu Doris' Apartment. Er parkte am Straßenrand und ließ die Hände auf dem Lenkrad liegen, während Paige in ihrer Tasche nach dem Schlüssel kramte. Er war so sehr damit beschäftigt, Paiges Kommentare zu ihrer Mutter zu verarbeiten, dass er fast nicht gehört hätte, wie sie mit ihm sprach. Er hatte sie mit dem Heiratsantrag fast vergrault, und als sie dann wieder warm mit ihm geworden war, hatte er es schon wieder vergeigt, weil er sie auf ihre Mutter angesprochen hatte. Diese eine dumme Frage hatte sie so aufgeregt. Verschwieg sie ihm etwas? Eine Art Lizzie-Borden-Geschichte vielleicht? War ihre Mutter vielleicht verrückt, und wollte sie das nicht zugeben aus Angst, er könne das für erblich halten? Oder war er einfach selbst verrückt, weil er glaubte, dieses gewaltige Loch in Paiges Vergangenheit habe keinen Einfluss auf die Zukunft?

»Nun denn«, sagte Paige und drehte sich zu ihm um. »Das war ja mal ein Abend, oder was meinst du?« Als Nicholas sie nicht ansah, senkte sie den Blick. »Ich werde dich nicht darauf festlegen«, sagte sie leise. »Ich weiß, dass du das nicht so gemeint hast.«

Bei diesen Worten drehte Nicholas sich um und drückte Paige den Zweitschlüssel seiner Wohnung in die Hand. »Ich will aber, dass du mich darauf festnagelst«, sagte er.

Dann zog er Paige zu sich heran. »Wann bist du morgen wieder daheim?«, flüsterte er. Er konnte förmlich spüren, wie sie mehr und mehr Vertrauen zu ihm fasste. In Erwartung seines Kusses hob sie den Kopf, aber er drückte nur sanft die Lippen auf ihre Stirn.

Überrascht zog Paige sich zurück und schaute Nicholas an, als wolle sie ihn für ein Porträt studieren. Dann lächelte sie. »Ich werde über deine Frage nachdenken«, sagte sie.

*

Am nächsten Tag wartete Paige bereits auf ihn, als er aus dem Krankenhaus nach Hause kam, und alles war wieder normal zwischen ihnen. Er wusste es, noch bevor er die Tür öffnete, denn der Duft von Butterkeksen drang in den Flur. Und er wusste auch, dass sein Kühlschrank nur ein verschimmeltes Bananenbrot und eine halbe Flasche Soße enthalten hatte, als er heute Morgen gegangen war. Paige hatte offenbar etwas für ihn gebacken oder mitgebracht, und Nicholas war überrascht, wie sehr ihn diese Vorstellung rührte.

Paige saß auf dem Boden, die Hand auf einer Seite von Nicholas' Anatomielehrbuch, als wolle sie verschämt das Bild eines nackten Mannes verdecken. Zuerst sah sie Nicholas nicht. »Phalangen«, murmelte sie beim Lesen vor sich hin. Sie betonte die wissenschaftlichen Namen für Finger- und Zehenknochen allesamt falsch, und Nicholas lächelte. Dann hörte sie seine Schritte und sprang auf, als hätte man sie bei etwas Verbotenem erwischt. »Tut mir leid«, platzte sie heraus.

Paiges Wangen waren rot, ihre Schultern zitterten. »Was tut dir denn leid?«, fragte Nicholas und warf seine Tasche auf die Couch.

Paige schaute sich um. Nicholas folgte ihrem Blick und sah, dass sie mehr getan hatte, als nur Kekse für ihn zu backen. Sie hatte die gesamte Wohnung geputzt und einen Quilt aus dem Schrank geholt und über die Couch gelegt und damit Farbe in den spartanisch eingerichteten Raum gebracht. Außerdem hatte sie das *Smithsonian Magazine* und das *New England Journal of Medicine* vom Beistelltisch geräumt und so Platz für ein Exemplar von *Mademoiselle* geschaffen, auf deren Cover der beste Weg zu einem schönen

Po angepriesen wurde. Und in der Küche, auf der Arbeitsplatte, standen Blumen. Als Vase diente ein altes Erdnussbutterglas.

All diese kleinen Veränderungen lenkten ab von den Antiquitäten und den strengen Linien, die den Raum so formell hatten wirken lassen. In nur einem einzigen Nachmittag hatte Paige das Apartment so umgestaltet, dass es aussah, als würde hier tatsächlich jemand leben.

»Nachdem ich letzte Nacht hier war, hatte ich den Eindruck, dass hier etwas fehlt, und das ging mir einfach nicht aus dem Kopf. Es ... Ich weiß nicht ... Es sah einfach alles so steif aus ... als würdest du in einem Artikel des *Architectural Digest* wohnen. Die Blumen habe ich an einem Stand neben dem Highway gekauft«, erklärte Paige nervös, »und da ich keine Vasen gefunden habe, habe ich mir einfach das Erdnussbutterglas genommen.«

Nicholas nickte. »Ich wusste noch nicht einmal, dass ich Erdnussbutter hatte«, sagte er und schaute sich weiter um. In seinem ganzen Leben hatte er noch kein Exemplar von *Mademoiselle* in der Wohnung gehabt, und seine Mutter wäre eher gestorben, als Wildblumen vom Highway anstatt Gewächshausrosen auf dem Tisch zu haben. Und was den Quilt betraf, hatte man Nicholas beigebracht, dass so etwas in eine Jagdhütte gehöre, aber nicht ins Wohnzimmer.

Als er mit dem Medizinstudium begonnen hatte, hatte Nicholas die Wohnungseinrichtung seiner Mutter überlassen, denn er hatte weder die Zeit noch die Lust dazu gehabt. Und es war wenig überraschend gewesen, dass anschließend alles genauso aussah wie in dem Haus, in dem er aufgewachsen war. Astrid hatte ihm eine Ormolu-Uhr und einen antiken Wohnzimmertisch aus Kirschbaumholz hinterlassen. Vorhänge und Polster hatte sie von ihrem Lieblingseinrichter anfertigen lassen. Stoff und Muster hatte er selbst aussuchen dürfen, nur musste es Lodengrün, Marineblau und Scharlachrot sein, denn Astrid glaubte, dass diese Farben besonders gut zu ihrem Sohn passten. Nicholas hatte so ein offiziell wirkendes Wohnzimmer zwar nicht gewollt, aber das hatte er seiner Mutter gegenüber nie erwähnt. Allerdings hätte er auch nicht gewusst, wie er ein ›normales‹ Wohnzimmer daraus hätte machen sollen.

»Und? Was denkst du?«, flüsterte Paige so leise, dass Nicholas schon glaubte, er habe sich die Frage nur eingebildet.

Er trat hinter Paige und schlang die Arme um sie. »Ich denke, wir werden wohl eine Vase kaufen müssen.«

Er spürte, wie Paiges Schultern sich entspannten. Plötzlich begann sie zu reden, und die Worte sprudelten nur so aus ihr heraus. »Ich wusste nicht, was ich tun konnte«, sagte sie, »ich wusste nur, dass ich nicht untätig bleiben durfte. Und dann kam ich auf die Idee … Ich kann Kekse backen, hast du das gewusst? … Nun, ich weiß ja nicht, ob das, was *ich* mag, das Gleiche ist, was *du* magst, und ich habe mich gefragt, wie *ich* wohl reagieren würde, wenn ich nach Hause käme, und jemand, den ich kaum kenne, hätte alles umgebaut. Und wir kennen uns ja wirklich kaum, Nicholas, und auch darüber habe ich die ganze Nacht nachgedacht. Kaum war ich davon überzeugt, dass das hier das Richtigste ist, das ich je getan habe, da meldet sich der gesunde Menschenverstand zu Wort. Was sind deine Lieblingskekse? Butter oder Schokolade?«

»Ich weiß nicht«, antwortete Nicholas. Er lächelte. Es gefiel ihm, dass er Paige nur mit Mühe folgen konnte. Irgendwie erinnerte ihn das an das Kaninchen, das er als Kind einmal gehabt hatte, und wie er versucht hatte, es an der Leine spazieren zu führen.

»Hör auf, mich zu ärgern«, sagte Paige und zog sich von ihm zurück. Sie ging in die Küche und holte ein Blech aus dem Ofen. »Du hast diese Keksausstecher noch nie benutzt«, sagte sie. »Die Preisschilder waren noch dran.«

Nicholas stand ebenfalls auf, nahm sich einen Pfannenheber und löste damit einen Keks vom Blech. Er war heiß, sodass er ihn erst einmal von einer Hand in die andere werfen musste, bis er ein wenig abgekühlt war. »Ich habe gar nicht gewusst, dass ich solche Formen habe«, sagte er. »Ich koche nicht viel.«

Paige schaute zu, wie Nicholas den Keks probierte. »Ich auch nicht. Ich nehme an, das solltest du wissen, oder? Vermutlich würden wir binnen eines Monats verhungern.«

Nicholas hob den Blick. »Aber dann würden wir zumindest glücklich sterben«, sagte er und nahm einen zweiten Bissen. »Die sind gut, Paige. Du unterschätzt dich.«

Paige schüttelte den Kopf. »Ich habe einmal den Herd in Brand gesetzt, weil ich ein Fertiggericht machen wollte, ohne es vorher aus der Packung zu nehmen. Kekse sind alles, was ich kann. Aber *die* kann ich blind. Und du scheinst mir der Butterkekstyp zu sein. Ich habe überlegt, ob du im *Mercy* je Schokolade bestellt hast, aber das hast du nicht, also kam ich zu dem Schluss, dass du eher auf Vanille stehst.« Als Nicholas sie anstarrte, grinste Paige ihn an. »Die Welt ist in Schokoladen- und Vanilletypen eingeteilt. Hast du das etwa nicht gewusst, Nicholas?«

»So einfach ist das?«

Paige nickte. »Denk doch mal darüber nach. Niemand mag alles in einem gemischten Eis gleich gerne. Entweder sparst du dir die Schokolade auf oder die Vanille. Wenn du Glück hast, kannst du mit jemandem tauschen, dann hast du einen ganzen Becher mit der Sorte, die du am liebsten magst. Mein Dad hat das immer so mit mir gemacht.«

Nicholas dachte über den Tag nach, den er gerade hinter sich hatte. Er hatte noch immer Bereitschaftsdienst in der Notaufnahme. An diesem Morgen waren sechs Fahrzeuge auf der Route 93 ineinandergerast, und die Verletzten waren ins Mass General gebracht worden. Einer war gestorben, ein anderer war acht Stunden lang in der Neurochirurgie operiert worden, und wieder ein anderer hatte einen Herzstillstand gehabt. Während des Mittagessens wurde ein sechsjähriges Mädchen hereingebracht, das auf dem Spielplatz in den Schusswechsel zweier Jugendgangs geraten war und einen Bauchschuss hatte. Und dann war Paige in seinem Apartment gewesen. Jeden Tag zu Paige nach Hause kommen zu können wäre eine große Erleichterung, ein Segen sogar.

»Ich nehme an, du bist der Schokoladentyp«, sagte Nicholas.

»Natürlich.«

Nicholas nahm sie wieder in die Arme. »Du kannst nicht nur jederzeit die Hälfte meines Bechers haben«, sagte er. »Du kannst alles von mir haben.«

*

holas hatte einmal von einer kaum eine Meter fünfzig großen Frau gelesen, die einen umgestürzten Schulbus von ihrer siebenjährigen Tochter gehoben hatte. Und er hatte einmal eine Dokumentation über einen unverheirateten Soldaten gesehen, der sich auf eine Granate geworfen hatte, um einen Kameraden zu schützen, der daheim eine Familie gehabt hatte. Medizinisch konnte Nicholas das mit dem Adrenalinschub in Krisensituationen erklären. Praktisch gesehen wusste er, dass für solche Taten auch eine emotionale Bindung bestehen musste. Und zu seiner Überraschung erkannte er, dass er solche Dinge auch für Paige tun würde. Er würde für sie durch einen reißenden Fluss schwimmen, sich einer Kugel in den Weg werfen, sein Leben geben. Der Gedanke schockierte Nicholas, ließ ihm das Blut in den Adern gefrieren. Vielleicht war das ja nur das Produkt eines übertriebenen Beschützerinstinkts, aber immer mehr glaubte er, es war Liebe.

Trotz seines überstürzten Heiratsantrags glaubte Nicholas nicht an die romantische Liebe. Er glaubte weder daran, aus den Socken gehauen zu werden, noch an Liebe auf den ersten Blick – auch wenn beides sein fast schon an Besessenheit grenzendes Interesse an Paige hätte erklären können. Als er letzte Nacht wachgelegen hatte, hatte er sich gefragt, ob Anziehung auch auf Mitleid beruhen konnte – er, der Junge, der mit allem aufgewachsen war und der nun glaubte, Licht in das Leben des Mädchens bringen zu können, das gar nichts hatte –; aber Nicholas hatte auch früher schon Frauen aus niederen sozialen Kreisen kennengelernt, und bei keiner von ihnen hatte es ihm die Sprache verschlagen. Diese Frauen – die, die Nicholas mit einer Flasche Hauswein und einem charmanten Lächeln für sich gewinnen konnte – schmückten sein Bett für gewöhnlich nicht länger als eine Woche, bis er entschied, es sei an der Zeit weiterzuziehen.

Natürlich hätte er das auch mit Paige tun können – und er wusste, dass das nicht schwer gewesen wäre –, aber immer wenn er sie ansah, wollte er sie beschützen und mit seinem Leib vor der Welt abschirmen. Sie war viel zerbrechlicher, als sie nach außen hin zeigte.

Paige hatte sich dort ausgestreckt, was dank ihr nun wirklich als *Wohn*zimmer durchgehen konnte, und sie las in dem Anatomielehrbuch, als wäre es ein Krimi. »Ich weiß nicht, wie du dir das alles merken kannst, Nicholas«, bemerkte sie. »Allein die Knochen sind mir ja schon zu viel.« Sie schaute ihn an. »Ich habe es versucht, weißt du? Ich dachte, wenn ich sie alle auswendig aufsagen könnte, würde dich das beeindrucken.«

»Du beeindruckst mich auch so schon«, erwiderte er. »Die Knochen sind mir egal.«

Paige zuckte mit den Schultern. »Ich bin nicht beeindruckend«, sagte sie.

Nicholas, der auf der Couch lag, rollte sich auf die Seite, um Paige anzusehen. »Soll das ein Scherz sein?«, fragte er. »Du hast dein Zuhause verlassen, dir einen Job besorgt und in einer Stadt überlebt, über die du rein gar nichts gewusst hast. Himmel, ich hätte das mit achtzehn nicht gekonnt.« Er hielt kurz inne. »Ich weiß noch nicht einmal, ob ich heute dazu in der Lage wäre.«

»Das musstest du auch nie«, entgegnete Paige leise.

Nicholas öffnete den Mund, um etwas darauf zu erwidern, doch dann schwieg er. Er hatte das wirklich nie gemusst ... aber er hatte es *gewollt*.

Nicholas' Eltern hatten beide in gewissem Sinne ihre Lebensumstände verändert. So hatte Astrid, die ihren Stammbaum bis zum Plymouth Rock zurückführen konnte, stets versucht, ihre Beziehungen zu den Brahmanen von Boston herunterzuspielen. »Ich weiß gar nicht, warum man immer so ein Aufhebens wegen der Mayflower macht«, hatte sie gesagt. »Himmel noch mal, die Puritaner waren *Ausgestoßene*, bevor sie hierhergekommen sind.« Sie wuchs inmitten von uraltem Geld auf. Dabei galten ihre Vorbehalte jedoch nicht einem Leben voller Privilegien, sondern den Einschränkungen, die damit verbunden waren. Sie hatte nicht die geringste Absicht, zu jener Art von Frau zu werden, die mit den Wänden des Hauses verschmolz, das sie definierte. Und so flog sie am Tag ihres Abschlusses in Vassar nach Rom, ohne einer Menschenseele etwas davon zu sagen. Dort betrank sie sich und tanzte um Mitternacht im Trevibrunnen, und sie schlief mit so vielen dunkelhaarigen Männern, wie sie konnte, bis ihre Kreditkarte gesperrt wurde. Als sie Monate später Robert Prescott auf einer Parkplatz-Party vorgestellt wurde, hätte sie ihn fast als einen dieser reichen, verwöhnten Bengel abgetan, mit denen ihre Eltern sie immer zusammenbringen wollten. Doch als sich ihre Blicke bei einem Glas gewürztem Cidre trafen, erkannte sie, dass Robert nicht das war, was er zu sein schien. Unterschwellig kochte auch ihm das Blut von dem Verlangen nach Flucht, das Astrid nur allzu gut von sich selbst kannte. Hier war ihr Spiegelbild – jemand, der genauso verzweifelt hinein wollte wie sie hinaus.

Robert Prescott war ohne einen Cent geboren und offensichtlich auch ohne Vater. Er hatte Zeitschriften an der Tür verkauft, um sein Harvardstudium zu finanzieren. Und jetzt, dreißig Jahre später, besaß er ein solches Vermögen, dass niemand mehr zu fragen wagte, ob es nun altes oder neues Geld war. Er liebte den Status, den er sich erworben hatte, und er liebte es, seinen glänzenden, neu erworbenen Besitz neben Astrids Sammelsurium von sieben Generationen alten Antiquitäten zu sehen. Und Robert kannte die Rolle genau, die er spielen musste: Er musste auf Dinnerpartys mürrisch und gelangweilt dreinblicken, Portwein schlürfen und jene Teile seines Lebens systematisch ausblenden, die ihn in Verlegenheit bringen konnten.

Einmal hatte es einen erbitterten Streit gegeben, als Nicholas' Vater darauf bestanden hatte, sein Sohn solle etwas tun, was der ums Verrecken nicht tun wollte – die eigentlichen Umstände des Streits hatten beide inzwischen vergessen. Vermutlich ging es darum, irgendjemandes Schwester zu einem Debütantinnenball zu begleiten oder ein fürs Wochenende geplantes Baseballspiel in der Nachbarschaft abzusagen, um stattdessen in die Tanzschule zu gehen. Nicholas war unnachgiebig geblieben und fest davon überzeugt, dass sein Vater ihn schlagen würde, doch zum Schluss hatte Robert sich nur besiegt auf seinen Sessel fallen lassen und sich die Nase gerieben. »Nicholas«, sagte er und seufzte, »du würdest dich an die Regeln halten, wenn dir klar wäre, was du dabei verlieren kannst.«

Nun, da er älter war, verstand Nicholas, was sein Vater damit gemeint hatte. Und um die Wahrheit zu sagen, egal wie oft er auch darüber fantasierte, das Leben eines einfachen Hummerfischers in Maine zu leben, er genoss die Vorteile seiner gesellschaftlichen Stellung viel zu sehr, als dass er sie einfach aufgegeben hätte. Es gefiel ihm, den Gouverneur mit Vornamen anreden zu dürfen, es gefiel ihm, wenn Debütantinnen ihre Spitzen-BHs auf dem Rücksitz seines Wagens vergaßen, und es gefiel ihm, am College und am medizinischen Seminar zugelassen worden zu sein, ohne auch nur eine halbe Sekunde lang an sich selbst oder seinen Chancen gezweifelt zu haben. Was nun Paige betraf, so mochte sie ja nicht genauso aufgewachsen sein wie Nicholas' Eltern, aber dennoch hatte auch sie etwas zurückgelassen. Sie war voller Gegensätze. So zerbrechlich sie nach außen hin auch erschien, sie besaß genug Selbstvertrauen, um mit ihrer Vergangenheit zu brechen. Und Nicholas musste erkennen, dass er im ganzen Leib weniger Mut hatte als Paige im kleinen Finger.

Paige schaute wieder von dem Anatomiebuch auf. »Wenn ich dich abfragen würde, würdest du dann alles wissen? Jede Kleinigkeit?«

Nicholas lachte. »Ja und nein. Das hängt davon ab, was du mich fragen würdest.« Er beugte sich vor. »Aber sag das niemandem, sonst werde ich meine Approbation nie bekommen.«

Paige setzte sich in den Schneidersitz. »Nehmen wir doch einfach mal meine Krankengeschichte«, schlug sie vor. »Das ist doch sicher eine gute Übung, oder? Würde dir das nicht helfen?«

Nicholas stöhnte. »Das mache ich gut hundertmal am Tag«, sagte er. »Das kann ich im Schlaf.« Er rollte sich auf den Rücken. »Name? Alter? Geburtsdatum? Geburtsort? Rauchen Sie? Treiben Sie Sport? Und wenn ja, welchen? Haben Sie oder jemand in Ihrer Familie Herzkrankheiten, Diabetes, Brustkrebs? Haben Sie oder jemand in Ihrer Familie ...?« Er ließ den Satz unvollendet, rutschte von der Couch und hockte sich neben Paige. Sie schaute auf ihre Hände. »Dann haben wir wohl ein Problem«, sagte sie. »Wenn es sich wirklich um *meine* Krankengeschichte dreht, warum konzentrierst du dich dann so sehr auf alle anderen in meiner Familie?«

Nicholas griff nach ihrer Hand. »Erzähl mir von deiner Mutter«, forderte er sie auf.

Paige sprang auf und schnappte sich ihre Handtasche. »Ich muss jetzt gehen«, sagte sie, doch Nicholas packte sie am Handgelenk, bevor sie sich umdrehen konnte.

»Warum läufst du immer weg, wenn ich deine Mutter erwähne?«

»Warum kommst du immer darauf zu sprechen, wenn ich bei dir bin?« Paige starrte auf ihn hinunter und riss sich dann von ihm los. »Das ist kein großes Geheimnis, Nicholas«, sagte sie. »Ist dir nie der Gedanke gekommen, dass ich da nicht viel zu erzählen habe?«

Das gedämpfte Licht der grünen Stehlampe warf Nicholas' und Paiges Schatten an die gegenüberliegende Wand. Und in den Schatten, wo man die Gesichter nicht sehen konnte, sah es fast so aus, als strecke Paige die Hand aus, um Nicholas aufzuhelfen, als wäre sie diejenige, die ihn unterstützte.

Nicholas nahm Paige wieder an der Hand und zog sie zu sich herunter. Sie wehrte sich nicht. Dann legte er die Hände so aneinander, dass ihr Schatten dem Kopf eines Alligators entsprach, der sich die Wand entlangfraß. »Nicholas!«, flüsterte Paige, und ein Lächeln erschien auf ihrem Gesicht. »Zeig mir, wie man das macht!« Nicholas faltete seine Hände über ihre und drehte sanft ihre Finger, bis ein Hase an der

Wand erschien. »Das habe ich schon mal gesehen«, sagte sie, »aber mir hat nie jemand erklärt, wie das geht.«

Nicholas machte eine Schlange, eine Taube, einen Indianer und einen Hund. Und bei jedem neuen Bild klatschte Paige und bettelte darum, dass Nicholas ihr die Handhaltung erklärte. Nicholas konnte sich nicht daran erinnern, wann er zum letzten Mal jemanden gesehen hatte, der so einen Spaß an Schattenspielen hatte. Und er konnte sich auch nicht daran erinnern, wann er das zum letzten Mal gemacht hatte.

Paige bekam den Schnabel des Adlers nicht richtig hin. Kopf und Auge hatte sie richtig, doch Nicholas konnte ihre Finger nicht so biegen, dass man den krummen Schnabel erkennen konnte. »Ich glaube, deine Hände sind zu klein dafür«, sagte er.

Paige drehte ihre Hände herum und fuhr mit dem Finger über ihre Lebenslinie. »Ich glaube, da hast du recht«, sagte sie.

Nicholas beugte sich herunter und küsste sie auf die Handflächen, und Paige betrachtete ihre Schatten, fasziniert von der Bewegung und der geschwungenen Form von Nicholas' Nacken, und sie starrte auf die Stelle, wo ihrer beider Schatten miteinander verschmolzen. Dann schaute Nicholas wieder zu ihr hinauf. »Wir sind noch nicht mit deiner Krankengeschichte fertig«, sagte er und strich mit der Hand über ihre Seite.

Paige legte den Kopf an seine Schulter und schloss die Augen. »Das liegt daran, dass ich keine Krankengeschichte habe«, sagte sie.

»Dann überspringen wir diesen Teil«, murmelte Nicholas und drückte seine Lippen an ihren Hals. »Bist du je stationär behandelt oder operiert worden?«, fragte er. »Hat man dir zum Beispiel die Mandeln herausgenommen?« Er küsste ihren Nacken, ihre Schultern, ihren Rücken. »Oder den Blinddarm?«

»Nein«, keuchte Paige. »Nichts dergleichen.« Sie hob den Kopf, als Nicholas mit den Knöcheln über ihre Brüste fuhr.

Nicholas schluckte. Er fühlte sich wieder wie siebzehn. Er tat schließlich nichts, was er später bereuen würde, denn sie hatte das hier schließlich noch nie zuvor getan. »Alles intakt«, flüsterte er. »Perfekt.« Zitternd legte er die Hände auf Paiges Hüfte und schob sie ein paar Zoll von sich weg. Dann strich er ihr das Haar aus den Augen.

Paige stieß einen kehligen Laut aus. »Nein«, sagte sie, »du verstehst das nicht.«

Nicholas setzte sich auf die Couch und zog Paige an seine Seite. »Doch, das tue ich«, sagte er. Er streckte sich der Länge nach aus und zog Paige zu sich herunter, sodass ihre Körper von Kopf bis Fuß aneinandergepresst waren. Er konnte ihren Atem spüren.

Paige starrte über Nicholas' Schulter hinweg an die kahle Wand. Jetzt waren keine Schatten mehr zu sehen. Sie versuchte, sich ihre Hände vorzustellen, die Finger ineinander verschlungen, sodass sie im Schatten eins waren. Doch nichts, was sie in ihrem Geist heraufbeschwor, war richtig. Sie wusste, dass sie die Länge ihrer Finger falsch berechnet hatte, die Krümmung ihres Handgelenks. Sie wollte den Adler schaffen. Sie wollte es wieder und wieder versuchen, bis es ihr fehlerfrei gelang und sie es nie wieder vergessen würde. »Nicholas«, sagte sie. »Ja ... Ja, ich will dich heiraten.«

Kapitel 4

Paige

Ich hätte meine Ehe nicht mit einer Lüge beginnen dürfen, das hätte ich wissen müssen. Aber damals schien es so leicht. Dass jemand wie Nicholas mich wollte, war einfach überwältigend. Er hielt mich, wie ein Kind eine Schneeflocke hält, leicht, als wisse er irgendwie, dass ich in nur einem Augenblick verschwinden könnte. Er trug sein Selbstvertrauen wie einen Mantel. Ich habe ihn nicht nur geliebt, ich habe ihn angebetet. Ich hatte noch nie jemanden wie ihn kennengelernt, und da ich überrascht war, dass er ausgerechnet mich ausgesucht hatte, traf ich eine Entscheidung: Ich würde sein, was immer er wollte, und ihm bis ans Ende der Welt folgen.

Er glaubte, ich sei noch Jungfrau, dass ich mich für jemanden wie ihn aufgespart hätte. In gewisser Hinsicht hatte er auch recht damit – in achtzehn Jahren hatte ich noch nie jemanden wie Nicholas getroffen. Doch das, was ich ihm nicht erzählt hatte, nagte bis zu unserer Hochzeit jeden Tag an mir. Es war wie ein stetes Summen im Ohr, das alles übertönte. Immer wieder dachte ich an Vater Draher, der uns stets gepredigt hatte, eine Unterlassungslüge sei auch eine Lüge. Also beschloss ich jeden Tag nach dem Aufwachen, heute sei der Tag, an dem ich Nicholas die Wahrheit sagen würde. Doch es gab eine Sache, die noch schlimmer war, als ihm zu gestehen, dass ich eine Lügnerin war: die Gefahr, ihn zu verlieren.

*

*Nicholas kam aus dem Badezimmer der kleinen Wohnung. Er
hatte sich ein Handtuch um die Hüften geschlungen. Das
Handtuch war blau, und darauf waren Bilder von Fesselbal-
lons in den Primärfarben. Nicholas ging zum Fenster, ohne jegliche Scham, und zog die Jalousie herunter.* »Tun wir einfach
mal so«, *sagte er,* »als wäre es nicht mitten am Tag.«

*Er setzte sich auf die Bettkante. Ich lag unter der Decke. Ob-
wohl es draußen warm war, hatte ich schon den ganzen Tag gezittert. Und ich wünschte auch, es wäre Nacht, doch nicht aus
Sittsamkeit. Dieser Tag war so furchtbar und voller Anspan-
nung gewesen, dass ich wünschte, es wäre schon morgen. Ich
wollte aufwachen, Nicholas neben mir finden und einfach mit
dem Rest des Lebens weitermachen – unseres Lebens.*

*Nicholas beugte sich über mich und brachte den vertrauten
Duft von Seife, Babyöl und frisch geschnittenem Gras mit. Ich
liebte seinen Geruch, denn es war nicht, was ich erwartet hatte.
Er küsste mich auf die Stirn, als wäre ich ein krankes Kind.*
»Hast du Angst?«, *fragte er.*

Ich wollte ihm sagen: Nein. Vermutlich wird es dich überraschen, aber wenn es um Sex geht, komme ich ganz gut zurecht. *Stattdessen nickte ich jedoch und wartete darauf, dass er
mich beruhigte und mir sagte, er würde mir nicht wehtun, zumindest nicht mehr als nötig beim ersten Mal. Doch Nicholas
streckte sich neben mir aus, verschränkte die Hände hinter dem
Kopf und sagte:* »Ich auch.«

*

Ich habe Nicholas nicht sofort gesagt, dass ich ihn heiraten will. Ich gab ihm Zeit, noch einen Rückzieher zu machen. Er hat mich in jener Nacht im *Mercy* gefragt, nachdem er diese Hexe von Freundin mitgebracht hatte. Zuerst habe ich schreckliche Angst bekommen, denn ich glaubte, mich nun all den Geheimnissen stellen zu müssen, vor denen ich weggelaufen war. Gut einen Tag lang habe ich mich gegen die Vorstellung einer Ehe mit ihm auch gewehrt, aber wie sollte ich etwas verhindern, das offenkundig Schicksal war?

Ich wusste die ganze Zeit über, dass Nicholas der Richtige war. Ich konnte mit ihm im Gleichschritt gehen, obwohl seine Beine viel länger waren als meine. Ich konnte am Klang der Türglocke hören, dass er den Raum betrat. Und wenn ich an ihn dachte, dann musste ich lächeln. Ich hätte Nicholas zwar auch geliebt, wenn er mir keinen Heiratsantrag gemacht hätte, aber ich ertappte mich immer wieder dabei, wie ich an schmucke Häuschen in von Bäumen gesäumten Straßen dachte, an spielende Kinder auf dem Fußballplatz und an Rezepte in einer selbst gebastelten Schachtel auf dem Regal. Ich stellte mir ein normales Leben vor, wie ich es nie gehabt hatte. Auch wenn ich dieses Leben erst jetzt leben würde, als Ehefrau, so sagte ich mir: besser spät als nie.

Der Dekan von Harvard gab Nicholas eine Woche frei, in der er weder Seminare besuchen noch im Krankenhaus arbeiten musste. In der Zeit konnten wir dann in ein Studentenwohnheim für Ehepaare ziehen und einen Termin beim Friedensrichter machen. Flitterwochen würde es allerdings nicht geben, denn dafür fehlte das Geld.

*

Nicholas zog die Decke von mir herunter. »Wo hast du das denn her?«, fragte er und ließ seine Hand über den weißen Satin gleiten. Dann schob er die Finger unter die Träger. Sein Atem strich über meinen Nacken, und ich spürte, wie wir uns an so vielen Stellen berührten – den Schultern, den Bäuchen, den Schenkeln. Nicholas bewegte den Kopf nach unten und leckte meine Brustwarzen. Ich fuhr ihm mit der Hand durchs Haar und schaute zu, wie das Sonnenlicht das Blau am Haaransatz zum Vorschein brachte.

*

Marvela und Doris, die beiden einzigen Freundinnen, die ich in Cambridge hatte, gingen mit mir in einen kleinen Kleiderdiscount in Brighton, der sich ›Preis der Träume‹ nannte. Dort schien es alles an Frauenkleidung zu geben, was man sich vorstellen konnte: Unterwäsche, Accessoires, Kostüme, Hosen, Blusen und Sweatshirts. Ich hatte einhundert Dollar. Fünfundzwanzig kamen von Lionel als Hochzeitsbonus, und der Rest stammte von Nicholas. Am Tag zuvor waren wir in das neue Studentenwohnheim gezogen, und als Nicholas sah, dass ich mehr Zeichenutensilien in meinem Rucksack hatte als Kleider, da erklärte er, ich müsse mir unbedingt etwas kaufen. Obwohl wir es uns nicht leisten konnten, gab er mir Geld. »Du kannst ja wohl kaum in der pinkfarbenen Uniform des *Mercy* heiraten«, sagte er, und ich lachte und antwortete: »Na, dann warte mal ab.«

Doris und Marvela flogen wie erfahrene Shopper durch den Laden. »Mädchen«, rief Marvela mir zu, »willst du was Formelles oder lieber was Abgefahrenes?«

Doris nahm mehrere Strumpfhosen von einem Ständer. »Was meinst du mit ›abgefahren‹?«, murmelte sie. »Bei einer Hochzeit gibt es kein ›Abgefahren‹.«

Weder Doris noch Marvela waren verheiratet. Marvela war es einmal gewesen, doch ihr Mann war in dem Schlachthof, wo er gearbeitet hatte, bei einem Unfall ums Leben gekommen, und sie sprach nicht gern darüber. Doris, die irgendwas zwischen vierzig und sechzig war und die das Geheimnis ihres Alters hütete wie die Queen die Kronjuwelen, sagte, sie möge keine Männer, aber ich fragte mich, ob es vielleicht nicht eher umgekehrt war.

Die beiden ließen mich mit Leder abgesetzte Tageskleider anprobieren, Zweiteiler mit gepunktetem Revers und sogar einen paillettenbesetzten, eng anliegenden Anzug, in dem ich mich wie eine Presswurst fühlte. Zu guter Letzt bekam ich ein schlichtes weißes Satinnachthemd für die Hochzeitsnacht und ein einfaches blassrosa Kostüm für die Zeremonie. Es bestand aus einem glatten Rock und einer Schößchenjacke, und es schien wie für mich gemacht. Als ich es anprobierte, schnappte Doris nach Luft, und Marvela schüttelte den Kopf und sagte: »Und da heißt es immer, Rotschöpfe könnten kein Rosa tragen.« Ich stand vor einem dreiteiligen Spiegel und hielt die Hände vor den Körper, als würde ich ein riesiges Blumenbouquet vor mir her tragen. Und ich fragte mich, wie es wohl sein würde, ein schweres Brokatkleid auf der Schulter zu spüren, eine Schleppe hinter sich herzuziehen und in einen Schleier zu atmen, während der Hochzeitsmarsch aus Lohengrin durch die Kathedrale hallte. Aber das würde nicht geschehen, und es war auch nicht wichtig. Wen kümmerte schon ein einziger Tag, wenn man noch sein ganzes Leben Zeit hat, alles perfekt zu gestalten? Und als ich mich zu meinen Freundinnen umdrehte, da sah ich meine Zukunft in ihren Augen leuchten.

*

Nicholas' Lippen suchten sich einen Weg über meinen Körper und hinterließen eine heiße Linie, die mich an Lionels Narbe erinnerte. Ich bewegte mich unter ihm. Er hatte mich noch nie so berührt. Tatsächlich hatte er, nachdem die Entscheidung zu heiraten gefallen war, kaum mehr getan, als mich zu küssen und meine Brüste zu streicheln. Ich versuchte, mich darauf zu konzentrieren, was Nicholas wohl denken mochte, ob er irgendwann auf den Gedanken kam, dass mein Körper – der einen eigenen Willen hatte – sich nicht so scheu und ängstlich verhielt, wie er es von einer Jungfrau erwartete. Doch Nicholas sagte kein Wort, und vielleicht war er diese Art von Reaktion ja auch gewöhnt.

Er hatte mich so lange und so gut berührt, dass es einige Momente dauerte, bis ich bemerkte, dass er aufgehört hatte. Und ich merkte es nur, weil die Wärme seiner Hände einem kalten Luftzug wich. Ich zog ihn näher an mich heran wie eine warme, menschliche Decke. Ich war bereit, alles zu tun, nur damit ich nicht wieder zitterte. Ich klammerte mich an ihn, als würde ich ertrinken, und ich nehme an, das kam der Realität sehr nahe.

Als seine Hände schließlich zwischen meine Schenkel huschten, verkrampfte ich mich. Ich wollte das nicht, und natürlich deutete Nicholas das falsch, aber als ich das letzte Mal dort berührt worden war, war es ein Arzt in einer Klinik gewesen, und eine schreckliche Enge hatte sich in meiner Brust breitgemacht, von der ich heute weiß, dass es Leere war. Nicholas murmelte etwas, das ich nicht hörte, aber an meinen Beinen spürte, und dann wanderten seine Küsse an meinen Schenkeln hinauf, und schließlich kam sein Mund wie ein Flüstern über mich.

*

»Sie haben uns gratuliert«, erzählte mir Nicholas, als er das Telefon auflegte, nachdem er seinen Eltern von uns erzählt hatte. »Sie wollen, dass wir morgen Abend vorbeikommen.«

Seit unserem ersten Besuch dort war mir klar, dass Astrid Prescott mich ungefähr genauso mochte wie eine Armee, die ihre Dunkelkammer überrennt. »Das haben sie ganz sicher nicht«, erwiderte ich. »Sag mir die Wahrheit.«

»Das ist die Wahrheit«, beteuerte Nicholas, »und genau das macht mir so große Sorgen.«

Schweigend fuhren wir nach Brookline, und als wir an der Tür klingelten, machten Astrid und Robert Prescott gemeinsam auf. Sie waren in modische Grautöne gekleidet, und sie hatten das Licht im Haus gedämpft. Es wirkte, als hätten wir sie geweckt.

Während des Abendessens wartete ich ständig darauf, dass etwas geschah. Als Nicholas seine Gabel fallen ließ, wäre ich fast aus dem Stuhl gesprungen. Aber es wurde weder geschrien noch etwas Welterschütterndes verkündet. Eine Dienerin servierte uns gebratene Ente mit Gemüsegarnitur, und Nicholas und sein Vater unterhielten sich über Hochseeangeln am Kap. Astrid sprach einen Toast auf unsere Zukunft aus, und wir alle hoben unsere Gläser, sodass die Sonnenstrahlen, die noch immer durch die Fenster fielen, auf das Kristall trafen und Regenbogen an die Wände warfen. Den ganzen Hauptgang über konnte ich vor lauter Angst vor dem Unbekannten kaum atmen, das wie ein Wolf in den dunklen Ecken des Speisezimmers lauerte. Und während des Desserts starrte ich immer wieder zu dem schweren Leuchter hinauf, der über dem Tisch baumelte. Er hing an einer dünnen, vergoldeten Kette, die an das Haar einer Märchenprinzessin erinnerte, und ich fragte mich, wie lange es wohl dauern würde, bis sie riss.

Schließlich führte Robert uns auf einen Kaffee und Brandy in den Salon. Astrid stellte sicher, dass wir alle ein Glas bekamen. Nicholas setzte sich neben mich auf ein Zweiersofa und legte mir den Arm um die Schultern. Dann beugte er sich vor und flüsterte mir zu, das Abendessen sei so gut gelaufen, dass es ihn nicht überraschen würde, wenn seine Eltern uns nun auch eine riesige, extravagante Hochzeit ausrichten würden. Ich rang mit den Händen und bemerkte die kleinen, gerahmten Fotos, die in jedem freien Winkel des Salons standen: auf den Regalen, dem Klavier, ja sogar zwischen den Stühlen. Allesamt waren es Bilder von Nicholas in unterschiedlichem Alter: Nicholas auf einem Dreirad, Nicholas mit dem Gesicht gen Himmel, Nicholas auf der Veranda mit einem zotteligen schwarzen Hundewelpen. Ich war so sehr damit beschäftigt, diese Teile seines Lebens zu betrachten, Teile, die ich nicht kannte, dass ich Robert Prescotts Frage fast nicht gehört hätte: »Wie alt bist du nun wirklich?«

Ich war überrascht. Ich hatte die eisblaue Seidentapete betrachtet, die übertrieben dick gepolsterten Stühle und die Queen-Anne-Beistelltische, die geschmackvoll mit antiken

Vasen und bemalten Kupferkästchen dekoriert waren. Nicholas hatte mir erzählt, das Porträt über dem Kamin – ein Sergeant, der mein Interesse geweckt hatte – stellte niemanden dar, den er kannte. Jedenfalls habe sein Vater es nicht gekauft, weil es ihm gefiel, sondern als Geldanlage. Ich fragte mich, wie Astrid Prescott Zeit gehabt hatte, sich einen Namen zu machen und gleichzeitig ein Haus einzurichten, das manches Museum in den Schatten stellte. Ich fragte mich, wie ein Junge in dieser Umgebung hatte aufwachsen können. Schließlich bestand die Gefahr, dass er Zeugen der Geschichte aus etlichen Jahrhunderten zerstörte, wenn er das Treppengeländer herunterrutschte oder mit dem Hund spielte.

»Ich bin achtzehn«, antwortete ich in sachlichem Ton und dachte dabei, dass in meinem – nein, in unserem Haus die Möbel weich und ohne Kanten sein würden und die Farben hell und leuchtend, und alles, wirklich alles, würde ersetzbar sein.

»Weißt du, Paige«, bemerkte Astrid. »Achtzehn ist so ein Alter ... Ich zum Beispiel habe erst mit zweiunddreißig wirklich gewusst, was ich im Leben wollte.«

Robert stand auf und ging vor dem Kamin auf und ab. Dann blieb er davor stehen und versperrte den Blick auf den Sergeant, sodass es aussah, als stünde er im Zentrum des Bildes. »Was meine Frau damit sagen will, ist, dass ihr beide natürlich das Recht habt, euch zu entscheiden, wie ihr wollt ...«

»Das haben wir schon«, unterbrach ihn Nicholas.

»Wenn du mich bitte ausreden lassen würdest«, sagte Robert. »Ihr habt sicherlich das Recht zu entscheiden, was ihr aus eurem Leben machen wollt. Aber ich frage mich, ob eure Entscheidung nicht vielleicht auf falschen Grundlagen beruht. Du, Paige, hast zum Beispiel noch nicht einmal wirklich gelebt. Und du, Nicholas, du studierst noch. Du kannst noch nicht selbst für dich sorgen, geschweige denn für eine Familie. Und wenn du erst einmal Verantwortung als Arzt trägst, wirst du kaum noch Zeit daheim verbringen.« Er trat vor mich und legte mir kalt die Hand auf die Schulter. »Paige hätte doch sicher auch lieber einen Mann, den sie nicht nur gelegentlich zu sehen bekommt.«

»Paige braucht Zeit, sich selbst zu entdecken«, sagte Astrid. Auch sie verhielt sich inzwischen so, als wäre ich nicht im Raum. »Ich weiß das, glaub mir, Nicholas. Es ist nahezu unmöglich, eine Ehe zu führen, wenn ...«

»Mutter«, unterbrach Nicholas sie. Er war sichtlich angespannt. »Kommt auf den Punkt«, forderte er seine Eltern auf.

»Deine Mutter und ich glauben, dass ihr noch warten solltet«, sagte Robert Prescott. »Solltet ihr in ein paar Jahren noch genauso empfinden, dann habt ihr natürlich unseren Segen.«

Nicholas stand auf. Er war zwei Zoll größer als sein Vater, und als ich ihn so sah, verschlug es mir den Atem. »Wir werden *jetzt* heiraten«, erklärte er.

Astrid räusperte sich und schlug mit ihrem diamantenbesetzten Ehering gegen den Rand des Brandyglases. »Es ist so schwer, das anzusprechen ...«, sagte sie und wandte sich verlegen von uns ab, diese Frau, die allein in den australischen Busch gereist war und die sich nur mit einer Kamera bewaffnet bengalischen Tigern entgegengestellt hatte. Sie kehrte uns den Rücken zu, und plötzlich verwandelte sie sich von

98

der geheimnisvollen Fotografin in den Schatten einer alt ge-
wordenen Debütantin. Und in diesem Augenblick wusste
ich, worauf sie hinauswollte.

Nicholas starrte an seiner Mutter vorbei. »Paige ist nicht
schwanger«, sagte er, und als Astrid seufzte und sich wieder
auf den Stuhl zurücksinken ließ, da zuckte Nicholas zusammen, als hätte er einen Schlag in die Magengrube bekommen.

Robert kehrte seinem Sohn den Rücken zu und stellte das
Brandyglas auf den Kaminsims. »Wenn du Paige unbedingt
heiraten willst«, sagte er leise, »dann werde ich deine Ausbildung nicht länger finanzieren.«

Nicholas taumelte einen Schritt zurück, und ich tat das
Einzige, was ich tun konnte: Ich stellte mich an seine Seite
und stützte ihn. Astrid schaute zum Fenster und in die
Nacht hinaus, als würde sie alles dafür geben, diese Szene
nicht mit ansehen zu müssen. Robert Prescott drehte sich
um. Sein Blick war müde, und Tränen schimmerten in seinen Augen.

»Ich versuche doch nur zu verhindern, dass du dein Leben
ruinierst«, sagte er.

»Bitte, tu mir keinen Gefallen mehr«, sagte Nicholas,
machte auf dem Absatz kehrt und zog mich hinter sich her.
Er führte mich aus dem Haus und ließ die Tür weit offen
stehen.

Als wir wieder draußen waren, lief Nicholas los. Er rannte
um das Haus herum und auf den Hinterhof, vorbei an Vo-
gelbädern aus weißem Marmor und hohen Rosenbögen und
in den Wald, der das Grundstück seiner Eltern umgab. Als
ich ihn schließlich fand, saß er auf einem Haufen Pinienna-

deln. Er hatte die Knie angezogen und ließ den Kopf hängen. »Hör zu«, sagte ich. »Vielleicht solltest du das noch mal überdenken.«

Es brachte mich fast um, diese Worte zu sagen und mir vorzustellen, dass Nicholas Prescott wieder für alle Zeiten in der Villa seiner Eltern verschwinden und mir zum Abschied zuwinken könnte. Inzwischen hatte ich nämlich einen Punkt erreicht, an dem ich glaubte, nicht mehr ohne Nicholas leben zu können. War er nicht da, verbrachte ich meine Zeit damit, mir vorzustellen, er wäre bei mir. Ich verließ mich darauf, dass er mich an Feiertage erinnerte, mich sicher von der Arbeit nach Hause brachte und meine Freizeit füllte. Es fiel mir so leicht, mit seinem Leben zu verschmelzen, dass ich mich manchmal fragte, ob ich ohne ihn überhaupt existiert hatte.

»Ich muss das nicht noch einmal überdenken«, sagte Nicholas. »Wir werden heiraten.«

»Und ich nehme an, Harvard wird dich behalten, weil du Gottes Geschenk an die Medizin bist, ja?«

Die Worte waren schon heraus, als mir klar wurde, dass ich es anders hätte formulieren sollen. Nicholas schaute mich an, als hätte ich ihn geschlagen. »Ich könnte mich exmatrikulieren«, sagte er, und seine Stimme klang dabei, als rede er in einer Fremdsprache.

Doch ich wollte den Rest meines Lebens mit keinem Mann verheiratet sein, der mich unterschwellig dafür hasste, dass er nicht das geworden war, was er hatte sein wollen. Ich liebte Nicholas nicht, weil er dereinst Arzt sein würde; ich liebte ihn, weil er ohne Zweifel der Beste war. Und Nicholas wäre nicht Nicholas gewesen, wenn er Kompromisse eingegangen wäre. »Vielleicht kannst du ja mal mit deinen Professoren reden«, sagte ich. »Nicht jeder in Harvard hat ohne Ende Geld. Es gibt doch sicher auch Stipendien und Förderprogramme. Und nächstes Jahr werden wir mit deinem Gehalt als Assistenzarzt und meinem Lohn als Kellnerin schon zurechtkommen. Ich könnte mir auch einen zweiten Job besorgen und du einen Studienkredit aufnehmen.«

Nicholas zog mich neben sich auf die Piniennadeln und hielt mich fest. In der Ferne hörte ich einen Eichelhäher. Nicholas hatte mich, das Stadtmädchen, diese Dinge gelehrt: den Unterschied zwischen dem Gesang von Spatz und Amsel, wie man ein Feuer mit Birkenrinde macht und wie man Käfer voneinander unterscheidet. Ich spürte, wie Nicholas' Brust bei jedem Atemzug bebte. Im Geiste hatte ich schon eine Liste mit Leuten zusammengestellt, die wir morgen noch kontaktieren könnten, um mit ihnen über unsere finanzielle Zukunft zu sprechen, jedenfalls war ich sehr zuversichtlich. Meine eigene Zukunft konnte ich für eine Weile hintanstellen. Immerhin würde die Kunsthochschule auch morgen noch da sein, und um Künstler zu werden, musste man noch nicht einmal eine besuchen. Außerdem glaubte ein Teil von mir, dass ich die Kunsthochschule gegen etwas genauso Gutes eintauschte. Nicholas liebte mich, Nicholas hatte beschlossen, bei mir zu bleiben. »Ich werde für dich arbeiten«, flüsterte ich ihm zu, und noch während ich das sagte, erinnerte ich mich an das Alte Testament, an Jakob, der sieben Jahre lang für Rachel geschuftet und noch immer nicht bekommen hatte, was er wollte.

*

Ich stand kurz davor, die Kontrolle zu verlieren. Nicholas'
Hände, Hitze und Stimme waren überall. Meine Finger wan-
derten seine Arme hinauf und über seinen Rücken, und sie
zwangen ihn, zu mir zu kommen. Er spreizte meine Beine und
legte sich zwischen sie, und ich erinnerte mich, was von mir er-
wartet wurde. Nicholas küsste mich, und dann bewegte er sich
in mir, und ich riss die Augen auf. Ich sah nur ihn. Nicholas
füllte meinen Himmel ganz und gar.

*

»Ich würde gerne ein R-Gespräch anmelden«, sagte ich zu
der Dame in der Telefonvermittlung. Ich flüsterte, obwohl
Nicholas nicht einmal in der Nähe war. Eigentlich sollten
wir uns in zwanzig Minuten im Büro des Friedensrichters
treffen, aber ich hatte ihm gesagt, ich müsse noch etwas für
Lionel erledigen. Ich versuchte, mit meinem guten Kostüm
nicht die verdreckte Scheibe der Telefonzelle zu berühren,
und trommelte mit den Fingern aufs Telefon. »Bitte, sagen
Sie, es sei Paige.«

Es klingelte zehnmal, dann schlug die Dame mir vor, es
später noch mal zu versuchen, doch plötzlich nahm mein Vater ab. »Hallo«, sagte er, und seine Stimme erinnerte mich an
seine Zigaretten und die graue Packung, in der sie kamen.

»Ein R-Gespräch von Paige. Nehmen Sie das Gespräch an?«

»Ja«, antwortete mein Vater. »Ja, natürlich.« Er wartete
eine Sekunde, bis die Dame aus der Leitung war, und rief
dann meinen Namen.

»Dad«, sagte ich zu ihm, »ich bin noch immer in Massachusetts.«

»Ich wusste, dass du mich anrufen würdest, Liebling«, sagte mein Vater. »Ich habe erst heute an dich gedacht.«

Sofort keimte Hoffnung in mir auf. Wenn ich nicht allzu genau hinhörte, dann konnte ich ignorieren, wie belegt seine Stimme war. Vielleicht würden Nicholas und ich ihn ja besuchen, und vielleicht würde er eines Tages auch mich besuchen.

»Ich habe heute Morgen ein Foto hinter meinem Router gefunden. Erinnerst du dich noch daran, wie wir mal in den Streichelzoo gefahren sind?« Ja, das tat ich, aber ich wollte ihn nicht sprechen hören. Erst jetzt erkannte ich, wie sehr ich den Klang seiner Stimme vermisst hatte. »Du hast dich immer so sehr darauf gefreut, Schafe zu sehen«, fuhr er fort, »Lämmer vor allem, denn ich hatte dir von der Farm in Donegal erzählt. Ich glaube, da warst du höchstens sechs.«

»Oh, ich kenne das Foto«, rief ich und sah vor meinem geistigen Auge, wie ich ein Lamm an mich drückte.

»Es hätte mich auch überrascht, wenn du das vergessen hättest«, sagte mein Vater. »Was du an dem Tag alles abbekommen hast! Du bist mit einer Hand voll Futter in das Gehege gegangen, tapfer wie Cuchulainn höchstpersönlich, und jedes Lama, jede Ziege und jedes Schaf darin ist auf dich zugestürmt und hat dich über den Haufen gerannt.«

Ich runzelte die Stirn und erinnerte mich daran, als wäre es gestern gewesen. Sie waren von allen Seiten gekommen, wie Albträume mit ihren leeren, toten Augen und den schiefen gelben Zähnen. Flucht war unmöglich gewesen. Und hier, in meinem Hochzeitskleid, beginne ich, bei dem Gedanken daran leicht zu schwitzen. Und ich merke, dass ich mich wieder genauso fühle, genau in diesem Augenblick.

Mein Vater grinste – das hörte ich an seinem Tonfall. »Was hast du so gemacht?«, fragte er.

»Das, was ich immer gemacht habe«, antwortete ich und hörte, wie sein Lächeln verschwand.

Ich hörte all die Dinge durch meinen Kopf rauschen, die ich ihm sagen wollte und sagen musste. Und inmitten des Schweigens hörte ich Dads Gedanken. Warum war er nicht gekommen und hatte mich aus Massachusetts zurückgeholt, fragte er sich. Warum hatte er die Trümmer nicht eingesammelt und alles wieder heil gemacht? Ich fühlte, wie er all das durchging, was wir zueinander gesagt hatten, und all das, was wir uns verschwiegen hatten, und wie er nach dem Anknüpfungspunkt suchte, sodass es diesmal anders sein würde.

Ich wusste, was zu tun war, er jedoch nicht. Der Gott meines Vaters predigte Vergebung, doch tat er das auch?

Plötzlich wollte ich ihm nur noch den Schmerz nehmen. *Ich* hatte gesündigt. Es war an *mir*, Schuld zu empfinden. Mein Vater hätte das nicht tun dürfen. Ich wollte ihn wissen lassen, dass er nicht die Verantwortung für alles trug, nicht für das, was ich getan hatte, nicht für mich. Und da er nicht glaubte, dass ich auf mich selbst aufpassen konnte – das würde er *nie* glauben –, sagte ich ihm, dass sich nun jemand anderes um mich kümmern würde. »Dad«, sagte ich, »ich werde heiraten.«

Ich hörte ein seltsames Geräusch, als hätte ich Dad die Luft aus den Lungen getrieben. »Dad?«, hakte ich nach.

»Ja.« Er atmete tief durch. »Liebst du ihn?«, fragte er. »Ja«, gab ich zu. »Das tue ich wirklich.«

»Das macht es nur umso schwerer«, sagte er.

Kurz wunderte ich mich über diese Worte, und als ich fühlte, dass ich gleich weinen würde, legte ich die Hand auf die Sprechmuschel und zählte langsam bis zehn. »Ich wollte dich nicht verlassen.« Das sagte ich jedes Mal, wenn ich ihn anrief. »Ich habe nicht damit gerechnet.«

Hunderte von Meilen entfernt seufzte mein Vater. »Das tut man nie«, sagte er.

Ich dachte an die schöne Zeit zurück, da er mich als Kind gebadet, mir meinen Schlafanzug angezogen und mir die Knoten aus dem Haar gekämmt hatte. Damals war alles so leicht gewesen. Ich dachte daran zurück, wie ich auf seinem Schoß gesessen, ins Kaminfeuer geschaut und mich gefragt hatte, ob es wohl etwas Schöneres gab auf dieser Welt.

»Paige?«, sagte Dad in das Schweigen hinein. »Paige?«

Ich beantwortete nicht alle Fragen, die er mir zu stellen versuchte. »Ich werde heiraten. Das wollte ich dich nur wissen lassen«, sagte ich, aber ich war sicher, dass er die Angst in meiner Stimme genauso deutlich hören konnte wie ich die Furcht in seiner.

*

Es begann in meinem Bauch und in meiner Brust, dieses Gefühl, als drehe sich alles immer schneller und schneller in mir. Ich spürte, dass Nicholas sich zurückhielt. Er war angespannt wie ein Puma und wartete darauf, dass ich bereit war. Ich schlang Arme und Beine um ihn, und wir kamen gemeinsam. Ich liebte die Art, wie er seinen Nacken krümmte, ausatmete und dann die Augen öffnete, als wisse er nicht so recht, wo er sich befand und wie er hierhergekommen war. Ich liebte es zu wissen, dass ich dafür verantwortlich war.

Nicholas nahm mein Gesicht in die Hände und sagte mir, dass er mich liebe. Er küsste mich, doch statt Leidenschaft fühlte ich Beschützerinstinkt. Er zog uns beide herum, und ich kuschelte mich an seine Brust und schmeckte seine Haut und seinen Schweiß. Ich versuchte, mich so eng wie möglich an ihn zu schmiegen. Doch ich schloss die Augen nicht zum Schlafen, sondern ich wartete darauf, dass Gott mich niederstrecken würde – genauso wie beim letzten Mal, als ich mit einem Mann zusammen gewesen war.

*

Nicholas brachte mir Veilchen, zwei große Sträuße, ganz frisch. »Veilchen«, sagte ich und lächelte, »stehen für Treue.«

»Ah ja«, sagte er, »und woher weißt du das?«

»Das sagt zumindest Ophelia, in *Hamlet*«, erklärte ich ihm, nahm die Sträuße und hielt sie in der linken Hand. Kurz sah ich das berühmte Bild von Ophelia, wie sie mit dem Gesicht nach oben im Fluss treibt, tot, das Haar voller Blumen. Zwar hauptsächlich Gänseblümchen, aber auch Veilchen.

Der Friedensrichter und eine Frau, die er uns kurz als Trauzeugin vorstellte, standen inmitten des kahlen Raums, als wir eintraten. Ich glaube, Nicholas hatte mir erzählt, der Mann sei ein pensionierter Richter. Er bat uns, unsere Namen zu buchstabieren, und sagte dann: »Liebe Brautleute.« Die ganze Angelegenheit dauerte nicht mehr als zehn Minuten.

Ich hatte keinen Ring für Nicholas, und ich bekam Panik, doch Nicholas holte zwei leuchtend goldene Ringe aus seiner Tasche und gab mir den größeren. Er schaute mich an, und ich las klar und deutlich in seinen Augen: *Ich habe das nicht vergessen. Ich werde nie etwas vergessen.*

*

Binnen weniger Minuten brach ich in Tränen aus. Nicht weil ich verletzt war, was Nicholas glaubte, noch glücklich oder desillusioniert. Ich weinte, weil ich die letzten acht Wochen ein Loch in meinem Herzen gehabt hatte. Ich hatte sogar begonnen, mich selbst ein wenig zu hassen. Doch als ich mit Nicholas Liebe machte, stellte ich fest, dass das, was gefehlt hatte, wieder da war. Sicher, es war Flickwerk, aber es war besser als zuvor. Nicholas besaß die Fähigkeit, mich zu erfüllen.

Nicholas küsste mir die Tränen von den Wangen und strich mir übers Haar. Er war mir so nah, dass wir dieselbe Luft atmeten. Und als er sich wieder neben mir bewegte, begann ich, meine Vergangenheit auszulöschen, bis ich mich nur noch an das erinnerte, was ich Nicholas erzählt hatte und was er glauben wollte. »Paige«, sagte er, »das zweite Mal wird sogar noch besser.« Und ich setzte mich auf ihn, lockte ihn in mich hinein, und ich begann zu heilen.

Kapitel 5

Paige

Die schönste Erinnerung, die ich an meine Mutter habe, hat damit zu tun, dass wir meinen Vater hintergingen. Es war ein Sonntag, und solange ich denken kann, gingen wir sonntags zur Messe. Jeden Sonntag zogen mein Vater, meine Mutter und ich unsere besten Sachen an und gingen die Straße hinunter zu Saint Christopher, wo ich dem rhythmischen Summen der Gebete lauschte und zuschaute, wie meine Eltern die Kommunion empfingen. Hinterher standen wir dann immer auf den Stufen zur Kirche in der Sonne, und mein Vater legte die Hand auf meinen Kopf, während er mit den Morenos und den Salvuccis über das schöne Wetter in Chicago sprach. Doch an diesem einen Sonntag war mein Vater noch vor Sonnenaufgang nach O'Hare gefahren. Er flog nach Westchester, New York, um sich dort mit einem exzentrischen, alten Millionär zu treffen, in der Hoffnung, eine seiner neuesten Erfindungen an den Mann zu bringen: eine hochziehbare, verformbare Polypropylenmatratze, die man in den Doppelgaragen, die gerade modern waren, zwischen die Autos hängen konnte. Er nannte das Ding den ›Limousinenretter‹, und es sorgte dafür, dass der Lack der Wagen nicht zerkratzte, wenn sie zu dicht beieinanderstanden.

Ich hätte eigentlich schlafen sollen, aber Träume hatten mich geweckt. Mit vier, fünf Jahren hatte ich nicht viele

Freunde. Ein Teil des Problems war meine Schüchternheit, ein anderer, dass die Eltern der Nachbarskinder sie dazu anhielten, dem Haus der O'Tooles fernzubleiben. Die vollbusigen, italienischen Mamas in der Gegend sagten, meine Mutter wäre unkonventioneller, als gut für sie sei, und die dunklen, verschwitzten Männer hatten Angst, das Pech, das mein Vater mit seinen Erfindungen hatte, könne sie anstecken. Also begann ich, Spielkameraden zu erfinden, jedoch nicht so, dass ich jemanden neben mir sah, sobald ich meine Bauklötze herausholte. Ich wusste sehr wohl, dass ich allein war, wenn ich allein war. Doch nachts träumte ich immer wieder das Gleiche: Ein anderes Mädchen rief nach mir, und gemeinsam formten wir Kuchen im Sandkasten und schaukelten, bis unsere Zehen die Sonne berührten. Und der Traum endete stets gleich: Irgendwann brachte ich den Mut auf, das Mädchen nach seinem Namen zu fragen, damit ich sie wiederfinden konnte, und kurz bevor sie antwortete, wachte ich auf.

Und so war es auch an diesem Sonntag. Enttäuscht öffnete ich die Augen und hörte meinen Vater den Koffer durch den Flur zerren. Meine Mutter verabschiedete sich flüsternd von ihm und erinnerte ihn daran, uns später, nach der Messe, anzurufen, um uns zu erzählen, wie es gelaufen war.

Der Morgen begann so wie immer. Meine Mutter machte mir Frühstück, mein Lieblingsgericht: Apfelpfannkuchen in Form meiner Initialen. Dann legte sie mein rosa Spitzenkleid aufs Bett. Doch als es an der Zeit war, zur Kirche zu gehen, traten meine Mutter und ich in einen dieser perfekten Apriltage hinaus. Die Sonne war so angenehm wie ein

Kuss, und die Luft roch nach frisch gemähtem Gras. Meine Mutter lächelte, nahm meine Hand, und wir gingen die Straße hinunter und entfernten uns immer weiter von Saint Christopher. »An so einem schönen Tag«, sagte sie, »will Gott bestimmt nicht, dass wir drinnen verrotten.«

Da wurde mir zum ersten Mal bewusst, dass meine Mutter noch ein zweites Leben führte, eines, das nichts mit meinem Vater zu tun hatte. Was ich immer für Spiritualität gehalten hatte, war in Wirklichkeit nur ein Nebeneffekt der Energie, die sie wie ein Magnetfeld umgab. Nun fand ich heraus, dass meine Mutter ein vollkommen anderer Mensch sein konnte, wenn sie sich nicht den Launen eines anderen beugen musste.

Wir gingen immer weiter und weiter und kamen dem See immer näher. Das roch ich in der Luft. Und während wir gingen, wurde es immer wärmer, ja, es wurde richtig heiß. Als wir die weißen Mauern des Lincoln Park Zoos erreichten, ließ Mom meine Hand los. Der Zoo rühmte sich damit, natürliche Gehege zu haben. Anstatt die Tiere einzusperren, hielten sie die Leute mit geschicktem Design draußen. Es gab nur wenige Zäune oder Betonbarrieren. Die Giraffen wurden nur durch ein Bodengitter zurückgehalten, über das sie nicht laufen konnten, und die Zebras lebten hinter einem Graben, den sie nicht überspringen konnten. Meine Mutter lächelte mich an. »Du wirst es lieben«, sagte sie, und ich fragte mich, ob sie öfter hierherkam, und wenn ja, wen nahm sie mit, wenn nicht mich.

Allein aufgrund des Wassers fühlten wir uns vom Eisbärengehege geradezu magisch angezogen. Drei Felsen waren in das kalte Blau der Arktis gemalt, und die Bären lagen aus-

gestreckt in der Sonne. Sicher war es ihnen in ihren Winter-
fellen viel zu warm. Gelegentlich schlugen sie mit den Pran-
ken ins Wasser, das – so sagte meine Mutter – extra gekühlt
wurde. Es waren zwei Weibchen und ein Junges. Ich fragte
mich, wie sie wohl miteinander verwandt waren.

Meine Mutter wartete, bis das Junge die Hitze nicht mehr
ertragen konnte; dann zog sie mich ein paar schattige Stufen
zum Unterwasserfenster herunter. Das Junge schwamm genau auf uns zu und drückte die Schnauze ans Plexiglas.
»Schau mal, Paige!«, sagte meine Mutter. »Es will dir einen
Kuss geben!« Sie hielt mich hoch, sodass ich mir die traurigen braunen Augen genauer anschauen konnte. »Wärst du
nicht gerne da drin?«, fragte meine Mutter, stellte mich wieder auf den Boden und tupfte mir die Stirn mit ihrem Rocksaum ab. Als ich nicht darauf antwortete, stieg sie wieder in
die Hitze hinauf und redete vor sich hin. Ich folgte ihr. Was
hätte ich auch sonst tun sollen? »Es gibt viele Orte«, hörte
ich sie flüstern, »an denen ich gern sein würde.«

Dann hatte sie eine Idee. Am nächsten Wegweiser
schleppte sie mich zu den Elefanten. Afrikanische und Indische Elefanten sind zwar zwei verschiedene Spezies, aber sie
sind immerhin so eng verwandt, dass man sie im selben Gehege halten kann. Sie hatten breite, kahle Köpfe und Ohren
wie Papier, und ihre Haut war faltig und weich wie die der
alten schwarzen Frau, die in Saint Christopher sauber-
machte. Die Elefanten schüttelten die Köpfe und schlugen
mit ihren Rüsseln nach den Mücken. Sie folgten einander
vom einen Ende des Geheges zum anderen und blieben an
den Bäumen stehen, um sie zu untersuchen, als hätten sie sie
noch nie gesehen. Ich schaute sie mir an und fragte mich,

wie es wohl wäre, auf beiden Seiten des Kopfes ein Auge zu haben. Ich war mir nicht sicher, ob es mir gefallen würde, die Dinge nicht mehr direkt ansehen zu können.

Ein Graben trennte uns von den Elefanten. Meine Mutter setzte sich auf den heißen Beton und zog sich die Highheels aus. Sie trug keine Strümpfe. Sie hob den Rock und watete in das knietiefe Wasser. »Das ist wunderbar«, seufzte sie. »Aber komm nicht rein, Paige. Ich sollte das wirklich nicht tun. Ich könnte dich in Schwierigkeiten bringen.« Sie bespritzte mich mit Wasser, und Gras und tote Fliegen klebten am weißen Spitzenkragen meines Kleides. Sie tänzelte und stolzierte, bis sie fast den Halt auf dem rutschigen Untergrund verlor. Und sie sang Melodien aus populären Broadwayshows, erfand die Texte aber selber, dumme Reime über Dickhäuter und das Wunder von Dumbo. Als ein Zoowärter langsam näher kam und nicht wusste, wie er mit einer erwachsenen Frau im Elefantengraben umgehen sollte, lachte meine Mutter und winkte ihm zu gehen. Mit der Eleganz eines Engels stieg sie aus dem Wasser und setzte sich wieder auf den Beton. Sie zog die Pumps an, und als sie aufstand, war ein dunkler, runder Fleck auf dem Boden zu sehen, dort wo sie gesessen hatte. Mit dem gleichen Ernst, mit dem sie mich sonst an die goldene Regel erinnerte, sagte sie, manchmal müsse man auch ein Risiko eingehen.

Mehrmals an diesem Tag schaute ich meine Mutter mit einer seltsamen Gefühlsmischung an. Ich zweifelte keinen Moment daran, dass sie meinem Vater sagen würde, wir seien in der Kirche gewesen und alles sei genauso gelaufen wie immer, wenn er anrief. Ich liebte es, Teil einer Verschwörung zu sein. An einem Punkt fragte ich mich sogar, ob es sich bei der

Freundin, die ich Nacht für Nacht sah, vielleicht um meine Mutter handelte. Wie angenehm und wunderbar das wäre.

Wir setzten uns auf eine Bank neben eine Dame, die Ballons verkaufte. Meine Mutter hatte meine Gedanken gelesen. »Heute«, sagte sie, »stellen wir uns mal vor, ich bin nicht deine Mutter. Heute bin ich einfach nur May. Nur deine Freundin May.« Und natürlich widersprach ich ihr nicht, denn genau das hatte ich ja gehofft, und außerdem benahm sie sich auch nicht wie meine Mutter – zumindest nicht wie die, die ich kannte. Wir erzählten diese kleine Lüge dem Mann, der den Affenkäfig fegte. Er blickte nicht von seiner Arbeit auf, aber ein großer, zerzauster Gorilla näherte sich und starrte uns auf eine sehr menschliche Weise an, die zu sagen schien: *Ja, ich glaube euch.*

Zum Schluss gingen wir im Lincoln Park Zoo in das Haus für die Pinguine und Seevögel. Dort war es dunkel, es roch nach Hering, und alles war nach außen hin abgeschlossen. Das Gebäude lag teilweise unter der Erde, um die Temperatur kühl zu halten. Die Besucher wurden durch einen gewundenen Gang geführt, und durch dicke Glasfenster hindurch konnte man die Pinguine beobachten. Sie sahen fantastisch aus in ihrer formellen Kleidung, und sie machten Stepptanz auf Eisschollen. »Dein Vater«, sagte May, »sah bei unserer Hochzeit nicht viel anders aus.« Sie beugte sich dicht ans Glas heran. »Und wirklich kann ich den einen Bräutigam nicht vom anderen unterscheiden. Sie sehen alle gleich aus, weißt du?« Und ich sagte, ja, auch wenn ich keine Ahnung hatte, wovon sie sprach.

Meine Mutter starrte einen Pinguin an, der bäuchlings ins Wasser geglitten war und dort nun elegante Rollen vollführte, während ich um die Ecke verschwand. Ich fühlte mich von der anderen Seite des Hauses angezogen, denn dort waren die Papageientaucher. Ich wusste zwar nicht, was ein Papageientaucher ist, aber mir gefiel der Name. Es hörte sich so schön bunt an. Der Gang war lang und schmal, und es dauerte eine Weile, bis meine Augen sich an das gedämpfte Licht gewöhnt hatten. Ich machte ganz kleine Schritte, weil ich nicht wusste, wo ich hinging, und ich hielt die Hände vor mich wie ein Blinder. Ich hatte das Gefühl, als wäre ich Stunden unterwegs, aber ich konnte diese Papageientaucher nicht finden und auch nicht den silbernen Lichtstreifen unter der Tür, die nach draußen führte, oder den Ort, von dem ich losgegangen war. Das Herz schlug mir bis zum Hals. Ich wusste, dass ich gleich schreien, weinen oder auf die Knie sinken und für immer unsichtbar werden würde. Doch aus irgendeinem Grund war ich nicht überrascht, als meine Finger in der Finsternis die tröstende Gestalt von May fanden, die sich daraufhin wieder in meine Mutter verwandelte und die Arme um mich schlang. Ich habe nie verstanden, wie sie so plötzlich vor mir stehen konnte, denn ich hatte sie nicht an mir vorbeigehen sehen. Das Haar meiner Mutter fiel mir wie ein Vorhang vor die Augen und kitzelte mich in der Nase. Ihr Atem blies mir an die Wange, und schwarze Schatten umringten uns wie eine künstliche Nacht, doch die Stimme meiner Mutter wirkte fest, wie etwas, an dem ich mich festhalten konnte. »Ich dachte schon, ich würde dich nie finden«, sagte sie, und diese Worte begleiteten mich wie eine Litanei für den Rest meines Lebens.

KAPITEL 6

NICHOLAS

Nicholas hatte eine furchtbare Woche. Einer seiner Patienten war auf dem Operationstisch gestorben, als sie ihm die Gallenblase entfernt hatten. Er hatte einer sechsunddreißigjährigen Frau sagen müssen, dass der Tumor in ihrer Brust bösartig ist, und heute war der Dienstplan geändert worden. Er war wieder in der Herzchirurgie, was eine ganze Liste neuer Patienten und Therapien mit sich brachte. Seit fünf Uhr morgens war er nun schon im Krankenhaus, und wegen der Nachmittagskonferenzen hatte er kein Mittagessen gehabt. Er hatte noch immer keinen Bericht seiner Visite geschrieben, und als würde das alles noch nicht reichen, war er der diensthabende Arzt und würde das dank Doppelschichten auch noch sechsunddreißig Stunden lang sein.

Er wurde mit einem seiner Assistenzärzte in die Notaufnahme gerufen – einem Harvard-Studenten im dritten Jahr mit Namen Gary, der noch grün hinter den Ohren war und Nicholas nicht im Mindesten an sich erinnerte. Gary hatte die Patientin gesäubert und rasch vorbereitet, eine vierzig Jahre alte Frau mit oberflächlichen Kopf- und Gesichtswunden, die jedoch stark bluteten. Sie war misshandelt worden, vermutlich von ihrem Mann. Nicholas ließ Gary weitermachen und beaufsichtigte ihn dabei. Als Gary die Gesichtswunden nähte, begann die Patientin zu schreien. »Fick dich!«, brüllte sie. »Fass mein Gesicht nicht an!« Garys

Hände begannen zu zittern, und schließlich stieß Nicholas einen leisen Fluch aus und sagte Gary, er solle machen, dass er rauskomme. Dann erledigte er den Job selbst, während die Frau ihn unter den sterilen Decken verfluchte. »Du gottverdammtes Schwein! Du Arsch!«, kreischte sie. »Mach, dass du von mir wegkommst, du Wichser!«

Nicholas fand Gary auf einem fleckigen Sofa in einem der Wartezimmer der Notaufnahme. Er hatte die Knie angezogen und war nach vorne gebeugt wie ein Fötus. Als er Nicholas auf sich zukommen sah, sprang er auf, und Nicholas seufzte. Gary hatte furchtbare Angst vor Nicholas. Er wollte nichts falsch machen, sondern einfach nur der Chirurg sein, von dem er immer geträumt hatte. »Tut mir leid«, murmelte er. »Ich hätte das nicht an mich rankommen lassen sollen.«

»Ja«, sagte Nicholas in sachlichem Ton, »das hätten Sie nicht.« Er dachte darüber nach, Gary zu erzählen, was bei ihm selbst an diesem Tag schon alles schiefgelaufen war. *Sehen Sie*, hätte er dann gesagt, *und nach alldem bin ich noch immer auf den Beinen und mache meinen Job.* Doch schließlich sagte er gar nichts. Irgendwann würde Gary das schon selbst herausfinden, und Nicholas wollte einem Untergebenen gegenüber seine Fehler nicht eingestehen. Also drehte er sich um, ging weg und fühlte sich genau wie der arrogante Hurensohn, der er angeblich war.

Seit Jahren schon maß Nicholas die Zeit nicht mehr mit normalen Mitteln. Monate und Tage hatten kaum noch Bedeutung für ihn, und Stunden waren eine Maßeinheit, die nur in Krankenblättern Verwendung fand. Nicholas maß sein Leben in Abschnitten, in Orten, wo er seine Tage verbrachte, und in medizinischen Fachgebieten, mit deren Details er seinen Verstand füllte. In Harvard hatte er zunächst die Semester nach Kursen aufgeteilt: Histologie, Neurophysiologie, Anatomie und Pathologie. Seine letzten beiden Jahre als Assistenzarzt mit ihren Rotationen wiederum waren zu einer Einheit verschmolzen. Manchmal erinnerte er sich an einen Patienten aus der Orthopädie in Brigham, stellte sich dazu aber die Gänge der Orthopädie im Massachusetts General vor. Während seiner Zeit als Assistenzarzt hatte er zunächst in der Inneren gearbeitet, dann einen Monat in der Psychiatrie, acht Wochen in der allgemeinen Chirurgie, einen Monat in der Radiologie, zwölf Wochen in der Gynäkologie, dann in der Pädiatrie und so weiter und so fort. Eine Zeit lang hatte Nicholas sogar die Jahreszeiten vergessen, während er sich von Fachgebiet zu Fachgebiet und von Krankenhaus zu Krankenhaus gehangelt hatte.

Irgendwann hatte er sich für die Herzchirurgie entschieden. Zum Glück hatte man ihn dem Krankenhaus zugeteilt, das er ohnehin allen anderen vorgezogen hätte: dem Mass General. Es war riesig, unpersönlich, chaotisch und unfreundlich, doch in der Herzchirurgie arbeitete eine Gruppe brillanter Männer und Frauen. Sie waren eigensinnig und impulsiv, kalt und effektiv. Nicholas liebte das. Als er dann nach seinem Abschluss erst einmal der allgemeinen Chirurgie zugeteilt wurde, wartete er nur darauf, wieder zur Kardiologie zurückkehren zu dürfen, um zu bestaunen, wie Alistair Fogerty am offenen Herzen operierte. Nicholas machte es nichts aus, sechs Stunden am Stück neben dem Operationstisch zu stehen und dem Klappern der Instrumente zu lauschen, solange er nur zusehen konnte, wie das Leben angehalten und wieder in Gang gesetzt wurde.

»Nicholas.« Beim Klang seines Namens drehte er sich um und sah Kim Westin, eine hübsche Frau, die mit ihm den Abschluss gemacht hatte und nun seit drei Jahren auf der Inneren arbeitete. »Wie läuft's so?« Sie kam näher, nahm seinen Arm und begleitete ihn den Gang hinunter.

»Hey«, sagte Nicholas, »du hast nicht zufällig etwas zu essen dabei, oder?«

Kim schüttelte den Kopf. »Nein, und ich muss zur Fünf rauflaufen. Aber ich wollte dich sehen. Serena ist wieder da.«

Serena war eine Patientin, die sie in ihrem letzten Jahr als Assistenzärzte gemeinsam behandelt hatten. Sie war neununddreißig, sie war schwarz, und sie hatte AIDS – was vier Jahre zuvor noch selten gewesen war. Im Laufe der Jahre war sie immer wieder ins Krankenhaus eingeliefert worden, aber Kim, die ja in der Inneren arbeitete, hatte weit mehr Kontakt zu ihr als Nicholas. Nicholas fragte Kim nicht nach Serenas Status. »Ich werde mal vorbeigehen«, sagte er. »Auf welchem Zimmer liegt sie denn?«

Nachdem Kim wieder gegangen war, ging Nicholas nach oben, um bei seinen neuen Herzpatienten Visite zu machen. Das war das Schwerste im Leben eines Arztes in der allgemeinen Chirurgie: der ständige Wechsel von einer Station zur nächsten. Nicholas hatte Urologie, Neurochirurgie, die Notaufnahme und die Anästhesie durchgemacht. Und er hatte kurz im Transplantationszentrum gearbeitet, in der Orthopädie und in der plastischen Chirurgie, wo vorwiegend Brandopfer behandelt wurden. Aber sobald es in die Kardiologie ging, war alles wieder in Ordnung. In der Kardiologie fühlte er sich zu Hause. Und tatsächlich hatte Nicholas häufiger in der Kardiologie gearbeitet, als für einen

Postgraduate im dritten Jahr üblich war, denn er hatte Alistair Fogerty gegenüber mit aller Deutlichkeit erklärt, dass er gedachte, eines Tages dessen Job zu übernehmen.

Fogerty war genau so, wie Nicholas sich einen Herzchirurgen immer vorgestellt hatte: groß, fit, Ende fünfzig, mit durchdringenden blauen Augen und einem Handschlag, der einen unwillkürlich zusammenzucken ließ. Er war einer der ›Unberührbaren‹ im Krankenhaus, sein Ruf als Chirurg hatte Goldstatus erreicht. Einmal war er zwar in einen Skandal verwickelt gewesen – irgendwas mit einer Stripperin –, doch die Gerüchte waren zum Schweigen gebracht worden, und eine Scheidung hatte es auch nicht gegeben. Damit war die Sache erledigt gewesen.

Fogerty war Nicholas' Tutor während dessen Zeit als Assistenzarzt gewesen, und eines Tages war Nicholas in sein Büro marschiert und hatte ihm von seinen Plänen erzählt. »Hören Sie zu«, hatte er gesagt, obwohl seine Kehle wie ausgetrocknet gewesen war und seine Hände geschwitzt hatten. »Ich will nicht um den heißen Brei herumreden, Alistair. Sie und ich, wir wissen beide, dass ich der beste chirurgische Assistenzarzt bin, den Sie hier haben, und ich will mich auf Herzchirurgie spezialisieren. Ich weiß, was ich für Sie und das Krankenhaus leisten kann. Und jetzt will ich wissen, was *Sie* für *mich* tun können.«

Einen langen Augenblick lang hatte Alistair Fogerty einfach nur auf seiner Schreibtischkante gesessen und in der Krankenakte eines Patienten geblättert. Und als er dann schließlich den Kopf gehoben hatte, lag Wut, aber keine Überraschung in seinem Blick. »Sie, *Doktor* Prescott«, hatte er gesagt, »Sie haben sogar noch dickere Eier als ich.«

Alistair Fogerty war zum Chefarzt der Kardiologie geworden, weil er seinen Hals riskiert und das Schicksal hofiert hatte, sodass es stets an seiner Seite blieb. Als er mit Herztransplantationen begonnen hatte, hatten die Zeitungen ihn den ›Wunderheiler‹ getauft. Er war berechnend, stur, und für gewöhnlich hatte er recht. Und er mochte Nicholas Prescott. Er mochte ihn sehr.

Und so fand Nicholas auch immer Zeit, sich mit Fogerty zu treffen, selbst wenn er gerade einer anderen Abteilung zugeteilt war. Wann immer er Gelegenheit dazu hatte, besuchte Nicholas Fogertys Patienten, machte prä- und postoperative Untersuchungen und verlegte Patienten auf die Intensivstation oder wieder herunter. Kurz gesagt, er verhielt sich, als wäre er bereits fest in der Kardiologie angestellt, was eigentlich erst nach sieben Jahren Dienst der Fall sein würde. Und als Gegenleistung dafür ließ Fogerty ihn so oft wie möglich an seinen Operationen teilnehmen und förderte ihn, sodass er wirklich der Beste war – nach Fogerty selbst natürlich.

Nicholas trat leise in den Aufwachraum, wo Fogertys letzter Patient sich gerade ausruhte. Er las sich das Datenblatt des Patienten durch. Es handelte sich um einen zweiundsechzigjährigen Mann mit dem Heyde-Syndrom – einer Fehlbildung des Ventils, das von der Herzkammer in die Aorta führt. Nicholas hätte das anhand der Symptome auch leicht selbst diagnostizieren können: Herzversagen, Synkopen, Angina. Er betrachtete den sauberen weißen Verband auf der Brust des Patienten und das orangefarbene antiseptische Gel, das noch immer die Haut bedeckte. Fogertys Werk würde wie immer perfekt sein: der Austausch des defekten

120

Ventils gegen das eines Schweins. Nicholas überprüfte den Puls des Patienten, zog die Decke hoch und setzte sich kurz neben den Mann.

Im Aufwachraum war es kalt. Nicholas rieb sich die Hände und fragte sich, wie der Patient, der ja nackt war, wohl mit der Temperatur zurechtkam. In jedem Fall bewiesen die rosa Kreise an Fingern und Zehen des Mannes, dass seine Pumpe noch funktionierte.

Es war schierer Zufall, dass er sah, wie das Herz des Mannes plötzlich versagte. Nicholas beobachtete gerade das typische Auf und Ab auf dem Monitor, als plötzlich alles in sich zusammenbrach. Das Piepen der Maschine wurde immer schneller, und Nicholas überprüfte das sinoide Muster. Das Herz schlug fast einhundert Mal in der Minute! Eine Sekunde lang hielt Nicholas die Hände über den Patienten wie ein Geistheiler. Das war arrhythmisches Herzflimmern. Nicholas hatte solche Fälle auch früher schon gesehen, allerdings nur, wenn das Herz offen in der Brust lag: Dann wand es sich wie ein Sack voller Würmer, ohne jedoch Blut zu pumpen. »Kode Blau!«, brüllte er über die Schulter hinweg und sah, wie die Krankenschwestern draußen aufsprangen. Das Herz des Patienten war nach der Operation traumatisiert, doch Nicholas blieb keine Wahl. Der Mann würde binnen weniger Minuten tot sein. Wo war Fogerty?

Beinahe sofort waren zwanzig Leute im Raum: Anästhesisten, Chirurgen, Assistenzärzte und Krankenschwestern. Nicholas klebte feuchte Gel-Pads auf die Brust des Patienten und setzte den Defibrilator an. Der Stromschlag ließ den Körper des Mannes zucken, doch das Herz korrigierte sein Schlagen nicht. Nicholas wischte sich das Haar aus der Stirn.

Seine Gedanken waren vom furchtbaren Piepen und Kreischen des Monitors erfüllt und vom Rascheln der gestärkten Schwesternuniformen, die sich um ihn herum bewegten. Er war sich nicht sicher, doch er glaubte, den Tod riechen zu können.

Nicholas erhöhte die Stromstärke und setzte den Defibrilator wieder an. Diesmal war der Schock so heftig, dass Nicholas unwillkürlich zurücksprang. *Du wirst leben*, versprach er sich und dem Patienten stumm. Er schaute zum Monitor. Die Kurve bewegte sich wieder gleichmäßig auf und ab: ein normaler Herzschlag. In diesem Augenblick kam Fogerty in den Raum, und Nicholas drängte sich an ihm vorbei. Alle klopften sie ihm auf die Schulter und gratulierten ihm. Plötzlich war er ein Held.

*

Spät in der Nacht, auf Station, lernte Nicholas das Zuhören. Leise Schritte im Flur verrieten ihm, wann die Schwestern ihre Runden machten. Er beobachtete alte Männer, die gerade erst ihre Operationen hinter sich hatten, dabei, wie sie versuchten, sich in der Patientenküche um drei Uhr nachts noch einen Pudding zu ergaunern. Er wartete auf das Platschen und Zischen elektrischer Mobs, wenn der halbblinde mexikanische Hausmeister den Flur putzte. Und er bemerkte jedes Klingeln, wenn ein Patient nach den Schwestern rief, hörte das Reißen frischen Verbandmaterials und das Klappern von Tabletten beim Befüllen der Dosierschalen. Wenn er Bereitschaftsdienst hatte und alles ruhig war, spazierte Nicholas gerne durch die Gänge, wobei er die

Hände tief in die Taschen seines weißen Arztkittels steckte. Er ging jedoch fast nie in die Krankenzimmer, noch nicht einmal, wenn er die Patienten kannte und sie mehr waren als nur Namen und Datenblätter an der Tür. Stattdessen zog er wie ein Schlafwandler durch die Flure und erfüllte die Nacht mit seinen eigenen gedämpften Schritten.

Nicholas weckte Serena LeBeauf nicht, als er ihr Zimmer auf der AIDS-Station betrat. Es war schon weit nach zwei Uhr morgens, als er endlich ein paar Minuten Zeit für sie hatte. Er setzte sich auf den schwarzen Plastikstuhl neben dem Bett und staunte, wie sehr sich ihr Zustand schon verschlechtert hatte. Laut Datenblatt wog sie inzwischen weniger als siebzig Pfund, und sie litt unter einer Bauchspeicheldrüsenentzündung und Atemnot. Eine Sauerstoffmaske bedeckte ihr Gesicht, und aus einem Tropf wurde sie mit Morphium versorgt.

Nicholas hatte etwas getan, was man nicht tun sollte, als er Serena zum ersten Mal getroffen hatte: Er hatte sich ihre Geschichte zu Herzen genommen. Normalerweise tat er das nicht. Wenn man wie er jeden Tag dem Tod ins Auge blickte, dann musste man hart sein. Doch Serena hatte ein breites Lächeln, schier unglaublich weiße Zähne und die Augen einer Tigerin. Sie war mit ihren drei Kindern ins Krankenhaus gekommen, drei Jungs, alle von unterschiedlichen Vätern. Der Jüngste, Joshua, war damals erst sechs Jahre alt gewesen, ein schmächtiges Kerlchen. Serena erzählte ihren Kindern nicht, dass sie AIDS hatte, sie wollte ihnen das Stigma ersparen. Nicholas erinnerte sich noch daran, wie er im Beratungszimmer gesessen und zugehört hatte, als der behandelnde Arzt ihr erklärt hatte, sie sei HIV-positiv. Serena hatte die Schultern gestrafft und sich so fest an die

Stuhllehnen geklammert, dass ihre Knöchel weiß hervortraten. »Nun«, hatte sie mit einer Stimme so sanft wie die eines Kindes gesagt. »Damit hatte ich nicht gerechnet.« Sie weinte nicht, sondern löcherte den Arzt mit Fragen, und dann bat sie ihn fast schüchtern, ihren Jungs nichts davon zu erzählen. Stattdessen sagte sie ihren Kindern, den Nachbarn und entfernten Verwandten, sie sei an Leukämie erkrankt.

Serena rührte sich, und Nicholas zog den Stuhl näher heran. Er griff nach ihrem Handgelenk und sagte sich, er wolle nur ihren Puls fühlen, doch er wusste, dass er ihr in Wahrheit die Hand halten wollte. Ihre Haut war trocken und heiß. Nicholas wartete darauf, dass sie die Augen öffnete oder etwas sagte, doch zu guter Letzt streichelte er ihr nur über die Wange und wünschte sich, er könne ihr den Schmerz nehmen.

*

Im vierten Jahr seines Medizinstudiums begann Nicholas, an Wunder zu glauben. Er war erst wenige Monate verheiratet, als er beschloss, in Winslow, Arizona, ein Praktikum beim Indian Health Service zu machen. Es dauere nur vier Wochen, sagte er zu Paige. Er war es leid, in den Krankenhäusern von Boston die Drecksarbeit zu machen und bei der kleinsten Kleinigkeit nach einem approbierten Arzt rufen zu müssen. Dann hatte er von dem Praktikum im Reservat erfahren. Dort herrschte solch ein Personalmangel, dass jeder alles machen musste – *alles!*

Winslow lag drei Stunden Fahrt von Phoenix entfernt. Eine richtige Stadt war das nicht. Überall standen Geschäfte und Wohnungen leer, und ihre leeren Fenster starrten Nicholas an wie die Augen eines Blinden. Während er darauf wartete, abgeholt zu werden, trieb eine Steppenhexe über die Straße, genau wie im Film.

Feiner Staub bedeckte alles, und die Klinik war nicht mehr als ein schlichter Betonblock inmitten des Nirgendwo. Nicholas hatte einen Nachtflug genommen, und der Arzt, der ihn in Winslow empfing, war schon seit 18.00 Uhr am Abend zuvor im Dienst. Die Klinik war noch nicht geöffnet, jedenfalls nicht offiziell, aber mehrere Pick-ups warteten in der Kälte davor, und ihre Auspuffgase hingen wie der Atem eines Drachen in der Luft.

Die Navajo waren ein stilles Volk, stoisch und zurückhaltend. Selbst im Dezember spielten die Kinder draußen. Nicholas erinnerte sich daran, dass die braunhäutigen Kleinkinder in kurzen Ärmeln Engel in den gefrorenen Sand gezeichnet hatten, und niemand hatte sich die Mühe gemacht, ihnen etwas Wärmeres anzuziehen. Er erinnerte sich an den schweren Silberschmuck der Frauen: Stirnbänder, Gürtelschnallen und Broschen, die auf schweren türkisen Baumwollkleidern glitzerten. Und Nicholas erinnerte sich auch an die Dinge, die ihn schockiert hatten, als er dort angekommen war: der nicht aufzuhaltende Alkoholismus, das Kleinkind, das sich die Lippe kaputtgebissen hatte, nur um nicht zu weinen, als Nicholas eine schmerzhafte Hautentzündung untersucht hatte, und die dreizehnjährigen Mädchen in der Entbindungsstation, deren Bäuche so grotesk geschwollen waren, dass sie an eine Schlange erinnerten, die ein Ei verschluckt hatte.

An seinem ersten Morgen in der Klinik wurde Nicholas direkt in die Notaufnahme gerufen. Ein unter schwerer Diabetes leidender Mann hatte einen Medizinmann konsultiert, der ihm als Teil der Behandlung heißen Teer auf die Beine gegossen hatte. Schreckliche Brandblasen waren die Folge gewesen, und nun versuchten zwei Ärzte, den Mann festzuhalten, während ein dritter den Schaden untersuchte. Da er unsicher war, was er tun sollte, hatte Nicholas sich zurückgehalten. Dann wurde eine Patientin hereingebracht, eine sechzigjährige Frau mit Herzproblemen, auch sie litt unter Diabetes und hatte einen Herzstillstand gehabt. Einer der festangestellten Ärzte hatte ihr einen Plastikschlauch in den Schlund gerammt, um ihr beim Atmen zu helfen. Er hob nicht den Blick, als er Nicholas anbrüllte: »Worauf zum Teufel wartest du denn da?« Und Nicholas trat zu der Patientin und begann mit der Wiederbelebung. Gemeinsam versuchten sie vierzig Minuten lang, das Herz wieder zum Schlagen zu bewegen, mit Beatmung, mit Defibrilation und mit Medikamenten, doch zum Schluss war die Frau gestorben.

Während dieses einen Monats, den Nicholas in Winslow verbrachte, ließ man ihn selbstständiger arbeiten als in all den Jahren in Harvard zuvor. Er bekam seine eigenen Patienten. Er machte seine eigenen Notizen, entwarf seine eigenen Behandlungspläne und legte sie dann den acht festangestellten Ärzten zur Genehmigung vor. Er fuhr mit den Krankenschwestern in Allradfahrzeugen raus, um jene Navajos zu finden, die keine Adresse hatten. Sie lebten weit abseits in Hütten mit Türen, die stets nach Osten wiesen. »Ich wohne acht Meilen westlich von Black Rock«, schrieben sie auf ihre Anmeldeformulare, »einfach den Hügel hinunter an dem roten Baum vorbei, dessen Stamm vom Blitz gespalten ist.«

Nachts schrieb Nicholas an Paige. Er erwähnte die schmutzigen Hände und Füße der Kleinkinder, die vollgestopften Hütten im Reservat und die glühenden Augen der Alten, die wussten, dass sie sterben würden. Häufig klangen diese Briefe wie eine Auflistung seiner Heldentaten, und wenn das der Fall war, dann verbrannte Nicholas sie. Und ständig tauchte diese eine Zeile vor seinem Geist auf: *Gott sei Dank werde ich nicht diese Art von Arzt sein.* Worte, die er nie zu Papier brachte, obwohl er wusste, dass sie der Wahrheit entsprachen.

An seinem letzten Tag beim Indian Health Service wurde eine junge Frau hereingebracht, bei der die Wehen eingesetzt hatten. Es drohte, eine Steißgeburt zu werden. Nicholas hatte versucht, den Gebärmutterhals zu erweitern, doch es war klar, dass sie um einen Kaiserschnitt nicht herumkommen würden. Das sagte er auch zu der Navajo-Krankenschwester, die ihm als Dolmetscherin diente, und die Frau mit den Wehen schüttelte heftig den Kopf. Eine Schamanin wurde gerufen, und Nicholas trat respektvoll zurück. Die Medizinfrau legte die Hände auf den geschwollenen Bauch, sang Beschwörungsformeln in der Sprache ihres Volkes und massierte den verdrehten Unterleib. Nicholas erzählte die Geschichte, als er am nächsten Tag wieder nach Boston zurückkehrte. Er dachte noch immer an die dunklen, knochigen Hände der Medizinfrau, die über seiner Patientin schwebten, während vor dem Fenster der rote Staub vorbeitrieb. »Ihr könnt ruhig darüber lachen«, sagte er zu den anderen Assistenzärzten, »aber das Baby wurde mit dem Kopf voran geboren.«

*

»Nicholas«, sagte Paige verschlafen. »Hi.«

Nicholas wickelte die Metallschnur des Münzfernsprechers um sein Handgelenk. Er hätte Paige nicht wecken sollen, aber er hatte den ganzen Tag noch nicht mit ihr gesprochen. Manchmal rief er sie um drei oder vier Uhr in der Frühe an. Natürlich wusste er, dass sie dann schlief, und er stellte sie sich vor, wie sie mit ihrem zerzausten Haar und dem zerknitterten Nachthemd das Telefon in Händen hielt. Und es gefiel ihm, sich auch die Matratze vorzustellen und die Vertiefung an der Stelle, an der Paige wenige Augenblicke zuvor noch gelegen hatte. Er mochte die Vorstellung, dass er neben ihr schlafen würde, wobei er den Arm unter ihre Brust schob und das Gesicht in ihren Nacken drückte. Dabei war diese Vorstellung ziemlich unrealistisch. Sie schliefen zwar in einem Doppelbett, aber deutlich voneinander getrennt, denn beide schliefen sie unruhig, und sie mochten es nicht, von jemand anderem erdrückt zu werden.

»Tut mir leid, dass ich heute Nachmittag nicht angerufen habe«, sagte Nicholas. »Ich hatte auf der Intensivstation zu tun.« Er erzählte Paige nicht von dem Patienten, den er ins Leben zurückgeholt hatte. Sie fragte immer nach den Details und erklärte ihn zum Superstar, doch darauf hatte er jetzt keine Lust.

»Ist schon okay«, erwiderte Paige und murmelte dann etwas ins Kissen, das Nicholas nicht verstand.

Nicholas bat sie nicht, es noch einmal zu wiederholen. »Hmmm«, sagte er. »Nun, mehr habe ich nicht zu sagen.« Als Paige nichts darauf erwiderte, drückte er die Rautetaste am Telefon.

»Oh«, sagte Paige. »Okay.«

Nicholas schaute auf der Suche nach etwas, was er tun könnte, den Flur hinunter. Eine Krankenschwester stand am anderen Ende und verteilte rote Pillen in Dosierschalen. »Ich sehe dich dann morgen«, sagte Nicholas.

Paige drehte sich auf den Rücken. Nicholas hörte, wie das Kissen knisterte. »Ich liebe dich«, sagte sie.

Nicholas beobachtete, wie die Krankenschwester die Pillen zählte. Achtzehn, neunzehn, zwanzig. Die Krankenschwester hielt inne und rieb sich müde den Nacken. »Ich weiß«, erwiderte er.

*

Am nächsten Morgen drehte Nicholas eine erste Runde um halb sechs und nahm dann mit Fogerty und einem Assistenzarzt an der regulären Visite teil. Dem Patienten, den Nicholas gestern gerettet hatte, ging es gut. Er lag bequem auf der Intensivstation. Um 07.30 Uhr waren sie für die erste Operation des Tages bereit, einen simplen Bypass. Während sie sich wuschen, drehte Fogerty sich zu Nicholas um. »Das mit McLean haben Sie gut gemacht«, lobte er, »vor allem, wenn man bedenkt, dass Sie gerade erst aus der Schicht kamen.«

Nicholas zuckte mit den Schultern. »Ich habe getan, was jeder getan hätte«, erwiderte er und schrubbte die unsichtbaren Keime unter seinen Fingernägeln ab.

Fogerty nickte einer OP-Schwester zu und ließ sich von ihr in die sterile Kleidung helfen. »Sie treffen gute Entscheidungen, Dr. Prescott. Ich möchte gerne, dass Sie heute die Operation durchführen.«

Nicholas hob den Blick, ließ sich seine Überraschung

aber nicht anmerken. Fogerty wusste, dass er die ganze Nacht über Dienst gehabt hatte, und Fogerty wusste auch, dass ein Arzt im dritten Jahr normalerweise keinen Bypass legte. Nicholas nickte. »Gut«, sagte er.

Nicholas sprach leise mit dem Patienten, während der Anästhesist die Narkose einleitete. Der Anästhesist musste jetzt auch seine Aufgaben übernehmen. Er war deutlich erfahrener als Nicholas und nun sichtlich wütend, übergangen worden zu sein, während er den Patienten rasierte und mit orangefarbenem Betadin einschmierte, bis der Mann wie ein heidnischer Götze aussah.

Nicholas überwachte das Freilegen der Beinvene und beobachtete, wie Blutgefäße abgeklemmt, genäht oder kauterisiert wurden und den OP mit dem Geruch von verbranntem, menschlichem Fleisch erfüllten. Er wartete, bis die Vene zur späteren Verwendung in eine Lösung gelegt worden war. Dann trat er an den Patienten heran und atmete tief durch. »Skalpell«, sagte er, und die Krankenschwester gab ihm das Instrument. Er machte einen sauberen Schnitt in die Brust des Patienten und ließ sich dann eine Säge geben, um den Brustkorb zu öffnen. Mit einem Spreizer bog er die Rippen auseinander und atmete dann langsam aus, als er das Herz in der Brust des Mannes schlagen sah.

Es erstaunte Nicholas immer wieder, über wie viel Kraft das menschliche Herz verfügte. Es war einfach ein Phänomen, dieser dunkelrote Muskel, der so schnell pumpte. Nicholas durchtrennte den Herzbeutel, suchte die Aorta und die Herzvene und verband sie mit der Bypassmaschine, die das Blut des Patienten mit Sauerstoff versorgen würde, sobald Nicholas das Herz zum Stillstand gebracht hatte.

Der erste Assistent goss eine Flüssigkeit auf das Herz, um es zum Stillstand zu bringen, und Nicholas und alle anderen im Raum schauten zu der Bypassmaschine, um zu sehen, ob sie ihren Job machte. Dann beugte Nicholas sich näher an das Herz heran und durchtrennte die beiden Koronararterien, die verstopft waren. Nicholas nahm die Beinvene und hielt sie so, dass die Ventile kein Blut zurückhielten, sondern durchließen. Mit sorgfältigen Stichen nähte er die Vene an die erste Koronararterie, direkt vor der verstopften Stelle; anschließend befestigte er das andere Ende am zweiten Verschluss. Seine Hände bewegten sich, als hätten sie einen eigenen Willen, präzise und ruhig. Er hatte die nächsten Schritte bereits im Kopf, doch bis jetzt war ihm alles ganz natürlich erschienen, als hätte er das schon ewig gemacht. Nicholas lächelte. *Ich kann es*, dachte er. *Ich kann es ganz alleine.*

Nicholas hatte die Operation nach fünf Stunden und zehn Minuten beendet. Er ließ den Assistenten die Wunde schließen, und erst nachdem er den Operationssaal wieder verlassen hatte, um sich zu waschen, erinnerte er sich an Fogerty und daran, dass er seit vierundzwanzig Stunden nicht mehr geschlafen hatte. »Und? Was denken Sie?«, fragte Nicholas Fogerty, als der hinter ihm in den Waschraum kam.

Fogerty zog sich die Handschuhe aus und hielt die Hände unter heißes Wasser. »Ich denke«, sagte er, »dass Sie jetzt nach Hause gehen und ein wenig schlafen sollten.«

Nicholas hatte sich die Maske abgenommen, und vor Schreck ließ er sie zu Boden fallen. Verdammt noch mal, er hatte gerade seinen ersten Bypass gelegt! Selbst so ein Arschloch wie Fogerty musste da doch ein wenig konstruktive

Kritik zu bieten haben oder sogar ein Lob. Er hatte fantastische Arbeit geleistet, nicht einen Fehler gemacht, und wenn er eine Stunde länger dafür gebraucht hatte als Fogerty, so war das beim ersten Mal doch auch nicht anders zu erwarten.

»Nicholas«, sagte Fogerty, »ich sehe Sie dann bei der Abendvisite.«

*

Es gab vieles, was Nicholas über Paige nicht wusste, als sie heirateten. So feierte sie ihren Geburtstag zwei Wochen zu spät, weil sie ihm das Datum nie verraten hatte. Ihre Lieblingsfarbe hatte er bis zu ihrem ersten Hochzeitstag noch nicht erraten, als sie sich Smaragd- statt Saphirohrringe aussuchte, weil ihr der grüne Glanz so gut gefiel. Und mit ihren katastrophalen Kochkünsten hatte er nun wirklich nicht gerechnet, doch dann versuchte sie, einen Mayonaise-Eintopf zu kochen. Er hatte auch nicht gewusst, dass sie beim Staubwischen Werbejingles sang und dass sie einen Lohnscheck so weit strecken konnte, dass man damit den Studienkredit, Lebensmittel, Kondome und zwei Karten für das Programmkino bezahlen konnte.

Zu Nicholas' Verteidigung muss man sagen, dass er auch nicht viel Zeit hatte, seine neue Frau kennenzulernen. Dank seiner Schichten war er häufiger im Krankenhaus als daheim, und nach seinem Abschluss in Harvard hatte er sogar noch weniger Zeit. Wenn er dann müde und halb verhungert in ihre Wohnung stolperte, fütterte Paige ihn, zog ihn aus und liebte ihn, bis er schlief. Schließlich hatte er sich so sehr daran gewöhnt, dass er diese Behandlung einfach erwartete und fast vergaß, dass Paige etwas damit zu tun hatte.

Als er von seiner ersten Bypassoperation nach Hause kam, schaltete er das Licht in der Wohnung nicht an. Paige war auf der Arbeit. Sie kellnerte noch immer im *Mercy*, aber nur noch morgens. Nachmittags arbeitete sie bei einem Gynäkologen am Empfang. Den zweiten Job hatte sie angenommen, als es mit Abendkursen in Architektur und Literatur an der Harvard Extension nicht geklappt hatte. Sie hatte nicht gleichzeitig lernen und den Haushalt führen können, und schließlich hatte sie Nicholas gesagt, ein zweites Einkommen bedeute mehr Geld, und mehr Geld bedeute, dass sie ihre Schulden schneller abbezahlen könnten, und dann könnte sie sich eine richtige College-Ausbildung leisten. Damals hatte Nicholas sich gefragt, ob sie sich so nur vor dem Unterricht drücken wollte. Immerhin hatte er ihre Versuche bei der Erstellung von Seminararbeiten gesehen, und die waren höchstens auf Highschool-Niveau. Fast hätte er eine Bemerkung darüber gemacht, doch dann fiel ihm ein, dass man in diesem Stadium der Ausbildung auch nichts anderes erwarten konnte.

Nicholas erwähnte seine Zweifel Paige gegenüber nie. Er wollte nicht, dass sie es falsch auffasste. Aber Nicholas hatte es einfach gehasst, sie inmitten von vergilbten, gebrauchten Lehrbüchern zu sehen, das Haar aus dem Zopf gelöst, als hätte sie es in ihrer Konzentration herausgedreht. Um die Wahrheit zu sagen, wollte Nicholas Paige einfach für sich allein haben.

Da es schon weit nach zwei war, war sie wohl in der Praxis des Gynäkologen, aber sie hatte ihm Essen dagelassen, das er sich im Ofen warmmachen konnte. Nicholas aß es nicht, obwohl er großen Hunger hatte. Er wollte, dass Paige da war, auch wenn er wusste, dass das nicht möglich war. Er wollte die Augen schließen und einmal selbst der Patient sein, der sich von ihren winzigen, zärtlichen Händen trösten ließ.

Nicholas ließ sich auf das ordentlich gemachte Bett fallen und staunte über die Kühle des Tages. Er lauschte dem Schlagen seines eigenen Herzens, und kurz bevor er einschlief, dachte er an die Richtungsangaben, die die Patienten im Indianerreservat anstelle einer Adresse angegeben hatten. Mein Heim liegt westlich des Mass General, würde er sagen, Lichtjahre unterhalb der kalten Wintersonne.

*

Serena LeBeauf lag im Sterben. Ihre Söhne kauerten auf der Kante des Krankenhausbettes wie riesige Welpen und hielten ihr die Hand, den Arm, den Fuß – was auch immer sie zwischen die Finger bekamen. Sie hatten Dinge mitgebracht, von denen sie glaubten, dass sie ihre Mutter trösten würden. Auf Serenas ausgemergelter Brust lag ein Bild von San Francisco, das aus einem Reiseprospekt ausgeschnitten worden war. Als sie jünger war, hatte sie dort gelebt. Unter ihrem Arm steckten die zerzausten Überreste eines alten Stoffaffen, und auf ihrem Bauch lag das Diplom, der College-Abschluss, für den sie so verdammt hart gearbeitet hatte, kurz bevor HIV bei ihr diagnostiziert worden war. Nicholas stand in der Tür, er wollte nicht aufdringlich sein. Er sah die feuchten braunen Augen von Serenas Söhnen, als sie ihre Mutter anstarrten, und er fragte sich, wo sie hinge-hen würden, wenn sie starb, besonders der Kleinste.

Nicholas' Pager summte in seiner Tasche, und er rannte die drei Treppen in die Intensivstation der Chirurgie hin-unter, wo sein Bypasspatient lag. Im Zimmer herrschte hek-tische Aktivität. Ärzte und Krankenschwestern liefen hin und her, während das Herz des Patienten versagte. Alles war genau wie am Tag zuvor. Nicholas riss das Hemd des Patien-ten auf und versetzte ihm den ersten Schock. Und noch einen. Der Schweiß lief ihm über den Rücken und in die Augen. »Verdammt noch mal«, knurrte er.

Fogerty war da. Innerhalb von wenigen Minuten hatte er den Patienten in einen Operationssaal gebracht. Fogerty brach den Brustkorb wieder auf, steckte die Hände in die blutige Höhle und massierte das offene Herz. »Dann wollen wir mal«, sagte er leise. Seine behandschuhten Finger glitten über das Gewebe, die frisch genähten Wunden und rieben und wärmten den Muskel, um ihn wieder zum Leben zu er-wecken. Doch das Herz schlug nicht. Blut quoll zwischen Fogertys Fingern hervor. »Übernehmen Sie«, sagte er.

Nicholas legte die Hand um den Muskel und vergaß für einen Augenblick, dass es da einen Patienten gab, einen Men-schen mit einer Vergangenheit, der an diesem Herzen hing. Jetzt zählte nur noch eins: das Ding wieder zum Schlagen zu bewegen. Fünfundvierzig Minuten lang pumpte Nicholas ma-nuell Sauerstoff ins System seines Patienten, bis Fogerty ihm sagte, er solle aufhören. Dann unterschrieb er den Totenschein.

*

Kurz bevor Nicholas das Krankenhaus verlassen wollte, rief Fogerty ihn in sein Büro. Fogerty saß hinter seinem Mahagonischreibtisch, und die heruntergezogenen Jalousien warfen ihre Schatten auf sein Gesicht. Er bat Nicholas nicht hereinzukommen, ja er hob noch nicht einmal den Blick von dem Papier, auf dem er schrieb. »Sie hätten nichts tun können«, sagte er.

Nicholas zog seine Jacke an und schlurfte ins Parkhaus zu seinem Wagen. Er fragte sich, ob er wohl je wieder einen Bypass operieren durfte. Er kramte in seinem Gedächtnis nach etwas, das er übersehen haben könnte, einen Riss in den Kapillaren vielleicht oder einen weiteren Verschluss, etwas, das Fogerty ihm gegenüber nicht erwähnt hatte. Vor seinem geistigen Auge sah er die bernsteinfarbenen Augen von Serena LeBeaufs jüngstem Sohn, Spiegelbilder dessen, was auch einmal ihr Leben gewesen war. Und er dachte an die Medizinfrau der Navajo und fragte sich, wie viel Zaubertränke, Segen und Magie es wohl gab, die die moderne Wissenschaft nicht erklären konnte.

*

Als er die Tür zu seiner Wohnung aufschloss, saß Paige im Wohnzimmer auf dem Boden und fädelte Preiselbeeren auf eine Schnur. Der Fernseher war in die Ecke geschoben worden, um Platz für eine riesige Blaufichte zu schaffen, die den kleinen Raum zur Hälfte füllte. »Wir haben keinen Christbaumschmuck«, sagte sie, und dann hob sie den Kopf und sah ihn.

Nicholas war nicht auf direktem Weg nach Hause gegangen. Er war nach Cambridge gefahren, in eine zwielichtige

Bar, wo er sechs Gläser Jack Daniels und zwei Heineken in sich hineingekippt hatte. Dann hatte er noch eine Flasche J&B vom Barmann gekauft und war mit der Flasche auf dem Beifahrersitz nach Hause gefahren. Immer wieder hatte er sich auf der Fahrt einen Schluck genehmigt und gehofft, erwischt zu werden.

»Oh, Nicholas«, sagte Paige. Sie stand auf und schlang die Arme um ihn. Ihre Hände waren verklebt, und Nicholas fragte sich, wie sie dieses riesige Ding ganz allein in den wackeligen Christbaumständer bekommen hatte. Er starrte in ihr weißes Gesicht. Dünne Messingreifen baumelten an ihren Ohren. Er hatte noch nicht einmal gewusst, dass bald Weihnachten war.

Nicholas fiel im selben Augenblick nach vorne, als Paige die Arme um ihn schlang. Sie geriet unter seinem Gewicht ins Taumeln, half ihm auf den Boden und warf dabei die Schüssel mit den Preiselbeeren um. Nicholas zerquetschte ein paar davon, als er sich setzte, und drückte sie in den billigen gelben Teppich. Der so entstandene Fleck erinnerte stark an Blut. Paige kniete sich neben ihn, strich ihm durchs Haar und flüsterte ihm zu, alles sei gut. »Du kannst sie nicht alle retten«, sagte sie.

Nicholas schaute zu ihr hinauf. Verschwommen sah er das Gesicht eines Engels und den Geist eines Löwen. Er wollte, dass alles aufhörte, alles verschwand, und sich nur noch an Paige festklammern, bis die Tage miteinander verschmolzen. Er ließ die Whiskyflasche fallen und schaute zu, wie sie unter Paiges noch kahlen Weihnachtsbaum rollte. Dann zog er seine Frau zu sich herunter. »Nein«, sagte er. Er atmete ihre Reinheit ein wie Sauerstoff. »Nein, das kann ich nicht.«

KAPITEL 7

PAIGE

Wenn ich Nicholas im Smoking sah, hätte ich alles getan, was er von mir verlangt. Das lag nicht nur an der schlanken Schulterlinie, die der Smoking noch betonte, oder dem atemberaubenden Kontrast seiner Haare zu dem schneeweißen Hemd, es war seine Präsenz. Es war, als wäre er im Smoking geboren worden. Er passte einfach perfekt zu ihm, seinem Status, seinem Adel. Er verlangte nach Aufmerksamkeit. Wäre der Smoking seine Arbeitskleidung gewesen und nicht der schlichte weiße Kittel oder die grüne OP-Kleidung, er wäre inzwischen vermutlich schon Chefarzt des Mass General.

Nicholas beugte sich über mich und küsste meine Schulter. »Hallo«, sagte er. »Kenne ich dich nicht aus einem anderen Leben?«

»Ja, so ist es«, erwiderte ich und lächelte ihn im Spiegel an, während ich den Ohrring festmachte. »Aus deinem Leben vor der Approbation.« Ich hatte Nicholas schon lange nicht mehr gesehen – ich meine das wörtlich. Stundenlange Operationen, Meetings und politisch notwendige Essen mit Vorgesetzten hielten ihn von mir fern. In der vergangenen Nacht hatte er Bereitschaftsdienst im Krankenhaus gehabt, und tagsüber hatte er einen dreifachen Bypass gelegt sowie eine Notoperation hinter sich gebracht, also hatte er keine Gelegenheit gehabt anzurufen. Ich war nicht sicher gewesen, ob er sich überhaupt an das Wohltätigkeitsdinner erinnerte. Ich hatte mich angezogen, war hinuntergegangen, hatte auf die Uhr geschaut und ungeduldig darauf gewartet, dass Nicholas wieder nach Hause kommen würde – wie immer.

Ich hasste unser Haus. Es war klein, hatte einen netten Hof, und es lag in einer sehr prestigeträchtigen Gegend von Cambridge – einer Gegend, in der eine Menge Anwälte und Ärzte lebten. Als wir das Viertel zum ersten Mal besuchten, hatte ich gelacht und gesagt, die Straßen seien wohl mit altem Geld gepflastert, was Nicholas gar nicht lustig fand. Ich wusste, dass Nicholas sich trotz allem im Herzen immer noch reich fühlte. Er war viel zu lange vermögend gewesen, als dass er sich noch hätte ändern können. Und wenn man reich war – oder reich sein wollte –, dann lebte man auch auf eine bestimmte Art, meinte Nicholas.

Also nahmen wir eine große Hypothek auf, obwohl wir auch den Studienkredit noch abbezahlen mussten. Nicholas' Eltern baten nie um Verzeihung, obwohl Nicholas das gehofft hatte. Einmal schickten sie uns eine höfliche Weihnachtskarte, doch Nicholas hatte nichts weiter dazu gesagt, und ich hatte nicht gewusst, ob er damit seine oder meine Gefühle hatte schützen wollen. Doch obwohl die Prescotts uns jegliche Hilfe verweigerten, arbeiteten wir uns langsam in die schwarzen Zahlen zurück. Mit Nicholas' Gehalt – endlich respektable 38 000 Dollar im Jahr – war es uns schließlich gelungen, zumindest die Zinsen abzutragen. Ich wollte ein wenig sparen, nur für den Fall, doch Nicholas erklärte, wir würden schon bald mehr haben, als wir benötigten. Ich wollte nur eine kleine Wohnung, aber Nicholas bestand darauf, dass wir uns Immobilienkapital aufbauten. Und so kauften wir also ein Haus, das unsere Möglichkeiten bei Weitem überstieg, ein Haus, von dem Nicholas glaubte, es sei sein Ticket, um Chef der Herzchirurgie zu werden.

Nicholas war so gut wie nie zu Hause, und vermutlich wusste er, dass das so sein würde, bevor er das Haus kaufte. Trotzdem bestand er darauf, es in einem bestimmten Stil einzurichten. Wir hatten nahezu keine Möbel, wir konnten sie uns einfach nicht leisten. Das gesamte Haus war in Hauttönen gehalten. Aber Nicholas sagte, das verleihe dem Haus einen ›skandinavischen‹ Touch. Kein Beige und kein Pink, sondern irgendetwas dazwischen. Die Teppichböden passten zu den Tapeten, und die wiederum passten zu den Regalen und den in die Wände und Decken eingelassenen Lampen. Die einzige Ausnahme war die Küche, sie war in einer Farbe gestrichen, die sich Gerstenweiß nannte. Ich weiß nicht, wem die Dekorateurin etwas vormachen wollte, denn in Wirklichkeit war es einfach Weiß – Punkt. Weiße Fliesen, weiße Arbeitsplatte, weißer Marmorboden und weißes Holz. »Weiß ist in«, hatte Nicholas mir erklärt. Er hatte in den Häusern der Ärzte, mit denen er zusammenarbeitete, überall weiße Polstermöbel und Teppiche gesehen. Außerdem kannte Nicholas sich mit dieser Art zu leben aus, ich hingegen nicht. Ich erwähnte ihm gegenüber nicht, wie schmutzig ich mir vorkam, wenn ich in meinem eigenen Wohnzimmer saß. Ich erzählte ihm nicht, dass die Küche förmlich nach Farbe schrie und dass ich mir bisweilen wünschte, mich zu verletzen, wenn ich Gemüse schälte. Ein paar Tropfen Blut auf dem Boden hätten mir zumindest das Gefühl gegeben, eine Spur zu hinterlassen.

Für die Wohltätigkeitsveranstaltung im Krankenhaus hatte ich mir etwas Rotes ausgesucht. Nicholas in Schwarz und ich in Rot, wir hoben uns deutlich von dem beigen Hintergrund des Schlafzimmers ab. »Du solltest öfter etwas Rotes tragen«, bemerkte er und strich mir mit der Hand über die nackte Schulter.

»Die Nonnen haben uns stets ermahnt, nie Rot zu tragen«, erwiderte ich gedankenverloren. »Rot zieht nämlich die Jungs an.«

Nicholas lachte. »Komm. Gehen wir«, sagte er und nahm mich an der Hand. »Fogerty wird sich jede Minute merken, die ich zu spät komme.«

Alistair Fogerty, Nicholas' Chef und seiner Meinung nach Gott höchstpersönlich, war mir egal. Es kümmerte mich nicht, ob wir die üppigen Kaviarhäppchen zur Cocktail-Hour nun verpassten oder nicht. Hätte ich die Wahl gehabt, ich wäre nicht hingegangen. Ich mischte mich nur ungern unter Ärzte und ihre Frauen. Ich hatte zu ihren Gesprächen nichts beizutragen, warum also sollte ich dorthin gehen.

»Paige«, sagte Nicholas, »komm schon. Du siehst toll aus.«

Als ich Nicholas heiratete, hatte ich naiverweise geglaubt, wir beide würden uns selbst genügen. Und vielleicht wäre das auch so gewesen, wenn Nicholas sich nicht in diesen Kreisen bewegt hätte. Je besser Nicholas in seinem Job wurde, desto häufiger wurde ich mit Menschen und Situationen konfrontiert, die ich nicht verstand: formelle Abendessen bei irgendjemandem zu Hause, betrunkene Scheidungsopfer, die Nicholas ihre Hotelzimmerschlüssel in die Smokingtasche steckten, und aufdringliche Fragen nach meinem Hintergrund, den ich eigentlich einfach nur vergessen wollte. Auch war ich nicht annähernd so klug wie diese Leute und auch nicht so gerissen. Ich verstand ihre Scherze nicht. Ja, ich ging auf diese Veranstaltungen, ich mischte mich unter die Leute, aber ich tat es nur für Nicholas, und er wusste genauso gut wie ich, dass wir uns etwas vorgemacht hatten, dass ich niemals zu diesen Leuten passen würde.

Als wir vor ein paar Jahren heirateten, hatte ich eine Zeit lang versucht, daran etwas zu ändern. Ich hatte mich an der Harvard Extension School für zwei Abendkurse eingeschrieben. Ich hatte mir Architektur und eine Einführung in die Literaturwissenschaft ausgesucht, Letzteres ausschließlich für Nicholas. Ich hatte gehofft, wenn ich Hemingway von Chaucer und Byron unterscheiden könnte, dann würde ich den subtilen Literaturanspielungen folgen können, die Nicholas' Freunde sich bei Tisch zuwarfen wie Pingpongbälle. Aber ich konnte es einfach nicht. Wenn ich den ganzen Tag im *Mercy* auf den Beinen war und Nicholas dann noch das Abendessen machen musste, dann konnte ich mich anschließend nicht auch noch auf Rokokofassaden und T. S. Eliot konzentrieren. Und ich hatte Angst vor meinen Professoren, die so schnell sprachen, dass sie ihre Vorlesungen genauso gut auf Schwedisch hätten halten können.

Überdies verfügten die meisten meiner Kommilitoninnen bereits über eine gewisse Bildung oder hatten sogar schon einen Abschluss. Und ihre Zukunft stand nicht auf dem Spiel, wie das bei mir der Fall war. Ich wusste, dass ich neun Jahre bis zu meinem College-Abschluss brauchen würde, und ich konnte mir einfach nicht genügend Kurse leisten, weder finanziell noch zeitlich. Ich habe Nicholas nie etwas davon erzählt, aber ich habe ein F für die einzige Hausarbeit bekommen, die ich je geschrieben habe. Ich kann mich nicht mehr daran erinnern, ob es in Architektur oder Literatur gewesen ist, doch die Kommentare des Professors werde ich nie vergessen: *Irgendwo in diesem Mist vergraben*, schrieb er, *gibt es ein paar qualifizierte Ideen. Finden Sie Ihre Stimme, Mrs. Prescott.* Ja, finden Sie Ihre Stimme ...

Ich redete mich irgendwie bei Nicholas heraus und gab die Kurse auf. Um mich selbst dafür zu bestrafen, dass ich derart versagt hatte, nahm ich noch einen zweiten Job an, als könnte ich so vergessen, dass mein Leben sich vollkommen anders entwickelt hatte, als ich es mir als Kind erträumt hatte.

Aber ich hatte ja Nicholas. Und das bedeutete mehr als alle College-Abschlüsse und alle RSID-Kurse der Welt. Ich hatte mich in den letzten sieben Jahren kaum verändert – und das war einzig und allein meine Schuld –, Nicholas hingegen schon. Kurz schaute ich meinen Mann an und versuchte, mich daran zu erinnern, wie er damals gewesen war. Sein Haar war dichter gewesen, und graue Strähnen hatte er auch nicht gehabt. Und die Falten um seinen Mund waren noch nicht so tief gewesen. Doch die größte Veränderung hatten seine Augen durchgemacht. Inzwischen waren Schatten um seine Augen. Nicholas hatte mir einmal erzählt, dass auch ein Teil von ihm sterbe, wenn einer seiner Patienten starb. Daran müsse er noch arbeiten, hatte er gesagt, sonst würde irgendwann nichts mehr von ihm übrigbleiben.

*

Der Halloween-Ball des Mass General fand schon seit Ewigkeiten im Copley Plaza statt, allerdings war es seit zehn Jahren kein Kostümball mehr, man trug Abendkleidung. Ich fand das schade. Ich hätte mich so gerne verkleidet. Als Nicholas noch Assistenzarzt in der allgemeinen Chirurgie gewesen war, waren wir einmal auf einen Kostümball im medizinischen Institut der Uni gegangen. Ich wollte, dass wir als Antonius und Kleopatra gingen oder als Cinderella und der Märchenprinz. »Nein, keine Strumpfhosen«, hatte Nicholas gesagt. »Da würde ich lieber sterben.« Schließlich waren wir als Wäscheleine gegangen. Beide hatten wir ein braunes Hemd und eine braune Hose getragen, und wir hatten uns eine weiße Schnur um den Hals gebunden und Boxershorts, Strümpfe und BHs darangehangen. Ich liebte dieses Kostüm. Wir waren im wahrsten Sinne des Wortes miteinander verbunden gewesen. Wo auch immer Nicholas hingegangen war, ich hatte ihm folgen müssen.

Auf der Fahrt nach Boston fragte Nicholas mich ab. »David Goldmans Frau?«, fragte er, und ich antwortete: *Ariadne.* »Fritz van der Hoff?« *Bridget.* »Alan Masterson«, sagte Nicholas, und ich erwiderte, das sei eine Fangfrage, denn Alan sei seit einem Jahr geschieden.

Wir fuhren von der Mass Pike herunter und hielten an der Ecke zur Dartmouth. Wir hatten den Copley Square erreicht, der an Halloween in allen Farben strahlte. Neben dem Wagen standen Charlie Chaplin, ein Zigeuner und Bugs Bunny. Sie streckten die Hände aus, als wir anhielten, doch Nicholas schüttelte den Kopf. Ich fragte mich, was die drei wohl erwartet und was andere gegeben hatten. Ein lautes Klopfen am Fenster schreckte mich auf. Direkt neben uns stand ein Mann in Kniehose und Weste, dessen Hals in einem blutigen Stumpf endete. Unter dem rechten Arm trug er einen Kopf. »Bitte, entschuldigen Sie«, sagte der Enthauptete, und ich glaube, der Kopf lächelte, »ich habe wohl den Kopf verloren.« Ich starrte den Mann noch immer an, als Nicholas wieder Gas gab.

Obwohl sich mehr als dreihundert Menschen im Großen Ballsaal des Copley Plaza Hotels versammelt hatten, fiel Nicholas auf. Er gehörte zu den Jüngsten hier, und er zog die Aufmerksamkeit auf sich, weil er es in so kurzer Zeit schon so weit gebracht hatte. Die Leute wussten, dass er verhätschelt wurde, dass er der einzige junge Arzt war, den Fogerty für fähig genug hielt, eine Transplantation durchzuführen. Als wir durch die große Doppeltür traten, kamen sofort sieben Leute auf uns zu, um mit Nicholas zu reden. Ich krallte mich an seinem Arm fest, bis meine Finger weiß wurden. »Lass mich nicht allein«, bettelte ich, und ich wusste, dass Nicholas keine Versprechen machen würde, die er nicht halten konnte.

Ich hörte Worte in einer mir inzwischen vertrauten Fremdsprache: infektiöse Endokarditis, myokardialer Infarkt, Angioplastie. Ich beobachtete Nicholas, der sich ganz in seinem Element befand, und es juckte mich in den Fingern, ihn zu zeichnen: groß, halb im Schatten, strotzend vor Selbstvertrauen. Aber ich hatte meine Zeichenmaterialien beim Umzug weggepackt, und ich wusste noch immer nicht, wo sie waren. Ich hatte seit einem Jahr nicht mehr gezeichnet. Morgens hatte ich im *Mercy* zu tun und nachmittags bei Dr. Thayer. Ich hatte zwar versucht, mir einen Bürojob zu beschaffen – irgendetwas im Verkauf oder im Management –, doch in Cambridge gab es dafür genug Bewerber mit einem College-Abschluss. Ich hatte nichts vorzuweisen außer Nicholas. Ich hing an seinem Rockzipfel ... für den ironischerweise ich bezahlt hatte.

»Paige!« Als ich die ungewöhnlich hohe Stimme von Arlene Goldman hörte, der Frau eines niedergelassenen Kardiologen, drehte ich mich um. Nach meiner letzten Erfahrung mit Arlene hatte ich Nicholas erklärt, dass ich es schon rein körperlich nicht ertragen könne, noch einmal einen Abend bei den Goldmans zu verbringen, und so hatten wir seitdem jede Einladung abgelehnt. Doch plötzlich war ich froh, sie zu sehen. Sie war jemand, an den ich mich klammern konnte, jemand, der mich kannte und der mein Hiersein rechtfertigen konnte. »Es ist ja so schön, dich zu sehen«, log Arlene und küsste die Luft rechts und links von meinen Wangen. »Und da ist ja auch Nicholas«, sagte sie und nickte in seine Richtung.

Arlene Goldman war so dünn, dass sie beinahe durchsichtig wirkte. Sie hatte große graue Augen und Haar, dessen goldene Farbe aus der Flasche stammte. Sie besaß einen persönlichen Shoppingservice, und ihre größte Leistung im Leben war, dass Senator Edward Kennedy sie den Verlobungsring seiner Zukünftigen bei Shreve, Crump and Low hatte aussuchen lassen. Sie trug ein langes pfirsichfarbenes Kleid, in dem sie beinahe nackt wirkte. »Wie geht es dir, Arlene?«, fragte ich leise.

»Entzückend«, sagte sie und winkte ein paar andere Arztfrauen herbei, die ich kannte. Ich lächelte sie der Reihe nach an, trat einen Schritt zurück und hörte mir Gespräche über Klassentreffen in Wellesley, sechsstellige Buchverkäufe und die Vorteile von wärmedämmendem Glas in Strandhäusern an.

Arztfrauen machen alles, und zwar gleichzeitig. Sie sind Mütter, Immobilienmakler in Nantucket, Caterer und Schriftstellerinnen. Natürlich haben sie Kindermädchen, Köche und Zofen, aber sie ignorieren die Existenz dieser Leute geflissentlich. Auf Galas lassen sie stets ganz beiläufig die Namen von Berühmtheiten fallen, mit denen sie gearbeitet haben, von Orten, an denen sie gewesen sind, und von Theateraufführungen, die sie gesehen haben. Sie hängen sich Diamanten um die Hälse und schmieren sich Rouge auf die Wangen, das im Licht der Kronleuchter glitzert. Und vor allem haben sie nichts mit mir gemein.

Nicholas steckte den Kopf in den Kreis aus Gesichtern und erkundigte sich, ob ich okay sei, er wolle mit Fogerty über einen Patienten sprechen. Die anderen Frauen drängten sich um mich. »Oh, Nick«, sagten sie, »es ist ja schon so lange her.« Dann legten sie ihre kalten Arme um mich. »Wir werden uns schon um sie kümmern, Nick«, sagten sie, und ich fragte mich, seit wann mein Mann kein Problem mehr damit hatte, ›Nick‹ genannt zu werden.

Wir tanzten zu den Big-Band-Klängen eines Swingorchesters, dann wurden die Türen zum Bankett geöffnet. Wie immer war das Essen sehr lehrreich für mich. Es gab nach wie vor unglaublich viele Dinge, die ich nicht kannte. So war mir zum Beispiel nicht klar gewesen, dass es so etwas wie ein Fischmesser gibt. Auch wusste ich nicht, dass man Schnecken essen konnte. Ich blies auf meine Lauchsuppe, bis ich bemerkte, dass sie kalt serviert wurde. Und ich beobachtete, wie Nicholas sich mit der geübten Leichtigkeit eines

Profis in dieser Gesellschaft bewegte, und ich fragte mich, wie ich in diese Art von Leben gestolpert war.

Einer der anderen Ärzte am Tisch drehte sich während des Essens zu mir um. »Ich habe das ganz vergessen ...«, sagte er. »Was machen Sie noch mal?«

Ich starrte auf meinen Teller und wartete darauf, dass Nicholas zu meiner Rettung eilte, doch er sprach mit jemand anderem. Wir hatten darüber geredet und waren übereingekommen, dass niemand wissen sollte, wo ich arbeitete. Das sei ihm zwar nicht peinlich, hatte Nicholas mir versichert, doch in dieser Gesellschaft gelte es, ein gewisses Image zu wahren. Arztfrauen sollten Rotary-Tafeln enthüllen und keine Hamburger servieren. Ich setzte mein strahlendstes Lächeln auf und antwortete im piepsigen Tonfall der anderen Frauen: »Oh, ich ziehe durch die Stadt und breche Herzen, damit mein Mann auf der Arbeit etwas zu tun hat.«

Es kam mir wie eine Ewigkeit vor, bis jemand etwas sagte, und ich spürte, wie meine Hände unter dem Tisch zu zittern begannen und Schweiß sich in meinem Nacken sammelte. Dann hörte ich Lachen wie zersplitterndes Glas. »Wo haben Sie die denn gefunden, Prescott?«

Nicholas unterbrach sein Gespräch und drehte sich zu dem Mann um. Ein lässiges Grinsen schlich sich auf sein Gesicht. »Beim Kellnern«, antwortete er.

Ich war wie erstarrt. Alle am Tisch lachten. Sie nahmen an, Nicholas habe einen Scherz gemacht. Dabei hatte er genau das gesagt, worüber wir nicht sprechen wollten. Ich starrte ihn an, doch er lachte auch. Ich stellte mir die Frauen der anderen Ärzte vor, wie sie mit ihren Männern nach Hause fuhren und sagten: *Nun, das erklärt vieles.* »Bitte, entschuldigen Sie mich«, sagte ich und schob den Stuhl zurück. Meine Knie zitterten, doch langsam ging ich zur Toilette.

Mehrere Frauen waren dort, doch niemand, den ich kannte. Ich schlüpfte in eine Kabine und setzte mich auf den Rand der Klobrille. Ich zerknüllte etwas Klopapier in meiner Hand, denn ich rechnete mit Tränen, aber sie kamen nicht. Was zum Teufel hatte mich nur dazu bewegt, mich an das Leben eines anderen zu hängen, anstatt mein eigenes zu leben, und dann merkte ich, dass ich mich übergeben musste.

Anschließend war ich innerlich leer. Ich hörte das Echo des Blutes, das durch meine Adern floss. Die anderen Frauen starrten mich an, als ich die Kabine verließ, doch niemand fragte mich, ob ich in Ordnung sei. Ich spülte mir den Mund mit Wasser aus und trat auf den Flur hinaus, wo Nicholas auf mich wartete, und ich muss ihm zugutehalten, dass er besorgt aussah. »Bring mich nach Hause«, sagte ich. »Sofort.«

Wir sprachen auf der Fahrt nicht miteinander, und als wir unser Haus erreichten, drängte ich mich an ihm vorbei, lief ins Badezimmer und übergab mich erneut. Als ich schließlich den Blick wieder hob, stand Nicholas in der Tür. »Was hast du gegessen?«, fragte er.

Ich wischte mir das Gesicht mit einem Handtuch ab. Mein Hals war rau und brannte. »Das ist das zweite Mal heute Nacht«, erklärte ich ihm und beschloss, von nun an zu schweigen.

Nicholas ließ mich allein, während ich mich auszog. Als er wieder zurückkam, legte er Fliege und Kummerbund über die Fußbank, und sie schienen sich im wabernden

Licht des Mondes wie Schlangen zu winden. Nicholas saß auf der Bettkante. »Du bist doch nicht wütend, oder, Paige?«

Ich schlüpfte unter die Decke und kehrte ihm den Rücken zu. »Du weißt, dass ich mir nichts dabei gedacht habe«, sagte er. Er legte sich neben mich und hielt meine Schulter. »Das weißt du doch ... oder?«

Ich straffte die Schultern und verschränkte die Arme. Ich würde nicht sprechen, nahm ich mir fest vor. Und als ich Nicholas' regelmäßigen Atem hörte, ließ ich meinen Tränen freien Lauf. Sie brannten wie heißes Quecksilber auf meinen Wangen und fraßen sich ins Kissen.

*

Wie immer stand ich um 04.30 Uhr auf, machte Nicholas Kaffee für unterwegs und packte ihm etwas für zwischendurch ein, denn ich wusste, dass er das zwischen den Operationen gut gebrauchen konnte. Nur weil mein Mann ein Arschloch war, sagte ich mir selbst, mussten die Patienten ja nicht darunter leiden. Er kam mit zwei Krawatten die Treppe herunter. »Welche soll ich nehmen?«, fragte er und hielt sie sich an den Hals. Ich drängte mich an ihm vorbei und ging nach oben. »Oh, um Himmels willen, Paige«, murmelte er, und dann hörte ich, wie er die Tür hinter sich zuknallte.

Ich lief ins Badezimmer und kotzte. Diesmal war ich anschließend so benommen, dass ich mich hinlegen musste. Also legte ich mich hin, direkt auf die weiße Badematte. Ich schlief ein, und als ich wieder aufwachte, rief ich im *Mercy* an und meldete mich krank. Eigentlich wäre ich auch nicht zu Dr. Thayer gegangen, aber ich hatte da so eine Ahnung.

Ich wartete, bis etwas weniger Patienten da waren, dann verließ ich den Empfang und stellte mich neben Dr. Thayer an den Tisch, auf dem wir die Urinproben und die Fragebögen zur Brustkrebsvorsorge sammelten. Dr. Thayer schaute mich an, als wisse sie bereits, worum es ging. »Ich muss Sie um einen Gefallen bitten«, sagte ich.

*

So hätte es nicht laufen sollen. Nicholas und ich hatten das eine Million Mal diskutiert. Ich würde uns finanzieren, bis Nicholas' Gehalt ausreichte, um die Kredite zurückzuzahlen, dann würde ich an der Reihe sein. Ich würde auf die Kunsthochschule gehen, und sobald ich meinen Abschluss hatte, würden wir eine Familie gründen.

Es hätte nicht passieren dürfen, denn wir waren vorsichtig gewesen, aber Dr. Thayer zuckte nur mit den Schultern und erklärte, nichts sei vollkommen sicher. »Freuen Sie sich doch«, sagte sie. »Wenigstens sind Sie verheiratet.«

Das brachte alles wieder zurück. Während ich langsam durch den Verkehr in Cambridge fuhr, fragte ich mich, wie ich die Zeichen hatte übersehen können: die geschwollenen Brüste, die Müdigkeit ... Immerhin hatte ich das ja schon einmal durchgemacht. Damals war ich nicht bereit dafür gewesen, und egal, was Dr. Thayer auch sagte, ich wusste, dass ich das auch jetzt nicht war.

Mir lief ein Schauder über den Rücken. Ich würde nie auf die Kunsthochschule gehen können. Es würde Jahre dauern, bis ich an der Reihe war, vielleicht würde es nie der Fall sein.

Ich hatte die Entscheidung, auf die Kunsthochschule zu

gehen, nach nur einem offiziellen Kunstkurs gefällt, den ich am Chicago Art Institute absolviert hatte. Ich war damals erst im neunten Schuljahr gewesen, und ich hatte die Kursteilnahme bei einem stadtweiten Schülerwettbewerb gewonnen. Figürliches Zeichnen war der einzige Kurs, der nach der Schule angeboten wurde, also nahm ich ihn. Am ersten Abend ließ der Lehrer, ein dürrer Mann mit lila Brille, uns durch den Raum gehen und erzählen, wer wir waren und was uns hergeführt hatte. Ich hörte, wie die anderen erzählten, dass sie den Kurs genommen hatten, um sich Punkte fürs College zu verdienen oder ihr Portfolio auf den neuesten Stand zu bringen. Als ich an der Reihe war, sagte ich: »Ich bin Paige. Ich weiß nicht, wieso ich hier bin.«

Das Modell an jenem Abend war ein Mann, und er kam in einem bedruckten Bademantel aus Satin. Eine Eisenstange diente ihm als Requisite. Als der Lehrer nickte, stieg der Mann auf eine Plattform und schüttelte die Robe ab, als sei das völlig normal für ihn. Er drehte und wand sich und nahm die Eisenstange so, dass er schließlich aussah, als würde er am Kreuz hängen. Es war der erste Mann, den ich vollkommen nackt gesehen habe.

Während alle anderen zu zeichnen begannen, saß ich wie versteinert da. Ich war sicher, einen Fehler begangen zu haben, als ich mich für diesen Kurs eingeschrieben hatte. Ich fühlte den Blick des Modells auf mir, und da setzte ich den Conté-Stift an. Ich schaute zur Seite und zeichnete aus dem Gedächtnis: die verdrehten Schultern, die gestraffte Brust, der schlaffe Penis. Kurz vor Ende der Unterrichtsstunde kam der Lehrer zu mir. »Du hast etwas«, sagte er zu mir, und ich wollte ihm glauben.

Für die letzte Stunde des Seminars kaufte ich ein Blatt feines, grau marmoriertes Papier im Kunstbedarf und hoffte, etwas zu zeichnen, das ich behalten wollte. Das Modell an diesem Tag war ein Mädchen, nicht älter als ich, doch ihre Augen waren müde und verschleiert. Sie war schwanger, und als sie sich auf die Seite legte, trat ihr Bauch deutlich hervor. Ich zeichnete sie wie wild. Mit einem weißen Conté simulierte ich das Studiolicht auf ihrem Haar und ihren Unterarmen. Ich hörte nicht auf, zeichnete sogar die zehnminütige Kaffeepause hindurch, obwohl das Modell da aufstand und sich streckte. Ich zeichnete einfach aus dem Gedächtnis weiter. Als ich fertig war, zeigte der Lehrer meine Zeichnung den anderen Schülern. Er deutete auf die straffen Hüften des Mädchens, die Wölbung der schweren Brüste und die Schatten zwischen ihren Beinen. Dann gab der Lehrer mir das Bild wieder zurück und sagte zu mir, ich solle einmal über die Kunsthochschule nachdenken. Ich rollte das Bild zusammen, lächelte schüchtern und ging.

Ich habe die Zeichnung nie aufgehängt, denn mein Vater hätte mich umgebracht, hätte er gewusst, dass ich freiwillig einen Kurs besucht hatte, bei dem Frauen und Männer sich sündhaft entblößten. Ich versteckte das Bild hinter meinem Schrank und schaute es mir von Zeit zu Zeit an. Das Offensichtliche an der Zeichnung fiel mir jedoch erst mehrere Wochen später auf. Die Bilder, die sich nahezu immer in meine Zeichnungen schlichen, waren hier nicht im Hintergrund. Ich hatte das Modell gezeichnet, ja, aber das Gesicht – und die Angst darauf – gehörten mir.

*

»Hey«, sagte Marvela zu mir, als ich ins *Mercy* kam. Sie hielt eine Kanne Kaffee in der einen und einen Teller mit einem Muffin in der anderen Hand. »Ich dachte, du wärst heute krank.« Kopfschüttelnd schob sie sich an mir vorbei. »Mädchen, weißt du eigentlich, dass du mich schlecht aussehen lässt? Wenn du schon schwänzt, dann solltest du auch wegbleiben und nicht plötzlich mitten in der Schicht auftauchen, wenn dein Katholikengewissen dich übermannt.«

Ich lehnte mich an die Kasse. »Ich bin auch krank«, sagte ich. »Ich habe mich in meinem ganzen Leben noch nie so schlecht gefühlt.«

Marvela schaute mich stirnrunzelnd an. »Wenn man mit einem Arzt verheiratet ist, schickt einen der dann nicht ins Bett?«

»Ich meine nicht die Art von Krankheit«, sagte ich zu ihr, und Marvela riss die Augen auf. Ich wusste, was sie dachte. Marvela liebte Gerüchte und Verschwörungstheorien. »Nein, nein«, sagte ich rasch, bevor sie fragen konnte. »Nicholas hat keine Affäre. Und ich bin auch nicht von Aliens entführt worden.«

Marvela goss mir eine Tasse Kaffee ein und stützte sich mit den Ellbogen auf den Tresen. »Ich nehme an, du erwartest jetzt von mir, dass ich rate«, sagte sie.

Ich hörte sie, antwortete aber nicht. In diesem Augenblick stolperte eine Frau zur Tür herein. Sie trug ein Baby auf dem Arm, eine Einkaufstüte und eine große Umhängetasche. Als sie über die Schwelle trat, ließ sie die Einkaufstüte fallen und rückte das Baby zurecht. Marvela stieß einen leisen Fluch aus und stand auf, um der Frau zu helfen, doch ich legte ihr die Hand auf den Arm. »Wie alt ist das Kind?«, fragte ich und versuchte, dabei so gelassen wie möglich zu klingen. »Sechs Monate?«

Marvela schnaubte. »Der ist schon fast ein Jahr«, sagte sie. »Hast du nie Babysitter gespielt?«

Impulsiv stand ich auf und holte eine Schürze hinter der Theke hervor. »Lass mich sie bedienen«, sagte ich. Marvela zögerte. »Das Trinkgeld gehört dir.«

Die Frau hatte ihre Einkaufstüte einfach auf dem Boden stehen gelassen. Ich schleppte das schwere Ding zu der Nische, in die die Frau sich gesetzt hatte – zu der, die früher Nicholas gehört hatte. Die Frau hatte das Baby auf den Tisch gelegt und zog ihm die Windel aus. Ohne sich die Mühe zu machen, mir zu danken, griff sie in die Einkaufstüte und holte eine frische Windel und eine Kette mit Plastikringen heraus. Letztere gab sie dem Baby. »Dah!«, sagte das Kind und deutete zur Lampe hinauf.

»Lampe, genau, eine Lampe«, sagte die Frau zu ihrem Kind, ohne aufzuschauen. Sie rollte die schmutzige Windel zusammen, machte die neue fest und fing die Kette mit den Ringen auf, bevor das Kind sie auf den Boden werfen konnte. Ich war fasziniert. Die Frau schien hundert Hände zu haben. »Kann ich bitte etwas Brot haben?«, erinnerte sie mich daran, meinen Job zu tun. Also lief ich in die Küche.

Ich war so schnell wieder aus der Küche verschwunden, dass Lionel keine Zeit hatte, mich zu fragen, was zum Teufel ich auf der Arbeit mache. Ich hatte mir einen Korb mit Pizzabrötchen geschnappt und ging zum Tisch der Frau. Inzwischen balancierte sie ihr Kind auf dem Knie und versuchte, es davon abzuhalten, nach der Papiertischdecke zu greifen. »Haben Sie einen Hochstuhl?«, fragte sie.

Ich nickte und zog einen kleinen Kinderstuhl heran. »Nein«, seufzte die Frau, als hätte sie das schon tausendmal erlebt. »Das ist kein Hochstuhl. Das Ding da ist für Babys ungeeignet.«

Ich starrte den Stuhl an. »Funktioniert der nicht auch?«

Die Frau lachte. »Wäre der Präsident der Vereinigten Staaten eine Frau«, sagte sie, »dann gäbe es in jedem verdammten Restaurant einen Hochstuhl, und Mütter mit Kleinkindern dürften ihre Autos auf Behindertenparkplätzen abstellen.« Sie hatte ein Pizzabrötchen in kleine Stücke gebrochen, die das Kind sich nun in den Mund stopfte. Sie seufzte, stand auf und suchte ihre Sachen zusammen. »Wenn Sie keinen Hochstuhl für ihn haben, kann ich auch nichts essen«, sagte sie. »Tut mir leid, dass ich Ihre Zeit verschwendet habe.«

»Ich kann ihn ja halten«, bot ich ihr spontan an.

»Wie bitte?«

»Ich habe gesagt, ich kann ihn ja halten«, wiederholte ich, »während Sie essen.«

Die Frau starrte mich an. Mir fiel auf, wie erschöpft sie aussah. Sie schien zu zittern, so als hätte sie schon seit sehr, sehr langer Zeit nicht mehr geschlafen. Mit ihren braunen Augen musterte sie mich von Kopf bis Fuß. »Das würden Sie wirklich tun?«, murmelte sie.

Ich brachte ihr einen Spinatauflauf und nahm vorsichtig das Kind auf meine Arme. Ich fühlte, wie Marvela mich von der Küche aus beobachtete. Das Baby machte sich steif und passte nicht auf meine Hüfte. Und es wand sich immer wieder, um nach meinem Haar zu grabschen. »Hey«, sagte ich, »nicht ...«, doch der Junge lachte nur.

Er war schwer und irgendwie feucht, und er wand sich, bis ich ihn schließlich auf den Tresen setzte, damit er dort etwas krabbeln konnte. Dann warf er den Senfkrug um und zog sich den Senflöffel durch die Haare. Ich konnte ihn keine Sekunde aus den Augen lassen, und ich fragte mich, wie irgendjemand das vierundzwanzig Stunden am Tag aushalten konnte. Aber er roch nach Puder, und er mochte es, wenn ich ihn anschaute, und als seine Mutter ihn wieder holen kam, klammerte er sich an meinen Hals. Als die beiden wieder gingen, schaute ich ihnen hinterher, und ich staunte, wie viel die Frau tragen konnte. Und obwohl nichts passiert war, war ich froh, das Baby wieder los zu sein. Ich sah, wie die Frau die Straße hinunterging und dann nach links abbog. Auf der linken Seite trug sie auch das Baby, und so war es, als hätte dessen Gewicht sie hinübergezogen.

Marvela trat neben mich. »Und? Würdest du mir jetzt bitte mal sagen, was das sollte?«, fragte sie. »Oder muss ich dir die Würmer einzeln aus der Nase ziehen?«

Ich drehte mich zu ihr um. »Ich bin schwanger.«

Marvela riss die Augen auf. »Echt jetzt?«, sagte sie. »Scheiße.« Und dann schrie sie und fiel mir um den Hals.

Als ich ihre Umarmung nicht erwiderte, ließ sie mich wieder los. »Lass mich raten«, sagte sie. »Dir ist nicht gerade nach einem Freudentanz zumute.«

Ich schüttelte den Kopf. »Das hätte nicht passieren dürfen«, erklärte ich. Ich erzählte ihr von meinem Plan, von unseren Krediten, von Nicholas' Stationsarztstelle und dann vom College. Ich redete, bis die Sätze sich in meiner eigenen Muttersprache fremd anfühlten und die Worte wie Steine aus meinem Mund rollten.

Marvela lächelte sanft. »Gott, Mädchen«, sagte sie, »was läuft schon so, wie es laufen soll? Man *plant* das Leben nicht, man *lebt* es einfach.« Sie legte mir den Arm um die Schulter. »Wäre es in den letzten zehn Jahren so für mich gelaufen, wie ich es mir vorgestellt habe, dann würde ich jetzt Schokolade futtern, preisgekrönte Rosen züchten und in einem Palast mit einem mehr als gut aussehenden Mann wohnen.« Sie blickte aus dem Fenster und – so nahm ich an – in ihre Vergangenheit. Dann tätschelte sie mir den Arm und lachte. »Paige, Liebes«, sagte sie, »hätte ich an meinem großen Plan festgehalten, dann würde ich jetzt *dein* Leben leben.«

*

Lange Zeit saß ich einfach nur auf der Veranda und ignorierte die Nachbarn, die mich im Vorbeigehen anstarrten. Ich wusste nicht, wie man eine gute Mutter wurde. Ich hatte ja keine gehabt. Ich kannte gute Mütter nur aus dem Fernsehen. Vor meinem geistigen Auge sah ich Bilder von Marion Cunningham und Laura Petrie. Was machten diese Frauen eigentlich den ganzen Tag?

Stunden später fuhr Nicholas in die Einfahrt, während ich an all die Dinge dachte, auf die ich keinen Zugriff hatte, die ich aber brauchte, um ein Kind großzuziehen. Ich konnte Dr. Thayer nicht die Krankengeschichte meiner Familie mütterlicherseits erzählen. Ich wusste nichts über meine Geburt. Und ich würde Nicholas nicht sagen, dass es schon vor diesem hier ein Baby gegeben hatte und dass ich jemand anderes gewesen war, bevor ich ihm gehörte.

Nicholas stieg aus dem Wagen, als er mich sah. Sein Körper machte sich zum Angriff bereit. Für ihn war unser Streit noch nicht beendet. Doch als er näher kam, erkannte er, dass mich die Kampfeslust verlassen hatte. Ich lehnte mich an den Pfosten der Veranda und wartete, bis Nicholas direkt vor mir stand. Er wirkte unglaublich groß. »Ich bin schwanger«, sagte ich und brach in Tränen aus.

Nicholas lächelte. Dann beugte er sich vor, hob mich hoch und trug mich auf den Armen ins Haus. Er tanzte förmlich über die Schwelle. »Paige«, sagte er, »das ist ja großartig. Fantastisch!« Er setzte mich auf die hautfarbene Couch und strich mir das Haar aus den Augen. »Hey«, sagte er, »mach dir keine Sorgen wegen dem Geld.«

Ich wusste nicht, wie ich ihm sagen sollte, dass ich mir keine Sorgen machte, sondern Angst hatte. Ich hatte Angst, weil ich nicht wusste, wie man ein Baby hält. Ich hatte Angst, dass ich mein eigenes Kind nicht lieben würde. Und vor allem hatte ich Angst, dass ich von Anfang an verdammt war, dass sich der Zyklus wiederholen würde, den meine Mutter begonnen hatte, dass das erblich war und dass ich eines Tages einfach meine Sachen packen und verschwinden würde.

Nicholas legte die Arme um mich. »Paige«, sagte er und hielt meine Gedanken in der Hand, »du wirst eine wunderbare Mutter sein.«

»Woher willst du das denn wissen?«, schrie ich und wiederholte dann leiser: »Woher willst du das wissen?« Ich starrte Nicholas an, der alles getan und erreicht hatte, was er sich vorgenommen hatte. Und ich fragte mich, wann ich die Kontrolle über mein eigenes Leben wieder zurückgewinnen würde.

Nicholas setzte sich neben mich und schob die Hand unter meinen Sweater. Er öffnete meine Hose und breitete die Finger auf meinem Unterleib aus, als brauche das, was auch immer in mir heranwuchs, seinen Schutz. »Mein Sohn«, sagte er mit belegter Stimme.

Es war, als hätte sich plötzlich ein Fenster geöffnet, und ich sah den Rest meines Lebens vor mir, sorgfältig seziert und in allen Einzelheiten. Ich dachte über meine Zukunft nach, wie sie von zwei Männern bestimmt werden würde. Und ich stellte mir vor, in einem Haus zu leben, wo ich immer die Außenseiterin bleiben würde. »Ich kann dir nichts versprechen«, sagte ich.

KAPITEL 8

PAIGE

Der erste Mensch, in den ich mich verliebt habe, war Priscilla Divine.

Sie war von Texas nach Chicago gekommen und hatte sich in *Our Lady of the Cross* angemeldet, meiner Schule, als ich im sechsten Schuljahr war. Sie war ein Jahr älter als wir anderen, obwohl sie nie sitzengeblieben war. Sie hatte langes honigfarbenes Haar, und sie ging nicht, sondern glitt. Ein paar Mädchen behaupteten, sie sei der Grund dafür gewesen, dass ihre Familie hatte umziehen müssen.

Priscilla Divine umgab eine derart geheimnisvolle Aura, dass sie sich vermutlich jede als Freundin hätte aussuchen können, doch sie wählte mich. Eines Morgens, in der Religionsstunde, hob sie die Hand und sagte zu Schwester Theresa, sie glaube, sich gleich erbrechen zu müssen, und sie würde darum bitten, dass Paige sie auf die Krankenstation begleitet. Doch kaum waren wir im Flur, da sah Priscilla ganz und gar nicht mehr krank aus, und sie zog mich auf die Mädchentoilette und holte eine Packung Zigaretten aus dem Rock und eine Schachtel Streichhölzer aus der Socke. Sie zündete sich eine Zigarette an, atmete tief ein und bot mir die Kippe wie eine Friedenspfeife an. Da mein Ruf auf dem Spiel stand, inhalierte ich auch und unterdrückte meinen Husten. Priscilla war beeindruckt, und das war der Beginn meiner bösen Jahre.

Priscilla und ich, wir taten alles, was wir nicht tun sollten. Auf dem Weg nach Hause liefen wir durch Southside, das Schwarzenviertel. Wir stopften unsere BHs aus, und wir schummelten bei Mathetests. Und wir beichteten diese Dinge nicht, denn – so hatte Priscilla mich gelehrt – bestimmte Dinge verriet man Priestern nicht. Das ging so weit, dass wir dreimal von der Schule suspendiert wurden, und die Schwestern legten uns nahe, unsere Freundschaft zu beenden.

Als wir im siebten Schuljahr waren, entdeckten wir an einem verregneten Samstag den Sex. Ich war bei Priscilla, lag mit dem Rücken auf ihrer mit Lollipops verzierten Tagesdecke und schaute zu, wie draußen die Blitze über den Himmel zuckten. Priscilla blätterte durch einen *Playboy*, den wir im Zimmer ihres Bruders geklaut hatten. Wir hatten das Magazin schon seit mehreren Monaten. Wir kannten die Bilder inzwischen auswendig, und wir hatten alle Briefe im Ratgeberteil gelesen und die Worte nachgeschlagen, die wir nicht kannten. Selbst Priscilla war inzwischen gelangweilt davon. Sie stand auf und ging zum Fenster. Einen Augenblick lang wirkte sie im Licht eines Blitzes ausgelaugt und desillusioniert, so als würde sie schon seit Ewigkeiten auf die Straße starren und nicht erst seit wenigen Sekunden. Als sie sich mit verschränkten Armen zu mir umdrehte, erkannte ich sie kaum wieder. »Paige«, sagte sie in beiläufigem Ton, »hast du je einen Jungen geküsst?«

Das hatte ich nicht, aber das wollte ich ihr nicht verraten. »Sicher«, antwortete ich. »Hast du?«

Priscilla warf ihr Haar zurück und trat einen Schritt vor. »Beweis es«, forderte sie mich heraus.

Das konnte ich nicht. Denn eigentlich war dieses Thema eine meiner größten Sorgen. Ich hatte ganze Nächte wach-

162

gelegen und das Küssen an meinem Kissen geübt, aber auf diese Art hatte ich auf einige Fragen einfach keine Antwort bekommen, zum Beispiel, wohin ich mit meiner Nase sollte und wie man atmet. »Wie soll ich das denn beweisen?«, entgegnete ich. »Es sei denn, hier ist irgendwo ein Junge, den ich nur nicht sehen kann.«

Priscilla kam auf mich zu, dünn und nahezu durchsichtig in dem gewittrigen Licht. Sie beugte sich über mich, sodass ihr Haar uns wie ein Zelt einhüllte. »Tu einfach so«, sagte sie, »als wäre ich der Junge.«

Ich wusste, dass Priscilla meine Lüge durchschaut hatte, trotzdem hätte ich nie zugegeben, dass ich gelogen hatte. Also beugte ich mich vor, legte meine Hände auf ihre Schultern und drückte meine Lippen auf ihre. »Siehst du?«, sagte ich und winkte mit gespieltem Selbstbewusstsein ab.

»Nein«, sagte sie, »so geht das.« Und sie drehte den Kopf und erwiderte meinen Kuss. Ihre Lippen bewegten sich, wo meine steif gewesen waren, und sie formte sie, bis mein Mund das Gleiche tat wie ihrer. Ich hatte die Augen weit geöffnet und beobachtete noch immer die Blitze. In diesem Augenblick wusste ich, dass jedes Gerücht über Priscilla, jede Warnung vor ihr durch die Schwester und jeder verstohlene Blick der Messdiener gerechtfertigt waren. Ihre Zunge glitt über meine Lippen, und ich zuckte zurück. Priscillas Haar klebte an meinen Schultern und meinem Gesicht wie ein Netz – denn unsere Körper waren elektrisiert.

Später begannen wir, das Küssen zu einer Wissenschaft zu entwickeln. Wir borgten uns den roten Lippenstift von Priscillas Mutter, küssten uns vor dem Badezimmerspiegel und beobachteten, wie unsere Gesichter beschlugen, während wir uns liebten. Wir gingen in die öffentliche Bibliothek, wo wir heimlich in den Stapeln mit Liebesromanen für Erwachsene stöberten, blätterten zu den Sexszenen und flüsterten sie laut vor uns hin. Gelegentlich küssten wir uns dabei und spielten dabei abwechselnd den Jungen. Diejenige, die die Mädchenrolle übernahm, musste in Ohnmacht fallen, mit den Wimpern klimpern und atemlos flüstern wie die Frauen in diesen verbotenen Büchern. Wer den Jungen spielte, musste ruhig und aufrecht stehen und alles einfach hinnehmen.

Eines Tages stand Priscilla nach der Schule plötzlich vor meiner Tür. Sie war vollkommen außer Atem. »Paige«, sagte sie, »du musst mit mir kommen. *Sofort!*« Sie wusste, dass ich im Haus bleiben sollte, bis mein Vater aus dem Büro kam. Er arbeitete gerade als Computerprogrammierer, um sein Einkommen aufzubessern, da es mit den Erfindungen wieder mal nicht so gut lief. Und sie wusste, dass ich nie ein Versprechen brechen würde, das ich meinem Vater gegeben hatte. »Paige, es ist wichtig.« Sie blieb hartnäckig.

Ich ging mit ihr nach Hause und versteckte mich an diesem Tag in dem heißen, dunklen Schrank im Zimmer ihres Bruders, in dem es nach Sportsachen roch. Der Schrank hatte Lamellentüren, sodass wir durch die Spalten ins Zimmer spähen konnten. »Du darfst dich nicht bewegen«, flüsterte Priscilla. »noch nicht einmal atmen.«

Priscillas Bruder Steven war auf der Junior High und die Hauptquelle für alles, was Priscilla über Sex wusste. Wir wussten, dass er es schon getan hatte, denn er hatte Kondome in seinem Nachttisch versteckt. Einmal hatten wir eins davon gestohlen und die silberne Verpackung aufgerissen. Ich hatte den blassen Schlauch über Priscillas Arm entrollt und gestaunt, dass er sich wie eine zweite Haut darübergelegt hatte. Immer wieder und wieder hatte ich mit den Fingern darübergestrichen.

Minuten nachdem wir es uns im Schrank bequem gemacht hatten, kam Steven mit einem Mädchen herein. Sie war nicht von der Pope Pius, sondern vermutlich von irgendeiner öffentlichen Schule in Downtown. Sie hatte kurzes braunes Haar, trug pinkfarbenen Nagellack, und ihre weiße Jeans saß so tief, dass ihre Hüften zu sehen waren. Steven zog sie mit einem Stöhnen aufs Bett und knöpfte ihre Bluse auf. Das Mädchen trat sich die Schuhe von den Füßen, wand sich aus ihrer Hose, und bevor ich mich versah, waren beide nackt. Ich konnte nicht viel von Steven sehen, und das war auch gut so. Ich hätte ihm nie wieder in die Augen schauen können. Aber da waren seine runden Pobacken und die rosa Unterseite seiner Füße, und dieses Mädchen hatte ihm die Beine um den Rücken geschlungen. Mit einer Hand massierte Steven die Brust des Mädchens, die Brustwarze war steif und so rot wie eine Erdbeere, und mit der anderen kramte er im Nachttisch nach einem Kondom. Und dann begann er, sich auf ihr zu bewegen. Gleichzeitig wanderten die Beine des Mädchens immer höher, bis zu seinen Schultern hinauf, und schließlich begannen sie beide zu stöhnen. Das Geräusch floss förmlich um sie herum, akzentuiert vom Knarren des Bettes. Ich war nicht sicher, was ich da sah – die Sicht durch den Lamellenspalt war sehr eingeschränkt –, doch es wirkte wie eine Maschine oder eine mythische Bestie, die kreischte, während sie sich selbst auffraß.

*

Priscillas verrückte Tante aus Boise schickte ihr zum fünfzehnten Geburtstag ein Hexenbrett, und die erste Frage, die wir ihm stellten, war, wer Maikönigin werden würde. Der Mai war der Marienmonat, zumindest hatte man uns das in der Schule gelehrt, und jedes Jahr gab es am ersten Abend des Monats eine Parade. Die Schüler zogen in einer Prozession von der Schule nach Saint Christopher, allen voran die Schulkapelle mit großem Tamtam. Am Ende der Parade liefen die Maikönigin, ausgewählt von Vater Draher höchstpersönlich, und ihr Hofstaat. Die Maikönigin war immer das hübscheste Mädchen aus der achten Klasse, und alle gingen davon aus, dass es dieses Jahr Priscilla sein würde. Als wir also das Hexenbrett befragten, stieß ich es unauffällig in Richtung *P*, wohl wissend, dass es eh da gelandet wäre.

»*P* was?«, fragte Priscilla und trommelte ungeduldig mit den Fingern auf dem Zeiger.

»Lass das«, warnte ich sie. »Sonst funktioniert es nicht. Er muss die Wärme spüren.«

Priscilla rieb sich mit der Schulter die Nase und sagte, das Brett wolle die Frage nicht beantworten. Ich allerdings fragte mich, ob sie nicht eher Angst hatte, schließlich hätte der nächste Buchstabe auch kein *R* sein können. Dann sagte sie: »Lass uns das Brett fragen, mit wem du ausgehen wirst.«

Seit wir Steven ausspioniert hatten, war Priscilla mit einer wahren Flut von Jungs ausgegangen. Sie hatte sich von ihnen küssen lassen, hatte ihnen erlaubt, ihre Brüste zu berühren, und sie hatte mir gesagt, beim nächsten Mal würde es vielleicht bis zur dritten Stufe kommen. Ich hatte mir angehört, wie sie mir beschrieben hatte, dass Joe Salvatore ihr die Zunge förmlich in den Hals gerammt hatte, und ich fragte

166

mich, warum sie sich immer wieder mit ihm einließ. Erste Stufe, zweite Stufe, dritte Stufe ... Das erinnerte mich irgendwie an die Kreuzwegstationen. Jahrelang hatte ich den Kreuzweg jeden Freitag während der Fastenzeit gebetet, und es war jede Woche die gleiche Qual. Erste Station, zweite Station, dritte Station ... Ich habe immer im Gebetbuch nach vorne geblättert, um zu sehen, wie lange ich das noch ertragen musste. Ich hatte den Eindruck, dass es für Priscilla im Augenblick genauso war.

»*S-E-T-H*«, buchstabierte Priscilla. »Du wirst mit Seth ausgehen.« Sie nahm die Finger vom Zeiger und runzelte die Stirn. »Wer zum Teufel ist denn Seth?«, fragte sie.

Es gab keinen Seth an unserer Schule, und weder Priscilla noch ich hatten einen Verwandten, der so hieß. Wir kannten keinen Seth. »Ach, egal«, sagte ich, und das meinte ich auch so.

Am nächsten Tag verkündete Vater Draher in der Schule, dass Paige O'Toole die diesjährige Maikönigin sein würde, und ich wäre fast gestorben. Ich lief knallrot an und fragte mich, warum zum Teufel er mich ausgesucht hatte, wo Priscilla doch so viel hübscher war. Tatsächlich spürte ich, wie sich ihr Blick von hinten in meinen Nacken bohrte, gefolgt von einem Stich mit dem Bleistift zwischen die Schultern. Und ich fragte mich auch, warum sie ausgerechnet jemanden zu Ehren der Muttergottes aussuchten, der selbst keine Mutter hatte.

Priscilla gehörte zum Hofstaat der Maikönigin, was bedeutete, dass sie mit einem blauen Auge davongekommen war. Ich hingegen musste jeden Tag nach dem Unterricht in der Schule bleiben, damit mir das weiße Spitzenkleid angepasst werden konnte, das ich während der Prozession tragen würde. Stundenlang musste ich Schwester Felicite und Schwester Anata Falla zuhören, während sie Nadeln in den Rocksaum steckten und das Bustier des Kleides zurecht-rückten, das schon letztes Jahr die Maikönigin getragen hatte. Während ich durch die Fenster die Sonne untergehen sah, fragte ich mich, ob Priscilla wohl schon eine neue Freundin gefunden hatte.

Doch Priscilla nahm es mir nicht übel, dass ich zur Maikönigin gewählt worden war. Am nächsten Tag schwänzte sie ihren Mathekurs und wartete vor meiner Englischklasse, bis sie mich winken und lächeln sah. Ich bat die Lehrerin, auf Toilette gehen zu dürfen, und traf mich mit Priscilla im Flur. »Paige«, sagte sie, »was hältst du davon, plötzlich furchtbar krank zu werden?«

So planten wir in aller Sorgfalt, wie ich mich vor den Übungen zur Prozession an diesem Trag drücken könnte: Ich würde mit einem Zittern beim Mittag beginnen und dann schwere Unterleibskrämpfe bekommen. Dann würde ich Schwester Felicite sagen, es sei nun mal diese Zeit im Monat – ein Umstand, für den die Schwestern immer auf-fällig viel Verständnis gezeigt hatten. Und schließlich würde ich mich hinter der Tribüne mit Priscilla treffen, und gemeinsam würden wir mit dem Bus in die Stadt fah-ren. Priscilla sagte, es gebe da etwas, was sie mir zeigen wolle, eine Überraschung.

Es war fast vier Uhr, als wir schließlich den alten Park-platz erreichten. Er war von einem alten Maschendrahtzaun umgeben, und an einer Wand hatte jemand zwei Körbe an-gebracht, sodass man dort Basketball spielen konnte. Auf diesen improvisierten Basketballplätzen lief immer ein Haufen schwitzender Männer in allen Hautfarben herum, die sich einen verdreckten Ball zuwarfen. Ihre Muskeln waren fest und gespannt. Sie stöhnten, schnappten nach Luft und pfiffen, und sie hüteten die Luft in ihren Lungen wie Gold. Natürlich hatte ich auch früher schon Basketballspiele gesehen, aber nicht so. Das hier war irgendwie urwüchsig. Die Männer spielten wild und mit ganzem Herzen, als ginge es um ihre Seelen.

»Schau ihn dir an, Paige«, flüsterte Priscilla. Sie krallte sich so fest in den Maschendrahtzaun, dass ihre Knöchel weiß hervortraten. »Er ist so wunderschön!« Sie deutete auf einen der Männer. Er war groß und schlank, und er sprang mit der Eleganz eines Pumas. Seine Hände schienen den ganzen Ball umfassen zu können. Und er war schwarz.

»Priscilla«, sagte ich, »deine Mutter wird dich umbringen.«

Priscilla schaute mich noch nicht einmal an. »Nur wenn irgend so eine frömmelnde Maikönigin mich verpetzt«, erwiderte sie.

Das Spiel war vorbei, und Priscilla rief den Mann zu sich. Sein Name war Calvin. Er nahm ihre Finger, die sie durch den Zaun geschoben hatte, und küsste sie durch eine Masche. Er war nicht so alt, wie ich ursprünglich gedacht hatte – achtzehn vielleicht –, und er ging auf eine öffentliche Highschool. Er lächelte mich an. »Und? Gehen wir jetzt aus, oder was?«, fragte er. Er sprach so schnell, dass ich unwillkürlich blinzeln musste.

Priscilla drehte sich zu mir um. »Calvin will ein Doppeldate«, sagte sie. Ich starrte sie an, als wäre sie verrückt. Wir

169

gingen in die achte Klasse. Wir konnten nicht mit irgendwelchen Jungs wegfahren. Wir hatten an den Wochenenden
Ausgehverbot. »Nur zum Abendessen«, sagte Priscilla, die
meine Gedanken gelesen hatte. »Montagabend.«

»Montagabend?«, wiederholte ich ungläubig. »Montagabend ist die ...« Priscilla trat mir vors Schienbein, bevor ich
die Parade zu Ehren der Heiligen Jungfrau erwähnen konnte.

»Paige hat bis ungefähr um acht zu tun«, sagte sie zu
Calvin. »Aber dann können wir weg.« Sie küsste Calvin erneut durch den Zaun, hart, sodass der Draht rote Abdrücke
in ihrem Gesicht hinterließ, wie Narben.

*

Am Montagabend war ich die Maikönigin, und mein Vater
und die Nachbarn schauten zu. Ich trug ein Brautkleid aus
weißer Spitze und einen weißen Schleier, und ich trug ein
Bouquet aus weißen Seidenrosen. Vor mir zog ein Strom
von katholischen Schulkindern über die Straße, gefolgt von
meinem Hofstaat, alle in ihren besten Kleidern. Ich lief ganz
zum Schluss, die Ikone, das Sinnbild der Heiligen Jungfrau
Maria.

Mein Vater war so stolz auf mich, dass er zwei ganze Filme
mit je sechsunddreißig Bildern vollknipste. Deshalb stellte
er auch keine Fragen, als ich ihm sagte, dass ich nach dem
Gottesdienst mit Priscillas Familie feiern und anschließend
bei ihr übernachten wolle. Priscilla wiederum hatte ihrer
Mutter gesagt, dass sie bei mir schlafen würde. Wie ein Engel glitt ich über den sich abkühlenden Bürgersteig. Ich betete, *Heilige Jungfrau Maria, du bist gebenedeit unter den*

Frauen, und ich wiederholte das immer und immer wieder, als würde ich so wieder zu Sinnen kommen.

Als wir die Kirche erreichten, stand Vater Draher an der großen Marmorstatue der Gottesmutter und wartete auf uns. Ich nahm den Blumenkranz, den Priscilla getragen hatte, und krönte Maria damit. Ich erwartete ein Wunder, und ich beobachtete die ganze Zeit über das Gesicht der Statue in der Hoffnung, die Züge meiner eigenen Mutter darin zu erkennen. Meine Finger streichelten Maria, als ich ihr den Kranz darbot, und ihre blassblaue Wange blieb so kalt und abweisend wie der Hass selbst.

Calvin holte Priscilla und mich in einem roten Chevy-Cabrio an der Ecke Clinton und Madison ab. Auf dem Beifahrersitz saß eine weitere Person, ein Junge mit dichtem, glattem Haar in Haselnussbraun und lächelnden grünen Augen. Er sprang aus dem Wagen, hielt die Tür auf und verbeugte sich vor Priscilla und mir. »Euer Streitwagen«, sagte er, und das war wohl der Augenblick, in dem ich mich verliebt habe.

Das Abendessen, zu dem wir eingeladen waren, gestaltete sich als ein Besuch bei Burger King, aber mehr noch als die Tatsache, dass die Jungs für uns bezahlen wollten, überraschte mich die Unmenge an Essen, das sie bestellten, weit mehr, als ich jemals hätte bewältigen können. Jake – so der Name meines Dates – hatte zwei Schokomilchshakes, drei Whopper, ein Chicken Sandwich und eine große Pommes. Calvin bestellte sich sogar noch mehr. Wir aßen im Wagen in einem Autokino, wo der Mond auf der Leinwand zu sitzen schien.

Priscilla und ich gingen zusammen auf die Toilette. »Und?«, fragte sie. »Was denkst du?«

»Ich weiß nicht«, antwortete ich, und das war die Wahrheit. Jake schien ja ganz in Ordnung zu sein, aber er hatte kaum mehr gesagt als ›Hallo‹.

»Da siehst du's«, bemerkte Priscilla. »Das Hexenbrett weiß doch das ein oder andere.«

»Es hat gesagt, ich würde mit einem Seth ausgehen«, erwiderte ich.

»Jake, Seth«, sagte Priscilla. »Beide haben vier Buchstaben.«

Als wir wieder zum Wagen zurückkehrten, war es bereits dunkel geworden. Calvin wartete, bis Priscilla und ich uns gesetzt hatten, dann drückte er den Knopf, der das Wagendach schloss. Calvin drehte sich zu Jake und mir auf dem Rücksitz um, und alles, was ich von ihm sehen konnte, war das Funkeln seiner weißen Zähne. »Macht nichts, was ich nicht auch tun würde«, sagte er und legte den Arm um Priscilla wie einen Schraubstock.

Ich weiß nicht, welcher Film an jenem Abend lief. Ich klemmte die Hände zwischen die Knie und sah, wie meine Beine zitterten. Ich hörte die Geräusche von Calvin und Priscilla auf dem Vordersitz, Haut an Haut. Einmal spähte ich verstohlen nach vorne, und da war sie, klimperte mit den Augen und flüsterte atemlos, genau wie wir es geübt hatten.

Jake hielt drei Zoll Abstand von mir. »So, Paige«, sagte er leise, »was machst du für gewöhnlich so?«

»Nicht das«, platzte ich heraus, und er musste lauthals lachen. Ich rückte weiter von ihm weg und legte meine Wange an die feuchte Fensterscheibe. »Ich sollte eigentlich gar nicht hier sein«, flüsterte ich.

Jakes Hand bewegte sich über den Sitz, langsam, sodass

ich sie kommen sehen konnte. Ich packte sie, und da erkannte ich, wie sehr ich Unterstützung brauchte.

Dann begannen wir zu reden, und unsere Stimmen blendeten das Stöhnen und Keuchen auf dem Vordersitz aus. Ich erzählte ihm, ich sei erst vierzehn, dass wir auf eine kirchliche Schule gingen und dass ich erst vor wenigen Stunden die Maikönigin gewesen war. »Komm schon, Baby«, sagte Calvin vorne, und ich hörte einen Reißverschluss.

»Wie bist du eigentlich an jemanden wie Priscilla geraten?«, fragte Jake, und ich antwortete, das wisse ich nicht. Dann versperrten mir Calvin und Priscilla plötzlich die Sicht auf die Leinwand. Jake rutschte näher ans Fenster heran. »Komm hier rüber«, sagte er und bot mir den Schutz seines Armes an. Er schaute mich an, während ich mich zurücksinken ließ wie ein Beutetier in eine sorgfältig präparierte Falle. »Ist schon okay«, sagte er.

Ich legte den Kopf an seine Schulter und atmete den kräftigen Geruch von Benzin, Öl und Shampoo ein. Priscilla und Calvin waren laut, ihre verschwitzten Arme und Beine machten Geräusche wie Fürze auf dem Vinyl der Autositze. »Himmel«, sagte Jake schließlich und lehnte sich über mich, um die Tür auf der Fahrerseite erreichen zu können. Ich versuchte ihm Platz zu machen, während er die Tür öffnete. Und in dem Augenblick, als sie aufsprang, sah ich die beiden im Mondlicht. Weiß auf Schwarz waren Priscilla und Calvin an der Hüfte verknotet. Calvin hatte sich auf seine Arme gestützt und balancierte über ihr, mit angespannten Schultern. Und Priscillas Brüste ragten in die Nacht hinauf, pink und fleckig, wo Bartstoppeln sie zerkratzt hatten. Sie schaute mich direkt an, schien mich jedoch nicht zu sehen.

Jake zog mich aus dem Wagen und legte den Arm um meine Hüfte. Dann führte er mich zwischen den Autos hindurch nach vorne. Schließlich setzten wir uns ins feuchte Gras, und ich begann zu weinen. »Tut mir leid«, sagte Jake, obwohl es nicht seine Schuld war. »Ich wünschte, du hättest das nicht gesehen.«

»Ist schon okay«, sagte ich, auch wenn das nicht stimmte.

»Du solltest nicht mit einem Mädchen wie Priscilla rumhängen«, sagte er und wischte mir mit dem Daumen über die Wangen. Seine Nägel waren rissig und von feinen schwarzen Linien überzogen, dort wo sich Motoröl festgesetzt hatte.

»Du kennst mich doch gar nicht«, sagte ich und zog mich von ihm zurück.

Jake hielt mich an den Händen fest. »Aber ich würde dich gerne kennenlernen«, sagte er. Er küsste mich zuerst auf die Wangen, dann auf die Augenlider und schließlich auf die Schläfen. Als er meinen Mund erreichte, zitterte ich am ganzen Leib. Seine Lippen waren so weich wie die Blütenblätter einer Blume und bewegten sich ganz sanft und langsam hin und her. Und obwohl Priscilla und ich so vieles geübt hatten, traf es mich völlig unerwartet. Es war noch nicht einmal ein Kuss, aber meine Brust und meine Schenkel brannten. Da wusste ich, wie viel ich noch zu lernen hatte. Als Jakes Lippen über meine strichen, sprach ich aus, was mir als Erstes in den Sinn kam: »Nicht mehr?«

Es war eine Frage, und sie war an ihn gerichtet, doch Jake fasste sie nicht so auf, wie sie beabsichtigt war. Er hob den Kopf und zog mich an seine Seite. Doch er küsste mich nicht mehr, kam nicht mehr zu mir zurück. Über unseren Köpfen bewegten sich die Schauspieler wie Dinosaurier, leer und stumm und über neun Meter groß. »Nicht mehr«, sagte Jake leichthin, und mir raste das Herz. Ich schämte mich, und ich wollte mehr.

KAPITEL 9

NICHOLAS

Nicholas würde das Herz entnehmen. Es gehörte einer zweiunddreißigjährigen Frau aus Cos Cob, Connecticut, die vor wenigen Stunden bei einem Verkehrsunfall auf der Route 95 gestorben war, in den zwanzig Fahrzeuge verwickelt waren. Am Abend würde es dann Paul Cruz Alamonto gehören, Fogertys Patienten, einem achtzehnjährigen Jungen, der das Pech gehabt hatte, mit einem schweren Herzfehler geboren worden zu sein. Nicholas schaute aus dem Fenster des Helikopters und rief sich Paul Alamontos Gesicht in Erinnerung: die beschatteten grauen Augen, das dichte kohlrabenschwarze Haar und die deutlich pulsierende Halsschlagader. Dieser Junge war nie eine Meile gelaufen, hatte nie Quarterback gespielt und war nie Achterbahn gefahren. Und dieser Junge würde dank Nicholas, Fogerty und eines abgerissenen LKW-Anhängers auf der Route 95 nun eine neue Chance im Leben bekommen.

Das hier würde Nicholas' zweite Herztransplantation sein, auch wenn er Fogerty noch immer assistierte. Die Operation war kompliziert, und Fogerty ließ Nicholas Dinge tun, die er sonst niemanden tun ließ, auch wenn er nach wie vor glaubte, Nicholas sei noch zu grün hinter den Ohren, um eine Transplantation alleine vorzunehmen. Doch Nicholas hatte nun schon seit Jahren Aufmerksamkeit im Mass General erregt und unter Fogertys Anleitung fast dessen Niveau erreicht. Er war der einzige Arzt in Facharztausbildung, der Routineoperationen als Chirurg leitete. Fogerty stand noch nicht einmal mehr bei seinen Bypassoperationen daneben.

Andere junge Ärzte schauten weg, wenn sie ihm in den sterilen weißen Gängen des Krankenhauses begegneten. Sie wollten nicht daran erinnert werden, was sie alles noch nicht erreicht hatten. Nicholas hatte nicht viele Freunde in seinem Alter. Er verkehrte mehr mit den Oberärzten der anderen Stationen des Mass General, mit Männern, die zwanzig Jahre älter waren als er. Mit seinen sechsunddreißig Jahren war er de facto der stellvertretende Chefarzt der Herzchirurgie an einem der prestigeträchtigsten Krankenhäuser des Landes. Und Nicholas meinte, es sei die Sache wert, dass er deswegen keine Freunde hatte.

Als der Hubschrauber über dem Asphalt auf dem Dach des Saint Cecilia Krankenhauses schwebte, griff Nicholas nach der Kühlbox, in der das Herz transportiert werden würde. »Gehen wir«, sagte er in brüskem Ton und drehte sich zu den beiden Assistenzärzten um, die ihn begleitet hatten. Er stieg aus dem Hubschrauber und schaute nervös auf seine Uhr. Dann warf er sich seine lederne Bomberjacke über, schützte sein Gesicht vor dem Regen und lief ins Krankenhaus, wo bereits eine Krankenschwester auf ihn wartete. »Hi«, sagte er und lächelte. »Ich habe gehört, Sie hätten ein Herz für mich.«

Nicholas und seine beiden Assistenten brauchten weniger als eine Stunde, um das Herz zu entnehmen. Wieder im Hubschrauber, stellte Nicholas die Kühlbox zwischen seine Füße. Kaum war die Maschine gestartet, da legte Nicholas den Kopf zurück und hörte den beiden Assistenzärzten zu, die hinter ihm saßen. Sie waren gute Chirurgen, doch die Kardiologie war nicht ihr Lieblingsgebiet. Falls Nicholas sich recht erinnerte, tendierte einer der beiden zur Orthopädie und der andere zur allgemeinen Chirurgie. »Eigentlich bist du dran«, sagte einer der Assistenzärzte und mischte Spielkarten.

»Mir scheißegal«, erwiderte der zweite, »solange wir kein Maumau spielen.«

Nicholas ballte instinktiv die Fäuste. Er drehte den Kopf, um aus dem Fenster zu sehen, musste aber feststellen, dass der Hubschrauber gerade durch eine dichte graue Wolke flog. »Verdammt«, knurrte er und schloss die Augen. Er hoffte, von Paige zu träumen.

*

Nicholas war sieben, und seine Eltern dachten über eine Scheidung nach. Zumindest hatten sie es so ausgedrückt, als sie sich mit ihrem Sohn in der Bibliothek zusammengesetzt hatten. *Das ist nichts, worüber du dir Sorgen machen müsstest*, hatten sie gesagt. Aber Nicholas kannte einen Jungen in der Schule, dessen Eltern geschieden waren. Sein Name war Eric, und er lebte bei seiner Mutter, und zu Weihnachten, als die Klasse Giraffen aus Pappmaché gebastelt hatte, hatte Eric zwei machen müssen, für zwei verschiedene Weihnachtsbäume. Nicholas erinnerte sich noch gut daran, besonders weil Eric noch lange in der Handwerksklasse hatte sitzen müssen, während alle anderen schon zum Spielen gegangen waren. Nicholas hatte den Raum als Letzter verlassen, doch als er sah, wie sehnsüchtig Eric zur Tür blickte, hatte er um Erlaubnis gebeten, bleiben zu dürfen. Eric und Nicholas hatten beide Giraffen im gleichen Blau bemalt und über alles gesprochen, außer über Weihnachten.

»Aber wo«, fragte Nicholas, »wird Daddy dann Weihnachten sein?«

Die Prescotts schauten einander an. Es war Juli. Schließlich hatte Nicholas' Vater seinem Sohn geantwortet: »Wir denken doch nur darüber nach. Und niemand hat gesagt, dass ich derjenige sein werde, der geht. Eigentlich«, fuhr Robert Prescott fort, »wird niemand gehen.«

Nicholas' Mutter machte ein seltsames Geräusch und verließ den Raum. Sein Vater hockte sich vor ihn. »Wenn wir den Anwurf noch sehen wollen«, sagte er, »dann sollten wir jetzt besser gehen.«

Nicholas' Vater hatte Saisonkarten für die Red Sox – drei Plätze –, aber er nahm seinen Sohn nur selten mit. Für gewöhnlich lud sein Vater Kollegen ein und dann und wann auch einen langjährigen Patienten. Jahrelang hatte Nicholas sich die Spiele auf Kanal 38 angeschaut und immer gehofft, die Kamera würde zur Third Base schwenken und er einen Blick auf seinen Vater erhaschen. Doch bis jetzt war das nie geschehen.

Nicholas durfte ein, zwei Spiele pro Saison besuchen, und das war stets der Höhepunkt des Sommers. Er hatte sich die Termine auf dem Kalender in seinem Zimmer markiert und jeden Tag bis zum Spiel abgestrichen. Am Abend zuvor hatte er die Wollmütze mit dem Logo der Red Sox herausgekramt, die er vor zwei Jahren zum Geburtstag bekommen hatte, und sie in seinen kleinen Fanghandschuh gesteckt. Bei Sonnenaufgang stand er auf, er war bereit – obwohl sie erst gegen Mittag aufbrechen würden.

Nicholas und sein Vater parkten in einer Nebenstraße und stiegen in den Shuttlebus, der zum Stadioneingang fuhr. Als der Bus nach links abbog, berührte Nicholas' Schulter den Arm seines Vaters. Sein Vater roch schwach nach Waschmittel und Ammoniak – Gerüche, die Nicholas mit dem Krankenhaus assoziierte, so wie er die verschiedenen Entwicklerchemikalien mit seiner Mutter in Verbindung brachte. Er betrachtete die hohe Stirn seines Vaters, das feine graue Haar an seinen Schläfen, das markante Kinn und den hüpfenden Adamsapfel. Dann wanderte sein Blick über das jadegrüne Polohemd seines Vaters, die Venen in der Ellbogenkrümmung und die Hände, die schon so viele Menschen geheilt hatten. Sein Vater trug keinen Ehering.

»Dad«, sagte Nicholas, »du hast deinen Ring vergessen.« Robert Prescott wandte sich von seinem Sohn ab. »Ja«, sagte er, »das habe ich.«

Als er seinen Vater diese Worte sagen hörte, spürte er, wie ein Gefühl der Übelkeit seine Kehle hinaufstieg. Sein Vater würde den Ring doch nicht absichtlich vergessen haben ... oder?

Wenige Minuten vor Beginn des Spiels setzten sie sich auf ihre breiten Holzsitze. »Lass mich auf der anderen Seite sitzen«, sagte Nicholas, da ein dicker Mann mit Afrofrisur ihm die Sicht versperrte. »Der Sitz gehört uns doch auch, oder?«

»Der ist besetzt«, erwiderte Robert Prescott, und als hätten seine Worte sie heraufbeschworen, erschien plötzlich eine Frau.

Sie war groß und hatte langes blondes Haar, das von einem roten Band zusammengehalten wurde. Sie trug ein leichtes Sommerkleid, durch das Nicholas ihren Brustansatz sehen konnte, als sie sich neben seinen Vater setzte. Sie beugte sich herüber, küsste Nicholas' Vater auf die Wange, und er legte den Arm auf ihre Sitzlehne.

Nicholas versuchte, sich auf das Spiel zu konzentrieren. Die Sox machten die Oakland As fix und fertig. Yaz, sein Lieblingsspieler, schlug einen Homerun, und Nicholas öffnete den Mund, um mit der Menge zu jubeln, doch es kam kein Ton heraus. Dann schlug ein Spieler von Oakland den Ball genau auf den Teil der Tribüne, wo Nicholas saß. Nicholas spürte, wie seine Finger im Handschuh zuckten, und er stand auf und balancierte auf dem Sitz, um den Ball im Flug zu fangen. Dabei drehte er sich um, streckte den Arm über den Kopf und sah, wie sein Vater sich dicht an die Frau heranbeugte und seine Lippen ihr Ohr berührten.

Entsetzt blieb Nicholas auf seinem Sitz stehen, während der Rest der Menge sich wieder setzte. Er beobachtete, wie sein Vater jemanden liebkoste, der nicht seine Mutter war. Schließlich hob Robert Prescott den Kopf und bemerkte Nicholas' Blick. »Grundgütiger«, sagte er und richtete sich auf. Er streckte nicht die Hand aus, um seinem Sohn vom Sitz zu helfen, und er hatte ihn der fremden Frau noch nicht einmal vorgestellt. Dann drehte sein Dad sich zu ihr um, und ohne ein Wort zu sagen, schien er ihr eine Million Dinge gleichzeitig mitzuteilen, was Nicholas noch schlimmer schien, als wenn sie miteinander gesprochen hätten.

Bis zu diesem Augenblick hatte Nicholas seinen Vater für den wunderbarsten Mann der Welt gehalten. Er war berühmt und schon mehrere Male im *Globe* zitiert worden. Und man brachte ihm Respekt entgegen. Schickten seine

Patienten ihm nach einer Operation nicht Dinge wie Süßigkeiten, Danksagungen und einmal sogar drei kleine Gänse? Nicholas' Vater hatte immer eine Antwort auf alle Fragen gehabt, die sein Sohn ihm stellte: Warum ist der Himmel blau? Warum sprudelte Cola? Warum bekommen Krähen, die auf einer Stromleitung hocken, keinen Stromschlag? Und warum fallen Menschen am Südpol nicht einfach herunter? Solange er denken konnte, hatte Nicholas wie sein Vater sein wollen, doch nun ertappte er sich dabei, wie er um ein Wunder betete. Er wollte, dass irgendjemand von einem Ball getroffen und k. o. gehen würde, damit der Stadionsprecher über Lautsprecher fragen konnte: »Ist zufällig ein Arzt anwesend?« Dann würde sein Vater zur Rettung eilen. Nicholas wollte sehen, wie sein Vater sich über den reglosen Körper beugte, ihm den Kragen aufknöpfte und den Puls fühlte. Sein Vater sollte ein Held sein.

Am Ende des siebten Innings verließen sie das Stadion, und Nicholas saß auf der Rückfahrt hinter seinem Vater. Als sie in die Einfahrt des großen, alten Hauses einbogen, sprang Nicholas aus dem Wagen und rannte in den Wald, der an ihr Grundstück grenzte. So schnell wie noch nie in seinem Leben kletterte er auf die nächstbeste Eiche. Er hörte seine Mutter fragen: »Wo ist Nicholas?« Ihre Stimme hallte zu ihm herüber wie Glocken im Wind. Dann sagte sie: »Du Bastard.«

An jenem Abend kam sein Vater nicht zum Abendessen, und trotz der warmen Hände seiner Mutter und ihres Porzellanlächelns wollte Nicholas nichts essen. »Nicholas«, sagte seine Mutter, »du willst hier doch nicht weg, oder? Du willst doch hierbleiben, bei mir?« So wie sie das betonte, war

182

es keine Frage, und das machte Nicholas wütend. Er schaute seiner Mutter, die ihm beigebracht hatte, dass Prescotts nicht weinen, ins Gesicht. Sie hatte das Kinn gehoben und kämpfte mit den Tränen, die in ihren Augen schimmerten.

»Ich weiß es nicht«, antwortete Nicholas und ging hungrig ins Bett. Zitternd vergrub er sich unter den kalten Decken. Stunden später hörte er das ferne Knurren und Murren, von dem er wusste, dass es von einem Streit herrührte. Diesmal ging es um ihn. Nicholas wollte nicht mehr wie sein Vater sein, nie mehr, doch er hatte auch Angst, ohne ihn aufzuwachsen. Da schwor er sich, nie wieder jemanden so nahe an sich herankommen zu lassen. Er wollte sich nie mehr so fühlen wie jetzt. Es war, als würde er zu einer Entscheidung gezwungen, als würde sein Herz entzweigerissen. Nicholas starrte aus dem Fenster und sah den weißen Mond, doch dessen Gesicht war das der Baseball-Lady, die Wangen glatt und weiß und das Ohr leicht gerötet von den Lippen seines Vaters.

*

»Aufwachen«, flüsterte einer der Assistenzärzte Nicholas ins Ohr. »Sie müssen ein Herz einsetzen.«

Nicholas sprang auf und stieß sich den Kopf am niedrigen Dach des Helikopters. Dann griff er nach der Kühlbox. Er vertrieb das Bild seines Vaters aus seinen Gedanken und wartete darauf, dass die Energiereserve, die jeder Chirurg besaß, seine Glieder wieder beseelte.

Fogerty wartete schon im Operationssaal. Als Nicholas steril und in OP-Kleidung durch die Doppeltür kam, öffnete Fogerty Alamontos Brust. Nicholas lauschte dem Surren der Säge, die durch den Knochen schnitt, während er das Herz vorbereitete. Schließlich drehte er sich zu dem Patienten um, und in diesem Augenblick hielt er inne.

Nicholas hatte in seinen sieben Jahren als Assistenzarzt schon genug Operationen miterlebt, um die Prozedur auswendig zu kennen. Schneiden, Sägen, Aufbrechen, Abklemmen ... All das war zur zweiten Natur für ihn geworden. Doch Nicholas war an Patienten mit vom Alter fleckiger Haut gewöhnt. Unter der orangefarbenen, antiseptischen Paste war Paul Alamontos Brust jedoch glatt, fest und straff. »Irgendwie unnatürlich«, murmelte Nicholas.

Fogertys Blick huschte zu ihm. »Haben Sie was gesagt, Dr. Prescott?«

Nicholas schluckte und schüttelte den Kopf. »Nein«, antwortete er. »Nichts.« Er klemmte eine Arterie ab und folgte Fogertys Anweisungen.

Als das Herz vom Rest des Körpers getrennt worden war, nahm Fogerty es heraus und nickte Nicholas zu, der daraufhin das Herz der Zweiunddreißigjährigen in Paul Alamontos Brust legte. Laut Gewebeanalyse passte es hervorragend, annähernd perfekt. Jetzt musste man nur noch abwarten, was Paul Alamontos Körper damit machen würde. Nicholas fühlte, wie der noch kalte Muskel ihm aus den Fingern rutschte. Er tupfte die Wundstellen ab, während Fogerty das neue Herz dort festmachte, wo vorhin noch das alte gewesen war.

Nicholas hielt den Atem an, als Fogerty das neue Herz in die Hand nahm und knetete, um es zum Schlagen zu zwingen. Und als es so weit war, blinzelte Nicholas im Takt des

Herzschlages. Er schaute über den Patienten hinweg zu Fogerty, von dem er wusste, dass er unter seiner Maske lächelte. »Schließen Sie bitte die Wunde, Dr. Prescott«, sagte Fogerty und verließ den Operationssaal.

Nicholas umwickelte die Rippen mit Draht und nähte die Brust mit kleinen Stichen. Kurz dachte er an Paige, die ihn immer lose Knöpfe annähen ließ. Er sei besser darin, sagte sie dann. Nicholas atmete langsam aus und dankte den Assistenten sowie den OP-Schwestern.

Als er in den Waschraum kam und sich die Handschuhe auszog, stand Fogerty mit dem Rücken an der gegenüberliegenden Wand. Er drehte sich nicht um, als Nicholas sich die Papiermütze abnahm und den Wasserhahn aufdrehte. »Sie haben recht, was Fälle wie diesen betrifft, Nicholas«, sagte Fogerty leise. »Wir spielen hier wirklich Gott.« Er warf ein Papierhandtuch in den Mülleimer und schaute Nicholas noch immer nicht an. »Aber wie auch immer ... Gerade bei den Jungen müssen wir zurechtbiegen, was Gott versemmelt hat.«

Nicholas wollte Alistair Fogerty viele Dinge fragen: Woher er gewusst hatte, was Nicholas dachte? Warum er eine bestimmte Arterie nähte, wenn es doch einfacher gewesen wäre, sie zu kauterisieren? Und warum er nach all den Jahren noch immer an Gott glaubte? Doch Fogerty drehte sich plötzlich zu ihm um, und seine Augen waren scharf, blau, und sie schimmerten wie Kristall. »Dann also um sieben Uhr? Bei Ihnen?«

Nicholas starrte ihn verwirrt an. Dann erinnerte er sich daran, dass er an diesem Abend die erste Dinnerparty für seine Kollegen geben würde: Alistair Fogerty und die Chefärzte der Pädiatrie, der Kardiologie und der Urologie. »Um sieben«, sagte er. Wie spät war es jetzt? Und wie lange würde er brauchen, um umzuschalten? »Natürlich.«

*

Nicholas hatte wieder Albträume gehabt. Auch wenn es nicht die gleichen waren, die er damals auf der Uni gehabt hatte, so waren sie nicht weniger beunruhigend, und Nicholas glaubte, dass sie dieselbe Ursache hatten: seine alte Angst vor dem Versagen.

Nicholas wurde durch einen nassen Regenwald gejagt, von dessen Ranken Blut tropfte. Er spürte, dass seine Lunge kurz davor stand zu platzen, und das Laufen auf dem schwammigen Untergrund fiel ihm schwer. Er hatte keine Zeit zurückzublicken, konnte sich nur die Äste aus dem Gesicht wischen, die seine Stirn und seine Wangen aufrissen. Im Hintergrund heulte ein Schakal.

Der Traum begann stets damit, dass Nicholas rannte. Doch er wusste nicht, wovor er weglief. Aber manchmal, während er sich ganz darauf konzentrierte, zu rennen und den Bäumen auszuweichen, wurde ihm bewusst, dass er gar nicht mehr verfolgt wurde. Plötzlich rannte er nicht mehr vor etwas weg, sondern auf etwas zu, das jedoch genauso gesichtslos und schrecklich war wie sein Verfolger. Nicholas schnappte nach Luft. Er bekam Seitenstiche, und doch konnte er nicht schnell genug rennen. Heiße Schmetterlinge flatterten ihm in den Nacken, und Blätter streiften seine Schultern, als er versuchte, schneller zu laufen. Schließlich warf er sich vor einem Altar aus Sandstein, in den die Bilder alter Götter eingraviert waren, auf die Knie. Und unter seinen Händen verwandelte sich der Altar in einen Mann, in einen Menschen mit warmer Haut und verdrehten Knochen. Nicholas hob den Blick und sah sein eigenes Gesicht, nur älter, gebrochen und blind.

Nicholas wachte stets schreiend auf und immer in Paiges Armen. Vergangene Nacht, als er wieder voll zu Bewusstsein gekommen war, hatte sie mit einem feuchten Tuch über ihm geschwebt und ihm den Schweiß von Nacken und Brust getupft. »Schschsch«, hatte sie gesagt. »Ich bin's.«

Nicholas stieß ein ersticktes Geräusch aus und zog Paige zu sich heran. »War es wieder das Gleiche?« Sie murmelte die Worte gedämpft an seiner Schulter.

Nicholas nickte. »Ich konnte es nicht sehen«, sagte er. »Ich weiß nicht, wovor ich weggelaufen bin.«

Paige strich mit ihren kalten Fingern über seinen Arm. Es waren diese Augenblicke, in denen seine Verteidigung versagte, in denen er sich an sie klammerte und sie als einzige Konstante in seinem Leben betrachtete. In diesen Augenblicken gab er sich ihr vollkommen hin. Manchmal, wenn er nach den Albträumen nach ihr griff, packte er so fest zu, dass sie blaue Flecken bekam. Aber er erzählte ihr nie das Ende des Traums. Er konnte nicht. Jedes Mal, wenn er es versuchte, begann er so heftig zu zittern, dass es ihm die Sprache verschlug.

Paige schlang die Arme um ihn, und er lehnte sich an ihren warmen Leib. »Sag mir, was ich für dich tun kann«, flüsterte sie.

»Halt mich fest«, sagte Nicholas, und er wusste, dass sie

das tun würde. Mit der Gewissheit eines Kindes, das noch an den Weihnachtsmann glaubt, wusste er, dass sie ihn niemals loslassen würde.

*

Paige hatte niemandem sagen wollen, dass sie schwanger war. Auch wenn er wusste, dass es nicht stimmte, bekam Nicholas den Eindruck, dass sie versuchte, dem Unvermeidlichen zu entkommen. Sie kaufte sich keine Umstandskleider. Sie hätten nicht das Geld dafür, sagte sie. Und trotz Nicholas' Drängen erzählte sie auch ihrem Vater nichts davon, als sie ihn anrief. »Nicholas«, hatte sie zu ihm gesagt, »jede dritte Schwangerschaft endet mit einer Fehlgeburt. Lass uns doch einfach abwarten.«

»Das gilt nur für die ersten drei Monate«, hatte Nicholas erwidert. »Du bist aber schon weit im fünften.«

Und Paige hatte sich zu ihm umgedreht. »Das weiß ich«, sagte sie. »Ich bin nicht *dumm*.«

»Ich habe doch auch gar nicht gesagt, dass du dumm bist«, erwiderte Nicholas in sanftem Ton. »Ich habe gesagt, dass du schwanger bist.«

An diesem Abend fuhr er rasch nach Hause und hoffte, dass Paige die Dinnerparty nicht auch vergessen hatte. Aber sie musste einfach daran gedacht haben, schließlich hatten sie sich heftig deswegen gestritten. Paige hatte darauf gesagt, das Haus sei zu klein für so eine Party, außerdem könne sie nichts Vernünftiges kochen, und elegantes Porzellan oder Besteck hatten sie auch nicht. »Wen kümmert das schon?«, hatte Nicholas erwidert. »Vielleicht bekommen sie dann ja ein schlechtes Gewissen und erhöhen mein Gehalt.«

Er öffnete die Hintertür und fand seine Frau in der Küche. Sie saß auf dem Boden. Paige trug ein altes Hemd von ihm und eine seiner Hosen, die sie bis zu den Knien hochgekrempelt hatte. Sie hielt eine Flasche Rohrreiniger in der einen und ein Glas mit braunem Rand in der anderen Hand.

»Tu das nicht«, sagte Nicholas und grinste. »Aber falls du es doch tun willst, wären Schlaftabletten da nicht angenehmer?«

Paige seufzte und stellte das Glas auf den Boden. »Sehr lustig«, sagte sie. »Weißt du, was das bedeutet?«

Nicholas lockerte seine Krawatte. »Dass du keine Dinnerparty geben willst?«

Paige hob die Hand und ließ sich von Nicholas in die Höhe ziehen. »Nein. Das heißt, dass es ein Junge ist.«

Nicholas zuckte mit den Schultern. Das hatte ihnen auch der Ultraschall schon verraten, und die Kellnerinnen im *Mercy* hatten gesagt, Paige trage ihren Bauch weit vorgestreckt, wie bei einem Jungen eben. »Rohrreiniger ist nicht gerade ein anerkannter Test«, bemerkte er.

Paige ging zum Kühlschrank und machte sich daran, Tabletts mit Essen herauszuholen, die von Alufolie geschützt waren. »Man pinkelt in ein Glas oder einen Becher, und dann gibt man zwei Esslöffel Rohrreiniger hinzu«, sagte sie. »Das ist zu neunzig Prozent sicher. Aber nur bei dem von Drano. Die Leute von Drano haben sogar an Gynäkologen geschrieben und sie gebeten, ihre Patienten darauf aufmerksam zu machen, dass solche Tests nicht vom Hersteller empfohlen werden.« Sie schloss die Kühlschranktür wieder, lehnte sich dagegen und presste die Hände auf die Stirn. »Ich bekomme einen Jungen«, sagte sie.

Nicholas wusste, dass Paige keinen Jungen wollte. Nun, sie würde es nicht zugeben – jedenfalls nicht ihm gegenüber –, aber es war, als gehe sie instinktiv davon aus, dass sie unmöglich etwas anderes unter dem Herzen tragen konnte als eine winzige Kopie ihrer selbst. »Also jetzt aber wirklich ...«, sagte Nicholas und legte ihr die Hände auf die Schultern. »Wäre ein Junge denn wirklich so schlimm?«

»Darf ich ihn denn trotzdem nach meiner Mutter nennen?«

»Das dürfte schwer werden«, erwiderte Nicholas. »Zumal er dann mit Sicherheit der einzige Junge in der Schule sein würde, der auf den Namen Mary hört.«

Paige schaute ihn verschmitzt an und nahm sich zwei Tabletts. Eines davon schob sie in den Ofen, das andere trug sie ins Wohnzimmer, das für den Abend zum Speisesaal umfunktioniert worden war. Sämtliche Tische waren zusammengeschoben, und jeden Stuhl im Haus hatten sie dienstverpflichtet. Anstelle von ihrem üblichen Geschirr und Besteck waren zehn Plätze mit blank polierten Speisetellern gedeckt, jedes Gedeck anders und jedes mit einem dazu passenden Glas. Auf das Porzellan waren in fließenden Linien Papageientaucher gemalt, von Gletschern bedeckte Berge, Elefanten mit Turbanen und Eskimofrauen. Und um die Gläser waren die Servietten drapiert, jede in einer anderen Farbe des Regenbogens. Der Tisch strotzte nur so vor Farbe. Paige schaute Nicholas nervös an. »Das ist nicht gerade elegant, nicht wahr?«, sagte sie. »Aber da wir nur Gedecke für acht haben, dachte ich, es wäre besser, alles unterschiedlich zu gestalten, als nur zwei Gedecke zu haben, die aus der

Reihe fallen. Ich bin in die Secondhandläden in Allston gegangen, habe mir die Sachen zusammengesucht und sie dann selbst bemalt.« Paige zupfte eine Serviette zurecht. »Vielleicht halten sie uns so ja nicht für arm, sondern einfach nur für verrückt.«

Nicholas dachte an die Dinnertische zurück, mit denen er aufgewachsen war: das kalte weiße Porzellan aus dem Familienbesitz seiner Mutter und die reich verzierten Baccarakelche. Und er dachte an seine Kollegen. »Vielleicht«, sagte er.

Die Fogertys kamen als Erste. »Joan«, sagte Nicholas und nahm die Hände von Fogertys Frau, »Sie sehen wunderbar aus.« Genau genommen sah Joan aus, als wäre sie in eine Obsttheke gefallen. Ihr maßgeschneidertes Kostüm war mit riesigen Kirschen, Bananen und Kiwis bedruckt, und ihre Schuhe und Ohrringe zierten purpurfarbene Traubenreben. »Alistair«, sagte Nicholas und nickte. Er schaute über die Schulter und wartete darauf, dass Paige kam und die Rolle der Gastgeberin übernahm.

Dann betrat sie den Raum, seine Frau: ein wenig blass, leicht taumelnd, aber immer noch schön. Ihr Haar war während der Schwangerschaft immer dicker geworden und bedeckte nun ihre Schulter wie ein schimmernder, dunkler Schal. Ihre blaue Seidenbluse schmiegte sich an ihren Rücken und ihre Brüste und wurde dann nach unten hin weiter, sodass nur Nicholas wusste, was sich darunter verbarg. Ihre schwarze Hose wurde von einer Sicherheitsnadel zusammengehalten, doch zum Glück konnte man auch das nicht sehen. Joan Fogerty flog sofort zu Paige und legte ihr die Hand auf den Bauch. »Man sieht es ja noch nicht einmal!«, rief sie, und Paige funkelte Nicholas wütend an.

Nicholas lächelte und zuckte mit den Schultern. *Was hätte ich denn tun sollen?*, sollte das heißen. Er wartete, bis Paige den Blick wieder senkte, dann führte er Alistair ins Wohnzimmer und entschuldigte sich für den Platzmangel.

Paige servierte den Fogertys, den Russos, den van Lindens und den Walkers Dinner. Sie hatte ein paar von Lionels Geheimrezepten nachgekocht: eine feine Erbsensuppe, Roastbeef, neue Kartoffeln und glasierte Karotten. Nicholas schaute zu, wie sie sich von Gast zu Gast bewegte und leise mit ihnen sprach, während sie die Teller mit Spinatsalat auffüllte. Nicholas kannte seine Frau gut. Sie hoffte, wenn sie die Teller nur schnell genug nachfüllte, würde niemand bemerken, dass die Gedecke nicht zueinander passten.

Paige war in der Küche und stellte den Hauptgang zusammen, als Renee Russo und Gloria Walker die Köpfe zusammensteckten und miteinander tuschelten. Nicholas war mitten in einer Diskussion mit Alistair über immunosuppressive Medikamente und ihre Wirkung auf transplantiertes Gewebe, aber mit halbem Ohr hörte er auch den Frauen zu. Immerhin war das hier sein Heim. Was auch immer bei der ersten Dinnerparty hier geschah, konnte ihn ebenso in der Hierarchie des Krankenhauses aufsteigen lassen wie ein brillanter Fachaufsatz ... oder eben auch nicht. »Ich wette«, sagte Renee, »sie hat ein Vermögen dafür bezahlt.«

Gloria nickte. »Ich habe etwas Ähnliches bei *The Gifted Hand* gesehen.«

Nicholas sah nicht, wie Paige hinter ihm den Raum betrat, so fasziniert war er von dem Getuschel. »Das ist jetzt so richtig in. Das muss man einfach haben.« Gloria sah Paige in der Tür stehen und lächelte sie verkrampft an. »Oh, Paige«, sagte sie, »wir haben gerade dein Geschirr bewundert.«

Und plötzlich ließ Paige das Roastbeef auf den hellen Teppich fallen, und das Fleisch rollte durch sein eigenes Blut.

*

In dem Jahr, als Nicholas sieben war, trennten sich seine Eltern *nicht*. Stattdessen normalisierte sich Nicholas' Leben und das seiner Eltern nur eine Woche nach dem Red-Sox-Spiel auf wundersame Weise wieder. Drei Tage lang aß Nicholas alleine am Küchentisch, während sein Vater Dewar's in der Bibliothek trank und seine Mutter sich in der Dunkelkammer versteckte. Wenn er durch die Flure ging, hörte er nur das Echo seiner eigenen Schritte. Am vierten Tag hörte er Hämmern und Sägen im Keller, und da wusste er, dass seine Mutter einen Rahmen bastelte. Sie hatte das auch früher schon getan, um ihre Originale aufzuhängen wie zum Beispiel die berühmte Serie ›Vom Aussterben bedroht‹, die nun verstreut im Foyer und im Treppenhaus hing. Sie sagte immer, sie würde ihre Abzüge nicht in irgendeinem zweitklassigen Laden zum Rahmen geben, und so griff sie selbst zu Holz, Nägeln und Leinwand. Nicholas saß stundenlang am Fuß der Haupttreppe und rollte einen Basketball über seine nackten Zehen. Dabei wusste er ganz genau, dass er den Basketball nicht mit ins Haus nehmen durfte, aber schließlich war niemand da, der es ihm hätte verbieten können.

Als seine Mutter wieder aus dem Keller heraufkam, trug sie einen gerahmten Abzug unter dem rechten Arm. Sie huschte an Nicholas vorbei, als wäre er nicht da, und sie hängte das Foto oben an die Treppe, in Augenhöhe, wo jeder es sehen würde. Dann machte sie auf dem Absatz kehrt, ging in ihr Schlafzimmer und schloss die Tür hinter sich.

Es war ein Foto der Hände seines Vaters, groß und rau vom Arbeiten, mit den stumpfen Fingernägeln eines Chirurgen und spitzen Knöcheln. Darüber lagen die Hände seiner Mutter, kalt und glatt. Beide Händepaare waren sehr dunkel, fast nur Silhouetten vor einem hellen weißen Licht. Das einzig Detaillierte auf dem Bild waren die Hochzeitsringe. Sie schimmerten und funkelten und schienen förmlich im Schwarz zu schwimmen. Das Besondere an dem Foto war jedoch die Art, wie Nicholas' Mutter ihre Hände hielt. Wenn man sie aus einem bestimmten Winkel betrachtete, dann umfasste sie die seines Vaters. Kniff man die Augen jedoch zusammen, wurde deutlich, dass sie ihre Hände zum Gebet faltete.

Als Nicholas' Vater nach Hause kam, zog er sich am Geländer die Stufen hinauf. Auch er ignorierte die kleine Gestalt seines Sohnes im Schatten. Oben angekommen, blieb er vor dem Bild stehen und sank auf die Knie.

Neben ihre Signatur hatte Astrid Prescott den Titel des Bildes geschrieben: *Tu es nicht.*

Nicholas beobachtete, wie sein Vater in den Raum ging, von dem er wusste, dass seine Mutter dort wartete. Das war die Nacht, in der er aufhörte, davon zu träumen, den Ruhm seines Vaters zu erben. Stattdessen wünschte er sich von nun an, die Stärke seiner Mutter zu besitzen.

*

Alle lachten. Paige rannte ins Schlafzimmer hinauf und warf die Tür zu. Rose van Linden wusch das Fleisch in der Spüle ab und rührte frische Soße an, während Alistair Fogerty Witze erzählte. Nicholas wischte den Teppich ab und legte ein Geschirrtuch über den Fleck, der einfach nicht rausgehen wollte. Als er aufstand, schienen seine Gäste vergessen zu haben, dass er da war. »Bitte, entschuldigen Sie meine Frau«, sagte Nicholas. »Sie ist noch sehr jung ... und außerdem ist sie schwanger.« Bei diesen Worten strahlten die Frauen und begannen, Geschichten über ihre eigenen Schwangerschaften zu erzählen, und die Männer klopften Nicholas auf den Rücken.

Nicholas stand ein wenig abseits und beobachtete diese Leute, die hier auf seinen Stühlen saßen und an seinem Tisch aßen, und er überlegte, wann genau er die Kontrolle über die Situation verloren hatte. Alistair saß auf seinem Platz am Kopfende des Tisches. Gloria schenkte Wein aus. Der Bordeaux floss in das Glas, das eigentlich für Paige bestimmt gewesen war und von einer scharlachroten Welle hinter dem Bild einer Jakobsmuschel geschmückt wurde.

Nicholas stieg die Treppe zum Schlafzimmer hinauf. Was konnte er tun? Was *musste* er tun? In jedem Fall würde er Paige nicht anbrüllen, nicht in Anwesenheit der vielen Gäste. Aber er würde Paige zu verstehen geben, dass es so nicht ging. Schließlich hatte er einen Ruf zu verlieren. Paige musste sich um diese Dinge kümmern, das wurde einfach von ihr erwartet. Natürlich wusste Nicholas, dass sie nicht so erzogen worden war, doch das war kein Grund, jedes Mal zusammenzubrechen, wenn sie auf seine Kollegen und deren Frauen traf. Paige war keine von ihnen, aber Himmelherrgott noch mal, in vielerlei Hinsicht war er das auch nicht. Sie könnte es ihm wenigstens gleichtun und den Schein wahren.

Einen flüchtigen Augenblick lang erinnerte Nicholas sich an die Art, wie Paige seinem Apartment die Ecken und Kanten genommen hatte – Himmel, sie hatte seinem *ganzen Leben* die Ecken und Kanten genommen – und das nur wenige Stunden nachdem er um ihre Hand angehalten hatte. Und er erinnerte sich an seinen Hochzeitstag, als er neben Paige gestanden und erkannt hatte, dass sie ihn aus seinem alten Leben reißen würde. Ihm war ganz schwindelig geworden. Nie wieder würde er ein Sechs-Gänge-Menü garniert mit falschen Gerüchten über Leute ertragen müssen, die nicht eingeladen worden waren. An jenem Tag hatte er versprochen, sie zu lieben und zu ehren, in guten wie in schlechten Tagen, und damals hatte er wirklich geglaubt, dass es ihm nichts ausmachen würde, in welche Richtung es laufen würde, solange nur Paige an seiner Seite war. Was war in den letzten sieben Jahren geschehen, dass er seine Meinung geändert hatte? Er hatte sich in Paige verliebt, weil sie die Art von Mensch war, die er immer hatte sein wollen: einfach und ehrlich und von einer glückseligen Ignoranz gegenüber allem, was mit irgendwelchen dummen Traditionen, Verpflichtungen und Arschkriecherei zu tun hatte. Doch nun stand er vor ihrer Tür, bereit, sie zu seinen Kollegen und ihren politisch korrekten Witzen zurückzuschleifen und ihrem geheuchelten Interesse am Mobiliar.

Nicholas seufzte. Es war nicht Paiges Schuld, sondern seine eigene. Irgendwo entlang des Weges hatte man ihn wieder dazu verlockt zu glauben, das einzige Leben, das es zu leben wert war, sei das, was dort unten auf ihn wartete. Was würde Alistair Fogerty wohl sagen, wenn Nicholas sich seine Frau schnappen und mit ihr zum Fenster hinausklettern würde, um zu der griechischen Pizzeria in Brighton zu fliehen. Nicholas hatte sich einmal im Kreis gedreht. Aber wie war es dazu gekommen?

Als er die Schlafzimmertür öffnete, konnte er seine Frau nicht finden. Dann sah er sie. Paige war förmlich mit der blauen Bettdecke verschmolzen. Sie lag auf der Seite und hatte die Knie angezogen. »Sie haben sich über mich lustig gemacht«, sagte sie.

»Sie haben nicht gewusst, dass du die Sachen gemacht hast«, erwiderte Nicholas. »Weißt du, Paige«, sagte er, »es dreht sich nicht immer alles nur um dich.« Er packte sie an der Schulter und drehte sie grob zu sich um. Dann sah er die Tränen auf ihren Wangen. »Wegen dieser Dinnerpartys ...«, sagte er.

»Was ist damit?«, flüsterte Paige.

Nicholas schluckte. Er stellte sich Paige vor, wie sie vermutlich früher am Tag ausgesehen hatte, als sie sich so viel Mühe beim Kochen und der Gestaltung des Geschirrs gegeben hatte. Dann sah er sich selbst im Alter von zehn Jahren. Damals hatte er Tischmanieren gelernt und war Sonntag morgens zu Miss Lilian gegangen, um Walzer zu üben. Nun, dachte er, ob man es nun mochte oder nicht, es war alles nur ein Spiel. Und wenn man auch nur die geringste Absicht hatte, dieses Spiel zu gewinnen, dann musste man es auch spielen. »Du wirst zu diesen dämlichen Partys gehen, egal ob dir das nun gefällt oder nicht, und zwar für sehr, sehr lange

Zeit. Und du wirst auch heute Abend wieder runtergehen, dich entschuldigen und den Hormonen die Schuld an allem geben. Und wenn du dich von diesen beiden Hexen verabschiedest, dann wirst du lächeln und sagen, du könntest es gar nicht erwarten, sie wiederzusehen.« Er sah, wie Paiges Augen sich wieder mit Tränen füllten. »Mein Leben und dein Leben hängen nicht nur davon ab, was ich im Operationssaal leiste. Wenn ich irgendetwas erreichen will, dann muss ich anderen in den Arsch kriechen, und dabei ist es nicht gerade hilfreich, wenn ich mir ständig Entschuldigungen für dich ausdenken muss.«

»Ich kann das nicht«, sagte Paige. »Ich kann nicht weiter auf deine dummen Partys und Bankette gehen und mir anschauen, wie alle auf mich zeigen, als wäre ich ein Freak.«

»Doch, das kannst du«, entgegnete Nicholas, »und das wirst du auch.«

Paige schaute ihm in die Augen, und eine lange Minute starrten sie einander an. Wieder sah Nicholas, wie ihr die Tränen in die Augen stiegen. Schließlich nahm er sie in die Arme und vergrub sein Gesicht in ihren Haaren. »Komm schon, Paige«, flüsterte er. »Ich tue das doch nur für dich.«

Nicholas musste nicht hinschauen, um zu wissen, dass Paige einfach nur geradeaus starrte und schluchzte. »Tust du das wirklich?«, fragte sie leise.

Sie saßen auf der Bettkante. Nicholas schlang seinen Körper um Paiges, und sie lauschten dem Lachen ihrer Gäste und dem *Pling* der Gläser, als damit angestoßen wurde. Nicholas wischte Paige eine Träne von der Wange. »Himmel, Paige«, sagte er leise. »Glaubst du etwa, ich mag es, dich aufzuregen? Es ist einfach nur wichtig.« Nicholas seufzte.

»Mein Vater hat immer zu mir gesagt, wenn man gewinnen will, dann muss man die Regeln des Spiels beachten.«

Paige verzog das Gesicht. »Dein Vater hat diese Regeln vermutlich geschrieben.«

Nicholas spürte, wie er sich unwillkürlich verkrampfte. »Tatsache ist«, sagte er, »dass mein Vater sein Vermögen nicht geerbt hat. Er hat sich hochgearbeitet, aber er ist ohne einen Cent geboren.«

Paige zog sich von ihm zurück und starrte ihn mit offenem Mund an, als wolle sie etwas sagen, doch dann schüttelte sie nur den Kopf.

Nicholas nahm ihr Kinn zwischen die Finger. Vielleicht hatte er sich in Paige ja geirrt. Vielleicht waren Geld und Geburt ja genauso wichtig für sie wie für seine alten Freundinnen. Er fröstelte und fragte sich, was diese Erkenntnis ihn wohl kosten würde. »Was?«, sagte er. »Sag es mir.«

»Ich glaube das einfach nicht.«

»Was glaubst du nicht? Dass mein Vater kein Geld gehabt hat?«

»Nein«, antwortete Paige langsam. »Dass er sich freiwillig dafür entschieden hat, so zu leben.«

Nicholas lächelte erleichtert. »Es hat seine Vorteile«, erklärte er. »Du weißt immer, wo das Geld für die nächste Kreditrate herkommt. Du weißt, wer deine Freunde sind. Und du machst dir nicht annähernd so viel Sorgen darüber, was andere über dich denken könnten.«

»Und das willst du auch?« Paige rückte noch ein Stück von ihm weg. »Warum hast du mir das nicht früher gesagt?«

Nicholas zuckte mit den Schultern. »Es hat sich nie ergeben.«

Unten lachte jemand laut. »Tut mir leid«, sagte Paige angespannt und ballte die Fäuste. »Ich wusste ja nicht, dass es so ein großes Opfer für dich gewesen ist, mich zu heiraten.«

Nicholas nahm sie in die Arme und strich ihr über den Rücken, bis er spürte, dass sie sich wieder entspannte. »Ich *wollte* dich heiraten«, sagte er. »Und außerdem«, fügte er grinsend hinzu, »habe ich nicht alles aufgegeben. Ich habe es nur erst einmal zurückgestellt. Nur noch ein paar Dinnerpartys und weniger Essen auf dem Teppich, und wir schreiben wieder schwarze Zahlen.« Er half ihr auf. »Wäre das denn wirklich so schrecklich? Ich will, dass unser Kind auch die Dinge hat, mit denen ich aufgewachsen bin. Paige, ich will, dass du wie eine Königin lebst.«

Nicholas führte sie in den Flur. »Und was ist mit den Dingen, die ich will?«, flüsterte Paige so leise, dass sie sich selbst kaum hören konnte.

*

Als sie wieder ins Wohnzimmer zurückgingen, hielt Paige sich so verkrampft an Nicholas' Hand fest, dass ihre Fingernägel Abdrücke in seinem Fleisch hinterließen. Er sah, wie sie ihr Kinn hob. »Es tut mir ja so leid«, sagte sie. »Ich fühle mich dieser Tage nicht so wohl.« Sie stand mit der Eleganz einer Madonna da, während die Frauen ihr abwechselnd die Hände auf den Bauch legten und versuchten, das Geschlecht ihres Kindes zu erraten. Paige verabschiedete jeden ihrer Gäste an der Tür, und während Nicholas noch mit Alistair auf der Veranda den Operationsplan für den nächsten Tag besprach, ging sie wieder hinein, um abzuräumen.

Nicholas fand sie im Wohnzimmer, wo Paige Geschirr und Gläser in den Kamin warf. Er rührte sich nicht, während sie Keramik und Glas zerschmetterte, und er sah sie lächeln, als die bunten Splitter ihr vor die Füße fielen. Nicholas hatte noch nie gesehen, dass sie ihr eigenes Werk zerstörte. Selbst kleine Kritzeleien auf dem Notizblock neben dem Telefon wurden für gewöhnlich sorgfältig in einen Ordner gesteckt. Doch Paige zerschlug einen Teller nach dem anderen, Glas auf Glas, und dann entzündete sie das Feuer unter den Bruchstücken. Sie stand vor dem Feuer, und die Flammen warfen tanzende Schatten auf ihr Gesicht, während die Farben und Formen auf dem Geschirr sich mit Ruß überzogen. Und dann drehte sie sich zu Nicholas um, als hätte sie die ganze Zeit über gewusst, dass er dort stand.

Als er seiner Frau in die Augen sah, ergriff Nicholas die Angst. Er hatte diesen Ausdruck früher schon einmal gesehen. Damals war er fünfzehn gewesen und das erste und einzige Mal mit seinem Vater jagen gegangen. Sie waren durch den frühmorgendlichen Nebel von Vermont gezogen, und Nicholas hatte einen Rehbock entdeckt. Er hatte seinem Vater auf die Schulter getippt, wie der es ihm beigebracht hatte, und zugesehen, wie Robert Prescott sein Gewehr gehoben hatte. Der Rehbock war ein gutes Stück entfernt gewesen, dennoch hatte Nicholas allein schon am Zittern des Gehörns erkennen können, dass das Tier bereits kein Leben mehr in den Augen hatte.

Nicholas wich einen Schritt zurück. Seine Frau zeichnete sich vor dem Feuer ab, und ihre Augen waren die eines in die Enge getriebenen Tiers.

KAPITEL 10

PAIGE

Überall in der Küche lagen Reiseprospekte. Eigentlich hätte ich mich der Familienplanung widmen, das Kinderzimmer streichen und Spielzeug kaufen sollen. Doch stattdessen war ich wie besessen von Orten, an denen ich noch nie gewesen war. Die bunten Prospekte und Kataloge überspannten die Arbeitsplatte wie ein Regenbogen und tauchten die Fensterbänke in Blau, Grün und Gold. Es war alles vertreten, von der geführten Bildungsreise bis hin zum Abenteuerurlaub.

Nicholas wurde allmählich ärgerlich. »Was zum Teufel ist das denn?«, wollte er wissen und wischte die Hefte vom Ceranfeld.

»Ach«, log ich, »das ist nur Junkmail.«

Aber das war es nicht. Ich hatte mir die Kataloge und Prospekte bestellt – ein Dollar hier, fünfzig Cent da – und so die Sicherheit gehabt, dass ich jeden Tag ein neues Reiseziel in der Post haben würde. Ich las die Prospekte von vorne bis hinten und ließ mir die Namen der Städte und Orte auf der Zunge zergehen: Dordogne, Pouilly-sur-Loire, Verona und Helmsley, Sedona und Banff, Bhutan, Manaslu, der Ghoropani-Pass. All das waren Reisen, die für Schwangere undenkbar waren. Bei den meisten musste man viel wandern oder Rad fahren, und für einige waren Impfungen erforderlich. Ich glaube, ich las all diese Prospekte, weil sie genau das heraufbeschworen, was ich nicht tun konnte. Ich legte mich in meiner makellosen Küche auf den Rücken und stellte mir Täler voller Rhododendren vor und die üppigen Parks und Canyons, in denen Guanakos, Seraus und Pandas lebten. Ich stellte mir vor, unter freiem Himmel in der Kalahari zu schlafen und dem fernen Donner von galoppierenden Antilopen, Kaffernbüffeln und Elefanten zu lauschen. Ich dachte über dieses Baby nach, das mich Tag für Tag mehr niederdrückte, und ich tat so, als wäre ich irgendwo anders.

Mein Baby war acht Zoll lang. Er konnte lächeln. Er hatte Augenbrauen und Wimpern, und er lutschte am Daumen. Und er hatte seine eigenen Finger- und Fußabdrücke. Seine Augen war noch geschlossen. Geduldig warteten sie darauf, endlich sehen zu können.

Ich wusste alles über dieses Baby, was man wissen konnte. Ich hatte so viele Bücher über Schwangerschaft und Geburt gelesen, dass ich bestimmte Abschnitte auswendig kannte. Ich wusste, woran man falsche Wehen erkennen konnte. Ich lernte Begriffe wie ›Dilatation‹ und ›Primiparae‹. Manchmal glaubte ich wirklich, wenn ich alles über Schwangerschaft und Geburt lernte, was es zu lernen gab, würde das die Defizite schon wiedergutmachen, die ich als Mutter haben würde.

Mein dritter Monat war der schlimmste gewesen. Nach den ersten paar Episoden wurde mir zwar nicht mehr übel, aber all die Dinge, die ich in dieser Zeit lernte, drehten mir den Magen um und verschlugen mir den Atem. In der zwölften Woche war mein Baby zweiunddreißig Zentimeter groß gewesen und hatte ungefähr siebzig Gramm gewogen. Es hatte fünf Finger mit Schwimmhäuten und Haarfollikel. Es konnte treten und sich bewegen. Und es hatte ein winziges Gehirn, das Botschaften senden und empfangen konnte. Ich verbrachte in jenem Monat viel Zeit mit den Händen auf dem Unterleib, als könne ich meinen Sohn so festhalten. Denn vor langer, langer Zeit hatte ich schon einmal ein Kind getragen, das zwölf Wochen alt gewesen war. Ich versuchte, die beiden nicht miteinander zu vergleichen, doch das war unvermeidlich. Aber ich redete mir ein, mich glücklich schätzen zu können, dass ich damals all diese Fakten noch nicht gekannt hatte.

Dass ich damals eine Abtreibung hatte vornehmen lassen, lag daran, dass ich zum Muttersein noch nicht bereit gewesen war. Ich hätte dem Kind einfach nicht die Art von Leben geben können, das es verdient hätte. Und eine Adoption wäre auch keine Alternative gewesen, da ich die Schwangerschaft dann komplett hätte durchstehen müssen, und diese Schande hätte ich meinem Vater nicht antun können. Sieben Jahre später hatte ich mich beinahe selbst davon überzeugt, dass all das gute Gründe gewesen waren. Doch manchmal saß ich in meiner gerstenweißen Küche, strich mit den Fingern über die Hochglanzfotos in den Reiseprospekten und fragte mich, ob heute wirklich alles anders war. Ja, ich hatte die Mittel, ein Kind großzuziehen. Ich konnte es mir leisten, helle, skandinavische Möbel und ein Mobile fürs Kinderzimmer zu kaufen. Aber zwei Dinge sprachen auch gegen mich: Ich hatte nach wie vor keine Mutter, die mir als Modell hätte dienen können. Und ich hatte mein erstes Kind getötet.

Ich stand auf, und mein Bauch stieß gegen die Tischkante. Ich zuckte vor Schmerz zusammen. Mein Bauch war rund und steinhart, und er schien eine Million Nervenenden zu haben. Mit meinem Körper, der nun Rundungen hatte, wo vorher nie welche gewesen waren, stellte ich eine einzige, große Gefahrenquelle dar. Ich blieb an engen Stellen hängen, sei es in Bussen oder im Restaurant zwischen zwei dicht beieinanderstehenden Stühlen. Ich konnte einfach nicht mehr abschätzen, wie viel Platz ich brauchte, doch ich zwang mich zu glauben, dass sich das mit der Zeit ändern würde.

Rastlos zog ich meine Stiefel an und ging auf die Veranda hinaus. Es regnete, doch das kümmerte mich nicht wirklich. Heute war mein einziger freier Tag in der Woche. Nicholas war im Krankenhaus, und ich musste einfach irgendwo hingehen auch wenn es nicht Borneo oder Java sein konnte. Überhaupt hatte ich ständig das Bedürfnis, mich zu bewegen. Ich wälzte mich die ganze Nacht im Bett herum und schlief niemals acht Stunden am Stück. Auf der Arbeit lief ich hinter dem Tresen auf und ab, und wenn ich mich zum Lesen hinsetzte, dann flatterten meine Finger.

Ich zog mir den Mantel über und machte mich auf den Weg die Straße hinunter. Ich ging immer weiter, bis ich das Zentrum von Cambridge erreichte. Ich stand unter dem Plexiglasdach des Busbahnhofs neben einer schwarzen Frau mit drei Kindern, und wie jeder es im Moment tat, legte auch sie mir die Hand auf den Bauch. Eine schwangere Frau schien öffentliches Eigentum zu sein. »War Ihnen morgens übel?«, fragte die Frau. »Dann wird es ein Junge.« Sie zog ihre Kinder in den Regen hinaus, und gemeinsam stapften sie durch die Pfützen auf der Massachusetts Avenue.

Ich band mir meinen Schal um den Kopf und trat ebenfalls wieder in den Regen hinaus, dann ging ich die Brattle

Street hinunter und blieb neben einer Kirche an einem kleinen, eingezäunten Spielplatz stehen. Der Spielplatz war nass und leer, die eine Seite war noch immer vom Schnee der letzten Woche bedeckt. Ich wandte mich wieder ab und ging weiter, bis die Geschäfte und Backsteinbauten Holzhäusern mit kahlen Bäumen davor wichen. Immer weiter und weiter schlurfte ich die Straße hinunter, als mir bewusst wurde, dass ich zum Friedhof ging.

Der Friedhof war berühmt. Soldaten aus dem Unabhängigkeitskrieg waren hier beerdigt, und es gab viele prachtvolle Grabsteine. Mein Lieblingsgrabstein war eine dünne, alte Schieferplatte. Sie markierte das Grab einer gewissen Sarah Edwards, die von der Kugel eines Mannes getötet worden war, der nicht ihr Ehemann gewesen war. Die Gräber waren unterschiedlich groß, lagen dicht beieinander, und mit ihren vielgestaltigen Grabsteinen sahen sie wie schiefe Zähne aus. Ein paar der Grabsteine waren umgekippt und von Pflanzen überwuchert. Hier und da waren Fußspuren im gefrorenen Boden zu sehen, und ich fragte mich, wer außer mir an einen Ort wie diesen kam.

Als Kind war ich mit meiner Mutter auf Friedhöfe gegangen. »Das ist der einzige Ort, an dem ich denken kann«, hatte sie mir einmal gesagt. Manchmal ging sie dorthin, um sich auf eine Bank zu setzen. Dann wieder erwies sie Fremden an ihren Gräbern Respekt. Und oft gingen wir gemeinsam, hockten uns auf die glatten, heißen Steine, die von unzähligen betenden Händen abgenutzt waren, und breiteten ein Picknick zwischen uns aus.

Meine Mutter schrieb Nachrufe für die *Chicago Tribune*. Meistens saß sie am Telefon und machte sich Notizen für die billigsten Todesanzeigen, die in winziger schwarzer Schrift gedruckt wurden. Sie enthielten kaum mehr Informationen als den Namen, Geburts- und Sterbedatum sowie die Namen der nächsten Verwandten und dann und wann auch eine Einladung zur Totenmesse mit Orts- und Zeitangabe.

Meine Mutter nahm jeden Tag Dutzende dieser Anrufe entgegen, und sie erzählte mir ständig, dass sie die Zahl der Todesfälle in Chicago immer wieder überraschte. Wenn sie nach Hause kam, ratterte sie häufig die Namen der Verstorbenen herunter, die sie sich genauso gut merken konnte wie andere Leute Telefonnummern. Sie ging jedoch nie auf den Friedhof, um diese Leute zu besuchen – jedenfalls nicht bewusst.

Doch dann und wann ließ der Chefredakteur sie auch einen der wirklichen Nachrufe schreiben, jene für Leute, die eine gewisse Berühmtheit erlangt hatten. Diese Nachrufe waren wie echte Artikel aufgemacht. HERBERT R. QUASHNER stand dann zum Beispiel in der Überschrift, LEITER IM FORSCHUNGSLABOR DER ARMY IST VERSTORBEN. Meine Mutter liebte diese Art von Nachrufen ganz besonders. »Da kann man eine richtige Geschichte erzählen«, sagte sie immer. »Dieser Kerl hat beispielsweise im 2. Weltkrieg auf einem Zerstörer gedient und war Mitglied einer Freimaurerloge hier in Chicago.«

Meine Mutter schrieb die Nachrufe daheim am Küchentisch. Dabei beschwerte sie sich immer über die Deadlines und fand dieses Wort angesichts ihres Berufes ziemlich lustig. »Als hätten diese Leute es noch eilig«, sagte sie und grinste. Waren die Nachrufe gedruckt, schnitt meine Mutter sie aus und klebte sie sorgfältig in ein Fotoalbum. Ich habe mich immer gefragt, was geschehen würde, wenn ausgerechnet dieses Album nach einem Feuer geborgen werden würde, in dem wir alle den Tod gefunden hatten. Würde die Polizei meine Mutter dann vielleicht für eine verrückte Serienmörderin halten? Doch meine Mutter fand es wichtig, eine Chronik ihrer Arbeit zu führen. Als sie verschwand, ließ sie das Album zurück.

Meine Mutter machte sich wöchentlich eine Liste mit den Namen der Menschen, über die sie schrieb. Und samstags, an ihrem freien Tag, gingen wir auf die Friedhöfe und suchten nach frischen Gräbern. Dann kniete meine Mutter sich vor die Gräber dieser Leute, die sie nicht kannte und die auch noch keinen Grabstein hatten, und sie ließ die frisch aufgewühlte Erde durch ihre Finger rieseln. »Paige«, sagte sie dann, »atme einmal tief ein. Was riechst du?«

Ich schaute mich um und sah Fliederbüsche und Forsythien, aber ich atmete nicht tief ein. Auf Friedhöfen achtete ich ganz genau auf meine Atmung, so als könne mir dort ganz unerwartet alle Luft aus den Lungen geraubt werden.

Einmal saßen meine Mutter und ich im roten Schatten eines japanischen Ahornbaums, nachdem wir das Grab von Mary T. French besucht hatten, einer ehemaligen Bibliothekarin. Wir aßen Hähnchen und Kartoffelsalat und wischten uns dann die Finger an den Röcken ab. Anschließend streckte meine Mutter sich auf einem alten, grasbewachsenen Grab aus und legte den Kopf auf die Grabplatte. Sie klopfte sich auf die Schenkel und forderte mich auf, mich auch zu setzen.

»Du wirst ihn noch plattdrücken«, sagte ich todernst, und meine Mutter rückte gehorsam zur Seite. Ich setzte mich neben sie, legte den Kopf auf ihren Schoß und ließ mir die

Sonne auf mein lächelndes Gesicht scheinen. Der Rock meiner Mutter flatterte im Wind und wehte mir immer wieder in den Nacken. »Mommy«, sagte ich, »wo geht man hin, wenn man tot ist?«

Meine Mutter atmete tief durch. »Ich weiß es nicht, Paige«, antwortete sie. »Was glaubst du denn?«

Ich strich über das kühle Gras rechts von mir. »Vielleicht sind sie ja alle unter der Erde und schauen zu uns herauf.«

»Vielleicht sind sie aber auch im Himmel und blicken auf uns hinunter«, erwiderte meine Mutter.

Ich öffnete die Augen und starrte in die Sonne, bis ich nur noch bunte Flecken sah. »Wie ist es so im Himmel?«, fragte ich.

Meine Mutter hatte sich auf die Seite gedreht, sodass ich von ihrem Schoß herunterrutschte. »Nachdem man das Leben hat ertragen müssen«, antwortete sie, »hoffe ich, dass es dort genauso ist, wie man es sich wünscht.«

Als ich nun über den Friedhof in Cambridge ging, kam mir plötzlich der Gedanke, dass meine Mutter vielleicht auch im Himmel war – falls es einen Himmel gab und falls sie gestorben war. Und wenn ja, war sie dann in einem Staat begraben, wo es nie schneite, oder lag sie womöglich in einem vollkommen anderen Land? Und wer legte ihr Lilien aufs Grab, und wer hatte die Grabinschrift in Auftrag gegeben? Ob in ihrem Nachruf wohl stand, dass sie Paige O'Toole eine liebende Mutter gewesen war?

Ich habe meinen Vater immer wieder gefragt, warum meine Mutter uns verlassen hat, und er hat mir immer wieder und wieder die gleiche Antwort gegeben: »Weil sie es so gewollt hat.« Im Laufe der Zeit sagte er das mit immer weniger Bitter-

209

keit, aber glaubhafter wurde es dadurch nicht. Die Mutter, deren Bild ich mir im Laufe der Jahre zusammengebastelt hatte, die Mutter mit dem schüchternen Lächeln und den weiten Röcken, die Wunden mit einem Kuss heilen konnte und mir abends Geschichten von Scheherazade erzählte, diese Mutter hätte uns nicht verlassen. Ich hatte mir immer vorgestellt, dass irgendeine höhere Macht uns Mom genommen hatte. Vielleicht war sie ja in irgendeine internationale Verschwörung verstrickt und hatte ihre Identität aufgeben müssen, um ihre Familie zu schützen. Eine Zeit lang hatte ich mir überlegt, ob sie vielleicht die eine Hälfte eines vom Schicksal vorbestimmten Liebespaars gewesen war, und ich hätte ihr sogar vergeben, dass sie von meinem Vater weggelaufen war, um mit ihrer wahren Liebe zu leben. Vielleicht war sie aber auch einfach nur rastlos gewesen. Oder vielleicht suchte sie nach jemandem, den sie verloren hatte.

Ich strich mit der Hand über die glatten Grabsteine und versuchte, mir das Gesicht meiner Mutter vorzustellen. Schließlich kam ich an eine Grabplatte, die in die Erde eingelassen war, und ich legte den Kopf darauf, verschränkte die Hände über dem Leben in meinem Bauch und starrte in den eisigen Himmel hinauf. Ich lag auf dem gefrorenen Boden, bis der Regen und die Kälte in meine Knochen eindrangen – und all diese Geister.

*

Mehr als alles andere auf der Welt hasste es meine Mutter, den Kühlschrank aufzumachen und einen leeren Limonadenkrug vorzufinden. Denn ich war damals noch zu klein, um mir selbst ein Glas Limonade einzugießen. Und immer war mein Vater schuld daran, dass der Krug alle war. Es war nicht so, als hätte mein Vater das mit Absicht gemacht. Er war einfach meist in Gedanken woanders, und da es nun mal nicht allzu hoch auf seiner Prioritätenliste stand, den Krug zu füllen, kümmerte er sich auch nicht darum. Mindestens dreimal pro Woche sah ich meine Mutter in der kalten Luft vor dem geöffneten Kühlschrank stehen und mit dem blauen Glaskrug winken. »Was ist denn so schwer daran, mal ein wenig Limonade anzurühren, verdammt?«, brüllte sie dann und starrte mich an. »Was soll ich denn mit den paar Tropfen noch anfangen?«

Dieser an sich unbedeutende Umstand entwickelte sich jedoch rasch zu einer Krise, und wenn ich älter gewesen wäre, hätte ich es vielleicht als Symptom weit schwerwiegenderer Probleme identifiziert. Doch ich war erst fünf. Ich folgte meiner Mutter, die die Treppe hinunterstapfte, um meinen Vater in der Werkstatt mit seiner Sünde zu konfrontieren. Sie schrie, wedelte mit dem Krug in der Luft herum und fragte sich laut, womit sie nur so ein Leben verdient hatte.

Als ich fünf wurde, verstand ich das erste Mal, was der Muttertag eigentlich bedeutete. Ich hatte auch in den Jahren zuvor schon Karten gebastelt, klar, und ich nehme an, ich habe auch mal meinen Namen auf ein Geschenk gemalt, das mein Vater gekauft hatte. Doch in diesem Jahr wollte ich meiner Mutter etwas geben, das von Herzen kam. Mein Vater schlug vor, ihr ein Bild zu schenken und dazu eine Schachtel selbstgemachter Bonbons, aber das war nicht die Art von Geschenk, das ich meiner Mutter machen wollte.

Diese Dinge hätten meine Mutter sicher gefreut, doch schon mit fünf wusste ich, dass sie etwas brauchte, um ihr den schlimmsten Schmerz zu nehmen.

Und ich wusste auch, dass ich ein As im Ärmel hatte: einen Vater, der alles machen konnte, was meine Fantasie heraufbeschwor. Eines Abends, Ende April, setzte ich mich auf die alte Couch in seiner Werkstatt, zog die Knie hoch und legte das Kinn darauf. »Daddy«, sagte ich, »ich brauche deine Hilfe.« Mein Vater klebte gerade Gummipaddel an ein Zahnrad für eine Maschine, die Hühnerfutter dosieren sollte. Er hörte sofort auf zu arbeiten, drehte sich zu mir um und schenkte mir seine volle Aufmerksamkeit. Er nickte bedächtig, während ich ihm meine Idee erklärte. Ich brauchte eine Erfindung, die melden sollte, wann die Limonade im Kühlschrank nachgefüllt werden musste.

Mein Vater beugte sich vor und nahm meine Hände. »Bist du sicher, dass deine Mutter so etwas haben will?«, fragte er. »Nicht vielleicht eine schöne Bluse oder Parfüm?«

Ich schüttelte den Kopf. »Ich glaube, sie will etwas ...« Meine Stimme verhallte, als ich nach den richtigen Worten suchte. »Ich glaube, sie möchte etwas, damit es ihr nicht mehr so wehtut.«

Mein Vater schaute mich so intensiv an, dass ich glaubte, er erwarte von mir, noch mehr zu sagen. Doch dann drückte er meine Hände und beugte sich näher zu mir heran, bis wir uns an der Stirn berührten. Als er sprach, roch ich seinen süßen Atem, der nach Kaugummi roch. »So«, sagte er, »du hast es also auch bemerkt.«

Dann setzte er sich neben mich auf die Couch und hob mich auf seinen Schoß. Er lächelte, und dieses Lächeln war so ansteckend, dass ich spürte, wie meine Beine unwillkürlich zu wippen begannen. »Ich denke da an einen Sensor«, sagte er, »verbunden mit einer Art Alarm.«

»Oh, Daddy, ja!«, rief ich. »Ein Alarm, der immer weiter klingelt und dich nicht eher weglässt, bis du den Krug nachgefüllt hast.«

Mein Vater lachte. »Ich habe noch nie etwas erfunden, das mir zusätzliche Arbeit macht, statt sie mir abzunehmen.« Er nahm mein Gesicht in die Hände. »Aber es ist es wert«, sagte er. »Aye, es ist es wert.«

Mein Vater und ich arbeiteten zwei Wochen lang ununterbrochen, immer nach dem Abendessen, bis ich ins Bett musste. Wir liefen in die Werkstatt und probierten alle möglichen Klingeln, Hupen, elektronischen Sensoren und Mikrochips aus, die auf unterschiedliche Feuchtigkeitsgrade reagierten. Von Zeit zu Zeit klopfte meine Mutter an die Tür, die in den Keller führte. »Was macht ihr zwei da?«, rief sie. »Ich bin hier oben so allein.«

»Wir machen ein Frankensteinmonster!«, rief ich dann zurück und sprach das lange, seltsame Wort so aus, wie mein Vater es mich gelehrt hatte. Gleichzeitig schlug mein Vater mit dem Hammer auf alles Mögliche in der Werkstatt und veranstaltete einen Höllenlärm. »Das ist eine furchtbare Sauerei hier unten, May«, rief er, und Lachen schlich sich in seine Stimme. »Überall Hirn und Blut. Das willst du bestimmt nicht sehen.«

Sie musste es gewusst haben. Immerhin kam sie nie herunter, auch wenn sie das sanft angedroht hatte. Meine Mutter war in dieser Hinsicht wie ein Kind. Sie versuchte nie, vor Weihnachten einen Blick auf die Geschenke zu erhaschen, und sie vermied es auch, Gesprächen zu lauschen, die ihr etwas verraten konnten. Sie liebte Überraschungen.

Am Abend vor Muttertag war der Limonadensensor fertig. Mein Vater füllte ein Wasserglas, steckte den kleinen, silbernen Stab hinein und saugte dann langsam die Flüssigkeit ab. Als weniger als ein Zoll übrig war, begann der Stab zu piepen. Es war ein hoher, schriller Ton, richtig nervig, denn wir glaubten, nur so könnten wir jemanden zwingen, den Krug wieder aufzufüllen. Und um das noch zu unterstützen, blinkte die Stabspitze blutrot und warf Schatten auf meine und die Finger meines Vaters, während wir das Glas festhielten.

»Das ist perfekt«, flüsterte ich. »Das wird alles wieder in Ordnung bringen.« Ich versuchte, mich an eine Zeit zu erinnern, als meine Mutter nicht jeden Tag um vier Uhr von ihrem eigenen Schatten ins Schlafzimmer gejagt worden war. Ich versuchte, mich an die Wochen zu erinnern, als sie noch nicht auf die verschlossene Haustür gestarrt hatte, als erwarte sie den heiligen Petrus.

Die Stimme meines Vaters riss mich aus meinen Gedanken. »Oder es wird wenigstens ein Anfang sein«, sagte er.

An diesem Sonntag verließ meine Mutter nach der Messe das Haus. Kaum war sie aus der Tür, da holten wir das gute Geschirr aus dem Schrank und deckten einen festlichen Tisch. Um sechs Uhr schwamm der Fasan, den mein Vater gemacht hatte, in seinem eigenen Saft, die grünen Bohnen dampften, und der Limonadenkrug war voll.

Eine halbe Stunde später rutschte ich nervös auf meinem Stuhl herum. »Ich habe Hunger, Daddy«, jammerte ich. Um sieben Uhr ließ mein Vater mich im Wohnzimmer Fernsehen schauen. Als ich die Küche verließ, sah ich, wie er die Ellbogen auf den Tisch stützte und das Gesicht in den Händen vergrub. Um acht hatte er alle Spuren des Essens weggeräumt, auch das schön verpackte Geschenk, das wir meiner Mutter auf den Stuhl gelegt hatten.

Er brachte mir einen Teller Fleisch, doch ich hatte keinen Hunger mehr. Das Fernsehen lief, aber ich wälzte mich auf der Couch und vergrub das Gesicht in den Kissen. »Wir hatten doch ein Geschenk und alles«, sagte ich, als mein Vater mich an der Schulter berührte.

»Sie ist bei einer Freundin«, sagte er, und ich hob den Kopf und schaute ihn an. Soweit ich wusste, hatte meine Mutter keine Freundinnen. »Sie hat mich gerade angerufen, um mir zu sagen, dass es ihr leidtue, es nicht rechtzeitig geschafft zu haben, und dass ich dem schönsten Mädchen in Chicago einen Gutenachtkuss von ihr geben soll.«

Ich starrte meinen Vater an, der mich noch nie im Leben angelogen hatte. Wir wussten beide, dass das Telefon den ganzen Tag lang nicht geklingelt hatte.

Mein Vater badete mich, kämmte mein verknotetes Haar und half mir in mein Nachthemd. Dann brachte er mich ins Bett und saß bei mir, bis er glaubte, dass ich eingeschlafen war.

Aber ich war wach. Ich wusste genau, wann meine Mutter durch die Tür kam, und ich hörte, wie mein Vater sie fragte, wo zum Teufel sie gesteckt hätte. »Es ist ja nicht so, als wäre ich verschwunden«, erwiderte meine Mutter. Ihre Stimme klang wütender und lauter als die meines Vaters. »Ich brauchte einfach nur ein wenig Zeit für mich selbst.«

Ich erwartete Gebrüll, doch stattdessen hörte ich das Rascheln von Papier, als mein Vater meiner Mutter ihr Geschenk gab. Ich hörte das Papier reißen und dann, wie meine Mutter laut nach Luft schnappte, als sie die Muttertagskarte las, die ich meinem Vater diktiert hatte: *Das ist, damit wir es nicht wieder vergessen. In Liebe, Patrick. In Liebe, Paige.*

Noch bevor ich ihre Schritte hörte, wusste ich, dass sie zu mir kam. Sie warf die Tür auf, und vor dem Licht im Flur konnte ich ihre Silhouette zittern sehen. »Ist schon okay«, sagte ich zu ihr, obwohl es nicht das war, was ich zu sagen geplant hatte. Mom hockte sich ans Fußende des Bettes, als erwarte sie einen Richterspruch. Da ich nicht wusste, was ich tun sollte, schaute ich sie einen Moment lang einfach nur an. Sie hatte den Kopf gesenkt, als würde sie beten. Ich verhielt mich vollkommen still, bis ich es nicht mehr aushielt, und dann tat ich das, was ich eigentlich von *ihr* erwartet hatte. Ich schlang die Arme um meine Mutter und hielt sie fest, als wolle ich sie nie mehr loslassen.

Dann erschien mein Vater in der Tür. Er erwiderte meinen Blick, als ich ihn über den dunklen, gebeugten Kopf meiner Mutter hinweg anschaute. Er versuchte, mich anzulächeln, schaffte es aber nicht. Stattdessen kam er näher und legte seine kühle Hand auf meinen Nacken, so wie Jesus es immer auf den Bildern tat, auf denen er Blinde und Kranke heilt. Und so blieb mein Vater stehen, als könne er uns auf diese Weise den Schmerz nehmen.

*

Als ich klein war, wollte mein Vater, dass ich ihn ›Da‹ nenne wie die Mädchen in Irland. Aber ich war als Amerikanerin aufgewachsen, und so nannte ich ihn ›Daddy‹ und später

›Dad‹. Ich fragte mich, wie mein Kind wohl Nicholas und mich nennen würde, als ich meinen Vater anrief – von demselben unterirdischen Münzfernsprecher, von dem aus ich ihn auch nach meiner Ankunft in Cambridge angerufen hatte. Der Busbahnhof war kalt und menschenleer. »Da«, sagte ich ganz bewusst, »ich vermisse dich.«

Der Tonfall meines Vaters veränderte sich sofort, als er hörte, dass ich am Apparat war. »Paige, Liebes«, sagte er. »Zweimal in einer Woche! Dafür muss es doch einen Grund geben.«

Warum fiel es mir so schwer, es ihm zu sagen? Warum hatte ich es nicht schon längst getan? »Ich bekomme ein Baby«, sagte ich.

»Ein Baby?« Das Grinsen meines Vaters füllte die Lücken zwischen seinen Worten. »Ein Enkel. Also das nenne ich wirklich einen Grund.«

»Im Mai ist es so weit«, sagte ich, »um Muttertag.«

Ich konnte förmlich hören, wie das Herz meines Vaters einen Schlag lang aussetzte. »Das passt«, sagte er und ließ ein tiefes Lachen hören. »Ich nehme an, du weißt das schon länger«, sagte er, »und wenn nicht, dann habe ich wohl einen ziemlich miesen Job gemacht, als ich dir das mit den Bienen und den Blumen erklärt habe.«

»Ja, ich weiß es schon länger«, gab ich zu. »Ich habe nur gedacht ... Ich weiß nicht ... Ich habe nur gedacht, ich hätte mehr Zeit.« Mich überkam das verrückte Verlangen, ihm alles zu erzählen, was ich all die Jahre verschwiegen hatte: die Umstände, von denen ich annahm, dass er sie ohnehin kannte. Die Worte steckten mir im Hals, sie warteten nur darauf, ausgesprochen zu werden: *Erinnerst du dich noch an den Abend, als ich dein Haus verlassen habe?* Ich schluckte und zwang meine Gedanken in die Gegenwart zurück. »Ich nehme an, ich habe mich selbst noch nicht so ganz an die Vorstellung gewöhnt«, sagte ich. »Nicholas und ich haben nicht damit gerechnet, und, nun ja ... Er freut sich, aber ich ... Ich brauche einfach noch ein wenig Zeit.«

Hunderte von Meilen entfernt atmete mein Vater tief durch, als würde er sich plötzlich an all das erinnern, was zu sagen ich nicht den Mut hatte. »Brauchen wir das nicht alle?«, erwiderte er.

*

Als ich schließlich das Viertel wieder erreichte, in dem Nicholas und ich lebten, war die Sonne bereits untergegangen. Leise wie eine Katze schlich ich durch die Straßen. Ich schaute in die erleuchteten Fenster von Stadthäusern und versuchte einen Blick auf die Wärme und den Duft des Abendessens zu erhaschen, die sie versprachen.

Dann schätzte ich wieder einmal meinen Umfang falsch ein und stolperte gegen einen Briefkasten, der aufklappte wie ein schwarzer Mund. Ganz oben auf dem Poststapel darin lag ein rosa Umschlag ohne Absender. Der Brief war an einen Alexander LaRue, 20 Appleton Lane, Cambridge adressiert. Die Handschrift war geschwungen und sanft, irgendwie europäisch. Ohne groß darüber nachzudenken, schaute ich, ob sich jemand auf der Straße näherte, dann steckte ich den Brief in meinen Mantel.

Ich hatte eine Straftat begangen. Ich kannte Alexander LaRue nicht, und ich beabsichtigte auch nicht, ihm den

Brief zurückzugeben. Das Herz schlug mir bis zum Hals, als ich so schnell wie möglich den Block hinunterging. Mein Gesicht war gerötet. Was hatte ich mir nur dabei gedacht?

Ich flog die Stufen zur Veranda hinauf, warf die Tür hinter mir zu und schloss beide Schlösser ab. Dann schüttelte ich den Mantel ab und zog mir die Stiefel aus. Mein Herz schlug immer schneller. Mit zitternden Fingern riss ich den Umschlag auf. Der Brief war mit der gleichen geschwungenen Handschrift mit diesen gelegentlichen Spitzen geschrieben – auf der abgerissenen Ecke einer Papiertüte. *Lieber Alexander*, las ich, *ich habe von dir geträumt. Trish.* Das war alles. Ich las den Zettel immer wieder und wieder und drehte ihn mehrmals in der Hand, um sicherzugehen, dass ich nichts übersehen hatte. Wer war Alexander? Und wer war Trish? Ich lief ins Schlafzimmer hinauf und stopfte den Brief in eine Schachtel Maxipads unten im Schrank. Ich stellte mir vor, welche Art von Träumen Trish wohl haben könnte. Vielleicht schloss sie ja die Augen und stellte sich vor, wie Alexanders Hände über ihre Hüfte und Schenkel wanderten. Vielleicht erinnerte sie sich aber auch daran, gemeinsam an einem Flussufer gesessen und die kalten Füße in das kalte Wasser gesteckt zu haben. Und vielleicht träumte Alexander ja auch von ihr.

»Da bist du ja.«

Ich erschrak, als Nicholas hereinkam. Ich hob die Hand, und er schlang die Krawatte um mein Handgelenk und kniete sich auf die Bettkante, um mich zu küssen. »Barfüßig und schwanger«, sagte er. »Genau so mag ich sie.«

Mühsam setzte ich mich auf. »Und wie war dein Tag?«, fragte ich.

Nicholas ging ins Badezimmer und drehte den Wasserhahn auf. »Komm, und sprich mit mir«, sagte er, und ich hörte, wie die Dusche ansprang.

Ich folgte ihm, setzte mich auf den Klodeckel und spürte, wie der Dampf die Haarsträhnen lockte, die sich aus meinem Pferdeschwanz gelöst hatten. Mein Hemd, das mir inzwischen viel zu eng war, klebte an meinem Busen und meinem Bauch. Ich dachte darüber nach, Nicholas zu erzählen, was ich heute gemacht hatte, vom Friedhof und von Trish und Alexander. Aber bevor ich meine Gedanken ordnen konnte, drehte Nicholas das Wasser wieder ab und griff nach einem Handtuch. Er wickelte es sich um die Hüfte, stieg aus der Dusche und verließ das Badezimmer in einer Dampfwolke.

Erneut folgte ich ihm und schaute zu, wie er sich das Haar vor dem Spiegel auf meiner Kommode scheitelte. Er benutzte dazu meine Bürste und beugte sich vor, um sein Gesicht besser sehen zu können. »Komm her«, sagte er und griff hinter sich nach meiner Hand, während er mir im Spiegel in die Augen schaute.

Nicholas setzte mich auf die Bettkante. Dann bürstete er mir das Haar vom Kopf bis zu den Schultern, bis es mir wie Seide über den Nacken fiel. Ich legte den Kopf zurück, schloss die Augen und ließ mir das feuchte Haar bürsten. Einen Augenblick später spürte ich, wie Nicholas' ruhige Hand die statische Ladung wegstrich. »Das fühlt sich gut an«, sagte ich, und meine eigene Stimme hörte sich belegt und fremd an.

Vage war ich mir bewusst, wie mir die Kleider ausgezogen und ich auf die warme Tagesdecke gelegt wurde. Nicholas strich mir weiter übers Haar. Ich fühlte mich leicht und geschmeidig. Ich war mir sicher, hätten diese Hände mich nicht niedergedrückt, ich wäre davongeschwebt.

Nicholas bewegte sich über mir und drang mit einem einzigen, schnellen Stoß in mich ein. Vor glühendem Schmerz riss ich die Augen auf. »Nein!«, schrie ich, und Nicholas verkrampfte sich und zog sich von mir zurück.

»Was?«, fragte er mit wildem Blick. »Ist es wegen des Babys?«

»Ich weiß nicht«, murmelte ich, und das war die Wahrheit. Ich wusste nur, dass dort eine Barriere war, wo gestern noch nichts gewesen war. Als Nicholas in mich eingedrungen war, hatte ich einen Widerstand gespürt, ganz so, als wolle irgendetwas ihn genauso entschlossen draußen halten, wie er hineingewollt hatte. Verschämt schaute ich ihm in die Augen. »Ich glaube nicht, dass das ... dass das so noch geht.«

Nicholas nickte, sein Kinn war angespannt. Eine Ader pulsierte an seinem Hals, und ich schaute kurz zu, wie er um Kontrolle rang. Ich zog die Tagesdecke über meinen Bauch. Ich fühlte mich schuldig. Ich hatte nicht schreien wollen. »Natürlich«, sagte Nicholas, obwohl er in Gedanken eine Million Meilen entfernt war. Dann drehte er sich um und verließ den Raum.

Ich saß im Dunkeln und fragte mich, was ich falsch gemacht hatte. Ich tastete über das Bett und fand Nicholas' Hemd, das im Zwielicht fast silbern schimmerte. Ich zog es mir an, krempelte die Ärmel hoch und schlüpfte unter die Laken. Dann holte ich einen Reiseprospekt aus dem Nachttisch und schaltete die Leselampe ein.

Ich hörte, wie unten der Kühlschrank geöffnet und wieder zugeworfen wurde, dann schwere Schritte und ein leiser Fluch. Ich las laut und füllte mit meiner Stimme den farblosen Raum. »Das Land der Massai. Die Massai von Tansania haben eine der ältesten Kulturen der Welt, die von äußeren Einflüssen unberührt geblieben ist. Stellen Sie sich das Leben einer Massai-Frau vor, die noch genauso lebt wie ihre Vorfahren vor tausend Jahren. Sie lebt in einer Hütte aus Schlamm und Dung, trinkt die gleiche gesäuerte, mit Rinderblut vermischte Milch. Selbst die Initiationsriten wie die Beschneidung jugendlicher Jungen und Mädchen existiert noch heute.«

Ich schloss die Augen. Den Rest kannte ich auswendig. »Die Massai leben in Harmonie mit ihrer friedlichen Umwelt, den Zyklen der Natur und in Ehrfurcht vor Gott.« Der Mond ging auf und warf sein gelbes Licht durch das Schlafzimmerfenster. Ich konnte sie klar und deutlich sehen: die Massai-Frau, die vor meinem Bett kniete, ihre Haut dunkel und schimmernd, die Lippen wie Onyx und goldene Reifen um den Hals und an den Ohren. Sie starrte mich an und stahl all meine Geheimnisse. Dann öffnete sie den Mund und sang von der Welt.

Ihre Stimme war tief und rhythmisch. Eine Melodie, die ich noch nie gehört hatte. Und mit jedem Zittern in dieser Musik schien auch mein Bauch zu beben. Immer wieder rief sie mit ihrer honigsüßen Stimme: *Komm mit mir. Komm mit mir.* Ich legte die Hände auf den Bauch und spürte das Flattern der Sehnsucht wie ein Glühwürmchen im Glas. Und dann erkannte ich, dass es die Bewegungen meines Babys waren, und ich wusste wieder, warum ich nicht fortgehen konnte.

KAPITEL 11

PAIGE

Zu meiner großen Enttäuschung wurde Jake Flanagan der Bruder, den ich nie gehabt hatte. Er küsste mich nicht noch einmal nach diesem verlorenen Moment im Autokino. Stattdessen nahm er mich unter seine Fittiche. Drei Jahre lang ließ er mich hinter sich herlaufen, aber mir war selbst das zu weit entfernt. Ich wollte näher an seinem Herzen sein.

Ich versuchte, Jake dazu zu bringen, dass er sich in mich verliebte. Mindestens dreimal am Tag betete ich darum, und dann und wann wurde ich auch belohnt. Manchmal, nach Unterrichtsende, trat ich auf die Stufen vor Pope Pius hinaus und sah ihn am Geländer lehnen und auf einem Zahnstocher kauen. Ich wusste, dass er seine letzte Stunde schwänzen musste, wenn er den Bus erwischen wollte, um mich nach dem Unterricht abzufangen. »Hallo, Floh«, sagte er, denn das war sein Spitzname für mich. »Und was haben die guten Schwestern dir heute beigebracht?«

Dann nahm er mir meine Bücher ab und führte mich auf die Straße, als mache er das ständig, und gemeinsam gingen wir zur Autowerkstatt seines Vaters. Terence Flanagan besaß eine Tankstelle mit Werkstatt an der North Franklin, und Jake arbeitete dort nachmittags und an den Wochenenden für ihn. Wenn wir dort waren, hockte ich mich auf den Betonfußboden, und mein Faltenrock wurde auseinandergeweht wie eine Blume, während Jake mir erklärte, wie man einen Reifen oder das Öl wechselte. Er sprach immer mit einer sanften, kühlen Stimme, die mich an das Meer erinnerte, das ich nie gesehen hatte. »Zuerst macht man die Radkappen ab«, sagte er. »Dann lockert man die Schrauben.« Ich nickte, beobachtete ihn und fragte mich, was ich tun musste, um seine Aufmerksamkeit zu erregen.

Wochenlang balancierte ich auf einem schmalen Grad. Ich sorgte dafür, dass sich unsere Wege mehrmals die Woche kreuzten, doch nicht so oft, dass ich ihm lästig gefallen wäre. Einmal war ich ihm zu nahe gekommen. »Ich werde dich einfach nicht mehr los«, hatte Jake gebrüllt. »Du bist wie eine Zecke.« Und ich war nach Hause gegangen und hatte geweint und Jake eine Woche Zeit gegeben zu erkennen, wie leer sein Leben ohne mich sein würde. Als er nicht anrief, machte ich ihm keinen Vorwurf daraus. Das konnte ich nicht. Schließlich ging ich in die Werkstatt, als wäre nichts geschehen, folgte ihm hartnäckig von Wagen zu Wagen und lernte alles Mögliche über Zündkerzen, Vergaser und Lenkgestänge.

Zu diesem Zeitpunkt wusste ich, dass das mein erster Glaubenstest war. Ich hatte von klein auf viel über die Opfer und Qualen gelernt, die andere überlebt hatten, um ihren Glauben zu beweisen: Abraham, Job und auch Jesus selbst. Ich verstand, dass ich geprüft wurde, doch ich hegte keinerlei Zweifel am Ausgang. Ich würde den Preis bezahlen, der von mir gefordert wurde, und dann, eines Tages, würde Jake nicht mehr ohne mich leben können. Das schwor ich mir, und da ich Gott keine Alternative ließ, wurde es nach und nach wahr.

Aber Jake als bester Kumpel hinterherzulaufen war etwas gigantisch anderes, als die Liebe seines Lebens zu sein. Tatsächlich ging Jake jeden Monat mit mindestens einem anderen Mädchen aus. Ich half ihm sogar, sich auf die Dates vorzubereiten. Ich lag bäuchlings auf dem schmalen Bett, während Jake drei Hemden, zwei Krawatten und eine ausgeblichene Jeans herauslegte. »Zieh das Rote an«, sagte ich zu ihm, »und lass bloß die Finger von dieser Krawatte.« Ich bedeckte mein Gesicht mit dem Kissen, wenn er das Handtuch von der Hüfte fallen ließ und in seine Boxershorts schlüpfte, und ich hörte, wie die Baumwolle über seine Haut glitt, und ich fragte mich, wie er wohl aussah. Jake ließ sich auch von mir kämmen und die Wangen mit Aftershave einreiben, sodass ich seinen Duft noch in der Nase hatte, wenn er ging.

Jake kam zu seinen Verabredungen immer zu spät. Wurde ihm das bewusst, raste er die Treppe runter und schnappte sich die Schlüssel vom Ford seines Vaters. »Bis dann, Floh«, rief er über die Schulter zurück. Dann kam seine Mutter aus der Küche. Immer hingen drei, vier der jüngeren Kinder an ihr wie Kletten, aber sie erwischte ihren Ältesten nie. Molly Flanagan drehte sich dann jedes Mal zu mir um und schaute mich traurig an, denn sie kannte die Wahrheit. »Oh, Paige«, sagte sie und seufzte. »Warum bleibst du nicht zum Abendessen?«

Wenn Jake um zwei oder drei Uhr morgens von seinen Dates nach Hause kam, wachte ich meilenweit von ihm entfernt auf und sah wie in einem Albtraum, wie Jake sich das Hemd aus der Jeans zog und den Nacken rieb. Wir hatten einfach eine solch starke Verbindung. Wenn ich mit ihm reden wollte, musste ich mir nur sein Gesicht vorstellen, und eine halbe Stunde später stand er vor meiner Tür. »Was ist?«, fragte er dann. »Du brauchst mich?« Und manchmal rief ich spät in der Nacht bei ihm zu Hause an, weil ich fühlte, dass er nach mir rief. Dann kauerte ich mich in die Küche, rollte die Zehen ein und wählte Jakes Nummer im schwachen Licht der Straßenlaternen, das durch die Fenster fiel. Jake hob jedes Mal nach dem ersten Klingeln ab. »Warte, bis du das gehört hast«, sagte er dann zum Beispiel, und seine Stimme klang noch immer nach Sex. »Wir sitzen da so bei Burger King, und plötzlich greift sie unter den Tisch und macht meine Hose auf. Kannst du dir das vorstellen?«

Dann schluckte ich und antwortete: »Nein, das kann ich nicht.«

Ich hatte keinen Zweifel daran, dass Jake mich liebte. Wenn ich ihn fragte, sagte er, ich sei seine beste Freundin. Er saß den ganzen Sommer über immer wieder bei mir, während ich Pfeiffersches Drüsenfieber hatte, und spielte Ratespiele mit mir. Eines Nachts, als wir ein Lagerfeuer am Seeufer machten, hatte er mich sogar in seinen Daumen schneiden, Blut herausdrücken und ihn auf meinen pressen lassen. So seien wir auf immer miteinander verbunden, hatte er gesagt. Blutsbrüder.

Doch wenn ich ihn berührte, schreckte Jake zurück. Selbst wenn ich ihm nur an der Seite vorbeistrich, zuckte er zusammen, als hätte ich ihn geschlagen. Er legte mir nie den Arm um die Schultern und nahm nie meine Hand. Mit sechzehn Jahren war ich klapperdürr und klein, ein richtiger Kümmerling. Jemand wie Jake, sagte ich mir, würde so jemanden wie mich nie wollen.

Dann, in dem Jahr, als ich siebzehn wurde, änderte sich alles. Ich war ein Highschool Junior, und Jake, der die Highschool inzwischen seit zwei Jahren hinter sich hatte, arbeitete Vollzeit in der Werkstatt seines Vaters. Ich verbrachte meine Nachmittage und Wochenenden mit Jake, doch jedes Mal, wenn ich ihn sah, brannte mein Kopf, und mir drehte sich der Magen, als hätte ich die Sonne verschluckt. Manchmal drehte Jake sich zu mir um und begann zu sprechen: »Floh ...«, sagte er, doch sein Blick trübte sich, und er sprach nicht weiter.

Es war das Jahr meines Abschlussballs als Highschool Junior. Die Schwestern schmückten die Turnhalle mit Sternen aus Alufolie und roten Papierlaternen. Ich wollte nicht gehen. Hätte ich Jake gefragt, er hätte mich sicher begleitet, aber ich hasste die Vorstellung, dass er nur einen Abend mit mir verbrachte, von dem ich jahrelang geträumt hatte, um mir einen Gefallen zu tun. Stattdessen schaute ich zu, wie die Mädchen in der Nachbarschaft Fotos in ihren Vorgärten machten und wie Geister in Weiß und Pink über das Gras wirbelten. Als sie weg waren, ging ich die drei Meilen zu Jakes Haus.

Molly Flanagan sah mich durch die Fliegengittertür kommen. »Komm rein«, rief sie. »Jake hat schon gesagt, dass du kommen würdest.« Sie war im Wohnzimmer und spielte Twister mit Moira und Petey, den beiden jüngsten Flanagans. Ihr Hintern ragte in die Luft, und sie hatte die Arme unter sich gekreuzt. Ihr großer Busen streifte die bunten Punkte auf der Spielmatte, und zwischen ihren Beinen streckte Moira sich verzweifelt nach einem grünen Kreis. Seit ich Molly Flanagan vor drei Jahren kennengelernt hatte, hatte ich mir gewünscht, sie wäre auch meine Mutter. Ich hatte Jake und seiner Familie erzählt, meine Mutter sei gestorben, und mein Vater trauere ihr noch immer nach. Deshalb könne er es auch nicht ertragen, ihren Namen zu hören. Molly Flanagan hatte mir daraufhin den Arm getätschelt, und Terence hatte sein Bier zum Toast auf meine Mutter gehoben, wie es Sitte bei den Iren war. Nur Jake erkannte, dass ich nicht die Wahrheit sagte. Ich hatte es ihm nie gesagt, doch er kannte selbst die hintersten Winkel meiner Gedanken. Manchmal erwischte ich ihn dabei, wie er mich anstarrte, als fühle er, dass ich etwas vor ihm verbarg.

»*Floh!*« Jakes Stimme übertönte die wummernde Musik aus dem Fernseher und erschreckte Moira, die daraufhin das Gleichgewicht verlor. Sie versuchte noch, sich an der Ferse ihrer Mutter festzuhalten, riss sie so aber nur mit sich zu Boden.

»Jake hält sich wohl für den König von England«, knurrte Molly und hob ihre jüngste Tochter hoch.

Ich lächelte und lief die Treppe hinauf. Jake hatte den Kopf in den Schrank gesteckt und suchte nach irgendetwas in dem Chaos aus Socken und Unterwäsche. »Hi«, sagte ich.

Er drehte sich nicht um. »Wo ist mein guter Gürtel?«, fragte er. Es war eine dieser Fragen, wie man sie einer Ehefrau oder einer langjährigen Geliebten stellte.

Ich griff unter seinem Arm hindurch und nahm den Gürtel von dem Haken, an den Jake ihn vor ein paar Tagen gehängt hatte. Jake zog das Leder durch die Schlaufen an seiner Khakihose. »Wenn du irgendwann aufs College gehst«, sagte er, »bin ich verloren.«

Als er das sagte, wusste ich, dass ich nie aufs College gehen und nie mehr etwas zeichnen würde, wenn er mich bat zu bleiben. Als Jake sich zu mir umdrehte, brannte mein

Hals, und mein Blick verschwamm. Ich schüttelte den Kopf und sah, dass er sich für ein Date zurechtgemacht hatte, dass seine fleckige Jeans und das blaue Arbeitshemd zerknüllt unter dem Fenster lagen. Ich wandte mich rasch von ihm ab, sodass er meine Augen nicht sehen konnte. »Ich wusste nicht, dass du ausgehen willst«, sagte ich.

Jake grinste. »Seit wann habe ich denn Freitagabend keine Verabredung mehr gehabt?«, fragte er.

Er ging an mir vorbei, und sein vertrauter Duft hing in der Luft. Mein Kopf pochte, und ich war überzeugt, wenn ich jetzt nicht sofort den Raum verlassen würde, müsste ich sterben.

Ich wirbelte herum und rannte die Treppe hinunter. Die Tür schlug hinter mir zu, und ich lief wie der Wind. Ich hörte die Sorge in Mollys Stimme, als sie mir hinterherrief, und den ganzen Heimweg über spürte ich Jakes Blick und seine Fragen in meinem Rücken brennen.

Daheim zog ich mein Nachthemd an, ließ mich aufs Bett fallen und zog die Decke über den Kopf, um nicht daran erinnert zu werden, dass es erst Mittag war. Ich nickte ein und wachte um halb drei in der Nacht erschrocken auf. Auf Zehen schlich ich am Zimmer meines Vaters vorbei und in die Küche hinunter. Ich tastete mich durch die Nacht, schloss die Tür auf und öffnete sie für Jake.

Er hielt Löwenzahn in der Hand. »Die sind für dich«, sagte er, und ich trat einen Schritt zurück, war enttäuscht, dass ich seine Augen nicht sehen konnte.

»Das ist Unkraut«, erklärte ich ihm.

Er kam näher und drückte mir die verwelkten Stängel in die Hand. Als unsere Hände sich berührten, loderten die

229

Flammen in meinem Bauch wieder auf und verbrannten meinen Hals und meine Augen. Ich fühlte mich wie auf einer Achterbahn oder als würde ich eine Klippe hinunterstürzen. Und es dauerte nur eine Sekunde, bis ich das Gefühl eingeordnet hatte: Es war Angst, überwältigende Angst, wie man sie in dem Augenblick empfindet, in dem man erkennt, dass man nur um Haaresbreite einem furchtbaren Unfall entkommen ist. Jake hielt meine Hand, und als ich mich von ihm lösen wollte, ließ er mich nicht los.

»Heute war dein Abschlussball«, sagte er.

»Was du nicht sagst.«

Jake starrte mich an. »Ich habe alle nach Hause kommen sehen. Ich wäre mit dir gegangen. Du weißt, dass ich mit dir gegangen wäre.«

Ich hob das Kinn. »Es wäre nicht dasselbe gewesen.«

Schließlich ließ Jake mich los. Ich erschrak, als ich bemerkte, wie kalt mir plötzlich wurde. »Ich bin auf einen Tanz vorbeigekommen«, sagte er.

Ich schaute mich in der winzigen Küche um. In der Spüle stapelte sich das Geschirr, und die weiße Wandfarbe schimmerte im Mondlicht. Jake zog mich zu sich heran, bis wir uns an Händen, Schultern, Hüfte und Brust berührten. Ich spürte seinen Atem auf meiner Wange, und ich fragte mich, was mich aufrecht hielt. »Wir haben aber keine Musik«, sagte ich.

»Dann hörst du nicht richtig hin.« Jake begann, sich mit mir zu bewegen, schaukelte sanft vor und zurück. Ich schloss die Augen und presste die nackten Füße auf das Linoleum. Ich sehnte mich nach der Kälte, während der Rest von mir von Flammen verschlungen wurde, die ich nicht sehen konnte. Ich schüttelte den Kopf, um wieder klar zu werden. Das war doch, was ich mir immer gewünscht hatte ... oder?

Jake ließ mich los und nahm mein Gesicht in die Hände. Er starrte mich an und strich mit seinen Lippen über meine, genau so, wie er es vor drei Jahren im Autokino gemacht hatte, genau wie jener Kuss, den ich in mir verwahrte wie eine Reliquie. Ich lehnte mich an ihn, und er grub seine Finger in mein Haar und tat mir weh. Er bewegte seine Zunge über meine Lippen und in meinen Mund. Ich empfand Hunger. Irgendetwas in mir zerriss, und in meinem Innersten brannte etwas glühend heiß. Ich schlang meine Arme um Jakes Hals. Ich wusste nicht, ob ich es richtig machte, ich wusste nur, dass ich es mir nie hätte verzeihen können, wenn ich es nicht getan hätte.

Jake war schließlich derjenige, der sich aus der Umarmung löste. Keuchend standen wir voreinander. Dann hob er seine Jacke auf, die auf den Boden gefallen war, und rannte aus dem Haus. Er ließ mich zitternd stehen, ich hatte die Arme um die Brust geschlungen und spürte die Angst vor meiner eigenen Macht.

*

»Mein Gott«, sagte Jake, als wir am nächsten Tag allein waren. »Ich hätte wissen müssen, dass es so sein würde.«

Wir saßen auf umgedrehten Milchkästen hinter der Werkstatt seines Vaters und lauschten dem Summen der Fliegen, die in den Pfützen versanken, die vom Regen gestern übriggeblieben waren. Wir küssten uns noch nicht einmal. Wir hielten uns einfach nur an den Händen. Doch selbst das war schon eine Glaubensprüfung. Jakes Hand hatte sich um meine gelegt, und der Puls in seinem Handgelenk passte sich dem meinen an. Ich hatte Angst, mich zu bewegen, auch nur tief einzuatmen. Denn ich wusste, dass die kleinste Bewegung genau dasselbe ausgelöst hätte, was geschehen war, als ich mich ihm in die Arme geworfen und zur Begrüßung geküsst hatte. Viel zu dicht hatte ich mich an ihn gepresst, und meine Lippen hatten eine Spur in seinen Hals gebrannt. Da war dieses seltsame Gefühl gewesen, das zwischen meinen Beinen begonnen und in meinen Bauch hinaufgestrahlt hatte. Zum ersten Mal in diesen drei Jahren vertraute ich Jake nicht. Und schlimmer noch: Ich vertraute mir selber nicht mehr.

Ich war nach strengeren, religiösen Werten erzogen worden als Jake, aber wir waren beide katholisch und wussten, welche Konsequenzen die Sünde hatte. Und man hatte mich gelehrt, dass weltliche Freuden Sünde sind. Sex diente dazu, Babys zu zeugen, und außerhalb der Ehe war er ein Sakrileg. Ich spürte, wie meine Brust und Schenkel anschwollen und heißes Blut durch meine Adern strömte, und ich wusste, dass das die unreinen Gedanken waren, vor denen man mich gewarnt hatte. Ich verstand jedoch nicht, wie etwas, das sich so gut anfühlte, so schlecht sein konnte. Und ich wusste nicht, wen ich das hätte fragen können. Aber ich konnte nicht anders. Ich wollte Jake näher sein, so nah, dass ich in ihn hätte hineinkriechen können.

Jake rieb mir über den Daumen und deutete auf einen Regenbogen, der sich im Osten bildete. Es brannte mir in den Fingern, dieses Gefühl zu zeichnen: Jake und ich, wie wir von den miteinander verschmelzenden Bändern aus

Violett, Orange und Indigo beschützt wurden. Ich erinnerte mich an meine Erstkommunion, als der Priester mir die kleine, trockene Hostie auf die Zunge gelegt hatte. »Der Leib Christi«, hatte er gesagt, und ich hatte pflichtbewusst erwidert: »Amen.« Hinterher hatte ich Schwester Elysia gefragt, ob die Hostie wirklich der Leib Christi sei, und sie hatte mir geantwortet, ja, wenn ich nur stark genug daran glauben würde. Sie sagte, ich könne mich glücklich schätzen, den Leib des Herrn in meinen aufgenommen zu haben, und für den Rest dieses wunderbaren, sonnigen Tages bin ich nur noch mit ausgestreckten Armen gelaufen, fest davon überzeugt, dass Gott mit mir war.

Jake legte den Arm um meine Schulter, was eine Flut ganz neuer Gefühle in mir auslöste, und fuhr mir mit den Fingern durchs Haar. »Ich kann nicht arbeiten«, sagte er. »Ich kann nicht schlafen, und ich kann nicht essen.« Er rieb sich die Oberlippe. »Du machst mich verrückt.«

Ich nickte. Es hatte mir die Stimme verschlagen. Also lehnte ich mich an seinen Hals und küsste die Kuhle unter seinem Ohr. Jake stöhnte, stieß mich von der Milchkiste ins nasse Gras und drückte brutal den Mund auf meinen. Seine Hand glitt von meinem Hals zu meiner Baumwollbluse und schließlich unter meine Brust. Ich spürte seine Knöchel auf meinem Fleisch. Seine Finger krümmten und entspannten sich wieder, als kämpfe er darum, die Kontrolle zu behalten. »Lass uns heiraten«, sagte er.

Es waren nicht seine Worte, die mich erschreckten, es war die Erkenntnis, dass ich bis zum Hals mit in dieser Sache steckte. Jake war alles, was ich mir je gewünscht hatte, doch nun sah ich, wie dieses Fieber in mir immer stärker und stär-

233

ker wurde. Und es gab nur ein Mittel gegen dieses Fieber: Ich musste mich vollkommen aufgeben. Ich musste all meine Geheimnisse und meinen Schmerz enthüllen, und ich glaubte nicht, dass ich das tun konnte. Wenn ich Jake weiter sehen würde, würde dieses Feuer mich verzehren, und wenn ich ihn weiter berührte, dann würde es irgendwann kein Zurück mehr für mich geben.

»Wir können nicht heiraten«, sagte ich und stieß ihn von mir weg. »Ich bin erst siebzehn.« Ich schaute ihm in die Augen, sah dort aber nur ein verzerrtes Spiegelbild meiner selbst. »Ich glaube, ich sollte dich besser nicht mehr sehen«, sagte ich, und mir drohte die Stimme zu brechen.

Ich stand auf, doch Jake hielt mich an der Hand fest. Panik keimte in mir auf. »Paige«, sagte er, »wir werden es langsam angehen lassen. Ich kenne dich besser als du dich selbst, und ich weiß, dass du das Gleiche willst wie ich.«

»Wirklich?«, flüsterte ich. Ich war wütend auf mich, weil ich mehr und mehr die Selbstbeherrschung verlor und weil er vermutlich recht hatte. »Und was willst du genau, Jake?«, fragte ich.

Jake stand auf. »Ich will wissen, was du siehst, wenn du mich anschaust.« Seine Finger gruben sich in meine Schultern. »Ich will wissen, wen du lieber magst, Dick oder Doof? Ich will die genaue Stunde wissen, in der du geboren wurdest, und ich will wissen, was du auf der Welt am meisten fürchtest. Ich will wissen«, sagte er, »wie du aussiehst, wenn du einschläfst.« Er strich mit dem Finger über mein Kinn. »Und ich will da sein, wenn du wieder aufwachst.«

Einen Augenblick lang sah ich das Leben, das ich haben könnte, eingehüllt in das Lachen seiner großen Familie. Ich würde meinen Namen neben seinen in die alte Familienbibel schreiben und ihm morgens hinterherschauen, wenn er zur Arbeit ging. Ich sah all diese Dinge, die ich mir mein Leben lang erträumt hatte, doch die Bilder ließen mich zittern. Das war mir nicht vorbestimmt. Ich wusste nicht, wie ich mich in so ein normales und solides Leben einfügen sollte. »Du bist nicht mehr sicher«, flüsterte ich.

Jake schaute mich an, als sehe er mich zum ersten Mal. »Du auch nicht«, erwiderte er.

*

An jenem Abend erfuhr ich die Wahrheit über die Ehe meiner Eltern. Mein Vater arbeitete im Keller, als ich nach Hause kam. Ich war noch immer rastlos und dachte an Jakes Hände. Dad kauerte über seiner Werkbank und bastelte an seiner neuesten Erfindung, einem Paracetamol-Spender, der die richtige Menge für Kleinkinder dosieren konnte.

Mein Vater war nun schon so lange alles für mich, dass es mir nicht im Mindesten unnatürlich vorkam, ihm Fragen über das Verliebtsein zu stellen. Ich war weniger verlegen, sondern hatte eher Angst, er könne glauben, ich hätte Schuldgefühle, und würde mich zur Beichte schicken. Ein paar Minuten lang beobachtete ich ihn, betrachtete sein hellbraunes Haar, seine whiskeyfarbenen Augen und seine schöpferischen Hände. Ich hatte immer geglaubt, ich würde mich in jemanden verlieben, der meinem Vater ähnlich war, doch er und Jake waren sehr unterschiedlich. Es sei denn, man zog auch die Kleinigkeiten in Betracht: die Art, wie beide mich beim Gin Rummy schummeln ließen, wie sie meine Worte sorgfältig abwogen, als wäre ich der Außenminister, und die Tatsache, dass sie die beiden einzigen Menschen auf der Welt waren, die mich wirklich trösten konnten, wenn ich mich einmal hundeelend fühlte. Nur wenn ich mit meinem Vater oder mit Jake zusammen war, konnte ich genau wie sie daran glauben, dass ich das tollste Mädchen auf der Welt war. Und so sollte das mein ganzes Leben über bleiben.

»Woher«, fragte ich meinen Vater schließlich rundheraus, »hast du gewusst, dass du meine Mutter heiraten würdest?«

Mein Vater schaute mich nicht an, sondern seufzte nur. »Ich war damals noch mit einer anderen verlobt. Ihr Name war Patty – Patty Connelly –, und sie war die Tochter der besten Freunde meiner Eltern. Wir waren gemeinsam aus Donegal in die Vereinigten Staaten gekommen, als ich fünf Jahre alt war. Patty und ich waren zusammen aufgewachsen. Du weißt schon ... zwei ganz normale amerikanische Kids. Wir sind zusammen nackt im Teich geschwommen, wir haben zusammen die Windpocken bekommen, und ich habe sie auf jeden Schulball begleitet. Man hat einfach von uns erwartet, dass wir heiraten, weißt du?«

Ich trat neben ihn und gab ihm ein Stück Kabel, als er mich darum bat. »Und was war mit Mom?«, fragte ich.

»Einen Monat vor der Hochzeit bin ich plötzlich aufgewacht und habe mich gefragt, was um Himmels willen ich da eigentlich tue. Ich hatte das Gefühl, mein Leben wegzuwerfen. Ich liebte Patty nicht, und so rief ich sie an und sagte die Hochzeit ab. Drei Stunden später rief sie mich zurück, um mir zu sagen, dass sie ungefähr dreißig Schlaftabletten geschluckt habe.«

Mein Vater setzte sich auf das verstaubte grüne Sofa. »Das war eine ziemlich krasse Wendung, stimmt's?«, sagte er und fiel in den irischen Akzent, der ihm angenehmer war. »Ich musste sie ins Krankenhaus fahren. Ich wartete, bis die Ärzte ihr den Magen ausgepumpt hatten, dann übergab ich sie ihren Eltern.« Mein Vater legte den Kopf in die Hände. »Wie auch immer ... Ich bin in das Schnellrestaurant auf der anderen Straßenseite gegangen, und da war deine Mutter. Sie saß am Tresen und hatte die Finger voller Eis. Sie trug eines dieser kleinen roten Tops und weiße Shorts. Ich weiß nicht, Paige, ich kann es nicht erklären, aber sie drehte sich um, als ich hereinkam, und in dem Augenblick, als sich unsere Blicke trafen, war die ganze Welt um mich herum verschwunden.«

Ich schloss die Augen und versuchte, es mir vorzustellen. Ich kam zu der Überzeugung, dass es hundertprozentig wahr sein konnte. Vor allem, weil ich die Version meiner Mutter nicht kannte. »Und was dann?«, fragte ich.

»Und dann haben wir nach nur drei Monaten geheiratet. Das war nicht gerade einfach für deine Mutter. Ein paar alte, taube Tanten von mir redeten Mom auf der Hochzeit mit Patty an. Und sie hat Porzellan und Besteck bekommen, das Patty ausgesucht hatte, denn die Leute hatten die Geschenke schon gekauft, als die erste Hochzeit abgesagt worden ist.«

Mein Vater stand auf und ging wieder zur Werkbank. Ich starrte auf seinen Rücken und erinnerte mich daran, dass meine Mutter an Feiertagen immer ein wenig gereizt war, wenn sie den Tisch mit dem feinen Geschirr und dem Silberbesteck deckte. Ich fragte mich, was es wohl für ein Gefühl gewesen sein mag, sein Leben an einem Ort zu verbringen, der von jemand anderem geprägt worden war. Vielleicht hätte sie uns ja nie verlassen, wenn wir anderes Geschirr gehabt hätten.

»Und was«, fragte ich, »ist aus Patty geworden?«

*

Spät in jener Nacht spürte ich den Atem meines Vaters auf meiner Wange. Er hatte sich über mich gebeugt und schaute mir beim Schlafen zu. »Das ist nur der Anfang«, sagte er zu mir. »Ich weiß, du willst das nicht hören, aber er ist nicht derjenige, mit dem du den Rest deines Lebens verbringen wirst.«

Ich hörte seine Worte noch lange, nachdem er mein Zimmer wieder verlassen hatte, und ich fragte mich, woher er das gewusst hatte. Ein schaler Wind wehte zum offenen Fenster herein, und ich roch Regen. Ich stand schnell auf und zog mir die Kleider von gestern an. Geräuschlos stieg ich die Treppe hinunter und verließ das Haus. Ich musste nicht zurückschauen, um zu wissen, dass mein Vater mir aus dem Schlafzimmerfenster hinterherblickte, die Hände ans Glas gepresst, den Kopf gesenkt.

Dann fielen die ersten Regentropfen, schwer und kalt, als ich um die Ecke bog und meine Straße hinter mir ließ. Auf halbem Weg zur Werkstatt der Flanagans kreischte der Wind in meinen Ohren und blähte meine Jacke. Der Regen prasselte mir so heftig auf die Wangen und die nackten Beine, dass ich den Weg wohl nicht gefunden hätte, wäre ich ihn nicht schon jahrelang gegangen.

Jake zog mich aus dem Sturm und küsste mich auf Stirn, Augenlider und Handgelenke. Er schälte den durchnässten

Mantel von meinen Schultern und wickelte mein Haar in ein altes Fensterleder. Er frage mich nicht, warum ich gekommen war, und ich fragte ihn nicht, warum er in der Werkstatt war. Gemeinsam fielen wir gegen eine alte Chevy-Limousine und strichen mit unseren Händen über das Gesicht des jeweils anderen, um jede einzelne Kleinigkeit, jede Wölbung und jede Falte zu erkunden.

Dann führte Jake mich zu einem Wagen, der gewartet werden sollte, einem Jeep Cherokee mit einer großen Ladefläche im Inneren. Durch die Heckscheibe des Jeeps hindurch beobachteten wir den Sturm. Jake zog mir das Hemd über den Kopf, öffnete meinen BH und bewegte die Zunge von einer Brustwarze zur anderen. Er suchte sich einen Weg über meine Rippen und meinen Bauch, öffnete meinen Rock und zog ihn herunter. Ich spürte den rauen Bezug des Laderaums an meinen Beinen und Jakes Hand auf meiner Brust, und dann spürte ich den sanften Druck seiner Lippen auf meiner dünnen Unterhose. Ich schauderte und staunte, dass sein Atem heißer brannte als der Schmerz zwischen meinen Schenkeln.

Als ich nackt war, kniete er sich neben mich und ließ seine Hände über mich wandern, als wäre ich sein Besitz. »Du bist wunderschön«, sagte er so leise wie ein Gebet, und er beugte sich vor, um mich zu küssen. Und er hörte nicht auf damit, auch nicht, als er sich auszog oder mein Haar streichelte oder als er sich zwischen meinen Beinen bewegte. Ich hatte das Gefühl, als hätte ich tausend Glasfäden in mir, in einer Million verschiedener Farben, und sie waren so sehr gespannt, dass sie einfach reißen mussten. Als Jake in mir kam, wurde meine Welt weiß, doch dann erinnerte ich mich wieder daran, zu atmen und mich zu bewegen. In dem Augenblick, als alles zerbarst, riss ich die Augen weit auf. Ich dachte weder an Jake noch an den kurzen Schmerz, und ich dachte auch nicht an den Geruch von alten Marlboros und von Pomade, der das Innere des Jeeps dominierte. Stattdessen schaute ich durch das Fenster in die Nacht hinaus und wartete darauf, dass Gott mich niederstreckte.

KAPITEL 12

NICHOLAS

Die Frauen lagen nebeneinander auf dem blauen Kunstfaserteppich wie kleine Inseln. Ihre Bäuche ragten zur Decke hinauf, und sie zitterten leicht und keuchten. Nicholas kam zu spät in den Geburtsvorbereitungskurs. Genau genommen handelte es sich um die siebte von insgesamt zehn Kursstunden, aber es war die erste, an der auch er teilnahm. Bis jetzt hatte sein Terminkalender es nicht zugelassen, dass er teilnehmen konnte. Doch Paige hatte darauf bestanden, dass er kam. »Du weißt ja vielleicht, wie man ein Baby auf die Welt holt«, hatte sie gesagt, »aber es ist etwas vollkommen anderes, wenn du deine eigene Frau dabei unterstützen musst.«

Und wenn ich selbst der Vater bin, dachte Nicholas, sagte aber nichts. Paige war auch so schon nervös genug, das wusste er, auch wenn sie es nicht zugab. Da war es ziemlich unnötig, dass sie erfuhr, dass Nicholas in den letzten Wochen jede Nacht schweißgebadet aufgewacht war und sich um das Kind gesorgt hatte. Dabei ging es ihm nicht um die Geburt – er hätte das Kind sogar blind auf die Welt holen können –, es ging um das, was danach kam. Er hatte noch nie ein Neugeborenes in den Armen gehalten, außer vielleicht während der Schichten, die er während der Ausbildung auch in der Pädiatrie hatte ableisten müssen. Er wusste jedoch nicht, wie man ein Kind dazu brachte, mit dem Weinen aufzuhören. Und er hatte nicht die geringste Ahnung, wie man dem Kind ein Rülpsen entlockte. Außerdem machte er sich Sorgen darüber, was für eine Art von Vater er sein würde – in jedem Fall würde er nur selten zu Hause sein. Aber natürlich würde Paige Tag und Nacht da sein, und diese Vorstellung gefiel Nicholas weit mehr, als das Kind einer Tagesmutter anvertrauen zu müssen – zumindest glaubte er das. Manchmal wunderte Nicholas sich über Paige. Er fragte sich, was sie dem Kind würde beibringen können. Schließlich wusste sie selbst nur wenig von der Welt. Nicholas hatte darüber nachgedacht, seiner Frau einen ganzen Stapel bunter Bücher zu kaufen: verständliche, aber zugleich auch wissenschaftlich wertvolle Ratgeber zur Kindererziehung und dergleichen. Aber er wusste, dass Paige beleidigt gewesen wäre. Und Paige schien es so sehr aufzuregen, dass sie ein Baby bekam, dass Nicholas beschlossen hatte, nur noch sichere Themen anzusprechen, bis das Kind da war. Nicholas stützte sich am Türrahmen ab, beobachtete den Kurs und fragte sich, ob er sich mittlerweile tatsächlich für seine Frau schämte.

Paige lag in der hintersten Ecke des Raums, das Haar um ihren Kopf gebreitet, und sie hatte die Hände auf ihren riesigen Bauch gelegt. Sie war die Einzige ohne Partner hier, und als Nicholas den Raum durchquerte, um sich zu ihr zu gesellen, überkam ihn ein Gefühl von Reue. Stumm setzte er sich hinter sie. Dann kam die Krankenschwester, die den Kurs leitete, schüttelte ihm die Hand und gab ihm ein Namensschild. NICHOLAS stand dort, und in der Ecke war das runde, lächelnde Gesicht eines Cartoonbabys zu sehen.

Die Krankenschwester klatschte zweimal in die Hände, und Nicholas schaute zu, wie Paige die Augen öffnete. An der

Art, wie sie ihn anlächelte, sah er, dass sie sich nicht wirklich entspannt hatte. Und sie tat nur überrascht, sie hatte gewusst, dass er da war, kaum dass er den Raum betreten hatte.

»Willkommen«, flüsterte er, »zum Kurs für Ehemänner mit schlechtem Gewissen.«

Nicholas lehnte sich mit dem Rücken gegen die Kissen, die aus seinem eigenen Schlafzimmer stammten. Er hörte zu, wie die Krankenschwester die drei Stadien der Geburt erklärte und was man währenddessen zu erwarten hatte. Nicholas musste ein Gähnen unterdrücken. Die Kursleiterin hielt in Plastik eingeschweißte Bilder eines Fötus mit verschränkten Armen und Beinen hoch, die zeigten, wie er sich durch den Geburtskanal quetschte. Eine blonde Frau am anderen Ende des Raums hob die Hand. »Stimmt es«, fragte sie, »dass meine eigenen Wehen denen meiner Mutter stark ähneln werden?«

Die Krankenschwester runzelte die Stirn. »Jedes Baby ist anders«, sinnierte sie, »aber es scheint da tatsächlich gewisse Übereinstimmungen zu geben.«

Nicholas spürte, wie Paige sich an seiner Seite verspannte. »Na toll«, flüsterte sie. Plötzlich erinnerte Nicholas sich daran, wie er Paige am Abend zuvor vorgefunden hatte, als er aus dem Krankenhaus nach Hause gekommen war. Sie hatte in einem ärmellosen Nachthemd auf der Couch gesessen, obwohl es draußen sehr kalt gewesen war. Sie hatte geweint und sich noch nicht einmal die Mühe gemacht, die Tränen von den Wangen zu wischen. Nicholas war sofort zu ihr gelaufen, hatte sie in den Arm genommen und immer wieder und wieder gefragt: »Was ist los?« Und Paige hatte schluchzend auf den Fernseher gedeutet, wo gerade irgendeine geschmacklose Kodakreklame lief. »Ich kann einfach nicht anders«, hatte sie gesagt. Ihre Nase lief, und ihre Augen waren geschwollen. »Manchmal passiert das einfach.«

»Nicholas?«, sagte die Kursleiterin zum zweiten Mal.

Die anderen werdenden Väter starrten ihn grinsend an, und Paige tätschelte seine Hand. »Mach ruhig«, sagte sie. »So schlimm ist das nicht.«

Die Krankenschwester hielt ein gepolstertes Ding in die Höhe, das wie eine Schüssel geformt war und Riemen hatte. »Zu Ehren deiner ersten Kursstunde«, verkündete sie und half Nicholas auf. »Der Mitfühlbauch.«

»Was zum ...?«, sagte er.

»Also Paige macht das jetzt schon sieben Monate durch«, tadelte ihn die Krankenschwester. »Da wirst du es doch dreißig Minuten aushalten.«

Nicholas steckte die Arme durch die Riemen und funkelte die Krankenschwester an. Das Ding war vierunddreißig Pfund schwer, ein falscher Bauch, der unberechenbar hin und her rutschte. Als Nicholas sich bewegte, drückte das Teil auf seine Blase. Die Krankenschwester zog die Riemen an Schultern und Hüfte fest. »Warum läufst du nicht ein wenig herum?«, forderte sie ihn auf.

Nicholas wusste, dass sie nur darauf wartete, dass er fiel. Vorsichtig hob und senkte er die Füße, ohne sich von dem Gewicht und dem Ziehen in seinem Rücken einschüchtern zu lassen. Schließlich drehte er sich triumphierend zu den Zuschauern und Paige um. Von hinten sagte die Krankenschwester: »Und jetzt rennen.«

Nicholas setzte die Beine weiter auseinander und versuchte, sich schneller zu bewegen. Halb hüpfte, halb joggte

244

er. Ein paar der Frauen begannen zu lachen, doch Paiges Gesicht blieb regungslos. Die Krankenschwester warf einen Stift auf den Boden. »Nicholas«, sagte sie, »würdest du bitte den Stift aufheben?«

Nicholas versuchte, in Bodennähe zu kommen, indem er die Knie beugte, doch die Flüssigkeit in dem ›Mitfühlbauch‹ getauften Folterinstrument schwappte nach links und brachte ihn aus dem Gleichgewicht. Nicholas fiel auf alle viere und ließ den Kopf hängen.

Um ihn herum brandete Lachen auf und hallte ihm in den Ohren wider. Er hob das Kinn und rollte mit den Augen. Dann ließ er seinen Blick über die anderen Männer und ihre Frauen schweifen, die seine Vorstellung beklatschten, und schließlich fiel sein Blick auf seine Frau.

Paige saß vollkommen ruhig da. Sie lachte nicht, und sie klatschte nicht. Ein dünner Silberstreifen lief über ihr Gesicht, und Nicholas sah, wie sie sich die Tränen wegwischte. Sie schaukelte vor und zurück, bis sie auf den Knien war; dann wuchtete sie sich in die Höhe und trat neben ihren Mann. »Nicholas hatte einen langen Tag«, sagte sie. »Ich denke, wir sollten jetzt besser gehen.«

Nicholas schaute zu, wie Paige ihm den Mitfühlbauch abschnallte. Die Krankenschwester nahm ihn ihr ab, bevor sie das volle Gewicht würde tragen müssen. Nicholas lächelte die anderen an, als er Paige nach draußen folgte. Schließlich erreichten sie ihr Auto. Paige zwängte sich hinter das Lenkrad und schloss die Augen, als leide sie unter Schmerzen. »Ich hasse es, dich so zu sehen«, flüsterte sie, und als sie die Augen wieder öffnete, klar und blau wie Ceran, da starrte sie direkt durch ihren Mann hindurch.

KAPITEL 13

PAIGE

Ich habe mein Kind während eines Hurrikans der Stufe vier zur Welt gebracht. Ich hatte gerade das Ende des achten Monats erreicht. Den ganzen Tag über hatte ich auf der Couch gesessen, müde von der erdrückenden Hitze, und mir die Nachrichten über den zu erwartenden Sturm angeschaut. Es war ein Freaksturm, eine Kette von Monsunfronten im Nordosten, die drei Monate zu früh dran waren. Der Wettermann riet mir, die Fenster mit Klebebändern zu sichern und in der Badewanne einen Wasservorrat anzulegen. Für gewöhnlich hätte ich das auch getan, doch an diesem Tag hatte ich einfach nicht die Energie.

Nicholas kam nicht vor Mitternacht nach Hause. Zu dem Zeitpunkt hatte der Wind bereits stark zugenommen und heulte durch die Straßen wie ein gequältes Kind. Nicholas zog sich im Badezimmer aus und schlüpfte leise ins Bett, um mich nicht zu wecken, aber ich hatte ohnehin nur wenig geschlafen, war immer wieder aufgewacht. Ich litt unter Rückenschmerzen und hatte schon dreimal pinkeln müssen.

»Tut mir leid«, sagte Nicholas, als er sah, wie ich mich bewegte.

»Mach dir keinen Kopf«, erwiderte ich und setzte mich auf. »Ich kann genauso gut noch einmal auf die Toilette gehen.«

Als ich aufstand, spürte ich Wassertropfen unter meinen Füßen, und dummerweise nahm ich an, das Dach sei undicht.

Zwei Stunden später wusste ich, dass ich nicht ganz richtig gelegen hatte. Meine Fruchtblase war zwar noch nicht geplatzt – jedenfalls nicht so, wie wir es im Geburtsvorbereitungskurs gelernt hatten –, aber ein kleines Rinnsal lief mir über die Beine, wann immer ich mich aufsetzte. »Nicholas«, sagte ich mit zitternder Stimme, »ich bin undicht.«

Nicholas rollte sich herum und drückte sich das Kissen auf den Kopf. »Vermutlich hast du nur einen Riss in der Fruchtblase«, murmelte er. »Du hast noch einen ganzen Monat Zeit. Schlaf weiter, Paige.«

Ich riss ihm das Kissen weg und warf es durch den Raum. Furcht packte mich mit der Gewalt des Winters. »Ich bin keiner deiner Patienten, verdammt noch mal«, sagte ich. »Ich bin deine Frau.« Und ich beugte mich vor und begann zu weinen.

Als ich wieder ins Badezimmer schlurfte, kroch ein Brennen von meinem Rücken um meinen Bauch herum und setzte sich unter meiner Haut fest. Es tat nicht weh, nicht richtig jedenfalls, noch nicht, aber ich wusste, das war das, was die Krankenschwester im Geburtsvorbereitungskurs nicht wirklich hatte beschreiben können: eine Wehe. Ich hielt mich am Waschbecken fest und starrte in den Spiegel. Ein weiterer Krampf ließ mich erzittern. Es war, als würde ich von innen heraus zerrissen. Ich musste an einen Versuch aus dem Physikunterricht denken, den Schwester Berontrice uns gezeigt hatte, als ich im elften Schuljahr war. Sie hatte Rauch in eine Coladose geblasen, bis kein Sauerstoff mehr übrig war, und sie anschließend mit einem Gummipfropfen verschlossen. Als sie dann ganz leicht das Aluminiumblech berührt hatte, war die Dose einfach in sich zusammengefallen. »Nicholas«, flüsterte ich, »ich brauche Hilfe.«

Während Nicholas sich am Telefon mit dem Anrufbeantworter meines Gynäkologen unterhielt, packte ich meine Sachen. Ich war einen Monat zu früh. Aber selbst wenn wir den Termin schon überschritten hätten, ich hätte meine Tasche vermutlich trotzdem nicht im Voraus gepackt. Denn das hätte bedeutet, dass ich die Unvermeidlichkeit des Geschehens anerkannt hätte, und ich glaubte nach wie vor, dass ich nicht zur Mutter bestimmt war.

Im Geburtsvorbereitungskurs hatte ich gelernt, dass die erste Wehenphase zwischen sechs und zwölf Stunden dauerte. Zuerst, so hatte man mir beigebracht, würden sie unregelmäßig und im Abstand von Stunden kommen. Auch hatte ich gelernt, dass ich den Schmerz durch regelmäßiges Ein- und Ausatmen kontrollieren konnte. Doch meine Wehen hatten ohne Vorwarnung eingesetzt, und ihr Abstand betrug weniger als fünf Minuten. Und nichts, noch nicht einmal die vorangegangene Wehe, konnte mich auf den Schmerz der nächsten vorbereiten.

Nicholas stopfe meinen Bademantel, zwei T-Shirts, mein Shampoo und seine Zahnbürste in eine braune Papiertüte. Dann kniete er sich neben mich auf den Badezimmerboden. »Himmel«, sagte er, »es liegen nur noch drei Minuten zwischen den Wehen.«

Oh, es tat so weh, und ich wand mich im Wagen hin und her. Ich hatte zu bluten begonnen, und bei jedem Krampf krallte ich mich in Nicholas' Hand. Der Regen peitschte um den Wagen herum, und der Wind heulte so laut wie ich. Nicholas schaltete das Radio ein und sang mir etwas vor. Er kannte die Liedtexte nicht, also erfand er neue. Und wenn wir auf eine Kreuzung fuhren, steckte er den Kopf zum Fenster hinaus und schrie: »Meine Frau bekommt ein Kind!« Und wie ein Wahnsinniger raste er sogar über rote Ampeln.

Am Krankenhaus angekommen, parkte er in der Krankenwageneinfahrt und half mir aus dem Wagen. Er fluchte über das Wetter, die Verkehrsverhältnisse und die Tatsache, dass es im Mass General keinen Kreißsaal gab. Es goss inzwischen wie aus Eimern. Binnen Sekunden waren meine Kleider durchnässt und klebten auf meinem gespannten Bauch. Nicholas schleppte mich zum Empfang der Notaufnahme, wo eine fette schwarze Frau sich in den Zähnen herumstocherte. »Sie ist registriert«, bellte er. »Prescott, Paige.«

Ich konnte die Frau nicht sehen. Ich wand mich auf einem Plastikstuhl und schlang die Arme um den Unterleib. Plötzlich ragte ein Gesicht über mir auf – das der Frau vom Empfang –, rund und dunkel und mit gelben Tigerzähnen. »Liebes«, sagte sie, »müssen Sie schon pressen?«

Ich konnte nicht sprechen, also nickte ich einfach, und die Frau rief sofort nach einem Rollstuhl und einem Pfleger. Nicholas schien sich wieder zu entspannen. Ich wurde in eines der älteren Entbindungszimmer gebracht. »Was ist mit diesen modernen Zimmern?«, verlangte Nicholas zu wissen. »Die mit den netten Vorhängen und Laken und so? Für so eins waren wir doch angemeldet.«

Ich hätte mein Kind auch in einer Höhle auf einem Bett aus Laub zur Welt gebracht, ›nette Vorhänge‹ waren mir scheißegal. »Tut mir leid, Herr Doktor«, antwortete der

Pfleger, »wir sind voll belegt. Offenbar lässt der Luftdruck während des Sturms den Frauen die Fruchtblasen platzen.«

Innerhalb von wenigen Minuten stand Nicholas rechts und eine Hebamme links neben mir. Ihr Name war Noreen, und ich vertraute ihr mehr als meinem eigenen Mann, der schon Hunderten das Leben gerettet hatte. Noreen raschelte mit dem Laken zwischen meinen Beinen. »Der Geburtskanal ist schon zehn Zentimeter weit«, verkündete sie. »Showtime.«

Sie verließ den Raum und ließ mich mit Nicholas allein. Mein Blick folgte ihr zur Tür. »Ist schon okay, Paige. Sie geht nur Dr. Thayer holen.« Nicholas legte mir die Hand aufs Knie und massierte sanft die Muskeln. Ich hörte meinen rasselnden Atem und den Puls in meinen Ohren. Ich drehte mich zu Nicholas um, und mit einer Klarheit, wie nur Schmerz sie hervorbringen kann, wusste ich, dass ich diesen Mann eigentlich überhaupt nicht kannte und mir das Schlimmste noch bevorstand. »Fass mich nicht an«, flüsterte ich.

Nicholas sprang unwillkürlich zurück, und ich schaute ihm in die Augen. Sie waren grau umrandet, ihr Blick überrascht und verletzt. Und zum ersten Mal in meinem Leben dachte ich: *Gut so.*

Dann platzte Dr. Thayer in den Raum. »Sie hatten wohl keine Lust mehr zu warten, oder, Paige?«

Sie hockte sich vor mich, und vage war ich mir bewusst, dass sie an und in mir herumtastete. Ich wollte ihr sagen, dass ich natürlich noch hätte warten können, dass ich hatte warten *wollen*, meinetwegen sogar mein ganzes Leben lang, doch plötzlich war das nicht mehr wahr. Plötzlich wollte ich dieses zusätzliche Gewicht und den furchtbaren Schmerz einfach nur loswerden.

Nicholas packte mein Bein und Noreen das andere, während ich presste. Ich war fest davon überzeugt, gleich auseinanderzubrechen. Noreen hielt mir einen Spiegel zwischen die Beine. »Hier ist der Kopf, Paige«, sagte sie. »Wollen Sie ihn mal fühlen?«

Sie nahm meine Hand und zog sie nach unten, doch ich riss sie wieder zurück. »Ich will, dass du aus mir rauskommst!«, schrie ich das Ungeborene an.

Ich presste und presste, und sämtliches Blut in meinem Körper stieg mir ins Gesicht und brannte hinter meinen Augen und in meinen Wangen. Schließlich ließ ich mich wieder zurücksinken. »Ich kann nicht«, wimmerte ich. »Ich kann das wirklich nicht.«

Nicholas beugte sich zu mir, um mir etwas zuzuflüstern, aber was ich hörte, war ein leises Gespräch zwischen Noreen und Dr. Thayer. Es ging um das Herbeirufen irgendeines Spezialteams. Das Baby käme nicht schnell genug, flüsterten sie einander zu. Dann erinnerte ich mich an die Bücher, die ich gelesen hatte, als ich zum ersten Mal schwanger gewesen war. Die Lunge! Die Lunge war erst am *Ende* des achten Monats voll entwickelt – frühestens!

Selbst wenn mein Baby jetzt herauskommen sollte, würde es vielleicht nicht atmen können.

»Noch einmal«, forderte Dr. Thayer mich auf, und ich rappelte mich wieder auf und presste mit aller Kraft, die mir zur Verfügung stand. Deutlich spürte ich, wie eine winzige, spitze Nase sich gegen mein Fleisch drückte. *Mach, dass du da rauskommst*, dachte ich, und Dr. Thayer lächelte mich an. »Wir haben den Kopf«, sagte sie.

Danach kam alles ganz leicht: die Schultern, die dicke

violette Nabelschnur, die ganze lange, dürre Kreatur, die heulend zwischen meinen Beinen lag. Obwohl ich im Vorfeld bereits gewusst hatte, dass es ein Junge werden würde, hatte ich bis zum letzten Augenblick gehofft, ein Mädchen zu bekommen. Aus irgendeinem Grund war es sogar jetzt noch ein Schock. Ich starrte den Jungen an und fragte mich, wie so ein großes Wesen überhaupt in mir Platz gehabt hatte. Die Ärzte nahmen ihn mir ab, und Nicholas, der einer von ihnen war, folgte ihnen.

Es dauerte mindestens eine halbe Stunde, bis ich wieder Kontakt zu meinem Sohn hatte. Seine Lunge sei perfekt entwickelt, erklärte man mir. Er war dünn, aber gesund. Und er hatte die typischen Gesichtszüge eines Neugeborenen: ein plattes Gesicht wie ein Indianer, dunkles, drahtiges Haar und obsidianfarbene Augen. Die winzigen Zehen hatte er eingerollt. Und auf dem Bauch hatte er ein rotes Geburtsmal, das wie die Zahl 22 aussah. »Offenbar hat jemand ihn inspiziert und ihm einen Stempel aufgedrückt«, scherzte Nicholas.

Nicholas küsste mich auf die Stirn, schaute mich mit großen Augen an und ließ mich bereuen, was ich vorhin zu ihm gesagt hatte. »Vier Stunden«, sagte er. »Wie rücksichtsvoll von dir, dass du schnell genug warst, damit ich noch rechtzeitig zur Morgenvisite komme.«

»Den Gefallen habe ich dir doch gerne getan«, erwiderte ich.

Nicholas berührte die offene Hand des Babys, und automatisch schlossen sich die Fingerchen. »Vier Stunden ist verdammt schnell fürs erste Mal«, bemerkte er.

Rasch schluckte ich die Frage herunter, die mir unwillkürlich in den Sinn kam: *War das wirklich mein erstes Mal?* Doch als ich dann in das fordernde Gesicht meines Sohnes blickte, war mir das vollkommen egal.

Neben mir füllte Dr. Thayer die Krankenakte aus. »Nachname: Prescott«, sagte sie. »Haben Sie sich auch schon einen Vornamen ausgesucht?«

Ich dachte an meine Mutter, May O'Toole, und ich fragte mich, ob sie wohl fühlen konnte, dass sie Großmutter geworden war ... wo auch immer sie sein mochte. Und ich fragte mich, ob das Baby ihre Augen haben würde, ihr Lächeln und ihre Traurigkeit.

Ich schaute zu Nicholas. »Max, sein Name ist Max.«

*

Nicholas fuhr zur Visite ins Mass General, und ich war mit dem Baby allein. Ich hielt Max unsicher in den Armen, während er schrie und um sich schlug. Ich fühlte mich innerlich wie zerschlagen. Ich konnte mich kaum bewegen, und ich fragte mich, ob ich im Augenblick wirklich das Beste für Max war.

Als ich den Fernseher über dem Bett einschaltete, beruhigte Max sich. Gemeinsam hörten wir uns an, wie der Wind an den Mauern des Krankenhauses rüttelte, während der Reporter auf dem Bildschirm den Untergang der Welt beschrieb.

Irgendwann schaute Max zu mir herauf, als kenne er mein Gesicht irgendwoher, könne es nur nicht einordnen. Ich sah ihn mir genau an: seinen faltigen Hals, die fleckigen Wangen und die noch so seltsam dunklen Augen. Ich wusste noch immer nicht, wie dieses Kind aus mir hatte kommen können. Und ich wartete nach wie vor auf jenes Gefühl von mütterlicher Liebe, das angeblich ganz von selbst kommen sollte. Aber ich sah einen Fremden. Ich bekam einen Kloß im Hals, und ich wusste sofort, was das bedeutete: Ich war tatsächlich noch immer nicht bereit, Mutter zu sein. Ja, ich könnte ihn lieben, doch ich hatte erwartet, mich noch einen weiteren Monat darauf vorbereiten zu können. Ich brauchte mehr Zeit. Und Zeit war das Einzige, was ich nicht hatte. »Du solltest wissen«, flüsterte ich, »dass ich nicht sonderlich gut darin bin – glaube ich jedenfalls.« Max legte seine winzige Faust auf mein Herz. »Ja, du hast gewonnen«, sagte ich zu ihm. »Ich habe mehr Angst vor dir als du vor mir.«

*

Zu den Dienstleistungen, die frischgebackenen Müttern im Birgham-Krankenhaus angeboten wurden, gehörte auch, dass das Baby den ganzen Tag über bei der Mutter bleiben konnte, doch wenn sie schlafen wollte, holte eine Krankenschwester das Kind ab. Stillte man das Baby, wurde es einem natürlich sofort gebracht, sobald es aufwachte. Noreen sagte zu mir, so habe man das Beste zweier Welten. »Auf die Art können Sie ein wenig Ruhe bekommen«, erklärte sie, »aber auch genug Zeit mit ihrem kleinen Wonneproppen verbringen.«

Am Liebsten hätte ich ihr gesagt, sie könne Max den ganzen Tag behalten, denn ich hatte nicht die geringste Ahnung, was ich mit einem Neugeborenen anfangen sollte. Ich legte ihn auf die Bettkante, wickelte ihn aus seiner Decke und staunte über die Länge der Beine und die blassen blauen Füße. Als ich versuchte, ihn wieder einzuwickeln, scheiterte ich kläglich, und Max strampelte sich frei. Ich drückte den Rufknopf, und Noreen kam und zeigte mir, wie ich es machen musste. Dann legte ich ihn in den Stubenwagen neben dem Bett – nicht auf den Bauch, denn der Nabel war noch nicht verheilt, und auch nicht auf den Rücken, damit er nicht an plötzlichem Kindstod sterben würde –, doch die Wände des Wagens waren zu hoch, und so ließ ich ihn auf die weichen Decken fallen. Max begann zu schreien. »Tu das nicht«, sagte ich, setzte mich auf und hob ihn wieder heraus. Doch Max kniff die Augen zusammen und formte mit dem Mund ein wütendes rotes O. Ich hielt ihn auf Armeslänge von mir und schaute zu, wie er mit den winzigen Beinen strampelte. Aus dem Augenwinkel heraus sah ich mehrere Krankenschwestern vorbeikommen, doch keine bot mir ihre Hilfe an. »Ach, bitte«, sagte ich, und mir traten die Tränen in die Augen. Ich legte mir Max auf die Schulter. Sofort wurde er ruhig und schnappte sich eine Hand voll Haar.

Noreen kam herein. »Er hat Hunger«, erklärte sie. »Versuchen Sie mal, ihn zu füttern.«

Ich schaute sie verständnislos an, und sie half mir, mich zurechtzusetzen. Dann legte sie mir ein Kissen auf den Schoß und Max darauf und öffnete mein Krankenhaushemd. Sie zeigte mir, wie ich meine Brustwarze halten sollte, sodass Max sie in den Mund nehmen konnte. »Er weiß nicht wirklich, wie man das macht«, sagte sie. »Sie müssen es ihm beibringen.«

»Oh«, sagte ich. »Ein Blinder soll dem anderen also das Sehen beibringen.«

Max biss mit seinem zahnlosen Mund so fest zu, dass mir vor Schmerz schon wieder die Tränen kamen. »Das kann nicht richtig sein«, sagte ich und dachte an die jungen Mütter im Werbefernsehen, die glückselig auf ihre nuckelnden Kinder hinabblickten, als seien sie Klein-Jesus höchstpersönlich. »Das tut einfach zu weh.«

»Es tut weh?«, hakte Noreen nach. Ich nickte. »Dann ist er auf dem richtigen Weg.« Sie streichelte Max die Wange, als möge sie ihn bereits. »Lassen Sie ihn ein paar Minuten trinken«, wies sie mich an. »Das ist erst die Kolostralmilch. Die richtige Milch kommt in ein paar Tagen.«

Noreen sagte, ich würde mich schon daran gewöhnen. Sie sagte, sie würde mir feuchte Teebeutel bringen, die ich mir auf die Brustwarzen legen könnte, wenn Max fertig war. Dann würde die Brust nicht so wund. Und schließlich ließ sie mich wieder allein. Ich starrte in den Regen hinaus, der gegen die dicke Glasscheibe prasselte, und die Welt draußen verschwamm. Ich kämpfte mit den Tränen und wartete darauf, dass mein Sohn mich aussaugen würde.

*

Mitten in der Nacht schob eine mir unbekannte Krankenschwester den Stubenwagen ins Zimmer. »Raten Sie mal, wer Hunger hat«, sagte sie fröhlich. Ich war noch wie benebelt vom Schlaf, doch ich griff nach Max, wie man es von mir erwartete. Ich hatte geträumt. Ich hatte mir meine Mutter vorgestellt, doch als Max schließlich seine Lippen wieder von meiner Brustwarze löste, war das Bild verschwunden.

Ich konnte die Augen nicht offen halten, und meine Glieder waren schwer wie Blei. Ich war sicher, einzuschlafen, mit dem Kopf auf den Boden zu knallen und nie mehr aufzuwachen. Ich blinzelte oft, sah aber nichts, bis Max' Saugen nachließ und ich nach einer Schwester rufen konnte.

Der quietschende Stubenwagen war noch nicht ganz aus dem Zimmer gerollt worden, da sank ich schon wieder auf mein Kissen zurück. Erneut nahm das Gesicht meiner Mutter vor meinem geistigen Auge Gestalt an. Ich war zwei, vielleicht drei Jahre alt. Es war ihr Geburtstag, und mein Vater hatte ihr eine Pflanze geschenkt. Sie war groß und grün und steckte in einem Plastiktopf, und sie trug Orangen. Als ich Mom die Pflanze überreichte – das war immer mein Job –, las sie die Karte laut vor, obwohl ich die einzige andere Person in der Küche war. »Happy Birthday, May«, las sie. »Ich liebe dich.« Sie war nicht unterschrieben ... nahm ich zumindest an, denn meine Mutter las sonst nichts mehr vor. Sie küsste Dad, und er lächelte und ging in die Werkstatt hinunter.

Nachdem er gegangen war, legte Mom die Karte auf die Arbeitsplatte und gab mir die Pflanze zum Spielen. »Was soll ich denn mit einer Pflanze?«, fragte sie. Sie sprach immer mit mir wie mit einem Erwachsenen. »Er weiß doch, dass ich alle Pflanzen umbringe.« Sie griff in das oberste Kühlschrankfach, in den nie benutzten Eiskübel, und holte ihr verbotenes Päckchen Zigaretten hervor. Mein Vater wusste nicht, dass sie rauchte. Ich hingegen wusste das sogar schon als Baby, denn Mom gab sich große Mühe, ihre Zigaretten zu verstecken, und beim Rauchen war ihr das schlechte Gewissen deutlich anzusehen. Ich weiß nicht, warum sie das

257

Rauchen vor Dad geheim hielt. Vielleicht war das ja nur ein Spiel für sie wie so vieles andere auch.

Mom nahm sich eine Zigarette aus dem zerknitterten Päckchen, zündete sie an und nahm einen tiefen Zug. Beim Ausatmen schaute sie mich an. Ich saß mit meinen Bauklötzen und meiner Lieblingspuppe auf dem Linoleumfußboden. Die Puppe war aus Stoff und hatte Reißverschlüsse, Knöpfe und alles, was sonst noch zu richtiger Kleidung dazugehörte. Ich konnte alles, nur keine Schnürsenkel binden. Zigarettenasche fiel auf meine Puppe. Ich schaute nach oben und sah einen perfekten roten Ring auf dem Filter, den der Lippenstift meiner Mutter hinterlassen hatte. »Zwei Wochen«, sagte sie und deutete mit dem Kopf auf den Orangenbaum. »Das Ding ist in zwei Wochen tot.« Sie drückte die Zigarette in der Spüle aus und seufzte. Dann zog sie mich an den Händen hoch. »Schau mal her, mein kleines Pagenmädchen«, sagte sie und benutzte meinen Spitznamen. »Ich bin nicht gut darin, mich um Dinge zu kümmern«, flüsterte sie mir verschwörerisch ins Ohr, und dann begann sie, vor sich hin zu summen. »Superkalifragilistischexpiallegetisch«, sang sie und wirbelte mich dabei herum. Ich kicherte, als wir die Spuren des Rauchens hinunterspülten. Und jetzt fragte ich mich, wie viel ich wohl über meine Mutter wusste, wovon mein Vater keine Ahnung hatte.

Das Quietschen der Stubenwagenräder hallte in meinem Kopf wider, und ich wusste, dass Max kam, lange bevor die Krankenschwester in der Tür erschien. Er schrie aus vollem Hals. »Mannomann«, bemerkte die Krankenschwester. »Schwer zu glauben, dass wir uns vor wenigen Stunden noch Sorgen um seine Lunge gemacht haben.« Sie hob meinen

Sohn aus dem Wagen und hielt ihn mir hin. Einen Augenblick lang streckte ich nicht die Hände nach ihm aus. Stattdessen starrte ich dieses gierige Ding wütend an, das mich nun schon zum zweiten Mal in dieser Nacht von dem Einzigen weggeholt hatte, was mir von meiner Mutter geblieben war.

KAPITEL 14

PAIGE

Weil Gott mich bestrafen wollte, erhörte er meine Gebete. Ich verbrachte ein ganzes Jahr in Jakes Armen, lange genug, um zu glauben, ich gehöre wirklich dorthin. Und ich verbrachte viele Abende bei den Flanagans und klatschte mit, während Jakes Vater alte gälische Lieder zum Besten gab und die kleineren Kinder dazu hüpften und tanzten. Dann wurde ich an der RSID angenommen, und Jake führte mich zur Feier des Tages zum Abendessen aus. Später in jener Nacht, als unsere Körper in der Hitze des Augenblicks umeinandergeschlungen waren, sagte Jake zu mir, er würde auf mich warten, bis ich mit dem College fertig sei, notfalls sogar sein ganzes Leben.

Im Mai streckte mich die Grippe nieder. Das war seltsam, denn der Virus ging schon seit Anfang Januar nicht mehr in der Schule um. Trotzdem hatte ich alle Symptome. Ich war schwach und hatte Schüttelfrost, und ich konnte nichts bei mir behalten. Jake brachte mir Blumen, die er am Straßenrand gepflückt hatte, und Skulpturen, die er während der Arbeit aus Draht und alten Coladosen gemacht hatte. »Du siehst furchtbar aus«, sagte er und beugte sich vor, um mich zu küssen.

»Nicht«, warnte ich ihn. »Du wirst dich noch anstecken.«

Jake lächelte. »Ich?«, erwiderte er. »Ich bin unverwundbar.«

Am fünften Morgen, ich fühlte mich noch immer elend, stolperte ich ins Badezimmer, um mich zu übergeben, und ich hörte meinen Vater an der Tür vorbeigehen. Kurz blieb er stehen, dann ging er die Treppe hinunter. Zum ersten Mal seit Tagen schaute ich in den Spiegel, und ich sah das schmale, ausgemergelte Gesicht eines Geists: blasse Wangen, rote Augen und tiefe Falten um die Mundwinkel. Und in diesem Augenblick wusste ich, dass ich schwanger war.

Da ich also nicht krank war, zwang ich mich in meine Schuluniform und ging in die Küche hinunter. Mein Vater aß Cornflakes und starrte die kahle Wand an, als sei dort etwas, das ich nicht sehen konnte. »Es geht mir schon wieder besser, Dad«, verkündete ich.

Mein Vater hob den Blick, und ich sah etwas flackern – Erleichterung? –, als er auf den anderen Stuhl deutete. »Iss was«, forderte er mich auf, »sonst wehst du mir noch beim kleinsten Luftzug weg.«

Ich lächelte, setzte mich und versuchte, den Geruch der Cornflakes auszublenden. Stattdessen konzentrierte ich mich auf die Stimme meines Vaters, die durchdrungen war von den Klängen seines Heimatlandes. *Eines Tages, Paige,* sagte er immer, *nehmen wir dich nach Irland mit. Es ist der einzige Ort auf Gottes weiter Erde, wo die Luft rein wie Kristall ist und die Hügel wie ein grüner Zauberteppich und voller Flüsse, die wie blaue Juwelen funkeln.* Ich griff nach den Cornflakes und aß ein paar direkt aus der Schachtel, und ich wusste, dass ich eine Lektion schon gelernt hatte, die mein Vater nie lernen würde: Es gibt kein Zurück – niemals!

Die Cornflakes schmeckten wie Pappe, und ich starrte meinen Vater an und fragte mich, wie viel er wirklich wusste.

Die Tränen sammelten sich in meinen Augen. Ich war seine größte Hoffnung gewesen ... Er würde sich so schrecklich schämen.

Ich ließ die Schule über mich ergehen, bewegte mich wie ein Roboter und machte mir im Unterricht Notizen zu Dingen, die ich gar nicht hörte. Dann schlich ich zu Jake in die Werkstatt. Jake hatte sich gerade über den Motorraum eines Toyotas gebeugt und tauschte die Zündkerzen aus. Als er mich sah, lächelte er und wischte sich die Hände an der Jeans ab. Ich sah mein weiteres Leben in seinen Augen. »Du scheinst dich ja schon wieder besser zu fühlen«, sagte er.

»Das«, erwiderte ich, »ist so nicht ganz richtig.«

*

Für eine Abtreibung brauchte ich zwar nicht mehr die Zustimmung eines Erziehungsberechtigten – ich war ja schon achtzehn –, aber damit mein Vater in keinem Fall erfuhr, was ich getan hatte, beging ich die größte Sünde meines Lebens Hunderte von Meilen von meiner Heimat entfernt. Jake hatte von einer Klinik in Racine, Wisconsin gehört – weit genug weg von Chicago, sodass niemand uns erkennen und Gerüchte verbreiten würde. Wir wollten am frühen Morgen des 3. Juni dorthin fahren, es war ein Dienstag, der früheste Termin, den wir hatten bekommen können. Als Jake mir sagte, dass wir uns bis dahin würden gedulden müssen, hatte ich ihn ungläubig angestarrt. »Wie viele Leute«, flüsterte ich, »gehen denn dorthin?«

Am härtesten war die Zeit zwischen dem Augenblick, da ich von meiner Schwangerschaft erfahren hatte, und der

Fahrt nach Racine. Jake und ich liebten uns auch nicht mehr, so als wollten wir uns bestrafen. Wir gingen jedoch jeden Abend nach draußen, und ich setzte mich zwischen Jakes Beine, und er verschränkte die Hände auf meinem Bauch, als könne er dort wirklich etwas fühlen.

Am ersten Abend waren Jake und ich mehrere Meilen weit gegangen. »Lass uns heiraten«, sagte er zu mir, nun schon zum zweiten Mal in meinem Leben.

Aber ich wollte nicht wegen eines Kindes heiraten, selbst wenn Jake und ich womöglich auch so geheiratet hätten. Wir würden dem Kind später die Schuld daran geben, wenn wir uns einmal streiten sollten. Und außerdem wollte ich aufs College gehen. Ich wollte Künstlerin werden, und das sagte ich auch Jake. »Ich bin erst achtzehn«, sagte ich. »Ich kann noch nicht Mutter werden.« Was ich nicht aussprach, war, dass ich daran zweifelte, überhaupt eine Mutter sein zu können.

Jake schluckte und wandte sich ab. »Nun ja, dann werden wir eben noch andere haben«, sagte er und gab sich geschlagen. Er schaute in den Himmel, und ich wusste, dass er in den Sternen nach dem Gesicht unseres ungeborenen Kindes suchte – genau wie ich.

Am Morgen des 3. Juni stand ich schon vor sechs Uhr auf und schlich aus dem Haus. Ich ging die Straße hinunter nach Saint Christopher und hoffte, nicht auf Vater Draher oder einen Messdiener zu treffen, den ich aus der Schule kannte. Ich kniete mich in die letzte Bank und flüsterte meinem zwölf Wochen alten Baby zu: »Süße. Mein Liebling.« Ich sagte all die Dinge, die ich ihm nie würde sagen können.

Ich ging nicht in den Beichtstuhl, denn ich erinnerte mich an meine Freundin Priscilla, die einmal gesagt hatte: »Gewisse Dinge erzählt man einem Priester einfach nicht.« Stattdessen betete ich stumm eine Reihe von Ave-Marias, bis die Worte miteinander verschmolzen und ich die Silben in meinem Kopf nicht mehr von den Schmerzen in meinem Herzen unterscheiden konnte.

Jake und ich berührten uns nicht auf der Fahrt nach Racine. Wir fuhren durch üppiges Acker- und Weideland. Jake folgte der Wegbeschreibung, die ihm die Frau am Telefon gegeben hatte. Manchmal sprach er die Nummern der Highways laut aus. Ich kurbelte das Fenster herunter und schloss die Augen im Wind. Dennoch sah ich vor meinem geistigen Auge weiterhin die schier unendlichen Felder, auf denen das Korn reifte.

Von außen konnte man dem kleinen grauen Gebäude, vor dem wir schließlich hielten, nicht ansehen, was es war. Wir mussten durch den Hintereingang. Jake half mir aus dem Wagen. Auf der Vorderseite standen einige Demonstranten. Sie trugen mit roter Farbe bespritzte schwarze Regenmäntel und hielten Schilder hoch, auf denen ›Mörder‹ stand. Als sie Jake und mich sahen, drängten sie sich um uns und schrien irgendwelchen Unsinn, den ich nicht verstand. Jake legte den Arm um mich und schob mich durch die Tür. »Himmel!«, sagte er.

Die müde blonde Frau, die Dienst am Empfang hatte, forderte mich auf, meine persönlichen Daten auf eine weiße Karte zu schreiben. »Bezahlt wird im Voraus«, sagte sie, und Jake holte sein Portemonnaie heraus. Darin befanden sich dreihundert Dollar, die er am Abend zuvor aus der Regist-

rierkasse seines Vaters in der Werkstatt genommen hatte.
Das sei einfach nur ein Gehaltsvorschuss, hatte er zu mir gesagt, ich solle mir keine Sorgen machen.

Die Frau verschwand kurz. Ich schaute mich in dem weiß gestrichenen Raum um. Es gab keine Poster an der Wand, und auf dem Tisch lag nur eine Hand voll alter Zeitschriften. Im Wartebereich saßen gut zwanzig Leute – größtenteils Frauen –, und alle sahen sie aus, als seien sie aus Versehen hierher geraten. In der Ecke stand auch ein Karton mit Bauklötzen und Sesamstraßenpuppen ... nur für den Fall, doch es waren keine Kinder hier, die damit hätten spielen können.

»Wir sind heute ein wenig unterbesetzt«, sagte die blonde Frau, als sie mit einer pinkfarbenen Informationsbroschüre für mich wieder zurückkehrte. »Wenn Sie ein wenig spazieren gehen wollen oder so ... Es wird mindestens zwei Stunden dauern.«

Jake nickte, und weil man es uns so gesagt hatte, schlurften wir wieder hinaus. Diesmal machten die Demonstranten uns eine Gasse frei und brachen in Jubel aus. Sie glaubten, wir hätten unsere Meinung geändert. Wir liefen vom Parkplatz herunter und gingen drei Blocks weit. Dann drehte Jake sich zu mir um. »Ich weiß nicht das Geringste über Racine«, sagte er. »Du?«

Ich schüttelte den Kopf. »Wir könnten im Kreis laufen«, schlug ich vor, »oder wir gehen einfach geradeaus weiter und behalten die Uhr im Auge.«

Doch die Klinik lag in einer seltsamen Gegend, und obwohl Racine eigentlich gar nicht so groß war, gingen wir mehrere Meilen weit und sahen nur Farmen, eine Kläranlage und leere Weiden. Schließlich deutete ich auf ein kleines, eingezäuntes Areal.

Der kleine Spielplatz wirkte inmitten dieser Stadt irgendwie fehl am Platze. Schließlich hatten wir keine Wohnhäuser gesehen. Es gab ein paar Schaukeln mit Stoffsitzen, ein paar Klettergerüste und ein kleines Karussell. Jake schaute mich an und lächelte zum ersten Mal an diesem Tag. »Wer zuerst da ist, hat gewonnen«, sagte er und rannte zu den Schaukeln.

Aber ich konnte nicht. Ich war zu müde. Und ich hatte heute noch nichts gegessen. Man hatte mir gesagt, ich müsse nüchtern sein, und außerdem reichte allein das Wissen, hier zu sein, dass meine Glieder sich anfühlten, als seien sie aus Blei. Langsam und vorsichtig ging ich Jake hinterher, als müsse ich etwas beschützen, und setzte mich auf die Schaukel neben ihn. Er schaukelte, so hoch er konnte, und das ganze Gerüst bebte und zitterte, als würde es gleich einstürzen. Jakes Füße streiften die niedrig hängenden grauen Wolken, und er trat nach ihnen. Dann, als er höher war, als ich für möglich gehalten hätte, sprang er hoch in der Luft von der Schaukel, krümmte den Rücken und landete im Sand. »Jetzt bist du dran«, sagte er.

Ich schüttelte den Kopf. Ich wünschte mir seine Energie. Gott, ich wollte das endlich hinter mir haben und tun, was Jake gerade getan hatte. »Schubs mich an«, forderte ich ihn auf, und Jake stellte sich hinter mich und schubste mich an, so kräftig, dass ich kurz quer in der Luft hing, mich an die Ketten klammerte und in die Sonne starrte. Und bevor ich mich versah, war ich wieder auf dem Weg nach unten.

Jake hangelte sich auf das Klettergerüst, ließ sich kopfüber von einer Querstange hängen und kratzte sich unter den Achseln. Dann setzte er mich auf das kleine Karussell. »Halt dich fest«, sagte er. Ich presste mein Gesicht gegen das glatte, grün gestrichene Holz und spürte die warme Farbe auf meiner Wange. Immer schneller drehte Jake das Karussell. Ich hob den Kopf, doch die Fliehkraft zerrte an meinem Hals, und ich lachte. Mir war schwindelig, und ich suchte Jakes Gesicht. Aber ich konnte nichts erkennen; also drückte ich mich wieder ans Holz. In meinem Kopf drehte sich alles, ich konnte oben und unten nicht mehr voneinander unterscheiden. Dann hörte ich Jakes angestrengtes Atmen, und ich lachte so laut, dass ich die feine Linie überschritt und in Tränen ausbrach.

*

Ich spürte nichts außer dem heißen Licht in dem sterilen weißen Raum, den kühlen Händen einer Krankenschwester und dem dumpfen Zerren und Saugen der Instrumente. Im Nachbehandlungszimmer gab man mir ein paar Pillen, und ich döste vor mich hin. Als ich wieder aufwachte, stand eine hübsche, junge Krankenschwester neben mir. »Sind Sie in Begleitung von jemandem hier? Ihrem Freund vielleicht?«, fragte sie. *Mein Freund?*, dachte ich. *Ja, wenn er das noch ist ...*

Jake kam erst sehr viel später zu mir. Er sagte kein Wort. Er bückte sich einfach und küsste mich auf die Stirn, so wie er es immer getan hatte, bevor wir ein Liebespaar geworden waren. »Bist du okay?«, fragte er.

Und in dem Augenblick, als er das sagte, da sah ich es: das Bild eines Kindes, das direkt über seiner Schulter schwebte.

Ich sah es so klar und deutlich wie Jakes Gesicht. Und an dem Sturm in seinen Augen erkannte ich, dass er das Gleiche bei mir sah. »Es geht mir gut«, antwortete ich, und in diesem Moment wusste ich, dass ich weggehen musste.

Als wir wieder bei mir zu Hause ankamen, war mein Vater noch nicht daheim. So hatten wir es geplant. Jake half mir ins Bett, setzte sich auf die Tagesdecke und hielt meine Hand. »Ich sehe dich dann morgen«, sagte er, machte aber keinerlei Anstalten zu gehen.

Jake und ich hatten schon immer wortlos miteinander kommuniziert. Ich wusste, dass auch er es in der Stille hören konnte: Wir würden uns morgen *nicht* wiedersehen. Wir würden uns niemals wiedersehen. Und wir würden nicht heiraten und keine gemeinsamen Kinder haben, denn jedes Mal, wenn wir einander ansahen, würde uns die Erinnerung an den heutigen Tag heimsuchen. »Ja, morgen«, erwiderte ich, doch das Sprechen fiel mir schwer. Ich hatte einen Kloß im Hals.

Ich wusste, dass Gott irgendwo lachte. Er hatte die eine Hälfte meines Herzens genommen, den einen Menschen, der mich besser kannte als ich mich selbst. So hatte er etwas getan, was ansonsten unmöglich gewesen wäre. Indem er uns zusammengebracht hatte, hatte er das Eine in Gang gesetzt, was uns für immer auseinanderbringen sollte. Das war der Tag, an dem ich meinen Glauben verlor. Ich wusste, dass ich nicht mehr in den Gnadenstand zurückkehren konnte. Der Himmel war mir auf ewig versperrt. Falls es wirklich eine Wiederkehr gab, dann würde Christus für meine Sünden kein zweites Mal sterben. Doch im Vergleich zu dem, was ich durchgemacht hatte, wirkte das plötzlich gar nicht mal so schlimm.

Noch während Jake meinen Arm streichelte und mir Versprechen machte, von denen er wusste, dass er sie nicht halten konnte, nahm ein Plan in meinem Kopf Gestalt an. Ich konnte nicht in Chicago bleiben, nicht wenn ich wusste, dass Jake nur wenige Minuten von mir entfernt war. Und ich konnte meine Schande auch vor meinem Vater nicht lange geheim halten. Nach dem Abschluss würde ich einfach verschwinden. »Ich werde also doch nicht aufs College gehen.« Ich sprach den Gedanken laut aus.

»Was hast du gesagt?«, fragte Jake. Er schaute mich an, und ich sah in seinen Augen die Macht von hundert Küssen und die heilende Kraft seiner Umarmung.

»Nichts«, antwortete ich. »Gar nichts.«

Eine Woche später, nach dem Abschluss, packte ich meinen Rucksack und schrieb meinem Vater einen Brief, in dem stand, dass ich ihn liebte. Ich stieg in einen Bus und fuhr nach Cambridge, Massachusetts – den Ort hatte ich mir ausgesucht, weil der Name so schön klang und weil er mich an seinen Namensvetter jenseits des Meeres erinnerte. So ließ ich meine Kindheit hinter mir.

In Ohio griff ich in meinen Rucksack und kramte nach einer Orange, doch stattdessen fand ich nur einen mir unbekannten, vergilbten Briefumschlag. Mein Name war darauf gedruckt, und er enthielt einen alten irischen Segen, den ich schon eine Million Mal als Stickerei über Jakes Bett gesehen hatte:

Möge die Reise dir gelingen.
Mögest du den Wind stets im Rücken haben.
Möge die Sonne dir warm ins Gesicht scheinen.

Möge der Regen sanft auf die Felder fallen.
Und bis wir uns wiedersehen,
Möge Gott dich in seiner Hand halten.

Während ich den Text in Jakes sorgfältiger, geschwungener Handschrift las, begann ich zu weinen. Ich hatte keine Ahnung, dass er das für mich dagelassen hatte. Ich war an jenem letzten Abend die ganze Zeit über wach gewesen, als er in meinem Raum gewesen war, und seitdem hatte ich ihn nicht mehr gesehen. Er musste gewusst haben, dass ich Chicago, dass ich *ihn* verlassen würde.

Ich starrte aus dem beschlagenen Busfenster hinaus und versuchte, mir Jakes Gesicht vorzustellen, doch ich sah nur den Asphalt des unbekannten Highways. Jake verblasste bereits in meinen Erinnerungen. Zärtlich strich ich über das Papier. Mit diesen Worten hatte Jake mich losgelassen, was bewies, dass er mehr über die Gründe wusste, warum ich gegangen war, als ich selbst. Ich hatte geglaubt, ich sei wegen der Dinge weggelaufen, die geschehen waren. Ich wusste nicht – bis ich wenige Tage später Nicholas kennenlernte –, dass ich nicht von etwas *weg*, sondern *zu* etwas gelaufen war, das noch geschehen würde.

KAPITEL 15

NICHOLAS

Nicholas beobachtete, wie seine Frau sich langsam in einen Geist verwandelte. Sie schlief nie wirklich, denn Max wollte alle zwei Stunden trinken. Paige hatte Angst, ihn auch nur eine Minute allein zu lassen, also duschte sie nur jeden zweiten Tag. Ihr Haar fiel ihr über den Rücken wie eine verfilzte Badematte, und sie hatte Schatten unter den Augen. Ihre Haut wirkte empfindlich und durchsichtig, und manchmal berührte Nicholas sie, einfach nur um zu sehen, ob sie nicht unter dieser Berührung verschwinden würde.

Max schrie die ganze Zeit. Nicholas fragte sich, wie Paige das aushielt, dieses ständige Kreischen direkt an ihrem Ohr. Paige schien es noch nicht einmal zu bemerken, aber sie nahm in dieser Zeit ohnehin nicht viel wahr. Vergangene Nacht hatte Nicholas sie im dunklen Kinderzimmer gefunden, wo sie Max in seiner Wiege angestarrt hatte. Er hatte sie von der Tür aus beobachtet und gespürt, wie er beim Anblick seiner Frau und seines Sohns vages Unwohlsein empfand. Als er den Raum betrat, wurden seine Schritte vom Teppich gedämpft. Dann berührte er Paige an der Schulter. Sie drehte sich zu ihm um, und Nicholas war entsetzt, als er ihren Blick bemerkte. Da war keine Zärtlichkeit, keine Liebe und keine Sehnsucht. Stattdessen war ihr Blick voller Fragen, als verstehe sie nicht, was Max hier eigentlich machte.

Nicholas war vierundzwanzig Stunden am Stück im Krankenhaus gewesen, und er war erschöpft. Auf der Heimfahrt hatte er sich immer und immer wieder drei Dinge vorgestellt: eine Dusche, einen dampfenden Teller Fettuccine und sein Bett. Als er in die Einfahrt fuhr und ausstieg, hörte er bereits das hohe Schreien seines Sohnes, selbst durch die geschlossenen Fenster hindurch. Bei diesem Geräusch verließ ihn auch der letzte Rest seiner Kraft. Träge schlurfte er auf die Veranda, und nur widerwillig betrat er sein eigenes Haus.

Paige stand mitten in der Küche und balancierte Max auf der Schulter. In der Hand hielt sie einen Schnuller, und sie hatte sich das Telefon unters Ohr geklemmt. »Nein«, sagte sie gerade, »Sie verstehen nicht. Ich will den *Globe* nicht abonnieren. Nein. Wir können uns das nicht leisten.« Nicholas schlüpfte hinter sie und nahm ihr das Baby von der Schulter. Sie konnte ihn nicht sehen, überließ ihm instinktiv das Kind. Max hatte einen Schluckauf und erbrach sich auf Nicholas' Hemd.

Paige legte den Hörer auf. Dann starrte sie Nicholas an, als wäre er aus Gold. Sie trug noch immer ihr Nachthemd. »Danke«, flüsterte sie.

Nicholas kannte die klinischen Ursachen für eine postnatale Depression, und er versuchte, sich an die beste Therapie dafür zu erinnern. Es hatte alles mit den Hormonen zu tun, das wusste er, aber sicher würde auch ein wenig Lob dabei helfen, Paige wieder zu dem zu machen, was sie einmal gewesen war. »Ich weiß wirklich nicht, wie du das schaffst«, bemerkte er und lächelte sie an.

Paige schaute auf ihre Füße. »Nun ja, offensichtlich mache ich das falsch«, sagte sie. »Er will einfach nicht aufhören zu weinen. Er hat nie genug zu trinken, und ich bin so müde. Ich weiß einfach nicht mehr, was ich tun soll.« Wie auf Kommando begann Max zu schreien. Paige straffte die Schultern, und ein kurzes Funkeln in ihren Augen verriet Nicholas, wie schwer es ihr fiel, sich überhaupt auf den Beinen zu halten. Sie lächelte steif und fragte über Max' Schreie hinweg: »Und wie war dein Tag so?«

Nicholas schaute sich in der Küche um. Auf dem Tisch lagen Geschenke, die ihm seine Kollegen zu Max' Geburt gemacht hatten. Einige waren noch verpackt. Und überall auf dem Boden lagen Geschenkpapier und Schleifen verstreut. Eine Milchpumpe stand auf der Arbeitsplatte neben einem offenen Becher Joghurt. Und drei Bücher zum Thema Babypflege lehnten an schmutzigen Gläsern. In dem unbenutzten Laufstall lagen die Anzughemden, die Nicholas dringend in die Wäscherei bringen musste. Nicholas schaute zu Paige hinüber. Fettuccine würde es definitiv nicht geben.

»Hör zu«, sagte er. »Wie wäre es, wenn du dich mal ein, zwei Stunden hinlegst, während ich mich um das Baby kümmere?«

Paige ließ sich gegen die Wand zurücksinken. »Oh«, erwiderte sie, »würdest du das wirklich tun?«

Nicholas nickte und schob sie mit der freien Hand in Richtung Schlafzimmer. »Was soll ich mit ihm machen?«, fragte er.

Paige drehte sich auf der Schwelle um und hob die Augenbrauen. Dann warf sie den Kopf zurück und brach in lautes Lachen aus.

*

Zwei Tage nachdem Paige das Kind zur Welt gebracht hatte, hatte Fogerty Nicholas in sein Büro gerufen. Er gab ihm ein Geschenk, das Joan ausgesucht hatte – ein Babyfon –, und Nicholas dankte ihm dafür, auch wenn das Geschenk einfach nur lächerlich war. Aber jemand wie Fogerty dachte vermutlich nicht daran, dass das Haus so klein war, dass man Max' markerschütternde Schreie auch ohne Babyfon überall hören konnte. »Setzen Sie sich«, forderte Fogerty ihn ungewohnt höflich auf. »Wenn mich nicht alles täuscht, haben Sie in letzter Zeit nicht allzu viel Ruhe gehabt.«

Dankbar ließ Nicholas sich auf den Lederstuhl fallen und strich mit den Händen über die glatten Armlehnen. Fogerty lief in seinem Büro auf und ab und setzte sich schließlich auf die Schreibtischkante. »Ich war nicht viel älter als Sie, als wir Alexander bekommen haben«, sagte er. »Aber ich hatte damals auch nicht so viel Verantwortung wie Sie. Ich kann alte Fehler nicht wiedergutmachen, aber Sie haben die Chance, es schon beim ersten Mal richtig zu machen.«

»Was meinen Sie damit?«, fragte Nicholas. Es gefiel ihm nicht, wenn Fogerty in Rätseln sprach.

»Sie müssen sich von Ihrer familiären Verantwortung lösen«, antwortete Fogerty. »Vergessen sie nicht, dass auch Menschen außerhalb Ihres Heims von Ihrer Energie und Ihren Fähigkeiten abhängen. Setzen Sie das nicht aufs Spiel.«

Nicholas verließ das Büro und fuhr direkt ins Brigham-Krankenhaus, um Paige und Max zu besuchen. Er hielt seinen Sohn in den Armen und spürte das Heben und Senken der winzigen Brust bei jedem Atemzug. Er staunte über die Tatsache, dass er dabei geholfen hatte, ein Lebewesen zu erschaffen. Fogerty war ein scheinheiliger Idiot ... oder zumindest dachte Nicholas das bis zu dem Abend, an dem Paige und Max nach Hause kamen. Dann hatte er mit dem Kissen auf dem Kopf geschlafen, um Max' Schreien auszusperren, sein lautes Nuckeln an der Brust und sogar das leise Rascheln, wenn Paige aufstand, um sich um das Kind zu kümmern. »Komm schon, Paige«, hatte er gesagt, nachdem er zum dritten Mal geweckt worden war. »Ich muss morgen um sieben einen dreifachen Bypass legen.«

Doch egal, wie sehr er sich auch über diese Störungen ärgerte, Nicholas sah, dass seine Frau auseinanderfiel. Für ihn war sie stets der Inbegriff der Stärke gewesen mit ihren zwei Jobs, um sein Harvardstudium zu bezahlen. Sie war es gewesen, die das Geld zusammengehalten hatte, um ihren unterschiedlichen Verpflichtungen nachzukommen, und – das durfte man nicht vergessen – sie hatte ihr altes Leben aufgegeben, um in Cambridge noch einmal von vorne anzufangen. Angesichts all dessen konnte Nicholas sich nur schwer vorstellen, dass etwas so Winziges wie ein Neugeborenes Paige aus der Bahn werfen konnte.

*

»Okay, Kumpel«, sagte Nicholas und trug den heulenden Max zur Couch. »Möchtest du spielen?« Er hielt eine Rassel hoch und schüttelte sie vor den Augen seines Sohnes. Max schien sie gar nicht zu bemerken. Er trat mit den Beinchen und wedelte mit den kleinen roten Händen. Nicholas ließ das Baby auf dem Knie hüpfen. »Dann lass uns etwas anderes versuchen«, sagte er. Er griff nach der Fernbedienung und schaltete durch die Kanäle. Der schnelle Farbwechsel schien Max zu beruhigen, und er verwandelte sich in einen schlafenden Welpen an Nicholas' Brust.

Nicholas lächelte. Das war ja gar nicht mal so schwer.

Er nahm Max hoch und trug ihn die Treppe ins Kinderzimmer hinauf. Leise ging Nicholas an der Tür des Elternschlafzimmers vorbei. Wenn er Max ablegen konnte, würde er vielleicht noch schnell duschen können, bevor das Baby wieder aufwachte.

Doch in der Sekunde, in der Max die weiche Matratze seiner Wiege berührte, begann er zu schreien. »Scheiße«, knurrte Nicholas und schnappte sich das Baby. Er wiegte ihn an der Brust und hielt Max' Ohr an sein Herz. »Da«, sagte er. »Alles okay.«

Nicholas trug Max zum Wickeltisch und ließ prüfend den Blick über die dort ausgelegten Windeln und Puderdosen schweifen. Dann zog er Max den Strampler aus und öffnete die Klebeverschlüsse an der Windel. Wieder begann Max zu schreien, lief knallrot an, und Nicholas machte, so schnell er konnte. Er öffnete die Windel, doch als er den Urinstrahl aus dem frisch beschnittenen Penis schießen sah, drückte er die Windel rasch darauf. Nicholas atmete tief durch. Schließlich gelang es ihm doch, die Windel zu wechseln, jedoch saß die neue hinten ein wenig zu tief. Nicholas kümmerte das nicht weiter.

Als er seinem Sohn den Strampler wieder anziehen wollte, brauchte er drei Versuche, bis das Ding endlich richtig saß. Nicholas' Finger waren einfach zu groß für die winzigen Knöpfe. Schließlich legte Nicholas seinen Sohn mit dem Kopf nach unten über seine Schulter und hielt ihn an den Füßen fest. *Wenn Paige mich jetzt sehen könnte*, dachte er, *sie würde mich umbringen*. Doch Max verstummte. Nicholas lief im Kreis herum, wobei er seinen Sohn immer noch mit dem Kopf nach unten trug. Ihm tat das Kind leid. Plötzlich und ohne Vorwarnung war Max in eine Welt geworfen worden, in der ihm nichts mehr vertraut war ... und seinen Eltern war es nicht viel anders ergangen, als sie geheiratet hatten.

Nicholas trug Max wieder ins Wohnzimmer hinunter und legte ihn auf die Couch, in ein Nest aus Kissen. Max hatte Nicholas' Augen. Nach dem ersten Tag war das tiefe Schwarz einem kühlen Himmelblau gewichen, das deutlich aus dem runden roten Gesicht hervortrat. Abgesehen davon konnte Nicholas jedoch kein endgültiges Urteil fällen. Es war schlicht noch zu früh, um zu sagen, wem Max ähneln würde.

Max' glasiger Blick wanderte blind über Nicholas' Gesicht. Nur kurz schienen die Augen sich zu fokussieren. Dann begann Max wieder zu schreien.

»Himmelherrgott noch mal«, knurrte Nicholas, hob das Baby hoch und lief wieder herum. Dabei sang er Max ein paar Motown-Titel vor, drehte sich im Kreis und versuchte, das Kind wieder mit dem Kopf nach unten zu hängen. Doch Max wollte einfach nicht mit dem Schreien aufhören.

Nicholas konnte dem Geräusch einfach nicht entkommen. Am liebsten hätte er das Baby hingelegt und wäre weggelaufen. Er dachte immer noch darüber nach, als Paige plötzlich die Treppe herunterkam, taumelnd und resigniert wie ein Gefangener im Todestrakt. »Ich glaube, er hat Hunger«, sagte Nicholas. »Ich konnte ihn einfach nicht dazu bringen aufzuhören.«

»Ich weiß«, erwiderte Paige. »Ich habe es gehört.« Sie nahm Nicholas das Baby ab und wiegte es auf den Armen. Nicholas' Schultern pochten vor Erleichterung, als hätte Paige ihm eine große Last genommen. Max beruhigte sich ein wenig, sein Weinen verwandelte sich in ein Wimmern. »Er hat gerade erst gegessen«, erklärte Paige. Sie setzte sich auf die Couch und schaltete den Fernseher an. »Nickelodeon«, sagte sie in den Raum hinein. »Aus irgendeinem Grund scheint er Nickelodeon zu mögen.«

Nicholas schlüpfte ins Schlafzimmer und drückte den Testknopf seines Piepers. Das Ding surrte leise und vibrierte an seiner Hüfte. Als er die Tür öffnete, sah er, dass Paige davor auf ihn wartete. »Ich muss wieder ins Krankenhaus«, log er. »Es gibt Komplikationen bei einer Herz-Lungen-Transplantation.«

Paige nickte. Nicholas schob sich an ihr vorbei und kämpfte gegen das Verlangen an, sie in den Arm zu nehmen und zu sagen: *Lass uns einfach weggehen. Nur du und ich. Dann wird alles anders werden.* Doch stattdessen ging er ins Badezimmer, duschte rasch und zog sich frische Sachen an.

Als er ging, saß Paige im Kinderzimmer auf dem Schaukelstuhl. Sie hatte ihr Nachthemd bis zum Bauch geöffnet, der noch immer weich und rund war. Max' Lippen hatten sich fest um ihre rechte Brustwarze geschlossen, und mit jeder Bewegung seines Mundes schien er mehr und mehr von ihr in sich hineinzusaugen. Nicholas' Blick wanderte zu Paiges Gesicht. Sie schaute zum Fenster hinaus, und er sah, dass sie ihre Augen vor Schmerz zusammenkniff. »Tut das weh?«, fragte Nicholas.

»Ja.« Paige sah ihn nicht an. »Das ist auch so etwas, was sie einem nicht sagen.«

Nicholas fuhr schnell zum Mass General. Er öffnete alle Fenster im Wagen und drehte das Radio so laut wie möglich auf. Er versuchte, das Echo von Max' Schreien zu ersticken und den Anblick auszublenden, den Page geboten hatte, kurz bevor er aus dem Haus gegangen war. Er hatte zumindest das Glück, einfach gehen zu können.

Als Nicholas am Schwesternzimmer der Notaufnahme vorbeikam, hob Phoebe, die ihn schon seit Jahren kannte, die Augenbrauen. »Sie haben heute Nacht keinen Dienst, Dr. Prescott«, sagte sie. »Haben Sie mich etwa schon vermisst?«

Nicholas lächelte sie an. »Ich kann einfach nicht ohne Sie leben, Phoebe«, antwortete er. »Brennen Sie mit mir nach Mexiko durch.«

Phoebe lachte und öffnete eine Krankenakte. »Und so etwas von einem frischgebackenen Vater.«

Nicholas schritt mit dem Selbstvertrauen durch die Flure, das die Menschen von ihm erwarteten. Er strich mit den Fingern über die hellblauen Fliesen an den Wänden und hielt auf das kleine Zimmer zu, das den Bereitschaftsärzten als Unterkunft diente. Es war kaum größer als eine Zelle im Knast, doch Nicholas freute sich über den vertrauten Geruch von Formaldehyd, Desinfektionsmittel und blauer Baumwolle, als hätte er einen Palast betreten. Sein Blick wanderte über die ordentlich gemachte Koje, die fast den gesamten Raum einnahm, dann zog er die Decke zurück. Er schaltete seinen Pieper aus und legte ihn am Kopfende des Bettes auf den Boden. Er erinnerte sich an die einzige Ge-

279

burtsvorbereitungsstunde, an der er teilgenommen hatte, und an die sanfte Stimme der Kursleiterin, als sie den Schwangeren zugesäuselt hatte: *Stellen Sie sich einen langen, weißen Strand vor.* Nicholas sah sich ausgestreckt auf dem Strand im Licht einer fiebrigen Sonne. Und er schlief zur Musik eines imaginären Ozeans ein, dessen Rhythmus an das Schlagen eines Herzens erinnerte.

KAPITEL 16

PAIGE

Ich wachte in einer Pfütze meiner eigenen Milch auf. Es war dreißig Minuten her, seit ich Max abgesetzt hatte, und im Nebenzimmer brabbelte er bereits wieder vor sich hin, wie er es immer tat, wenn er glücklich aufgewacht war. Ich hörte das Geräusch der Rassel und anderer Spielsachen, die er zwar noch nicht erkannte, gegen die er aber von Zeit zu Zeit trat. Max' Gurgeln wurde lauter, hartnäckiger. »Ich komme ja!«, brüllte ich durch die Wand hindurch. »Nur eine Minute!«

Ich zog Nicholas' Polohemd aus – meine eigenen Oberteile waren mir zu eng um die Brust – und wechselte meinen BH. Ich stopfte weiche Flanelltaschentücher in die Körbchen. Das war ein Trick, den ich entdeckt hatte, nachdem die kommerziellen Stilleinlagen immer an meinem Busen kleben geblieben waren. Ein neues Hemd zog ich jedoch nicht an. Max trank so oft, dass ich manchmal stundenlang oben ohne durchs Haus lief, wobei meine Brüste immer schwerer und schwerer wurden, wenn sie wieder auffüllten, was Max ihnen genommen hatte.

Max' winziger Mund machte bereits Saugbewegungen, als ich an seine Wiege kam. Ich hob ihn heraus und öffnete den BH vorne. Ich wusste nicht mehr, ob er zuletzt links oder rechts getrunken hatte, denn ich musste ihn so oft stillen, dass irgendwie alles miteinander verschmolz. Kaum hatte ich mich auf den Schaukelstuhl gesetzt, da begann Max auch schon zu saugen. Es waren lange, tiefe Züge, die ein Zittern durch meinen ganzen Leib jagten. Ich zählte zehn Minuten auf meiner Uhr ab, dann wechselte ich die Brust.

Wegen des bevorstehenden Abenteuers hatte ich es an diesem Morgen ein wenig eilig. Heute würde ich zum ersten Mal mit Max hinausgehen, nur wir zwei. Nun ja, genau genommen hatte ich das schon einmal gemacht. Ich hatte die Wickeltasche gepackt und es irgendwie geschafft, den Kindersitz korrekt festzumachen. Doch kaum hatten wir die erste Straßenecke erreicht, begann er so laut zu schreien, dass ich beschlossen hatte, umzukehren und Nicholas zu bitten, zur Bank zu gehen. So war ich zwei Wochen lang eine Gefangene in meinem eigenen Haus gewesen, die Sklavin eines winzigen Tyrannen, der ohne mich nicht leben konnte.

Sechs Wochen lang hatte ich nur geschlafen, wenn Max es mir erlaubt hatte. Ich hatte ihn gewickelt und trockengelegt, wann immer er danach verlangt hatte, und ich hatte ihn von mir trinken lassen. Ich schenkte ihm so viel von meiner Zeit, dass ich betete, er möge mir wenigstens einmal zehn bis fünfzehn Minuten für mich selber lassen. Doch wenn er dann tatsächlich einmal ein wenig länger schlief, saß ich nur auf der Couch, atmete tief durch und versuchte, mich daran zu erinnern, wie ich früher meinen Tag verbracht hatte. Ich fragte mich, wie das alles so schnell hatte geschehen können: Vor noch gar nicht allzu langer Zeit hatte Max in *mir* gelebt, er hatte dank *meines* Blutes überlebt, *meines* Körpers. Und jetzt? Jetzt hatte sich das umgekehrt, und *ich* war ein Teil von *ihm* geworden.

Ich legte Max im Laufstall auf den Rücken und schaute zu, wie er an einem Zipfel seiner Decke nuckelte.

Gestern war eine Frau von der La Leche Liga vorbeigekommen. Das Krankenhaus hatte sie zwecks einer Nachsorgevisite vorbeigeschickt. Widerwillig hatte ich sie hereingelassen und Spielsachen und alte Zeitschriften unter die Möbel getreten, als ich vorausgegangen war. Ich fragte mich, ob die Frau wohl etwas zu dem Staub auf dem Kaminsims bemerken würde, den überquellenden Mülleimern oder der Tatsache, dass wir an den Steckdosen noch keine Kindersicherungen hatten.

Sie machte jedoch überhaupt keine Bemerkung zum Haus, sondern hielt direkt auf Max' Laufstall zu. »Er ist wunderschön«, sagte sie und gurrte Max etwas vor. Ich fragte mich, ob sie das wohl über alle Babys sagte, die sie sah. Ich hatte selbst auch einmal geglaubt, alle Babys seien niedlich, aber das stimmte nicht. Auf der Säuglingsstation des Krankenhauses war Max ohne Frage das bei Weitem hübscheste Kind gewesen. Er hatte ebenholzfarbenes feines, welliges Haar und kühle, fordernde Augen. Er ähnelte Nicholas so sehr, dass ich ihn manchmal einfach nur staunend anstarrte.

»Ich wollte nur nachsehen, wie es so mit dem Stillen läuft«, sagte die Frau. »Sie stillen doch noch, oder?«

»Ja«, antwortete ich ihr. »Es läuft alles prima.« Ich zögerte und erzählte ihr dann, dass ich darüber nachdachte, Max einmal am Tag eine Flasche Muttermilchersatz zu geben – nur eine –, damit ich mal etwas erledigen oder mit ihm spazieren gehen könne, ohne mir Gedanken zu machen, ihm in aller Öffentlichkeit die Brust geben zu müssen.

Die Frau war entsetzt. »Das wollen Sie doch sicher nicht«, sagte sie. »Jedenfalls noch nicht. Er ist doch erst sechs Wochen alt, oder? Er hat sich noch nicht richtig an die Brust gewöhnt, und wenn sie ihm die Flasche geben ... Nun, wer weiß, was dann passieren würde?«

Ich erwiderte nichts darauf, sondern dachte: *Ja, wer weiß, was dann passieren würde?* Vielleicht würde Max sich so ja selbst abstillen. Vielleicht würde dann ja keine Milch mehr in meine Brust schießen, und ich würde wieder in meine Kleider passen und die zwölf Pfund verlieren, die ich noch immer auf den Hüften hatte. Ich verstand auch nicht, warum es ein Problem sein sollte, Ersatzprodukte zu nehmen. In den Sechzigern hatten das alle gemacht, und wir hatten uns auch ganz normal entwickelt.

Ich bot der Frau Tee an und hoffte, sie würde das nicht annehmen, denn ich hatte gar keinen. »Ich muss leider gehen«, sagte sie dann auch und tätschelte meine Hand. »Haben Sie noch Fragen?«

»Ja«, antwortete ich, ohne nachzudenken. »Wann normalisiert sich mein Leben wieder?«

Und die Frau hatte gelacht und die Haustür geöffnet. »Wie kommen Sie darauf, dass es sich je wieder normalisieren wird?«, hatte sie erwidert und war verschwunden.

Heute würde ich mich vom Gegenteil überzeugen. Heute war der Tag, an dem ich mich wieder wie ein normaler Mensch benehmen würde. Max war nur ein Baby, und es gab wirklich keinen Grund, warum nicht ich den Terminplan festlegen sollte. Schließlich *musste* er ja nicht alle zwei Stunden trinken. Wir würden es auf vier ausdehnen. Und er musste auch nicht in seiner Wiege oder im Laufstall schlafen. Er konnte genauso gut im Auto vor sich hin dösen, während ich ein paar Einkäufe erledigte. Und wenn ich erst einmal wieder draußen an der frischen Luft war, dann würde ich mich auch nicht mehr so ausgelaugt fühlen. Heute, sagte ich mir selbst, war der Tag, an dem ich noch einmal von vorne beginnen würde.

Ich hatte Angst, Max auch nur für eine Minute allein zu lassen, weil ich so viel über Todesfälle in der Wiege gelesen hatte. Vor meinem geistigen Auge sah ich schon, wie Max sich mit seinem Plüschwurm selbst erwürgte oder an einer Wollfaser aus der Decke erstickte. Also klemmte ich ihn mir unter den Arm und trug ihn ins Kinderzimmer. Ich legte ihn auf den Teppich, während ich sieben Windeln in die Wickeltasche packte, ein Lätzchen, eine Rassel und – nur für den Fall – Seife und Shampoo.

»Okay«, sagte ich und drehte mich zu Max um. »Was würdest du gerne anziehen?«

Max schaute mich an und schürzte die Lippen, als würde er darüber nachdenken. Draußen war es verhältnismäßig warm, und ich hielt es für überflüssig, ihm einen Anorak anzuziehen, aber andererseits ... Was wusste ich schon? Max trug bereits ein Unterhemd und einen mit Elefanten bedruckten Strampler, ein Geschenk von Leroy und Lionel. Max begann, sich auf dem Boden zu winden, was bedeutete, dass er gleich schreien würde. Ich hob ihn hoch und holte ein dünnes Sweatshirt mit Kapuze und eine dicke blaue Wolljacke aus der fast leeren Kommode. Mit all den Sachen am Leib würde Max sich doch sicher nicht erkälten. Ich legte ihn auf den Wickeltisch und hatte ihm das Sweatshirt schon halb angezogen, als ich merkte, dass ich ihm noch eine frische Windel anziehen musste. Also zog ich ihn wieder aus, was ihn prompt zum Schreien veranlasste, und begann, ihm etwas vorzusingen. Manchmal beruhigte ihn das, egal was ich sang. Es war der Klang meiner Stimme, die diese Wirkung auf ihn hatte.

Die Ärmel der Jacke waren zu lang, und das ärgerte Max, denn jedes Mal, wenn er sich die kleine Faust in den Mund stecken wollte, blieb Wolle an seinen Lippen hängen. Ich versuchte, die Ärmel hochzukrempeln, aber dabei verknoteten sie sich nur. Schließlich seufzte ich. »Lass uns einfach gehen«, sagte ich zu meinem Sohn. »Nach einer Weile fällt dir das gar nicht mehr auf.«

Heute war der Tag meiner Sechs-Wochen-Nachsorge bei Dr. Thayer. Ich freute mich schon darauf, die Leute wiederzusehen, mit denen ich seit Jahren zusammengearbeitet hatte – erwachsene Menschen. Außerdem betrachtete ich diese Untersuchung als die letzte meiner Schwangerschaft. Danach würde ich eine ganz neue Frau sein.

Max schlief auf dem Weg zu Dr. Thayer ein. Als wir auf den Parkplatz fuhren, ertappte ich mich dabei, wie ich die Luft anhielt. Ich schnallte mich vorsichtig ab und betete, dass er nicht aufwachen würde. Ich verzichtete sogar darauf, die Wagentür zu schließen, damit das Geräusch ihn nicht weckte. Aber Max schien sich auf eine längere Ruhephase eingerichtet zu haben. Ich hob den Kindersitz heraus, trug ihn wie einen Korb Obst und ging die mir so vertrauten Stufen zur Praxis hinauf.

»Paige!« Mary, die Rezeptionistin, die mich ersetzt hatte, stand sofort auf, als ich durch die Tür kam. »Komm, ich helfe dir.« Sie kam zu mir, nahm mir mein Kind ab und stupste Max in die rosige Wange. »Er ist einfach nur zum Verlieben«, sagte sie, und ich lächelte.

Als sie meinen Namen hörten, kamen sofort drei Arzthelferinnen ins Wartezimmer. Sie umarmten mich und tauchten mich in eine Wolke aus Parfüm und dem Geruch ihrer sauberen, gestärkten Kittel. »Du siehst wunderbar aus«, sagte eine von ihnen. Mein zerzaustes, verfilztes Haar, die beiden verschiedenen Socken und meine wächserne Haut hatten sie offenbar übersehen.

Mary war diejenige, die die anderen wieder zur Tür hinausscheuchte. »Ladys«, sagte sie, »wir haben hier eine Praxis zu führen.« Sie trug Max zu einem leeren Stuhl, umgeben von mehreren hochschwangeren Frauen. »Dr. Thayer kommt etwas später«, sagte sie zu mir. »Und? Was gibt es Neues?«

Dann klingelte das Telefon, und Mary lief zu ihrem Schreibtisch. Ich schaute ihr hinterher. Am liebsten wäre ich ihr nachgelaufen und hätte sie beiseitegestoßen, um in der obersten Schublade nach Büroklammern und Rechnungen zu kramen und mich mit einem nüchternen ›Praxis Dr. Thayer‹ am Telefon zu melden. Schon vor Max' Geburt hatten Nicholas und ich beschlossen, dass ich daheim bei ihm bleiben sollte. Von Kunsthochschule war nun keine Rede mehr, da wir uns nicht die Studiengebühren *und* eine Tagesmutter leisten konnten. Und was die Frage betraf, ob ich weiter arbeiten gehen sollte: Nun, mein Gehalt im *Mercy* und in Dr. Thayers Praxis zusammen hätte gerade einmal für eine Tagesmutter gereicht. Es rechnete sich also nicht. *Außerdem willst du doch sicher nicht, dass eine Fremde sich um ihn kümmert, oder?*, hatte Nicholas gesagt. Und ich nehme an, da musste ich ihm zustimmen. *Ein Jahr*, hatte er gesagt und gelächelt. *Geben wir der ganzen Sache ein Jahr. Dann werden wir sehen.* Und ich hatte sein Lächeln erwidert und meinen immer dicker werdenden Bauch gestreichelt. Ein Jahr. Was war schon ein Jahr?

Ich beugte mich vor und öffnete den Reißverschluss an Max' Jacke sowie die obersten Knöpfe des Kapuzensweaters darunter. Er schwitzte. Ich hätte ihm gerne beides ausgezogen, doch das hätte ihn mit Sicherheit geweckt, und das wollte ich auf keinen Fall. Eine der Schwangeren lächelte mich an. Sie hatte gesundes, dickes brünettes Haar, das ihr in Wellen über die Schultern fiel. Sie trug ein ärmelloses Umstandskleid und Espadrilles. Und sie schaute auf Max hinunter und strich sich instinktiv über den Bauch.

Als ich mich umschaute, sah ich, dass die meisten anderen Frauen hier meinem Baby beim Schlafen zuschauten. Und sie hatten alle den gleichen Gesichtsausdruck: irgendwie verträumt und mit einer Sanftheit im Blick, die ich in meinen Augen nie gesehen hatte. »Wie alt ist er?«, erkundigte sich die erste Frau.

»Sechs Wochen«, antwortete ich und schluckte den Kloß in meinem Hals hinunter. Alle anderen drehten sich beim Klang meiner Stimme um. Sie warteten darauf, dass ich ihnen etwas erzählte – irgendwas –, eine Geschichte, die ihnen vermittelte, das Warten würde sich lohnen, dass die Wehen gar nicht so schrecklich wären und dass ich nie in meinem Leben glücklicher gewesen sei. »Es ist nicht so, wie Sie denken«, hörte ich mich selbst mit belegter Stimme sagen. »Seit seiner Geburt habe ich nicht mehr geschlafen. Ich bin ständig müde. Und ich weiß nicht, was ich mit ihm tun soll.«

»Aber er ist doch so süß«, bemerkte eine andere Frau.

Ich starrte sie an, ihren Bauch und das Baby darin. »Wenn Sie das wirklich glauben, dann können Sie sich glücklich schätzen«, sagte ich.

Wenige Minuten später rief Mary mich auf. Ich wurde in ein kleines weißes Untersuchungszimmer gebracht, in dem die schematische Darstellung einer Gebärmutter an der Wand hing. Ich zog mich aus und den Papierkittel an, dann öffnete ich die Schublade des kleinen Eichentisches. Darin befanden sich ein Maßband und ein Stethoskop. Ich strich über die Geräte und schaute kurz zu dem noch immer schlafenden Max. Ich erinnerte mich noch daran, wie ich während der Schwangerschaftsuntersuchungen auf dem Stuhl gelegen und mir die verstärkten Herztöne meines Kindes angehört hatte. Damals hatte ich mich gefragt, wie er wohl aussehen würde.

Dr. Thayer betrat mit einem Stapel Papier in der Hand den Raum. »Paige!«, rief sie, als wäre sie überrascht, mich hier zu sehen. »Wie fühlen Sie sich?«

Sie winkte mich zu einem Hocker, auf den ich mich setzen und mich mit ihr unterhalten konnte, bevor ich auf den Untersuchungsstuhl klettern und die demütigende Untersuchung über mich ergehen lassen musste. »Es geht mir gut«, antwortete ich.

Dr. Thayer klappte meine Krankenakte auf und machte sich ein paar Notizen. »Keine Schmerzen? Und keine Probleme mit dem Stillen?«

»Nein«, antwortete ich. »Keine Probleme.«

Sie drehte sich zu Max um, der in seinem Tragesitz schlief wie ein Engel. »Er ist wunderbar«, bemerkte Dr. Thayer und lächelte mir zu.

Ich starrte meinen Sohn an. »Ja«, sagte ich und spürte wieder dieses Würgen im Hals. »Das ist er.« Dann legte ich den Kopf in die Hände und brach in Tränen aus.

Ich schluchzte, bis ich keine Luft mehr bekam, und ich war fest davon überzeugt, Max so zu wecken, doch als ich wieder zu ihm schaute, schlief er immer noch friedlich. »Sie müssen glauben, ich sei verrückt«, flüsterte ich.

Dr. Thayer legte mir die Hand auf den Arm. »Ich glaube, Sie sind wie jede andere frischgebackene Mutter. Was Sie empfinden, ist vollkommen normal. Ihr Körper hat gerade eine äußerst traumatische Erfahrung hinter sich, und jetzt braucht er Zeit zu heilen, und Sie müssen sich erst einmal mit der Tatsache abfinden, dass Ihr Leben sich nun verändern wird.«

Ich griff nach einem Papiertuch. »Ich bin furchtbar zu ihm. Ich weiß nicht, was es bedeutet, Mutter zu sein.«

Dr. Thayer schaute das Baby an. »Also für mich sieht es so aus, als würden Sie Ihren Job ganz gut machen«, sagte sie, »auch wenn das Sweatshirt *und* die Jacke vielleicht ein wenig übertrieben sind.«

Ich zuckte unwillkürlich zusammen. Ich hatte schon wieder etwas falsch gemacht, und ich hasste mich dafür. »Wie lange dauert es denn?«, fragte ich und meinte tausend Dinge damit: Wie lange dauert es, bis ich weiß, was ich tue? Wie lange, bis ich wieder ich selbst bin? Wie lange, bis ich mein Kind mit Liebe und nicht mit Angst betrachten kann?

Dr. Thayer half mir zum Untersuchungsstuhl. »Es wird den Rest Ihres Lebens andauern«, antwortete sie.

Ich hatte noch immer Tränen auf den Wangen, als Dr. Thayer ging, Tränen der Erinnerungen, die ich nicht einfach wegwischen konnte. Ich hatte mich vor meiner alten Chefin zur Närrin gemacht. Ich verließ die Praxis, ohne mich von jemandem zu verabschieden – noch nicht einmal von Mary, die mir hinterherrief, als ich die Tür hinter mir schloss. Ich schleppte Max auf den Parkplatz, und der Tragesitz, in dem er lag, wurde mit jedem Schritt schwerer. Der Riemen der Wickeltasche schnitt mir in die Schulter, und ich hatte Rückenschmerzen von dem einseitigen Gewicht. Max schlief noch immer – ein Wunder! –, und ich betete zur Gottesmutter. Sie musste mich doch besser verstehen als jede andere Heilige. Nur noch eine halbe Stunde, betete ich, dann werde ich wieder zu Hause sein und ihn füttern ... wie immer.

Der Parkplatzwächter war ein Teenager mit einer Haut so schwarz wie Pech und Zähnen, die in der Sonne funkelten. Er trug einen Ghettoblaster auf der Schulter. Ich gab ihm mein Ticket, und er gab mir meine Schlüssel. Vorsichtig öffnete ich die Beifahrertür und machte Max' Sitz mit dem Sicherheitsgurt fest. Dann schloss ich die Tür leiser, als ich mir bis dahin hätte vorstellen können, und schließlich ging ich um den Wagen herum auf meine Seite.

In dem Moment, als ich die Fahrertür öffnete, schaltete der Parkplatzwächter seinen Ghettoblaster an. Donnernde Rap-Musik zerriss die Luft wie ein Sommergewitter und ließ den Wagen, den Asphalt und die Wolken beben. Der Junge nickte im Rhythmus und vollführte einen Hiphop-Tanz entlang der Begrenzungsstreifen. Max öffnete die Augen und kreischte lauter, als ich ihn je gehört hatte.

»Schschsch«, sagte ich und tätschelte ihm den Kopf, der rot und verschwitzt von der Kapuze war. »Du warst bis jetzt doch so brav.«

Ich legte den Gang ein und fuhr los, doch das ließ Max

nur umso lauter schreien. Er hatte so lange geschlafen, dass er einfach Hunger haben *musste*, aber ich wollte ihn hier nicht füttern. Wenn ich ihn einfach nur nach Hause bringen konnte, würde schon alles wieder gut werden. Ich fuhr um die parkenden Fahrzeuge herum und kam zur Ausfahrt. Max war knallrot vor Anstrengung und drohte bereits, an seinem eigenen Schluchzen zu ersticken.

»Himmel!«, rief ich, zog die Handbremse an und löste den Gurt um Max' Trage. Dann zog ich das Hemd aus und fummelte meine Brust aus dem BH. Max versteifte sich, als ich ihn hochhob und seinen heißen kleinen Leib an meinen drückte. Die raue Wolle der Jacke scheuerte auf meiner Haut, und Max' Finger krallten sich in meine Rippen. Jetzt begann auch ich zu weinen, und Tränen tropften auf das Gesicht meines Sohnes. Fluchend stapfte der junge Parkplatzwächter auf mich zu. Rasch zog ich mein Hemd über Max' Kopf in der Hoffnung, ihn so zum Schweigen zu bringen. Ich ließ das Fenster nicht runter. »Sie versperren die Einfahrt«, sagte der Junge und funkelte mich wütend an.

Die Rap-Musik dröhnte in meinem Kopf. Ich wandte mich von dem Jungen ab und drückte Max enger an mich. »Bitte«, sagte ich und schloss die Augen. »Bitte, lassen Sie mich einfach allein.«

*

Dr. Thayer hatte mir gesagt, ich solle mir auch mal etwas gönnen. Also beschloss ich, ein schönes, heißes Bad zu nehmen, nachdem Max um acht Uhr eingeschlafen war. Ich nahm das Babyfon, das die Fogertys uns geschenkt hatten, und stellte es im Badezimmer auf. Um zehn Uhr würde Nicholas kommen, und Max würde vermutlich bis Mitternacht schlafen. Und wenn mein Mann kam, wollte ich bereit sein.

Nicholas und ich hatten uns seit dem fünften Schwangerschaftsmonat nicht mehr geliebt, seit der Nacht, in der es mir so wehgetan und ich ihn gebeten hatte aufzuhören. Wir sprachen nie darüber. Nicholas redete nicht gerne über solche Dinge. Und je unwohler ich mich gefühlt hatte, desto weniger hatte mich das gekümmert. Aber jetzt brauchte ich ihn. Ich musste wissen, ob mein Körper mehr als nur eine Geburtsmaschine und Futterkrippe war. Ich musste hören, dass ich schön war. Ich musste Nicholas' Hände auf mir spüren.

Ich ließ das Badewasser ein und stellte es zwischendurch dreimal ab, weil ich glaubte, Max gehört zu haben. In einer Ecke des Medizinschranks fand ich Veilchenbadesalz, und ich schaute zu, wie es sich im heißen Wasser auflöste. Dann zog ich mein Sweatshirt und die Unterhose aus und stellte mich vor den Spiegel.

Mein Körper war mir fremd geworden. Seltsam ... Ich erwartete noch immer, einen dicken, runden Bauch zu sehen. Aber dieser dünnere Leib war auch nicht so, wie er sein sollte. Überall hatte ich purpurfarbene Streifen. Meine Haut hatte die Farbe von altem Pergament, und sie schien sich auch genauso zu spannen. Meine Brüste hingen tief und waren voll, mein Bauch weich. Ich war jemand anderes geworden.

Ich sagte mir selbst, Nicholas würde noch immer gefallen, was er sah. Immerhin waren diese Veränderungen ja darauf zurückzuführen, dass ich sein Kind geboren hatte. Darin lag doch bestimmt auch etwas Schönes. Ich ließ mich in das dampfende Wasser gleiten und strich mit den Händen über meine Arme, meine Füße und meine Zehen. Kurz nickte ich ein und wachte wieder auf, als mein Kinn unter Wasser tauchte. Dann stieg ich aus der Wanne, trocknete mich ab und ging vollkommen nackt in die Küche, wobei ich feuchte Fußabdrücke auf dem Teppichboden hinterließ.

Ich hatte eine Flasche Wein in den Kühlschrank gestellt, und die holte ich jetzt heraus und brachte sie mit zwei dickwandigen blauen Wassergläsern ins Schlafzimmer. Anschließend kramte ich in meinen Schubladen nach dem dünnen Seidenhemd, das ich in unserer Hochzeitsnacht getragen hatte. Es war das einzige Stück sexy Unterwäsche, das ich besaß. Ich zog es mir über den Kopf, doch es blieb an meiner Brust hängen. Mir war gar nicht der Gedanke gekommen, dass es mir nicht mehr passen könnte. Ich wand mich und zog, und schließlich gelang es mir, es überzuziehen, doch es spannte an Brust und Hüfte, und mein Bauch war nicht länger flach, sondern trat deutlich hervor.

Ich hörte Nicholas' Auto in die Einfahrt fahren. Wie benommen lief ich im Schlafzimmer herum und schaltete sämtliche Lampen aus. Ich lächelte vor mich hin. Es würde genau wie beim ersten Mal sein. Leise öffnete Nicholas die Haustür und stieg die Treppe hinauf. Kurz blieb er vor unserer Schlafzimmertür stehen. Dann stieß er sie auf und starrte mich an. Ich saß mitten auf dem Bett. Ich hatte die Füße unter mich geschoben, und das Haar fiel mir über die Augen. Ich wollte etwas zu ihm sagen, doch es verschlug mir den Atem. Selbst mit halb geöffneter Krawatte, leicht gebeugter Haltung und mit hängenden Schultern war Nicholas der bestaussehendste Mann, den ich je gesehen hatte.

Er schaute mich an und sog zischend die Luft ein. »Ich hatte wirklich einen langen Tag, Paige«, sagte er leise.

Meine Finger krallten sich in die Tagesdecke. »Oh«, erwiderte ich.

Nicholas setzte sich auf die Bettkante und schob die Finger unter den schmalen Träger des Negligees. »Wo hast du das Ding denn her?«, fragte er.

Ich schaute ihn an. »Das hast du mich auch gefragt, als ich es zum ersten Mal getragen habe«, antwortete ich.

Nicholas schluckte und wandte sich ab. »Tut mir leid«, sagte er. »Aber es ist wirklich schon spät, und ich muss schon früh wieder im Krankenhaus sein, um ...«

»Es ist erst zehn«, unterbrach ich ihn und nahm ihm die Krawatte ab. »Es ist schon sehr lange her«, sagte ich leise.

Einen Augenblick lang sah ich einen kleinen Funken, der seine Augen von innen leuchten ließ. Er streichelte mich über die Wange und berührte meine Lippen mit seinen. Dann stand er auf.

»Ich muss duschen«, sagte er.

Er ließ mich auf dem Bett sitzen, während er ins Badezimmer ging. Ich zählte bis zehn, dann hob ich den Kopf und stand ebenfalls auf. Ich folgte Nicholas ins Badezimmer. Die Dusche lief bereits.

»Bitte«, flüsterte ich, und er wirbelte herum, als hätte er einen Geist gehört. Dampf stieg zwischen uns auf. »Du weißt nicht, wie das für mich ist«, sagte ich.

Der Spiegel beschlug, und das Badezimmer wurde eingenebelt, sodass Nicholas' Stimme gedämpft klang, als er sagte: »Paige ...«

Ich trat einen Schritt auf ihn zu und legte in Erwartung eines Kusses den Kopf auf die Seite. Über das Babyfon hörte ich Max im Schlaf seufzen.

Nicholas zog mir das Negligee über den Kopf, nahm mich an den Hüften und ließ seine Hände meine Rippen hinaufwandern. Bei seiner Berührung stöhnte ich und reckte mich ihm entgegen. Dann spritzte plötzlich ein dünner Milchstrahl aus meinem Busen und auf seine Brust.

Ich schaute an mir herunter und ärgerte mich über den Verrat meines Körpers. Als ich mich Nicholas wieder zuwandte, erwartete ich, dass er es ignorierte oder einen Scherz darüber machte. Auf das, was ich in seinen Augen sah, war ich jedoch nicht vorbereitet. Er wich einen Schritt von mir zurück, und sein Blick wanderte entsetzt über meinen Körper. »Ich ... Ich kann nicht«, brachte er erstickt hervor. »Noch nicht.«

Nicholas berührte mich kurz an der Wange und küsste mich dann flüchtig auf die Stirn, als wolle er es so schnell wie möglich hinter sich bringen. Anschließend stieg er in die Dusche, und ich hörte dem Prasseln des Wassers eine Weile zu. Dann hob ich die Seide vom Boden auf, hielt sie mir vor den Leib und verließ das Badezimmer.

Ich zog das älteste, weichste Nachthemd an, das ich besaß. Es wurde vorne zugeknöpft und war mit kleinen Pandabären bedruckt. Als ich wieder auf den Flur hinaustrat, stellte Nicholas das Wasser ab. Vorsichtig öffnete ich die Tür des Kinderzimmers. Im Inneren war es stockdunkel. Nicholas würde nicht zu mir kommen. Nicht heute Nacht. Ich tastete

mich durch die Dunkelheit, ging um den großen Plüsch-
strauß herum, den Marvela geschickt hatte, und strich mit
den Händen über den Bezug des Wickeltisches. Dann stolperte ich und stieß mir das Schienbein an der Wiege, bemerkte den klebrigen Fleck an meinem Fuß, und mir war
klar, dass es sich um mein eigenes Blut handelte. Schließlich
setzte ich mich, um Max' Atemzüge zu zählen, und ich wartete darauf, dass mein Sohn mich wieder rief.

Kapitel 17

Nicholas

»Du wirst schon wieder so spät nach Hause kommen? Ich verstehe einfach nicht, warum du es nicht einrichten kannst, ein wenig öfter zu Hause zu sein.«

»Paige, das ist doch lächerlich. Schließlich mache nicht ich den Dienstplan.«

»Aber du weißt nicht, wie es hier mit ihm ist, Tag und Nacht. Du hast wenigstens noch das Krankenhaus.«

»Weißt du eigentlich, was ich dafür geben würde, wenn ich dich mal *nicht* über deinen Tag jammern hören würde, wenn ich abends nach Hause komme?«

»Bitte entschuldige, Nicholas, aber ich bekomme nun einmal nicht allzu viel Besuch, bei dem ich mich stattdessen beschweren könnte.«

»Es zwingt dich doch niemand, zu Hause zu sitzen.«

»Es hilft mir aber auch niemand, wenn ich rausgehe.«

»Paige, ich werde jetzt ins Bett gehen. Ich muss früh wieder raus.«

»Du musst immer früh raus. Und natürlich zählst nur du, denn du bist ja derjenige, der das Geld nach Hause bringt.«

»Du tust etwas genauso Wichtiges. Betrachte es als deinen Job.«

»Das tue ich auch, Nicholas. Aber das war so nie geplant.«

*

Das Erste, was Nicholas auffiel, war, wie viele Bäume bereits blühten. Er hatte achtzehn Jahre in dieser Gegend gelebt, doch er hatte immer geglaubt, die japanischen Ahornbäume und die Apfelbäume, die mit ihren Ästen den Eingangsbereich beschatteten, würden erst *Ende* Juni blühen.

Nicholas blieb erst einmal ein paar Minuten im Wagen sitzen und überlegte sich, was er sagen wollte und wie. Er strich mit den Fingern über das blankpolierte Holz des Schaltknaufs, doch statt Holz fühlte er in seiner Erinnerung das weiche Leder seines kleinen Fanghandschuhs, den er als Kind besessen hatte. In der Einfahrt parkte der Jaguar seiner Mutter.

Nicholas war seit acht Jahren nicht mehr im Haus seiner Eltern gewesen, seit jenem Abend, an dem die Prescotts ihm unmissverständlich erklärt hatten, was sie von seiner Wahl von Paige als Ehefrau gehalten hatten. Damals war Nicholas so verbittert gewesen, dass er anderthalb Jahre lang jeglichen Kontakt zu seinen Eltern abgebrochen hatte. Aber dann war eine Weihnachtskarte von Astrid gekommen. Paige hatte sie zu den Rechnungen gelegt. Er hatte sie in seinen Händen gedreht und sie betrachtet wie ein Relikt aus der Antike. Er hatte mit den Fingern über die elegante Handschrift seiner Mutter gestrichen. Als er schließlich den Kopf gehoben hatte, sah er Paige auf der anderen Seite des Raumes. Sie hatte sich bemüht, so zu tun, als mache ihr das nichts aus. Dann hatte Nicholas die Karte um Paiges willen weggeworfen, doch am nächsten Tag hatte er seine Mutter aus dem Krankenhaus angerufen.

Nicholas redete sich ein, das tue er nicht, weil er seinen Eltern vergeben hatte oder weil er glaubte, sie hätten recht gehabt, was Paige betraf. Sie sprachen nie über Paige, wenn sie zweimal im Jahr miteinander telefonierten, zu Weihnachten und an Astrids Geburtstag. Und sie erwähnten auch Robert Prescott nicht, denn Nicholas hatte sich geschworen, niemals zu vergessen, wie sein Vater sich vor acht Jahren wie ein Geier auf Paige gestürzt hatte. Zu seiner Mutter zog es ihn aber allein schon aus Neugier hin.

Nicholas erzählte Paige nichts von diesen Telefonaten. Da seine Mutter Paige acht Jahre lang mit keinem Wort erwähnt hatte, ging er davon aus, dass seine Eltern ihre ursprüngliche Meinung über sie nicht geändert hatten. Die Prescotts schienen darauf zu warten, dass Nicholas' und Paiges Ehe auseinanderbrach, damit sie den Finger heben und sagen konnten: »Wir haben es dir ja gleich gesagt.« Seltsamerweise nahm Nicholas das nicht persönlich. Er sprach mit seiner Mutter nur, weil er die Verbindung nicht ganz abreißen lassen wollte, aber er unterteilte sein Leben in die Zeit vor und nach Paige. Die Gespräche der beiden konzentrierten sich zumeist auf Nicholas' Leben bis zu jenem verheerenden Streit, als wären seitdem nur Tage und keine Jahre vergangen. Sie sprachen über das Wetter, über Astrids Expeditionen, seine Entwicklung als Herzchirurg, den Kauf des Hauses, aber nie über Paiges Schwangerschaft. Nicholas gab seiner Mutter keinerlei Information, die den Graben zwischen ihnen noch hätte vergrößern können.

Es war nicht leicht für Nicholas, vor dem Heim seiner Kindheit zu sitzen und das Gefühl zu haben, dass seine Eltern vor all diesen Jahren vielleicht doch nicht ganz falsch gelegen hatten. Nicholas kam es vor, als würde er Paige schon ewig verteidigen, nur hatte er inzwischen vergessen, warum. Er drohte zu verhungern, weil Paige ihm nichts mehr zu essen machte. Oft war sie schon um halb fünf Uhr morgens wach, doch für gewöhnlich klebte dann Max an ihr. Manchmal – nicht oft – gab Nicholas dem Baby die Schuld an allem. Max war einfach das leichteste Ziel. Dieses alles verschlingende, kleine Ding hatte Nicholas die Frau genommen und aus ihr das mürrische, launische Weib gemacht, mit dem er nun sein Heim teilte. Es war schwer, Paige selbst die Schuld zu geben. Dann und wann schaute Nicholas ihr streitlustig in die Augen, doch alles, was er sah, war ein leerer Blick, und dann schluckte er seine Wut wieder herunter und empfand nur noch Mitleid.

Er verstand Paiges Problem nicht. Schließlich war er derjenige, der den ganzen Tag auf den Beinen war. Er war derjenige, dessen Ruf auf dem Spiel stand, und er war derjenige, dessen Fehler Menschen das Leben kosten konnten. Wenn irgendjemand das Recht hatte, erschöpft und reizbar zu sein, dann Nicholas. Paige saß doch nur mit dem Baby im Haus.

Und in der Zeit, die Nicholas mit seinem Sohn verbrachte, schien das gar nicht so schwer zu sein. Nicholas saß dann auf dem Boden, zog Max an den Zehen und lachte, wann immer sein Sohn die Augen aufriss und sich umschaute, um zu sehen, wer da an ihm herumzupfte. Vor gut einem Monat hatte Nicholas Max über dem Kopf herumgewirbelt und ihn dann an den Füßen gepackt und kopfüber hängen lassen. Max liebte das. Paige hatte ihnen von einer Ecke aus zugeschaut und eine Schnute gezogen. »Er wird dich vollkotzen«, sagte sie. »Er hat gerade getrunken.« Doch Max hatte die Augen weit geöffnet und betrachtet, wie die

Welt sich drehte. Als Nicholas das Baby wieder aufrichtete und in den Arm nahm, schaute Max seinen Vater direkt an. Dann erschien ein Lächeln auf dem winzigen Gesicht, und Max' Wangen wurden vor Freude rot. »Schau mal, Paige!«, rief Nicholas. »Ist das sein erstes, echtes Lächeln?« Und Paige nickte und schaute Nicholas ehrfürchtig an. Dann war sie hinausgegangen, um das Ereignis in Max' Babybuch zu vermerken.

Nicholas klopfte auf seine Brusttasche. Sie waren noch immer da: die Bilder von Max, die er gerade hatte entwickeln lassen. Wenn ihm danach zumute war, würde er seiner Mutter eines davon dalassen, wenn er ging. Eigentlich hatte er gar nicht kommen wollen. Es war Paige gewesen, die ihm vorgeschlagen hatte, seine Eltern anzurufen und sie wissen zu lassen, dass sie einen Enkel hatten. »Mit Sicherheit nicht«, hatte Nicholas erwidert. Natürlich glaubte Paige immer noch, dass er seit acht Jahren kein Wort mehr mit seinen Eltern gewechselt hatte, und vielleicht stimmte das in einem gewissen Sinne ja auch. In jedem Fall war Nicholas sich noch nicht im Klaren darüber, ob er bereit war, als Erster nachzugeben.

»Nun ja«, hatte Paige gesagt, »vielleicht ist es langsam mal an der Zeit, die Vergangenheit ruhen zu lassen.« Nicholas hatte das als heuchlerisch empfunden, doch dann hatte Paige gelächelt und ihm die Haare zerzaust. »Und außerdem«, hatte sie gesagt, »mit deiner Mutter könnten wir ein Vermögen an Babyfotos sparen.«

Nicholas lehnte sich zurück. Über ihm zogen die Wolken träge über den heißen Frühlingshimmel. Einmal, als ihr Leben noch unbelastet gewesen war, hatten Paige und Nicholas am Ufer des Charles gelegen, nach oben geschaut und versucht, Bilder in den vorbeiziehenden Wolken zu finden. Nicholas hatte nur geometrische Gebilde gesehen: Dreiecke, schmale Bögen und Polygone. Paige hatte seine Hand nehmen und mit dem Finger den Umriss einer weißen Form nachziehen müssen. *Da*, hatte sie gesagt. *Das da ist ein Indianerhäuptling. Und ganz links, da ist ein Fahrrad. Und da eine Reißzwecke und ein Känguru.* Nicholas hatte gelacht und sich wegen ihrer überschäumenden Fantasie erneut in sie verliebt. Doch nach und nach hatte auch er gesehen, wovon sie redete. Ja, das war keine Gewitterwolke, sondern der ausladende Kopfschmuck eines Siouxhäuptlings. Und da in der Ecke hüpfte tatsächlich ein Känguru. Wenn Nicholas durch Paiges Augen in den Himmel blickte, sah er plötzlich so viel mehr.

*

»Was ist los mit ihm?«

»Ich weiß es nicht. Der Arzt sagt, es sei vermutlich eine Kolik.«

»Eine Kolik? Aber er ist fast schon drei Monate alt. Koliken sollen mit drei Monaten doch eigentlich aufhören.«

»Ja, ich weiß. *Eigentlich.* Der Arzt hat mir auch gesagt, dass Babys, die zu Koliken neigen, häufig intelligenter sind als andere.«

»Soll uns das etwa dabei helfen, sein Geschrei zu ertragen?«

»Lass deine Wut nicht an mir aus, Nicholas. Ich habe nur deine Frage beantwortet.«

»Willst du ihn nicht holen?«

»Ja, nun ...«

»Himmel, Paige! Wenn das so ein Problem ist, dann hole ich ihn eben.«

»Nein. Du bleibst. Ich bin diejenige, die ihn füttern muss. Es ist sinnlos, dass du aufstehst.«

»Na schön.«

»Ja, wie schön.«

*

Nicholas zählte die Schritte, die er brauchte, um die Straße zu überqueren und den Weg zum Haus seiner Eltern zu erreichen. Tulpen säumten die Schieferplatten, mit denen der Weg gepflastert war: rot, gelb, weiß, rot, gelb, weiß, alles ganz ordentlich. Nicholas' Herz schlug im Takt seiner Schritte. Sein Mund war unnatürlich trocken. Acht Jahre waren eine sehr, sehr lange Zeit.

Nicholas dachte darüber nach zu klingeln, aber er wollte nicht plötzlich einem der Diener gegenüberstehen. Er holte seinen Schlüsselbund aus der Tasche und suchte zwischen seinen Krankenhausschlüsseln nach dem alten, matten, den er seit seiner Schulzeit an einem Messingring trug. Er hatte ihn nie weggeworfen, wusste aber nicht, warum, und seine Eltern hatten ihn nie zurückgefordert, was Nicholas auch nicht erwartet hatte. Es mochte ja viel zwischen Nicholas Prescott und seinen Eltern vorgefallen sein, doch in seiner Familie galten selbst für einen erbitterten Streit feste, zivilisierte Regeln.

Nicholas war auf die Hitzewelle nicht vorbereitet, die ihm in dem Augenblick den Rücken hinauflief, als der Schlüssel in das Schloss seiner Eltern glitt. Plötzlich erinnerte er sich wieder an den Tag, als er aus dem Baumhaus gefallen war und sich das Bein gebrochen hatte, sodass der Knochen durch die Haut gedrungen war. Und er erinnerte sich an das eine Mal, als er betrunken nach Hause gekommen und versehentlich im Zimmer der Haushälterin gelandet war. Und an den Morgen, als er die ganze Welt auf seinen Schultern getragen hatte, den Tag seines College-Abschlusses. Nicholas schüttelte den Kopf, um die Emotionen zu verdrängen, die ihn zu überwältigen drohten, und betrat das riesige Foyer.

Der schwarze Marmorfußboden spiegelte sein Gesicht perfekt, und die Angst in seinen Augen fand ihr Abbild in den gerahmten Fotos seiner Mutter an der Wand. Nicholas machte zwei Schritte, die wie Donner in seinen Ohren hallten. Er war sicher, dass nun jeder wissen würde, dass er hier war. Doch niemand kam. Nicholas warf seine Jacke auf einen antiken Stuhl und ging den Flur hinunter zur Dunkelkammer seiner Mutter.

Astrid Prescott entwickelte gerade Bilder von den Moab, einem Nomadenvolk, das zwischen Bergen aus Sand lebte, doch das Rot wollte ihr nicht gelingen. Sie sah das Rubinrot des Staubs noch deutlich vor sich, doch egal, wie viel Abzüge sie auch machte, sie traf nie den richtigen Ton. Der Staub wirbelte einfach nicht wütend genug um die Menschen herum, um sie in ihren Albträumen gefangen zu halten. Astrid legte die letzten Abzüge, die sie gemacht hatte, beiseite und kniff sich in die Nase. Vielleicht würde sie es morgen noch einmal versuchen. Sie nahm mehrere Kontaktabzüge von der Leine, und dann drehte sie sich um und sah ihren Sohn.

»Nicholas«, flüsterte seine Mutter.

Nicholas rührte sich nicht. Seine Mutter sah älter und zerbrechlicher aus, als er sie in Erinnerung hatte. Sie hatte sich das Haar im Nacken zusammengebunden, und die Venen auf ihren geballten Fäusten traten deutlich hervor, sodass ihre Hände wie eine Landkarte aussahen. »Ihr habt einen Enkel«, sagte Nicholas. Seine Worte klangen angespannt, abgehackt, und seine eigene Stimme hallte fremd in seinen Ohren wider. »Ich dachte, das solltet ihr wissen.«

Nicholas wandte sich zum Gehen, doch Astrid Prescott stürmte vor und warf die Abzüge der Wüstenbilder einfach auf den Boden. Die Berührung seiner Mutter hielt Nicholas zurück. Ihre mit Fixierer überzogenen Finger hinterließen Spuren auf seinem Arm. »Bitte, bleib«, sagte sie. »Ich habe so einen Nachholbedarf. Ich will dich ansehen. Und du brauchst sicher viel für das Baby. Ich würde ihn gerne sehen – oder sie? Und Paige auch.«

Nicholas betrachtete seine Mutter mit der kalten Reserviertheit, die sie ihm in ihrem Stolz anerzogen hatte. Dann holte er einen Schnappschuss von Max aus der Tasche und warf ihn auf den Tisch und auf das Bild eines Mannes mit Turban und uraltem, offenem Gesicht. »Es ist sicher nicht so gut wie deine«, sagte Nicholas und starrte auf die staunenden blauen Augen seines Sohnes. Als sie das Bild gemacht hatten, hatte Paige hinter Nicholas gestanden. Sie hatte sich eine weiße Socke über die Hand gezogen und Augen und eine lange, gespaltene Zunge darauf gemalt. Sie hatte die Socke bewegt und dabei gezischt und gerasselt wie eine Klapperschlange und so getan, als wolle sie Nicholas ins Ohr beißen. Irgendwann hatte Max dann tatsächlich gelächelt.

Nicholas zog sich von seiner Mutter zurück. Er wusste, dass er ihre Berührung nicht viel länger hätte ertragen können, ohne nachzugeben. Irgendwann hätte er nach seiner Mutter gegriffen, und indem er die Distanz zwischen ihnen aufgehoben hätte, wäre all der Groll wie weggefegt gewesen, der ohnehin schon zu verblassen schien. Nicholas atmete tief durch und straffte die Schultern. »An einem gewissen Punkt warst du nicht bereit, Teil meiner Familie zu sein.« Er wich einen Schritt zurück und trat dabei auf den Sonnenuntergang im Land der Moab. »Nun, jetzt bin ich nicht bereit dazu.« Und er drehte sich um und verschwand durch den schwarzen Vorhang der Dunkelkammer. Kurz zeichnete sich seine Gestalt vor dem Licht draußen ab. Dann war auch dieses Bild verschwunden – wie ein Geist.

*

»Ich bin heute hingegangen.«

»Ich weiß.«

»Woher weißt du das?«

»Du hast keine drei Worte mit mir gesprochen, seit du nach Hause gekommen bist. Du bist eine Million Meilen weit weg.«

»Eigentlich waren es nur etwa zehn Meilen. Brookline ist nicht so weit weg. Aber du bist ein Mädchen aus Chicago. Was weißt du schon?«

»Sehr komisch, Nicholas. Und? Was haben sie gesagt?«

»*Sie.* Singular. Ich wäre nicht gefahren, wenn mein Vater zu Hause gewesen wäre. Ich bin heute während der Mittagspause dort gewesen.«

»Ich wusste gar nicht, dass du Mittagspausen hast ...«

»Paige, fang nicht wieder von vorne an.«

»Und? Was hat *sie* gesagt?«

»Ich erinnere mich nicht. Sie wollte mehr wissen. Ich habe ihr ein Bild dagelassen.«

»Du hast nicht mit ihr geredet? Du hast dich nicht gesetzt und Tee mit ihr getrunken oder so?«

»Wir sind keine Briten.«

»Du weißt, was ich meine.«

»Nein, wir haben uns nicht gesetzt und Tee getrunken. Wir haben uns überhaupt nicht gesetzt. Ich war nur zehn Minuten da – höchstens.«

»War es sehr schwer? ... Warum schaust du mich so an? Was ist denn?«

»Wie kannst du nur? Du weißt schon ... Wie kannst du nur immer so direkt auf den Punkt kommen?«

»War es nun schwer oder nicht?«

»Es war schwerer als eine Herz-Lungen-Transplantation. Es war schwerer, als den Eltern eines Dreijährigen zu sagen, ihr Kind sei gerade auf dem Operationstisch gestorben. Paige, es war das Schwerste, was ich je in meinem Leben getan habe.«

»Oh, Nicholas.«

»Schaltest du jetzt das Licht aus?«

»Sicher.«

»Paige? Haben wir noch einen Abzug von dem Bild, das ich meinen Eltern gegeben habe?«

»Meinst du das von Max, als wir mit der Sockenschlange gespielt haben?«

»Ja. Das ist ein gutes Bild.«

»Ich kann noch einen Abzug machen lassen. Irgendwo müssen die Negative sein.«

»Ich will eins für mein Büro.«

»Du hast kein Büro.«

»Dann hänge ich es eben in meinen Spind ... Paige?«

»Hmmm?«

»Er ist ein hübsches und attraktives Kind, nicht wahr? Ich meine so ganz allgemein. Ich finde, Babys sehen eigentlich gar nicht so gut aus. Klingt es irgendwie anmaßend, wenn ich das sage? Das mit dem ›hübsch‹ und so, meine ich.«

»Nicht, wenn du der Vater bist.«

»Aber er sieht gut aus, stimmt's?«

»Nicholas, Liebling, er sieht genau wie du aus.«

KAPITEL 18

PAIGE

Ich las einen Artikel über eine Frau mit schweren postnatalen Stimmungsschwankungen. Sie zeigte Merkmale von manischer Depression und hatte Probleme mit dem Schlafen. Sie vernachlässigte sich, und ihr Blick wurde wild und unruhig. Und sie war immer wieder versucht, ihr kleines Mädchen zu verletzen. Sie nannte diese Gedanken ›den Plan‹ und erzählte – in Fragmenten – ihren Kollegen davon. Zwei Wochen nachdem sie diese Gedanken zum ersten Mal gehabt hatte, kam sie nach Hause und erstickte ihre acht Monate alte Tochter mit einem Sofakissen.

Und sie war nicht die Einzige gewesen. Da war noch eine Frau, die ihre ersten beiden Babys nur wenige Tage nach der Geburt getötet hatte, und als sie versuchte, auch das dritte Kind umzubringen, schritten die Behörden ein. Eine andere Frau wiederum hatte ihr zwei Monate altes Kind ertränkt und allen gesagt, es sei entführt worden. Eine dritte erschoss ihren Sohn. Und wieder eine andere überfuhr ihr Baby mit dem Auto.

Offenbar wurde in den Vereinigten Staaten ein heftiger juristischer Streit zu diesem Thema geführt. In England zum Beispiel wurden Frauen, die ihr Kind im ersten Jahr nach der Geburt töteten, automatisch des Totschlags angeklagt und nicht des Mordes. Man betrachtet das Verhalten als Geisteskrankheit und geht davon aus, dass achtzig Prozent aller frischgebackenen Mütter unter postnatalen Depressionen leiden. Bei einer von Tausend entwickelt sich das zu einer Psychose, und lediglich drei Prozent der Psychopathinnen gehen schließlich so weit, ihr eigenes Kind zu töten.

Ich ertappte mich dabei, wie ich die Zeitschrift so fest hielt, dass das Papier riss. Was, wenn ich eine dieser Frauen war?

Ich blätterte weiter und warf einen Blick zu Max in seinem Laufstall. Er kaute an einem Plastikwürfel, der zu einem Spielzeug gehörte, das noch viel zu kompliziert für Kinder in seinem Alter war. Nie schenkte uns jemand etwas, das für sein Alter angemessen gewesen wäre. Das Nächste, was ich las, war ein Selbsthilfeartikel. *Machen Sie sich eine Liste*, schlug der Autor vor, *eine Liste von allem, was Sie können*. Angeblich war man nach dem Erstellen solch einer Liste zufriedener mit sich selbst und hatte mehr Vertrauen in die eigenen Fähigkeiten. Ich griff zum Notizblock und einem stumpfen Bleistift. Ich schaute zu Max hinüber. *Ich kann eine Windel wechseln.* Ich schrieb das auf und auch alles andere. *Ich kann Muttermilchersatz anrühren. Ich kann Max anziehen. Ich kann ihn in den Schlaf singen.* Ich begann, mich zu fragen, ob ich auch noch Talente besaß, die nichts mit meinem Baby zu tun hatten. Nun, ich konnte zeichnen und manchmal mit einer einfachen Zeichnung ins Leben anderer Menschen sehen. Ich konnte Zimtbrötchen backen. Ich kannte den kompletten Text von ›A Whiter Shade of Pale‹. Ich konnte eine halbe Meile schwimmen, ohne müde zu werden – zumindest früher einmal. Ich kannte die Namen der bedeutendsten Friedhöfe von Chicago. Ich wusste, wie man Stromkabel auftrennt. Ich wusste, wie sich unsere Hypothekenrate zusammensetzte. Ich wusste, welche Buslinie zum Flughafen fuhr. Ich konnte Spiegelei machen und es ohne Pfannenheber wenden, und ich konnte meinen Mann zum Lachen bringen.

Es klingelte an der Tür. Ich stopfte die Liste in meine Tasche und klemmte mir Max unter den Arm. Nach dem Artikel über die Killermütter wollte ich ihn nicht alleine lassen. Durch das dünne Buntglas des Türfensters hindurch sah ich deutlich die braune Uniform des UPS-Mannes. »Hallo«, sagte ich. »Schön, Sie zu sehen.«

Seit Nicholas seiner Mutter erzählt hatte, sie habe einen Enkelsohn, kam der Paketdienst häufig vorbei. Astrid schickte uns große Pakete voll mit Büchern von Dr. Seuss und Babykleidung von Dior. Einmal hatte sie uns sogar ein großes Holzpferd geschickt. Und all das tat sie vermutlich nur aus einem einzigen Grund: Sie wollte sich so die Liebe von Nicholas und Max erkaufen. Ich mochte den UPS-Mann. Er war jung, und er nannte mich Ma'am, und er hatte sanfte braune Augen und ein verträumtes Lächeln. Manchmal, wenn Nicholas Bereitschaftsdienst hatte, war der Paketbote über Tage hinweg der einzige Erwachsene, den ich sah. »Hätten Sie vielleicht gerne einen Kaffee?«, fragte ich. »Es ist noch früh.«

Der UPS-Mann grinste mich an. »Danke, Ma'am«, erwiderte er, »aber ich kann nicht – nicht im Dienst.«

»Oh«, sagte ich und trat einen Schritt zurück. »Ich verstehe.«

»Es muss ziemlich hart sein«, bemerkte er.

Ich blinzelte ihn an. »Hart?«

»Mit einem Baby und so. Meine Schwester hat auch grad eins bekommen, und sie sagt, es sei schlimmer als hundert Siebtklässler im Frühling.«

»Nun«, erwiderte ich, »da hat sie vermutlich recht.«

Der UPS-Mann wuchtete das Paket in unser Wohnzimmer. »Brauchen Sie Hilfe beim Aufmachen?«

»Ich komme schon zurecht.« Ich zuckte mit den Schultern und lächelte leicht. »Trotzdem danke für das Angebot.«

Der Mann tippte sich an seine verschlissene braune Mütze und verschwand durch die offene Tür. Ich hörte seinen Truck die Straße hinuntertuckern, dann setzte ich Max neben dem Paket auf den Boden. »Dass du mir ja nirgendwo hingehst«, sagte ich zu ihm. Rückwärts ging ich Richtung Küche, wirbelte dann herum und lief los, um ein Messer zu holen. Als ich wieder ins Wohnzimmer kam, hatte Max sich auf die Hände aufgerichtet wie eine Sphinx. »Hey«, sagte ich, »das ist ja schon ziemlich gut.« Und ich wurde rot. Es freute mich einfach, endlich mal einen Entwicklungsschritt als Erste zu sehen. Sonst hatte nämlich immer Nicholas das Glück.

Max schaute zu, wie ich das Paketband durchschnitt und die Klammern herausriss. Er angelte sich ein Stück Schnur und versuchte, es sich in den Mund zu stecken. Ich legte das Messer neben die Couch und hob einen kleinen Hocker aus dem Paket, in den große gelbe Buchstaben eingelassen waren, die zusammen MAX ergaben und die man herausnehmen konnte wie Puzzleteile. ›In Liebe, Oma und Opa‹, stand auf der beiliegenden Karte. Irgendwo hatte Max noch eine Oma und noch einen Opa, und ich fragte mich, ob er auch nur einen von ihnen je kennenlernen würde.

Ich stand auf, um den Karton wegzuwerfen, doch dann sah ich noch ein kleineres pinkfarbenes Päckchen darin. Es war am Boden des größeren festgeklebt. Ich brach die Siegel aus Goldfolie an den Seiten und öffnete es. Ein wunderschöner Seidenschal lag darin, bedruckt mit Bildern von Pferdetrensen aus Messing und silbern schimmernden Hufeisen. ›Für Paige‹, stand auf der Karte dazu, ›weil nicht nur das Baby Geschenke verdient hat. Mutter.‹ Ich dachte darüber nach. Astrid Prescott war nicht meine Mutter, das würde sie nie sein. Kurz verschlug es mir den Atem. War es möglich, dass meine echte Mutter – wo auch immer sie sein mochte – mir diesen Schal über die Prescotts geschickt hatte? Ich fühlte die Seide, hielt sie mir an die Nase und roch den Duft einer edlen Boutique. Der Schal war von Astrid, das wusste ich, und ich bekam ein Kribbeln im Bauch, weil sie an mich gedacht hatte. Trotzdem beschloss ich, nur für heute so zu tun, als wäre der Schal ein Geschenk von meiner Mutter, die ich nie wirklich kennengelernt hatte.

Max, der noch nicht einmal richtig krabbeln konnte, hatte sich trotzdem irgendwie zu dem Messer geschlängelt. »Oh nein. Das lässt du mal schön bleiben«, sagte ich, hob ihn hoch und klemmte ihn mir unter den Arm. Er strampelte mit den Beinen, und kleine Speichelbläschen sammelten sich in seinen Mundwinkeln. Ich nahm ihn nach vorne an die Brust, packte ihn wie einen Tanzpartner und wirbelte mit ihm in die Küche, wobei ich einen Song von den Five Satins vor mich hin summte.

Gemeinsam schauten wir zu, wie die Flasche im Topf erhitzt wurde. Mehr als diese eine Flasche Muttermilchersatz am Tag bekam Max jedoch nicht, denn ich hatte aus irgendeinem Grund nach wie vor Angst, dass diese La-Leche-Tante zurückkommen und vorwurfsvoll mit dem Finger auf mich zeigen würde. Ich tropfte mir etwas von der Flüssigkeit auf die Hand, um die Temperatur zu überprüfen. Dann tanzten wir zur Wohnzimmercouch zurück und schalteten Oprah ein. Schließlich legte ich Max auf ein Kissen.

Ich mochte es, Max auf diese Art zu füttern, denn wenn ich ihn auf den Armen hielt, roch er manchmal meine Muttermilch, und dann weigerte er sich, aus der Flasche zu trinken. Er war nicht dumm. Er wusste genau, was gut war. Ich stopfte ihm einen Latz unters Kinn, und dann hatte ich noch eine Hand frei für die Fernbedienung.

Oprahs Thema heute waren Frauen, die ein Kind geboren hatten, ohne vorher überhaupt gewusst zu haben, dass sie schwanger gewesen waren. Ich schüttelte den Kopf. »Max, mein Junge«, sagte ich, »wo zum Teufel hat sie nur gleich *sechs* solche Frauen gefunden?« Eine der Frauen erzählte, sie hätte bereits ein Kind gehabt, als sie eines Tages einen gewissen Druck im Unterleib gespürt habe. Dann habe sie sich hingelegt, und zehn Minuten später hätte ein schreiendes Baby zwischen ihren Beinen gelegen. Eine der anderen Frauen nickte verständnisvoll. Sie war auf dem Rücksitz im Van ihres Freundes gewesen, und plötzlich hatte sie durch ihre Unterwäsche hindurch ein Kind geboren, und das Baby lag auf der Fußmatte. »Wie kann es sein, dass sie ihr Kind nicht gespürt haben, wenn es getreten hat?«, fragte ich laut. »Und wie kann man eine Wehe nicht bemerken?«

Max hob das Kinn, und sein Latz fiel auf den Boden. Ich seufzte und wandte mich für eine halbe Sekunde ab, um ihn aufzuheben. Und in eben diesem Augenblick hörte ich, wie

Max' Kopf mit lautem Knall gegen den Beistelltisch schlug und er von der Couch und auf den Boden rollte.

Er lag auf dem Teppichboden, nur wenige Zoll von dem Messer entfernt, mit dem ich das Paket aufgemacht hatte. Er war auf dem Bauch gelandet und strampelte mit Armen und Beinen. Ich konnte nicht atmen. Ich hob ihn hoch, und sein Schreien ging mir durch Mark und Bein. »O Gott«, sagte ich und wiegte ihn, während er vor Schmerzen schrie. »O Gott.«

Ich hob den Kopf und sah, dass Max sich wieder beruhigte. Dann bemerkte ich das Blut auf meiner Bluse und einer Ecke des schönen, neuen Schals. Mein Baby blutete.

Ich legte ihn wieder auf die Couch, es war mir egal, dass Blut darauftropfte. Und ich strich ihm mit den Fingern über Gesicht, Hals und Arme. Das Blut kam aus seiner Nase. Ich hatte noch nie so viel Blut gesehen. Andere Wunden hatte Max jedoch nicht. Er musste mit dem Gesicht auf das harte Eichenholz des Tisches geschlagen sein. Seine Wangen waren aufgebläht und knallrot, und seine Fäuste schlugen mit der Wut eines Kriegers in die Luft. Es wollte einfach nicht aufhören zu bluten. Ich wusste nicht, was ich tun sollte.

Also rief ich beim Kinderarzt an. Die Nummer kannte ich auswendig. »Hallo«, sagte ich vollkommen außer Atem und über Max' Schreie hinweg. »Hallo? Nein, ich kann nicht warten ...« Aber sie legten mich einfach in die Warteschleife. Ich ging mit dem Telefon in die Küche. Mein Kind hatte ich auf den Armen, und ich griff nach einem der schlauen Bücher. Dieses war von einem Dr. Spock. *Jetzt stellt mich schon durch*, dachte ich. *Das ist ein gottverdammter Notfall. Ich habe mein Kind verletzt.* Da ... Ich las den ganzen Absatz, und am Ende stand, ich solle Max vornüberhalten, um zu verhindern, dass er an seinem eigenen Blut erstickte. Das tat ich dann auch und schaute zu, wie Max' Gesicht sogar noch roter wurde und seine Schreie lauter. Daraufhin legte ich ihn mir wieder an die Schulter und fragte mich, wie mir das hatte passieren können. Ich hatte Mist gebaut, und zwar richtig.

»Hallo?« Endlich hatte man mich irgendwohin durchgestellt.

»O Gott, bitte helfen Sie mir. Mein Baby ist gefallen. Er blutet aus der Nase, und ich kann die Blutung nicht stoppen ...«

»Ich stelle sie zu einer Krankenschwester durch«, sagte die Frau am anderen Ende der Leitung.

»*Beeilen Sie sich!*«, schrie ich ins Telefon und in Max' Ohr.

Die Krankenschwester sagte mir, ich solle Max nach vorne halten, genau wie auch Dr. Spock geschrieben hatte, und ihm ein Handtuch an die Nase halten. Ich bat sie dranzubleiben und tat, was sie gesagt hatte, und diesmal schien das Bluten nachzulassen. »Es funktioniert«, rief ich in den Hörer. »Es funktioniert«, wiederholte ich.

»Gut«, sagte die Krankenschwester zu mir. »Und jetzt beobachten Sie ihn die nächsten Stunden. Wenn er zufrieden wirkt und ganz normal isst, dann müssen Sie ihn nicht zu uns bringen.«

Bei diesen Worten brach eine Flut der Erleichterung über mich herein. Ich wusste nicht, wie ich ihn je allein zum Arzt hätte bringen sollen. Ich schaffte es mit ihm ja kaum aus dem Viertel hinaus.

»Und überprüfen Sie seine Pupillen«, fuhr die Krankenschwester fort. »Sie dürfen weder erweitert noch unterschiedlich groß sein. Das würde auf eine Gehirnerschütterung hindeuten.«

»Eine Gehirnerschütterung«, flüsterte ich, was über Max' Schreie hinweg jedoch nicht zu hören war. »Ich habe das nicht mit Absicht gemacht«, sagte ich zu der Krankenschwester.

»Natürlich nicht«, versicherte mir die Krankenschwester. »Niemand macht das absichtlich.«

Nachdem ich aufgelegt hatte, schrie Max noch immer so laut, dass er an seinem Schluchzen zu ersticken drohte. Ich zitterte am ganzen Leib und rieb ihm den Rücken. Dann versuchte ich, ihm zumindest einen Teil des geronnenen Blutes um die Nase herum abzuwaschen, damit er wieder besser atmen konnte. »Es tut mir ja so leid, Max«, flüsterte ich heiser. »Es war nur eine Sekunde. Länger habe ich dich nicht aus den Augen gelassen. Ich wusste nicht, dass du dich so schnell bewegen würdest.« Max' Schreie ebbten ab, wurden aber sofort wieder lauter. »Es tut mir so leid.« Ich wiederholte die Worte wie ein Wiegenlied. »Es tut mir so leid.«

Ich trug Max ins Badezimmer, drehte den Wasserhahn auf und ließ ihn in den Spiegel schauen – alles Dinge, die ihn für gewöhnlich beruhigten. Als Max jedoch nicht darauf reagierte, setzte ich mich auf den Toilettendeckel und drückte ihn eng an mich. Ich hatte auch geweint. Es waren hohe, jammernde Töne, die sich schrill mit Max' Schreien mischten. Es dauerte einen Augenblick, bis ich schließlich bemerkte, dass ich die Einzige war, die noch ein Geräusch von sich gab.

Max lag vollkommen still an meiner Schulter. Ich stand auf und ging zum Spiegel, obwohl ich Angst hatte hineinzusehen. Max hatte die Augen geschlossen, und sein Haar war schweißnass. Seine Nase war mit getrocknetem Blut verklebt, und zwei blaue Flecken verdunkelten die Haut unter seinen Augen. Ich schauderte, als mir plötzlich der Gedanke kam, dass ich genau wie diese Frauen war. Ich hatte mein Kind getötet.

Noch immer schluchzend trug ich Max ins Schlafzimmer und legte ihn auf die kühle blaue Tagesdecke. Ich seufzte vor Erleichterung: Sein Rücken hob und senkte sich. Er atmete und schlief. Und sein Gesicht war zwar brutal entstellt, strahlte aber dennoch einen engelsgleichen Frieden aus.

Zitternd legte ich den Kopf in die Hände. Ich hatte gewusst, dass ich keine allzu gute Mutter sein würde, aber ich hatte angenommen, dass Unwissenheit und Vergesslichkeit meine größten Sünden sein würden. Dass ich meinen eigenen Sohn jedoch verletzen würde, damit hatte ich nicht gerechnet. Jeder andere hätte das Kind in aller Ruhe auf den Arm genommen und dann erst das Lätzchen aufgehoben. Ich war ja so dumm gewesen. Und wenn mir das einmal passiert war, dann konnte es auch wieder geschehen.

Plötzlich erinnerte ich mich an meine Mutter in jener Nacht, bevor sie verschwunden war. Sie hatte einen hellen pfirsichfarbenen Bademantel und ausgefranste Häschenpantoffeln getragen. Sie saß auf meiner Bettkante. »Du weißt, dass ich dich liebe, Paige«, sagte sie in dem Glauben, ich würde schlafen. »Lass dir nie von jemandem etwas anderes erzählen.«

Sanft streichelte ich meinem Sohn den Rücken, um so

seine Atmung wieder zu beruhigen. »Ich liebe dich«, sagte ich und schrieb mit dem Finger die Buchstaben seines Namens auf den Strampler. »Lass dir nie von jemandem etwas anderes erzählen.«

*

Max wachte lächelnd auf. Ich hatte mich über seine Wiege gebeugt, wie ich es schon seit einer Stunde tat, in der er geschlafen hatte. Und zum ersten Mal seit seiner Geburt hatte ich gebetet, dass er bald wieder aufwachen würde. »Oh, Süßer«, sagte ich und griff nach seinen Knubbelfingern.

Ich wechselte ihm die Windel und holte seine kleine Badewanne. Dann setzte ich ihn komplett angezogen hinein und füllte die Wanne mit Babybadeöl und warmem Wasser. Ich wusch ihm die letzten Flecken des Nasenblutens von Gesicht und Armen, hob ihn heraus, zog ihn aus und trocknete ihn ab. Anschließend wusch ich den alten Strampler aus und hing ihn an der Dusche zum Trocknen auf.

Ich gab Max die Brust anstatt der Flasche, die er ohnehin nie leer trank, denn er hatte es sich definitiv verdient, ein wenig verwöhnt zu werden. Dann wiegte ich ihn auf den Armen, und er lächelte und rieb seine Wange an meiner. »Du kannst dich an nichts erinnern, nicht wahr?«, sagte ich, schloss die Augen und legte den Kopf zurück. »Gott sei Dank.«

Max war den Rest des Nachmittags so brav, dass ich wusste, dass Gott mich so bestrafen wollte. Ich suhlte mich in meinen Schuldgefühlen, kitzelte Max am Bauch und drückte ihm feuchte Küsse auf die fetten Schenkel. Als Nicholas nach

Hause kam, zog sich mir der Magen zusammen, doch ich stand nicht vom Boden auf, wo ich mit dem Baby hockte. »Paige, Paige, Paige!«, sang Nicholas und trat in den Flur. Mit halb geschlossenen Augen stolzierte er ins Wohnzimmer. Er hatte einen sechsunddreißig-stündigen Bereitschaftsdienst hinter sich. »Erwähne bloß nicht die Worte ›Mass General‹, und ganz schlimm ist auch ›Herz‹. Die nächsten fantastischen vierundzwanzig Stunden werde ich einfach nur schlafen, fettige Sachen essen und mich in meinem Haus herumlümmeln.« Er ging wieder raus und in Richtung Treppe. »Warst du in der Wäscherei?«, rief er.

»Nein«, flüsterte ich. Diesmal hatte ich wirklich eine Entschuldigung dafür, das Haus nicht verlassen zu haben, aber die würde Nicholas nicht hören wollen.

Nicholas kam wieder ins Wohnzimmer zurück. Er hatte sich das Hemd ausgezogen und hielt es in der Hand. Seine gute Laune war wie weggeblasen. Er hatte mich schon vor zwei Tagen gebeten, die Wäsche wegzubringen, aber ich hatte Max nicht mitnehmen wollen, und Nicholas war nicht daheim gewesen, und ich hatte nicht die geringste Ahnung, wie ich einen Babysitter finden sollte. »Dann ist es ja gut, dass ich morgen frei habe. Das hier ist nämlich mein letztes verdammtes Hemd, das noch einigermaßen sauber ist. Jetzt komm schon, Paige«, sagte er, und sein Blick verdunkelte sich. »Du kannst doch unmöglich jede Minute beschäftigt sein.«

»Ich dachte«, sagte ich und hob den Blick, »dass du vielleicht auf das Baby aufpassen könntest, während ich in die Wäscherei gehe und dann etwas einkaufe.« Ich schluckte. »Eigentlich habe ich nur darauf gewartet, dass du wieder nach Hause kommst.«

Nicholas funkelte mich an. »Das ist meine erste Pause seit sechsunddreißig Stunden, und da willst du, dass ich auf Max aufpasse?« Ich erwiderte nichts darauf. »Himmel, Paige, das ist mein erster freier Tag seit zwei Wochen. Und du bist *ständig* hier.«

»Ich kann ja warten, bis du ein wenig geschlafen hast«, schlug ich vor, doch Nicholas verschwand schon wieder im Flur.

Ich hielt Max' kleine Fäuste in den Händen und bereitete mich innerlich auf das vor, von dem ich wusste, dass es kommen würde.

Und tatsächlich dauerte es nicht lange, bis Nicholas mit Max' blutigem Strampler in der Hand wieder die Treppe hinunterstürmte. »Was zum Teufel ist das denn?«, verlangte er mit vor Wut kochender Stimme zu wissen.

»Max hatte einen Unfall«, antwortete ich so ruhig wie möglich. »Seine Nase hat geblutet. Ich habe das nicht gewollt. Sein Lätzchen ist runtergefallen, und ...« Ich schaute Nicholas an, sah den Sturm in seinen Augen und brach wieder in Tränen aus. »Ich habe mich nur eine Sekunde umgedreht – nein, noch nicht einmal eine Sekunde –, um es aufzuheben, und Max hat sich in die falsche Richtung gedreht und ist mit der Nase auf den Beistelltisch gefallen ...«

»Und wann«, fragte Nicholas, »gedachtest du, mir das zu sagen?«

Mit drei langen Schritten durchquerte er den Raum und hob Max grob hoch. »Pass auf«, ermahnte ich ihn, und Max machte ein seltsames Geräusch im Hals.

Nicholas' Blick wanderte zu den nierenförmigen blauen Flecken unter Max' Augen und den letzten Resten von Blut, die noch an seiner Nase zu erkennen waren. Kurz schaute er mich an, als wolle er meine Seele durchbohren, und ich wusste, dass ich in die Hölle fahren würde. Nicholas drückte das Baby an sich. »Geh du«, sagte er leise. »Ich werde mich um Max kümmern.«

Seine Worte und der unterschwellige Vorwurf darin trafen mich wie ein Schlag ins Gesicht. Ich stand auf, ging ins Schlafzimmer und sammelte Nicholas' Hemden ein. Dann nahm ich meine Handtasche und meine Sonnenbrille vom Küchentisch und ging wieder zum Wohnzimmer, blieb aber an der Tür stehen. Nicholas und Max schauten gleichzeitig auf. Sie saßen auf der Couch und wirkten, als wären sie aus demselben Marmorblock gemeißelt. »Ich habe das nicht gewollt«, flüsterte ich und wandte mich ab.

Am Geldautomaten angekommen, weinte ich so heftig, dass ich erst bemerkte, dass ich den falschen Knopf gedrückt hatte, als tausend Dollar herauskamen anstatt der hundert, die ich für den Einkauf und Nicholas' Wäsche brauchte. Ich zahlte das Geld nicht wieder ein. Stattdessen raste ich aus der Feuerwehreinfahrt, in der ich verbotenerweise geparkt hatte, ließ die Fenster herunter und fuhr auf den nächstgelegenen Highway. Es fühlte sich gut an, das Rauschen des Windes zu hören und ihn in meinen Haaren zu spüren. Ich konnte endlich wieder atmen, und meine Kopfschmerzen verschwanden. Vielleicht hatte ich ja tatsächlich nur ein wenig Zeit für mich allein gebraucht, dachte ich. Vielleicht musste ich einfach mal weg von hier.

Am Horizont erschien die flackernde Reklametafel des Supermarkts. Und mir kam der Gedanke, dass Nicholas recht hatte, wenn er an mir zweifelte und Max so weit wie möglich von mir fernhalten wollte. Ich saß im Auto und dachte über meine neugewonnene Freiheit nach, während ich noch wenige Stunden zuvor zugesehen hatte, wie mein Kind blutete, weil ich nicht aufgepasst hatte.

Etwas konnte nicht mit mir stimmen. Tief in mir musste etwas nicht stimmen, dass ich so schlecht aufgepasst hatte und Max so schlimm gestürzt war. Es musste einen Grund dafür geben, dass ich solch eine unfähige Mutter war. Und vielleicht hatte meine Mutter mich ja aus dem gleichen Grund verlassen: weil sie Angst gehabt hatte, noch mehr falsch zu machen. Es war durchaus möglich, dass Max dort, wo er jetzt war, weit besser aufgehoben war als bei mir: in den starken Armen seines Vaters. Es war durchaus möglich, dass Max ohne Mutter ein besseres Leben führen würde.

Aber eines stimmte in jedem Fall: In meinem jetzigen Zustand war ich weder gut für Max noch für Nicholas.

Als ich einfach an der Ausfahrt vorbeifuhr, nahm ein Plan in meinem Kopf Gestalt an. Ich würde nicht lange wegbleiben. Nur bis ich eine ganze Nacht würde durchgeschlafen haben können. Nur bis ich mich als Mutter gut genug fühlte. Nur bis mir nicht mehr nach ein paar Zeilen die Ideen ausgingen, wenn ich eine Liste der Dinge aufstellen wollte, die ich konnte. Wenn ich wieder zurückkam, würde ich auf alles eine Antwort haben. Ich würde ein ganz neuer Mensch sein. Ich würde Nicholas in ein paar Stunden anrufen und ihm meine Idee erklären, und er würde mir zustimmen und mit seiner ruhigen Stimme sagen: »Paige, ich glaube, das ist genau, was du brauchst.«

Ich begann zu lachen. Es war alles so einfach. Ich konnte einfach immer weiter und weiter fahren und so tun, als hätte ich weder Kind noch Mann. Ich konnte immer weiterfahren und nie wieder zurückblicken. Aber natürlich *würde* ich zurückkehren, sobald ich mein Leben wieder in den Griff bekommen hatte. Doch im Augenblick hatte ich mir diese Freiheit erst einmal verdient. Ich würde mir die Zeit wieder zurückholen, um die ich betrogen worden war.

Ich fuhr schneller, als ich je in meinem Leben gefahren war, fuhr mir mit den Fingern durchs Haar und grinste, bis meine Lippen im Wind aufrissen. Meine Wangen wurden rot, und meine Augen brannten von der vorbeirasenden Luft. Eins nach dem anderen warf ich Nicholas' Hemden aus dem Fenster und hinterließ so eine Spur aus Gelb, Pink, Weiß und Blau auf dem Highway, wie eine bunte Perlenkette.

TEIL II

Wachstum
Sommer 1993

Kapitel 19

Paige

Die dicken Satinvorhänge in Rubys *Haus des Schicksals* sperrten die heiße Mittagssonne aus. Ruby selbst, ein Berg von kupferfarbenem Fleisch, saß mir gegenüber und hielt meine Hände. Ihre Wangen wurden rot, und ihr Doppelkinn zitterte. Plötzlich öffnete sie die dicken Augenlider und enthüllte erstaunlich grüne Augen, die vor wenigen Minuten noch braun gewesen waren. »Mädchen«, sagte Ruby, »deine Zukunft ist deine Vergangenheit.«

Ich war den ganzen Tag gefahren, immer weiter weg von Cambridge, und schließlich in Pennsylvania gelandet – im Land der Amish. Ich hatte geparkt und war eine Zeit lang einfach nur im Wagen sitzen geblieben und hatte die polierten schwarzen Kutschen und die Mädchen mit ihren strahlend weißen Hauben beobachtet. Irgendetwas sagte mir, ich müsse trotz des brennenden Hungergefühls weiterfahren. Ich hatte seit dem Frühstück nichts mehr gegessen, und jetzt war es fast acht Uhr abends. Also fuhr ich weiter Richtung Westen, und am Rande von Lancaster entdeckte ich Ruby. Vor ihrem kleinen Reihenhaus stand ein großes Schild in Form einer offenen Hand, die von glitzernden Sternen und Monden bedeckt war. RUBYS HAUS DES SCHICKSALS stand auf dem Schild. HIER FINDEN SIE ANTWORTEN AUF IHRE FRAGEN.

Ich war zwar nicht sicher, was meine Fragen waren, doch das schien nicht wichtig zu sein. Ich glaubte nicht an Astrologie, doch auch das war ohne Bedeutung. Ruby öffnete die Tür, als hätte sie mich erwartet. Ich war verwirrt. Was machte eine schwarze Frau im Land der Amish, und noch dazu eine Wahrsagerin? »Du wärst erstaunt«, sagte sie, als hätte ich laut gesprochen. »Es kommen hier sehr viele Leute vorbei.«

Ruby schaute mich mit ihren grünen Augen unverwandt an. Ich war den ganzen Tag über ziellos herumgefahren, doch plötzlich wusste ich, wohin ich unterwegs war. »Fahre ich nach Chicago?«, fragte ich leise, als suche ich Bestätigung, und Ruby grinste.

Ich versuchte, mich aus ihrem Griff zu lösen, doch sie hielt mich fest. Dann rieb sie mit dem Daumen über meinen Handteller und sagte irgendetwas in einer Sprache, die ich nicht verstand. »Du wirst sie finden«, sagte sie dann, »aber sie ist nicht, wofür du sie hältst.«

»Wer?«, fragte ich, obwohl ich ganz genau wusste, dass sie von meiner Mutter sprach.

»Manchmal«, sagte sie, »überspringt das böse Blut eine Generation.«

Ich wartete darauf, dass sie das erklärte, doch Ruby ließ meine Hand los und räusperte sich. »Das macht dann fünfundzwanzig Dollar«, sagte sie, und ich kramte in meiner Handtasche herum. Ruby führte mich hinaus, und ich öffnete die schwere, heiße Wagentür. »Und du musst ihn auch anrufen«, sagte sie, und als ich mich zu ihr umdrehte, war sie verschwunden.

*

»Nicholas?« Ich öffnete den Kragen meiner Bluse und strich über die weiche Seide von Astrids Schal. Es war glühend heiß in der Telefonzelle.

»Mein Gott, Paige. Bist du verletzt? Ich habe im Supermarkt angerufen – in sechs davon, um genau zu sein. Ich wusste nicht, wo du hingefahren warst, und dann habe ich die Tankstellen in der Nähe abgeklappert. Hattest du einen Unfall?«

»Nicht wirklich«, antwortete ich und hörte, wie Nicholas zischend die Luft einsog. »Wie geht es dem Baby?«, fragte ich und spürte, wie mir die Tränen im Hals brannten. Es war seltsam: Fast drei Monate lang hatte ich mir ständig gewünscht, von Max wegzukommen, und jetzt dachte ich nur noch an ihn. Ich hatte ihn stets im Hinterkopf. Sein Bild verschleierte meinen Blick, und seine kleinen Händchen griffen nach mir. Ich vermisste ihn tatsächlich.

»Dem Baby geht es gut. Wo bist du? Und wann kommst du nach Hause?«

Ich atmete tief durch. »Ich bin in Lancaster, Pennsylvania.«

»Du bist *wo?*« Im Hintergrund begann Max zu schreien. Und ich hörte, wie die Schreie immer lauter wurden, als Nicholas das Kind auf die Arme nahm.

»Ich war auf dem Weg zu Stop & Shop, und irgendwie bin ich dann einfach weitergefahren. Ich brauche einfach nur ein wenig Zeit ...«

»Weißt du was, Paige? Zeit braucht auch der Rest der freien Welt und bekommt ihn nicht. Aber wir laufen nicht einfach weg!« Nicholas brüllte, und ich musste den Hörer vom Ohr weghalten. »Nur damit ich das richtig verstehe ...«, sagte er. »Du bist *absichtlich* weggelaufen?«

»Ich bin nicht weggelaufen«, erklärte ich hartnäckig. »Ich komme wieder zurück.«

»Und wann?«, verlangte Nicholas zu wissen. »Ich habe ein Leben, weißt du? Und ich habe einen Job.«

Ich schloss die Augen und lehnte den Kopf gegen das Glas der Telefonzelle. »Ich habe auch ein Leben.«

Nicholas erwiderte nichts darauf, und einen Augenblick lang glaubte ich, er habe aufgelegt; doch dann hörte ich Max im Hintergrund plappern. »Dein Leben«, sagte Nicholas, »ist hier. Nicht in Lancaster, Pennsylvania.«

Was ich ihm sagen wollte, war: *Ich bin noch nicht dazu bereit, Mutter zu sein. Ich kann noch nicht einmal deine Frau sein ... nicht bevor ich nicht die Lücken in meinem eigenen Leben gefüllt habe. Aber ich* werde *wieder nach Hause kommen, und dann werden wir da weitermachen, wo wir aufgehört haben. Ich werde dich nicht vergessen. Ich liebe dich.* Doch was ich schließlich zu Nicholas sagte, war: »Ich bin bald wieder zurück.«

Nicholas' Stimme klang leise und heiser. »Bemüh dich nicht«, sagte er und knallte den Hörer auf.

*

Ich fuhr die ganze Nacht und den ganzen Tag hindurch, und um vier Uhr nachmittags erreichte ich die Stadtautobahn von Chicago. Ich wusste, dass mein Vater in den nächsten Stunden noch nicht daheim sein würde, und deshalb fuhr ich zu der alten Kunstbedarfshandlung, zu der ich früher immer gegangen war. Es war ein seltsames Gefühl, so durch die Stadt zu fahren. Als ich zum letzten Mal hier gewesen war, hatte ich kein Auto gehabt, und ich war immer in Begleitung gewesen. An einer roten Ampel dachte ich an Jake – die Linien seines Gesichts und den Rhythmus seiner Atmung. Einst hatte ich nur an ihn denken müssen, und er war erschienen. Vorsichtig fuhr ich wieder los, als die Ampel auf Grün sprang, und fast rechnete ich damit, dass Jake an der nächsten Straßenecke auftauchen würde, doch das geschah nicht. Jake, der gewusst hatte, dass es nie mehr so wie früher werden würde, hatte das Band der Telepathie schon vor Jahren durchtrennt.

Der Besitzer der Kunstbedarfshandlung war Inder. Er hatte glatte braune Haut wie eine Zwiebel, und er erkannte mich sofort. »Missy O'Toole«, sagte er in melodischem Tonfall. »Was kann ich für Sie tun?« Er verschränkte die Hände vor der Brust, als hätte ich seinen Laden erst vor wenigen Tagen zum letzten Mal betreten. Zuerst antwortete ich ihm nicht. Ich ging zu den geschnitzten Statuen von Vishnu und Ganesh und strich mit den Fingern über den kühlen, glatten Elefantenkopf. »Ich brauche ein paar Conté-Stifte«, flüsterte ich, »einen Zeichenblock und Zeichenkohle.« Die Worte kamen mir so leicht über die Lippen, dass ich genauso gut wieder siebzehn hätte sein können.

Der Ladenbesitzer brachte mir, wonach ich verlangt hatte, und zeigte mir die Conté-Stifte, damit ich sie mir anschauen konnte. Ehrfürchtig, als wäre ich bei der Kommunion, nahm ich sie in die Hand. Was, wenn ich es nicht mehr konnte? Es war schon Jahre her, seit ich das letzte Mal etwas Erwähnenswertes gezeichnet hatte.

»Sagen Sie«, ich blickte den Mann an, »ob Sie sich vielleicht von mir zeichnen lassen würden.«

Erfreut setzte der Mann sich zwischen die Hindugottheiten des Lebens und des Glücks. »Ich denke«, plapperte der Mann, »es gibt keinen besseren Platz für mich, um Modell zu sitzen. Wenn das Ihnen gefällt, Missy ... Das ist wirklich ein guter Ort.«

Ich schluckte und griff zum Block. Mit zögernden Strichen zeichnete ich das ovale Gesicht des Mannes und das Glitzern in seinen Augen. Für die Struktur benutzte ich einen weißen Conté-Stift und schuf damit ein feines Netz von Falten an Schläfen und Kinn. Ich kartographierte das Alter seines Lächelns und den leichten Anflug von Stolz. Als ich fertig war, trat ich einen Schritt von dem Block zurück und betrachtete das Bild kritisch. Die Ähnlichkeit war zwar nicht ganz gegeben, aber für einen ersten Versuch war es nicht schlecht. Ich schaute in den Hintergrund und die Schatten um das Gesicht des Mannes. Ich erwartete, eines meiner versteckten Bilder zu sehen, doch da war nichts. Vielleicht hatte ich mein anderes Talent ja verloren, und womöglich war das ja gar nicht mal so schlecht.

»Missy, sind Sie fertig? Sie wollen so ein Werk doch sicher nicht für sich allein behalten.« Der Mann kam schnell zu mir herüber und strahlte, als er meine Zeichnung sah. »Das lassen Sie mir doch sicher hier, oder?«

Ich nickte. »Sie können es gerne haben. Danke.«

Ich gab ihm die Zeichnung und einen Zwanziger für die Materialien, doch den wollte er nicht. »Sie haben mir ein Geschenk gemacht«, sagte er. »Da will ich Ihnen auch eins machen.«

Ich fuhr zum See und stellte den Wagen im Parkverbot ab. Dann ging ich mit meinem Block, den Stiften und der

Kohle zum Ufer. Es war ein kühler Tag, und deshalb waren nicht viele Leute im Wasser, nur ein paar Kinder mit Schwimmflügeln, deren Mütter sie mit Argusaugen vom Ufer aus beobachteten, damit sie nicht davongetrieben wurden. Ich saß am Uferrand und versuchte, ein Bild von Max heraufzubeschwören, das deutlich genug war, um ihn zeichnen zu können. Als mir das nicht gelang, war ich entsetzt. Egal wie sehr ich mich auch bemühte, ich konnte nicht einfangen, wie seine Augen in die Welt schauten, als wäre es immer wieder das erste Mal. Und ohne diesen Aspekt war ein Bild von Max einfach kein Bild von Max. Dann versuchte ich, mir Nicholas vorzustellen, doch das Ergebnis war das Gleiche. Seine feine Adlernase, das dichte, glänzende Haar ... All das kam und ging in Wellen, als würde ich ihn durch die Oberfläche eines Teichs hindurch beobachten. Als ich die Zeichenkohle aufs Papier setzte, passierte nichts. Und plötzlich erschreckte es mich, wie laut der Knall gewesen war, als Nicholas den Telefonhörer aufgelegt hatte. Es war durchaus möglich, dass Nicholas in diesem Moment jede Verbindung zwischen uns abgebrochen hatte ... genau wie Jake vor ihm.

Fest entschlossen, nicht zu weinen, starrte ich auf den See hinaus und begann, die Zeichenkohle über das leere Blatt Papier zu bewegen. Diamanten aus Sonnenlicht und sich verändernden Strömungen erschienen. Obwohl die Zeichnung Schwarz und Weiß war, konnte man deutlich erkennen, wie blau das Wasser war. Aber während ich zeichnete, wurde mir bewusst, dass ich nicht den Michigansee zu Papier brachte. Ich zeichnete das Meer, den karibischen Ring, der um die Kaimaninseln floss.

Als ich zwölf war, war ich einmal mit meinem Vater auf die Kaimaninseln zu einer Erfindermesse geflogen. Er hatte den größten Teil unserer Ersparnisse für die Tickets ausgegeben. Dort angekommen, baute er seinen Stand auf. Er stellte die falschen Steine aus, die er erfunden hatte, die mit den Geheimfächern unten, in die man einen Schlüssel legen konnte, um ihn unauffällig im Vorgarten zu deponieren. Die Messe dauerte zwei Tage, und ich hatte genug Zeit, mich am Strand herumzutreiben. Ich machte Schneeengel in dem weißen Sand und schnorchelte an den Korallenriffen. Am dritten Tag, unserem letzten, saß mein Vater auf einem Liegestuhl am Strand. Er wollte nicht mit mir ins Wasser gehen, nach dem langen Tag wolle er lieber in der Sonne sitzen, sagte er. Also ging ich allein ins Meer, und zu meiner Überraschung schwamm plötzlich eine Meeresschildkröte neben mir. Sie war sechzig Zentimeter lang und war an der Flosse markiert. Sie hatte schwarze Knopfaugen und ein ledriges Lächeln, und ihr Panzer war gewölbt wie der Horizont. Sie schien mich anzugrinsen, und dann schwamm sie weg.

Ich folgte ihr, kam jedoch nie näher als ein paar Armzüge an sie heran. Als die Schildkröte schließlich hinter einer Korallenwand verschwand, ließ ich mich auf dem Rücken treiben, weil ich Seitenstechen hatte. Und als ich die Augen öffnete, war ich mindestens eine Meile von meinem Ausgangspunkt entfernt.

Langsam und mit regelmäßigen Schwimmzügen schwamm ich wieder zurück, und als ich ankam, war mein Vater außer sich vor Wut. Er fragte, wo ich gewesen sei, und als ich es ihm erzählte, sagte er, das sei dumm von mir gewesen. Doch ich ging trotzdem wieder ins Meer in der Hoffnung, die Schildkröte noch einmal zu finden. Aber das Meer ist natürlich groß, und die Schildkröte war längst fort, doch schon mit zwölf war mir klar gewesen, dass ich es wenigstens versuchen musste.

Ich legte die Zeichnung beiseite. Eine vertraute Atemlosigkeit setzte ein, als ich das Bild fertig hatte. Es war, als wäre ich von einem Geist besessen gewesen und käme jetzt erst wieder zu mir. Mitten in den Michigansee hatte ich die fortschwimmende Schildkröte gezeichnet. Ihr Panzer bestand aus hundert Sechsecken. Und ganz schwach hatte ich in eines der Vielecke meine Mutter gezeichnet.

*

Noch bevor ich in mein altes Viertel kam, wusste ich, dass ich nicht lange genug bleiben würde, um mich an all die Dinge aus meiner Kindheit zu erinnern, die irgendwo in meinem Geist vergraben waren. Ich würde nicht genug Zeit haben, mich an den Namen der jüdischen Bäckerei zu erinnern, bei der es immer frische Zwiebelbagel gab. Ich würde nur so lange bleiben, wie ich brauchte, um die Informationen zu sammeln, die ich benötigte, um meine Mutter zu finden.

Ich erkannte, dass ich auf eine gewisse Art schon immer versucht hatte, sie zu finden. Nur hatte nicht ich sie, sondern sie mich gejagt. Wann immer ich über die Schulter schaute, war sie dagewesen und hatte mich daran erinnert, wer ich war und wie ich zu dieser Person wurde. Bis zu diesem Tag hatte ich geglaubt, sie sei der Grund dafür gewesen, dass ich Jake verloren hatte, der Grund, warum ich von Nicholas weggelaufen war, und der Grund, warum ich Max im Stich gelassen hatte. Ich betrachtete sie als Ursache für alle Fehler, die ich je begangen hatte. Doch inzwischen fragte ich mich, ob sie wirklich der Feind war. Immerhin schien ich in ihre Fußstapfen zu treten. Auch sie war weggelaufen, und vielleicht würde ich verstehen, warum ich das getan hatte, wenn ich erfuhr, was ihre Gründe gewesen waren. Nach allem, was ich bisher wusste, war es möglich, dass sie war wie ich.

Ich stieg die Stufen zum Heim meiner Kindheit hinauf. Zum ersten Mal seit acht Jahren klopfte ich an diese Tür.

Mein Vater machte auf. Er war kleiner, als ich ihn in Erinnerung hatte, und sein von Grau durchsetztes Haar fiel ihm über die Augen. »May«, flüsterte er und war wie erstarrt. »*Á mhuírnán.*«

Geliebte. Er hatte Gälisch gesprochen, was er eigentlich so gut wie nie tat, doch an dieses Wort, seinen Kosenamen für meine Mutter, erinnerte ich mich gut. Er hatte mich mit dem Namen meiner Mutter angesprochen.

Ich rührte mich nicht. War das ein Omen? Mein Vater blinzelte mehrmals, trat dann einen Schritt zurück und schaute mich noch einmal an. »*Paige*«, sagte er und schüttelte den Kopf, als könne er es nicht glauben. Dann streckte mein Vater die Hände aus und bot mir so alles an, was er geben konnte. »Mädchen«, sagte er, »du bist das Ebenbild deiner Mutter.«

Kapitel 20

Nicholas

Für wen zum Teufel hielt sie sich eigentlich? Sie verschwand einfach stundenlang und rief ihn dann aus dem gottverdammten Lancaster in Pennsylvania an. Während er eine Notaufnahme nach der nächsten abgeklappert hatte, war sie einfach davongerannt. Auf einen Schlag hatte Paige sein ganzes Leben auf den Kopf gestellt. So etwas mochte Nicholas gar nicht. Nicholas mochte feine Nähte und wenig Blut, UND er mochte es, wenn alles nach Plan verlief. Er mochte eine gute Organisation und Präzision. Und er mochte keine Überraschungen, und er *hasste* es, schockiert zu werden.

Nicholas war sich nicht sicher, auf wen er wütender war: auf Paige, weil sie weggelaufen war, oder auf sich selbst, weil er es nicht hatte kommen sehen. Was für eine Art Frau war sie überhaupt, dass sie ihr drei Monate altes Baby im Stich ließ? Ein Schauder lief Nicholas über den Rücken. Mit Sicherheit war das nicht die Frau, in die er sich vor acht Jahren verliebt hatte. Irgendetwas war geschehen, und Paige war nicht mehr die, die sie mal gewesen war.

Das war unentschuldbar.

Nicholas schaute zu Max hinüber, der noch immer an der Telefonschnur kaute, die in seinen Laufstall hing. Nicholas wählte die Notfallnummer der Bank. Es dauerte nur wenige Minuten, bis er seine Konten eingefroren und Paiges Karten hatte sperren lassen. Er lächelte, denn das erfüllte ihn mit einem Gefühl der Befriedigung. Sie würde nicht weit kommen.

Dann rief er in Fogertys Büro im Krankenhaus an, um dort eine Nachricht für Alistair zu hinterlassen. Er wollte ihn bitten, ihn später am Abend zurückzurufen. Doch zu Nicholas' Überraschung meldete Fogerty sich mit seiner brüsken, eisigen Stimme persönlich. »Ja, hallo«, sagte er, als er Nicholas hörte. »Solltest du nicht schlafen?« Inzwischen duzten sie sich.

»Es ist etwas passiert«, sagte Nicholas und schluckte die Bitterkeit herunter, die ihm auf der Zunge lag. »Paige ist nicht mehr da.«

Alistair antwortete nicht, und da erkannte Nicholas, dass sein Mentor vermutlich glaubte, Paige sei tot. »Ich meine, sie ist weggegangen. Sie hat einfach ihr Zeug genommen und ist verschwunden. Vorübergehende Unzurechnungsfähigkeit, scheint mir.«

Kurz herrschte Schweigen am anderen Ende der Leitung. »Warum erzählst du mir das, Nicholas?«

Darüber musste Nicholas erst einmal nachdenken. Ja, warum hatte er ausgerechnet Fogerty angerufen? Er drehte sich zu Max um, der sich auf den Rücken gedreht hatte und in seine eigenen Füße biss. »Es geht um Max«, sagte Nicholas. »Wenn morgen eine Operation auf meinem Plan steht, muss irgendwer auf ihn aufpassen.«

»Vielleicht habe ich dir in den letzten sieben Jahren ja nicht ausreichend klargemacht, welche Position ich im Krankenhaus bekleide«, erwiderte Fogerty. »Ich bin der Chef der Herzchirurgie, keine Kindergärtnerin.«

»Alistair ...«

»Nicholas«, unterbrach Fogerty ihn, »das ist *dein* Problem. Gute Nacht.« Und er legte auf.

Nicholas starrte ungläubig auf den Hörer. Er hatte weniger als zwölf Stunden, um einen Babysitter zu finden. »Scheiße«, knurrte er und kramte in den Küchenschubladen herum. Er suchte nach einem Adressbuch von Paige, doch das schien es nicht zu geben. Schließlich fand er eine dünne schwarze Kladde, die neben der Mikrowelle steckte. Er schlug sie auf und blätterte durch die alphabetisch markierten Seiten. Er suchte nach ihm unbekannten, weiblichen Namen, Freundinnen von Paige, an die er sich wenden konnte. Doch da standen nur drei Telefonnummern: die von Dr. Thayer, der Gynäkologin, von Dr. Rourke, dem Kinderarzt, und von Nicholas' Pieper. Es sah aus, als würde Paige sonst niemanden kennen.

Max begann zu schreien, und Nicholas fiel auf, dass er dem Baby seit Paiges Verschwinden noch nicht die Windel gewechselt hatte. Also trug er seinen Sohn ins Kinderzimmer und hielt ihn dabei auf Armeslänge von sich, als würde er sich sonst beschmutzen. Nicholas zupfte am Schritt des Stramplers, bis die Verschlüsse sich von selbst lösten. Anschließend holte er eine neue Pampers und hielt sie in die Höhe, um herauszufinden, ob die Bilder von Micky Maus und Donald Duck nun nach vorne oder hinten gehörten, und in diesem Augenblick spürte er, wie ihn von hinten etwas Warmes traf. Ein dünner Urinstrahl schoss in hohem Bogen zwischen Max' Beinchen hervor und spritzte Nicholas auf Hals und Kragen.

»Verdammt sollst du sein«, knurrte Nicholas und schaute seinen Sohn an, obwohl er eigentlich Paige damit gemeint hatte. Lose befestigte er die frische Windel und ließ den Strampler offen. Er hatte keine Lust mehr, ihn zu schließen. »Jetzt werden wir dich füttern«, sagte er, »und dann wirst du schlafen.«

Erst als er die Küche erreichte, wurde Nicholas bewusst, dass Max' primäre Nahrungsquelle sich mehrere hundert Meilen entfernt von hier befand. Dann erinnerte er sich daran, dass Paige von einem Muttermilchersatz gesprochen hatte. Er setzte Max in den Hochstuhl und räumte auf der Suche nach Enfamil Müsli, Pasta und Dosenfrüchte aus den Schränken.

Enfamil war ein Pulver, und Nicholas wusste, dass er auch irgendetwas sterilisieren musste, doch dafür war jetzt keine Zeit. Max schrie, und ohne überhaupt nach ihm zu sehen, setzte Nicholas Wasser auf und nahm sich drei leere Plastikflaschen, von denen er einfach annahm, dass sie sauber waren. Dann las er, was hinten auf der Enfamil-Dose stand. Ein Löffel auf sechzig Milliliter zwei Unzen. In dieser Küche musste es doch einen Messbecher geben.

Nicholas schaute unter der Spüle nach und auf dem Kühlschrank. Schließlich fand er den Messbecher in einer Ansammlung von Pfannenhebern und Salatlöffeln. Ungeduldig wartete er darauf, dass der Teekessel endlich pfeifen würde. Als es so weit war, schüttete Nicholas je zweihundertvierzig Milliliter in jede Flasche und gab vier Löffel Milchpulver hinzu. Woher sollte er auch wissen, dass diese Menge für ein Baby in Max' Alter viel zu groß war? Nicholas wollte Max nur irgendwie satt bekommen, ihn zum Schlafen bringen und dann selbst ins Bett.

Morgen würde er sich dann irgendetwas überlegen, damit Max im Krankenhaus bei ihm sein konnte. Wenn er mit einem Baby auf der Schulter in den OP kam, dann würde ihm doch sicher jemand helfen. Jedenfalls konnte er sich darüber im Moment nicht den Kopf zerbrechen. Sein Schädel pochte, und ihm war so schwindelig, dass er kaum noch stehen konnte.

Nicholas stellte zwei Flaschen in den Kühlschrank und brachte die dritte zu Max. Doch Max war nicht mehr da. Er hatte ihn im Hochstuhl gelassen, doch plötzlich war er weg. »Max!«, rief Nicholas. »Wo steckst du, Kumpel?« Er verließ die Küche und lief die Treppe hinauf. Er war so durcheinander, dass er offensichtlich erwartete, seinen Sohn im Badezimmer zu finden, wo er sich vor dem Spiegel rasierte. Dann hörte er die Schreie.

Nicholas war nie der Gedanke gekommen, dass Max noch nicht gut genug sitzen konnte, um ihn in einem Hochstuhl alleine zu lassen. Aber was zum Teufel machte das Ding dann in der Küche? Max war aus dem Sitz gerutscht, bis sein Kopf unter dem kleinen Plastiktischchen eingeklemmt gewesen war. Da er nicht wusste, wie man das Ding von dem Stuhl löste, zog Nicholas einfach so lange daran, bis das ganze Vorderteil abriss. Kaum hatte er seinen Sohn hochgehoben, verstummte Max, doch Nicholas sah deutlich ein rotes geschwollenes Muster auf der Wange des Babys, wo die Schrauben und Haken sich in die Haut gedrückt hatten.

»Ich habe ihn nur eine Sekunde aus den Augen gelassen«, murmelte Nicholas, und im Hinterkopf hörte er Paiges leise, klare Stimme: *Das reicht schon.* Nicholas hob das Baby höher an die Schulter und hörte Max seufzen. Er dachte an das Nasenbluten und das Zittern in Paiges Stimme, als sie ihm davon erzählt hatte. *Nur eine Sekunde.*

Nicholas trug das Baby ins Schlafzimmer und gab ihm im Dunkeln die Flasche. Max schlief fast sofort ein. Als Nicholas bemerkte, dass die Lippen des Babys sich nicht mehr bewegten, nahm er die Flasche weg und legte Max in die Armbeuge. Nicholas wusste, dass Max sofort wieder aufwachen würde, wenn er versuchen sollte, ihn in seine Wiege zu legen. Vor seinem geistigen Auge sah er Paige, wie sie Max im Bett fütterte und dabei einschlief. *Du willst doch sicher nicht, dass er sich daran gewöhnt, hier zu schlafen*, hatte er zu ihr gesagt. *Er soll doch keine schlechten Angewohnheiten entwickeln.* Und dann war sie ins Kinderzimmer gewankt und hatte die Luft angehalten, um das Kind nicht zu wecken.

Nicholas knöpfte mit einer Hand sein Hemd auf und schob ein Kissen unter den Arm, auf dem Max lag. Dann schloss er die Augen. Er war hundemüde. Sich um Max zu kümmern hatte ihn mehr erschöpft als eine Operation am offenen Herzen. In gewisser Weise war das hier sogar ähnlich. Beides erforderte schnelles Denken sowie ein ungewöhnlich hohes Maß an Konzentration. Aber so gut Nicholas im Operationssaal auch war, von Babypflege hatte er nicht den Hauch einer Ahnung.

Das war alles Paiges Schuld. Falls sie ihm auf diese Art eine kleine Lektion erteilen wollte, nun, sie würde nicht damit durchkommen. Nicholas kümmerte es nicht, ob er Paige je wiedersehen würde. Nicht, nachdem sie so eine Nummer abgezogen hatte.

Plötzlich erinnerte er sich daran, wie ihm einmal irgend so ein Rüpel auf dem Schulhof die Lippe aufgeschlagen hatte. Damals war er elf Jahre alt gewesen. Er hatte auf dem Boden gelegen, bis die anderen Kinder gegangen waren, denn sie sollten ihn nicht weinen sehen. Als er später seinen Eltern davon erzählt hatte, hatte seine Mutter ihm die Hand auf die Wange gelegt und ihn angelächelt.

Und Nicholas würde auch nicht zulassen, dass Paige ihn weinen sah. Und er würde sich auch nicht beschweren oder ungehalten sein. Sie konnten dieses Spiel auch beide spielen. Er würde dasselbe tun, was er damals mit diesem Schläger getan hatte: In den Tagen nach der Schlägerei hatte er ihn so konsequent ignoriert, dass die anderen Kinder irgendwann seinem Beispiel gefolgt waren, und zu guter Letzt war der Junge zu Nicholas gekommen und hatte sich in der Hoffnung bei ihm entschuldigt, so seine Freunde wieder zurückgewinnen zu können.

Aber natürlich war das nur ein Konflikt unter Kindern gewesen. Aber hier ging es um sein weiteres Leben. Was Paige getan hatte, war einfach nicht zu entschuldigen.

Eigentlich hatte Nicholas erwartet, dass ihn die düsteren Gedanken an Paige noch lange wachhalten würden. Doch dann schlief er ein, kaum dass sein Kopf das Kissen berührt hatte. Am nächsten Morgen erinnerte er sich nicht mehr daran, wie schnell er eingeschlafen war. Er erinnerte sich auch nicht daran, dass er von seinem ersten Weihnachtsfest mit Paige geträumt hatte, als sie ihm das Kinderspiel *Operation!* geschenkt und sie stundenlang gespielt hatten. Und er erinnerte sich auch nicht daran, dass er, als die Nacht am kältesten gewesen war, instinktiv seinen Sohn zu sich herangezogen hatte, um ihn zu wärmen.

KAPITEL 21

PAIGE

Die Kleider meiner Mutter passten nicht. Sie waren an den Beinen zu lang und an der Brust zu eng. Sie waren für jemanden gemacht, der größer und schlanker war als ich. Nachdem mein Vater die alte Truhe mit den Sachen meiner Mutter hervorgeholt hatte, hatte ich jedes muffige Stück Seide oder Baumwolle angefasst, als würde ich meine Mutter selbst berühren. Ich zog mir ein gelbes Neckholder-Top und Seersucker-Shorts an und schaute in den Spiegel. Ich sah in dasselbe Gesicht, das ich immer gesehen hatte. Das überraschte mich. Inzwischen waren meine Mutter und ich uns in meinem Kopf so ähnlich geworden, dass ich irgendwie erwartet hatte, sie zu sehen.

Als ich wieder in die Küche kam, saß mein Vater am Tisch. »Das ist alles, was ich habe, Paige«, sagte er und hielt das Hochzeitsfoto in die Höhe, das ich so gut kannte. Mein ganzes Leben lang hatte es auf dem Nachttisch meines Vaters gestanden. Auf dem Bild schaute mein Vater meine Mutter an und hielt ihre Hand. Meine Mutter lächelte, doch ihre Augen verrieten sie. Ich hatte dieses Foto jahrelang immer wieder angeschaut und versucht herauszufinden, woran die Augen meiner Mutter mich erinnerten. Mit fünfzehn Jahren wusste ich es. Sie sah aus wie ein Waschbär im Scheinwerferlicht, kurz bevor das Auto ihn überrollte.

»Dad«, sagte ich und strich über das Bild, »was ist mit ihren anderen Sachen? Mit ihrer Geburtsurkunde, ihrem Hochzeitsring, alten Bildern und so weiter?«

»Die hat sie mitgenommen. Sie ist ja nicht gestorben. Sie hat ihren Abschied bis ins letzte Detail geplant.«

Ich schenkte eine Tasse Kaffee ein und bot sie Dad an. Er schüttelte den Kopf. Verlegen rutschte mein Vater auf dem Stuhl herum. Er sprach nur ungern über meine Mutter. Er hatte nicht gewollt, dass ich nach ihr suchte – das war immer klar gewesen. Doch als er gesehen hatte, wie stur ich in diesem Punkt war, hatte er gesagt, er würde für mich tun, was er könne. Trotzdem schaute er mich nicht an, als ich ihm Fragen stellte. Es war fast so, als gebe er sich nach all den Jahren selbst die Schuld an allem.

»Wart ihr glücklich?«, fragte ich leise. Zwanzig Jahre waren eine lange Zeit, und ich war damals erst fünf gewesen. Vielleicht hatte es hinter verschlossenen Türen ja Streitereien gegeben, von denen ich nichts mitbekommen hatte. Oder vielleicht war es ja sogar zu einer Ohrfeige gekommen, die mein Vater sofort bereut hatte.

»Ich war sehr glücklich«, antwortete mein Vater. »Ich hätte nie gedacht, dass May uns verlassen würde.«

Der Kaffee in meiner Hand kam mir plötzlich viel zu bitter vor. Ich goss ihn weg. »Dad«, sagte ich, »warum hast du eigentlich nie versucht, sie zu finden?«

Mein Vater stand auf und ging zum Fenster. »Als ich noch sehr klein war und wir noch in Irland gelebt haben, hat mein Vater dreimal im Sommer Heu gemacht. Er hatte einen alten Traktor, und er hat immer an einer Ecke des Feldes begonnen und ist immer engere Kreise gefahren bis fast in die Mitte hinein. Dort liefen meine Schwester und ich in das Gras, das dort noch stand, und verjagten die dort zusammengetriebenen Kaninchen. Es waren viele, und sie sprangen schneller, als wir laufen konnten. Einmal – ich glaube, das war in dem Sommer, bevor wir hergekommen sind – habe ich eins am Schwanz gefangen. Ich habe meinem Vater gesagt, ich wolle es als Haustier behalten, und er hat mich ernst angeschaut und mir erklärt, dass sei dem Kaninchen gegenüber nicht fair, denn Gott habe es nicht dafür erschaffen. Trotzdem habe ich dem Kaninchen einen Verschlag gebaut und ihm Wasser, Heu und Karotten gegeben. Am nächsten Tag war es tot. Es lag einfach auf der Seite. Mein Vater kam zu mir und sagte, manche Geschöpfe seien einfach dazu bestimmt, frei zu sein.« Dad drehte sich zu mir um. »Das«, sagte er, »ist der Grund, warum ich nie nach deiner Mutter gesucht habe.«

Ich schluckte. Ich stellte mir vor, wie es wohl sein würde, einen Schmetterling in der Hand zu halten, wunderschön und geliebt, und zu wissen, dass er trotz deiner Zuneigung in Gefangenschaft langsam, aber sicher stirbt. »Zwanzig Jahre«, flüsterte ich. »Du musst sie so sehr hassen.«

»Aye.« Mein Vater stand auf und nahm meine Hände. »Ich hasse sie mindestens so sehr, wie ich sie liebe.«

*

Mein Vater erzählte mir, dass meine Mutter als Maisie Marie Renault in Biloxi, Mississippi geboren wurde. Ihr Vater hatte sich als Farmer versucht, doch sein Land war größtenteils Sumpfland gewesen, weshalb er nie viel Geld gemacht hatte. Er starb bei einem Unfall mit dem Mähdrescher, den die Versicherung stark in Zweifel gezogen hat. Jedenfalls verkaufte Maisies Mutter nach seinem Tod die Farm und brachte das Geld auf die Bank. Sie zog nach Wisconsin und arbeitete in einer Molkerei. Mit fünfzehn Jahren begann Maisie, sich May zu nennen. Sie beendete die Highschool und bekam einen Job in einem Kaufhaus mit Namen Hershey's, direkt an der Main Street in Sheboygan. Sie hatte den Notgroschen ihrer Mutter aus der Keksdose gestohlen, sich ein Leinenkleid und Alligatorpumps gekauft und dem Personalleiter bei Hershey's erzählt, sie sei einundzwanzig und habe gerade an der University of Wisconsin ihren Abschluss gemacht. Beeindruckt von Moms coolem Auftreten und ihrer eleganten Kleidung, machten sie sie zur Leiterin der Kosmetikabteilung. Dort lernte sie, wie man Rouge und Make-up auftrug, wie man Augenbrauen machte, auch wenn keine da waren, und wie man Muttermale verschwinden ließ. So wurde Mom zu einer Expertin in der Kunst der Täuschung.

May wollte, dass ihre Mutter nach Kalifornien umzog. Von der Arbeit an der Melkmaschine waren ihre Hände rissig geworden und ihr Rücken gekrümmt. May brachte Bilder von Los Angeles mit nach Hause, wo man im Hinterhof Zitronen züchten konnte und wo es niemals schneite. Ihre Mutter weigerte sich jedoch zu gehen. Und so begann May, mindestens dreimal im Jahr wegzulaufen.

Dann holte sie all ihr Geld von der Bank, packte ihre wichtigsten Sachen und zog das an, was sie ihre ›Reisekleidung‹ nannte: ein knappes Top und weiße Shorts. Sie kaufte Bus- und Bahntickets und fuhr nach Madison, Springfield

und sogar bis nach Chicago. Am Ende des Tages machte sie
dann kehrt und fuhr wieder heim. Sie zahlte ihr Geld wieder
auf der Bank ein, packte ihren Koffer aus und wartete darauf, dass ihre Mutter von der Arbeit nach Hause kam. Dann
erzählte sie ihrer Mutter, wo sie gewesen war, als hätte sie
nur einen Spaziergang gemacht. Und ihre Mutter erwiderte:
*Chicago? Nun, so weit bist du beim letzten Mal nicht gekom-
men.*

Auf einer dieser Exkursionen nach Chicago traf sie
schließlich meinen Vater. Vielleicht hatte sie ihre Reise bis
dahin ja nicht beenden wollen, weil ihr der Grund dazu gefehlt hatte. Und genau diesen Grund lieferte ihr nun mein
Vater. Mom hatte unseren Nachbarn immer erzählt, dass sie,
in dem Augenblick, als sie meinen Vater sah, gewusst hatte,
dass ihr Schicksal vor ihr stand. Aber sie hat nie genauer aus-
geführt, ob das nun ein gutes oder ein schlechtes Schicksal
gewesen war.

Mom heiratete Dad drei Monate nachdem sie sich kennengelernt hatten, und sie zogen in das kleine Reihenhaus,
in dem ich aufwachsen sollte. Das war 1966. Mom begann
zu rauchen und wurde süchtig nach dem Farbfernseher, den
sie zur Hochzeit geschenkt bekommen hatten. Sie schaute
sich jede Serie an und erzählte meinem Vater immer wieder,
sie sei zur Drehbuchautorin berufen. Nach dem Einkauf
schrieb sie Storyboards auf die Rückseiten der braunen Ein-
kaufstüten. Eines Tages würde sie ganz groß rauskommen,
sagte sie immer wieder.

Und da sie glaubte, irgendwo anfangen zu müssen, nahm
sie einen Job bei der *Tribune* an und schrieb fortan Nachrufe. Als sie herausfand, dass sie schwanger war, bestand sie

350

darauf, den Job zu behalten. Sie sagte, sie würde direkt nach dem Mutterschaftsurlaub weitermachen, denn schließlich bräuchten sie ja das Geld.

Mom nahm mich dreimal die Woche mit in die Redaktion, und an den anderen beiden Tagen passte unsere Nachbarin auf mich auf, eine alte Frau, die nach Kampfer roch. Mein Vater sagte, May sei eine gute Mutter gewesen, doch sie habe mich nie wie ein Baby behandelt. Einmal, als ich neun Monate alt war, kam mein Vater nach Hause und sah mich auf der Türschwelle sitzen. Ich trug Windeln und eine Perlenkette und hatte Lidschatten und Rouge aufgelegt. Meine Mutter kam lachend aus dem Wohnzimmer gerannt. »Sieht sie nicht einfach perfekt aus, Patrick?«, hatte sie meinen Vater gefragt, und als der den Kopf geschüttelt hatte, war alles Leben aus ihren Augen gewichen. Solche Dinge passierten oft, als ich noch ein Baby war. Mein Vater sagte, Mom habe gewollt, dass ich schneller groß wurde. Sie wollte eine beste Freundin und kein kleines Kind.

May verließ uns am 24. Mai 1972, ohne sich zu verabschieden. Mein Vater sagte, an ihrem Verschwinden habe ihn besonders hart getroffen, dass er es nicht hatte kommen sehen. Er war seit sechs Jahren mit ihr verheiratet gewesen und hatte so viel von ihr gewusst: die Reihenfolge, in der sie sich abends abschminkte; die Salatsoßen, die sie hasste, wie sich ihre Augenfarbe veränderte, wenn sie festgehalten werden wollte. Dennoch hatte sie ihn vollkommen überrascht. Eine Zeit lang hat er sich Zeitungen aus Los Angeles am Flughafen gekauft, denn er war fest davon überzeugt, dass sie irgendwann als Drehbuchautorin auftauchen würde, und dann hätte er sie gehabt. Doch im Laufe der Jahre neigte er mehr und mehr zu folgender Vermutung: Jeder, der spurlos verschwinden konnte, war sicherlich auch in der Lage, vorher jahrelang zu lügen. Mein Vater glaubte, dass Mom während ihrer Ehe die ganze Zeit über an einem Plan gearbeitet hatte. Und er beschloss, sie nicht hereinzulassen, sollte sie je wieder zurückkommen, denn er war über die Maßen verletzt. Unglücklicherweise fragte er sich von Zeit zu Zeit dennoch, ob sie noch lebte und ob es ihr gut ging. Allerdings erwartete er nicht, je wieder von ihr zu hören. Den Glauben an die Liebe hatte er jedenfalls verloren. Außerdem war das Ganze inzwischen zwanzig Jahre her. Würde sie jetzt plötzlich vor seiner Tür stehen, sie wäre nur noch eine Fremde für ihn.

*

Mein Vater kam in jener Nacht in mein Schlafzimmer, als die Sterne gerade im Grau der Morgendämmerung verblassten. »Du bist doch wach, oder?«, fragte er mit verschlafener Stimme.

»Das wusstest du doch«, erwiderte ich. Dad setzte sich, und ich nahm seine Hand und schaute ihn an. Manchmal konnte ich einfach nicht glauben, was er alles für mich getan hatte. Er hatte sich so sehr bemüht.

»Was wirst du tun, wenn du sie findest?«, fragte er.

Ich setzte mich auf. »Ich werde vielleicht nie so weit kommen«, antwortete ich. »Immerhin ist das alles schon zwanzig Jahre her.«

»Oh, du wirst sie finden. Da bin ich sicher«, sagte mein Vater. »Das ist einfach so.« Mein Vater glaubte an das Schicksal, das er die göttliche Weisheit nannte. Soweit es ihn betraf, würde ich May Renault schon finden, wenn Gott das so wollte. »Aber wenn du sie findest, solltest du ihr nichts sagen, was sie nicht unbedingt wissen muss.« Ich starrte ihn an. Ich wusste nicht, was er damit meinte. »Es ist zu spät, Paige«, sagte er.

Und dann erkannte ich, dass ich während der vergangenen zwei Tage insgeheim dem Wunschtraum nachgehangen hatte, meinen Vater, meine Mutter und mich wieder unter diesem Dach in Chicago vereint zu sehen. Und jetzt wollte mein Vater mir klarmachen, dass das nicht passieren würde. Und ich wusste, dass auch ich es nicht wirklich wollte. Selbst wenn meine Mutter ihre Sachen packte und mir nach Hause folgte, Chicago war nicht länger meine Heimat. Meine Heimat lag Hunderte von Meilen von hier entfernt.

»Dad«, sagte ich und schob den Gedanken beiseite, »erzähl mir eine Geschichte.«

Ich hatte die Geschichten meines Vaters nicht mehr gehört, seit ich vierzehn war. Doch jetzt wollte ich eine von diesen Geschichten hören, von starken, irischen Helden voller Witz und Genialität.

Mein Vater lächelte. »Ich nehme an, du willst eine Liebesgeschichte hören«, sagte er, und ich lachte.

»Nur dass es keine richtigen irischen Liebesgeschichten gibt«, erwiderte ich. »Sie enden immer in einer Katastrophe.« Die Iren hatten Geschichten für jede Form von Untreue. Cuchulainn – das irische Gegenstück zu Herkules – war verheiratet, verführte aber trotzdem jede Maid in Irland. Angus, der gutaussehende Gott der Liebe, war der Sohn von Dagda, dem Götterkönig, und dessen Geliebter Boann.

353

Dagda hatte Angus gezeugt, als Boanns Ehemann gerade auf Reisen gewesen war. Und Deirdre, die gezwungen werden sollte, den alten König Conchobhar zu heiraten, um einer Prophezeiung entgegenzuwirken, die landesweites Unheil verhieß, floh stattdessen mit einem hübschen, jungen Krieger mit Namen Naoise nach Schottland. Als Kundschafter die beiden Liebenden fanden, ließ Conchobhar Naoise hinrichten und befahl Deirdre, ihn zu heiraten. Sie lächelte nie wieder, und schließlich schlug sie sich selbst den Kopf an einem Felsen zu Brei.

Ich kannte all diese Geschichten mit ihren Ausschmückungen gut genug, um sie mir selber erzählen zu können, doch plötzlich wollte ich einfach nur unter die Bettdecke in meinem Kinderzimmer kriechen und der melodischen Stimme meines Vaters lauschen, während er mir von den Helden seiner Heimat sang. Also machte ich es mir gemütlich und schloss die Augen. »Erzähl mir die Geschichte von Dechtire«, flüsterte ich.

Mein Vater legte mir die kühle Hand auf die Stirn. »Das war schon immer deine Lieblingsgeschichte«, sagte er, hob das Kinn und schaute zur Sonne hinaus, die gerade über den Dächern aufging. »Nun, Cuchulainn war kein gewöhnlicher Ire, und seine Geburt war auch alles andere als gewöhnlich. Seine Mutter war eine wunderschöne Frau mit Namen Dechtire, und ihr Haar war so strahlend wie des Königs Gold und ihre Augen grüner als das irische Gras. Sie war mit einem Häuptling in Ulster verheiratet, doch sie war zu schön, als dass sie der Aufmerksamkeit der Götter hätte entgehen können. Und so wurde sie eines Tages in einen Vogel verwandelt, und in dieser Gestalt war sie sogar noch schöner denn zuvor. Sie hatte Federn so weiß wie Schnee, und sie trug einen Kranz, der aus den rosa Wolken des Morgens geflochten war. Nur ihre Augen waren noch immer von dem gleichen, leuchtenden Grün. Mit fünfzig ihrer Dienerinnen flog sie zu einem verzauberten Palast auf einer magischen Himmelsinsel, dort saß sie, umgeben von ihren Frauen, und putzte sich die Flügel.

Sie war so aufgeregt, dass sie zuerst gar nicht bemerkte, dass sie wieder in eine wundervolle Frau zurückverwandelt worden war. Und sie bemerkte auch nicht Lugh, den Sonnengott, der vor ihr stand und den ganzen Himmel ausfüllte. Als sie den Kopf wandte und die Lichtstrahlen sah, die ihn wie ein Heiligenschein umgaben, da verliebte sie sich sofort. Dort, auf dieser Insel, lebte sie viele Jahre mit Lugh, und dort gebar sie ihm auch einen Sohn – Cuchulainn –, doch schließlich nahm sie ihren Jungen und ging wieder nach Hause.«

Ich öffnete die Augen, denn das war der Teil, den ich am liebsten mochte, und noch bevor mein Vater es aussprach, erkannte ich jetzt, wo ich erwachsen war, zum ersten Mal, warum gerade diese Geschichte stets so eine Wirkung auf mich gehabt hatte.

»Dechtires Mann, der Häuptling, der jahrelang in den Himmel geschaut und gewartet hatte, hieß sie willkommen, denn immerhin hört man nie wirklich auf, jemanden zu lieben. Und er erzog Cuchulainn wie seinen eigenen Sohn.«

In all den Jahren, in denen ich diese Geschichte gehört hatte, hatte ich mir meine Mutter als Dechtire und mich selbst als Cuchulainn vorgestellt, Opfer des Schicksals, die gemeinsam auf einer glitzernden Zauberinsel lebten. Doch ich hatte auch die Weisheit des wartenden Häuptlings in mir erkannt. Auch ich hatte nie aufgehört zu hoffen, dass meine Mutter eines Tages doch wieder zu uns zurückkehren würde.

Mein Vater beendete seine Geschichte und tätschelte mir die Hand. »Ich habe dich vermisst, Paige«, sagte er, stand auf und ging. Ich blinzelte zur Decke hinauf, und ich fragte mich, wie es wohl wäre, das Beste beider Welten zu haben. Ich fragte mich, wie es wäre, die glatten Fliesen im Palast des Sonnengottes unter meinen nackten Füßen zu spüren und in seinem Licht aufzuwachsen.

*

Bewaffnet mit dem Hochzeitsfoto und der Geschichte meiner Mutter winkte ich meinem Vater zum Abschied und stieg ins Auto. Ich wartete, bis er wieder im Haus war; dann ließ ich meinen Kopf auf das Lenkrad fallen. Was sollte ich jetzt tun?

Ein Privatdetektiv wäre wohl das Beste, jemand, der mich nicht auslachen würde, wenn ich ihm erklärte, dass ich nach zwanzig Jahren eine vermisste Person aufspüren wollte. Doch er durfte auch nicht allzu viel kosten, und ich wusste noch nicht einmal, wo ich diesen Privatdetektiv finden sollte.

Als ich die Straße hinunterfuhr, ragte Saint Christopher zu meiner Linken auf. Ich war seit acht Jahren in keiner Kirche mehr gewesen. Max war noch nicht einmal getauft. Damals hatte Nicholas das überrascht. »Ich dachte, du hättest nur Probleme mit dem Katholizismus, nicht mit dem Christentum«, hatte er gesagt, und ich hatte erwidert, dass ich nicht länger an Gott glauben würde. »Nun«, hatte er gesagt und die Augenbrauen gehoben. »Wenigstens sind wir in dieser Frage mal einer Meinung.«

Ich parkte den Wagen und schleppte mich die glatten Stufen zur Kirche hinauf. Mehrere ältere Frauen saßen im linken Kirchenschiff und warteten auf einen freien Beichtstuhl. Die Minuten vergingen, die Vorhänge wurden nacheinander zurückgezogen, und die Beichtstühle spuckten Sünder aus, die ihre Seelen noch reinwaschen mussten.

Ich ging das Mittelschiff hinunter – ich hatte immer geglaubt, es einmal als Braut zu durchqueren – und setzte mich in die erste Bank. Das Licht, das durch das Buntglas fiel, warf das verzerrte Bild Johannes des Täufers auf meine Füße. Ich schaute es stirnrunzelnd an und fragte mich, wie ich als Kind immer nur die Pracht dieser Fenster hatte sehen können und nicht die Tatsache, dass sie eigentlich das Licht aussperrten.

Ich hatte mich von meiner Religion losgesagt – das wusste auch Nicholas –, doch das bedeutete nicht, dass meine Religion auch mich aufgegeben hatte, schließlich war das keine Einbahnstraße. Nur weil ich nicht mehr zu Jesus und der Jungfrau Maria betete, hieß das nicht, dass sie mich kampflos aufgeben würden. Und so folgte Gott mir noch immer, obwohl ich schon längst nicht mehr in die Messe ging und seit mehr als einem Jahrzehnt nicht mehr gebeichtet hatte. Ich fühlte den Herrn wie ein Flüstern an meiner Schulter, und er sagte mir, so einfach sei es nicht, den Glauben aufzugeben. Ich konnte ihn sanft lächeln hören, wenn ich in Krisenmomenten – zum Beispiel während Max' Nasenbluten –

instinktiv nach ihm rief. Und es machte mich wütend, dass ich ihn einfach nicht aus dem Kopf bekam, egal wie sehr ich mich auch bemühte. Er gab mir noch immer den Kurs vor. Er zog noch immer die Fäden.

Um nicht weiter aufzufallen, kniete ich mich hin, doch kein Gebet kam über meine Lippen. Unmittelbar vor mir stand die Statue der Jungfrau Maria, die ich als Maikönigin bekränzt hatte.

Die Mutter Christi. Es gibt nicht viele gesegnete Frauen im Katholizismus, also war sie als Kind mein Idol gewesen. Ich habe immer zu ihr gebetet. Und wie jedes andere kleine, katholische Mädchen auch, war ich fest davon überzeugt, wenn ich die restlichen Jahre meiner Kindheit brav war, würde ich so werden wie sie. An Halloween hatte ich mich einmal als Maria verkleidet. Ich hatte einen blauen Mantel und ein schweres Holzkreuz getragen, doch niemand hatte erraten, was ich darstellen wollte. Ich habe mir Maria immer als sehr friedvoll und sehr schön vorgestellt. Immerhin hatte Gott sie auserwählt, um seinen Sohn zu gebären. Aber der eigentliche Grund, warum ich sie so gemocht hatte, war ein anderer gewesen. Ihr Platz im Himmel war ihr garantiert, nur weil sie jemand ganz Besonderem das Leben geschenkt hatte. Und manchmal habe ich sie mir von Jesus geborgt und so getan, als würde sie abends auf meiner Bettkante sitzen und mich fragen, was ich tagsüber so in der Schule gemacht hatte.

Ich erinnerte mich daran, dass ich in Sozialkunde im fünften Schuljahr einmal gelernt hatte, dass Affenbabys sich lieber an Stoffpuppen als an solche aus härterem Material klammerten, wenn man ihnen die Wahl ließ. Und im Wartezimmer eines Arztes hatte ich einmal von Coyoten gelesen, die heulen, wenn sie ihre Welpen verlieren, damit die Kleinen anhand des Signals wieder nach Hause finden. Ich fragte mich, ob Max wohl auch Sicherheit in meiner Stimme fand. Und ich fragte mich, ob ich nach all den Jahren die meiner Mutter noch erkennen würde.

Aus dem Augenwinkel heraus sah ich einen mir bekannten Priester auf den Altar zugehen. Ich wollte nicht erkannt und womöglich zur Beichte gedrängt werden. Also senkte ich den Kopf und huschte an ihm vorbei. Ein Zittern fuhr durch meine Schultern, als ich die Kraft seines Glaubens spürte.

Ich fuhr von Saint Christopher zu dem Ort, von dem ich wusste, dass ich ihn besuchen musste, bevor ich aufbrach, um meine Mutter zu suchen. Schon beim Näherkommen sah ich ihn aus der Ferne. Jake gab gerade einem Schlipsträger die Kreditkarte zurück und achtete dabei sorgfältig darauf, den gestriegelten Kunden nicht mit seiner ölverschmierten Hand zu berühren. Der Mann fuhr in seinem Fiat weg und machte einen Platz für mich frei.

Jake rührte sich nicht, als ich mit meinem Wagen neben der Zapfsäule hielt und ausstieg. »Hallo«, sagte ich. Er ballte die Faust und entspannte sie wieder. Er trug einen Ehering, und das entfachte ein Brennen in meinem Bauch, obwohl ich selbst doch auch einen Ring trug. Für mich selbst fand ich es ganz normal, dass das Leben weitergegangen war, doch aus irgendeinem Grund hatte ich erwartet, dass Jake noch genauso sein würde wie früher.

Ich schluckte und setzte mein strahlendstes Lächeln auf. »Nun«, sagte ich, »wie ich sehe, bist du überwältigt, mich zu sehen.«

Und dann sprach Jake, und seine Stimme klang noch genauso melodisch, wie ich sie in Erinnerung hatte. »Ich wusste nicht, dass du wieder zurück bist«, sagte er.

»Ich wusste auch nicht, dass ich kommen würde.« Ich trat einen Schritt von ihm zurück und schirmte mit der Hand meine Augen vor der Sonne ab. Die Fassade der Werkstatt war frisch gestrichen, und auf einem neuen Schild stand: ›Jake Flanagan, Besitzer‹. Ich drehte mich wieder zu Jake um.

»Er ist gestorben«, erklärte Jake leise, »vor drei Jahren.«

Die Luft zwischen uns war geladen, doch ich blieb auf Abstand. »Das tut mir leid«, sagte ich. »Das hat mir niemand erzählt.«

Jake schaute auf meinen Wagen, der von der langen Fahrt verstaubt war. »Wie viel willst du?«, fragte er und griff nach dem Zapfschlauch.

Ich starrte ihn verständnislos an. Er öffnete meine Tankklappe. »Oh, der Wagen«, sagte ich. »Einmal volltanken, bitte.«

Jake nickte und startete die Pumpe. Er lehnte sich gegen die heiße Metalltür, und ich betrachtete seine starken Hände. Wagenschmiere hatte sich in den Rissen auf seinen Händen festgesetzt – so wie immer. »Was machst du jetzt so?«, fragte er. »Zeichnest du immer noch?«

Ich senkte den Kopf und lächelte. »Ich bin Entfesselungskünstlerin«, antwortete ich.

»Wie Houdini?«

»Ja«, sagte ich, »nur waren die Fesseln stärker.«

Jake schaute mich nicht an, als die Pumpe sich automatisch abschaltete. Er streckte die Hand aus, und ich gab ihm meine Kreditkarte. Ich hatte das vertraute Knistern erwartet, das auch früher immer die Luft erfüllt hatte, wenn unsere Finger sich berührten. Doch nichts geschah. Gar nichts. Ich suchte nicht nach Leidenschaft, und ich wusste, dass ich Jake nicht liebte. Ich war mit Nicholas verheiratet. Ich war, wo ich sein sollte. Trotzdem hatte ich erwartet, dass irgendetwas von früher übriggeblieben war. Ich schaute in Jakes Gesicht, und der Blick seiner blauen Augen war kühl und reserviert. *Ja*, schien er zu sagen, *zwischen uns ist es vorbei.*

Als er eine Minute später wieder zurückkam, bat er mich, kurz mit ihm ins Büro zu kommen. Mein Herz setzte einen Schlag lang aus. Vielleicht würde er ja jetzt etwas zu mir sagen oder seine Reserviertheit aufgeben. Aber er führte mich zum Kreditkartenleser. Meine American Express war nicht angenommen worden. »Das ist unmöglich«, murmelte ich und gab Jake meine Visa. »Versuch die mal.«

Auch diese Karte funktionierte nicht. Ohne Jake um Erlaubnis zu bitten, griff ich zum Telefon und rief die Notfallnummer auf der Rückseite meiner Kreditkarte an. Der Angestellte der Hotline informierte mich darüber, dass Nicholas Prescott seine alte Visa habe sperren lassen und dass eine neue mit neuer Nummer gerade an ihn versandt worden sei. Ich legte auf und schüttelte den Kopf. »Mein Mann ...,«, sagte ich. »Er hat mir die Karten gesperrt.«

In Gedanken rechnete ich rasch aus, wie viel Bargeld mir noch geblieben war, und ich fragte mich, ob meine Schecks wohl auch in anderen Bundesstaaten akzeptiert werden würden. Was, wenn ich nicht genug hatte, um meine Mutter zu finden? Und was, wenn ich sie finden würde, dann aber kein

Geld mehr hätte, um zu ihr zu fahren? Plötzlich legte Jake mir den Arm um die Schultern und führte mich zu einem alten orangefarbenen Plastikstuhl am Fenster. »Ich fahre nur schnell deinen Wagen weg«, sagte er. »Ich bin gleich wieder da.« Ich schloss die Augen und ergab mich dem vertrauten Gefühl. Diesmal, sagte ich mir selbst, würde Jake mich retten können.

Als er wieder zurückkam, setzte er sich neben mich. Inzwischen hatte er graue Haare an den Schläfen, doch es fiel ihm noch immer über die Augen und lockte sich an den Ohren. Er hob mein Kinn, und in seiner Berührung fühlte ich die lockere Kameradschaft, die ich auch empfunden hatte, als ich noch seine Lieblingsschwester war. »So, Paige O'Toole«, sagte er, »was führt dich nach Chicago?«

Ich erzählte ihm vereinzelte Geschichten aus den vergangenen acht Jahren meines Lebens. Gerade hatte ich ihm erzählt, wie Max von der Couch gefallen war und sich die Nase aufgeschlagen hatte, da klingelte die Glastür, und eine junge Frau kam herein. Sie hatte dunkle, exotische Haut und mandelförmige Augen. Sie trug ein buntes Trägerkleid und hatte eine Tüte *Fritos* in der linken Hand. »Essen!«, sang sie, und dann sah sie Jake neben mir sitzen. »Oh.« Sie lächelte. »Ich kann auch hinten warten.«

Jake stand auf, wischte sich die Hände an der Jeans ab und legte der Frau den Arm um die Schultern. »Paige«, sagte er, »das ist meine Frau, Ellen.«

Bei der Erwähnung meines Namens riss Ellen die dunklen Augen auf. Ich zögerte eine Sekunde in Erwartung eines eifersüchtigen Funkelns in ihrem Blick. Doch sie trat einfach einen Schritt vor und streckte die Hand aus. »Es ist schön, dich endlich kennenzulernen, nachdem ich jahrelang von dir gehört habe«, sagte sie, und ich konnte in ihren Augen sehen, dass sie es ehrlich meinte. Ellen schlang den Arm um Jakes Hüfte und hakte den Daumen in eine Gürtelschlaufe. »Wie wäre es, wenn ich das Essen dalasse«, sagte sie. »Ich sehe dich dann zu Hause.« Und so plötzlich, wie sie aufgetaucht war, verschwand sie auch wieder.

Als sie den Raum verließ, nahm sie auch die Energie wieder mit, die sie ausstrahlte. »Ellen und ich sind seit fünf Jahren verheiratet«, sagte Jake und schaute ihr hinterher. »Sie weiß alles. Wir können keine ...« Ihm versagte die Stimme, und er begann noch mal von Neuem. »Wir waren bis jetzt nicht in der Lage, Kinder zu bekommen.« Ich wandte mich ab, um ihm nicht in die Augen sehen zu müssen. »Ich liebe sie«, sagte er leise und schaute zu, wie sie auf die Franklin hinausfuhr.

»Ich weiß.«

Jake hockte sich vor mir auf den Boden. Er nahm meine linke Hand, rieb mit dem Daumen über meinen Ehering und hinterließ dabei einen Schmierfleck, und ich machte mir nicht die Mühe, ihn zu entfernen. »Erzähl mir, warum er dir die Kreditkarten gesperrt hat«, forderte er mich auf.

Ich legte den Kopf zurück und dachte an die Zeit zurück, als ich immer zugeschaut hatte, wie Jake sich auf ein Date mit einem anderen Mädchen vorbereitete. Und ich erinnerte mich auch an all die Abende, als ich mit seiner Familie gegessen und so getan hatte, als würde ich dazugehören. Damals hatte ich mir so eine komplizierte Geschichte über den angeblichen Tod meiner Mutter ausgedacht, dass ich mir Notizen machen musste, um nicht den Faden zu verlieren.

Ich erinnerte mich an Terence Flanagans Grinsen, wenn er seiner Frau in den Hintern kniff, während sie den Tisch deckte. Ich erinnerte mich an Jake, der nach Mitternacht zu mir gekommen war, um mit mir in der Küche zu tanzen, und ich dachte daran zurück, wie er mich in mein Schlafzimmer hinaufgetragen hatte, nachdem ich das Leben in mir verloren hatte. Mitten im Schmerz war es sein Gesicht gewesen, was ich immer wieder gesehen hatte, und ich dachte an all die unmöglichen Bindungen zwischen uns, die er hatte kappen müssen, um sich von mir zu verabschieden. »Ich bin weggelaufen«, sagte ich flüsternd zu Jake, »schon wieder.«

KAPITEL 22

NICHOLAS

»Das ist der Deal«, sagte Nicholas. Er balancierte Max auf der Hüfte und hatte die Wickeltasche über die Schulter gehängt. »Ich werde Ihnen zahlen, was immer Sie wollen, und alles in meiner Macht Stehende tun, um Ihnen die nächsten beiden Nachtschichten zu ersparen. Aber Sie müssen auf mein Kind aufpassen.«

LaMyrna Ratchet, die diensthabende Krankenschwester in der Orthopädie, zwirbelte an ihren blonden Locken. »Ich weiß nicht, Dr. Prescott«, sagte sie. »Ich könnte einen Haufen Ärger dafür bekommen.«

Nicholas schenkte ihr sein gewinnendstes Lächeln. Die große Uhr an der Wand verriet ihm, dass er schon fünfzehn Minuten zu spät dran war. »Ich vertraue Ihnen meinen Sohn an, LaMyrna«, sagte er. »Ich muss los. Ein Patient wartet auf mich. Ich wette, Ihnen fällt schon etwas ein.«

LaMyrna kaute auf dem Fingernagel. Schließlich streckte sie die Arme nach Max aus, der sofort nach ihrer dicken Brille griff. »Er schreit doch nicht, oder?«, rief sie Nicholas hinterher, der schon den Flur hinunterrannte.

»Nein, nein«, brüllte Nicholas über die Schulter zurück. »Kein bisschen.«

Nicholas war um fünf Uhr morgens ins Krankenhaus gekommen, eine halbe Stunde früher als gewöhnlich. Er hatte das Vergnügen gehabt, ausnahmsweise einmal Max wecken zu dürfen anstatt umgekehrt. Dreimal hatte der Junge ihn in der Nacht aus dem Schlaf gerissen, und er hatte ihn füttern und wickeln müssen. Noch immer halb im Schlaf hatte Max die ganze Zeit über Theater gemacht, während Nicholas versucht hatte, ihn in einen gelben Strampler zu stopfen. »Und?«, hatte Nicholas gesagt. »Wie schmeckt es dir, mal selbst zu einer unmöglichen Zeit geweckt zu werden?«

Nicholas hatte eigentlich erwartet, Max im Krankenhaus in eine Kindertagesstätte geben zu können oder was auch immer es sonst in dieser Hinsicht gab, doch nichts dergleichen existierte. Die entsprechende Einrichtung war ausgelagert worden. Sie lag in Charlestown, meilenweit entfernt, und zu allem Überfluss machte sie auch erst um halb sieben auf, zu einer Zeit, da Nicholas sich schon längst für die Operation vorbereiten musste. Zuerst hatte er die OP-Schwestern gebeten, auf Max aufzupassen, doch die hatten ihn nur angestarrt, als käme er von einem anderen Stern. Das könnten sie nicht, hatten sie gesagt, schließlich wäre auch so schon sechsmal am Tag niemand an der Anmeldung, weil sie unterbesetzt waren. Sie schlugen vor, es einmal in der Inneren zu versuchen, doch die einzigen Schwestern dort waren fix und fertig von der Nachtschicht, und Nicholas traute ihnen ohnehin nicht so recht. Also ging er in die Orthopädie hinauf, und dort fand er dann LaMyrna, ein gutherziges Mädchen, an das er sich aus seinem praktischen Jahr erinnerte.

»Dr. Prescott«, er wirbelte herum. Er war so erschöpft, dass er die Tür zum OP schlicht übersehen hatte. Die Schwester hielt die Tür für ihn auf. Nicholas drehte den Wasserhahn auf und schrubbte sich die Fingerkuppen, bis sie rot und wund waren. Als er dann rückwärts in den Operationssaal ging, sah er, dass alle anderen schon auf ihn warteten.

Fogerty beugte sich über den schlafenden Patienten. »Mr. Brennan«, sagte er, »wie es scheint, gibt Dr. Prescott uns doch noch die Ehre.« Er drehte sich zu Nicholas um und schaute dann zur Tür. »Was denn?«, sagte er. »Kein Kinderwagen? Kein Geschrei?«

Nicholas stieß ihn aus dem Weg. »Seit wann hast du denn Humor, Alistair?«, fragte er und schaute zur Schwester hinüber. »Bereiten Sie ihn vor.«

*

Nicholas war müde. Er schwitzte, und er brauchte dringend eine Dusche, doch nach der Operation hatte er nur eins im Kopf: Max. Er wusste, dass er eigentlich auf Visite gemusst hätte, und er hatte keine Ahnung, wie sein Plan für morgen aussah. Nicholas fuhr fünf Stockwerke im Aufzug hinauf. Vielleicht war Paige ja wieder da, wenn er heute nach Hause kam. Vielleicht war das alles ja nur ein mieser Albtraum gewesen.

LaMyrna Ratchet war nirgends zu finden. Nicholas steckte den Kopf ins Schwesternzimmer, doch niemand schien zu wissen, ob sie überhaupt noch Dienst hatte. Dann schaute er in eines der Krankenzimmer. Er spähte durch ein Bündel Ballons, weil er glaubte, einen kurzen weißen Rock gesehen zu haben, doch LaMyrna war auch hier nicht zu entdecken. Die Patientin, eine Frau von ungefähr fünfzig Jahren, klammerte sich an Nicholas' Arm. »Kein Blut mehr«, schrie sie. »Sie dürfen mir kein Blut mehr abnehmen.«

LaMyrna war auch in keinem anderen Krankenzimmer. Nicholas schaute sogar auf der Damentoilette für Angestellte nach und schreckte dabei zwei Schwestern und eine Ärztin auf. Unbeeindruckt schob er sich an ihnen vorbei, schaute unter den Kabinentüren hindurch und rief LaMyrnas Namen.

Schließlich ging er wieder zur Schwesternstation zurück. »Schauen Sie«, sagte er zur diensthabenden Krankenschwester, »diese Schwester ist verschwunden, und sie hat mein Baby mitgenommen.«

Die Schwester gab ihm einen rosa Notizzettel. »Warum haben Sie das nicht gleich gesagt?«, sagte sie.

Dr. Prescott, stand auf dem Zettel. *Ich musste gehen, weil meine Schicht vorbei war, und man hat mir gesagt, Sie seien noch im OP. Also habe ich Mike bei den Leuten vom freiwilligen Betreuungsdienst gelassen. LaMyrna.*

Mike?

Nicholas wusste noch nicht einmal, wo der freiwillige Betreuungsdienst war. Man hatte diesen Dienst während seiner Zeit als Assistenzarzt eingeführt. Dort gab es einen Aufenthaltsraum und Spinde für die ehrenamtlichen Mitarbeiter, die sich vorwiegend um das geistige Wohl der Patienten und deren Angehörigen kümmerten. Nicholas fuhr zum Empfang hinunter und fragte nach dem Weg. »Ich kann Sie hinbringen«, sagte ein Mädchen. »Ich muss sowieso dorthin.«

Das Mädchen war nicht älter als sechzehn, und sie trug eine Jeansjacke mit einem Airbrushbild von Nirvana auf dem Rücken. Sie hatte eine kleine Kühlbox dabei, und ein Zipfel ihrer pfefferminzgrünen Uniform ragte aus ihrer Sporttasche.

Sie sah, wie Nicholas auf die Tasche starrte. »In dem Ding würde ich mich nie in der Schule blicken lassen«, erklärte sie, machte eine Kaugummiblase und ließ sie platzen.

Im Aufenthaltsraum war niemand. Nicholas ging die Anmeldeliste durch, fand aber keinerlei Hinweis darauf, dass irgendwer auf ein Baby aufpasste. Dann entdeckte er seine Wickeltasche in der Ecke.

Erleichtert ließ Nicholas sich gegen die Wand fallen. »Wie finde ich heraus, wer wo gerade Dienst hat?« Das Mädchen schaute ihn verständnislos an. »Wo arbeitet ihr?«

Das Mädchen zuckte mit den Schultern. »Schauen Sie mal vorne im Buch«, sagte sie und schlug die erste Seite des Anmeldebuches auf. Nicholas sah eine Liste mit Namen, Arbeitszeiten und Aufgaben. Im Augenblick arbeiteten über dreißig ehrenamtliche Kräfte im Haus. Nicholas zwickte sich in die Nase. Er konnte das nicht. Er konnte das einfach nicht.

Er schulterte die Wickeltasche und verließ den Aufenthaltsraum, als ihm die Sekretärin auffiel, die draußen vor der Tür an einem Schreibtisch saß. »Dr. Prescott«, sagte sie und lächelte ihn an.

Er wunderte sich nicht, dass sie seinen Namen kannte. Im Krankenhaus hatten die meisten schon von dem Wunderkind aus der Herzchirurgie gehört. »Haben Sie ein Baby gesehen?«, fragte er.

Die Frau deutete den Flur hinunter. »Als ich ihn das letzte Mal gesehen habe, hat Dawn ihn gehabt. Sie ist mit ihm in die Cafeteria gegangen. Heute wurde sie nicht so dringend in der Ambulanz gebraucht.«

Nicholas hörte Max' Lachen, schon bevor er ihn sah.

Dann entdeckte er das stachelige schwarze Haar seines Sohnes hinter der Schlange an der Essensausgabe. Eine Frau in der Uniform der ehrenamtlichen Mitarbeiter saß an einem Tisch und ließ Max auf ihrem Knie hüpfen. Nicholas trat zu ihr und ließ die Wickeltasche fallen. Das Mädchen fütterte seinen drei Monate alten Sohn mit Eis am Stiel!

»Was zum Teufel machen Sie da?«, brüllte er und riss ihr seinen Sohn aus den Armen. Max streckte die Hand nach dem Eis aus, doch dann erkannte er, dass sein Vater wieder zurückgekehrt war, und er vergrub sein verschmiertes Gesicht an Nicholas' Hals.

»Sie müssen Dr. Prescott sein«, sagte das Mädchen unbeeindruckt. »Ich bin Dawn. Ich habe Max seit heute Mittag.« Sie öffnete die Wickeltasche und holte die einzige Milchflasche heraus, die Nicholas mit ins Krankenhaus gebracht hatte. Sie war knochentrocken. »Die hatte er schon um zehn Uhr heute Morgen leer, wissen Sie?«, tadelte sie ihn. »Ich musste ihn zur Milchbank bringen.«

»Zur Milchbank?« Kurz musste Nicholas an Kühe denken, die Geld auf die Bank tragen. Dann erinnerte er sich, dass es in der Pädiatrie eine Einrichtung gab, wo Mütter ihre Milch spenden konnten, um Frühgeborene über die Runden zu bringen.

Er schaute sich das Mädchen noch einmal genauer an. Sie war intelligent genug gewesen, um für Max etwas zu essen zu finden. Himmel, sie hatte sogar gewusst, dass er hungrig gewesen war, etwas, das Nicholas noch nicht einmal sicher wusste. Er setzte sich ihr gegenüber an den Tisch, und sie faltete das Eiscremepapier wie eine Serviette. »Es hat ihm geschmeckt«, erklärte sie zu ihrer Verteidigung. »Ein wenig

Eis schadet Kindern nicht – nicht, wenn sie schon drei Monate alt sind.«

Nicholas starrte sie an. »Woher wissen Sie das alles?«, fragte er. Dawn schaute ihn an, als wäre er verrückt. Nicholas beugte sich verschwörerisch vor. »Wie viel verdienen Sie mit Ihrer Arbeit hier?«

»Verdienen? Ich verdiene gar nichts. Deshalb bezeichnet man uns ja auch als *ehrenamtliche* Mitarbeiter.«

Nicholas nahm ihre Hand. »Wenn Sie morgen wieder zurückkommen, werde ich Sie bezahlen. Vier Dollar die Stunde, wenn Sie auf Max aufpassen.«

»Donnerstags habe ich keinen Dienst. Nur montags und mittwochs. Donnerstags übe ich mit meiner Band.«

»Sie haben doch sicher Freundinnen.« Nicholas blieb hartnäckig.

Dawn stand auf und trat ein Stück von den beiden zurück. Nicholas hob die Hand, als wolle er sie aufhalten. Er fragte sich, wie er für sie wohl aussehen mochte: ein müder, derangierter Chirurg, verschwitzt und mit wildem Blick, der ein Baby vermutlich noch nicht mal richtig halten konnte. Ja, wie hielt man eigentlich ein Baby richtig?

Eine Sekunde lang glaubte Nicholas, die Kontrolle zu verlieren. Er sah sich selbst schon zusammenbrechen und schluchzend die Hände vors Gesicht schlagen. Er sah Max auf den Boden fallen und sich den Kopf am Stuhl aufschlagen. Er sah, wie seine Karriere den Bach hinunterging und sich seine Kollegen verschämt von ihm abwandten. Und seine einzige Rettung war das Mädchen vor ihm, ein Engel halb so alt wie er. »Bitte«, murmelte er. »Sie verstehen nicht, wie das ist.«

Dawn streckte die Arme nach Max aus und warf sich die Wickeltasche über die schmale Schulter. Dann legte sie Nicholas die Hand in den Nacken. Und ihre Hand war wunderbar kühl, wie ein Wasserfall, und sanft wie eine Sommerbrise. »Fünf Dollar«, sagte sie, »und ich werde mal sehen, was ich tun kann.«

KAPITEL 23

PAIGE

Wäre Jake nicht bei mir gewesen, ich hätte nie einen Fuß in das Büro von Eddie Savoy gesetzt. Es lag dreißig Meilen außerhalb von Chicago, mitten auf dem Land. Das Gebäude war kaum mehr als ein brauner verwitterter Verschlag, ein Anbau einer Hühnerfarm. Der Gestank von Geflügelkot war kaum zu ertragen, und Federn klebten an meinen Autoreifen, als ich ausstieg. »Bist du sicher?«, fragte ich Jake. »Du kennst diesen Kerl wirklich?«

In diesem Augenblick stürmte Eddie Savoy aus der Tür und riss sie dabei fast aus den Angeln. »Flan-Man!«, rief er und drückte Jake grob an sich. Dann lösten sie sich wieder voneinander und schüttelten sich auf eine seltsame Art die Hände, die mich an balzende Vögel erinnerte.

Jake stellte mich Eddie Savoy vor. »Paige«, sagte er, »Eddie und ich waren zusammen im Krieg.«

»Im Krieg«, wiederholte ich.

»Im Golfkrieg«, erklärte Eddie stolz. Seine Stimme klang rau wie ein Schleifstein.

Ich drehte mich zu Jake um. Der Golfkrieg? Er war in der Army gewesen? Das Sonnenlicht fiel auf seine Wangen und ließ seine Augen fast durchsichtig wirken. Wie viel hatte ich eigentlich verpasst, was Jake Flanagan betraf?

Als ich Jake davon erzählte, dass ich Max und Nicholas verlassen hatte, um meine Mutter zu suchen, hatte ich erwartet, dass er überrascht sein würde, vielleicht sogar wütend, denn schließlich hatte ich ihm all die Jahre erzählt, meine Mutter sei tot. Doch Jake hatte mich nur angelächelt. »Nun«, sagte er, »das wird aber auch Zeit.« An seiner Berührung erkannte ich, dass er es schon die ganze Zeit über gewusst hatte. Dann sagte er mir, er habe da einen Freund, der mir vielleicht helfen könne, und gemeinsam machten wir uns auf den Weg.

Eddie Savoy war Privatdetektiv. Er hatte als Hilfskraft für einen anderen Detektiv gearbeitet. Dann war er zur Army gegangen, als die Lage am Golf sich zugespitzt hatte, und als er wieder zurückkam, war er es leid, immer nur Befehlsempfänger zu sein. Also hatte er seine eigene Agentur eröffnet.

Eddie führte uns in einen kleinen Raum, der in einem anderen Leben wohl eine Kühlkammer für Fleisch gewesen war. Jake und ich setzten uns auf indische Kissen, die auf dem Boden lagen, und Eddie hockte sich uns gegenüber. »Ich hasse Stühle«, erklärte er. »Sie sind nicht gut für meinen Rücken.« Ein niedriger Couchtisch diente ihm als Schreibunterlage.

Eddie war nicht viel älter als Jake, doch sein kurzgeschorenes Haar war bereits vollkommen weiß, und sein Gesicht zierte ein Stoppelbart. Genau betrachtet erinnerte mich sein Kopf an einen Tennisball. »So«, sagte er und nahm mir das alte Hochzeitsfoto aus der Hand, »du hast deine Mom also seit zwanzig Jahren nicht mehr gesehen.«

»Genau«, antwortete ich, »und ich habe bis jetzt auch nicht versucht, sie zu finden.« Ich beugte mich vor. »Habe ich da jetzt noch eine Chance?«

374

Eddie lehnte sich zurück und zog eine Zigarette aus dem Ärmel. Er zündete sie sich an und nahm einen tiefen Zug. Als er wieder sprach, waren seine Worte in eine Rauchwolke gehüllt. »Deine Mutter«, sagte er zu mir, »ist ja nicht vom Erdboden verschluckt worden.«

Eddie erklärte mir, dass es nur auf die Zahlen ankam. Den Zahlen konnte man nicht entkommen, jedenfalls nicht einfach so. Sozialversicherungsnummer, Kraftfahrzeuganmeldungen, Schulakten, Steuernummern. Selbst Menschen, die ihre Identität wechselten, beantragten irgendwann Rente oder zahlten Steuern, und so konnte man sie finden. Erst letzte Woche, erzählte Eddie, habe er in nur einem halben Tag ein Kind gefunden, das seine Mutter zur Adoption freigegeben hatte.

»Was, wenn sie ihre Sozialversicherungsnummer geändert hat?«, fragte ich. »Was, wenn sie nicht mehr May heißt?«

Eddie grinste. »Wenn man seine Sozialversicherungsnummer wechselt, wird diese Änderung amtlich vermerkt, einschließlich Adresse und Alter des Antragstellers. Man kann nicht einfach aufs Amt gehen und sich die Nummer eines anderen nehmen. Auch wenn deine Mutter also die Nummer eines anderen benutzt – ihrer Mutter zum Beispiel –, werden wir sie noch finden können.«

Eddie schrieb sich auf, was ich ihm über unsere Familiengeschichte erzählen konnte. Er war besonders an Erbkrankheiten interessiert, denn er hatte gerade erst einen Fall dank einer erblich bedingten Diabetes gelöst. »Die ganze Familie der Frau hatte Zucker«, sagte er. »Ich habe sie drei Jahre lang gejagt, und ich wusste, dass sie in Maine war, trotzdem konnte ich ihren genauen Aufenthaltsort nicht ermitteln.

Und dann fiel mir auf, dass sie genau in dem Alter war, in dem ihre Verwandten zu sterben begonnen hatten. Also habe ich in jedem Krankenhaus in Maine angerufen und nach Patienten mit Diabetes gefragt. Und über die Wohlfahrt habe ich sie dann erwischt.«

Vor meinem geistigen Auge sah ich meine Mutter von der Wohlfahrt leben, womöglich sogar auf der Straße, und ich zuckte unwillkürlich zusammen. »Was, wenn meine Mutter nicht mehr meine Mutter ist?«, fragte ich. »Es ist immerhin schon zwanzig Jahre her. Was, wenn sie irgendwie doch eine neue Identität gefunden hat?«

Eddie blies Rauchringe, die sich langsam ausdehnten und an meinem Hals zerplatzten. »Eins musst du wissen, Paige«, sagte er. »Menschen sind meist nicht besonders kreativ. Wenn sie sich eine neue Identität erschaffen, dann machen sie meist irgendwelche Dummheiten, wie zum Beispiel ihren ersten und zweiten Vornamen zu vertauschen. Sie verwenden ihre Mädchennamen oder den Nachnamen eines verhassten Onkels. Oder sie schreiben ihren richtigen Namen einfach anders und ändern eine Zahl bei ihrer Sozialversicherungsnummer. Sie sind so gut wie nie bereit, wirklich alles aufzugeben, was sie hinter sich gelassen haben.« Er beugte sich vor und senkte die Stimme zu einem Flüstern. »Die richtig Cleveren erschaffen sich allerdings wirklich ein ganz neues Image. Ich habe einmal einen Kerl gefunden, der sich eine neue Identität gegeben hatte, nachdem er in einer Bar mit einem Kerl gequatscht hatte, der ihm ähnlich gesehen hat. Sie haben die Ausweise verglichen, nur so aus Spaß, und der Mann hat sich die Führerscheinnummer des Kerls gemerkt und sich dann eine Kopie davon besorgt, indem er beim Amt erklärt hat, der alte sei ihm gestohlen worden. Es ist wirklich nicht schwer, jemand anderes zu werden. Man schaut in die Lokalzeitung und sucht sich den Namen von jemandem, der in der letzten Woche gestorben ist und ungefähr genauso alt war wie man selbst. So hat man dann schon mal einen Namen und eine Adresse. Anschließend geht man dann an den Ort, wo derjenige gestorben ist, fragt beim Amt nach und *Bingo!* Man hat eine Geburtsurkunde. Die Beamten prüfen nämlich nicht nach, ob man mit dem Verstorbenen verwandt ist oder nicht. Die Angabe von Namen oder Adresse reicht, und sie stellen dir so einen Wisch aus. Anschließend geht man dann zur Sozialversicherung und erzählt denen irgendeine haarsträubende Geschichte, das Portemonnaie sei geklaut worden oder so, und man bekommt eine neue Sozialversicherungskarte mit diesem neuen Namen. Es dauert nämlich eine halbe Ewigkeit, bis das Standesamt eine Sterbeurkunde an die Sozialversicherung weiterleitet. Und schließlich zieht man den gleichen Mist noch einmal beim Straßenverkehrsamt durch, und schon hat man auch einen Führerschein ...« Er zuckte mit den Schultern und drückte die Zigarette auf dem Boden aus. »Was ich damit sagen will, Paige, ist Folgendes: Ich kenne das. Ich habe Verbindungen. Ich bin deiner Mutter einen Schritt voraus.«

Ich dachte an die Nachrufe, die meine Mutter geschrieben hatte. Es wäre ihr in der Tat ein Leichtes gewesen, jemanden in ihrem Alter zu finden, der kurz zuvor gestorben war. Und sie hatte sich diesen Menschen ja immer so verbunden gefühlt und sogar ihre Gräber besucht, als wären sie alte Freunde gewesen. »Womit willst du anfangen?«, fragte ich.

»Ich werde mit der Wahrheit beginnen. Ich werde all die Informationen nehmen, die du mir gegeben hast, und das Hochzeitsfoto, und dann werde ich mich mal in deinem Viertel in Chicago umhören, ob sich irgendwer an sie erinnert. Anschließend werde ich ihren Führerschein und ihre Sozialversicherung überprüfen. Wenn das nichts ergibt, werde ich mir die zwanzig Jahre alten Todesanzeigen in der *Tribune* anschauen. Und sollte auch das nichts bringen, werde ich mir das Hirn zermartern und mich fragen: ›Was zum Teufel steht jetzt an?‹ Jedenfalls werde ich sie finden, und du wirst eine Adresse von mir bekommen. Und wenn du willst, dann werde ich auch zu ihr gehen, ihren Müll durchwühlen, bevor die Stadtwerke ihn abholen, und dir alles über sie erzählen, was du wissen willst: was sie zum Frühstück isst, was für Post sie bekommt, ob sie verheiratet ist oder mit jemandem zusammenlebt und ob sie Kinder hat.«

Ich stellte mir meine Mutter vor, wie sie ein anderes Baby in den Armen hielt. »Ich glaube nicht, dass das nötig sein wird«, flüsterte ich.

Eddie stand auf um das Treffen zu beenden. »Ich bekomme fünfzig Dollar die Stunde«, erklärte er, und ich wurde blass. Ich konnte ihn unmöglich länger als drei Tage bezahlen.

Jake trat hinter mich. »Das ist okay«, sagte er. Er drückte meine Schulter, und seine Worte klangen sanft in meinem Ohr. »Mach dir keine Sorgen deswegen.«

*

Ich ließ Jake im Wagen warten und rief Nicholas unterwegs von einer Telefonzelle aus an. Es klingelte viermal, und ich dachte schon darüber nach, was ich ihm auf den Anrufbeantworter sprechen wollte, als Nicholas sich plötzlich meldete. Er war außer Atem. »Hallo?«

»Hallo, Nicholas«, sagte ich. »Wie geht es dir?«

Er schwieg. »Rufst du an, um dich bei mir zu entschuldigen?«

Ich ballte die Fäuste. »Ich bin in Chicago«, sagte ich und versuchte, meine Stimme so ruhig wie möglich klingen zu lassen. »Ich werde meine Mutter finden.« Ich zögerte, und dann fragte ich, was mich schon die ganze Zeit beschäftigte: »Wie geht es Max?«

»Offensichtlich«, erwiderte Nicholas, »ist dir das doch scheißegal.«

»Natürlich ist mir das *nicht* egal. Ich verstehe dich nicht, Nicholas. Warum kannst du das nicht als einen Urlaub oder einen Besuch bei meinem Vater betrachten? Ich war seit acht Jahren nicht mehr hier. Und ich habe dir gesagt, dass ich wieder nach Hause komme. Es wird einfach nur ein wenig länger dauern, als ich gedacht habe.«

»Darf ich dir kurz erzählen, was ich heute so gemacht habe, *meine Liebe*«, sagte Nicholas mit eisiger Stimme. »Nachdem ich dreimal in der Nacht mit Max aufgestanden bin, habe ich ihn heute Morgen ins Krankenhaus gebracht. Ein vierfacher Bypass stand auf meinem Plan, den ich fast nicht hinbekommen hätte, weil ich mich nicht mehr auf den Beinen halten konnte. Jemand wäre fast gestorben, weil du ... Wie hast du es noch genannt? ... Weil du *Urlaub* gebraucht hast. Und ich habe Max bei einer Fremden gelassen, weil ich nicht wusste, wer sonst auf ihn hätte aufpassen können. Und weißt du was? Morgen wird das genauso laufen. Bist du da nicht neidisch, Paige? Wärst du nicht gern an meiner Stelle?« Das statische Knistern in der Leitung wurde immer lauter, als Nicholas schwieg. Daran hatte ich nie gedacht. Ich war einfach gegangen. Nicholas klang so verbittert, dass der Hörer in meiner Hand zitterte. »Paige«, sagte er, »ich will dein Gesicht nie wieder sehen.« Und dann legte er auf.

Ich legte die Stirn an die Wand der Telefonzelle und atmete mehrmals tief durch. Wie aus dem Nichts kam mir die Liste all der Dinge in den Sinn, die ich konnte und die ich erst vor wenigen Tagen zusammengestellt hatte. *Ich kann eine Windel wechseln. Ich kann Muttermilchersatz anrühren. Ich kann Max anziehen. Ich kann ihn in den Schlaf singen.* Ich schloss die Augen. *Ich kann meine Mutter finden.*

Ich verließ die Telefonzelle und hob die Hand vor die Augen, um mich vor der Sonne zu schützen. Jake grinste mich vom Beifahrersitz meines Wagens aus an. »Wie geht es Nicholas?«, fragte er.

»Er vermisst mich«, log ich und zwang mich zu einem Lächeln. »Er will, dass ich wieder nach Hause komme.«

*

Zu Ehren meiner Rückkehr nach Chicago nahm Jake sich, was er einen ›wohlverdienten Urlaub‹ nannte, und er bestand darauf, dass ich etwas mit ihm unternehmen sollte, während Eddie Savoy meine Mutter suchte. Also fuhr ich am nächsten Tag zu Jakes und Ellens Wohnung, die gegenüber dem Haus lag, in dem noch immer seine Mutter lebte. Es war ein unscheinbares, kleines Apartmenthaus mit einem winzigen Vorgarten, der von einem gusseisernen Zaun umgeben war. Ich klingelte und wurde hereingelassen.

Noch bevor ich Jakes Wohnung im ersten Stock erreichte, wusste ich, wo er wohnte. Sein vertrauter Geruch – grüne Frühlingsblätter und ehrlicher Schweiß – drang unter der Tür hindurch. Ellen öffnete, und ich erschrak. Sie hielt einen Kochlöffel in der Hand und trug eine Schürze mit der Aufschrift: KÜSS MICH, ICH BIN DER KOCH. »Jake sagt, Eddie wird deine Mutter finden«, erklärte sie, ohne ›Hallo‹ zu sagen. In ihrer offenen Art zog sie mich förmlich in die Wohnung. »Ich wette, du kannst es gar nicht erwarten. Ich kann mir gar nicht vorstellen, wie es wäre, meine Mutter zwanzig Jahre lang nicht zu sehen. Ich frage mich, wie lange ...«

»Himmel, Ellen«, rief Jake und kam durch den Flur auf uns zu. »Es ist noch nicht einmal neun Uhr.« Er hatte gerade geduscht. Sein Haar tropfte noch und hinterließ dunkle Stellen auf dem Teppich.

Die Wohnung wirkte beinahe leer. Es gab nur ein paar nicht zueinander passende Sofas und Sessel sowie hier und da einen Plastiktisch. Nippes fand sich kaum, abgesehen von ein paar selbstgemachten Bonbonschüsseln – vermutlich von Jakes jüngeren Geschwistern – und einer kleinen Jesusfigur am Kreuz. Dennoch war der Raum gemütlich, und es roch nach Popcorn und überreifen Erdbeeren. Alles hier wirkte lebendig und strahlte traute Zweisamkeit aus. Ich dachte an meine ›gerstenweiße‹ Küche und meine hautfarbene Ledercouch, und ich schämte mich.

Ellen hatte Arme Ritter zum Frühstück gemacht. Dazu gab es frischgepressten Orangensaft und Corned Beef. Ich stand an dem gepunkteten Formica-Tisch und schaute mir all das Essen an. Ich hatte schon seit Jahren kein richtiges Frühstück mehr gemacht. Nicholas verließ morgens um halb fünf das Haus, da war für so etwas einfach keine Zeit. »Wann stehst du auf, um all das zu machen?«, fragte ich.

Jake schlang den Arm um Ellen. »Sag die Wahrheit«, forderte er seine Frau auf und schaute dann wieder zu mir. »Frühstück ist alles, was Ellen kann. Als wir geheiratet haben, musste meine Mutter ihr sogar zeigen, wie man den Herd einschaltet.«

»Jake!« Ellen schlug seine Hand weg, aber sie lächelte. Sie stellte mir einen Armen Ritter hin. »Ich habe ihm gesagt, er könne gerne wieder nach Hause gehen, aber dann muss er auch wieder seine Wäsche waschen.«

Ich war vollkommen fasziniert von den beiden. Das sah alles so leicht bei ihnen aus. Ich hingegen konnte mich nicht mehr daran erinnern, wann ich zum letzten Mal ein so entspanntes Gespräch mit Nicholas geführt hatte. Eigentlich konnte ich mich noch nicht einmal daran erinnern, *überhaupt* je so mit Nicholas umgegangen zu sein. Bei uns war einfach alles viel zu schnell gegangen. Kurz fragte ich mich, was wohl geschehen wäre, wenn ich Jake geheiratet hätte. Doch dann schob ich den Gedanken rasch wieder beiseite. Ich hatte mein Leben Nicholas geschenkt, und es hätte genauso zwischen uns sein können. Davon war ich fest überzeugt –, wenn Nicholas nur ein wenig öfter um mich gewesen wäre ... oder wenn ich ihm etwas gegeben hätte, sodass er gerne bei mir gewesen wäre.

Ich schaute zu, wie Jake Ellen zu sich auf den Schoß zog und sie wild küsste, als wäre ich gar nicht da. Dann schaute er wieder zu mir herüber. »Floh«, sagte er und grinste, »kannst du mal eben wegschauen?«

»Himmel!«, rief ich und lächelte ebenfalls. »Was ein Mädchen alles tun muss, um in diesem Haus ein Frühstück zu bekommen?« Ich stand auf, öffnete den Kühlschrank und suchte nach Ahornsirup. Über die Kühlschranktür hinweg beobachtete ich Jake und Ellen und sah, wie sich ihre Zungen trafen. *Ich verspreche dir eins, Nicholas*, dachte ich. *Sobald ich wieder die Kurve kriege, werde ich es wiedergutmachen. Ich werde mich noch einmal neu in dich verlieben, und ich werde dafür sorgen, dass auch du dich wieder in mich verliebst.*

Einige Minuten später ging Ellen zur Arbeit, ohne etwas von dem zu essen, was sie zubereitet hatte. Sie arbeitete im Umzugsservice einer großen Werbeagentur. »Wenn Leute von einer Stadt in eine andere versetzt werden«, erklärte sie, »dann sorge ich dafür, dass sie einen guten Start haben.« Sie warf sich einen langen, bunten Schal um die Schultern, küsste Jake auf den Hals und winkte mir zu.

In den nächsten beiden Tagen gingen Jake und ich gemeinsam einkaufen, wir aßen gemeinsam, und wir schauten uns die Abendnachrichten gemeinsam an. Ich verbrachte den ganzen Tag mit ihm und wartete darauf, von Eddie Savoy zu hören. Wenn Ellen um sieben Uhr nach Hause kam, stand ich vom Sofa auf und überließ ihr Jake. Dann fuhr ich zu meinem Vater. Manchmal hielt ich auf dem Weg jedoch in einer dunklen Gasse an und stellte mir vor, was Jake und Ellen wohl gerade taten.

Am dritten Tag meines Aufenthalts in Chicago stieg die Temperatur auf weit über dreißig Grad. »Macht, dass ihr zum See runterkommt«, riet mir der Radiomoderator auf der Fahrt zu Jake. Und als ich die Tür zu seiner Wohnung öffnete, stand er in Boxershorts im Wohnzimmer und packte einen Korb. »Das ist einfach ein perfekter Tag für ein Picknick«, sagte er und hielt eine orangefarbene Tupperdose hoch. »Ellen hat Bohnensalat gemacht«, erklärte er, »und sie hat dir auch einen Badeanzug rausgelegt.«

Als ich Ellens Badeanzug anprobierte, fühlte ich mich äußerst unwohl in dem Schlafzimmer, in dem Jake mit seiner Frau schlief. Die Wände waren weiß, abgesehen von der alten Stickerei, die schon über Jakes Kinderbett gehangen hatte und auf der der irische Segen stand, den er mir an dem Tag in den Rucksack gesteckt hatte, als ich vor meinem Leben davongelaufen war. Der Großteil des Raums wurde von einem großen, alten Eichenbett eingenommen. Es hatte vier Pfosten, und auf jedem Pfosten war eine andere Szene aus dem Garten Eden zu sehen: Adam und Eva, die einander zärtlich umarmten; Eva, wie sie in den verbotenen Apfel beißt, und die Vertreibung aus dem Paradies. Um den vierten Pfosten wand sich die Schlange, und an dem stützte ich mich ab, als ich in Ellens Badeanzug stieg. Ich schaute in den Spiegel und strich den Stoff über der Brust glatt, wo ich den Badeanzug nicht ganz ausfüllte, und am Bauch, wo es spannte, weil ich nach der Geburt dicker geworden war. Ich ähnelte Ellen kein bisschen.

Dann sah ich im Spiegel, wie Jake plötzlich in der Tür erschien. Sein Blick klebte an meinen Händen, die über meinen Körper wanderten, der sich so verloren im Badeanzug seiner Frau vorkam. Dann schaute er mir im Spiegel in die Augen, als wolle er mir etwas sagen, wisse aber nicht, wie er es in Worte fassen sollte. Ich wandte mich von ihm ab, um den Zauber zu brechen, und legte die Hand auf den geschnitzten Kopf der Schlange. »Das nenne ich mal ein Bett«, bemerkte ich.

Jake lachte. »Ellens Mom hat es uns zur Hochzeit geschenkt. Sie hasst mich. Ich glaube, auf diese Art wollte sie mir sagen, ich solle zur Hölle fahren.« Er ging zu einem Kleiderschrank mit Intarsien, nahm ein T-Shirt heraus und warf es mir zu. Es reichte mir bis fast zu den Knien. »Bist du bereit?«, fragte er und hatte den Raum schon verlassen.

Jake und ich stellten den Wagen auf dem Parkplatz eines privaten Golfclubs ab und gingen unter dem Highway hindurch zum Ufer des Michigansees. Jake hatte den Korb und eine Kühltasche mit Bier aus dem Kofferraum geholt. Ich wollte gerade abschließen, als ich beschloss, meinen Zeichenblock und die Stifte mitzunehmen.

Anfang Juli war der See noch immer kalt, doch die schwüle Hitze, die über seine Oberfläche strich, milderte den Schock, wenn man ins Wasser stieg. Meine Knöchel pochten und wurden nach und nach taub. Jake platschte an mir vorbei und sprang kopfüber ins Wasser. Knapp zwei Meter von mir entfernt tauchte er wieder auf, warf das Haar zurück und spritzte mich mit dem eisigem Wasser nass, sodass ich unwillkürlich nach Luft schnappen musste. »Du wirst wirklich eine Memme, Floh«, sagte er. »Da bist du nach Osten gezogen, und jetzt schau mal, was aus dir geworden ist.«

Ich dachte an den Memorial Day im Jahr zuvor, als es so unglaublich heiß gewesen war. Ich hatte Nicholas angebettelt, mit mir zum Strand in Newburyport zu fahren. Dort angekommen, war ich ins Wasser gewatet und wollte losschwimmen. Doch das Meer war bei Weitem nicht so warm wie die Luft gewesen, und Nicholas hatte gelacht und mir erklärt, vor Ende August könne man hier nicht schwimmen. Dann hatte er mich ans Ufer zurückgetragen und die warmen Hände auf meine Knöchel gelegt, bis ich nicht mehr mit den Zähnen klapperte.

Jake und ich waren die Einzigen am Strand, denn es war erst knapp neun Uhr morgens. Wir hatten den ganzen See für uns. Jake schwamm Delfin und dann auf dem Rücken, und er kam mir dabei absichtlich so nah, dass er mich vollspritzte. »Ich denke, du solltest wieder hierherziehen«, sagte er und tauchte kurz unter. »Puh«, keuchte er glücklich, als er wieder an die Oberfläche kam. »Und ich glaube, dass ich nie mehr arbeiten gehe.«

Ich ließ mich ins Wasser sinken. »Hast du als selbstständiger Unternehmer nicht gewisse Vorteile? Wie zum Beispiel, Verantwortung delegieren und trotzdem den Profit einheimsen zu können?«

Jake tauchte wieder. Diesmal blieb er so lange unter Wasser, dass ich mir Sorgen machte. »Jake«, flüsterte ich und versuchte etwas unter Wasser zu entdecken. »Jake!«

Er packte meinen Fuß und zog so hart, dass ich nicht einmal Zeit hatte, nach Luft zu schnappen.

Als ich spuckend und zitternd wieder an die Oberfläche kam, stand Jake ein Stück von mir entfernt und lächelte mich an. »Ich bring dich um«, keuchte ich.

Jake nahm Wasser in den Mund, stand auf und spuckte es in hohem Bogen wieder aus. »Ja, das könntest du«, sagte er,

»aber dann würdest du wieder nass werden.« Er drehte sich um und schwamm weiter weg vom Ufer. Ich atmete tief ein und schwamm ihm hinterher. Jake war schon immer der bessere Schwimmer von uns beiden gewesen, und als ich ihn schließlich erreichte, war mir die Puste ausgegangen. Ich keuchte und griff nach seinem rutschigen Rücken. Jake trat Wasser und hielt mich mit dem einen Arm an der Oberfläche. Auch er war außer Atem. »Alles okay mit dir?«, fragte er und ließ seinen Blick über mein Gesicht und meinen Hals wandern.

Ich nickte. Sprechen konnte ich nicht mehr. Jake hielt uns beide über Wasser, bis ich wieder ruhig und gleichmäßig atmete. Ich schaute auf seine Hand. Sein Daumen war so fest auf meine Haut gepresst, dass ich wusste, er würde einen Abdruck hinterlassen. Die viel zu langen Träger von Ellens Badeanzug waren mir von der Schulter gerutscht und der Stoff so weit nach unten geglitten, dass man meine Brust sehen konnte. Jake zog mich näher zu sich heran, trat weiter Wasser und küsste mich.

Es war kaum mehr als eine leichte Berührung unserer Lippen, dennoch stieß ich mich von ihm ab und schwamm so schnell ich konnte ans Ufer. Ich hatte furchtbare Angst. Dabei war es weniger das, was er getan hatte, was mir so eine Angst machte, als das, was fehlte. Da war kein Feuer gewesen, keine brutale Leidenschaft, nichts von dem, woran ich mich erinnerte. Da war nur unser beider Puls gewesen und das stete Plätschern des Sees.

Es ärgerte mich nicht, dass Jake mich nicht länger liebte. Das wusste ich schon seit dem Tag, als ich mit dem Bus in Richtung Osten gefahren war, um mein neues Leben zu beginnen. Aber ich hatte mich stets gefragt *Was wäre, wenn?*, sogar noch nachdem ich geheiratet hatte. Dabei war es nicht so, als würde ich Nicholas nicht lieben. Ich war einfach nur davon ausgegangen, dass ein kleiner Teil von mir auch Jake immer lieben würde. Und vielleicht war es ja das, was mich so erschüttert hatte: Nun wusste ich mit Gewissheit, wie sinnlos es war, sich an die Vergangenheit zu klammern. Ich war an Nicholas gekettet, und das würde ich immer sein.

Ich legte mich auf das Handtuch, das Jake mitgebracht hatte, und tat so, als würde ich schlafen, als er aus dem Wasser stieg und sich tropfend über mich stellte. Ich rührte mich nicht, obwohl ich am liebsten einfach nur durch den heißen Sand davongelaufen wäre, bis ich nicht mehr atmen konnte. Eddie Savoys Worte gingen mir immer wieder im Kopf herum: *Ich werde mit den paar Fetzen Wahrheit anfangen.* Allmählich begann ich zu verstehen, dass die Vergangenheit die Zukunft zwar *färben* konnte, aber sie *bestimmte* sie nicht.

Als Jakes ruhiges Atmen mir verriet, dass er eingeschlafen war, setzte ich mich auf und schnappte mir meinen Zeichenblock. Ich zeichnete Jakes hohe Wangenknochen, die Röte des Sommers auf seiner Stirn und die goldenen Stoppeln an seiner Oberlippe. Es gab so viele Unterschiede zwischen Jake und Nicholas. Jakes Gesichtszüge strahlten eine ruhige Energie aus, Nicholas' hingegen Macht. Auf Jake hatte ich eine gefühlte Ewigkeit gewartet, Nicholas wiederum hatte ich in ein paar Tagen gehabt. Wenn ich mir Jake vorstellte, dann sah ich ihn auf Augenhöhe neben mir stehen, obwohl er in Wahrheit einen halben Kopf größer war als ich. Und Nicholas ... Nun, mir war Nicholas immer sechs Meter groß erschienen.

Nicholas war auf einem weißen Hengst in mein Leben geritten, hatte mir sein Herz gereicht und mir einen Palast, ein weißes Ballkleid und einen goldenen Ring angeboten. Er hatte mir gegeben, wovon jedes kleine Mädchen träumt und worauf ich schon Ewigkeiten nicht mehr zu hoffen gewagt hatte. Dabei konnte man ihm wohl kaum zum Vorwurf machen, dass Cinderella nach dem Happyend immer noch die Wäsche machen, das Klo putzen und sich um den Kronprinzen kümmern musste.

Plötzlich erschien ein Bild von Max vor meinem geistigen Auge. Seine Augen waren weit geöffnet, als er sich vom Bauch auf den Rücken drehte, und ein breites Lächeln erschien auf seinem Gesicht, als er erkannte, dass er die Welt plötzlich aus einem ganz neuen Blickwinkel sah. Und erst jetzt verstand ich, was für ein Wunder das für ihn sein musste – und es war besser, ich verstand es spät als nie.

Ich starrte Jake an, und ich wusste, was der Unterschied war: Mit Jake hatte ich ein Leben ausgelöscht, mit Nicholas hatte ich eines erschaffen.

Jake öffnete just in dem Augenblick die Augen, als ich mit seinem Porträt fertig war. Er drehte sich auf die Seite. »Paige«, sagte er und senkte den Blick. »Es tut mir leid. Ich hätte das nicht tun sollen.«

Ich schaute ihn unverwandt an. »Ja, das hättest du nicht tun sollen. Aber es ist schon okay.« Nun, da seine Augen geöffnet waren, zeichnete ich die blassen, glühenden Pupillen und das gestreifte Gold der Iris.

»Ich musste es einfach sicher wissen«, sagte er. »Ich musste einfach.« Jake zog meinen Block herunter, um sich das Bild anzusehen. »Du bist ja so viel besser geworden«, bemerkte er und strich mit dem Finger über die Zeichenkohle, doch zu leicht, als dass er sie verwischt hätte.

»Ich bin nur älter geworden«, erwiderte ich. »Da habe ich einfach schon mehr gesehen.« Gemeinsam betrachteten wir die Überraschung, die ich ihm in die Augen gezeichnet hatte, und die erdrückende Hitze wurde von dem weißen Blatt Papier reflektiert. Jake nahm meine Hand und führte meine Finger zu dem Haarwirbel, den ich ihm in den Nacken gezeichnet hatte. Dort war die Silhouette eines sich umarmenden Paars zu erkennen. Und in der Ferne streckte ein Mann die Arme nach der Frau aus, der wie Nicholas aussah, und nach dem Mann griff eine Frau, die Ellens Gesicht besaß.

»Es ist so gekommen, wie es sein sollte«, sagte Jake.

Er legte mir die Hand auf die Schulter, und ich fühlte seinen Trost. »Ja«, murmelte ich, »das ist es.«

*

Wir saßen auf Eddie Savoys Kissen und schauten auf eine fleckige Aktenmappe, die Puzzleteile aus den vergangenen zwanzig Jahren meiner Mutter enthielt. »Das war ein Kinderspiel«, sagte Eddie und stocherte sich mit einem Brieföffner in den Zähnen herum. »Nachdem ich erst mal wusste, wer sie war, hatte ich sie schon so gut wie gefunden.«

Meine Mutter hatte Chicago unter dem Namen Lily Rubens verlassen. Die echte Lily war drei Tage zuvor gestorben. Meine Mutter hatte ihren Nachruf geschrieben. Lily Rubens war fünfundzwanzig Jahre alt gewesen und meiner Mutter zufolge ›nach langer, schwerer Krankheit‹ gestorben.

Meine Mutter hatte Kopien von Lilys Führerschein, ihrer Sozialversicherungskarte und sogar von ihrer Geburtsurkunde. Mom war nicht nach Hollywood gefahren. Stattdessen war sie irgendwie in Wyoming gelandet, wo sie für Billy DeLite's Wild West Show gearbeitet hatte. Sie war Saloontänzerin gewesen, bis Billy DeLite persönlich sie beim Cancan gesehen und sie dazu überredet hatte, Calamity Jane zu spielen. Dem Fax zufolge, das Billy an Eddie geschickt hatte, hatte sie Schießen und Reiten gelernt, als hätte sie ihr ganzes Leben lang nichts anderes gemacht. Fünf Jahre später, im Jahr 1977, war sie mitten in der Nacht mit dem talentiertesten Rodeoreiter der Show und den gesamten Einnahmen des letzten Tages verschwunden.

Dann folgte eine Lücke in Eddies Bericht, bis meine Mutter in Washington D. C. wieder auftauchte, wo sie eine Zeit lang Umfragen für Verbraucherzeitschriften gemacht hatte. Dabei hatte sie sich genug Geld zusammengespart, um einem Mann namens Charles Crackers ein Pferd abkaufen zu können, und da sie zu der Zeit in Chevy Chase in einer kleinen Wohnung lebte, ließ sie das Pferd in Crackers' Stall und kam dreimal die Woche zum Reiten.

Weiter hieß es in dem Bericht, irgendwann sei sie von Chevy Chase nach Maryland gezogen. Mehrmals hatte sie die Jobs gewechselt und einmal sogar im Wahlkampfbüro eines demokratischen Senators gearbeitet. Als der Senator nicht wiedergewählt wurde, verkaufte sie ihr Pferd und kaufte sich ein Flugticket nach Chicago, das sie aber nicht direkt in Anspruch nahm.

Tatsächlich war sie in den letzten zwanzig Jahren nie zum Vergnügen gereist ... außer einmal. Am 10. Juni 1985 kam sie tatsächlich nach Chicago. Sie stieg im Sheraton ab und meldete sich dort als Lily Rubens an. Eddie schaute mir über die Schulter, als ich diesen Teil des Berichts las. »Was war am 10. Juni?«, fragte er.

Ich drehte mich zu Jake um. »Mein Highschool-Abschluss.« Ich versuchte, mir jede Einzelheit ins Gedächtnis zurückzurufen: die weißen Gewänder und Hüte, die alle Mädchen von Pope Pius getragen hatten; die glühende Hitze, die das Sitzen auf den Metallstühlen fast unerträglich gemacht hatte, und Vater Draher, der uns gepredigt hatte, dass wir fortan Gott in einer sündigen Welt dienen müssten. Und ich versuchte mich an die Gesichter all der Zuschauer zu erinnern, die auf den Tribünen gesessen hatten, doch es war einfach zu lange her. Am Tag nach meinem Abschluss hatte ich mein Heim verlassen. Meine Mutter war zurückgekommen, um mich aufwachsen zu sehen, und fast hatte sie mich verpasst.

Eddie Savoy wartete, bis ich zur letzten Seite des Berichts kam. »Da ist sie jetzt schon seit acht Jahren«, sagte er und deutete auf eine Stelle, die er auf der Karte von North Carolina markiert hatte. »Das ist Farleyville. Eine genaue Adresse habe ich allerdings nicht, und sie steht auch nicht im Telefonbuch. Aber dort hatte sie ihre letzte, gemeldete Arbeitsstelle. Das war vor fünf Jahren, doch irgendetwas sagt mir, dass es kein Problem sein sollte, sie in einem Kaff zu finden, das kaum größer ist als ein Klo.« Ich schaute auf Eddies hingekritzelte Notizen. Er verzog das Gesicht und hockte sich hinter den niedrigen Couchtisch, der ihm als Schreibtisch diente. Er gab mir einen abgerissenen Notizzettel, auf den er ›Bridal Bits‹ geschrieben hatte. »Ich nehme an, das ist irgend so ein Salon für Brautmoden«, sagte er. »In jedem Fall kannte man sie dort ziemlich gut.«

Ich dachte an meine Mutter, die abgesehen von der Affäre mit dem Cowboy offenbar immer Single gewesen war, und ich fragte mich, was sie wohl dazu bewegt haben könnte, in ein Kuhdorf in North Carolina zu ziehen, um dort in einem Brautmodengeschäft zu arbeiten. Ich stellte mir vor, wie sie zwischen dem weißen Spitzenstoff, den blauen Strumpfbändern und den bestickten Pumps herumging und sie berührte, als hätte sie das Recht dazu, sie zu tragen. Als ich den Blick wieder hob, schüttelte Jake Eddie Savoy die Hand. Ich griff in meine Börse und holte die vierhundert Dollar heraus, die ich Eddie für seine Arbeit schuldete, doch er schüttelte den Kopf. »Das ist bereits erledigt«, sagte er. Jake führte mich hinaus und sagte kein Wort, als wir in den Wagen stiegen. Langsam fuhr ich die ausgefahrene Straße hinunter, die zu Eddies Büro führte, und Schotter spritzte auf die Hühner, die rechts und links vor uns wegliefen. Wir waren noch keine hundert Meter entfernt, da fuhr ich rechts ran, legte den Kopf auf den Lenker und brach in Tränen aus.

Jake nahm mich in die Arme und zog mich um die Mittelkonsole herum zu sich heran. »Was soll ich nur mit dir machen?«, sagte er.

Er strich über meinen Pferdeschwanz und zupfte ein wenig daran. »Fahr nach Farleyville, North Carolina«, sagte er.

Das Aufspüren war der leichte Teil gewesen, doch ich hatte schreckliche Angst vor dem Treffen mit meiner Mutter, mit einer Frau, von der ich mir ein ganz eigenes Bild erschaffen hatte. Ich wusste nicht, was schlimmer war: Erinnerungen an Dinge heraufzubeschwören, für die ich sie hassen würde, oder herauszufinden, dass ich genauso war wie sie – dass es mein Schicksal war, immer weiter wegzulaufen, weil ich nicht genug Selbstbewusstsein besaß, um irgendjemandes Mutter zu sein. Das war das Risiko, das ich einging. Trotz allem, was ich mir selbst versprochen oder Nicholas geschworen hatte, würde ich mich vielleicht nie eins genug mit mir selbst fühlen, um wieder nach Hause zurückkehren zu können – nicht, wenn sich herausstellen sollte, dass ich wirklich war wie May O'Toole.

Ich schaute zu Jake hinüber, und die Botschaft in meinen Augen war eindeutig. Er lächelte sanft. »Von jetzt an bist du auf dich allein gestellt.«

Ich erinnerte mich an das letzte Mal, als er das zu mir gesagt hatte, leise und in etwas anderen Worten. Entschlossen hob ich das Kinn. »Aber nicht mehr lange«, sagte ich.

KAPITEL 24

NICHOLAS

Als ihre Stimme knisternd über die Leitung kam, verlor Nicholas den Boden unter den Füßen. »Hallo, Nicholas«, sagte Paige. »Wie geht es dir?«

Nicholas hatte Max gerade die Windel gewechselt und ihn mit noch offenen Verschlüssen zum Telefon in der Küche getragen. Er legte das Baby auf den Küchentisch und stützte den Kopf mit einem Stapel Servietten ab. Beim Klang der Stimme seiner Frau wurde plötzlich alles ganz still um ihn herum. Es war, als würde die Luft nicht mehr zirkulieren und als wären Max' Strampeln und das Rauschen des Blutes in Nicholas' Ohren die einzigen Bewegungen, die noch existierten. Nicholas klemmte sich den Hörer unters Kinn und legte das Baby mit dem Gesicht nach unten auf den Linoleumboden. Dann zog er die Telefonschnur hinter sich her, so weit sie reichte. »Rufst du an, um dich bei mir zu entschuldigen?«

Als Paige zunächst nicht darauf antwortete, war Nicholas' Mund wie ausgetrocknet. Was, wenn sie in Schwierigkeiten steckte? Er hatte ihr immerhin den Geldhahn zugedreht. Was, wenn sie ein Problem mit dem Wagen hatte, wenn sie per Anhalter hatte fahren müssen und wenn sie vor irgendeinem Irren davonlief, der sie mit einem Messer bedrohte? »Ich bin jetzt in Chicago«, sagte Paige. »Ich werde meine Mutter finden.«

Nicholas fuhr sich mit der Hand durchs Haar. Fast hätte er laut losgelacht. So etwas passierte echten Menschen nicht. So etwas sah man im Sonntagsfilm, oder man las darüber in irgendeiner Klatschzeitung. Er hatte schon immer gewusst, dass Paige ihre Mutter im Kopf herumspukte. Allein ihre Reaktion, wenn das Gespräch darauf kam, hatte ihm das verraten. Aber warum wollte sie sich ausgerechnet jetzt auf die Suche nach der Frau machen?

Als sie weiterhin schwieg, starrte Nicholas aus dem Küchenfenster und fragte sich, was sie wohl trug. Er stellte sich ihr Haar vor, wie es ihr Gesicht einrahmte, leuchtend und in allen Herbstfarben. Er sah die abgekauten Fingernägel und das winzige Grübchen in ihrem Nacken. Nicholas öffnete den Kühlschrank, damit die kalte Luft das Bild von ihr vertreiben konnte. Es war ihm egal. Er würde sich nicht davon beeinflussen lassen.

Als Nicholas hörte, wie Paige ihn nach Max fragte, kochte die Wut wieder in ihm hoch. »Offenbar ist dir das doch scheißegal«, sagte er und ging in der Absicht, den Hörer einfach aufzulegen, wieder zu Max zurück. Sie plapperte irgendetwas davon, wie lange sie schon nicht mehr in Chicago gewesen sei, und plötzlich hielt Nicholas es einfach nicht mehr aus. Er ließ sich auf den nächstbesten Stuhl fallen. Das war der schlimmste Tag in seinem Leben. »Darf ich dir kurz erzählen, was ich heute so gemacht habe, *meine Liebe*«, knurrte Nicholas und wäre dabei fast an seinen eigenen Worten erstickt. »Nachdem ich dreimal in der Nacht mit Max aufgestanden bin, habe ich ihn heute Morgen ins Krankenhaus gebracht. Ein vierfacher Bypass stand auf meinem Plan, den ich fast nicht hinbekommen hätte, weil ich mich nicht mehr auf den Beinen halten konnte.« Er spie den Rest förmlich aus. »Jemand wäre fast gestorben, weil du ... Wie hast du es noch genannt? ... Weil du *Urlaub* gebraucht hast.« Er hielt den Hörer ein Stück von sich weg. »Paige«, sagte er leise, »ich will dein Gesicht nie wieder sehen.« Und er schloss die Augen und legte auf.

Als das Telefon wenige Minuten später wieder klingelte, nahm Nicholas ab und brüllte: »Verdammt noch mal, ich werde das nicht noch einmal sagen!«

Er hielt lange genug inne, um wieder zu Atem zu kommen, lange genug, damit Alistair Fogerty am anderen Ende der Leitung sich wieder fangen konnte. Fogertys scharfer Ton ließ Nicholas unwillkürlich einen Schritt zurückweichen. »Sechs Uhr, Nicholas. In meinem Büro.« Und er legte auf.

Als Nicholas ins Krankenhaus fuhr, litt er unter furchtbaren Kopfschmerzen. Er hatte vergessen, einen Schnuller mitzunehmen, und Max schrie die ganze Fahrt über. Nicholas schlurfte die Treppe in den fünften Stock hinauf, in den Verwaltungstrakt, denn der Aufzug in der Tiefgarage war kaputt. Fogerty war in seinem Büro und spuckte systematisch in die Bürolilien auf seiner Fensterbank. »Nicholas«, sagte er und drehte sich um, »und natürlich Max. Wie konnte ich das nur vergessen? Wo auch immer Dr. Prescott hingeht, ist der kleine Prescott nicht weit.«

Nicholas schaute zu den Pflanzen, über die Alistair sich gebeugt hatte. »Oh«, sagte Fogerty und winkte ab. »Das ist nichts. Allerdings scheint die Flora in meinem Büro positiv auf Sadismus zu reagieren.« Er starrte Nicholas mit seinen Raubtieraugen an. »Aber wir sind nicht hier, um über mich zu sprechen, Nicholas, sondern über dich.«

Nicholas hatte bis zu diesem Augenblick nicht gewusst, was er sagen würde. Doch bevor Alistair den Mund wieder öffnen konnte, um ihm einen Vortrag darüber zu halten, dass ein Krankenhaus kein Kindergarten sei, nahm er sich einen Stuhl und setzte Max bequem auf seinen Schoß. Ihm war scheißegal, was Alistair ihm zu sagen hatte. Dieser gottverdammte Hurensohn hatte kein Herz. »Ich bin froh, dass du mich sehen wolltest, Alistair«, sagte Nicholas. »Ich habe nämlich schon länger darüber nachgedacht, mich freistellen zu lassen.«

»Du hast *was*?« Fogerty stand auf und trat näher an Nicholas heran. Max kicherte und streckte die Hand nach dem Stift in Fogertys Laborkittel aus.

»Eine Woche sollte reichen. Joyce kann meine Operationstermine verlegen. Wenn es sein muss, kann ich das nächste Woche mit Überstunden ja wieder reinholen. Und um die Notfälle können sich die Assistenzärzte kümmern. Wie heißt er noch mal? Der Kleine mit den schwarzen Augen? Wollachek. Der ist ganz gut. Natürlich will ich keinen bezahlten Urlaub, und« – Nicholas lächelte – »wenn ich zurückkomme, werde ich besser sein denn je.«

»Ohne das Kind«, fügte Fogerty hinzu.

Nicholas ließ Max auf seinem Knie hüpfen. »Ohne das Kind.«

All das laut auszusprechen nahm einen unheimlichen Druck von Nicholas. Er hatte keine Ahnung, was er in dieser Woche tun würde, aber ein Kindermädchen ließ sich in dieser Zeit doch sicher finden. In jedem Fall würde er nach dem Urlaub wissen, wie Max schrie, wenn er Hunger hatte, und wie es sich anhörte, wenn sein Strampler nicht richtig saß und an der Haut scheuerte, und er würde endlich herausfinden können, wie man den Kinderwagen richtig auseinanderklappte. Nicholas wusste, dass er grinste wie ein Idiot, doch das kümmerte ihn nicht. Zum ersten Mal seit drei Tagen fühlte er sich wieder obenauf.

Fogerty presste die Lippen zu einem schmalen schwarzen Strich zusammen. »Das wird nicht gut in deiner Akte aussehen«, sagte er. »Ich hätte mehr von dir erwartet.«

Ich hätte mehr von dir erwartet. Die Worte erinnerten Nicholas an seinen Vater. Einmal in seinem Leben hatte er eine schlechtere Note als ein A mit nach Hause gebracht, und da hatte er das Gleiche zu hören bekommen.

Nicholas packte Max' Bein so fest, dass das Baby zu schreien begann. »Ich bin keine gottverdammte Maschine, Alistair«, brüllte er. »Ich kann nicht alles auf einmal machen.« Er warf sich die Wickeltasche über die Schulter und ging zur Tür. ALISTAIR FOGERTY stand dort zu lesen, CHEFARZT, KARDIOLOGISCHE CHIRURGIE. Vielleicht würde Nicholas' Name nie auf dieser Tür stehen, aber das änderte seine Meinung auch nicht. Man konnte den Wagen einfach nicht vor das Pferd spannen. »Ich sehe dich dann in einer Woche«, sagte er leise.

*

Nicholas saß im Park, umgeben von Müttern. Er war nun den dritten Tag hier, und er triumphierte. Er hatte nicht nur herausgefunden, wie er mit dem Kinderwagen umgehen musste, nein, er hatte auch einen Weg gefunden, sich die Wickeltasche so über die Schulter zu hängen, dass sie nicht mehr herunterrutschte, wenn er Max hochnahm. Max war noch zu klein, um mit den anderen Kindern im Sandkasten zu spielen, aber er schien die Kleinkindschaukeln zu mögen. Nikki, eine hübsche blonde Frau mit ewig langen Beinen, lächelte Nicholas an. »Und wie geht es unserem kleinen Max heute?«, erkundigte sie sich.

Nicholas verstand nicht, warum Paige nicht wie diese drei Frauen war. Sie trafen sich täglich zur gleichen Zeit im Park und sprachen angeregt über Schwangerschaftsstreifen, Windelsonderangebote und die neuesten Magen-Darm-Viren, die gerade die Runde machten. Zwei von ihnen hatten Mutterschaftsurlaub, und eine würde bei den Kindern daheim bleiben, bis die in die Schule kämen. Nicholas war fasziniert von ihnen. Sie hatten offenbar Augen im Hinterkopf. Instinktiv wussten sie, wenn ein Kind einem anderen ins Gesicht geschlagen hatte. Sie konnten das Schreien ihres eigenen Kindes mühelos aus dem allgemeinen Lärm heraushören, und sie jonglierten mit Fläschchen, Jacken und Schnullern, die nie zu Boden fielen. Das waren Fähigkeiten, so meinte Nicholas, die er in einer Million Jahren nicht erlernen würde.

Am ersten Tag, als er Max hierhergebracht hatte, hatte er allein auf einer alten grünen Bank gesessen und zugeschaut, wie die Frauen auf der anderen Seite des Wegs Sand auf die Beinchen ihrer Kinder geschaufelt hatten. Judy hatte ihn als Erste angesprochen. »Es kommen nicht viele Väter hierher«, hatte sie gesagt. »Vor allem nicht an Werktagen.«

»Ich habe Urlaub«, hatte Nicholas peinlich berührt erwidert. Dann hatte Max einen Rülpser ausgestoßen, der seinen ganzen Körper hatte erbeben lassen, und alle hatten gelacht.

An jenem ersten Tag hatten Judy, Nikki und Fay Nicholas alles erklärt, was er über Tagesmütter und Kindermädchenagenturen wissen musste. »Heutzutage kann man einfach keine gute Hilfe mehr kaufen«, hatte Fay gesagt. »Eine britische Nanny – und so eine wollen Sie – bekommen sie frühestens in sechs Monaten. Ein Jahr Wartezeit ist aber wahrscheinlicher. Aber wie man im Fernsehen ja immer wieder sieht, lassen selbst die Teuersten das Kind auf den Kopf fallen, misshandeln es oder machen Gott weiß was mit ihm.«

Judy, die in einem Monat wieder arbeiten gehen würde, hatte sich schon eine Kindertagesstätte gesucht, als sie im sechsten Monat schwanger gewesen war. »Und selbst da«, hatte sie gesagt, »bin ich nur auf die Warteliste gekommen.«

Und so war Nicholas' Woche fast vergangen, und er wusste noch immer nicht, was er am Montag mit Max tun sollte. Aber das Ganze hatte sich gelohnt. Diese Frauen hatten ihm in nur drei Tagen mehr über seinen eigenen Sohn beigebracht, als er je zu hoffen gewagt hätte. Wenn er dann aus dem Park nach Hause ging, hatte er fast das Gefühl, die Kontrolle wiedererlangt zu haben.

Nicholas ließ Max immer höher schaukeln, doch sein Sohn wimmerte. Seit drei Tagen war er nun schon schlecht drauf. »Ich habe Ihren Babysitter angerufen«, sagte Nicholas zu Nikki, »aber sie hat einen Sommerjob in einem Ferienlager. Vor August habe sie keine Zeit für mich, hat sie gesagt.«

»Nun ja, ich werde mich weiter für Sie umhören«, erwiderte Nikki. »Ich wette, Sie werden schon jemanden finden.« Ihr kleines, dreizehn Monate altes Mädchen mit strohblondem Pony fiel im Sandkasten aufs Gesicht und fing an zu weinen. »Oh, Jessica.« Nikki seufzte. »Lass dir Zeit mit dem Laufenlernen.«

Nicholas mochte Nikki besonders gern. Sie war lustig und klug, und Muttersein wirkte bei ihr so leicht wie Kaugummikauen. Nicholas hob Max von der Schaukel, setzte ihn auf den Sandkastenrand und ließ ihn mit den Zehen im Sand spielen. Max schaute Judy an und begann zu schreien. Sie streckte die Hände aus. »Lassen Sie mich mal«, sagte sie.

Nicholas nickte. Es erstaunte ihn immer wieder, wenn Leute ihn baten, das Baby halten zu dürfen. Aber so, wie Max in den letzten drei Tagen drauf war, hätte Nicholas seinen Sohn jedem Fremden gegeben, so erleichtert war er, das quäkende Baby mal nicht auf dem Arm halten zu müssen. Nicholas schrieb seine Initialen in den weichen, kühlen Sand und beobachtete aus dem Augenwinkel heraus, wie Max auf Judys Schulter saß.

»Ich habe ihm gestern zum ersten Mal Brei gefüttert«, sagte Nicholas. »Ich habe es genauso gemacht, wie Sie gesagt haben: größtenteils Milchpulver. Aber er hat den Löffel immer wieder aus dem Mund geschoben, als könne er einfach nicht verstehen, was das für ein Ding sein soll. Und ich habe auch alles ausprobiert, was Sie mir sonst gesagt haben, doch er wollte einfach nicht durchschlafen.«

Fay lächelte. »Warten Sie, bis er mehr als nur einen Teelöffel am Tag isst«, sagte sie. »Dann kommen Sie zurück, und ich werde Ihnen unter die Nase reiben: ›Ich hab's Ihnen ja gesagt.‹«

Judy kam zu ihnen. Sie hatte Max noch immer auf der Schulter. »Wissen Sie, Nicholas, Sie haben schon verdammt viel gelernt. Himmel, wenn Sie mein Mann wären, dann würde ich Ihnen die Füße küssen. Fantastisch, jemanden zu haben, der sich um die Kids kümmert, ohne alle drei Minuten zu fragen, warum sie schreien.« Sie beugte sich dicht an Nicholas heran, klimperte mit den Augen und lächelte. »Sie müssen nur Piep sagen, und ich besorge mir einen Scheidungsanwalt.«

Nicholas lächelte, und die Frauen schwiegen und schauten zu, wie ihre Kinder Plastikeimer und Sandburgen umwarfen. »Sagen Sie mir, wenn Ihnen das unangenehm sein sollte«, sagte Nikki zögernd. »Ich meine, wir kennen Sie ja noch nicht wirklich lang und wissen kaum etwas über Sie, aber ich habe da eine Freundin ... Sie ist geschieden, hat ein Kind, und ich habe mich gefragt, ob Sie nicht irgendwann ... Sie wissen schon ...«

»Ich bin verheiratet.« Die Worte kamen Nicholas so schnell über die Lippen, dass ihn das mehr überraschte als die Frauen. Fay, Judy und Nikki schauten einander an. »Meine Frau ist ... Sie ist nur nicht da.«

Fay strich mit der Hand über den Sandkastenrand. »Das tut uns leid zu hören«, sagte sie und ging vom Schlimmsten aus.

»Sie ist nicht tot«, sagte Nicholas. »Sie ist nur ... weggegangen.«

Judy stellte sich hinter Fay. »Sie ist weggegangen?«

Nicholas nickte. »Sie ist vor gut einer Woche einfach weg. Sie, nun ja, sie war nicht sehr gut darin – nicht wie Sie –, und sie war ein wenig überfordert, glaube ich, und ist unter dem Druck zusammengebrochen.« Er schaute in leere Gesichter, und er fragte sich, warum er Paige vor diesen Fremden entschuldigen musste, wo er selbst ihr doch noch nicht einmal vergeben konnte. »Sie hatte nie eine Mutter«, sagte er.

»*Jeder* hat eine Mutter«, erwiderte Fay. »Sonst gäbe es ja keine Kinder.«

»Ihre hat sie verlassen, als sie fünf Jahre alt war. Als ich das letzte Mal von meiner Frau gehört habe, hat sie mir erklärt, sie wolle sie suchen. Als würde sie so alle Antworten bekommen.«

Fay zog ihren Sohn zu sich und machte seinen Hosenlatz wieder fest. »Antworten? Himmel! Es gibt keine Antworten. Sie hätten mich mal sehen sollen, als er drei Monate alt war«, sagte sie leichthin. »Ich hatte all meine Freunde vergrault, und mein Hausarzt hätte mich fast für tot erklärt.«

Nikki sog zischend die Luft ein und starrte Nicholas mit großen, mitleidvollen Augen an. »Trotzdem«, flüsterte sie, »sein eigenes Kind zu verlassen ...«

Nicholas fühlte sich von dem nun folgenden Schweigen in die Enge getrieben. Er wollte das Starren dieser Frauen nicht, ebenso wenig wie ihr Mitgefühl. Er schaute zu den Kindern hinüber und wünschte sich, eines von ihnen würde zu schreien anfangen, nur um diesen Zustand zu beenden. Doch selbst Max war still.

Judy setzte sich neben Nicholas und balancierte Max auf dem Schoß. Sie nahm Nicholas' Hand und hob sie an den Mund des Babys. »Ich glaube, ich weiß jetzt, was ihn zu so einem Monster macht«, sagte sie in sanftem Ton. »Hier.« Sie drückte Nicholas' Finger an Max' Gaumen, wo ein spitzes weißes Dreieck ihm ins Fleisch stach.

Fay und Nikki schoben sich näher heran, begierig darauf, das Thema zu wechseln. »Ein Zahn!«, rief Fay so aufgeregt, als wäre Max gerade in Harvard angenommen worden. Und Nikki fügte hinzu: »Er ist doch erst knapp über drei Monate, oder? Das ist verdammt früh. Er will wohl ziemlich schnell erwachsen werden. Ich wette, bald fängt er auch an zu krabbeln.« Nicholas starrte auf das flaumige schwarze Haar seines Sohnes. Er drückte mit dem Finger zu und ließ Max mit seinem brandneuen Zahn zubeißen. Dann schaute er zum Himmel hinauf – es war keine Wolke zu sehen –, und schließlich ließ er auch die Frauen Max' Gaumen abtasten. *Paige hätte mit Sicherheit dabei sein wollen*, dachte er plötzlich und spürte, wie die Wut wieder in ihm hochkochte. *Paige hätte dabei sein müssen!*

KAPITEL 25

PAIGE

Ich war noch nie dort gewesen, doch so stellte ich mir Irland vor, wenn ich an die Geschichten meines Vaters dachte: üppige, smaragdgrüne Hügel, Gras wie ein dicker Teppich und Farmen an den Hängen, die von robusten Steinmauern umgrenzt wurden. Mehrmals hielt ich an, um aus einem Bach zu trinken, der sauberer und kälter war, als ich mir je hätte vorstellen können. Ich hörte die Stimme meines Vaters im Plätschern des Wassers, und ich konnte diese Ironie nicht fassen: Meine Mutter war in ein Land geflüchtet, das mein Vater geliebt hätte.

Es wirkte, als wären diese Hügel unberührtes Land. Asphaltierte Straßen waren der einzige Hinweis darauf, dass auch vor mir schon Menschen hier gewesen waren, und in den drei Stunden, in denen ich durch diesen Staat gefahren war, hatte ich kein einziges anderes Auto gesehen. Um die gute Luft einatmen zu können, hatte ich die Fenster heruntergelassen. Die Luft hier war frischer als in Chicago und leichter als die in Cambridge. Ich hatte das Gefühl, als würde ich dieses endlos weite Land förmlich trinken, und nun verstand ich auch, wie jemand sich hier verlieren konnte.

Seit ich Chicago verlassen hatte, hatte ich unablässig an meine Mutter gedacht. Ich ging jede klare Erinnerung durch, die ich hatte, und fror jede einzelne in meinem Kopf ein wie ein Dia in der Hoffnung, etwas zu sehen, was mir bis dahin entgangen war. Aber ich hatte kein Bild von ihrem Gesicht, immer wieder verschwand es in den Schatten.

Mein Vater hatte gesagt, ich sähe aus wie sie, aber es war zwanzig Jahre her, seit er sie zum letzten Mal gesehen hatte, und acht, seit er mich zuletzt gesehen hatte. Also konnte er sich durchaus irren. Aufgrund ihrer Kleider wusste ich, dass sie größer und schlanker war als ich. Und von Eddie Savoy hatte ich erfahren, was sie in den letzten beiden Jahrzehnten gemacht hatte. Trotzdem glaubte ich nicht, sie in einer Menschenmenge ausmachen zu können.

Je weiter ich fuhr, an desto mehr erinnerte ich mich. Ich erinnerte mich daran, wie sie versucht hatte, immer alles im Voraus zu machen. Sonntagabend machte sie meine Pausenbrote schon für die ganze Woche und verstaute sie in der Kühltruhe, sodass spätestens Freitag alles durchgefroren war, was ich aß. Ich erinnerte mich daran, wie ich mit vier Jahren Mumps bekam, aber nur rechts. Meine Mutter fütterte mich mit Götterspeise, und ich musste nur den halben Tag im Bett bleiben, denn – so sagte sie – immerhin sei ich ja auch halb gesund. Ich erinnerte mich an einen trüben Tag im März, als wir beide von Regen und Kälte einfach nur die Nase voll hatten. Mom backte einen Kuchen, bastelte Papphüte, und gemeinsam feierten wir ›Niemands Geburtstag‹. Und ich erinnerte mich daran, dass sie einmal einen Autounfall hatte. Als ich um Mitternacht runterkam, war das gesamte Wohnzimmer voll mit Polizisten, und Mom lag auf der Couch. Sie hatte ein geschwollenes Auge, eine Platzwunde an der Lippe, und sie streckte die Arme nach mir aus.

Dann erinnerte ich mich an den März, bevor sie uns verlassen hatte, an Aschermittwoch. Im Kindergarten hatten wir nach einem halben Tag frei, doch bei der *Tribune* wurde gearbeitet. Meine Mutter hätte natürlich einen Babysitter anheuern können, bis sie wieder nach Hause kam, oder sie hätte mir sagen können, ich solle nebenan bei Manzettis warten. Doch stattdessen hatte sie die Idee, mit mir zum Mittagessen und anschließend in die Nachmittagsmesse zu gehen. Sie hatte das beim Abendessen verkündet und meinem Vater erklärt, ich sei klug genug, um alleine mit dem Bus zu fahren. Mein Vater starrte sie an. Er konnte einfach nicht glauben, was er gerade gehört hatte. Und dann packte er die Hand meiner Mutter und drückte sie so hart auf den Tisch, als könne der Schmerz ihr die Wahrheit vor Augen führen. »Nein, May«, sagte er. »Sie ist noch zu jung dafür.«

Doch kurz nach Mitternacht öffnete sich meine Zimmertür, und in dem Licht, das durch die Tür fiel, sah ich den Schatten meiner Mutter. Sie kam herein, setzte sich im Dunkeln und drückte mir zwanzig Cent Fahrgeld in die Hand. Dann holte sie einen Stadtplan und eine Taschenlampe heraus und ließ mich wiederholen: *Michigan und Van Buren Street, Downtown. Eins, zwei, drei, vier Haltestellen, und Mommy ist da.* Ich sagte das immer und immer wieder, bis ich es genauso gut konnte wie mein Abendgebet. Meine Mutter verließ den Raum und ließ mich schlafen. Um vier Uhr morgens wachte ich wieder auf und sah ihr Gesicht dicht über mir. Ich spürte ihren Atem auf meinen Lippen. »Sag es«, befahl sie mir, und mein Mund formte die Worte, die mein verschlafenes Gehirn nicht hören konnte. *Michigan und Van Buren Street, Downtown.* Überrascht, wie gut ich das gelernt hatte, riss ich die Augen auf. »Das ist mein

Mädchen«, sagte meine Mutter stolz und nahm mein Gesicht in die Hände. Dann drückte sie mir den Finger auf den Mund. »Und sag deinem Daddy nichts davon«, flüsterte sie.

Schon damals kannte ich den Wert eines Geheimnisses. Das ganze Frühstück über mied ich den Blick meines Vaters. Als meine Mutter mich an der Schule absetzte, glitzerten ihre Augen fiebrig. Einen Augenblick lang sah sie so anders aus, dass ich unwillkürlich an Schwester Albertas Vorträge über den Teufel denken musste. »Wozu soll das alles gut sein, so ganz ohne Risiko?«, sagte meine Mutter zu mir. Und ich drückte mein Gesicht an ihres, um sie zum Abschied zu küssen, wie ich es immer tat, doch diesmal flüsterte sie mir zu: »Eins, zwei, drei, vier Haltestellen. Dann bist du da.«

An jenem Morgen rutschte ich nervös auf meinem Stuhl herum und malte das Bild von Jesus falsch aus, so aufgeregt war ich. Als die Schwester uns schließlich rausließ und einen raschen Segen sprach, bog ich nach links ab, in eine Richtung, in die ich niemals ging. Ich marschierte immer weiter, bis ich die Ecke Michigan und Van Buren erreichte und die Apotheke sah, von der meine Mutter gesprochen hatte. Ich stand unter dem Haltestellenschild, und als der große Bus neben mir anhielt, fragte ich den Fahrer: »Down-town?«

Er nickte, nahm meine zwanzig Cent, und ich setzte mich vorne auf einen Sitz und schaute weder rechts noch links, wie meine Mutter gesagt hatte, denn dort könnten böse Männer oder der Teufel höchstpersönlich sein. Ich kniff die Augen zu, lauschte dem Grummeln des Motors und dem Quietschen der Bremsen, und ich zählte die Haltestellen. Als die Tür sich zum vierten Mal öffnete, sprang ich auf und warf einen ganz flüchtigen Blick auf den Sitzplatz neben mir, doch ich sah nur altes, blaues Vinyl und das Gitter der Klimaanlage. Ich stieg aus, wartete, bis die anderen Passagiere sich verlaufen hatten, und schirmte meine Augen vor der Sonne ab. Meine Mutter kniete vor mir. Sie hatte die Arme ausgebreitet und grinste über das ganze Gesicht. »Paige«, sagte sie und schlang ihren roten Regenmantel um mich, »ich wusste, dass du kommen würdest.«

*

Ich fragte einen älteren Mann, der auf einer Milchkanne neben der Straße hockte, ob er schon mal von Farleyville gehört habe. »Jep«, sagte er und deutete die Straße hinunter. »Sie sind fast da.«

»Nun«, sagte ich, »haben Sie vielleicht auch von einem Salon mit Namen ›Bridal Bits‹ gehört?«

Der Mann kratzte sich die Brust. Er lachte, und da sah ich, dass er keine Zähne mehr hatte. »Ein *Salon*«, erwiderte er spöttisch. »Also ob das ein *Salon* ist ...«

Ich blickte ihn finster an. »Sie könnten mir wenigstens sagen, wo es ist.«

Der Mann grinste mich an. »Wenn das der Ort ist, von dem ich denke, dass er es ist – und ich wette, das ist er nicht –, dann nehmen sie am Weizenfeld die erste rechts und fahren weiter bis zu einem Angelgeschäft. Von da sind es noch drei Meilen auf der linken Seite.« Er schüttelte den Kopf, als ich wieder in den Wagen stieg. »Sie haben doch wirklich Farleyville gesagt«, fragte er, »oder?«

Ich folgte seinen Richtungsangaben und machte dabei nur einen Fehler, da ich ein Weizen- nicht von einem Tabakfeld unterscheiden konnte. Das Angelgeschäft war nicht mehr als eine Bretterbude mit einem Holzschild an der Tür, auf das irgendjemand einen Fisch gemalt hatte. Ich fragte mich, warum Leute so weit rausfahren sollten, um sich für ihre Hochzeit einzukleiden. Raleigh wäre doch sicher ein besserer Ort dafür gewesen. Und ich fragte mich, ob das Geschäft meiner Mutter vielleicht ein Secondhandladen war und wie sie in dieser Gegend überhaupt damit überleben konnte.

Das einzige Gebäude drei Meilen jenseits des Angelgeschäfts war ein ordentlicher, pinkfarbener Zementblock ohne irgendwelche Schilder. Ich stieg aus dem Wagen und versuchte die Tür des Ladens zu öffnen, doch die war abgeschlossen. Das große Schaufenster wurde teilweise von der untergehenden Sonne angestrahlt, deren Licht die Tabakfelder hinter mir wie Lava überspülte. Ich spähte hinein und suchte nach Kränzen, Schleiern oder einem weißen Prinzessinnenkleid. Jenseits des Schaufensters konnte ich nichts erkennen, und es dauerte eine Minute, bis ich den fein gearbeiteten Sattel mit den glänzenden Steigbügeln, das pelzbesetzte Halfter und die wollene Pferdedecke mit dem eingewebten Bild eines Hengstes hinter dem Glas bemerkte. Ich blinzelte und ging wieder zur Tür, wo auf einem handgemalten Schild, das ich übersehen hatte, stand: BRIDLES & BITS – ›Trensen & Gebisse‹. Und darunter: GESCHLOSSEN.

Ich ließ mich vor der Tür auf den Boden sinken und zog die Knie an. Ich war die vielen Meilen umsonst gefahren. Die Gedanken überschlugen sich in meinem Kopf: Meine Mutter arbeitete nicht hier, es war von einem völlig anderen

Geschäft die Rede gewesen, ich würde Eddie Savoy den Kopf abreißen. Schmale, rosafarbene Wolken zogen über den Himmel, und plötzlich erhellte der letzte Sonnenstrahl das Innere des Reiterladens, und ich hatte perfekte Sicht auf ein Deckengemälde. Es war eine exakte Kopie jenes Bildes, an das ich mich erinnerte – jenes Bildes, unter dem ich mit meiner Mutter stundenlang gelegen hatte in der Hoffnung, die galoppierenden Pferde würden uns weit, weit wegtragen.

KAPITEL 26

NICHOLAS

Astrid Prescott war fest davon überzeugt, einen Geist zu sehen. Ihre Hand lag noch immer wie erstarrt auf der Messingtürklinke. Fluchend war sie zur Tür gestapft, um aufzumachen, denn Imelda suchte irgendwo nach Silberpolitur, und so war Astrid aus ihren Studien gerissen worden. Und als Folge davon sah sie sich nun unerwartet jenem Geist gegenüber, der sie schon seit Wochen heimsuchte, nachdem er ihr unmissverständlich klargemacht hatte, dass die Vergangenheit unentschuldbar war. Astrid schüttelte leicht den Kopf. Entweder fantasierte sie, oder da stand wirklich Nicholas auf der Schwelle, und er trug ein schwarzhaariges Baby auf den Armen. Beide runzelten sie die Stirn, und beide sahen sie so aus, als würden sie jeden Augenblick weinend zusammenbrechen.

»Komm rein«, sagte Astrid in ruhigem Ton, als würde sie ihren Sohn häufiger als einmal in acht Jahren sehen. Sie streckte die Hand nach dem Baby aus, doch Nicholas gab ihr stattdessen die Wickeltasche, die er über der Schulter trug.

Nicholas ging drei widerhallende Schritte in das Marmorfoyer hinein. »Du solltest wissen«, sagte er, »dass ich nicht hier wäre, wenn ich nicht das Ende der Fahnenstange erreicht hätte.«

Nicholas war den Großteil der Nacht über wach gewesen und hatte nach einer Alternative gesucht. Er hatte sich eine

Woche unbezahlten Urlaub genommen, und trotz seiner Bemühungen war es ihm nicht gelungen, eine qualitative Betreuung für seinen Sohn zu organisieren. Beim britischen Nannyservice hatte man ihn nur ausgelacht, als er gesagt hatte, er brauche binnen sechs Tagen ein Kindermädchen. Dann hätte er fast ein Schweizer Au-pair-Mädchen angeheuert. Er war sogar so weit gegangen, sie mit Max allein zu lassen, während er einkaufen gegangen war. Doch als er wieder zurückkam, hatte Max in seinem Laufstall geweint, während das Mädchen sich im Wohnzimmer mit irgendeinem Biker vergnügt hatte. Und Kindertagesstätten mit einem guten Ruf hatten eine Warteliste, die bis 1995 zurückreichte. Und den Teenagertöchtern der Nachbarn, die nach einem Sommerjob suchten, traute Nicholas nicht von zwölf bis Mittag. Nicholas wusste, wenn er wieder wie geplant ins Mass General zurückgehen wollte, dann musste er seinen Stolz herunterschlucken und seine Eltern um Hilfe bitten.

Und er wusste, dass seine Mutter ihn nicht abweisen würde. Das hatte er ihr schon angesehen, als er ihr zum ersten Mal von Max erzählt hatte. Er hätte darauf wetten können, dass sie Max' Foto in ihrer Brieftasche bei sich trug. Nicholas schob sich an seiner Mutter vorbei in den Salon. Es war derselbe Raum, aus dem er Paige acht Jahre zuvor entrüstet nach draußen gezogen hatte. Sein Blick schweifte über die edlen Möbel, und er wartete auf die Fragen seiner Mutter und auf die Vorwürfe. Was hatten seine Eltern damals gesehen, das er nicht hatte erkennen können?

Nicholas setzte Max auf den Teppich und schaute zu, wie er sich herumwälzte, bis er unter dem Sofa lag. Astrid stand nervös in der Tür und setzte dann ihr breitestes Diplomatenlächeln auf. Damit hatte sie sogar schon Idi Amin bezirzt, ihr freien Zugang nach Uganda zu gewähren, und das hier konnte da wohl kaum schwerer werden. Sie setzte sich auf ein antikes Kanapee, von wo aus sie perfekte Sicht auf Max hatte. »Es ist schön, dich zu sehen, Nicholas«, sagte sie. »Bleibst du zum Essen?«

Nicholas ließ seinen Sohn nicht aus den Augen. Astrid betrachtete ihren Sohn und erkannte, dass er in diesem Zimmer irgendwie fehl am Platze wirkte. Das verwunderte sie, und sie fragte sich, wann er sich so verändert hatte. Dann schaute Nicholas seine Mutter herausfordernd an. »Bist du beschäftigt?«, fragte er.

Astrid dachte an die Fotos, die verstreut in ihrem Arbeitszimmer lagen und die Ladakhi-Frauen mit schweren Federhalsketten und nackten, dunkelhäutigen Kindern zeigten, die vor einem uralten, buddhistischen Kloster Fangen spielten. Sie hatte gerade an der Einleitung zu ihrem neuesten Fotoband gearbeitet, der sich mit dem Himalaya und dem tibetischen Hochplateau beschäftigte. Sie hatte den Abgabetermin schon drei Tage überschritten, und ihr Herausgeber würde spätestens Montag wieder anrufen. »Eigentlich«, sagte sie, »habe ich schon den ganzen Tag nichts zu tun gehabt.«

Nicholas seufzte so leise, dass noch nicht einmal seine Mutter das bemerkte. Er ließ sich auf einen antiken, zerbrechlichen Stuhl sinken und dachte an die blau-weiß gestreiften Zweiersofas, die Paige auf dem Flohmarkt für ihr altes Apartment besorgt hatte. Sie hatte einen Straßenmusiker vor dem *Mercy* bequatscht, ihr dabei zu helfen, die Sofas mit Lionels Van in ihre Wohnung zu schaffen, und dann hatte sie Nicholas drei Wochen lang immer wieder gefragt, ob das nicht zu viel Sofa für so einen kleinen Raum sei. »Schau dir doch nur mal diese Elefantenbeine an«, hatte sie gesagt. »Findest du das nicht auch irgendwie falsch?«

»Ich brauche deine Hilfe«, sagte Nicholas leise.

Was auch immer Astrid noch an Vorbehalten gehabt haben mochte, als Nicholas sprach, war all das wie weggeblasen. Sie stand auf und ging zu ihrem Sohn. Stumm nahm sie ihn in die Arme und wiegte ihn vor und zurück. So hatte sie Nicholas nicht mehr gehalten, seit er dreizehn war. Es war nach einem Fußballspiel gewesen, und er hatte ihr verlegen erklärt, er sei zu alt dafür.

Nicholas schob sie nicht weg. Stattdessen legte er ihr die Hände auf den Rücken. Er schloss die Augen und fragte sich, wo seine Mutter, die auf Teepartys und beim Polo erzogen worden war, all den Mut hernahm.

Astrid holte Eiskaffee und einen Zimtkringel und ließ Nicholas erst einmal essen, während sie Max davon abhielt, an den Stromkabeln zu kauen. »Ich verstehe das nicht«, sagte sie und lächelte Max an. »Wie hat sie nur gehen können?«

Nicholas versuchte, sich an die Zeit zu erinnern, als er Paige bis zum letzten Atemzug verteidigt hätte. Ja, es hatte eine Zeit gegeben, da hätte er lieber den rechten Arm gegeben, als zuzulassen, dass seine Eltern Paige kritisierten. Auch diesmal öffnete er instinktiv den Mund, um sie zu entschuldigen, doch ihm fiel nichts ein. »Ich weiß es nicht«, sagte er. »Ich weiß es wirklich nicht.« Er strich mit dem Finger über den Rand seines Teeglases. »Ich verstehe sie nicht mehr. Es ist, als hätte sie die ganze Zeit über einen geheimen Plan gehabt, den sie mir gegenüber mit keinem Wort erwähnt hat.

Sie hätte doch etwas sagen können. Dann hätte ich ...« Nicholas hielt inne. Dann hätte er was? Ihr geholfen? Ihr zugehört?

»Du hättest gar nichts getan, Nicholas«, sagte Astrid dann auch. »Du bist genau wie dein Vater. Wenn ich auf eine Fotosafari gehe, dauert es drei Tage, bis er bemerkt, dass ich fort bin.«

»Das ist doch nicht meine Schuld«, schrie Nicholas. »Schieb mir das nicht in die Schuhe.«

Astrid zuckte mit den Schultern. »Du drehst mir die Worte im Mund um. Ich habe mich nur gefragt, welche Gründe Paige dir genannt hat, denn schließlich plant sie ja zurückzukommen – das hast du selbst gesagt.«

»Das ist mir scheißegal«, knurrte Nicholas.

»Natürlich ist es das«, sagte Astrid. Sie hob Max hoch und setzte ihn auf ihren Schoß. »Du bist genau wie dein Vater.«

Nicholas stellte sein Glas auf den Tisch und zog ein gewisses Maß an Befriedigung aus der Tatsache, dass es keinen Untersetzer gab und er einen Ring auf dem teuren Tisch hinterlassen würde. »Aber *du* bist nicht wie Paige«, sagte er. »*Du* hättest dein eigenes Kind nie im Stich gelassen.«

Astrid zog Max näher zu sich heran, und er begann, an ihrer Perlenkette zu nuckeln. »Das heißt aber nicht, dass ich nie darüber nachgedacht hätte.«

Nicholas stand abrupt auf und nahm seiner Mutter das Baby ab. Das hier lief überhaupt nicht wie geplant. Seine Mutter hätte gefälligst so überwältigt sein sollen, Max zu sehen, dass sie keine solchen Fragen stellte. Sie hätte darum betteln sollen, auf Max aufpassen zu dürfen. Und definitiv hätte sie Nicholas *nicht* dazu auffordern sollen, über Paige nachzudenken, und ganz bestimmt hätte sie sich nicht auf ihre Seite stellen sollen. »Vergiss es«, sagte Nicholas. »Wir gehen. Ich dachte, du würdest verstehen, worauf ich hinauswill.«

Astrid versperrte ihm den Weg. »Sei kein Narr, Nicholas«, sagte sie. »Ich weiß ganz genau, worauf du hinauswillst. Und ich habe nicht gesagt, Paige hätte das Recht gehabt zu gehen. Ich habe nur gesagt, dass ich mir das selbst auch ein paar Mal überlegt habe. Und jetzt gib mir dieses wunderbare Kind, und dann geh und reparier ein paar Herzen.«

Nicholas blinzelte. Seine Mutter nahm ihm das Baby wieder ab. Er hatte bis jetzt mit keinem Wort erwähnt, dass er sie als Babysitter brauchte, während er auf der Arbeit war. Astrid schaute ihren Sohn an. »Ich bin deine *Mutter*«, sagte sie zur Erklärung. »Ich weiß, wie du denkst.«

Nicholas klappte den Flügel zu, der im Salon stand, breitete die Wickelunterlage darauf aus und schuf so einen improvisierten Wickeltisch. »Ich creme ihn immer ein«, sagte er zu Astrid. »So wird er von den Windeln nicht wund, und mit Puder trocknet seine Haut immer so aus.« Dann erklärte er, wann Max aß und wie viel und wie man verhinderte, dass er einem das Essen direkt wieder ins Gesicht spie. Schließlich holte er noch Max' Kindersitz, der zugleich als Tragekorb diente, und erklärte, dass er darin gut schlafen könne. Zwischen zwei und vier, sagte er, würde Max jedoch nie schlafen.

Dann gab Nicholas Astrid seine Piepernummer für Notfälle, und Astrid und Max begleiteten ihn zur Tür. »Mach dir keine Sorgen«, sagte Astrid und legte Nicholas die Hand auf den Arm. »Ich habe das schon einmal gemacht, und ich war verdammt gut darin, wenn ich mal so sagen darf.« Sie reckte sich, um Nicholas auf die Wange zu küssen, und sie erinnerte sich daran, wie sich plötzlich alles verändert hatte, als ihr einst so kleiner Sohn ihr plötzlich in die Augen hatte schauen können.

Nicholas ging den Schieferweg hinunter. Er drehte sich nicht um, um Max zum Abschied zu winken, und er hatte ihn auch nicht zum Abschied geküsst. Er rollte mit den Schultern, um die Muskeln zu lockern, die vom Gewicht der Wickeltasche und eines achtzehn Pfund schweren Babys verspannt waren. Und er staunte darüber, wie viel er inzwischen über Max wusste. Er pfiff vor sich hin, und er war so stolz auf sich selbst, dass er noch nicht einmal einen Gedanken an Robert Prescott verschwendete ... bis er seinen Wagen erreichte.

Seine Hand lag bereits auf dem warmen Metall des Türgriffs, als er sich noch einmal zu seiner Mutter umdrehte. Sie und Max standen in der Tür des riesigen Hauses. Das Treffen mit seiner Mutter war nach all den vorsichtigen Telefonaten verhältnismäßig einfach gewesen. Doch die ganze Zeit über hatten sie beide Robert Prescott mit keinem Wort erwähnt. Nicholas hatte keine Ahnung, ob sein Vater sich freuen würde, das Kind zu sehen, das der Erbe seines Namens war. Oder würde er Max genauso mühelos enterben wie seinen eigenen Sohn? Nicholas wusste überhaupt nicht mehr, wie sein Vater war. »Was wird Dad wohl sagen?«, flüsterte er vor sich hin.

Seine Mutter konnte ihn auf die Entfernung unmöglich gehört haben, dennoch schien sie die Frage zu verstehen.

419

»Ich kann mir vorstellen«, rief sie und trat ins Licht der Nachmittagssonne hinaus, »dass er einfach sagen wird: ›Hallo, Max‹.«

*

Nichts hätte Nicholas mehr überraschen können als der Anblick, der sich ihm bot, als er kurz vor Mitternacht ins Haus seiner Eltern kam, um Max abzuholen. Der ganze Salon war voll mit Lernspielzeug, und es gab sogar einen Laufstall, eine Wiege und eine Babyschaukel. Ein grüner Quilt mit einem Dinosaurierkopf in der Ecke lag auf dem Boden, und ein Pandabär hatte die Hängepflanze ersetzt, die bei seinem letzten Besuch noch über dem Flügel gehangen hatte. Die Wickeldecke auf dem Flügel wiederum war durch eine bessere ersetzt worden, und daneben stand der größte Eimer Babycreme, den Nicholas je gesehen hatte, und ein Karton Pampers. Und mittendrin Nicholas' Vater. Er war größer, als Nicholas ihn in Erinnerung hatte, aber auch dünner, und er hatte schneeweißes Haar. Er schlief auf dem Sofa und Max auf seiner Brust.

Nicholas hielt die Luft an. Er hatte ja mit einigem gerechnet, was das erste Wiedersehen mit seinem Vater betraf: mit verlegenem Schweigen, Verachtung, ja vielleicht sogar mit Hass. Doch Nicholas hatte nicht erwartet, dass sein Vater so alt sein würde.

Leise ging Nicholas wieder zur Tür zurück, doch er stolperte über einen Stoffball mit Glöckchen. Sein Vater öffnete die Augen. Robert Prescott setzte sich nicht auf, denn er wusste, dass er Max so wecken würde. Aber er wandte auch nicht den Blick von seinem Sohn.

Nicholas wartete darauf, dass sein Vater etwas sagen würde – irgendetwas. Er erinnerte sich daran, wie er zum ersten Mal eine Ruderregatta in der Schule verloren hatte, und das nach einer dreijährigen Siegesserie. Natürlich hatten auch noch andere im Boot gesessen, und Nicholas hatte gewusst, dass der sechste Mann nicht kräftig genug zog. Also war es definitiv nicht Nicholas' Schuld gewesen, dass sie verloren hatten. Aber er hatte es so aufgefasst, und als er seinem Vater nach dem Rennen gegenübergetreten war, hatte er den Kopf gesenkt und auf die Vorwürfe gewartet. Sein Vater hatte jedoch gar nichts gesagt, und Nicholas hatte das mehr geschmerzt als jede Schimpftirade.

»Dad«, fragte er nun leise, »wie geht es ihm?«

Nicht *Wie geht es DIR?*, nicht *Wie ist es dir in der Zwischenzeit ergangen?* Nicholas hoffte, wenn er das Gespräch auf Max beschränkte, würde der Schmerz in seiner Brust von selbst vergehen. Unwillkürlich ballte er die Fäuste hinter dem Rücken und schaute seinem Vater in die Augen. Da waren Schatten, die Nicholas nicht deuten konnte, aber auch Versprechen. *Es ist viel allzu viel geschehen, aber ich will nicht darüber reden*, schien Robert zu sagen. *Und du auch nicht.*

»Du hast dich gut gemacht«, sagte Robert und streichelte Max die Schultern. Nicholas hob die Augenbrauen. »Wir haben nie aufgehört, uns nach dir zu erkundigen, Nicholas«, sagte er in sanftem Ton. »Wir waren immer auf dem Laufenden, was dich betraf.«

Nicholas erinnerte sich an Fogertys schmallippiges Grinsen, als er ihn heute ohne Max ins Krankenhaus hatte kommen sehen. »Oh«, bellte er an Nicholas vorbei den Gang hinunter. »*Si sic omnia!*« Und dann war er zu Nicholas gekommen und hatte ihm väterlich die Hand auf die Schulter gelegt. »Dr. Prescott, ich nehme an«, sagte Fogerty, »dass wieder ein gesunder Geist in Ihrem Körper wohnt und dass wir dieses Debakel nicht noch einmal erleben werden.« Fogerty senkte die Stimme. »Du bist mein Protegé, Nicholas«, sagte er. »Bau keinen Mist.«

Nicholas' Vater war in der medizinischen Gemeinde von Boston noch immer wohlbekannt. Es sollte ein Leichtes für ihn gewesen sein, den raschen Aufstieg seines Sohnes in der kardiologischen Hierarchie des Mass General zu verfolgen. Trotzdem machte die Vorstellung Nicholas nervös. Er fragte sich, was für Fragen sein Vater gestellt hatte, und vor allem, *wem*.

Nicholas räusperte sich. »War er brav?«, fragte er und deutete auf Max.

»Frag deine Mutter«, antwortete Robert. »Sie ist in der Dunkelkammer.«

Nicholas ging den Flur zum Blauen Zimmer hinunter, der Arbeitsplatz seiner Mutter war mit Vorhängen abgetrennt. Er hatte gerade den ersten Vorhang beiseitegezogen, als er die warme Berührung seiner Mutter spürte. Erschrocken sprang er zurück.

»Oh, Nicholas«, sagte Astrid und schlug die Hand vor den Mund. »Du hast mich genauso erschreckt wie ich dich.« Sie hielt zwei frische Abzüge in der Hand und roch nach Fixierer. Sie wedelte damit, um sie zu trocknen.

»Ich habe Dad gesehen«, sagte Nicholas.

»Und?«

Nicholas lächelte. »Und nichts.«

Astrid legte die beiden Abzüge auf einen Tisch. »Ja«, sagte

sie und schaute sich die Bilder kritisch an, »es ist schon erstaunlich, dass selbst die größten Dickschädel mit den Jahren weich werden können.« Sie richtete sich auf, stöhnte und rieb sich den Rücken. »Mein Enkel war ein Engel«, sagte sie. »Dir ist sicher aufgefallen, dass wir einkaufen gegangen sind. Es gibt da einen wunderbaren Babyladen in Newton, und ich musste einfach auch zu F.A.O. Schwarz. Max hat die ganze Zeit über nicht ein einziges Mal geweint. Er hat sich prima gehalten.«

Nicholas versuchte sich seinen Sohn vorzustellen, wie er vollkommen ruhig im Kindersitz saß, beobachtete, wie die Farben am Autofenster vorbeirauschten, und die winzigen Hände nach den Spielzeugen bei F. A. O. Schwarz ausstreckte. Und bei ihm hielt Max es keine Stunde aus, ohne einen Anfall zu bekommen. »Vielleicht liegt es ja an mir«, murmelte er vor sich hin.

»Hast du etwas gesagt?«, fragte Astrid.

Nicholas kniff sich in die Nase. Es war kein leichter Tag gewesen: ein vierfacher Bypass, und dann hatte er erfahren, dass der Körper seines letzten Transplantationspatienten das Organ abgestoßen hatte. Und morgen früh um sieben musste er schon wieder einen Stent setzen, und wenn er Glück hatte und Max mitmachte, dann würde er vielleicht fünf Stunden Schlaf bekommen.

»Ich habe ein paar Bilder von Max gemacht«, hörte Nicholas seine Mutter sagen. »Er ist ein richtig gutes, kleines Model. Er mag das Licht des Belichtungsmessers. Hier.« Sie gab Nicholas ein Foto.

Nicholas hatte nie verstanden, warum seine Mutter das machte. Ihm selbst fehlte die Geduld zur Fotografie. Er verließ sich auf Autofocuskameras, und für gewöhnlich gelang es ihm sogar, einen Menschen zu fotografieren, ohne dass die Hälfte des Kopfes fehlte. Doch seine Mutter fotografierte den Augenblick ... und sie stahl ihren Motiven die Seele. Max' buschiges blauschwarzes Haar bedeckte seinen Kopf wie eine Kappe. Mit einer Hand griff er nach der Kamera, und mit der anderen hielt er sich an seinem Babysitz fest. Doch es waren seine Augen, die das Bild dominierten. Sie waren groß und amüsiert, als hätte ihm gerade jemand gesagt, dass er noch sehr viel länger auf dieser Welt bleiben dürfte.

Nicholas war beeindruckt. Er hatte gesehen, wie seine Mutter den Schmerz von Kriegswitwen eingefangen hatte, den Schrecken in den Augen rumänischer Waisenkinder und sogar die ruhige Frömmigkeit des Papstes. Doch diesmal hatte sie sich selbst übertroffen: Sie hatte Nicholas' Sohn in der Zeit eingefroren, sodass er nie altern würde. »Du bist wirklich verdammt gut«, bemerkte er.

Astrid lachte. »Das höre ich öfter.«

Ein Gedanke regte sich in Nicholas' Hinterkopf. Von Paige war er genauso beeindruckt gewesen, von ihren Zeichnungen und den Geheimnissen vollkommen Fremder, die einfach so in die Bilder flossen. Genau wie seine Mutter zeichnete Paige nicht einfach nur ein Bild. Paige zeichnete aus dem Herzen.

»Was ist?«, fragte Astrid. »Du siehst aus, als wärest du unendlich weit weg.«

»Es ist nichts«, antwortete Nicholas. Was war eigentlich aus Paiges Kunstkram geworden? Früher hatte er sich keine drei Schritte in der Wohnung bewegen können, ohne über Fixierspray oder einen Kasten Zeichenkohle zu stolpern.

Aber Paige hatte schon seit Jahren nichts mehr gezeichnet. Einst hatte er sich darüber beschwert, dass Paige fixierte Zeichnungen über der Dusche zum Trocknen aufgehangen hatte. Er erinnerte sich daran, wie er sie unbemerkt beobachtet hatte. Und er hatte gestaunt, wie schnell und sicher ihre Finger über das Papier flogen, um der leeren Fläche ein Bild zu entlocken.

Astrid hielt ihm das andere Foto hin, das sie aus der Dunkelkammer mitgebracht hatte. »Ich dachte, das würde dir auch gefallen«, sagte sie. Sie gab ihm ein Porträt, das unbemerkt gemacht worden war, und einen Augenblick lang spiegelte sich das schwache Licht im Zimmer auf dem noch nassen Fotopapier. Dann erkannte Nicholas, dass er Paige anblickte.

Sie saß am Tisch und schaute nach links. Es war ein Schwarzweißfoto, doch Nicholas konnte ihre Haarfarbe deutlich erkennen. Wenn er sich Cambridge vorstellte, dann in den Schattierungen von Paiges Haar: kräftig und voll, das Rot von Generationen.

»Wann hast du das gemacht?«, flüsterte er. Paiges Haar reichte ihr nur bis zur Schulter. Es war wesentlich kürzer als an dem Tag, als sie Astrid vor Jahren kennengelernt hatte. Es war ein aktuelles Bild.

»Ich habe sie einmal in Boston gesehen, und ich konnte einfach nicht widerstehen. Ich habe es mit einem Teleobjektiv aufgenommen. Sie hat mich nicht gesehen.« Astrid trat näher an Nicholas heran und legte den Finger auf das Foto. »Max hat ihre Augen.«

Nicholas wusste nicht, warum ihm das bis jetzt nicht aufgefallen war. Dabei war es doch so offensichtlich. Es war we-

425

niger die Form oder die Farbe als vielmehr der Blick. Wie Max, so schaute auch Paige auf etwas, das Nicholas nicht sehen konnte. Wie Max, so zeigte auch ihr Gesicht unverhohlene Überraschung, als hätte man ihr gerade gesagt, sie müsse noch ein wenig länger bleiben.

»Ja«, sagte Astrid, nahm Nicholas die Bilder ab und legte sie nebeneinander auf den Tisch. »Ganz eindeutig. Die Augen seiner Mutter.«

Nicholas schob das Bild von Paige hinter das von Max. »Hoffen wir«, sagte er, »dass das alles ist, was er von ihr erbt.«

KAPITEL 27

PAIGE

Die Fly-By-Night-Farm war eigentlich gar keine Farm. Eigentlich war sie nur Teil eines größeren Komplexes, der sich *Pegasus Stables* nannte, wie man dem einzigen Schild entnehmen konnte, das von der Straße aus zu sehen war. Doch als ich den Wagen geparkt hatte und an dem träge dahinfließenden Bach und den im Paddock tänzelnden Pferden vorbeiging, bemerkte ich ein kleines Schild aus Ahornholz: FLY BY NIGHT. LILY RUBENS, EIGENTÜMER.

Ich hatte an diesem Morgen mit der Frau gesprochen, der inzwischen der Reiterladen mit den Pferden meiner Mutter an der Decke gehörte. Sie hatte mir erklärt, wo ich hinmusste. Meine Mutter hatte das Deckenbild vor acht Jahren gemalt, kurz nachdem sie nach Farleyville gezogen war. Irgendwann hatte sie ihre Geschäftslizenz gegen einen gebrauchten Sattel und gegen irgendeine Art Geschirr getauscht. Lily sei gut bekannt in der Pferdewelt, hatte die Frau gesagt. Wann immer Leute sie nach Reitunterricht fragten, schickte sie sie zu FLY BY NIGHT.

Ich ging in den kühlen, dunklen Stall und stand im Stroh. Als meine Augen sich an das schwache Licht gewöhnt hatten, sah ich, dass ich nur wenige Zoll von einem Pferd entfernt war, es blies mir seinen heißen Atem ins Ohr. Ich legte die Hand auf das Gitter in der Tür der Box. Das Pferd schnaubte, bleckte die Zähne und versuchte, an meiner Hand zu knab-

427

bern. Als seine Lippen meine Haut berührten, hinterließen sie einen grünen Schleim, der leicht nach Heu roch.

»An Ihrer Stelle würde ich das lieber nicht tun«, sagte eine Stimme, und ich wirbelte herum. »Aber andererseits bin ich ja Sie, und Sie sind ich, und das ist ja das Schöne daran.« Ein Junge, nicht älter als achtzehn, stützte sich neben einer Schubkarre voll Mist auf eine seltsam geformte Harke. Er trug ein T-Shirt mit dem Porträt von Nietzsche, und er hatte sein schmutzig blondes Haar hinter dem Kopf zusammengebunden. »Andy beißt«, sagte er und trat vor, um dem Pferd die Nase zu streicheln.

Dann verschwand er genauso schnell, wie er gekommen war, in einer anderen Box. Die bestand gut zur Hälfte aus Boxen mit Pferden in den unterschiedlichsten Farben, vom Schimmel bis zum Rappen.

Ich ging den Hauptgang hinunter, vorbei an dem Jungen, der Haufen nasses Stroh in die Schubkarre lud. Meine Mutter war offensichtlich nicht in diesem Stall, und ich seufzte erleichtert. Am Ende des Gangs sah ich einen kleinen Tisch. Darauf standen eine kleine Holzkiste, eine Kladde und ein Astrid-Prescott-Kalender – ausgerechnet von ihr –, der das aktuelle Datum zeigte. Ich strich mit dem Finger über das Bild des in Nebel gehüllten Kilimandscharo, und ich fragte mich, warum meine Mutter nicht auf die gleiche Art hatte fliehen können, wie Nicholas' Mom es bis heute tat: immer nur für wenige Monate, aber mit dem Versprechen, wieder nach Hause zu kommen. Mit einem Seufzen schlug ich die Kladde auf, und neben Zeitangaben standen weibliche Vornamen: Brittany, Jane, Anastasia, Merleen. Die Handschrift war die meiner Mutter.

Ich erinnerte mich an ihre Handschrift, auch wenn ich die Worte damals noch nicht hatte lesen können. Ich erinnerte mich daran, dass ihre Buchstaben stets nach links geneigt waren, während die meisten anderen Schriften, die ich kannte, sich mehr nach rechts orientierten. Oder zumindest hatten die Schwestern mir das später so im Kalligrafiekurs erklärt. Selbst mit ihrer Handschrift widersetzte meine Mutter sich dem System.

Ich wusste nicht, was ich tun würde, wenn ich sie erst einmal gefunden hatte. Ich hatte keine Rede vorbereitet oder so. Einerseits hätte ich sie am liebsten einfach angeschrien, eine Minute für jedes Jahr, da sie mich alleingelassen hatte. Dann wieder wollte ich sie nur berühren, um zu sehen, ob ihre Haut genauso warm war wie meine. Und trotz der Umstände wollte ich glauben, dass ich ein wenig wie sie geworden war. Ich hoffte das so sehr, dass es wehtat, doch gewettet hätte ich darauf nicht. Immerhin wusste ich noch nicht einmal, ob ich ihr um den Hals fallen oder ihr vor die Füße spucken würde, wenn ich ihr endlich gegenüberstand.

Ich war wie erstarrt und spürte das Blut durch meine Adern fließen. Als ich mich schließlich wieder erinnerte, wie man sich bewegt, verdrängte ich die Angst, die mich gelähmt hatte, und ging zu dem Jungen in der Box. »Bitte, entschuldigen Sie«, sagte ich. »Ich will Sie nicht stören.«

Er schaute mich weder an, noch unterbrach er seinen Arbeitsrhythmus. »Was sind Sie schon«, sagte er, »außer einer Bremsschwelle auf der Autobahn des Lebens?«

Ich wusste nicht, ob er eine Antwort darauf erwartete, also ging ich einfach in die Box und spürte das feuchte, weiche Stroh unter meinen Füßen. »Ich suche nach Lily Rubens«, sagte ich.

Der Junge zuckte mit den Schultern. »Sie ist hier irgendwo«, antwortete er. »Schauen Sie mal auf der Bahn nach.«

Auf der Bahn. Ja, auf der Bahn. Ich nickte dem Jungen zu, ging wieder den Mittelgang hinunter und starrte in Erwartung eines Wunders auf das Telefon an der Wand. Was meinte er mit ›Bahn‹?

Ich verließ den dunklen Stall und trat in eine so helle Sonne hinaus, dass die Welt kurz nur noch weiß war. Dann sah ich den Bach, der neben dem Stall floss, und daneben eine Wellblechhalle, die mich an die alte Rollschuhhalle in Skokie erinnerte, in der jetzt ein Trödelmarkt beheimatet war. Direkt neben dem Stall, in dem ich gewesen war, stand noch ein Stall, und um einen kleinen Hügel herum war ein dritter zu sehen, der in den Hang eines Terrassenfeldes gebaut war. Zwei Kieswege führten links und rechts an der Halle vorbei. Einer davon schien durch eine große Weide zu führen, wo ein großes Pferd buckelte, und der andere verlief neben dem Bach. Ich atmete tief durch und nahm den Weg am Bach.

Der Pfad teilte sich an einem stabilen Holzzaun. Man konnte von hier aus einen mit Heidekraut bewachsenen Hügel hinaufgehen oder durch ein Gatter in ein großes Oval voll mit rot und weiß gestrichenen Hindernissen. Eine Frau ritt am Rand des Ovals entlang auf mich zu. Ich konnte ihr Gesicht nicht erkennen, aber sie war groß und schlank und schien zu wissen, was sie tat. Das Pferd schlug mit dem Kopf. »Himmel, Eddy«, sagte sie, als sie an mir vorbeikam,

»jetzt beruhig dich doch mal. Jeder hat mit den Fliegen zu kämpfen. Man könnte ja meinen, du hättest ein Monopol darauf.«

Ich hörte aufmerksam zu und versuchte, mich an die Stimme meiner Mutter zu erinnern, doch ehrlich gesagt hätte ich sie unmöglich von anderen unterscheiden können. Vielleicht war es meine Mutter ... wenn ich doch nur ihr Gesicht sehen könnte. Aber sie ritt wieder von mir weg. Die einzige andere Person hier war ein Mann. Er war verhältnismäßig klein und trug Jeans, ein Polohemd und eine Baseballkappe. Ich konnte seine Stimme nicht hören, aber er rief der reitenden Frau etwas zu.

Die Frau trat dem Pferd in die Flanken, und das Tier flog über den Platz. Es sprang über eine dicke blaue Mauer und über ein Stangenhindernis, und dann raste es mit gefühlten hundert Meilen die Stunde auf mich zu. Ich hörte das schwere Atmen der Reiterin und sah die geblähten Nüstern des Pferdes, als es immer näher donnerte. Es würde nicht anhalten. Es würde über das Gatter springen, und ich stand ihm direkt im Weg.

Ich duckte mich und schützte den Kopf mit den Armen, doch dann blieb das Pferd wenige Zoll von mir entfernt stehen. Sein schwerer Kopf ragte über das Gatter, und die Nase strich mir über die Finger. Der Mann rief irgendetwas von hinten. »Ja«, sagte die Frau und schaute auf mich herunter. »Das war bis jetzt die beste Runde, aber ich glaube, wir haben da jemanden zu Tode erschreckt.« Sie lächelte mich an, und ich sah, dass ihr Haar blond war und ihre Augen braun, und ihre Schultern waren breiter, als ich es je bei einer Frau gesehen hatte. Das war nicht meine Mutter.

431

Ich murmelte eine Entschuldigung und machte mich auf den Weg zurück zur Gabelung und ging dann den anderen Pfad hinauf. Er führte auf ein weites Feld voller Butterblumen und Gras, das mir bis zur Hüfte reichte. Und bevor ich sie sah, hörte ich den Rhythmus ihrer Hufe – *da da dum, da da dum.* Zwei Pferde rasten über das Feld, als würden sie vom Teufel höchstpersönlich gejagt. Sie sprangen über einen Bach und galoppierten am Weidezaun entlang. Dann blieben sie stehen, senkten die Köpfe, um zu fressen, und schlugen im Takt mit den Schweifen.

Ich ging wieder zurück, und als ich erneut das Oval erreichte, ritt dort niemand mehr. Also ging ich wieder zu dem Stall, in dem der Junge gemistet hatte. Ich wollte ihn noch einmal nach dem Weg fragen. Als ich den Hügel hinaufging, sah ich den Mann, der im Parcours all die Sachen gerufen hatte, die ich nicht hatte verstehen können. Mit der einen Hand hielt er Eddy am Zügel fest, und in der anderen hatte er einen Schwamm, doch sobald er damit Eddys Flanke berührte, schreckte das Pferd davor zurück. Ich blieb auf Distanz. Der Mann strich dem Pferd mit dem Schwamm über den Rücken, und wieder sprang es zurück. Schließlich ließ der Mann den Schwamm fallen und schlug Eddy zweimal mit dem Zügel leicht auf den Hals. Das Pferd beruhigte sich und senkte den Kopf, und der Mann redete leise auf es ein und streichelte ihm den Rücken.

Ich beschloss, den Mann nach meiner Mutter zu fragen. Er legte den Schwamm beiseite und hob den Kopf, doch er hatte mir noch immer den Rücken zugekehrt. »Bitte, entschuldigen Sie«, sagte ich leise, und er wirbelte so schnell he-

432

rum, dass ihm die Kappe vom Kopf fiel und dunkelrotes Haar zum Vorschein kam.

Das war kein Mann. Das war meine Mutter.

Sie war größer als ich und schlanker, und ihre Haut war honigfarben. Aber ihr Haar war wie meines und ihre Augen auch, jeder Irrtum war ausgeschlossen. »Oh, mein Gott«, sagte sie.

Das Pferd schnaubte über ihrer Schulter, und Wasser tropfte aus der Mähne und auf das Hemd meiner Mutter, doch sie schien das nicht zu bemerken. »Ich bin Paige«, sagte ich steif, und instinktiv streckte ich die Hand aus. »Ich bin ... äh ... deine Tochter.«

Meine Mutter begann zu lächeln, und so als würde dieses Lächeln sie allmählich entspannen, konnte sie sich auch wieder bewegen. »Ich weiß, wer du bist«, sagte sie. Sie nahm nicht meine Hand. Sie schüttelte nur den Kopf und schlang die Finger um den Lederzügel. Nervös scharrte sie mit ihren Stiefeln in dem lockeren Kies. »Lass mich nur schnell Eddy wegbringen«, sagte sie. Sie zog das Tier herum, wandte sich mir dann aber noch einmal zu. Ihre Augen waren groß und blass, die Augen einer Bettlerin. »Geh nicht weg«, bat sie mich.

Ich folgte ihr ein paar Schritte hinter dem Pferd. Sie verschwand in einer Box – in der, die der Junge ausgemistet hatte – und nahm dem Pferd das Halfter ab. Dann kam sie wieder heraus, schloss die Boxentür und hing das Lederhalfter an einen Nagel in der Wand. »Paige«, sagte sie so leise, als wäre es verboten, meinen Namen laut auszusprechen.

Dann berührte sie mich sanft an der Schulter. Ich konnte nicht anders. Ich schauderte und wich unwillkürlich zurück. »Tut mir leid«, sagte ich und schaute weg.

433

In diesem Moment kam der Junge wieder zurück. »Ich bin für heute fertig, Lily«, erklärte er, obwohl wir erst Mittag hatten.

Meine Mutter riss ihre Augen von mir los. »Josh«, sagte sie, »das ist Paige. Meine Tochter, Paige.«

Josh nickte mir zu. »Cool«, sagte er und drehte sich dann wieder zu meiner Mutter um. »Aurora und Andy müssen noch reingeholt werden. Ich sehe dich dann morgen. Obwohl«, fügte er hinzu, »das Morgen nur die Kehrseite des Heute ist.«

Als er den Mittelgang hinunterging, drehte meine Mutter sich wieder zu mir um. »Er ist ein wenig durchgeknallt«, erklärte sie, »aber er ist alles, was ich mir im Augenblick leisten kann.«

Ohne ein weiteres Wort verließ meine Mutter den Stall und ging den Pfad zu der großen Weide hinauf. Am Gatter angekommen, stützte sie sich mit den Ellbogen darauf und betrachtete das Pferd am anderen Ende der Weide. Selbst auf diese Entfernung konnte ich deutlich erkennen, dass es das größte Pferd war, das ich je gesehen hatte. Es war schlank und schwarzbraun mit Ausnahme seiner beiden Vorderbeine. Bis zum Knie waren sie schneeweiß, als wäre es gerade in eine Wolke getreten. »Wie hast du mich gefunden?«, fragte meine Mutter in nonchalantem Ton.

»Du hast es mir nicht leicht gemacht«, sagte ich gereizt. Ich kochte vor Wut. Meine Mutter schien sich nicht im Mindesten über mein Erscheinen aufzuregen. Ich war erschütterter als sie. Sicher, zuerst war sie überrascht gewesen, doch nun war sie cool und entspannt, als hätte sie gewusst, dass ich kommen würde. So hatte ich mir das nicht vorgestellt. Ich hatte mindestens so etwas wie Neugier von ihr erwartet und gehofft, dass es ihr irgendwie nahegehen würde.

Ich drehte mich zu ihr um und wartete darauf, dass irgendetwas an ihr Erinnerungen in mir weckte: eine Geste, ein Lächeln oder auch nur ihr Tonfall. Doch diese Frau hier war eine vollkommen andere als die, die mich im Stich gelassen hatte, als ich fünf Jahre alt gewesen war. Ich hatte die vergangenen Tage – nein, die vergangenen zwanzig *Jahre* – damit verbracht, Vergleiche zwischen uns anzustellen, und mich allen möglichen Vermutungen hingegeben. Ich wusste, dass wir uns äußerlich ähneln würden. Ich wusste, dass wir beide unser Heim verlassen hatten, auch wenn ich noch immer nicht wusste, aus welchem Grund sie gegangen war. Ich hatte mir vorgestellt, dass sie die Arme nach mir ausstrecken würde. Ich hatte gehofft, dass ich endlich an dem Ort sein würde, an den ich gehörte. Ich hatte mir vorgestellt, dass wir gleich klingen, gleich gehen und gleich denken würden. Doch das hier war ihre Welt, und ich wusste nichts darüber. Das hier war ihr Leben, und es war auch ohne mich ganz gut gelaufen. Die Wahrheit war, dass ich sie kaum gekannt hatte, als sie mich verlassen hatte, und nun kannte ich sie gar nicht mehr. »Ein Freund von mir kannte einen Privatdetektiv, und der hat dich bis zu Bridles & Bits verfolgen können«, erklärte ich, »und dann habe ich die Decke gesehen.«

»Die Decke ...«, flüsterte meine Mutter gedankenverloren. »Oh, die *Decke*. Wie in Chicago.«

»Wie in Chicago«, erwiderte ich verbittert.

Meine Mutter drehte sich unvermittelt zu mir um. »Ich habe dich nicht verlassen wollen, Paige«, sagte sie. »Ich wollte einfach nur ... weg.«

Ich zuckte mit den Schultern, als sei mir das vollkommen egal. Ich dachte an Max' kleines, rundes Gesicht und an Nicholas, der mich an seine warme Brust zog. Ich hatte sie auch nicht verlassen wollen. Auch ich wollte einfach nur ... weg. Ich lief nicht vor ihnen weg, ich lief einfach nur. Ich schaute meine Mutter aus dem Augenwinkel heraus an. Vielleicht beschränkte sich die Ähnlichkeit doch nicht nur auf Äußerlichkeiten. Womöglich hatten wir doch mehr gemein, als es auf den ersten Blick den Anschein hatte.

Als wisse sie, dass ich einen Beweis brauchte, pfiff meine Mutter nach dem Pferd am anderen Ende der Weide. Das Tier explodierte förmlich und raste auf uns zu, wurde aber langsamer, als es sich meiner Mutter näherte. Leichtfüßig trabte es einige Male im Kreis, dann wurde es vollkommen ruhig. Das Pferd nickte, beugte sich vor und knabberte an der Hand meiner Mutter.

Das Pferd war definitiv das schönste Tier, das ich je gesehen hatte. Ich wollte es zeichnen, aber ich wusste, dass es mir nie gelingen würde, seine Energie auf Papier zu bannen. »Das ist mein bestes Showpferd«, sagte meine Mutter. »Es ist mehr als fünfundsiebzigtausend Dollar wert. Das alles hier« – mit einer weit ausholenden Geste deutete sie auf die Farm –, »mein Reitunterricht und alles, was ich sonst noch mache, das alles dient nur dazu, ihn am Wochenende auf Shows zu zeigen. Das kostet viel Geld. Wir treten nur bei Eliteshows auf, und oft machen wir den ersten Platz.«

Ich war beeindruckt, verstand aber nicht, warum sie mir das ausgerechnet jetzt sagte, wo es doch so viel andere Dinge zu besprechen gab. »Mir gehört das Land hier nicht«, fuhr meine Mutter fort und zog dem Pferd ein Halfter an. »Ich habe es von den *Pegasus Stables* gepachtet. Und ich habe auch mein Haus, meinen Pferdeanhänger und meinen Truck von ihnen gemietet. Dieses Pferd hier ist so ziemlich das Einzige auf der Welt, von dem ich sagen kann, dass es mir gehört. Verstehst du?«

»Nicht wirklich«, erwiderte ich ungeduldig und trat einen Schritt zurück, als das Pferd den Kopf hochriss, um eine Fliege zu verscheuchen.

»Dieses Pferd heißt Donegal«, sagte meine Mutter, und das Wort weckte Erinnerungen, wie es das schon immer getan hatte. Donegal hieß die Gegend in Irland, in der mein Vater geboren war, der Ort, von dem er uns immer und immer wieder erzählte, als ich noch klein war. *Kleefelder, die wie Smaragde funkeln; gemauerte Schornsteine, die bis in die Wolken ragen, und Flüsse so blau wie die Augen deiner Mutter.*

Eddie Savoy hatte mir gesagt, die meisten Menschen könnten nie ganz aufgeben, was sie zurückgelassen hatten. »Donegal«, wiederholte ich, und diesmal streckte meine Mutter die Arme aus, und ich trat zu ihr und staunte, dass alte Erinnerungen plötzlich wieder Fleisch und Blut werden konnten.

*

»Ich habe jahrelang gehofft, dass du kommen würdest«, sagte meine Mutter und führte mich die Stufen zur Veranda des kleinen weißen Schindelhauses hinauf. »Wenn ich all die kleinen Mädchen sehe, die zu mir in den Reitunterricht kommen, dann habe ich mir immer vorgestellt, eine von ihnen werde gleich den Reithelm ausziehen, und du würdest darunter zum Vorschein kommen.« An der Tür drehte sie sich zu mir um. »Aber natürlich ist das nie geschehen.«

Das Haus meiner Mutter war sauber und ordentlich, die Einrichtung spartanisch. Die Veranda war leer, abgesehen von einem weißen Korbschaukelstuhl, der mit dem Hintergrund verschmolz, und einer leuchtend rosafarbenen Begonie in einem Hängetopf. Im Flur lag ein alter Orientteppich, und darauf stand ein kleiner Tisch aus Ahornholz, der als Ablage diente. Rechts befand sich ein winziges Wohnzimmer, und links ging es die Treppe hinauf. »Ich werde alles für dich zurechtmachen«, sagte meine Mutter, obwohl ich gar nicht davon gesprochen hatte, dass ich bleiben wollte. »Heute Nachmittag habe ich allerdings noch ein paar Reitstunden, also werde ich nicht viel da sein.«

Sie führte mich in den ersten Stock hinauf. Geradeaus lag das Badezimmer, die Schlafzimmer rechts und links. Mom ging nach rechts, doch ich erhaschte einen Blick auf ihr Zimmer: Es war hell und blass, und Gazevorhänge blähten sich über dem weißen Bett.

Als ich durch die Tür des anderen Raumes trat, hielt ich die Luft an. Die Tapete war ein Meer von großen pinkfarbenen Blumen, das Bett ein flauschiger Hügel, und auf einer Truhe an der Wand saßen zwei Porzellanpuppen und ein grüner Clown aus Stoff. Es war das Zimmer eines kleinen Mädchens. »Du hast noch eine Tochter«, sagte ich. Es war keine Frage, sondern eine Feststellung.

»Nein.« Meine Mutter streichelte einer der Porzellanpuppen über die glatte Wange. »Dieses Zimmer war einer der Gründe dafür, warum ich mich für diesen Stall entschieden habe. Ich habe immer wieder gedacht, wie sehr es dir hier gefallen hätte.«

Ich schaute mich in dem Zimmer mit seinem zuckersüßen Dekor und der erstickenden Tapete um. Ja, als Kind hätte ich das geliebt. Ich dachte an mein Heim in Cambridge, das ich mit seinen milchweißen Teppichen und den weißen Wänden so gar nicht mochte. »Ich war achtzehn, als du dieses Haus gemietet hast«, erklärte ich. »Da war ich wohl schon ein wenig zu alt für Puppen.«

Meine Mutter zuckte mit den Schultern. »In meinem Kopf warst du immer fünf Jahre alt«, sagte sie. »Ich habe häufig darüber nachgedacht, wieder zurückzugehen und dich zu holen, aber das konnte ich deinem Vater nicht antun. Außerdem wusste ich, wenn ich zurückkehren würde, dann würde ich auch bleiben. Und bevor ich mich versah, warst du erwachsen.«

»Du bist zu meiner Abschlussfeier gekommen«, sagte ich und setzte mich aufs Bett. Die Matratze war hart.

»Du hast mich gesehen?«

Ich schüttelte den Kopf. »Das hat der Privatdetektiv herausgefunden«, antwortete ich. »Er war sehr gründlich.«

Meine Mutter setzte sich neben mich. »Ich habe zehn Stunden in Raleigh-Durham verbracht und mir den Kopf darüber zerbrochen, ob ich nun in diesen Flieger steigen sollte oder nicht. Ich war hin- und hergerissen. Ich habe sogar schon im Flugzeug gesessen und habe es wieder verlassen, kurz bevor sie die Türen schließen wollten.«

»Aber du bist doch gekommen«, sagte ich. »Warum hast du nicht versucht, mit mir zu reden?«

Meine Mutter stand auf und strich die Tagesdecke wieder

glatt, sodass es wirkte, als habe sie nie dort gesessen. »Ich bin nicht deinetwegen dort gewesen«, antwortete sie, »sondern meinetwegen.«

Meine Mutter schaute auf ihre Uhr. »Brittany kommt um halb drei«, sagte sie. »Sie ist das niedlichste kleine Mädchen, das du je gesehen hast, aber als Reiterin wird sie es nie zu etwas bringen. Wenn du willst, kannst du ja zuschauen.« Sie schaute sich um, als vermisse sie irgendetwas. »Hast du eine Tasche?«

»Ja«, antwortete ich. Selbst wenn ich gewollt hätte, ich hätte jetzt nicht mehr in einem Motel übernachten können. »Sie ist in meinem Wagen.«

Meine Mutter nickte, ging hinaus und ließ mich auf dem Bett sitzen. »Im Kühlschrank ist was zu essen, wenn du Hunger hast. Und pass mit dem Spülhebel auf der Toilette auf. Er klemmt ein wenig. Und solltest du mich suchen, am Telefon klebt ein Zettel mit der Nummer vom Stall. Die wissen immer, wo ich bin.«

Es war so einfach, mit ihr zu reden. Alles war völlig unverkrampft, als hätte ich das schon ewig getan. Trotzdem fragte ich mich, wie sie so nüchtern sein konnte, als käme ich täglich hier vorbei, während ich allein bei dem Gedanken an sie Kopfschmerzen bekam. Vielleicht wusste sie es einfach besser und versuchte auf diese Art, die fehlende Geschichte zwischen uns zu überbrücken. Wenn man nicht ständig zurückschaut, stolpert man auch nicht.

Meine Mutter blieb auf der Schwelle stehen und stützte sich am Türrahmen ab. »Paige«, fragte sie, »bist du verheiratet?«

Ein stechender Schmerz lief meinen Rücken hinunter, und Übelkeit stieg in mir auf, weil sie über Telefonnummern und das Mittagessen reden konnte, aber nicht über die Dinge, die eine Mutter eigentlich wissen sollte. »Ich habe 1985 geheiratet«, erzählte ich ihr. »Sein Name ist Nicholas Prescott. Er ist Herzchirurg.«

Meine Mutter hob die Augenbrauen und lächelte. Dann ging sie weiter. »Und«, rief ich ihr hinterher, »ich habe ein Baby. Einen Sohn. Max. Er ist drei Monate alt.«

Meine Mutter blieb wieder stehen, drehte sich aber nicht mehr um. Vielleicht bildete ich mir das ja nur ein, doch ich glaubte zu sehen, dass ihre Schultern zitterten. »Ein Baby«, murmelte sie. Und ich wusste, was ihr durch den Kopf ging: *Ein Baby, und du hast es zurückgelassen ... so wie ich einst dich verlassen habe.* Ich hob das Kinn und wartete darauf, dass sie sich wieder umdrehte, sodass ich diesen Zyklus akzeptieren konnte, doch das tat sie nicht. Stumm stieg sie die Treppe hinunter und dachte über die Parallelen in unser beider Leben nach.

*

Mom stand in der Mitte des Ovals – der ›Bahn‹ –, und ein Mädchen auf einem Pony tanzte um sie herum. »Übergänge, Brittany«, rief sie. »Erst musst du antraben. Üb Druck auf die Flanken aus, aber beug dich nicht nach vorne. Aufrechter Sitz und die Fersen runter.« Das Mädchen war dürr und klein, und ihr blonder Pferdeschwanz ragte aus dem schwarzen Helm heraus. Ich lehnte mich ans Gatter und schaute zu, wie das kräftige braune Pferd im Kreis trabte.

Meine Mutter ging zum Rand der Reitbahn und machte ein Hindernis niedriger. »Du musst fühlen, ob er zu schnell oder zu langsam ist«, brüllte sie. »Du musst jeden Schritt ausreiten. Und jetzt möchte ich, dass du auf die Diagonale reitest ... Beine gestreckt, Fersen tief.«

Das Mädchen lenkte das Pferd – oder zumindest nahm ich an, dass sie es lenkte – aus der Ecke heraus und ritt ein X quer durch die Bahn. »Okay, jetzt im Schritt«, rief meine Mutter. Das Mädchen hüpfte nicht länger im Sattel auf und ab, sondern schwankte stattdessen bei jedem Schritt von rechts nach links. »Aufrechter Sitz«, rief meine Mutter, und das Mädchen erstarrte förmlich im Sattel und klammerte sich voller Angst an die Pferdemähne. Meine Mutter sah mich und winkte mir zu. »Jetzt noch mal über die Cavaletti«, sagte sie. »Reite genau auf die Mitte des Sprunges zu.« Sie duckte sich und spannte ihren Körper, als könne sie das Pferd allein kraft ihres Willens dazu zwingen, das Richtige zu tun. »Augen geradeaus, Augen geradeaus ... Die Beine, die Beine, die Beine!« Das Pferd sprang geschickt über das niedrige Hindernis und fiel dann wieder in den Schritt. Das kleine Mädchen streckte die Beine aus, die Füße waren noch immer in den Steigbügeln. »Braves Mädchen«, lobte meine Mutter, und Brittany lächelte. »Damit können wir für heute Schluss machen.«

Eine Frau war neben mich getreten. Sie holte ihr Scheckbuch heraus. »Nehmen Sie auch Unterricht bei Lily?«, fragte sie mich und lächelte.

Ich wusste nicht, was ich ihr darauf antworten sollte. »Ich denke darüber nach«, sagte ich schließlich.

Die Frau kritzelte ihre Unterschrift und riss einen Scheck heraus. »Sie ist die Beste in der Gegend hier.«

Brittany war inzwischen abgestiegen. Sie kam zum Zaun

und führte das Pferd an den Zügeln hinter sich her. Meine Mutter schaute zu mir herüber und musterte mich von Kopf bis Fuß. »Du musst Tony nicht absatteln«, sagte sie zu dem Mädchen. »Ich glaube, wir brauchen ihn noch.« Sie nahm die Zügel und schaute Brittany und ihrer Mutter hinterher, bis sie hinter dem Hügel verschwunden waren.

»Meine nächste Schülerin hat die Grippe«, sagte sie. »Wie wäre es also, wenn du es mal probierst?«

Ich dachte an das Pferd heute Morgen, das mit der Kraft einer Lokomotive gesprungen war, und dann schaute ich auf dieses kleine Tier. Es hatte lange, dunkle Wimpern und einen weißen Fleck auf der Stirn, der wie ein Micky-Maus-Kopf aussah. »Eher nicht«, antwortete ich. »Ich bin nicht der Typ dafür.«

»Das war ich auch nicht«, erwiderte meine Mutter. »Versuch es einfach mal. Wenn es dir unangenehm ist, kannst du ja jederzeit wieder absteigen.« Sie hielt kurz inne. »Wenn du wirklich etwas über mich erfahren willst, dann solltest du es mal mit dem Reiten versuchen. Und wenn du wirklich willst, dass ich etwas über dich erfahre, dann kann ich jede Menge sehen, wenn ich dich im Sattel beobachte.«

Ich nahm die Zügel, während meine Mutter die Steigbügel einstellte und mir die Namen der einzelnen Teile erklärte: Satteldecke, englischer Sattel, Sattelgurt, Trense, Gebiss, Zügel, Martingal. »Steig auf das Cavaletto«, forderte meine Mutter mich auf, und ich schaute sie verständnislos an. »Das rote Ding hier«, erklärte sie und trat mit dem Fuß gegen das Hindernis. Das tat ich und stellte den linken Fuß in den Steigbügel. »Pack die Mähne, und zieh dich rauf. Ich halte Tony fest. Der geht nirgendwohin.«

443

Kaum saß ich im Sattel, da wusste ich, wie lächerlich das aussehen musste. Ein kleines Mädchen mochte auf einem Pony ja niedlich aussehen, doch ich war eine erwachsene Frau. Ich war sicher, dass meine Füße fast den Boden berührten. Ich hätte genauso gut auf einem Esel reiten können. »Du darfst ihn nicht wirklich treten«, erklärte meine Mutter. »Du musst ihm nur vermitteln, dass er sich in Bewegung setzen soll.«

Sanft berührte ich mit den Fersen die Flanken des Tieres, doch nichts geschah. Also machte ich es noch mal das Pferd schoss los, und ich wurde von einer Seite zur anderen geworfen, bis ich mich nach vorne beugte und die Arme um den Hals des Tieres schlang. »Setz dich auf!«, schrie meine Mutter. »Setz dich gerade hin, und nimm die Zügel auf.« Ich nahm all meine Kraft zusammen und tat, was Mom sagte, und ich seufzte, als das Pferd daraufhin tatsächlich langsamer wurde. »Du darfst dich nie nach vorne lehnen«, sagte meine Mutter und lächelte. »Nie! Es sei denn, du willst galoppieren.«

Ich hörte den ruhigen Anweisungen meiner Mutter zu, ließ ihre Worte ineinanderfließen und fühlte den steten Rhythmus der Pferdebewegungen und das kratzige Fell an meinen nackten Beinen. Ich staunte über die Macht, die ich hatte. Wenn ich mein rechtes Bein gegen Tonys Flanke drückte, dann ging er nach links. Ich hatte ihn vollkommen unter Kontrolle.

Als meine Mutter mit einem Schnalzen das Pferd zum Trab antrieb, tat ich, was sie mir sagte. Ich hielt Schultern, Hüfte und Fersen in einer geraden Linie. Ich ließ das Pferd mich im Rhythmus aus dem Sattel heben und blieb die ganze Zeit über im Takt, den Rücken gerade und die Hände ruhig auf Tonys Widerrist. Als meine Mutter mich aufforderte, mich zurückzulehnen und das Pferd im Schritt gehen zu lassen, war ich vollkommen außer Atem. Dann drehte ich mich zu ihr um. Erst da wurde mir bewusst, wie sehr ich mich nach ihrem Beifall sehnte.

»Das reicht für heute«, sagte sie. »Heute Nacht werden dich deine Beine umbringen.«

Sie hielt die Zügel fest, während ich aus dem Sattel glitt und Tony den Hals klopfte. »Und?«, fragte ich. »Was weißt du jetzt über mich, was du vorher nicht wusstest?«

Meine Mutter drehte sich zu mir um und stemmte die Hände in die Hüften. »Ich weiß, dass du dir mindestens zweimal in der letzten halben Stunde vorgestellt hast, über ein Feld zu galoppieren. Und dass du sofort wieder aufgestiegen wärst, wenn du aus dem Sattel gefallen wärst, als Tony am Anfang Gas gegeben hat. Ich weiß, dass du dich fragst, was es wohl für ein Gefühl ist zu springen, und ich weiß, dass du ein größeres Talent zum Reiten hast, als du denkst.« Sie zog an den Zügeln, sodass das Pferd zwischen uns trat. »Alles in allem betrachtet«, fuhr sie fort, »sehe ich, dass du mir sehr ähnlich bist.«

*

Mein Job war es, den Salat zu machen. Meine Mutter kümmerte sich um die Spaghettisoße und stand am Herd, wobei sie die Hände auf die Hüften stützte. Ich schaute mich in der ordentlichen Küche um und suchte nach einer Salatschüssel, nach Tomaten und nach Essig.

»Der Blattsalat ist im untersten Fach«, sagte meine Mutter, ohne sich zu mir umzudrehen.

Ich steckte den Kopf in den Kühlschrank und bahnte mir einen Weg zwischen Nektarinen und Weinkühlern hindurch zu einem Kopf Eisbergsalat. Mein Vater hatte immer gesagt, mit einem Blick in die Küche könne man viel über einen Menschen erfahren. Ich fragte mich, was er wohl über diese Küche gesagt hätte.

Ich begann, den Salat zu zupfen und zu spülen, und als ich den Blick hob, sah ich, dass meine Mutter mich beobachtete. »Entkernst du ihn nicht?«, fragte sie.

»Entschuldigung?«

»Du weißt schon«, sagte meine Mutter. »Brichst du den Kern nicht raus?« Sie nahm mir den Salat ab, schlug den Strunk an die Arbeitsplatte und drehte ihn geschickt heraus. Und der Salat öffnete sich wie eine Blüte. »Hat dein Vater dir das nie gezeigt?«, fragte sie leichthin.

Ich verkrampfte mich, weil sie mich kritisierte. *Nein*, wollte ich ihr sagen. *Er war zu sehr mit anderen Dingen beschäftigt. Zum Beispiel damit, mir ein moralisches Bewusstsein zu vermitteln, mir zu zeigen, welchen Menschen man trauen kann, und mir die Ungerechtigkeit der Welt zu erklären.* »Nein«, antwortete ich leise, »das hat er nicht getan.«

Meine Mutter zuckte mit den Schultern und ging wieder an den Herd. Ich gab die Salatblätter in eine Schüssel und riss sie dabei wütend in kleine Stücke. Dann schälte ich eine Karotte und schnitt eine Tomate. Plötzlich hielt ich inne. »Gibt es eigentlich etwas, das du nicht magst?«, fragte ich. Meine Mutter hob den Blick. »Im Salat, meine ich.«

»Zwiebeln«, antwortete sie und zögerte. »Was ist mit dir?«

»Ich esse alles«, erklärte ich ihr. Ich schnitt eine Gurke und dachte darüber nach, wie lächerlich es war, dass ich nicht wusste, was meine Mutter mochte und was nicht. Ich wusste auch nicht, wie sie ihren Kaffee trank. Ich kannte ihre Schuhgröße nicht, und ich wusste nicht, auf welcher Seite des Bettes sie schlief. »Weißt du«, sagte ich, »wenn unser Leben ein wenig anders verlaufen wäre, würde ich dich diese Dinge jetzt nicht fragen.«

Meine Mutter drehte sich nicht zu mir um, doch kurz hörte sie auf, in der Soße zu rühren. »Unsere Leben verliefen allerdings ein wenig unterschiedlich, oder meinst du nicht?«, sagte sie.

Ich starrte auf ihren Rücken, bis ich es nicht mehr ertragen konnte. Dann warf ich die Karotte, die Tomate und die Gurke in die Schüssel, während Wut und Enttäuschung in mir hochkochten und mir die Luft abschnürten.

*

Wir aßen auf der Veranda und schauten uns hinterher den Sonnenuntergang an. Wir tranken kalten Pfirsichwein aus Cognacschwenkern, an deren Füßen noch die Preisschilder klebten. Meine Mutter deutete zu den Bergen im Hintergrund, die zum Greifen nahe schienen. Ich konzentrierte mich auf die körperlichen Dinge: unsere Knie, die Wölbung unserer Schenkel und die Verteilung unserer Sommersprossen. All das war sich unglaublich ähnlich. »Als ich hierhin gezogen bin«, sagte meine Mutter, »habe ich mich immer gefragt, ob Irland wohl genauso ist. Dein Vater hat stets gesagt, er würde mich dorthin bringen, doch das ist nie geschehen.« Sie hielt kurz inne. »Ich vermisse ihn sehr, weißt du.«

Ich schaute sie an. »Er hat mir erzählt, dass ihr schon nach drei Monaten geheiratet habt.« Ich trank einen kräftigen Schluck Wein und lächelte vorsichtig. »Er hat gesagt, es sei Liebe auf den ersten Blick gewesen.«

Meine Mutter legte den Kopf zurück und entblößte ihren weißen Hals. »Das könnte durchaus sein«, sagte sie. »Ich kann mich nicht sonderlich gut daran erinnern. Ich weiß noch, dass ich es gar nicht erwarten konnte, aus Wisconsin wegzukommen, und dann erschien Patrick wie von Zauberhand. Ich habe es immer traurig gefunden, dass er hat leiden müssen, als ich herausfand, dass mein Wunsch wegzulaufen eigentlich gar nichts mit Wisconsin zu tun hatte.«

Das war mein Stichwort. »Als ich klein war«, sagte ich, »habe ich mir immer Gründe ausgemalt, die dich zum Gehen bewegt haben könnten. Manchmal habe ich mir vorgestellt, du seiest in einer Gang gewesen, und als du aussteigen wolltest, hätten sie deine Familie bedroht. Und ein anderes Mal habe ich mir gedacht, du hättest dich vielleicht in jemand anderen verliebt und seiest mit ihm durchgebrannt.«

»Da war tatsächlich jemand anderes«, sagte meine Mutter ganz ehrlich, »aber das war, *nachdem* ich gegangen war, und ich habe ihn nie geliebt. Das wollte ich Patrick nicht auch noch nehmen.«

Ich stellte das Glas neben mich und strich mit dem Finger über den Rand. »Weshalb bist du dann gegangen?«, fragte ich.

Meine Mutter stand auf und rieb sich die Oberarme. »Diese verdammten Moskitos«, sagte sie. »Ich schwöre dir, die sind das ganze Jahr hier. Ich werde mal nachsehen, ob im Stall alles in Ordnung ist.« Sie schickte sich an zu gehen. »Du kannst bleiben oder mitkommen.«

Ich starrte sie erstaunt an. »Wie kannst du das nur tun?«

»Was denn?«

»Einfach so das Thema wechseln.« Ich war so weit gefahren, nur um noch weiter weggestoßen zu werden. Ich stieg die beiden Stufen der Veranda herab, bis meine Mutter und ich uns Auge in Auge gegenüberstanden. »Es sind zwanzig Jahre, *Mom*«, sagte ich. »Ist es da nicht ein wenig zu spät für Ausflüchte?«

»Ja, es sind zwanzig Jahre, *Liebes*«, schoss meine Mutter zurück. »Und wie kommst du darauf, dass ich nach all der Zeit noch weiß, warum?« Sie wandte den Blick von mir ab, schaute auf ihre Schuhe und seufzte dann. »Es war nicht der Mob, und es war auch kein Liebhaber. Es war überhaupt nichts in der Art. Es war etwas viel Normaleres.«

Ich hob das Kinn. »Du hast mir noch immer keinen Grund genannt«, sagte ich, »und du bist alles andere als das, was man als ›normal‹ betrachtet. Normale Menschen verschwinden nicht einfach mitten in der Nacht und reden nicht mehr mit ihrer Familie. Normale Menschen benutzen nicht zwei Jahrzehnte lang den Namen einer Toten. Normale Menschen treffen ihre Tochter nicht zum ersten Mal seit zwanzig Jahren und tun so, als sei das ein ganz normaler Besuch.«

Meine Mutter trat einen Schritt zurück. Stolz und Wut funkelten in ihren Augen. »Hätte ich gewusst, dass du kommst«, sagte sie, »dann hätte ich dir den verdammten roten Teppich ausgerollt.« Sie machte sich auf den Weg zum Stall, blieb dann jedoch wieder stehen und drehte sich noch einmal zu mir um. Als sie sprach, klang ihre Stimme schon wieder sanfter, als hätte sie zu spät bemerkt, was sie gerade gesagt hatte. »Frag mich nicht, warum *ich* gegangen bin, Paige, bevor du dir nicht selbst beantworten kannst, warum *du* gegangen bist.«

Ihre Worte waren wie ein Schlag ins Gesicht, und ich schaute ihr hinterher, als sie den Hügel hinunter- und zum Stall ging.

Ich wollte ihr hinterherlaufen und ihr sagen, dass es ihre Schuld war, dass ich gegangen war, dass ich diese Gelegenheit einfach nutzen musste, um von ihr all die Dinge zu lernen, die sie mir nie beigebracht hatte: wie man sich schön macht, wie man einen Mann behält und wie man als Mutter sein musste. Ich wollte ihr sagen, dass ich *meinen* Mann und *mein* Kind unter anderen Umständen nie verlassen hätte und dass ich im Gegensatz zu ihr wieder zurückgehen würde. Aber ich hatte da so ein Gefühl, dass sie mich nur ausgelacht und gesagt hätte: *Ja, so fängt das immer an.* Und ich hatte das Gefühl, dass ich ihr nicht mehr die ganze Wahrheit erzählen würde.

Ich war gegangen, bevor ich auch nur einen Gedanken daran verschwendet hatte, meine Mutter zu suchen. Egal, was ich mir inzwischen auch eingeredet haben mochte, ich hatte mich Chicago schon bis auf wenige hundert Meilen genähert, als mir das erste Mal der Gedanke gekommen war, dass ich mich auf dem Weg nach Hause befand. Ich musste sie einfach sehen; ich wollte sie sehen ... Ich verstand nun, was mich dazu bewegt hatte, Eddie Savoy anzuheuern. Aber ich hatte Max und Nicholas schon verlassen, als ich zum ersten Mal darüber nachdachte, nicht andersherum. Die Wahrheit war, selbst wenn meine Mutter nebenan gewohnt hätte, ich hatte einfach nur weggewollt.

Zum damaligen Zeitpunkt hatte ich Max' Nasenbluten die Schuld gegeben, doch das war nur der Tropfen gewesen, der das Fass zum Überlaufen gebracht hatte. Der wirkliche Grund war, dass meine Verwirrung zu grundlegend war, als dass ich das ganze Chaos daheim hätte entwirren können. Ich *musste* gehen. Mir war keine andere Wahl geblieben. Ich war nicht im Zorn gegangen, und ich hatte auch nicht für immer weggewollt, sondern einfach nur lange genug ... lange genug, um das Gefühl zu bekommen, dass ich nicht alles falsch machte. Lange genug, um das Gefühl zu bekommen, dass ich mehr war als nur ein Anhängsel von Max oder Nicholas.

Ich dachte an all die Zeitungsartikel, die ich über Frauen mit Schuldgefühlen gelesen hatte, weil sie arbeiten gingen und ihre Kinder anderen überließen. Ich hatte mir diese Artikel bewusst herausgesucht und mir dabei immer wieder eingeredet, was für ein Glück ich doch hatte, dass ich bei meinem Kind sein konnte. In Wahrheit hatte sich dieser Teil von mir immer wieder gemeldet, der irgendwie nicht recht angepasst war und über den ich am liebsten nicht nachdenken wollte. Aber ist es nicht schlimmer, bei seinem Kind zu bleiben, wenn man genau weiß, dass man überall lieber wäre als dort?

Ich sah ein Licht im Stall angehen, und plötzlich wusste ich, warum meine Mutter gegangen war.

Ich ging ins Badezimmer hinauf und zog mich aus. Dann ließ ich heißes Wasser in die Badewanne. Die Wärme würde meinen verspannten Schenkeln guttun. Nach dem Reiten spürte ich Teile meines Körpers, von denen ich vorher gar nicht gewusst hatte, dass sie existierten. Ich putzte mir die Zähne und stieg in die Wanne. Dann legte ich den Kopf auf den Emailrand, schloss die Augen und versuchte, die Gedanken an meine Mutter zu vertreiben.

Stattdessen stellte ich mir Max vor, der morgen genau dreieinhalb Monate alt sein würde. Ich versuchte, mich an die Entwicklungsschritte zu erinnern, die er laut einem Buch, das Nicholas mir gekauft hatte, inzwischen erreicht haben sollte. Festes Essen ... Das war das Erste, woran ich mich erinnerte, und ich fragte mich, was Max wohl von Bananen, Apfelbrei und Erbsen hielt. Ich versuchte, mir vorzustellen, wie seine kleine Zunge einen Löffel abtastete, dieses unbekannte Objekt. Ich strich mit der einen über meine andere Hand und versuchte, mich an das samtige Gefühl von Max' Haut zu erinnern.

Als ich die Augen wieder öffnete, stand meine Mutter an der Badewanne. Sie trug einen gelben Bademantel. Ich versuchte, die Arme vor der Brust zu verschränken und meine Beine übereinanderzuschlagen, doch es gelang mir nicht wirklich.

Vor lauter Verlegenheit lief ich knallrot an. »Nicht«, sagte meine Mutter. »Du hast dich zu einer wahren Schönheit entwickelt.«

Ich stand abrupt auf, schnappte mir ein Handtuch und setzte vor lauter Eile das halbe Badezimmer unter Wasser. »Das glaube ich nicht«, murmelte ich und riss die Badezimmertür auf. Dann lief ich in mein Kleinmädchenzimmer, während der Dampf des Badezimmers den Blick auf meine Mutter vernebelte.

*

Als ich aufwachte, noch bevor ich wirklich bei Bewusstsein war, glaubte ich, die Stimmen meiner Eltern zu hören. Sie waren ganz deutlich in meinem Kopf, wie sie angriffen, sich zurückzogen, parierten.

Das war kein Streit. Es war niemals wirklich ein Streit. Meist waren die einfachsten Dinge der Auslöser: ein verbranntes Soufflee, die Predigt eines Priesters oder mein Vater, der zu spät zum Abendessen kam. Es waren nur halbe Streitereien. Meine Mutter fing immer an, und mein Vater beendete es. Er nahm den Fehdehandschuh nie auf. Er ließ sie schreien und ihm Vorwürfe machen, und dann, wenn sie zu schluchzen begann, hüllten seine sanften Worte sie ein wie eine Decke.

Es machte mir keine Angst. Ich lag im Bett und lauschte der Szene, die ich schon so oft mitbekommen hatte, dass ich den Dialog auswendig kannte. *Peng!* Das war meine Mutter an der Schlafzimmertür, und Sekunden später ging sie wieder auf, wenn mein Vater nach oben kam. In den Monaten, unmittelbar nachdem meine Mutter uns verlassen hatte, rief ich mir all diese Szenen wieder ins Gedächtnis zurück und fügte die Bilder hinzu, die ich nie gesehen hatte, und meine Eltern wurden zu Schauspielern in einem körnigen Schwarzweißfilm.

Ein Beispiel: Ich stellte mir meine Eltern Rücken an Rücken vor. Meine Mutter bürstete sich das Haar, und mein Vater knöpfte sich das Hemd auf. »Du verstehst das nicht«, sagte meine Mutter mit wie immer hoher, erregter Stimme. »Ich kann nicht alles machen. Erwartest du etwa von mir, dass ich alles mache?«

»Schschsch, May«, murmelte mein Vater. »Du nimmst das zu ernst.« Ich stellte mir vor, wie er sich zu ihr umdrehte und ihre Schultern nahm – wie Bogart in *Casablanca*. »Niemand erwartet irgendetwas von dir.«

»Doch, du«, schrie meine Mutter, und das Bett knarrte, als sie aufsprang. Ich konnte sie auf und ab laufen hören. »Ich kann dir nichts recht machen, Patrick. Ich bin vollkommen erschöpft. Gütiger Gott, ich wünschte ... Ich will ...«

»Was willst du, *á mhuírnán?*«

»Ich weiß es nicht«, sagte meine Mutter. »Wenn ich das wüsste, dann wäre ich nicht mehr hier.«

Und dann begann sie immer zu weinen, und ich lauschte den leisen Geräuschen, die durch die Wand drangen: die Küsse und das Streicheln der Hände meines Vaters und dann die spannungsgeladene Ruhe, von der ich später erfuhr, dass sie Liebemachen bedeutete.

Manchmal hatte es auch Variationen dieser Szene gegeben. Als meine Mutter meinen Vater zum Beispiel angebettelt hatte, mit ihr fortzugehen, nur sie beide, in einem Kanu nach Fidschi. Dann wieder hatte sie meinen Vater gekratzt und geschlagen, und er hatte auf der Couch schlafen müssen. Einmal hatte sie gesagt, sie glaube immer noch, die Welt sei flach und sie hänge am Rand.

Mein Vater litt unter Schlaflosigkeit, und wenn es wieder einmal zu so einer Episode gekommen war, stand er mitten in der Nacht auf und schlich in seine Werkstatt. Wie auf Kommando schlich ich dann auf Zehenspitzen aus meinem Zimmer und kroch ins große Bett meiner Eltern. So war das in unserer Familie: Irgendjemand nahm immer den Platz eines anderen ein. Ich schmiegte mich dann mit der Wange an den Rücken meiner Mutter, hörte sie meinen Namen murmeln und drückte ihren vor Furcht zitternden Leib an mich.

Und in dieser Nacht hörte ich das Weinen erneut. Ich war davon aufgewacht. Nur die Stimme meines Vaters fehlte. Einen Moment lang wusste ich die überladene Tapete und das hereinfallende Mondlicht nicht einzuordnen. Ich stieg aus dem Bett und wandte mich zunächst in Richtung Badezimmer, doch dann machte ich kehrt und ging zur Tür meiner Mutter.

Ich hatte das nicht geträumt. Sie hatte sich unter der Decke zusammengekauert, drückte sich die Fäuste auf die Augen und weinte so heftig, dass sie kaum noch Luft bekam.

Ich trat von einem Fuß auf den anderen und krallte mich nervös in mein Nachthemd. Ich konnte es einfach nicht. Es war so viel passiert. Ich war kein vierjähriges Kind mehr, und sie war nur noch eine Fremde für mich, praktisch ein Nichts.

Ich erinnerte mich daran, wie ich heute Nachmittag bei ihrer Berührung zusammengezuckt war und wie sehr ich mich darüber geärgert hatte, dass sie mein Erscheinen so leicht nahm wie einen Nachmittagstee. Ich erinnerte mich daran, mein Gesicht in ihren Augen gesehen zu haben, als sie über meinen Vater gesprochen hatte. Und ich dachte über das Zimmer nach, dieses furchtbare Zimmer, das sie extra für mich hergerichtet hatte.

Im selben Augenblick, da ich die Schwelle überschritt, rief ich mir all die Gründe ins Gedächtnis, warum ich das nicht tun sollte: *Ich kenne sie doch gar nicht. Und sie kennt mich auch nicht. Ich darf ihr nicht vergeben. Niemand darf das.* Ich krabbelte unter die Decke, und mit einem Seufzen drehte ich die Uhr zwanzig Jahre zurück und machte dort weiter, wo ich aufgehört hatte.

KAPITEL 28

NICHOLAS

Nicholas Prescott war bereits inoffiziell mit Paige O'Toole verlobt gewesen, als sie ihr viertes Date hatten. Nicholas holte sie damals in der Wohnung dieser Kellnerin ab, Doris hieß sie, in diesem kleinen, flohverseuchten Haus am Porter Square. Er hatte ihr eine Nachricht auf der Arbeit hinterlassen und sie gebeten, etwas in Richtung Haute Couture anzuziehen, da er sie an diesem Abend in ein Spitzenrestaurant ausführen würde. Er hatte keine Ahnung gehabt, dass Paige Doris und die Nachbarn hatte fragen müssen, was bitte Haute Couture sei. Da die ihr jedoch nicht hatten helfen können, war sie schließlich in die öffentliche Bibliothek gegangen.

Schließlich trug ein schlichtes schwarzes ärmelloses Kleid, und sie hatte sich das Haar zu einem lockeren Knoten hochgesteckt. Ihre Augen waren groß und leuchtend. Ihre Schuhe waren aus falschem Alligatorleder und hatten hohe, dünne Absätze. Es war die Art von Schuhen, die Nicholas' College-Freundinnen ›Fick-Mich-Pumps‹ genannt hätten – obwohl einem dieser Begriff in Zusammenhang mit Paige nie eingefallen wäre.

Am Ende ihrer anderen drei Dates war Nicholas nie weiter gegangen, als sanft über ihre Brust zu streichen, und Paiges schwaches Zittern hatte ihm verraten, dass das auch genug war. Trotz der Tatsache, dass sie von daheim weggelaufen

456

war, dass sie keine College-Ausbildung hatte und dass sie als Kellnerin in einem Schnellrestaurant arbeitete, war Paige O'Toole für Nicholas so keusch, wie er es sich nur vorstellen konnte. Wenn er sie sich vorstellte, dann dachte er an das Bild von Psyche auf den Etiketten von White Rock Ginger Ale, einer Kindfrau, die auf einem Felsen kniete und ihr Spiegelbild im Wasser anschaute, als sei sie überrascht, es zu sehen. Paiges schüchterne Art zu sprechen und ihre instinktive Angewohnheit, ihren Körper zu bedecken, wenn Nicholas sie berührte ... Es passte alles. Sie hatten nie darüber gesprochen. So war Nicholas nun einmal. Aber er glaubte an die Macht des Zufalls, und er war sicher, es hatte einen Grund dafür gegeben, dass er zur selben Zeit im *Mercy* gewesen war, als sie dort zu arbeiten begonnen hatte. Paige wusste es nicht, aber sie hatte ihr ganzes Leben auf ihn gewartet.

»Du siehst wunderbar aus«, hatte Nicholas gesagt und sie unter dem linken Ohr geküsst. Sie warteten auf den Aufzug.

Paige strich ihr Kleid glatt und zupfte es zurecht, als würde es ihr nicht passen. »Das gehört Dor'«, gab sie zu. »Ich habe keine Couture. Also sind wir ihren Kleiderschrank durchgegangen. Ist es zu glauben, dass das von 1959 ist? Wir haben den ganzen Nachmittag damit verbracht, es umzunähen.«

»Und die Schuhe?« Die Klingel ertönte, und Nicholas nahm Paige am Ellbogen und führte sie in den Aufzug.

Paige schaute ihn herausfordernd an. »Die habe ich gekauft. Ich fand, dass ich mir etwas Neues verdient hätte.«

Nicholas war manchmal überrascht von der Wut, die Paige nur mühsam im Zaum hielt. Wenn sie glaubte, im

457

Recht zu sein, dann kämpfte sie bis zum bitteren Ende und machte sogar noch weiter, wenn bewiesen war, dass sie falsch lag.

Als der Aufzug im Erdgeschoss ankam, wartete Nicholas darauf, dass Paige als Erste hinausging. So hatte man ihm das schon im achten Schuljahr beigebracht. Als sie das jedoch nicht tat, drehte er sich zu ihr um und sah einen Gesichtsausdruck, den sie häufig hatte, wenn sie Nicholas anschaute. Es war, als erfülle er ihre ganze Welt, als könne er nichts falsch machen. »Was ist?«, fragte Nicholas und nahm ihre Hand.

Paige schüttelte den Kopf, lächelte ihn wieder an. »Wenn du in Chicago gelebt hättest«, sagte sie, »wärest du auf der Straße einfach an mir vorbeigegangen.«

»Nein, das wäre ich nicht«, erwiderte Nicholas.

Paige lachte. »Da hast du vollkommen recht. Du wärst lieber *gestorben*, als dich auf der Taylor Street blicken zu lassen.«

Nicholas konnte Paige nicht davon überzeugen, dass es ihm egal war, woher sie kam, wo sie arbeitete und ob sie ein Diplom hatte oder nicht. Für ihn war nur wichtig, wohin sie ging, und er würde sicherstellen, dass er sie genau dorthin begleitete. Und genau darum hatte er ihr gesagt, sie solle sich chic machen, und darum hatte er auch einen Tisch im Empress-Restaurant des Hyatt Regency am Fluss reserviert. Anschließend würden sie ins *Spinnacker* gehen, der sich drehenden Bar, und dann würde er sie nach Hause bringen, und gemeinsam würden sie unter den Laternen am Potter Square sitzen und sich küssen, bis ihre Lippen geschwollen waren. Schließlich würde Nicholas dann nach Hause fahren, nackt unter dem Deckenventilator in seinem Schlafzimmer liegen, träge Kreise auf die Laken malen und sich Paiges seidige Haut vorstellen.

»Wo gehen wir eigentlich genau hin?«, fragte Paige, als sie in den Wagen stieg.

Nicholas grinste sie an. »Das ist eine Überraschung«, sagte er.

Paige schnallte sich an und strich die Falten aus ihrem schwarzen Rock. »Vermutlich nicht zu MacDonald's«, sagte sie. »Die sind nicht mehr ganz so streng, was die Kleiderordnung betrifft.«

Der Maître im Smoking verneigte sich im Restaurant vor Nicholas und führte sie zu einem winzigen Tisch an einer Fensterwand. Der Fluss war in das orangefarbene Licht des Sonnenuntergangs getaucht, und die Segel des MIT-Segelclubs flatterten über dem Wasser wie Schmetterlinge. Paige schnappte nach Luft, drückte kurz die Hände ans Fenster und hinterließ einen feuchten Abdruck. »Oh, Nicholas«, sagte sie, »das ist großartig.«

Nicholas griff nach dem schwarzen Streichholzbriefchen im Kristallaschenbecher. Paiges Initialen waren in Gold auf das Briefchen geprägt. Das war einer der Gründe, warum er sich für das Empress und nicht für das Café Budapest oder das Ritz-Carlton entschieden hatte. Hier legte man Wert auf den persönlichen Touch. Nicholas gab Paige die Streichhölzer. »Vielleicht möchtest du die ja behalten«, sagte er.

Paige lächelte. »Du weißt, dass ich nicht rauche«, sagte sie. »Und Doris hat noch nicht einmal einen Kamin.« Sie warf sie wieder in den Aschenbecher. Erst dann bemerkte sie die Buchstaben: PMO. Nicholas lehnte sich zurück und schaute zu, wie Paiges Augen immer größer wurden. Dann schaute sie sich um wie ein kleines Kind und huschte verstohlen zu einem Nachbartisch. Sie nahm das Streichholzbriefchen aus dem Aschenbecher und riss die Augen auf, doch nur für eine Sekunde. »Das steht nur auf unserem«, sagte sie atemlos. »Aber woher wissen sie das?«

Je weiter das Essen fortschritt, desto mehr stellte Nicholas seine Motive für dieses elegante Dinner in Frage. Paige hatte ihn gedrängt zu bestellen, da sie noch nichts gegessen hatte, und er hatte das getan. Die Vorspeise – ein Vogelnest gefüllt mit Huhn und Gemüse – war einfach nur köstlich gewesen, doch Paige hatte sich nur einen Reisstrohpilz in den Mund gesteckt, und schon war ihre Lippe angeschwollen wie ein Ballon. Sie hatte Eis in eine Serviette getan und ihre Lippe damit gekühlt, und tatsächlich war die Schwellung auch ein wenig zurückgegangen. Aber sie war offensichtlich allergisch gegen das Essen. Dann hatte der Kellner ihnen als Zwischengang ein Sorbet gebracht, das mit Trockeneis gekühlt war, und der Dampf waberte einem über den Schoß wie der Nebel in einem schottischen Moor. Paige hatte mit dem Mann diskutiert und erklärt, da sie das nicht bestellt hätten, würden sie es auch nicht bezahlen. Und die gesamte Mahlzeit hindurch hatte sie Nicholas aufmerksam beobachtet und erst nach einer der drei Gabeln neben ihren Tellern gegriffen, wenn auch Nicholas das getan hatte. Mehr als einmal erwischte Nicholas sie dabei, wie sie einen neuen Gang anstarrte, als wäre er nur ein weiteres Hindernis, das es zu überwinden galt.

Als die Rechnung kam, brachte der Kellner Paige eine langstielige Rose, und sie lächelte Nicholas über den Tisch hinweg an. Sie sah erschöpft aus. Nicholas konnte einfach nicht glauben, dass er nicht früher daran gedacht hatte: Für Paige war das Arbeit gewesen, eine Art Test. Nachdem der Kellner Nicholas seine Kreditkarte zurückgegeben hatte, sprang Paige auf, bevor er den Stuhl für sie zurückziehen konnte. Schnellen Schrittes suchte sie sich mit gesenktem Kopf den Weg des geringsten Widerstandes zur Tür und schaute nicht einmal zu den anderen Gästen auf.

Als sie wieder im Flur und am Aufzug stand, legte sie den Kopf gegen die Wand und schloss die Augen. Nicholas stand neben ihr, er hatte die Hände in die Hosentaschen gesteckt. »Ich nehme an, ein Drink oben kommt jetzt nicht mehr in Frage«, murmelte er.

Paige öffnete die Augen wieder. Sie wirkte verwirrt, so als ob Nicholas der letzte Mensch wäre, den sie neben sich erwartet hatte. Das Lächeln auf ihrem Gesicht war wie eingemeißelt. »Es war köstlich, Nicholas«, sagte sie, und Nicholas konnte nicht anders, als auf ihre noch immer geschwollene Lippe zu starren, mit der sie aussah wie ein Sexsymbol der Dreißiger. Sie schlug die Hand vor den Mund.

Nicholas nahm ihre Finger und zog die Hand sanft wieder herunter. »Tu das nicht«, sagte er. »Tu das nie.« Er legte ihr sein Jackett um die Schultern.

»Was soll ich nie tun?«

Nicholas zögerte für den Bruchteil einer Sekunde. »Lüg mich nie an.«

Er erwartete, dass sie abstreiten würde, gelogen zu haben, doch Paige drehte sich zu ihm um. »Es war furchtbar«, gab sie zu. »Ich weiß, du hast das nicht so gemeint, Nicholas, aber das ist wirklich nicht mein Ding.«

Nicholas glaubte auch nicht, dass das sein Ding war, doch er machte das nun schon so lange, dass er nie an etwas anderes gedacht hatte. Schweigend fuhren sie die vierzehn Stockwerke nach unten, er hielt Paiges Hand und dachte darüber nach, wie die Taylor Street in Chicago wohl aussah und ob er wirklich lieber gestorben wäre, als sich dort blicken zu lassen.

Es war nicht so, als würde er an Paige zweifeln. Trotz der Reaktion seiner Eltern wusste er, dass sie heiraten würden. Aber er fragte sich, wie unterschiedlich zwei Welten sein mussten, um zwei Menschen für immer voneinander fernzuhalten. Seine Eltern stammten auch von zwei verschiedenen Seiten des gesellschaftlichen Spektrums, doch das zählte nicht, denn sie hatten ohnehin die Plätze tauschen wollen. Das machte sie in Nicholas' Vorstellung zu zwei Gleichgestellten. Seine Mutter hatte seinen Vater geheiratet, um der High Society eine lange Nase zu zeigen, und sein Vater hatte seine Mutter geheiratet, um Zugang zu Kreisen zu bekommen, in die sich kein Geld der Welt einkaufen konnte. Nicholas wusste jedoch nicht, wie die Liebe da hineinpasste – oder ob überhaupt Liebe im Spiel gewesen war –, aber es war der größte Unterschied zwischen der Beziehung seiner Eltern und den Gefühlen, die er für Paige hegte. Er liebte Paige, weil sie schlicht und süß war, weil ihr Haar die Farbe des Indian Summer hatte und weil sie Elmer Fudd nahezu fehlerlos nachmachen konnte. Er liebte sie, weil sie es mit weniger als hundert Dollar nach Cambridge geschafft hatte und weil sie das Vaterunser rückwärts beten konnte, ohne einmal dabei ins Stocken zu geraten. Und sie konnte Dinge zeichnen, die Nicholas niemals in Worte hätte fassen können. Mit einer überwältigenden Leidenschaft, die ihn selbst überraschte, glaubte Nicholas an Paiges Fähigkeit, immer auf den Füßen zu landen. Tatsächlich war Paige das, was für ihn einer Religion am nächsten kam. Ihm war vollkommen egal, ob sie eine Fisch- von einer Salatgabel unterscheiden konnte oder einen Walzer von einer Polka. Darum ging es in einer Ehe nicht.

Doch andererseits konnte Nicholas auch nicht einfach so verdrängen, dass die Ehe etwas von Menschen Geschaffenes war, eine von der Gesellschaft erschaffene Institution. Zwei Seelen, die füreinander bestimmt waren – und Nicholas hätte nie von sich behauptet, dass er zu diesen Menschen gehörte, er war einfach zu sehr Wissenschaftler, um so romantisch sein zu können –, zwei Menschen, die füreinander bestimmt waren, brauchten sicherlich keine Urkunde, um den Rest ihres Lebens miteinander zu verbringen. Bei der Ehe schien es eigentlich gar nicht um die Liebe zu gehen, sondern um die Fähigkeit, längere Zeit zusammenzuleben, und das war etwas vollkommen anderes. Und das war etwas, dessen er sich nicht vollkommen sicher war, soweit es ihn und Paige betraf.

Nicholas betrachtete ihr Profil, als er an einer roten Ampel hielt. Winzige Nase, glänzende Augen und ein klassischer Mund. Plötzlich drehte sie sich zu ihm um und lächelte. »Woran denkst du?«, fragte sie.

»Ich denke«, antwortete Nicholas, »dass ich mir die Taylor Street gerne von dir zeigen lassen würde.«

KAPITEL 29

PAIGE

Meine Mutter hatte sieben Wallache, und mit Ausnahme von Donegal waren sie alle nach Männern benannt, die sie abgewiesen hatte. »Ich gehe auf kein Date«, hatte sie zu mir gesagt. »Nur wenige Männer halten einen Stallrundgang für den gelungenen Abschluss eines verführerischen Abends.« Eddy und Andy waren braune Vollblutpferde. Tony war ein Mischlingspony, das Mom vor dem Verhungern gerettet hatte. Burt war ein uraltes Quarter Horse, und Jean-Claude und Elmo waren zwei Dreijährige, die schon Rennen gelaufen waren und fast daran zugrunde gegangen wären.

Während meine Mutter Jean-Claude und Elmo auf den Reitplatz brachte, um sie dort zu longieren, misteten Josh und ich die Boxen aus, verteilten frisches Stroh und schrubbten die Wassereimer. Es war harte Arbeit, die ich in den Knochen spürte, doch wie ich feststellte, konnte ich einen ganzen Stall ausmisten, ohne einmal an Nicholas oder Max zu denken. Tatsächlich lenkte die Arbeit mit den Pferden mich von allem ab, was mit der Familie zu tun hatte, die ich zurückgelassen hatte, und allmählich verstand ich, warum meine Mutter so fasziniert von den Tieren war. Ich füllte die schwarze Futterkrippe in Auroras Box, und wie immer versuchte sie, mich jedes Mal in den Rücken zu beißen, wenn ich mich umdrehte. Aurora war das achte Pferd, das meine Mutter besaß, die weiße Märchenstute. Meine Mutter hatte gesagt, sie habe Aurora aus einem Impuls heraus gekauft, weil sie geglaubt hatte, der Märchenprinz sei Teil des Deals, doch seitdem hatte sie den Kauf nur bereut. Aurora war hinterlistig, übellaunig und stur. »Ich habe Aurora Wasser gegeben«, rief ich Josh zu, der gerade in einer anderen Box beschäftigt war. Ich mochte Josh. Er war ein wenig seltsam, aber er brachte mich zum Lächeln. Er aß kein Fleisch, ›weil Kühe irgendwo heilig sind‹. Und er hatte mich schon am zweiten Tag wissen lassen, dass er bereits die Hälfte des achtfaltigen Wegs zum Nirwana hinter sich hatte.

Ich nahm die Schubkarre, die Josh gefüllt hatte, und schob sie nach draußen zum Misthaufen, der unter der heißen Südstaatensonne vor sich hin gärte. Ich hob das Gesicht und spürte den Dreck und den Schweiß in meinem Rücken, obwohl es erst 08:30 Uhr war.

»Paige!«, rief Josh. »Komm, schnell! Und bring ein Halfter mit!«

Ich ließ die Schubkarre stehen, rannte zurück und schnappte mir das Halfter, das neben Andys Box an der Wand hing. Vom anderen Ende des Stalls hörte ich Josh in beruhigendem Ton flüstern: »Komm näher. Und geh langsam.«

Als ich aus dem Stalltor hinausschaute, hielt Josh Aurora an der Mähne. »Eigentlich ist es bei uns üblich, die Box wieder zuzumachen, wenn man fertig ist«, sagte er und grinste.

»Das habe ich«, erklärte ich, schaute zur Box und sah, dass der Riegel locker war. Das hatte ich übersehen. »Tut mir leid«, sagte ich und zog Aurora vorsichtig das Halfter an. »Vielleicht hättest du sie einfach laufen lassen sollen«, bemerkte ich.

»Ich weiß nicht«, erwiderte Josh. »Ich schulde Lily diesen Monat keinen Gefallen mehr.«

Wir beschlossen, eine Pause zu machen, und gingen zur Reitbahn, um meiner Mutter dabei zuzuschauen, wie sie Jean-Claude longierte. Sie stand in der Mitte der Bahn und ließ das Pferd im Kreis buckeln und galoppieren. Diesmal trug er einen Sattel, um sich an das Gefühl zu gewöhnen. »Schaut euch nur mal seine Statur an«, sagte meine Mutter. »Diese schönen, geschwungenen Schultern. Er ist das geborene Springpferd.«

»Und«, sagte Josh, »er hat einen Arsch wie ein Truck.«

Meine Mutter unterbrach das Training, kam zu uns und tätschelte Josh die Wange, wie sie es auch immer bei den Pferden tat. »Solange du das nicht über mich sagst«, sagte sie und widmete sich wieder dem Pferd.

Wir schauten zu, wie die Muskeln in den Armen meiner Mutter sich spannten, wenn sie an der Longe zog, während Jean-Claude tapfer versuchte, sich loszureißen. »Wie lange macht sie das schon?«, fragte ich.

»Du meinst, mit Jean-Claude?«, erwiderte Josh. »Er ist erst seit einem Monat hier. Aber Donegal ist ihr bestes Pferd, ein wahrer Champion, und er ist erst sieben.« Josh bückte sich, zupfte einen Grashalm aus und steckte ihn sich in den Mund. Dann erzählte er mir die Geschichte meiner Mutter und der Fly-By-Night-Farm.

Meine Mutter hatte als Privatsekretärin für Harlan Cozackis gearbeitet, einen Millionär aus Kentucky, der ein Vermögen mit Wellpappe gemacht hatte. Er war sehr engagiert im Galopprennsport, und er hatte ein paar Pferde gekauft, die im Derby und anderen Rennen ganz gut gelaufen waren.

Als er Magenkrebs bekam, brannte seine Frau mit seinem Geschäftspartner durch. Daraufhin sagte er zu Lily, sie solle ruhig auch gehen. Wen kümmere es schon, ob seine Firma in Ordnung sei oder nicht, wenn seine Frau den Mitbesitzer vögele? Doch Lily ging nicht. Allerdings führte sie nicht mehr die Bücher, sondern fütterte Harlan, wenn er im Bett liegen musste. Eine Zeit lang versuchte Harlan es mit Chemotherapie, und in den Nächten nach den Behandlungen blieb Lily bei ihm, tupfte seine faltige Brust mit einem feuchten Tuch ab und wischte seine Kotze weg.

Als er im Sterben lag, saß Lily stundenlang an seiner Seite, las ihm die Wettquoten von der Pferderennbahn vor und gab telefonisch Wetten für ihn ab. Sie erzählte ihm Geschichten von ihrer Zeit als Calamity Jane, und das brachte ihn vermutlich auf die Idee. Als er starb, hinterließ er ihr kein Geld, sondern das Hengstfohlen, das erst einen Monat zuvor geboren worden war und dessen Stammbaum sich bis zu Seattle Slew zurückführen ließ.

Josh sagte, meine Mutter habe lange und laut darüber gelacht. Sie besaß jetzt also ein nahezu unbezahlbares Pferd, hatte aber keinen Cent in der Tasche. Sie fuhr nach North Carolina, bis nach Farleyville, und hier fand sie dann einen Stall, den sie pachten wollte. Sie brachte Donegal hierher, und lange Zeit stand er allein im Stall, dennoch bezahlte sie die volle Pacht. Nach und nach gab sie immer mehr Leuten aus der Gegend Reitunterricht und sparte sich so das Geld für Eddy, Tony und dann für Aurora und Andy zusammen. Dann kaufte sie ein Pferd mit Namen Joseph direkt von der Rennbahn, bildete ihn ein Jahr aus und verkaufte ihn für 45 000 Dollar – dreimal so viel, wie sie für ihn bezahlt hatte. In dieser Zeit begann sie auch, mit Donegal auf Shows zu gehen, und mit dem Preisgeld finanzierte sie seine blaublütige Pflege: Hufschuhe für 150 Dollar, alle drei Monate eine Spritze und teures Futter. »Trotzdem haben wir im ersten Jahr 10 000 Dollar Verlust gemacht«, sagte Josh.

»Ihr habt *10 000 Dollar* verloren?«, flüsterte ich ungläubig. »Ihr macht noch nicht einmal Gewinn? Warum macht sie das denn überhaupt?«

Josh lächelte. Auf der Bahn redete meine Mutter sanft auf Jean-Claude ein und schwang sich dann in den Sattel. Sie zog die Zügel an, bis das Pferd aufhörte, zu schnauben und sich von einer Seite zur anderen zu werfen. Meine Mutter hob den Kopf und lachte in den Wind. »Das ist ihr Karma«, erklärte Josh. »Warum sollte sie es sonst tun?«

*

Es fiel mir mit jedem Tag leichter. Jeden Morgen ritt ich eine Stunde, nachdem wir die anderen Pferde auf die Weide gebracht und den Stall gemistet hatten. Ich ritt Tony, das sanftmütigste Pferd, das meine Mutter besaß. Und dank ihres sorgfältigen Unterrichts wurde ich rasch immer besser. Meine Beine fühlten sich nicht mehr an, als seien sie zum Zerreißen gespannt, und ich konnte die Bewegungen des Pferdes mehr und mehr vorausahnen, das die Angewohnheit hatte, am Sprung nach rechts auszubrechen. Selbst im Galopp, der mir zuerst so unkontrollierbar erschienen war, kam ich nun zurecht. Jetzt lief Tony so brav, dass ich die Augen schließen und so tun konnte, als ritte ich auf dem Wind.

»Was möchtest du jetzt tun?«, rief mir meine Mutter von der Mitte der Bahn aus zu.

Ich ließ Tony Schritt gehen. »Lass uns ein wenig springen«, antwortete ich. »Ich will es mal mit einem Kreuzoxer versuchen.« Inzwischen wusste ich, wie die einzelnen Hindernisse genannt wurden, vom Cavaletto bis zur Mauer. Tony war nicht allzu groß, sodass ich keine sonderlich hohen Hindernisse überwinden konnte, aber er hatte Kraft in den Beinen.

Ich liebte das Gefühl beim Springen. Ich liebte das Heranreiten, dann den Druck meiner Schenkel an den Flanken des Pferdes und schließlich die Kraft des Absprungs. Als Tony sich dem Hindernis näherte, stellte ich mich leicht im Sattel auf und wartete, bis der Rücken des Pferdes sich mir entgegenbewegte. »Schau nicht nach unten, sondern auf das Hindernis«, hatte meine Mutter mir immer wieder gesagt, und daran hielt ich mich.

Meine Mutter baute einen Parcours aus sechs Hindernissen für mich auf. Ich klopfte Tony den Hals und nahm die Zügel auf zum Galopp. Meine Mutter rief mir Korrekturen zu, aber ich konnte sie kaum hören. Wir flogen so elegant über den Platz, dass ich nicht sicher war, ob die Hufe des Pferdes überhaupt den Boden berührten. Tony sprang am ersten Sprung früh ab und warf mich im Sattel nach hinten. Dann wurde er schneller, und ich wusste, dass ich das Gewicht nach hinten verlagern musste, um durchparieren zu können, doch aus irgendeinem Grund machte mein Körper nicht mehr das, was ich wollte. Als Tony hinter dem nächsten Sprung landete, raste er durch die Ecke der Bahn, lehnte sich unerwartet auf die Seite, und ich stürzte.

Als ich die Augen wieder öffnete, knabberte Tony am Rand der Bahn am Gras, und meine Mutter stand über mir. »Das passiert jedem«, sagte sie und streckte die Hand aus, um mir aufzuhelfen. »Was, glaubst du, hast du falsch gemacht?«

Ich stand auf und klopfte den Dreck von der Reithose, die ich mir von ihr geborgt hatte. »Du meinst, abgesehen von der Tatsache, dass Tony hundert Meilen die Stunde draufhatte?«

Meine Mutter lächelte. »Ja, das war ein wenig schneller als einfacher Galopp«, gestand sie mir zu.

Ich rieb mir den Nacken und rückte den Helm zurecht.

»Er war nicht mehr im Gleichgewicht«, sagte ich. »Ich wusste, dass ich fallen würde, noch bevor es so weit war.«

Meine Mutter nahm Tonys Zügel und hielt ihn fest, während ich mich wieder in den Sattel schwang. »Braves Mädchen«, sagte sie. »Das liegt daran, dass du die Richtung wechselst, wenn du die Bahn durchquerst. Wenn du galoppierst, musst du das Pferd innen führen, korrekt?« Ich nickte. Ich erinnerte mich noch gut an diese Lektion, denn es hatte ewig gedauert, bis ich verstanden hatte, was sie damit meinte. Wenn ein Pferd galoppierte, musste das Bein auf der Innenseite der Bahn als Erstes wieder aufsetzen, damit es das Gleichgewicht behält. »Wenn du die Richtung wechselst, muss das Pferd umspringen. Tony macht das nicht von sich aus. Dafür ist er zu dumm. Er läuft einfach weiter, bis er stolpert oder dich abgeworfen hat. Du musst ihm klarmachen, dass du ihm einen neuen Trick beibringen willst. Du musst in den Trab durchparieren und dann neu angaloppieren. Das nennt man einfachen Galoppwechsel.«

470

Ich schüttelte den Kopf. »Das kann ich mir nicht alles merken«, sagte ich.

»Doch, das kannst du«, widersprach mir meine Mutter. Sie schnalzte, und Tony trabte los. »Reite eine Acht«, forderte sie mich auf, »und halte nicht an. Er wird nicht tun, was du willst, solange du es ihm nicht sagst. Wechsele durch die Bahn mit einfachen Galoppwechseln.«

Nach einer Zeit hatte ich Tony so weit, dass er auf der Diagonalen genau auf die Mitte des Hindernisses zuhielt. Ich schaute auf seine Hufe. Weil wir die Richtung gewechselt hatten, setzte Tony nun mit dem äußeren Bein auf. Ich nahm die Zügel auf, bis er langsamer wurde, dann lenkte ich ihn Richtung Wald und galoppierte erneut an. »Gut«, rief meine Mutter, und ich jagte Tony über die nächsten Sprünge. Immer wieder und wieder folgte ich diesem Muster, bis ich glaubte, schwerer zu atmen als Tony, und schließlich ließ ich ihn auf Zurufen meiner Mutter Schritt gehen.

Ich beugte mich über Tonys Hals und seufzte in seine Mähne. Ich wusste nur zu gut, was es bedeutet, schnell zu laufen und zu wissen, dass man aus dem Gleichgewicht ist, und keine Ahnung hat, was man dagegen tun soll. »Du weißt ja gar nicht, wie gut du es hast«, sagte ich. Ich dachte darüber nach, wie leicht es wäre, einen unbekannten Kurs einzuschlagen, wenn mich nur jemand in die richtige Richtung schubsen würde: ein sanfter Druck, der mich bremste, bis ich wieder bereit war zu rennen.

*

»Wann darf ich Donegal reiten?«, fragte ich, als wir ihn auf die Weide führten, auf der ihn meine Mutter gerne ritt. Seine Mähne flatterte, als er den Kopf hochwarf.

»Du kannst dich gleich jetzt auf ihn setzen«, antwortete meine Mutter, »aber du würdest ihn nicht wirklich reiten. Er würde mit dir reiten.« Sie gab mir die Zügel und zog den Kinnriemen ihres Reiterhelms fest. »Er ist ein phänomenales Pferd. Er nimmt jedes Hindernis, das du ihm bietest, und er wechselt instinktiv die Führhand. Er lässt dich einfach gut aussehen. Wenn du allerdings Reiten lernen willst, dann solltest du das besser auf einem Pferd wie Tony tun, einem Arbeitstier mit Charakter.«

Meine Mutter schwang sich in den Sattel und trabte los. Ich setzte mich ins Gras und schaute ihr zu. Ich griff zu dem Block, den ich mitgenommen hatte, und holte ein Stück Zeichenkohle heraus. Ich versuchte, die Kraft zu malen, die vom Rückgrat meiner Mutter ausging und sich in den Flanken und mächtigen Hinterbeinen Donegals fortzusetzen schien. Sie berührte das Pferd nicht einmal. Sie schienen sich mittels Gedanken zu verständigen.

Ich zeichnete die gekräuselte schwarze Mähne, den geschwungenen Hals, den Dampf, der von den Flanken aufstieg, und den Rhythmus des angestrengten Atmens. Und ich zeichnete die sehnigen Muskeln in Donegals Beinen von den Hufen bis zur schimmernden Hüfte, die vor Kraft nur so pochte. Meine Mutter beugte sich über Donegals Hals und flüsterte ihm Worte zu, die ich nicht hören konnte. Ihr Hemd blähte sich, und sie bewegte sich schneller als das Licht.

Als ich sie zeichnete, schien sie förmlich aus dem Pferd zu wachsen, und es war unmöglich zu sagen, wo Donegal begann und wo sie endete. Ihre Schenkel waren fest um Donegals Flanken geschlossen, und seine Beine schienen sich über das Blatt zu bewegen. Ich zeichnete ihn immer und immer wieder auf demselben Blatt Papier. Ich arbeitete so leidenschaftlich, dass ich noch nicht einmal bemerkte, dass meine Mutter abgestiegen war, Donegal am Zaun festgebunden und sich zu mir gesetzt hatte.

Sie schaute mir über die Schulter und starrte ihr Bild an. Ich hatte auch sie wiederholt gezeichnet, doch der eigentliche Effekt war die Bewegung auf dem Papier. Ihrer und Donegals Kopf waren in verschiedenen Winkeln und Positionen gesenkt, doch alle waren sie mit demselben, dahinfliegenden Körper verbunden. Es wirkte mythisch und sinnlich. Es war, als hätten meine Mutter und Donegal mehrmals angesetzt, konnten sich aber nicht entscheiden, wohin sie reiten wollten.

»Du bist fantastisch«, bemerkte meine Mutter und legte mir die Hand auf die Schulter.

Ich zuckte mit den Schultern. »Ich bin ganz gut«, erwiderte ich. »Ich könnte aber noch besser sein.«

Meine Mutter berührte den Blattrand mit den Fingerspitzen. »Darf ich das haben?«, fragte sie, und bevor ich es ihr gab, schaute ich in den Schatten und Winkeln des Bildes nach, um zu sehen, was ich sonst noch enthüllt hatte. Doch diesmal war da nichts, trotz der Geheimnisse, die es zwischen uns gab.

»Sicher«, sagte ich. »Es gehört dir.«

Lieber Max,
anbei schicke ich dir eine Zeichnung von einem der Pferde hier. Ihr Name ist Aurora, und sie sieht wie das Pferd in deinem Bilderbuch von Schneewittchen aus, du weißt schon, dieses

Buch, das du immer versucht hast zu essen, wenn ich dir daraus vorgelesen habe. Oh, ich nehme an, das weißt du nicht ... ›Hier‹ lebt deine Großmutter. Es ist eine Farm in North Carolina, und es ist hier sehr grün und schön. Wenn du einmal älter bist, wirst du vielleicht auch mal hierherkommen und Reiten lernen.

Ich denke viel an dich. Ich frage mich, ob du schon aufrecht sitzen kannst und ob du schon die ersten Zähne hast. Ich frage mich, ob du mich wiedererkennen wirst, wenn du mich siehst. Ich wünschte, ich könnte dir erklären, warum ich einfach so gegangen bin, aber ich bin nicht sicher, ob ich die richtigen Worte dafür habe. Glaub einfach weiter an mich, wenn ich dir sage, dass ich wieder zurückkommen werde.

Ich weiß nur noch nicht, wann.

Ich liebe dich.

Und tust du mir einen Gefallen? Sag deinem Daddy, dass ich auch ihn liebe.

Mom

Ende August fuhr ich mit meiner Mutter zu einer Show für A-Klasse-Pferde in Culpeper, Virginia. Wir luden Donegal in den Hänger und fuhren sechs Stunden lang. Ich half meiner Mutter, ihn in eine der Boxen in dem blau-weißen Zelt zu führen. Abends zahlten wir für eine Übungsrunde im Parcours, und Donegal nahm jeden Sprung mit Leichtigkeit. Dann sattelte meine Mutter ihn ab und wusch ihn mit warmem Wasser. »Bis morgen dann, Don«, sagte sie, »ich gehe davon aus, mit einem Champion nach Hause zu fahren.«

Am nächsten Tag schaute ich mit großen Augen zu, wie die Pferde in drei Ringen gleichzeitig bewertet wurden.

Männer und Frauen waren gemeinsam im Wettbewerb, denn Reiten ist eine der wenigen Sportarten, in denen sie gleichgestellt sind. Die Klasse meiner Mutter nannte sich ›Four Foot Working Hunter‹ und war die höchste Showklasse. Sie schien jeden hier zu kennen. »Ich werde mich jetzt erst einmal umziehen«, sagte sie, und als sie wieder zurückkam, trug sie eine Reithose, hohe, polierte Stiefel, eine Bluse mit steifem Kragen und einen blauen Wollblazer. Sie hatte ihr Haar mit fünfzehn kleinen Haarspangen festgemacht, und sie bat mich, einen Spiegel zu halten, während sie den Helm darüberstülpte. »Wenn auch nur ein Haar rausschaut«, sagte sie zu mir, »kostet uns das einen Punkt.«

Insgesamt traten einundzwanzig Pferde in ihrer Klasse an. Es war der letzte Event des Tages, und Mom war die dritte Reiterin. Während Donegal durch den Aufwärmring trabte, schaute ich mir einen Mann an, der mit dem größten Hengst sprang, den ich je gesehen hatte. Die Hindernisse, die er überwand, waren größer als ich. Meine Mutter hatte die Nummer 46. Sie trug sie auf einem zerknitterten gelben Papier am Rücken. Sie lächelte den Mann an, der an ihr vorbeiritt, nachdem er den Parcours beendet hatte.

Der Richter saß an der Seite. Ich versuchte zu erkennen, was er schrieb, doch das war auf diese Entfernung unmöglich. Also konzentrierte ich mich auf meine Mutter. Es dauerte nur Sekunden. Ich schaute zu, wie Donegal auf die letzte Bahn ging. Als er sprang, waren seine Vorderbeine angespannt, die Knie hoch. Er nahm den Sprung nicht lang, und er riss das Hindernis auch nicht. Es war einfach perfekt.

Ich sah, wie meine Mutter Donegal vor dem nächsten Sprung durchparierte, in den leichten Sitz ging und das Kinn hob, um mit brennenden Augen nach vorne zu schauen. Erst als sie den Parcours beendet hatte, wurde mir bewusst, dass ich die Luft angehalten hatte.

Die Frau neben mir trug ein kupferfarbenes gepunktetes Kleid und einen breitkrempigen weißen Hut, ganz so, als wäre sie in Ascot. Sie hielt ein Programmheft in der Hand und schrieb die Nummern der Reiter auf die Rückseite, von denen sie glaubte, dass sie gewinnen würden. »Ich weiß nicht«, murmelte sie vor sich hin. »Ich glaube, der Mann vorhin war viel besser.«

Wütend drehte ich mich zu ihr um. »Das soll wohl ein Scherz sein«, sagte ich. »Sein Pferd ist an jedem Sprung zu früh abgesprungen.« Die Frau schnaubte und tippte sich mit dem Stift ans Kinn. »Ich gebe ihnen fünf Dollar, wenn Nummer 46 den Kerl nicht schlägt«, sagte ich und holte einen Schein aus meiner Tasche.

Die Frau starrte mich an, und einen Augenblick lang fragte ich mich, ob das wohl illegal war, doch dann erschien ein Lächeln auf ihrem Zwiebelgesicht, und sie streckte die behandschuhte Hand aus. »Abgemacht«, sagte sie.

Niemand sonst in dieser Klasse war so gut wie meine Mutter auf Donegal. Mehrere Pferde verweigerten den Sprung oder warfen ihre Reiter ab und wurden disqualifiziert. Als die Ergebnisse verkündet wurden, ging die blaue Schleife an Nummer 46. Ich stand auf und jubelte, und meine Mutter drehte sich zu mir um. Dann ritt sie mit ihrem Pferd wieder auf die Reitbahn, und die Schleife wurde an Donegals Trense befestigt. Die Frau neben mir schnaubte wieder und hielt mir eine Fünfdollarnote hin. »31 war trotzdem besser«, sagte sie.

Ich nahm ihr das Geld ab. »Das mag ja sein«, erwiderte ich, »aber Nummer 46 ist meine Mutter.«

*

Meine Mutter hatte die Idee, im Freien zu schlafen, um das Ende des Sommers zu feiern. Ich konnte mir nicht vorstellen, dass mir das gefallen würde. Ich dachte an matschige Erde und meine Angst vor Ameisen, die mir über den Hals und in die Ohren kriechen würden. Doch meine Mutter fand zwei alte Schlafsäcke, mit denen die Besitzer der *Pegasus Stables* mal in Alaska gewesen waren, und wir streckten uns auf der Weide aus, auf der meine Mutter immer Donegal ritt. Dann hielten wir nach Sternschnuppen Ausschau.

Im August war es hier im Süden unerträglich heiß, und ich war es inzwischen gewohnt, Blasen an Händen und Hals zu haben – an jenen Körperteilen, die ständig der Sonne ausgesetzt waren. »Du liebst das Landleben, Paige«, sagte meine Mutter und verschränkte die Arme hinter dem Kopf. »Sonst hättest du es nicht so lange ausgehalten.«

North Carolina hatte viele schöne Seiten. Es war schön, die Sonne hinter den Bergen und nicht hinter den Kuppeln von Harvard untergehen zu sehen, und man spürte keinen Asphalt unter den Füßen. Doch manchmal fühlte ich mich hier so abgeschnitten von allem, dass ich einfach stehen blieb und über das Summen der Fliegen und das Trampeln der Hufe hinweg auf meinen Puls lauschte.

Meine Mutter wälzte sich zu mir herum und stützte sich

auf die Ellbogen. »Erzähl mir von Patrick«, forderte sie mich auf.

Ich schaute weg. Ich hätte ihr sagen können, wie mein Vater ausgesehen hatte und dass er nicht gewollt hatte, dass ich nach ihr suchte. Doch beides hätte ihr wehgetan. »Er bastelt im Keller noch immer an seinen Träumen«, sagte ich. »Und ein paar davon hat er tatsächlich verkauft.« Meine Mutter hielt den Atem an. Sie wartete. »Sein Haar ist inzwischen grau, aber er hat es noch nicht verloren.«

»Er ist noch immer da, nicht wahr? Dieser Blick in seinen Augen?«

Ich wusste, was sie meinte. Es war dieses Glühen im Gesicht meines Vaters, wenn er glaubte, ein Meisterwerk zu betrachten, auch wenn es nur Flickschusterei war. »Ja, er ist noch immer da«, sagte ich, »und er sagt auch immer noch, dass er mir Irland zeigt.« Mom drehte sich wieder um und schloss die Augen. »Und was denkt er über den feinen Mister Prescott?«

»Er hat ihn nie kennengelernt«, platzte ich heraus und verfluchte mich selbst, weil ich so einen dummen Fehler begangen hatte. Ich beschloss, ihr die Halbwahrheit zu sagen. »Ich habe kaum Kontakt zu Dad gehabt. Nach meinem Highschool-Abschluss bin ich aus Chicago weggelaufen.«

Meine Mutter runzelte die Stirn. »Das klingt mir aber gar nicht nach Patrick. Patrick wollte immer, dass du aufs College gehst. Du solltest als erste katholisch-irische Frau Präsidentin der Vereinigten Staaten werden.«

»Nicht aufs College«, erzählte ich ihr. »Ich wollte auf die Rhode Island School of Design gehen, doch dann ist mir etwas dazwischengekommen.« Ich hielt den Atem an, doch meine

Mutter drängte mich nicht. »Mom«, sagte ich begierig darauf, das Thema zu wechseln, »was war mit diesem Rodeotyp?«

Sie lachte. »Dieser Rodeotyp hieß Wolliston Waters, und wir zogen eine Zeitlang gemeinsam durch die Gegend und lebten von dem Geld, das wir der Wild West Show gestohlen hatten. Ich habe ein paar Mal mit ihm geschlafen, aber nur, um mich daran zu erinnern, wie es ist, einen anderen Menschen neben mir zu fühlen. Es war keine Liebe, weißt du? Es war Sex. Du kennst den Unterschied vermutlich.« Ich wandte mich ab, und meine Mutter berührte mich an der Schulter. »Oh, jetzt komm aber. Es hat in der Highschool doch sicher einen Jungen gegeben, der dir das Herz gebrochen hat.«

»Nein«, antwortete ich und vermied den Blickkontakt. »Ich bin nie mit jemandem ausgegangen.«

Meine Mutter zuckte mit den Schultern. »Nun, der Punkt ist, dass ich nie über deinen Vater hinweggekommen bin. Allerdings habe ich das auch nie wirklich gewollt. Wolliston und ich, nun, wir waren eher Geschäftspartner ... bis ich eines Morgens aufgewacht bin und er mit unserem ganzen Geld, dem Toaster und sogar der Stereoanlage durchgebrannt war. Er ist einfach so verschwunden.«

Ich rollte mich auf den Rücken und dachte an Eddie Savoy. »Menschen verschwinden nicht einfach«, sagte ich zu meiner Mutter. »Das solltest du doch am besten wissen.«

Über uns zogen die Sterne über den Himmel. Ich öffnete die Augen, so weit es ging, und versuchte, die anderen Galaxien zu erkennen, die sich am Rand von unserer verbargen. »Und da war sonst niemand?«, fragte ich.

»Niemand, der der Erwähnung wert wäre«, antwortete meine Mutter.

Ich schaute sie an. »Vermisst du ... Vermisst du es nicht?«

Meine Mutter zuckte mit den Schultern. »Ich habe Donegal.«

Ich lächelte in die Dunkelheit. »Das ist nicht wirklich das Gleiche«, sagte ich.

Meine Mutter runzelte die Stirn, als würde sie darüber nachdenken. »Du hast recht. Es ist erfüllender. Weißt du, ich bin diejenige, die ihn ausgebildet hat, also kann ich mir auch alles zuschreiben, was Donegal tut. Mit einem Pferd konnte ich mir einen Namen machen. Mit einem Mann war ich nichts.« Meine Mutter legte ihre Hand auf meine. »Erzähl mir, wie Nicholas so ist«, forderte sie mich auf.

Ich seufzte und versuchte, in Worte zu fassen, was ich sonst zeichnete. »Er ist sehr groß, und sein Haar ist so dunkel wie Donegals Mähne. Seine Augen sind von der gleichen Farbe wie deine und meine ...«

»Nein, nein, nein«, unterbrach meine Mutter mich. »Sag mir, wie Nicholas ist.«

Ich schloss die Augen, doch mir wollte nichts einfallen. Es war, als liege mein Leben mit ihm im Schatten, und obwohl wir seit acht Jahren zusammen waren, konnte ich den Klang seiner Stimme kaum hören und seine Berührung kaum spüren. Ich versuchte, mir seine Hände vorzustellen, seine langen, schmalen Chirurgenfinger, aber ich sah noch nicht einmal, wie er das Stethoskop damit hielt. Ich spürte ein Loch in meiner Brust, wo diese Erinnerungen eigentlich hätten sein sollen, aber es war, als hätte ich vor langer, langer Zeit jemanden geheiratet und seitdem keinen Kontakt mehr zu ihm gehabt. »Ich weiß eigentlich nicht, wie Nicholas so ist«, sagte ich. Ich fühlte den Blick meiner Mutter auf mir ruhen und versuchte zu erklären: »Er ist einfach ein anderer Mann geworden. Er arbeitet extrem hart, und das ist wichtig, weißt du, aber deswegen sehe ich ihn nicht allzu oft. Und wenn ich ihn sehe, zeige ich mich meistens nicht von meiner besten Seite. Wenn ich bei einem Wohltätigkeitsdinner am Tisch hocke, sitzt er neben einem Radcliffe-Mädchen und stellt Vergleiche an, oder Max hat mich die halbe Nacht wachgehalten, und wenn Nicholas dann nach Hause kommt, sehe ich aus wie die Wilde Frau von Borneo.«

»Und deshalb bist du gegangen«, beendete meine Mutter den Gedankengang für mich.

Ich setzte mich abrupt auf. »Deshalb bin ich nicht gegangen«, widersprach ich ihr. »Ich bin deinetwegen gegangen.«

Es war die Frage aller Fragen: Was war zuerst dagewesen? Das Huhn oder das Ei? Ich war gegangen, weil ich Zeit brauchte, um wieder zu Atem zu kommen und mich neu zu orientieren, damit ich wieder von vorn anfangen konnte. Aber offensichtlich hatte ich diese Neigung geerbt. Hatte ich nicht die ganze Zeit über gewusst, dass ich wie meine Mutter sein würde, wenn ich erwachsen war? Hatte ich mir nicht genau darüber den Kopf zerbrochen, als ich mit Max schwanger war ... und mit dem anderen Baby? Ich glaubte immer noch, dass all das miteinander zusammenhing. Ich konnte ehrlich sagen, dass meine Mutter der Grund war, dass ich weggelaufen bin, aber ich war mir nicht sicher, ob sie auch der Grund für all das andere war, das ich getan hatte.

Meine Mutter kroch in ihren Schlafsack. »Selbst wenn das wahr wäre«, sagte sie, »hättest du warten sollen, bis Max älter ist.«

Ich drehte mich von ihr weg. Der Duft der Pinien auf

dem Hügel hinter uns war so überwältigend, dass mir plötzlich schwindelig wurde. »Wer im Glashaus sitzt, sollte nicht mit Steinen werfen«, murmelte ich.

Von hinter mir kam die Stimme meiner Mutter. »Als du geboren wurdest, hatte man Männern gerade erst erlaubt, in den Kreißsaal zu kommen, aber dein Vater wollte nichts damit zu tun haben. Stattdessen wollte er, dass ich dich daheim zur Welt bringe, wie das auch seine Mutter getan hat, aber das wollte ich auf gar keinen Fall. Also hat er mich ins Krankenhaus gefahren, und ich habe ihn angefleht, bei mir zu bleiben. Ich habe ihm gesagt, ohne ihn würde ich das nicht überstehen. Zwölf Stunden lang war ich vollkommen allein, bis du endlich beschlossen hast, zu erscheinen. Und dann dauerte es noch eine weitere Stunde, bis sie Patrick zu uns gelassen haben. So lange dauerte es nämlich, bis die Krankenschwestern mich gekämmt und geschminkt hatten, damit es so aussah, als hätte ich in den vergangenen Stunden nichts getan.« Meine Mutter war mir nun so nah, dass ich ihren Atem am Ohr spürte. »Als dein Vater reinkam und dich sah, da hat er dir die Wange gestreichelt und gesagt: ›Nun, May, da du sie jetzt hast, wo ist da das Opfer?‹ Und weißt du, was ich ihm darauf geantwortet habe? Ich habe ihm in die Augen geschaut und gesagt: ›Ich. Ich bin das Opfer.‹«

Mir zog sich das Herz zusammen, als ich mich daran erinnerte, wie ich Max angestarrt und mich gefragt hatte, wie er aus mir hatte herauskommen können und was ich tun müsse, damit er wieder hineingehen würde. »Du hast mich abgelehnt«, sagte ich.

»Ich hatte Angst vor dir«, entgegnete meine Mutter. »Ich

wusste nicht, was ich tun sollte, wenn du mich nicht gemocht hättest.«

Ich erinnerte mich an das Jahr, in dem ich in die Vorschulbibelstunde gekommen war. Meine Mutter hatte mir für Ostern einen besonderen Mantel gekauft, so pink wie das Innere einer Lilie. Ich hatte sie angebettelt, ihn auch nach Ostern zur Schule tragen zu dürfen. »Nur einmal«, hatte ich geschrien, und schließlich durfte ich ihn anziehen. Doch auf dem Weg von der Schule nach Hause hat es geregnet, und ich hatte Angst, dass sie wütend auf mich sein würde, wenn der Mantel nass wird. Also habe ich ihn ausgezogen und zu einem Ball zusammengerollt. Die Nachbarstochter, die schon neun Jahre alt war und mich jeden Tag nach Hause brachte, half mir, ihn in meinen Ranzen zu stopfen.

»Du kleiner Dummkopf«, hatte meine Mutter gesagt, als meine Freundin mich an der Tür verließ. »Du wirst dir noch eine Lungenentzündung holen.« Und ich war in mein Zimmer hinaufgerannt und hatte mich wütend aufs Bett geworfen – wütend, weil ich sie wieder einmal enttäuscht hatte.

Doch andererseits war das auch die Frau, die mich mit fünf Jahren allein mit dem Bus durch Chicago hatte fahren lassen, weil sie mich für vertrauenswürdig gehalten hatte. Sie hatte einfache Gelatine mit Lebensmittelfarben blau gefärbt, weil sie wusste, dass das meine Lieblingsfarbe war. Sie hatte mir beigebracht, den Stroll zu tanzen, und mir gezeigt, wie ich meinen Saum festziehen musste, damit mir mein Rock nicht übers Gesicht fiel, wenn ich kopfüber vom Klettergerüst hing. Sie hatte mir meine ersten Buntstifte und mein erstes Malbuch gegeben, und sie hatte mich in den

483

Arm genommen, wenn ich beim Ausmalen Mist gebaut hatte, und mir gesagt, die Begrenzungslinien seien nur für Menschen ohne Fantasie. Sie hatte sich selbst in jemanden verwandelt, der größer war als das Leben – in jemanden, dessen Gesten ich abends im Badezimmer übte, denn wenn ich groß war, wollte ich so sein wie sie.

Die Nacht schloss uns ein und erstickte jedes Geräusch. »So schlecht warst du als Mutter gar nicht«, sagte ich.

»Vielleicht hast du da recht«, flüsterte meine Mutter. »Vielleicht aber auch nicht.«

Kapitel 30

Nicholas

Zum ersten Mal seit Jahren zitterten Nicholas' Hände, als er dem Patienten die Brust aufschnitt. Blut floss in den sauberen Schnitt, den das Skalpell hinterließ, und Nicholas schluckte die Galle hinunter, die in ihm aufstieg. *Alles, nur das nicht*, dachte er. Den Everest besteigen, ein Wörterbuch auswendig lernen, in einem Krieg kämpfen. Das alles musste leichter sein, als Alistair Fogerty höchstpersönlich einen vierfachen Bypass zu legen.

Nicholas musste nicht unter das sterile Tuch schauen, um zu wissen, welches Gesicht zu dem furchtbaren, orangefarbenen Leib gehörte. Jeder Muskel und jede Falte in diesem Gesicht waren ihm ins Gedächtnis eingebrannt. Immerhin hatte er acht Jahre lang Fogertys Beleidigungen und seine grenzenlosen Erwartungen ertragen. Und jetzt hielt er das Leben dieses Mannes in den Händen.

Nicholas griff zur Säge und schaltete sie ein. Sie vibrierte in seiner Hand, als er den den Brustbeinknochen durchschnitt. Dann spreizte er die Rippen und überprüfte die Lösung, in der die bereits entnommenen Beinvenen schwammen. Er stellte sich vor, wie Alistair Fogerty hinter ihm stand, und er spürte seine Gegenwart wie den schalen Atem eines Drachen im Nacken. Nicholas schaute zu seinem Assistenten. »Ich denke, wir sind bereit«, sagte er und sah, wie seine Worte den Mundschutz blähten, als hätten sie Sinn oder Substanz.

*

Robert Prescott hockte auf allen vieren auf dem Aubusson-Teppich und rieb Perrier in einen runden gelben Fleck, der teils aus Kotze und teils aus Süßkartoffeln bestand. Nun, da Max allein sitzen konnte – wenn auch nur für ein paar Minuten –, hatte sich auch die Wahrscheinlichkeit erhöht, dass er ausspie, was auch immer er zuletzt gegessen oder getrunken hatte.

Robert hatte versucht, die Zeit als Babysitter zu nutzen, um Patientenakten für den nächsten Morgen durchzugehen, doch Max hatte die Angewohnheit, die Akten von der Couch zu ziehen und das Papier zu zerknittern. Einen Umschlag hatte er sogar so gut durchgekaut, dass er in Roberts Händen förmlich zerfiel.

»Na also«, sagte Robert und setzte sich auf die Fersen. »Das sieht ja schon wieder genauso aus wie vorher.« Er schaute seinen Enkel stirnrunzelnd an. »Du hast doch nicht noch mehr davon gemacht, oder?«

Max quengelte, er wollte auf den Arm genommen werden. Das war das Neueste – das und ein Spucken, mit dem er alles und jeden in einem Meter Umkreis traf. Robert hatte gedacht, dass Max vielleicht auch die Ärmchen ausstrecken würde, doch das war Wunschdenken gewesen. Laut Dr. Spocks schlauem Buch taten Kinder das erst ab dem sechsten Monat.

»Lass uns mal schauen«, sagte Robert und klemmte sich Max wie einen Football unter den Arm. Er sah sich in dem kleinen Salon um, den man inzwischen in ein provisorisches Kinderzimmer verwandelt hatte, und fand, was er suchte:

486

ein altes Stethoskop. Max liebte es, an den Gummischläuchen zu nuckeln und sich das kalte Metall an den Gaumen zu halten, der vom Zahnen geschwollen war. Robert stand auf und gab Max das Spielzeug, doch Max ließ es sofort wieder fallen und schürzte die Lippen, um loszuschreien. »Dann bleiben wohl nur noch drastische Maßnahmen«, sagte Robert und wirbelte Max über dem Kopf herum. Dann schaltete er die Sesamstraße-Kassette ein, die er in einer Buchhandlung gekauft hatte, und tanzte einen Tango über die Spielzeuge auf dem Boden hinweg. Max lachte jedes Mal, wenn sie um eine Ecke tanzten – ein wundervolles Geräusch, dachte Robert.

Robert hörte das Klimpern von Schlüsseln an der Tür, sprang zum Kassettenrekorder und drückte Stopp. Dann setzte er Max in sein Stühlchen, das auf dem niedrigen Kaffeetisch stand, und gab ihm ein Sieb und einen Plastiklöffel. Max steckte den Löffel in den Mund und ließ ihn dann auf den Boden fallen. »Verrat mich bloß nicht«, warnte Robert ihn und beugte sich dicht an Max heran, der sich daraufhin den Finger seines Großvaters schnappte und in den Mund steckte.

Astrid betrat den Raum und sah Robert, der eine Krankenakte durchblätterte, und Max, der ruhig in seinem Stühlchen saß und sich das Sieb auf den Kopf gesetzt hatte. »Alles okay?«, fragte sie und warf ihre Handtasche auf einen Stuhl.

»Hmmm«, antwortete Robert. Dann bemerkte er, dass er die Akte falsch herum hielt. »Er war die ganze Zeit über mucksmäuschenstill.«

*

Als es im Krankenhaus die Runde machte, dass Fogerty bei einer Operation zusammengebrochen war, hatte Nicholas seine Nachmittagsvisite verschoben und war direkt ins Büro seines Chefs gegangen. Alistair saß auf seinem Stuhl und hatte die Füße auf die Heizung gelegt. Er schaute zum Fenster hinaus auf das Krematorium des Krankenhauses. Gedankenverloren riss er die Blätter von seiner Graslilie. »Ich habe nachgedacht«, sagte er, ohne sich umzudrehen. »Hawaii. Oder vielleicht auch Neuseeland, wenn ich den Flug ertragen kann.« Er drehte sich in seinem großen Lederstuhl um. »Ruft die Englischlehrer zusammen. Was ist die Definition von ›Ironie‹? Wenn man einen Autounfall hat, während man sich anschnallt. Oder wenn ein Herzchirurg herausfindet, dass er einen Bypass braucht.«

Nicholas ließ sich auf der anderen Seite des Schreibtischs auf einen Stuhl sinken. »Was?«, murmelte er.

Alistair lächelte ihn an, und plötzlich fiel Nicholas auf, wie alt der Mann aussah. Er kannte Alistair nicht – jedenfalls nicht außerhalb des Krankenhauskontextes. Er wusste nicht, ob er Golf spielte oder ob er seinen Scotch pur trank. Er wusste nicht, ob er beim Schulabschluss seines Sohnes oder der Hochzeit seiner Tochter geweint hatte. Nicholas fragte sich, ob überhaupt jemand Alistair so gut kannte ... *ihn* kannte ja auch niemand wirklich gut. »Dave Goldman hat die Untersuchungen durchgeführt«, sagte Fogerty. »Jetzt will ich, dass du mich operierst.«

Nicholas schluckte. »Ich ...«

Fogerty hob die Hand. »Bevor du dich verplapperst, Nicholas, vergiss nicht, dass ich es am liebsten selbst tun würde. Aber da das ja nicht geht und da du das einzige andere Arschloch bist, dem ich in dieser Institution vertraue, habe ich mich gefragt, ob du mich in deinen vollen Terminplan schieben kannst.«

»Montag«, antwortete Nicholas. »Direkt als Erster.«

Fogerty seufzte und legte den Kopf zurück. »Ich habe dich heute Nachmittag gesehen«, sagte er. »Du warst schlampig.« Er strich mit den Daumen über die Stuhllehnen. »Du nimmst so viele Patienten an, wie du kannst«, fuhr er fort. »Du wirst dir dafür extra Zeit nehmen müssen.«

Nicholas stand auf. »Betrachte es als erledigt.«

Er schaute zu, wie Alistair Fogerty sich wieder zum Fenster umdrehte. »Ja, erledigt«, flüsterte Alistair kaum hörbar.

*

Astrid und Robert Prescott saßen auf dem Wohnzimmerboden unter dem prachtvollen Kirschholztisch, an dem bis zu zwanzig Gäste Platz finden konnten. Max schien der Ort zu gefallen, als wäre es eine natürliche Höhle, die es zu erkunden galt. Vor ihm lag eine Sammlung von Hochglanzabzügen, alle laminiert, damit er sie mit seinem Speichel nicht versauen konnte. Astrid deutete auf ein Bild, das Max beim Lächeln zeigte. »Max«, sagte sie, und das Baby drehte sich beim Klang ihrer Stimme zu ihr um. »Ajiii«, sagte er und sabberte.

»Das ist schon nah dran.« Astrid tätschelte Max die Schulter und deutete auf ein Bild von Nicholas. »Daddy«, sagte sie. »Daddy.«

Robert Prescott stand unvermittelt auf und stieß sich den Kopf an der Tischunterseite. »Scheiße«, knurrte er, und Astrid stieß ihn mit dem Ellbogen an.

»Achte auf deine Ausdrucksweise«, schnappte sie. »Das ist mit Sicherheit nicht das erste Wort, das ich von ihm hören will.« Sie griff nach dem Porträt von Paige, das sie aus der Ferne aufgenommen hatte, das, vor dem Nicholas zurückgeschreckt war, als er Max zum ersten Mal hiergelassen hatte. »Das ist deine Mommy«, sagte Astrid und strich mit den Fingerspitzen über Paiges feine Gesichtszüge. »Mommy.«

»Muh«, sagte Max.

Astrid drehte sich mit offenem Mund zu Robert um. »Das hast du doch gehört, oder? Muh?«

Robert nickte. »Er könnte Blähungen haben.«

Astrid nahm das Baby in die Arme und küsste es auf den Nacken. »Du bist ein Genie, mein Liebling. Hör nicht auf deinen schrulligen, alten Großvater.«

»Nicholas würde einen Anfall bekommen, wenn er wüsste, dass du ihm ein Bild von Paige zeigst«, sagte Robert. Er straffte die Schultern und rieb sich den Rücken. »Ich bin verdammt noch mal zu alt dafür«, sagte er. »Nicholas hätte Max schon vor zehn Jahren bekommen sollen, als ich noch fit genug dafür war.« Er streckte die Arme nach Max aus, damit Astrid auch aufstehen konnte. Sie sammelte die Fotos ein. »Max gehört nicht dir allein, Astrid«, bemerkte Robert. »Du solltest dir von Nicholas wirklich grünes Licht geben lassen.«

Astrid nahm ihrem Mann das Baby wieder ab. Max drückte die Lippen auf ihren Hals und machte ein nervtötendes Geräusch. Astrid setzte ihn auf sein Stühlchen. »Wenn wir immer getan hätten, was Nicholas will«, sagte sie, »dann wäre er als Teenager Vegetarier mit Bürstenschnitt

gewesen und hätte Bungeesprünge aus einem Heißluftbal-
lon gemacht.«

Robert öffnete zwei Gläser Babynahrung und schnüffelte
daran, um festzustellen, welches von beiden wohl besser
schmeckte. »Da hast du nicht ganz unrecht«, sagte er.

*

Aus Hochachtung vor Alistair hatte Nicholas geplant, die
ganze Operation durchzuführen, mit Ausnahme der Venen-
entnahme. Wäre die Situation umgekehrt gewesen, hätte er
das auch erwartet. Aber als er schließlich den Draht um die
Rippen wickelte, wurde er unsicher auf den Beinen. Er hatte
sich viel zu lange viel zu intensiv konzentriert. Die Venen
mussten perfekt platziert werden, und die Nähte, die er um
Alistairs Herz herum gemacht hatte, waren schier unendlich
fein. Mehr konnte er wirklich nicht tun.

»Sie können jetzt zumachen«, sagte er und nickte der Assistenzärztin zu. »Und machen Sie lieber den verdammt besten Job Ihrer chirurgischen Karriere.« Doch kaum hatte er
die Worte ausgesprochen, da bereute Nicholas sie auch
schon, als er die zitternden Finger des Mädchens sah. Er
schaute unter das sterile Tuch, das Alistairs Gesicht verdeckte. Es gab noch so viel, was er diesem Mann sagen
wollte, doch ihn so hier zu sehen, vorübergehend allen Lebens beraubt, erinnerte Nicholas an seine eigene Sterblich-
keit. Er hielt das Handgelenk an Alistairs Wange, sorgfältig
darauf bedacht, ihn nicht mit seinem eigenen Blut zu beschmutzen. Er spürte, wie ein Kribbeln durch Fogertys Haut
ging, als das Herz wieder ungehindert Blut durch die Adern

491

pumpte. Zufrieden verließ Nicholas den OP mit all der Würde, von der Fogerty gesagt hatte, dass er sie eines Tages ausstrahlen würde.

*

Robert mochte es nicht, wenn Astrid Max mit in die Dunkelkammer nahm. »Zu viele Kabel«, sagte er, »und zu viele giftige Chemikalien. Gott allein weiß, was da alles in sein System kommen kann.« Doch Astrid war nicht dumm. Max konnte noch nicht krabbeln, also bestand keine Gefahr, dass er in den Entwickler oder ins Fixierbad fiel. Und sie entwickelte nichts, wenn Max da war. Sie überprüfte nur Kontaktabzüge, um später Bilder davon zu machen. Wenn sie Max einfach auf ein gestreiftes Strandtuch setzte, spielte er vollkommen zufrieden mit den großen Plastikbauklötzen und dem elektronischen Ball, der Tiergeräusche machen konnte.

»Es war einmal ein Mädchen mit Namen Cinderella«, erzählte Astrid über ihre Schulter hinweg, »das kein sonderlich schönes Leben führte, aber einen Mann traf, bei dem das anders war. Das war übrigens jene Art von Mann, zu der du einmal heranwachsen wirst.« Sie bückte sich und gab Max einen dreieckigen Beißring, den er sofort wegwarf. »Du wirst Mädchen die Türen aufhalten und ihnen das Abendessen bezahlen. Du wirst all die ritterlichen Dinge tun, die Männer einmal getan haben, bevor die Emanzipation als Entschuldigung herhalten musste, damit sie sich davor drücken konnten.«

Astrid kreiste die Miniaturansicht eines Fotos mit einem roten Filzstift ein. »Das hier ist gut«, murmelte sie. »Wo war ich noch mal, Max? ... Ah ja ... Cinderella. Irgendjemand wird dir die Geschichte später sicher noch einmal erzählen, also überspringe ich heute ein wenig. Weißt du, ein Buch endet nicht immer mit der letzten Seite.« Sie hockte sich zu Max, nahm seine Händchen und küsste ihm die Finger.

»Cinderella hat die Vorstellung gefallen, in einem Schloss zu leben, und sie war auch ganz gut darin, Prinzessin zu sein, bis sie eines Tages darüber nachzudenken begann, was sie wohl machen würde, wenn sie den schönen Prinzen nicht geheiratet hätte. All ihre Freundinnen gaben Teepartys, zerrissen sich die Mäuler und gingen mit Chippendale-Tänzern aus. Also nahm sie sich eines der königlichen Pferde, ritt bis in die entferntesten Winkel der Erde und machte Fotos mit dieser Kamera, die sie im Tausch für ihre Krone von einem Straßenhändler bekommen hatte.«

Max hickste, und Astrid zog ihn hoch, bis er stand. »Nein, wirklich«, sagte sie, »das war kein schlechter Handel. Immerhin war es eine Nikon. In der Zwischenzeit tat der Prinz alles Mögliche, um sie aus dem Kopf zu bekommen, denn die königliche Gesellschaft lachte schon über ihn, weil es ihm nicht gelang, seine Frau an der kurzen Leine zu halten. Er ging dreimal am Tag jagen, organisierte ein Crockett-Turnier und lernte sogar das Ausstopfen von Tieren, doch obwohl er so beschäftigt war, schweiften seine Gedanken ständig ab. Also …«

Max watschelte vorwärts, gestützt von Astrids Händen, und genau in diesem Augenblick trat Nicholas durch den Vorhang. »Ich mag es nicht, wenn du ihn mit hier rein nimmst«, sagte er und griff nach Max. »Was, wenn du ihn mal aus den Augen lässt?«

»Das tue ich aber nicht«, erwiderte Astrid. »Wie war deine Operation?«

493

Nicholas hob Max auf die Schulter und roch an seinem Hintern. »Himmel«, sagte er. »Wann hat Oma dir denn zum letzten Mal die Windel gewechselt?«

Astrid stand auf, schaute ihren Sohn stirnrunzelnd an und nahm ihm Max wieder ab. »Dafür braucht er nur eine Minute«, sagte sie und ging an Nicholas vorbei aus der Dunkelkammer und ins gedämpfte Licht des Blauen Salons.

»Die Operation ist gut gelaufen«, sagte Nicholas und nahm sich Oliven und ein paar Silberzwiebeln von einem Tablett, das Imelda eine Stunde zuvor für Astrid hingestellt hatte. »Ich wollte nur mal kurz reinschauen. Es wird heute nämlich später werden. Ich will da sein, wenn Fogerty wieder aufwacht.« Er stopfte sich drei Oliven in den Mund und spie die Kerne in eine Serviette. »Und was war das eigentlich für ein Müll, den du Max da erzählt hast?«

»Das war ein Märchen«, antwortete Astrid, öffnete Max' Strampler und zog ihm die Windel aus. »Du weißt doch bestimmt noch, was das ist, oder?« Sie gab Nicholas das dreckige Bündel, damit er es wegschmeißen konnte. »Sie haben immer ein Happyend.«

*

Als Fogerty auf der Intensivstation wieder aufwachte, lauteten seine ersten Worte: »Holen Sie Prescott.«

Nicholas wurde angepiept. Da er damit gerechnet hatte, war er binnen weniger Minuten an Fogertys Bett. »Du Bastard«, sagte Alistair zu ihm und versuchte angestrengt, sein Gewicht zu verlagern. »Was hast du mit mir gemacht?«

Nicholas grinste ihn an. »Ich habe einen wirklich sehr schönen vierfachen Bypass gelegt«, antwortete er. »Das war eine meiner besten Arbeiten.«

»Und weshalb fühle ich mich dann, als wäre ein Truck über meine Brust gefahren?« Fogerty ließ sich auf die Kissen zurückfallen. »Gott«, sagte er, »die Patienten sagen mir das schon seit Jahren, und ich habe ihnen nie geglaubt. Vielleicht sollten wir uns ja alle mal am offenen Herzen operieren lassen, so wie Psychologen sich auch gegenseitig analysieren. Da kann man wirklich Demut lernen.«

Seine Augen fielen ihm zu, und Nicholas stand auf. Joan Fogerty wartete an der Tür. Nicholas ging zu ihr, um ihr zu sagen, dass die Operation gut verlaufen sei. Sie hatte geweint. Nicholas sah das an der verlaufenen Mascara unter ihren Augen. Sie setzte sich neben ihren Mann und sprach leise mit ihm. Nicholas konnte nicht hören, was sie sagte.

»Nicholas«, flüsterte Fogerty, und seine Stimme war über das Piepen der Geräte hinweg kaum zu hören. »Kümmere dich um meine Patienten, und mach keinen Scheiß mit meinem Schreibtisch.«

Nicholas lächelte und verließ den Raum. Er ging mehrere Schritte den Gang hinunter, als ihm plötzlich klar wurde, was Alistair da gerade zu ihm gesagt hatte: Er war jetzt der amtierende Chefarzt der Kardiologie im Mass General. Ohne es wirklich zu realisieren, fuhr er mit dem Aufzug in das Stockwerk, wo Fogertys Büro lag, und er öffnete die unverschlossene Tür. Es hatte sich nichts verändert. Die Akten stapelten sich noch immer auf dem Schreibtisch. Die Sonne fiel auf den bedrohlich wirkenden Drehstuhl, und Nicholas war fast sicher, Alistairs Abdruck auf dem weichen Leder sehen zu können.

Er ging zu dem Stuhl, setzte sich und legte die Hände auf die Armlehnen, wie er es so oft bei Fogerty gesehen hatte. Dann drehte er sich zum Fenster um, schloss die Augen vor dem Licht. Er hörte nicht, wie Elliot Saget, der Chefarzt der Chirurgie, den Raum betrat. »Und der Stuhl ist noch nicht einmal kalt«, bemerkte Saget sarkastisch.

Nicholas wirbelte herum und sprang auf, sodass der Stuhl gegen die Heizung prallte. »Tut mir leid«, sagte er. »Ich habe nur gerade nach Alistair gesehen ...«

Saget hob die Hand. »Ich bin nur hier, um es offiziell zu machen. Fogerty wird die nächsten sechs Monate nicht zum Dienst erscheinen. Sie sind hiermit amtierender Chefarzt der Kardiologie. Wir werden Sie wissen lassen, mit welchen Meetings und Komitees wir Ihnen die Abende versauen werden, und ich werde dafür sorgen, dass Ihr Name an die Tür kommt.« Er wandte sich zum Gehen, drehte sich auf der Schwelle aber noch einmal um und lächelte. »Wir kennen Ihre Fähigkeiten schon lange, Nicholas. Sie haben den Ruf, ein ziemlich harter Hund zu sein, wenn es drauf ankommt. Falls Sie derjenige sein sollten, dem Alistair seine Herzprobleme zu verdanken hat, dann gnade uns Gott«, sagte er und ging hinaus.

Nicholas ließ sich wieder auf Alistairs großen Lederstuhl zurücksinken – auf *seinen* großen Lederstuhl – und drehte sich im Kreis wie ein kleines Kind. Dann arrangierte er die Akten auf dem Tisch in ordentliche, symmetrische Stapel. Er las sie nicht, noch nicht. Schließlich griff er zum Hörer, um eine Nummer außerhalb zu wählen, doch dann erkannte er, dass es niemanden gab, den er hätte anrufen können. Seine Mutter war mit Max gerade im Streichelzoo, sein Vater noch immer auf der Arbeit, und Paige ... Nun, er wusste nicht, wo sie war. Nicholas lehnte sich zurück und schaute zu, wie der Qualm vom Krematorium des Mass General nach Boston zog. Und er fragte sich, warum er sich so gottverdammt leer fühlte, obwohl er doch jahrelang danach gestrebt hatte, auf diesem Stuhl zu sitzen.

KAPITEL 31

PAIGE

Meine Mutter sagte, es hätte nichts miteinander zu tun, doch ich wusste, dass Donegal die Kolik bekam, weil sie sich den Knöchel gebrochen hatte.

Weder sein Futter noch sein Wasser waren daran schuld, denn das war wie immer. Auch hatte es keine größeren Temperaturschwankungen gegeben, die dafür hätten verantwortlich sein können. Doch meine Mutter war von Elmo bei einem Sprung abgeworfen worden und direkt in die blaue Mauer geschleudert worden. Sie war unglücklich gelandet und trug nun einen Gips. Ich glaubte, Donegal hatte seine Kolik aus Mitgefühl bekommen.

Meine Mutter, die vom Arzt, der ihren Fuß untersucht hatte, angewiesen worden war, sich nicht zu bewegen, humpelte auf Krücken den ganzen Weg vom Haus zum Stall. »Wie geht es ihm?«, fragte sie, fiel in der Box auf die Knie und strich Donegal über den Hals.

Donegal lag im Stroh, trat mit den Beinen und schaute immer wieder auf seine Flanken. Meine Mutter zog seine Lippe hoch und sah sich seinen Gaumen an. »Er ist ein wenig blass«, erklärte sie. »Ruf den Tierarzt an.«

Josh ging zum Telefon, und ich setzte mich zu meiner Mutter. »Geh wieder ins Bett«, sagte ich. »Josh und ich kommen schon damit zurecht.«

»Nein, das tut ihr nicht«, widersprach meine Mutter.

»Und sag mir nicht, was ich tun und lassen soll.« Sie seufzte und rieb sich mit dem Ärmel über das Gesicht. »In dem Kästchen auf dem Tisch da drüben findest du eine Spritze mit Benamin«, sagte sie. »Würdest du sie für mich holen?«

Widerwillig stand ich auf. Ich wollte ihr doch nur helfen, und sie tat sich bestimmt keinen Gefallen damit, um ein krankes Pferd herumzuhumpeln, das wild um sich trat und sie womöglich treffen könnte. »Ich bete zu Gott, dass er keine Darmverschlingung hat«, murmelte sie. »Ich weiß nicht, wo ich das Geld für eine Operation hernehmen sollte.«

Ich setzte mich auf Donegals andere Seite, während meine Mutter ihm die Spritze gab. Dann streichelten wir ihn beide, bis er sich wieder beruhigt hatte. Nach einer halben Stunde wieherte Donegal plötzlich, brachte irgendwie die Beine unter sich und stand schwankend auf. Meine Mutter kroch rasch aus dem Weg und in einen urindurchtränkten Haufen Stroh, doch das schien sie nicht zu kümmern. »Das ist mein Junge«, sagte sie und winkte Josh, ihr aufzuhelfen.

Dr. Heineman, der Tierarzt, kam mit einem Pick-up-Truck, der mit zwei Schatztruhen voller Medizin beladen war. »Er sieht gut aus, Lily«, sagte er und prüfte Donegals Temperatur. »Du siehst allerdings Scheiße aus. Was hast du mit deinem Fuß gemacht?«

»Ich habe gar nichts damit gemacht«, antwortete meine Mutter. »Das war Elmo.«

Josh und ich hielten Donegal im Stallgang fest, während der Tierarzt ihm eine Klammer auf die Nase setzte. Und als das Tier dann von diesem Schmerz abgelenkt war, schob Dr. Heineman ihm einen Katheter durch die Nüstern in den

Hals. Dr. Heineman roch an dem Katheter und lächelte. »Es riecht nach frischem grünem Gras«, verkündete er, und meine Mutter seufzte erleichtert. »Ich glaube, er wird bald wieder in Ordnung kommen. Ich gebe ihm aber trotzdem ein wenig Öl.« Und er pumpte Mineralöl aus einem Plastikkanister in den Magen des Pferdes. Dann zog er den Katheter wieder heraus, Schleim spritzte aus den Nüstern und auf Donegals Hufe. Schließlich klopfte der Tierarzt Donegals Hals und bat Josh, das Pferd wieder in die Box zu bringen. »Beobachte ihn die nächsten vierundzwanzig Stunden«, sagte er zu Josh. »Und es könnte nicht schaden, auch *sie* im Auge zu behalten.«

Meine Mutter winkte ab, lachte aber. »Hast du es schon mal mit dem Gips versucht, Lily?«, fragte Dr. Heineman und ging den Gang hinunter. »Passt er in den Steigbügel?«

Meine Mutter stützte sich auf mich und schaute dem Tierarzt hinterher. »Ich kann einfach nicht glauben, dass ich ihn auch noch bezahle«, sagte sie.

Langsam ging ich mit meiner Mutter zum Haus zurück und ließ sie versprechen, dass sie unten auf der Couch sitzen bleiben würde, während ich im Stall bei Donegal blieb. Während Josh die Nachmittagsarbeiten erledigte, lief ich zwischen Stall und Haus hin und her. Als Donegal schlief, half ich meiner Mutter bei einem Kreuzworträtsel. Wir schalteten den Fernseher an, schauten uns Seifenopern an und versuchten, den Geschichten zu folgen. Dann kochte ich Abendessen und band eine Plastiktüte um den Fuß meiner Mutter, als sie baden wollte, und schließlich brachte ich sie ins Bett.

Plötzlich, um Mitternacht, wachte ich atemlos auf, und mir wurde klar, dass ich ausgerechnet heute vergessen hatte, um zehn Uhr noch einmal einen Rundgang durch den Stall zu machen. Wie konnte meine Mutter all diese Dinge nur nachhalten? Ich lief die Treppe hinunter, riss die Tür auf und rannte barfuß zum Stall. Ich schaltete das Licht an und rang nach Luft, als ich die Boxen entlangging. Aurora und Andy, Eddy und Elmo, Jean-Claude, Tony und Burt. Alle Pferde lagen im Stroh. Sie schliefen oder dösten vor sich hin, doch keines schien sich an mir zu stören. Die letzte Box gehörte Donegal. Ich atmete tief durch. Ich würde es mir nie verzeihen, wenn ihm etwas zugestoßen wäre, ich würde das nie wiedergutmachen können. Dann schaute ich über die Tür. Zusammengerollt am Bauch des schnarchenden Pferdes lag meine Mutter. Sie schlief tief und fest, und ihre Finger zuckten im Traum.

*

»Vergiss nicht«, ermahnte mich meine Mutter, die unsicher auf ihren Krücken am Gatter entlangbalancierte, »dass er seit zwei Tagen nicht mehr draußen war. Wir werden das langsam angehen. Er soll nicht schwitzen. Verstanden?«

Ich nickte und schaute aus scheinbar unglaublicher Höhe auf sie hinab. Ich hatte Angst. Immer wieder rief ich mir ins Gedächtnis zurück, dass meine Mutter mir vor zwei Monaten gesagt hatte, jeder noch so unerfahrene Reiter würde auf Donegal gut aussehen. Aber er war krank gewesen, und ich war noch nie über ein offenes Feld galoppiert, und das einzige Pferd, das ich bis jetzt geritten hatte, war zwanzig Jahre älter als dieses hier und kannte sich besser aus als ich.

Meine Mutter griff nach oben und machte die Steigbügel kürzer. »Mach dir keine Sorgen«, sagte sie. »Ich hätte dich nicht gebeten, ihn zu reiten, wenn ich nicht fest davon überzeugt wäre, dass du das kannst.« Dann pfiff sie und schlug Donegal auf den Hintern, und ich setzte mich auf, als er losgaloppierte.

Ich konnte Donegals Beine im hohen Gras nicht sehen, aber ich konnte seine Kraft zwischen meinen Schenkeln spüren. Je mehr Zügel ich ihm gab, desto sanfter wurde der Rhythmus seines Galopps. Ich erwartete abzuheben, mit Donegal auf den Wolken zu reiten und mich über die blauen Berggipfel tragen zu lassen.

Ich beugte mich über den Hals und hörte die Worte meiner Mutter vom ersten Tag in meinem Kopf: »Beug dich nie über den Hals, es sei denn, du willst galoppieren.« Ich war noch nie richtig galoppiert, jedenfalls nicht im gestreckten Galopp. Doch Donegal beschleunigte so sanft, dass ich kaum aus dem Sattel gehoben wurde.

Ich saß vollkommen ruhig, schloss die Augen und ließ das Pferd die Führung übernehmen. Mein Puls schlug im Takt mit den donnernden Hufen. Dann öffnete ich die Augen wieder, gerade rechtzeitig, um den Bach zu sehen.

Ich hatte nicht gewusst, dass da ein Bach war, der mitten durch die Weide floss, doch ich war hier ja auch noch nie geritten. Als Donegal sich dem Bach näherte, spannte er die Muskeln in seinen Hinterbeinen an. Ich schob die Hände seinen Hals hinauf und verlagerte mein Gewicht nach vorne, um ihn beim Sprung nicht zu stören. Wir flogen förmlich über das Wasser, und obwohl der Sprung nicht mehr als den Bruchteil einer Sekunde gedauert hatte, hätte ich schwören können, jeden einzelnen Kieselstein im Wasser gesehen zu haben.

Dann zog ich die Zügel an, und Donegal warf den Kopf hoch. Er atmete schwer. Schließlich hielt er knapp einen Meter vom Bach entfernt am Zaun an und drehte sich zu der Stelle um, wo wir meine Mutter zurückgelassen hatten, als habe er die Show nur für sie abgezogen.

Zuerst konnte ich meine Mutter über das Rauschen des Wassers hinweg nicht hören, doch dann wurde das Geräusch langsam immer lauter, bis auch Donegal die Ohren spitzte. Ich klopfte ihm den Hals und lobte ihn, und ich lauschte dem stolzen Applaus meiner Mutter.

*

Meine Mutter kam spät in der Nacht in mein Schlafzimmer, als die Sterne wie eine Perlenkette über meinem Fenstersims funkelten. Sie legte die Hand auf meine Stirn, und ich setzte mich auf. Kurz war ich wieder fünf Jahre alt und das hier die Nacht, bevor sie gegangen war. *Warte*, versuchte ich, ihr zu sagen, doch ich brachte kein Wort heraus. *Mach das nicht noch einmal.* Aber stattdessen hörte ich mich sagen: »Erzähl mir, warum du gegangen bist.«

Meine Mutter legte sich neben mich auf das schmale Bett. »Ich wusste, dass dieser Moment kommen würde«, sagte sie. Neben uns schimmerte das Licht der Porzellanpuppe im Sternenlicht. »Sechs Jahre lang habe ich an deinen Vater geglaubt. Ich habe ihm seine Träume abgekauft, ich bin für ihn in die Kirche gegangen, und ich habe bei dieser miesen Zeitung für ihn gearbeitet, um die Hypothek abzubezahlen.

Ich war die Frau, die er brauchte, und die Mutter, die ich sein sollte. Ich war so sehr damit beschäftigt, alles zu sein, was er wollte, dass für Maisie Renault so gut wie nichts mehr übrigblieb. Wenn ich nicht zugesehen hätte, dass ich wegkam, hätte ich mich endgültig verloren.« Sie legte die Arme um meine Schultern und drückte mich an ihre Brust. »Ich hasste mich dafür, dass ich so empfand. Ich verstand einfach nicht, warum ich nicht wie Donna Reed war.«

»Ich habe das auch nicht verstanden«, sagte ich leise, und ich fragte mich, was sie glaubte, dass ich von ihr oder von mir sprach.

Meine Mutter setzte sich auf und schlug die Beine übereinander. »Du bist hier glücklich«, sagte sie, »und du bist fit. Ich habe das an der Art gesehen, wie du Donegal geritten hast. Wenn du hier leben würdest, könntest du ein paar von den Anfängerkindern unterrichten. Und wenn du willst, könntest du sogar auf erste Shows gehen.« Ihre Stimme verhallte, als sie aus dem Fenster starrte. Dann schaute sie mich wieder an. »Paige«, sagte sie, »warum bleibst du nicht einfach hier bei mir?«

Warum bleibst du nicht einfach hier bei mir? Während meine Mutter sprach, platzte irgendetwas in mir, und Wärme strömte durch meine Adern, und ich erkannte, dass mir die ganze Zeit über ein wenig kalt gewesen sein musste. Dann war dieses Gefühl verflogen, und nichts blieb zurück. Das war doch, was ich mir gewünscht hatte, oder? Dass sie mich anerkannte, dass sie mich brauchte. Ich hatte zwanzig Jahre lang darauf gewartet. Und dennoch fehlte irgendetwas.

Meine Mutter sagte, sie wolle, dass ich blieb, aber ich war diejenige gewesen, die sie gefunden hatte, nicht umgekehrt.

Wenn ich blieb, dann würde ich nie erfahren, was ich wirklich wissen wollte: Hätte sie je nach mir gesucht?

Sie stellte mich vor eine Wahl, eine simple Wahl. Wenn ich blieb, dann würde ich nicht mehr mit Nicholas und Max zusammen sein. Ich würde nicht bei Max sein, wenn er seinen ersten Baseball bekam, und ich würde nicht mit der Hand über Nicholas' Büroschild streichen. Wenn ich blieb, dann würde das für immer sein, ich würde nie mehr nach Hause gehen.

Jetzt erst wurde mir wirklich klar, was die Worte, die ich mir seit meiner Ankunft immer und immer wieder gesagt hatte, wirklich bedeuteten. Ich musste wirklich wieder nach Hause zurück, auch wenn ich erst jetzt allmählich begann, daran zu glauben. »Ich muss wieder zurück«, sagte ich, und die Worte fielen wie eine Wand zwischen mich und meine Mutter.

Ich sah ein Funkeln in den Augen meiner Mutter, doch es verschwand so schnell, wie es gekommen war. »Du kannst nicht ungeschehen machen, was passiert ist, Paige«, sagte sie und straffte die Schultern, so wie auch ich es immer tat, wenn ich mich mit Nicholas stritt. »Die Menschen verzeihen, aber sie vergessen niemals. Ich habe einen Fehler gemacht, doch auch wenn ich wieder nach Chicago zurückgehen würde, würde er mir ewig nachhängen. Du würdest mir das immer wieder vorwerfen ... so wie du es jetzt auch tust. Was, glaubst du, wird Nicholas tun? Und was Max, wenn er alt genug ist, um das zu verstehen?«

»Ich bin nicht vor ihnen weggelaufen«, erklärte ich stur. »Ich bin weggelaufen, um *dich* zu finden.«

»Du bist weggelaufen, weil du dich daran erinnern woll-

505

test, dass du noch du selbst bist«, erwiderte meine Mutter und stieg aus dem Bett. »Sei ehrlich. Es geht nur um *dich*, nicht wahr?«

Sie ging ans Fenster und verdeckte das Licht, sodass ich beinahe vollkommen im Dunkeln lag. Also gut, ich war auf der Pferdefarm meiner Mutter, und wir hatten so einiges nachgeholt, und das war auch gut so, aber das war nicht der Grund, warum ich mein Heim verlassen hatte. In meinem Kopf war beides zwar miteinander verwoben, doch das eine hatte das andere nicht bedingt. Wie es auch sein mochte, dass ich von daheim weggelaufen war, hatte nicht nur mit mir zu tun. Vielleicht war es der Auslöser gewesen, aber allmählich sah ich ein, welche Kettenreaktion es in Gang gesetzt hatte und wie viele Menschen dadurch verletzt worden waren. Wenn mein Verschwinden bewirkte, dass meine Familie sich auflöste, dann musste ich mehr Macht besitzen und wichtiger sein, als mir klar gewesen war.

Wenn man sein Heim verlässt, betrifft das nie nur einen selber. Das war eine Lektion, die meine Mutter bis heute zu lernen hatte.

Ich stand auf und rauschte so plötzlich an ihr vorbei, dass sie vor Schreck gegen die Scheibe fiel. »Wie kommst du darauf, dass das einfach wäre?«, verlangte ich zu wissen. »Ja, man geht einfach weg – aber man lässt Menschen zurück. Man bringt sein eigenes Leben wieder in Ordnung – auf Kosten anderer. Ich habe dich gebraucht.« Ich beugte mich näher an sie heran. »Hast du dich eigentlich je gefragt, was du alles verpasst hast? Du weißt schon, all die kleinen Dinge: Du hättest mir beibringen können, wie man Mascara aufträgt, hättest bei meinen Schulaufführungen klatschen können und erleben, wie ich mich zum ersten Mal verliebe.«

Meine Mutter wandte sich von mir ab. »Ja, das hätte ich gerne gesehen«, sagte sie leise.

»Offenbar bekommt man nicht immer, was man will«, sagte ich. »Weißt du, dass ich mit sieben, acht Jahren einen gepackten Koffer im Schrank versteckt hatte? Ich habe dir zwei-, dreimal im Jahr geschrieben und dich angefleht, mich holen zu kommen, aber ich wusste nie, wohin ich die Briefe schicken sollte.«

»Ich hätte dich Patrick nicht weggenommen«, sagte meine Mutter. »Das wäre nicht fair gewesen.«

»Fair? Für wen?« Ich starrte sie an und fühlte mich so schlecht wie schon lange nicht mehr. »Was ist mit mir? *Warum hast du mich nie gefragt?*«

Meine Mutter seufzte. »Ich hätte es nicht übers Herz gebracht, dich zu so einer Wahl zu zwingen, Paige. Wir hätten alle nur verloren.«

»Jaja«, sagte ich verbittert, »mit dem Verlieren kenne ich mich aus.« Plötzlich war ich so müde, dass meine Wut verrauchte. Ich wollte einfach nur schlafen, monatelang, vielleicht sogar für Jahre. »Es gibt da einige Dinge«, sagte ich und ließ mich aufs Bett sinken. Meine Stimme klang ruhig und sachlich, und in einem Anflug von Mut hob ich den Blick und sah meine Seele aus ihrem Versteck fliegen. »Mit achtzehn hatte ich eine Abtreibung«, erklärte ich. »Du warst nicht da.«

Meine Mutter streckte die Hand nach mir aus und wurde kreidebleich. »Oh, Paige«, sagte sie, »du hättest doch zu mir kommen können.«

»Du hättest da sein sollen«, murmelte ich. Aber was hätte das schon für einen Unterschied gemacht? Meine Mutter hätte es als ihre Pflicht betrachtet, mir die Alternativen zu erklären. Sie hätte mir vielleicht vom besonderen Duft eines Babys erzählt oder mich an den Zauber zwischen Mutter und Tochter erinnert, den wir einst gemeinsam auf dem Küchentisch gewirkt hatten. Und vielleicht hätte meine Mutter mir auch die Dinge gesagt, die ich damals hätte hören wollen und die ich nun nicht mehr ertragen konnte.

Wenigstens hat mein Baby mich nie gekannt, dachte ich. *Wenigstens habe ich ihr den Schmerz erspart.*

Meine Mutter nahm mein Kinn. »Schau mich an, Paige. Du kannst nicht wieder zurückgehen. Du kannst *nie mehr* zurück.« Sie packte mich an den Schultern. »Du bist genau wie ich«, sagte sie.

War ich das? Ich hatte die vergangenen drei Monate damit verbracht, all diese simplen Dinge zu vergleichen: unsere Augen, unser Haar und auch die weniger offensichtlichen Eigenschaften wie die Neigung, wegzulaufen und sich zu verstecken. Aber es gab einige Eigenschaften, von denen ich nicht zugeben wollte, dass ich sie mit ihr teilte. Ich hatte ein Kind geschenkt bekommen und es zurückgelassen, weil ich schreckliche Angst davor gehabt hatte, dass die Verantwortungslosigkeit meiner Mutter erblich war. Ich hatte meine Familie verlassen und das dem Schicksal in die Schuhe geschoben. Jahrelang hatte ich mir eingeredet, dass ich alle Antworten erfahren würde, wenn es mir nur gelang, meine Mutter zu finden.

»Ich bin nicht wie du«, erklärte ich. Das war kein Vorwurf, sondern eine Feststellung gepaart mit Überraschung.

Vielleicht hatte ich ja erwartet, wie sie zu sein, vielleicht hatte ich das sogar insgeheim gehofft. Doch nun würde ich mich nicht einfach hinlegen und es geschehen lassen. Diesmal würde ich mich wehren. Diesmal würde ich selbst entscheiden, in welche Richtung es ging. »Ich bin nicht wie du«, wiederholte ich, und ich spürte, wie sich mein Magen zusammenzog, denn jetzt hatte ich keine Entschuldigung mehr.

Ich stand auf und ging in dem Kleinmädchenzimmer herum. Ich wusste bereits, was ich tun würde. Ich hatte mich mein ganzes Leben lang gefragt, was ich falsch gemacht hatte, dass mich der eine Mensch, den ich über alles liebte, einfach so im Stich gelassen hatte. Diese Schuld würde ich Nicholas und Max nicht aufladen – niemals! Ich holte meine Unterwäsche aus der Kommode und stopfte meine dreckige Jeans in die Reisetasche, mit der ich gekommen war. Dann packte ich vorsichtig meine Zeichenkohle ein. Ich begann, mir den schnellsten Weg nach Hause zu überlegen, und ich zählte insgeheim die Stunden. »Wie kannst du mich überhaupt bitten zu bleiben?«, flüsterte ich.

Die Augen meiner Mutter funkelten wie die eines Pumas. Sie zitterte vor Anstrengung, die Tränen zurückzuhalten. »Sie werden dich nicht zurücknehmen«, sagte sie.

Ich starrte sie an, und langsam schlich sich ein Lächeln auf mein Gesicht. »Das hast *du* doch auch getan«, erwiderte ich.

KAPITEL 32

NICHOLAS

Max hatte seine erste Erkältung. Es war erstaunlich, dass er es überhaupt so lange ohne geschafft hatte. Der Kinderarzt hatte gesagt, das habe etwas mit Stillen und Antikörpern zu tun. Nicholas hatte in den vergangenen beiden Tagen kaum geschlafen; dabei waren das auch noch seine freien Tage. Hilflos saß er da und schaute zu, wie Max die Nase lief. Immer wieder schrubbte er den Inhalator und wünschte sich, er könne für seinen Sohn atmen.

Astrid war diejenige gewesen, die die Erkältung diagnostiziert hatte. Sie hatte Max zum Kinderarzt gebracht, weil sie geglaubt hatte, er habe ein Weidenkätzchen verschluckt, und sie wollte wissen, ob das giftig war. Doch als der Arzt Max abgehört und ein Rasseln in den oberen Atemwegen festgestellt hatte, da hatte er ihm Medikamente aufgeschrieben und Ruhe verordnet.

Nicholas fühlte sich furchtbar. Er hasste es, Max würgen und spucken zu sehen, mit anzusehen, dass er nicht aus der Flasche trinken konnte, weil er keine Luft bekam. Nicholas musste Max in den Schlaf wiegen, eine lausige Angewohnheit, denn Max konnte nicht am Schnuller nuckeln, und wenn er sich in den Schlaf weinte, war sein Gesicht anschließend über und über von Schleim bedeckt. Jeden Tag rief Nicholas beim Arzt an, einem Kollegen im Mass General, der seinen Abschluss in Harvard mit ihm gemacht hatte.

»Nick«, sagte der Mann immer und immer wieder, »es ist noch nie ein Baby an einer Erkältung gestorben.«

Nicholas trug Max, der zum Glück gerade einmal ruhig war, ins Badezimmer, um ihn zu wiegen. Er legte Max kurz ab und stieg dann auf die Waage, um sein Eigengewicht zu messen. Dann nahm er sein Kind wieder auf den Arm, um die Differenz zu bestimmen. »Du hast ein halbes Pfund abgenommen«, sagte Nicholas und hielt Max vor den Spiegel, sodass er sich selbst sehen konnte. Max lächelte, und der Schleim lief ihm aus der Nase und in den Mund.

»Das ist ja widerlich«, murmelte Nicholas vor sich hin, klemmte sich das Baby unter den Arm und ging ins Wohnzimmer. Der Tag hatte schier kein Ende nehmen wollen. Ständig trug Nicholas seinen Sohn mit sich herum, wiegte ihn, wenn er vor Wut weinte, putzte ihm die Nase und wusch die Spielsachen ab, damit Max sich nicht neu anstecken konnte.

Nicholas setzte Max vor den Fernseher und ließ ihn die Abendnachrichten sehen. »Erzähl mir später, wie das Wetter am Wochenende wird«, sagte er und ging nach oben. Er musste im Kinderzimmer schon mal alles vorbereiten, damit Max nicht aufwachen würde, wenn er später eingeschlafen war und sein Vater ihn in sein Bettchen trug. Und einschlafen würde er sicher bald. Es war fast Mitternacht, und Max hatte seit heute Morgen kein Auge mehr zugemacht.

Als er im Kinderzimmer fertig war, ging Nicholas wieder nach unten. Er beugte sich von hinten über Max. »Lass mich raten«, sagte er. »Regen?«

Max streckte die Hände nach oben. »Dada«, sagte er und hustete dann.

Nicholas seufzte und nahm Max auf den Arm. »Lass uns eine Abmachung treffen«, sagte er. »Wenn du in zwanzig Minuten eingeschlafen bist, werde ich Oma sagen, dass du in den nächsten fünf Tage keine Aprikosen essen musst.« Er nahm die Kappe von dem Fläschchen, aus dem schon etwas auf die Couch getropft war, und rieb es an Max' Lippen, bis sich der Mund des Babys ganz von selbst öffnete. Max konnte nur drei kräftige Schlucke trinken, bevor er sich wieder losreißen und atmen musste. »Du weißt ja, was passieren wird«, sagte Nicholas. »Du wirst wieder gesund werden, und dann werde ich krank. Und dann werde ich dich wieder anstecken, und wir müssen uns bis Weihnachten mit diesem Mist rumschlagen.«

Nicholas schaute zu, wie der Kommentator über den Verbraucherpreisindex sprach und die neuesten Arbeitslosenzahlen verkündete. Als die Nachrichten schließlich vorbei waren, war Max eingeschlafen. Er lag in Nicholas' Armen wie ein kleiner Engel, die Ärmchen schlaff auf dem Bauch. Nicholas hielt die Luft an und stand vorsichtig auf. Dann stieg er auf Zehenspitzen die Treppe hinauf. Er hatte das Kinderzimmer fast erreicht, als es plötzlich an der Tür klingelte.

Max riss die Augen auf und begann zu schreien. »Scheiße«, knurrte Nicholas, warf sich das Baby über die Schulter und hüpfte ein wenig mit ihm, bis das Schreien abebbte. Es klingelte erneut. Nicholas ging in den Flur hinunter. »Wehe, wenn das kein Notfall ist«, murmelte er vor sich hin. »Ein schwerer Autounfall in meinem Vorgarten oder ein Feuer nebenan.«

Er schloss auf, öffnete die schwere Eichentür und stand seiner Frau Auge in Auge gegenüber.

Zuerst konnte es Nicholas gar nicht glauben. Sie sah gar nicht aus wie Paige ... oder zumindest nicht wie Paige, als sie verschwunden war. Sie war braungebrannt und lächelte, und ihr Körper war durchtrainiert. »Hi«, sagte sie, und fast hätte allein der Klang ihrer Stimme Nicholas umgeworfen.

Max hörte auf zu schreien, als wisse er, dass sie da war, und streckte die Hand aus. Nicholas trat einen Schritt vor und hob ebenfalls die Hand, als wolle er sichergehen, dass er keiner Halluzination aufsaß, dass sie echt war und nicht plötzlich in einer Rauchwolke verschwand, wenn er sie berührte. Seine Fingerspitzen waren nur wenige Zoll entfernt von ihrer Schulter, und er konnte ihre Halsschlagader pulsieren sehen. Doch dann riss er die Hand plötzlich wieder zurück und trat nach hinten. Die Luft zwischen ihnen war spannungsgeladen und schwer. Was hatte er sich nur dabei gedacht? Wenn er sie berührte, würde alles wieder von vorne beginnen. Wenn er sie berührte, würde er ihr nicht mehr sagen können, was seit drei Monaten in ihm schwelte. Wenn er sie berührte, würde er ihr nicht mehr geben können, was sie verdiente.

»Nicholas«, sagte Paige, »gib mir nur fünf Minuten.«

Nicholas biss die Zähne zusammen. Es kam alles wieder zurück: die Wut, die er unter seiner Arbeit und der Sorge um Max begraben hatte. Paige konnte nicht einfach auftauchen, als wäre sie nur auf einem Wochenendtrip gewesen, und die liebende Mutter spielen. Nicholas war der Meinung, dass sie überhaupt kein Recht mehr hätte, hier zu sein. »Ich habe dir drei Monate gegeben«, sagte er. »Du kannst nicht einfach kommen und gehen, wie es dir gefällt, Paige. Wir sind auch ohne dich ganz gut zurechtgekommen.«

Paige hörte ihm nicht zu. Sie streckte die Hand aus, berührte den Rücken des Babys und strich dabei auch leicht über Nicholas' Daumen. Er drehte sich so, dass sie Max, der wieder eingeschlafen war, nicht mehr erreichen konnte. »Fass ihn nicht an«, sagte er, und seine Augen funkelten. »Wenn du glaubst, dass ich dich einfach wieder reinlasse, damit du weitermachen kannst, als wäre nichts geschehen, dann hast du dich geschnitten. Du kommst nicht mehr in dieses Haus und auch nicht näher als dreißig Meter an dieses Baby heran.«

Wenn er sich entschloss, mit Paige zu reden, *wenn* er sie das Baby sehen ließ, dann nur unter seinen Bedingungen. Sollte sie doch eine Weile schmoren. Sollte sie ruhig sehen, wie machtlos sie auf einmal war. Seinetwegen konnte sie so unruhig schlafen, wie sie wollte, und nicht wissen, was das Morgen bringen würde.

Paige traten die Tränen in die Augen, und Nicholas zwang sich, nicht einen Muskel zu bewegen. »Das kannst du doch nicht tun«, sagte sie mit belegter Stimme.

Nicholas wich weit genug zurück, um nach der Tür greifen zu können. »Und ob ich das kann«, sagte er und schlug seiner Frau die Türe vor der Nase zu.

TEIL III:

Entbindung
Herbst 1993

KAPITEL 33

PAIGE

Die Haustür war über Nacht irgendwie größer geworden. Größer und vor allem dicker. Sie ist das größte Hindernis, das ich je gesehen habe. Manchmal konzentriere ich mich stundenlang auf sie und warte auf ein Wunder.

Es wäre fast komisch gewesen, wenn es nicht so wehtun würde. Vier Jahre lang war ich durch diese Tür gegangen, ohne weiter darüber nachzudenken. Und jetzt? Jetzt *will* ich zum ersten Mal durch diese Tür, ich habe *mich selbst* dazu entschlossen, und jetzt kann ich es nicht. Immer wieder denke ich: *Sesam, öffne dich!* Ich schließe die Augen und stelle mir den kleinen Flur vor, den chinesischen Schirmständer und den persischen Läufer. Ich habe es sogar mit Beten versucht. Doch das ändert nichts: Nicholas und Max sind auf der einen Seite dieser Tür, und ich stecke auf der anderen fest.

Wenn ich kann, lächele ich den Nachbarn zu, die vorbeikommen, aber ich bin sehr beschäftigt. So viel Konzentration braucht meine ganze Kraft. Stumm wiederhole ich Nicholas' Namen und stelle ihn mir so lebhaft vor, dass ich schon glaube, ich könne ihn heraufbeschwören. Pure Magie! Und trotzdem passiert nichts. Nun, wenn es sein muss, werde ich ewig hier warten. Ich habe einen Entschluss gefasst. Ich will, dass mein Mann wieder Teil meines Lebens ist. Aber dafür muss ich erst einmal ein Loch in seiner Rüstung finden, damit ich wieder in sein Leben vordringen kann und wir zur Normalität zurückkehren können.

Ich finde es nicht seltsam, dass ich meinen rechten Arm dafür geben würde, wieder im Haus zu sein und Max beim Wachsen zusehen zu können. Ich will einfach nur die Dinge tun, die mich vor drei Monaten noch fast in den Wahnsinn getrieben haben. Ich will einfach nur wieder in die Rolle schlüpfen, für die ich nie gecastet worden bin – jedenfalls nicht, soweit ich mich erinnere. Jetzt bin ich aus freien Stücken wieder zurückgekehrt. Ich *will* Erdnussbutter auf Nicholas' Hühnchen-Sandwiches streichen. Ich *will* Max Socken über die von der Sonne verbrannten Füße ziehen. Und ich *will* meine Malutensilien suchen und Bild auf Bild mit Kohle, Öl und Acryl malen und an die Wand hängen, bis jeder blasse Winkel dieses Hauses mit Farbe gefüllt ist. Gott, es ist so ein großer Unterschied zwischen dem Leben, das zu führen von einem *erwartet* wird, und dem, das man führen *will*. Das ist mir nur ein wenig zu spät klar geworden, das ist alles.

Okay, meine Heimkehr ist also nicht ganz so gelaufen, wie ich es geplant hatte. Ich dachte eigentlich, Nicholas hätte mich mit einer kleinen Parade willkommen geheißen, mich geküsst, bis mir die Knie weich geworden wären, und mir gesagt, dass er mich nie, nie, nie wieder gehen lassen würde. Ich war so erpicht darauf, wieder zu der Routine zurückzukehren, die mir passte wie ein alter Schuh, dass ich nicht einen Gedanken darauf verschwendet habe, dass sich die Umstände verändert haben könnten. Zwar hatte ich diese Lektion ein paar Monate zuvor schon bei Jake gelernt, doch ich habe nie gedacht, dass sie auch auf Nicholas anwendbar war. Wenn ich mich verändert hatte, warum sollte dann für Nicholas die Zeit stehengeblieben sein? Ich verstehe ja, dass er verletzt ist, aber wenn ich mir selbst vergeben kann, dann kann Nicholas mir doch sicher auch verzeihen ... und wenn nicht, dann muss ich ihn dazu bringen, es wenigstens zu versuchen.

Gestern habe ich ihn versehentlich entkommen lassen. Ich habe einfach nicht daran gedacht, ihm zu folgen. Ich nahm an, er habe jemanden gefunden, der daheim auf Max aufpasst, während er bei der Arbeit ist. Doch um 6.30 Uhr morgens war er mit Baby und Wickeltasche aus der Tür getreten und hatte beides mit einer Sorglosigkeit in den Wagen gestopft, die auf Übung schließen ließ. Ich war beeindruckt. Ich konnte beides kaum gleichzeitig tragen. Ja, ich hatte noch nicht einmal den Mut aufbringen können, mit Max das Haus zu verlassen. Und Nicholas? Nun, bei Nicholas sah das alles so einfach aus.

Er war herausgekommen und hatte so getan, als wäre ich nicht da. »Guten Morgen«, sagte ich, doch Nicholas nickte noch nicht einmal. Er stieg ins Auto und saß eine Minute lang einfach nur hinter dem Lenkrad. Dann ließ er das Fenster auf der Beifahrerseite herunter und beugte sich herüber. »Wenn ich wieder nach Hause komme«, sagte er, »bist du verschwunden.«

Ich nahm an, er würde ins Krankenhaus fahren, doch so, wie ich aussah, wollte ich da nicht hin. Nicholas in seinem eigenen Vorgarten in Verlegenheit zu bringen, war das eine, ihn bei seinen Vorgesetzten schlecht aussehen zu lassen, jedoch etwas vollkommen anderes. Ich wusste, dass er mir das nie verzeihen würde. Und gestern hatte ich wirklich furchtbar ausgesehen. Ich war siebzehn Stunden am Stück gefahren, hatte im Vorgarten geschlafen und seit zwei Tagen nicht mehr geduscht. Ich würde mich ins Haus schleichen, mich waschen, umziehen und dann ins Mass General fahren. Ich wollte Max sehen, ohne Nicholas in der Nähe. Und wie schwer konnte es schon sein, die Kindertagesstätte dort zu finden?

Nachdem Nicholas gefahren war, kroch ich in meinen Wagen und holte den Schlüsselbund aus meiner Handtasche. Ich war sicher, dass Nicholas diese Schlüssel vergessen hatte. Ich öffnete die Tür und betrat das Haus zum ersten Mal seit drei vollen Monaten.

Es roch nach Nicholas und Max und überhaupt nicht nach mir. Und es war ein einziges Chaos. Ich wusste nicht, wie Nicholas, der Ordnung so sehr liebte, hier leben konnte oder es sogar als gesund für Max betrachtete. Schmutziges Geschirr stapelte sich auf jeder weißen Fläche in der Küche, und die gerstenweißen Bodenfliesen waren voller Fußabdrücke und Marmeladenreste. In der Ecke stand eine tote Pflanze, und in der Spüle faulte eine Melone vor sich hin. Der Flur war dunkel, und überall lagen Socken und Boxershorts verstreut, und das Wohnzimmer war grau vom Staub. Max' Spielsachen – von denen ich die meisten nie gesehen hatte – waren von winzigen, verschmierten Handabdrücken bedeckt.

Mein erster Impuls war zu putzen. Aber wenn ich das tat, würde Nicholas wissen, dass ich drin gewesen war, und ich wollte nicht, dass er wieder zu brüllen begann. Also bahnte ich mir einen Weg zum Schlafzimmer und holte mir eine Khakihose und ein grünes Baumwollsweatshirt aus dem

Schrank. Nach einer schnellen Dusche zog ich mir die Sachen an und warf die schmutzigen Kleider in die Wäschetruhe.

Als ich glaubte, ein Geräusch zu hören, lief ich aus dem Badezimmer. Kurz hielt ich am Kinderzimmer inne, um Max' Duft einzuatmen: schmutzige Windeln, Babypuder und süße, seidige Haut. Dann schlüpfte ich sicherheitshalber aus der Hintertür, doch ich sah niemanden. Mit noch immer nassem Haar fuhr ich ins Mass General und fragte nach der Kindertagesstätte für Angestellte, doch so etwas gab es nicht auf dem Krankenhausgelände. »Himmel«, sagte ich zu der Rezeptionistin am Informationsschalter. »Nicholas hat ihn in eine öffentliche Krippe gebracht.« Und dann lachte ich laut. Wie lächerlich sich das alles entwickelt hatte. Wenn Nicholas über eine Krippe oder eine Tagesmutter auch nur nachgedacht hätte, bevor das Baby geboren wurde, dann hätte ich nicht den ganzen Tag mit Max zu Hause bleiben müssen. Ich hätte Kurse am College belegen und vielleicht auch wieder zeichnen können. Ich hätte etwas für mich selbst tun können. Hätte ich nicht daheim mit Max festgesessen, ich hätte vielleicht nie das Bedürfnis verspürt wegzugehen.

Da ich nicht das Telefonbuch von Boston nach Kindertagesstätten durchforsten wollte, fuhr ich wieder heim und fand mich mit der Tatsache ab, dass ich einen Tag verloren hatte. Dann tauchte Nicholas wieder auf und sagte mir erneut, ich solle machen, dass ich von seinem Rasen runterkomme. Aber letzte Nacht war er dann herausgekommen. Er war nicht wütend – oder zumindest nicht so wütend wie am Anfang. Er kam die Treppe herunter und setzte sich so dicht neben mich, dass ich ihn hätte berühren können. Er trug einen Bademantel, den ich noch nie gesehen hatte. Während ich ihn beobachtete, dachte ich an die Zeit zurück, als noch alles anders war. Im Geiste sah ich uns wieder Bagel essen und den Immobilienteil des *Sunday Globe* durchforsten. Einen Augenblick lang, aber wirklich nur einen Augenblick, ging etwas hinter seinen Augen vor. Natürlich konnte ich nicht sicher sein, aber ich glaubte, es war so etwas wie Verständnis.

Deshalb stehe ich heute hier, gestiefelt und gespornt und bereit, Nicholas bis zum Ende der Welt zu folgen. Er ist spät dran – es ist schon nach sieben –, und ich sitze bereits im Wagen. Ich bin aus der Einfahrt verschwunden und parke nun ein Stück die Straße hinunter, denn ich will, dass er glaubt, ich sei verschwunden. Wenn er losfährt, werde ich mich an seine Stoßstange klemmen, ganz so wie im Film und immer mit ein paar Wagen zwischen uns.

Er kommt aus der Tür und trägt Max unter dem Arm wie ein FedEx-Päckchen. Ich starte den Motor. Dann lasse ich das Fenster runter und beobachte Nicholas aufmerksam für den Fall, dass er etwas tut, das mir einen Hinweis geben könnte. Ich halte die Luft an, während er die Tür abschließt, zu seinem Wagen geht und Max in den Kindersitz setzt. Der Kindersitz ist neu, und im Gegensatz zu dem alten, den ich noch kenne, kann Max nun nach vorne schauen. Quer über die Rückenlehne des Vordersitzes verläuft eine Plastikstange, an der ein ganzer Zirkus von Tierfiguren hängt, jede mit einer anderen Glocke. Max kichert, als Nicholas ihn anschnallt. Dann schnappt Max sich einen gelben Gummiball, der an der Nase eines Elefanten hängt. »Dada«, sagt er – ich schwöre, ich kann das hören –, und ich lächele über das erste Wort meines Babys.

Nicholas schaut sich kurz um, bevor er einsteigt, und ich weiß, dass er nach mir Ausschau hält. Ich habe ungehinderte Sicht auf ihn: sein schimmerndes schwarzes Haar und seine himmelblauen Augen. Es ist schon eine ganze Weile her, seit ich ihn mir zum letzten Mal richtig angeschaut habe. Stattdessen habe ich mir aus meinen Erinnerungen ein Bild von ihm gemacht. Nicholas ist wirklich der bestaussehendste Mann, den ich je gesehen habe. Daran haben auch Zeit und Entfernung nichts geändert. Es sind weniger seine Züge als vielmehr der Kontrast. Es ist weniger sein Gesicht als vielmehr seine Leichtigkeit und seine Präsenz. Als er den Gang einlegt und den Block hinunterfährt, zähle ich laut: »Eins, Mississippi, zwei, Mississippi ...« Ich schaffe es bis fünf; dann folge ich ihm.

Wie erwartet fährt Nicholas nicht zum Mass General. Er nimmt eine Route, die ich von irgendwoher kenne, doch ich kann sie nicht einordnen. Erst als ich drei Häuser von der Einfahrt seiner Eltern entfernt parke, wird mir klar, was während meiner Abwesenheit geschehen sein muss.

Ich kann Astrid nur aus der Ferne sehen. Ihre Bluse ist ein blauer Fleck vor dem Hintergrund der schweren, hölzernen Tür. Nicholas reicht ihr das Baby, und ich spüre einen Schmerz in meinen eigenen Armen. Er sagt ein paar Worte und geht dann wieder zu seinem Wagen.

Ich habe zwei Möglichkeiten: Ich kann Nicholas dorthin folgen, wo auch immer er jetzt hinfahren mag, oder ich kann warten, bis er weg ist, und hoffen, dass ich die Überraschung auf meiner Seite habe und Astrid Prescott dazu bringen kann, mich mal das Baby halten zu lassen, und das wünsche ich mir mehr als alles andere. Ich sehe, wie Nicholas den Wagen startet. Astrid schließt die schwere Eingangstür. Ohne nachzudenken, lege ich den Gang ein und folge Nicholas.

In dem Augenblick wird mir bewusst, dass ich so oder so nach Massachusetts zurückgekehrt wäre. Das hat nicht nur mit Max zu tun, nicht nur mit meiner Mutter und auch nicht nur mit Pflicht. Selbst wenn da kein Baby gewesen wäre, ich wäre wegen Nicholas wieder zurückgekommen. *Wegen Nicholas. Ich liebe Nicholas.* Trotz der Tatsache, dass er nicht länger der Mann ist, den ich geheiratet habe, trotz der Tatsache, dass er mehr Zeit mit seinen Patienten verbringt als mit mir, und trotz der Tatsache, dass ich nie die Frau war, die er verdient hat, und es auch nie sein werde. Vor langer Zeit hat er mich verzaubert. Er hat mich gerettet. Aus irgendeinem unverständlichen Grund hat Nicholas *mich* allen anderen Frauen auf der Welt vorgezogen. Auch wenn wir uns im Laufe der Jahre verändert haben, das ist die Art von Gefühl, das die Zeiten überdauert. Und ich weiß einfach, dass er dieses Gefühl noch immer in sich trägt ... irgendwo. Vielleicht war der Teil seines Herzens, mit dem er mich jetzt hasst, ja früher einmal der, mit dem er geliebt hat.

Plötzlich werde ich ungeduldig. Ich will Nicholas sofort finden und ihm sagen, was ich jetzt weiß. Ich will ihn am Kragen packen und ihm meine Erinnerungen in den Kreislauf küssen. Ich will ihm sagen, dass es mir leidtut. Ich will ihn sagen hören, dass er mich freilässt.

Ich lasse den Arm beim Fahren aus dem Fenster hängen und lache laut über meine Erkenntnis: Ich bin ruhelos so

524

weit gerannt, Meile um Meile, nur um am Ende zu erkennen, dass ich eigentlich nur hier sein will.

Nicholas parkt in der Hochgarage des Mass General, auf der obersten Ebene, und ich parke vier Wagen von ihm entfernt. Ich denke an die ganzen Krimis, die ich im Fernsehen gesehen habe, und bleibe immer hinter einem Betonpfeiler für den Fall, dass Nicholas sich plötzlich umdrehen sollte. Ich fluche und frage mich, wie ich es vermeiden soll, im Aufzug von ihm bemerkt zu werden, doch Nicholas nimmt die Treppe. Nicholas geht eine Etage hinunter und durch einen Flur, auf dem es nicht im Mindesten nach Chirurgie aussieht. Es gibt hier einen blauen Teppichboden, und an den Türen hängen Messingschilder mit den Namen von Ärzten. Als Nicholas stehen bleibt, um eine Tür aufzuschließen, verstecke ich mich hinter einer anderen. »Kann ich Ihnen behilflich sein?«, fragt eine Stimme hinter der halb offenen Tür, und ich spüre, wie mir das Blut aus den Wangen weicht. Sofort husche ich in den Flur zurück.

Nicholas hat die Tür hinter sich geschlossen. Ich gehe dorthin und lese, was auf der Messingtafel steht: DR. NICHOLAS J. PRESCOTT, AMTIERENDER CHEFARZT DER KARDIOLOGIE. Wann ist das denn passiert? Ich lehne mich gegen die blank polierte Tür und streiche über die eingravierten Buchstaben. Ich wäre gerne dabei gewesen, und gleichzeitig frage ich mich, wie es wohl dazu gekommen ist. Vor meinem geistigen Auge sehe ich Alistair Fogerty in einer kompromittierenden Position mit einer Schwester in der Besenkammer. Aber vielleicht ist er auch krank oder gar tot. Was sonst sollte diesen aufgeblasenen, alten Ziegenbock dazu bringen, seinen Posten aufzugeben?

Das Drehen des Türknaufs erschreckt mich. Ich springe zum Schwarzen Brett und tue so, als wäre ich in einen Artikel über Endorphine vertieft. Nicholas geht an mir vorbei, ohne mich zu bemerken. Er hat sein Jackett gegen einen weißen Kittel getauscht. Er bleibt an einem leeren, runden Tisch vor den Aufzügen stehen und blättert durch die Seiten auf einem Klemmbrett.

Als er im Aufzug verschwindet, gerate ich in Panik. Das ist ein großes Krankenhaus, und die Chance, ihn hier wiederzufinden, tendiert gegen null. Aber es musste einen Grund gegeben haben, warum ich ihm hierher gefolgt bin – auch wenn ich selber nicht weiß, was das war –, aber so leicht würde ich nicht aufgeben. Ich reibe mir die Schläfen und suche wie Sherlock Holmes nach Hinweisen. Wie verbringt Nicholas den Tag? Wohin würde ein Arzt wahrscheinlich gehen? Ich versuche, mich an Gespräche zu erinnern, in denen er mal irgendwelche Orte im Krankenhaus erwähnt hat. Nicholas könnte zu den Krankenzimmern gegangen sein, ins Labor oder zu den Spinden. Oder er könnte dorthin gegangen sein, wo ein Herzchirurg hingehen sollte.

»Bitte entschuldigen Sie«, sage ich zu einem Hausmeister, der gerade einen Mülleimer leert.

»*No habla inglés.*« Der Mann zuckt mit den Schultern.

Ich versuche es noch einmal. »Operation«, sage ich. »Ich suche die O-pe-ra-tio-nen.«

»*Sí, operación.*« Der Mann streicht sich mit dem Finger über den Bauch, wirft den Kopf hin und her und lächelt.

Ich schüttele den Kopf und versuche, mich an die wenigen Brocken Spanisch zu erinnern, die ich mal in der Schule gelernt habe. »*Uno*«, sage ich und halte die Hand dicht über den Boden. Dann hebe ich sie ein Stück. »*Dos.*« Ich hebe sie erneut. »*Tres. Cuatro* ... Operation?«

Der Mann klatscht in die Hände. »*Si, si, operación.*« Er hebt drei Finger. »*Tres*«, sagt er.

»*Gracias*«, murmele ich und ramme den Finger wiederholt auf den Rufknopf der Aufzuganlage, als würde der Lift so schneller kommen.

Die Operationssäle befinden sich tatsächlich im dritten Stock, und als die Aufzugtür aufgeht, sehe ich Nicholas vorbeihuschen, inzwischen in blauer OP-Kleidung. Alles an ihm ist verdeckt, abgesehen von seinem Gesicht, doch ich würde ihn selbst aus größter Entfernung allein anhand seines edlen Gangs erkennen. Er schaut über meinen Kopf hinweg auf die Uhr an der Wand; dann verschwindet er hinter einer doppelten Schwingtür.

»Wenn Sie eine Verwandte sind«, sagt eine Stimme hinter mir, »dann müssen Sie ins Wartezimmer gehen.« Ich drehe mich um und sehe eine hübsche, kleine Krankenschwester in frisch gestärkter weißer Uniform. »Nur Patienten dürfen hier rein«, erklärt sie.

»Oh«, sage ich, »ich muss mich verlaufen haben.« Ich lächele und frage sie, ob Dr. Prescott schon eingetroffen sei.

Sie nickt und nimmt meinen Ellbogen, als wisse sie, dass das nur ein Trick ist. »Dr. Prescott kommt immer zehn Minuten zu früh«, sagt sie. »Wir können die Uhr danach stellen.« Sie zieht mich zum Aufzug und wartet neben mir. »Ich bin sicher, er wird nach der Operation direkt zu Ihnen kommen. Ich sage ihm Bescheid.«

»Nein!«, sage ich ein wenig zu laut. »Sie müssen ihm gar nichts sagen.« Die letzte halbe Stunde hatte ich die Oberhand. Ich bin, wo ich sein will, und Nicholas weiß es nicht. Ich mag es, anonym zu bleiben und ihn zu beobachten. Immerhin habe ich ihn nie wirklich arbeiten sehen, und vielleicht war das ja auch der Grund, warum ich ihm zum Krankenhaus gefolgt bin. Noch ein, zwei Stunden oder so, und ich werde mich zu erkennen geben. Aber nicht jetzt, noch nicht. Ich lerne noch.

Ich schaue die Krankenschwester an und suche aufgeregt nach weiteren Entschuldigungen. Ich ringe mit den Händen. »Ich ... Ich will ihn nicht ablenken.«

»Natürlich«, sagt sie und schubst mich in den Aufzug.

Als Nicholas in sein Büro zurückkehrt, trägt er noch immer seine OP-Kleidung, aber sie ist jetzt dunkel von Schweiß und klebt ihm am Rücken und an den Armen. Er schließt seine Tür auf und lässt sie offenstehen, und ich schleiche aus meinem Versteck hinter einer Reihe Rollstühle und setze mich neben seinem Büro auf den Boden. »Mrs. Rosenstein«, höre ich Nicholas sagen, »Dr. Prescott hier.«

Beim Klang seiner Stimme spüre ich ein Kribbeln in meinem Magen. »Ich rufe an, um Ihnen mitzuteilen, dass die Operation gut verlaufen ist. Wir haben wie erwartet vier Bypässe gelegt. Alles verläuft gut, und er sollte in ein paar Stunden wieder aufwachen.« Ich höre mir seinen professionellen, ruhigen Tonfall an, und ich frage mich, ob er so auch Max zum Schlafen bringt. Ich erinnere mich daran, dass Nicholas mir einmal von postoperativen Telefonaten erzählt hat, als er noch Assistenzarzt war. »Ich frage nie ›Wie geht es Ihnen?‹, weil ich das ganz genau weiß. Wie soll man sich auch fühlen, wenn man sechs Stunden neben dem Telefon wartet, um zu hören, ob der Ehemann noch lebt oder nicht?«

Danach verliere ich Nicholas kurz, denn er trifft sich mit ein paar anderen Ärzten in einem kleinen Raum, wo es kein Versteck für mich gibt. Ich bin beeindruckt. Bis jetzt hat er nicht eine Pause gemacht. Wo auch immer er hingeht, kennen die Leute seinen Namen, und die Krankenschwestern überschlagen sich vor Eifer, ihn mit Krankenblättern zu versorgen. Er muss noch nicht einmal danach fragen. Ich frage mich, ob das daran liegt, dass er Chirurg oder dass er Nicholas ist.

*

Als ich Nicholas wiedersehe, ist er mit einem jüngeren Mann zusammen, vermutlich einem Assistenzarzt, und sie gehen durch die Flure der Intensivstation. Ich wusste, dass er hier vorbeikommen würde, auch wenn er auf anderen Etagen zu tun hat, denn er muss nach dem Patienten von heute Morgen sehen. Der Name des Mannes ist Oliver Rosenstein, und er schläft friedlich und atmet im Takt der Monitore. »Wir machen die Patienten kranker, als sie es sind, wenn sie zu uns kommen«, sagt Nicholas zu dem Assistenzarzt. »Und wir machen das *bewusst* in der Hoffnung, dass es ihnen langfristig besser gehen wird. Das ist einer der Gründe dafür, warum man uns bewundert. Wenn Sie Ihren Wagen reparieren lassen wollen, suchen Sie sich einen guten Mechaniker. Und wenn Sie einem Chirurgen Ihr Leben anvertrauen, dann suchen Sie nach einem Gott.« Der Assistenzarzt lacht und schaut Nicholas an, und es ist offensichtlich, dass er Nicholas für ein mythisches Wesen hält.

Ich frage mich gerade, warum ich Nicholas in den acht Jahren unserer Ehe nie habe arbeiten sehen, da wird er plötzlich über die Lautsprecher ausgerufen. Er murmelt etwas zu dem Assistenzarzt und rennt zur nächstgelegenen Treppe. Der Assistenzarzt verlässt Oliver Rosensteins Krankenzimmer und geht in die andere Richtung davon. Weil ich nicht weiß, wohin ich gehen soll, bleibe ich, wo ich bin: an der offenen Tür des Krankenzimmers.

»Uuuh«, höre ich, und Oliver Rosenstein bewegt sich.

Ich beiße mir auf die Unterlippe. Ich weiß nicht, was ich tun soll, doch dann huscht eine Krankenschwester an mir vorbei ins Zimmer. Sie beugt sich über Oliver und zieht ein paar Schläuche, Kabel und Katheter zurecht. »Sie machen das gut«, tröstet sie Oliver und tätschelt ihm die gelbliche Hand. »Ich werde Ihren Arzt für Sie rufen.« Sie verlässt den Raum genauso schnell, wie sie gekommen ist, und so bin ich die Einzige, die Oliver Rosensteins erste Worte nach der Operation hört: »Es ist nicht leicht«, sagt er kaum hörbar, »nicht leicht, das durchzustehen ... Es ist sehr, sehr hart.« Er rollt den Kopf von einer Seite zur anderen, als suche er etwas. Dann sieht er mich und lächelt. »Ellie«, sagt er, und seine Stimme klingt so rau wie Sandpapier. Er hält mich offenbar für jemand anderen. »Ich bin hier, *kine ahora*«, sagt er. »Für einen WASP ist dieser Prescott ein richtiger Mensch.«

*

Es dauert eine weitere Stunde, bis ich Nicholas wiedergefunden habe, und das auch nur durch Zufall. Ich wandere durch die Etage mit den Aufwachzimmern, als Nicholas plötzlich aus dem Aufzug tritt. Er liest eine Krankenakte und isst einen Cupcake. Eine Krankenschwester lacht ihn an, als er an ihrem Tisch vorbeikommt. »Du wirst der nächste Herzchirurg sein, der mit verstopften Arterien auf dem OP-Tisch landet«, tadelt sie ihn, und Nicholas wirft ihr seinen zweiten, noch verpackten Cupcake zu.

»Wenn du es niemandem erzählst«, sagt er, »gehört der dir.«

Ich staune über diesen Mann, den jeder zu kennen scheint und der so beherrscht und ruhig wirkt. Nicholas, der noch nicht einmal wusste, wo ich die Erdnussbutter aufbewahre, ist im Krankenhaus voll in seinem Element. Es trifft mich wie ein Schlag: Das ist Nicholas' eigentliches Heim. Und diese Leute sind Nicholas' wirkliche Familie. Dieser Arzt, von dem jeder eine Unterschrift, einen Rat oder ein tröstendes Wort will, braucht niemanden, besonders mich nicht.

Nicholas steckt das Krankenblatt, das er gelesen hat, in einen Halter an Zimmer 445. Dann geht er hinein und lächelt eine junge Assistenzärztin an, die die Hände in die Taschen gesteckt hat. »Dr. Adams hat mir erzählt, dass Sie für morgen bereit sind«, sagt er zu dem Patienten und zieht sich einen Stuhl ans Bett heran. Ich springe auf die andere Seite der Tür, damit ich ungesehen hineinspähen kann. Der Patient ist ein Mann, ungefähr im Alter meines Vaters, und er hat das gleiche runde Gesicht und den in die Ferne schweifenden Blick. »Lassen Sie mich Ihnen erklären, was wir tun werden, denn ich glaube, Sie werden' sich später nicht mehr an viel erinnern«, sagt Nicholas.

Ich kann ihn nicht wirklich hören, aber Gesprächsfetzen dringen zu mir heraus, Worte wie *Beatmung, Herzarterien, Intubieren*. Der Patient scheint ihm nicht zuzuhören. Er starrt Nicholas mit leicht geöffnetem Mund an, als wäre er Jesus höchstpersönlich.

Nicholas erkundigt sich, ob der Mann noch irgendwelche Fragen hat. »Ja«, sagt der Patient zögernd. »Werde ich Sie morgen sehen?«

»Vielleicht«, antwortet Nicholas, »aber Sie werden dann vermutlich sehr benommen sein. Am Nachmittag schaue ich aber noch mal nach Ihnen.«

»Dr. Prescott«, sagt der Patient, »für den Fall, dass ich morgen zu zugedröhnt bin ... Danke.«

Ich höre nicht, was Nicholas darauf antwortet, und ich habe auch keine Zeit, mich rechtzeitig zurückzuziehen. Er rennt in mich hinein, entschuldigt sich und erkennt dann, mit wem er gerade zusammengestoßen ist. Er kneift die Augen zusammen, packt mich am Oberarm und zerrt mich den Flur hinunter. »Julie«, sagt er zu der Assistenzärztin, mit der er im Zimmer war, »ich sehe Sie dann nach der Visite.« Dann flucht er zwischen den Zähnen hindurch und schleppt mich in einen kleinen Raum, wo die Patienten sich Eiswürfel und Orangensaft holen können. »Was zum Teufel machst du hier?«

Mir verschlägt es den Atem, und ich kann ihm beim besten Willen nicht darauf antworten. Nicholas drückt meinen Arm so fest, dass ich weiß, dass ein blauer Fleck zurückbleiben wird. »Ich ... Ich ...«, stammele ich.

»*Was?*« Nicholas kocht vor Wut.

»Ich wollte dich nicht stören«, sage ich. »Ich will nur mit dir reden.« Ich beginne zu zittern und frage mich, was ich wohl sagen werde, sollte Nicholas mein Angebot annehmen.

»Wenn du nicht sofort von hier verschwindest«, sagt Nicholas, »lasse ich dir vom Sicherheitsdienst in den Arsch treten.« Er lässt meinen Arm los, als hätte er eine Aussätzige berührt. »Ich habe dir doch gesagt, dass du nicht mehr zurückkommen sollst«, sagt er. »Was muss ich denn noch tun, damit du begreifst, dass ich das ernst meine?«

Ich hebe das Kinn und tue so, als hätte ich nichts von dem gehört, was er gesagt hat. »Ich gratuliere«, sage ich, »zu deiner Beförderung.«

Nicholas starrt mich an. »Du bist verrückt«, sagt er, und dann geht er den Flur hinunter, ohne sich auch nur einmal umzudrehen.

Ich schaue ihm hinterher, bis sein weißer Kittel in der Ferne mit der Wand verschmilzt, und ich frage mich, warum er nicht erkennen kann, wie sehr ich seinen Patienten ähnele. Schließlich bewahrt er sie auch davor, an einem gebrochenen Herzen zu sterben.

*

Sieben Minuten lang sitze ich im Wagen vor dem großen Herrenhaus der Prescotts in Brookline. Mein Atem wärmt das Innere des Wagens, und ich überlege, ob es wohl auch eine Verhaltensregel dafür gibt, wie man richtig um Gnade fleht. Getrieben vom Gedanken an Max schleppe ich mich schließlich den Schieferweg hinauf und klopfe mit dem schweren Messingklopfer an die Tür. Ich erwarte Imelda, das kleine, dickliche Hausmädchen, doch stattdessen öffnet Astrid höchstpersönlich die Tür ... mit meinem Sohn.

Sofort erschreckt mich der Kontrast zwischen Astrid und meiner eigenen Mutter. Es sind die einfachen Dinge: Astrids Seidenkleid und Perlen im Vergleich zu den Flanellhemden und Cowboyhosen meiner Mutter; Astrids antike Einrich-

533

tung im Vergleich zu dem Stall in North Carolina. Und Astrid lebt von ihrem Ruhm, während meine Mutter alles tut, um ihre Identität geheim zu halten. Doch andererseits sind sie beide starke Frauen. Beide sind sie über die Maßen stolz. Sie haben beide gegen das System gekämpft, das ihnen Fesseln angelegt hat, und sich neu erschaffen. Und so wie es aussieht, gibt auch Astrid – wie meine Mutter – ihre Fehler inzwischen zu.

Astrid sagt kein Wort. Sie schaut mich an ... Nein, sie schaut in mich hinein, als überlege sie, wie sie mich am besten für ein Foto ausleuchten solle. Max sitzt auf ihrer Hüfte. Er schaut mich mit Augen an, die so blau sind, dass man die Farbe nach ihnen benannt haben muss. Max ist verschwitzt, sein Haar klebt an seinem Kopf, und er hat den Abdruck einer Decke auf der Wange.

Max hat sich in nur drei Monaten so sehr verändert.

Max ist das Ebenbild von Nicholas.

Er geht davon aus, dass ich eine Fremde bin, und er vergräbt sein Gesicht in Astrids Bluse und reibt sich die Nase am Saum.

Astrid macht keinerlei Anstalten, ihn mir zu geben, aber sie schlägt mir auch nicht die Türe vor der Nase zu. Um sicherzugehen, mache ich einen winzigen Schritt nach vorne. »Astrid«, sage ich und schüttele dann den Kopf. »*Mom.*«

Als hätte dieses Wort eine Erinnerung wachgerufen – was natürlich unmöglich ist –, hebt Max das Gesicht. Er legt den Kopf auf die Seite, wie seine Großmutter es auch getan hat, und streckt dann die geballte Faust aus. »Mama«, sagt er, und die Finger der Faust öffnen sich wie eine Blume und legen sich auf meine Wange.

Seine Berührung ... Es ist nicht, was ich erwartet, nicht, was ich mir erträumt habe. Sie ist warm, trocken und zärtlich wie die eines Liebhabers. Meine Tränen laufen ihm zwischen den Fingern hindurch, und er nimmt seine Hand wieder fort, steckt sie sich in den Mund und trinkt mein Leid und meine Reue.

Astrid Prescott gibt mir Max, sodass er seine Arme um meinen Hals schlingen kann. »Paige«, sagt sie. Sie scheint ganz und gar nicht überrascht zu sein, mich zu sehen. Dann tritt sie einen Schritt zurück, damit ich ihr Heim betreten kann. »Weshalb hast du so lange gebraucht?«

KAPITEL 34

NICHOLAS

Es war Paige, die Nicholas den Tag versaut hatte, denn Nicholas ist sich sicher, dass es sonst nichts gibt, worüber er sich hätte beschweren können. Die Operationen an diesem Tag waren zufriedenstellend verlaufen, und all seinen Patienten ging es den Umständen entsprechend gut. Doch als er entdeckt hatte, dass Paige ihm an den Fersen klebte, hatte ihn das mehr als nur nervös gemacht. Es ist ein öffentliches Krankenhaus, und natürlich hat sie jedes Recht, hier zu sein. Seine Drohung, den Sicherheitsdienst zu rufen, war genau das: nur eine Drohung. Sie vor dem Zimmer seines Patienten zu sehen hatte ihn aus der Fassung gebracht, und er gerät im Krankenhaus normalerweise nie aus der Fassung. Mehrere Minuten lang hatte er anschließend einen unregelmäßigen Puls gespürt, als hätte er einen Schock erlitten.

Wenigstens würde sie Max nicht finden. Paige war ihm nicht zum Krankenhaus gefolgt. Das hätte er mit Sicherheit bemerkt. Sie musste später gekommen sein. Das wiederum bedeutete, dass sie nicht wusste, dass Max bei seinen Eltern war, und sie würde auch niemals auf die Idee kommen, dass Nicholas seinen Stolz heruntergeschluckt hatte. Dabei genießt er es inzwischen sogar, dass Astrid und Robert Prescott wieder Teil seines Lebens sind. Aber auch falls Paige plötzlich aus irgendeinem abwegigen Grund *doch* bei den Prescotts auftauchen sollte, würde Astrid sie bestimmt nicht hereinlassen – nicht nach allem, was sie ihrem Sohn angetan hatte.

Nicholas holt sein Jackett aus dem Büro und macht sich auf den Heimweg. Trotz seines Namens an der Tür und seiner eigenen Sekretärin ist es für ihn noch immer Alistairs Büro. Die Kunst an den Wänden hätte Nicholas sich niemals ausgesucht, und die nautischen Paraphernalien wie der Sextant und das Schiffssteuerrad aus Messing waren einfach nicht sein Stil. Nicholas hätte ein waldgrünes Büro vorgezogen, mit Jagdbildern an der Wand, einer Lampe mit großem Schirm auf dem Tisch und einer plüschigen Damaszenercouch. Alles, nur nicht dieses Weiß und Beige, das in seinem Haus vorherrschte ... und das Paige mit ihrem Farbgefühl schon immer gehasst hatte. Und plötzlich erkennt Nicholas, dass er selbst es auch nicht mag.

Nicholas legt die Hand auf das Steuerrad. Vielleicht ... eines Tages ... Er macht einen guten Job als Chef der Kardiologie. Das weiß er. Saget hat ihm gesagt, falls Alistair sein Pensum zurückschrauben oder gar ganz aufhören sollte, könne Nicholas den Posten behalten. Das ist eine zweifelhafte Ehre. Nicholas hat diesen Job schon so lange gewollt, dass er ihn wie selbstverständlich macht. Er nimmt an den Sitzungen der Führungskräfte teil und hält Vorträge für Assistenzärzte und Gastchirurgen. Aber all die Überstunden und der furchtbare Druck halten ihn auch von Max und Paige fern.

Nicholas schüttelt den Kopf. Er will Paige weit weg wissen. Er braucht sie nicht mehr. Er will, dass sie an einer Dosis ihrer eigenen Medizin erstickt. Er atmet tief durch, nimmt sich die Akten, die er bis morgen durchsehen muss, und schließt die Bürotür hinter sich ab.

Um acht Uhr herrscht nicht mehr viel Verkehr auf dem Storrow Drive, und Nicholas schafft es in fünfzehn Minuten zum Haus seiner Eltern. Er lässt sich selbst hinein. »Hallo«, ruft er und lauscht seinem Echo in dem großen Raum. »Wo steckt ihr alle?«

Er geht in den Salon, der mittlerweile fast ausschließlich als Spielzimmer dient, doch dort ist niemand. Er schaut in die Bibliothek, wo sein Vater für gewöhnlich die Abende verbringt, aber auch dieser Raum ist dunkel und kühl. Nicholas macht sich auf den Weg die Treppe hinauf, und seine Schritte werden von dem dicken Orientteppich gedämpft. »Hallo«, ruft er erneut, und dann hört er Max lachen.

Wenn Max lacht, dann kommt das tief aus dem Bauch, und es packt ihn so sehr, dass er am ganzen Leib bebt und strahlt wie die Sonne, wenn das Geräusch schließlich aus seiner Kehle kommt. Nicholas liebt dieses Geräusch ebenso sehr, wie er Max' hohes Schreien hasst. Er folgt dem Lachen durch den Flur und in eines der Gästeschlafzimmer, das Astrid inzwischen in ein Kinderzimmer verwandelt hat. Vor der Tür lässt Nicholas sich auf alle viere nieder, um Max als Tiger zu überraschen. »Max, Max, Maximilian«, knurrt Nicholas und krallt sich einen Weg durch die halb offene Tür.

Astrid sitzt auf dem einzigen Stuhl im Raum, einem übergroßen weißen Schaukelstuhl. Max liegt mitten auf dem blassblauen Teppich und zupft Flusen heraus. Und mit der freien Hand stützt er sich dabei bequem auf Paiges Knie ab.

Astrid hebt zwar den Blick, doch Paige scheint nicht zu bemerken, dass Nicholas in den Raum gekrochen ist. Sie greift nach Max' Zehen und zieht daran, den kleinen zum Schluss, dann huschen ihre Finger sein Bein hinauf. Er quiekt und lacht und legt den Kopf zurück, sodass er sie verkehrt herum sehen kann. »Mehr?«, fragt sie, und Max schlägt ihr auf den Schenkel.

Irgendwo in Nicholas' Hinterkopf, irgendwo hinter dem roten Schleier, macht es *Klick*. Er starrt Paige an, denn es hat ihm die Sprache verschlagen. Sie befindet sich im selben Raum wie sein Sohn. Sie sieht schier unmöglich jung aus mit ihrem roten Haar, das ihr über die Schultern fällt, ihrem Hemd, das hinten aus dem Rock gerutscht ist, und ihren Sneakern, die Max gerade nicht erreichen kann. So hätte das nicht sein sollen. Aber Max, der inzwischen heult, wenn der Paketbote an die Tür kommt, hat Paige angenommen, als wäre sie sein ganzes Leben bei ihm gewesen und nicht nur das halbe. Und Paige lässt das alles so leicht aussehen. Nicholas erinnert sich an all die Nächte, in denen er im Flur auf und ab gelaufen ist und gewartet hatte, bis Max sich in den Schlaf heulte, nur weil er nicht wusste, was er sonst hätte tun sollen. Er hatte sich sogar Bücher aus der öffentlichen Bibliothek geholt und die Texte von Kinderliedern auswendig gelernt. Doch Paige kommt einfach aus dem Nichts, setzt sich hin, lässt ihn zwischen ihren Beinen spielen, und schon krächzt er vor Freude.

Plötzlich erscheint ein Bild vor Nicholas' geistigem Auge: Paige mit der Hand im Mayonnaiseglas, um Nicholas mit den Resten ein Brot zu schmieren. Es war am Morgen um halb fünf gewesen, und Nicholas musste zu einer Operation, aber sie war wie immer aufgestanden, um ihm ein Pausenbrot zu machen. »Nun«, sagte sie und klopfte mit dem Messer an das leere Glas, »das hier können wir wohl als erledigt betrachten.« Und sie schaute sich nach einem Geschirrtuch

539

um, konnte aber keins finden. Also wischte sie sich die Hände einfach an ihrem weißen Engelsnachthemd ab, als sie fälschlicherweise glaubte, Nicholas schaue nicht hin.

Nach Max' Geburt hatte Paige ihm jedoch kein Pausenbrot mehr gemacht, und obwohl Nicholas einem Neugeborenen nicht die Schuld daran gegeben hatte und auch nicht zu Eifersucht neigte, erkennt er plötzlich, dass Paige seit Max' Geburt nicht mehr ihm gehört hatte. Er ballt die Fäuste auf dem Teppich ... genau wie Max. Paige ist nicht seinetwegen zurückgekommen, sondern wegen Max. Vermutlich hat sie Nicholas nur ins Krankenhaus verfolgt, um sicherzugehen, dass er nicht da war, wenn sie zu Max ging. Das sollte ihn zwar nicht kümmern, denn er hatte ja alles, was er für sie je empfunden hatte, verdrängt, aber trotzdem tat es weh.

Nicholas atmet tief durch und wartet darauf, dass brennende Wut den Schmerz verdrängt. Doch die Wut kommt nur langsam, besonders wenn er Paige anschaut und das Bild, das sie gemeinsam mit seinem Sohn abgibt. Er kneift die Augen zusammen und versucht herauszufinden, warum ihm das so vertraut vorkommt, und dann sieht er die Verbindung. Es ist die Art, wie Max sie anschaut, als wäre sie eine Göttin ... Früher hatte Paige Nicholas so angeschaut.

Nicholas springt auf und funkelt seine Mutter an. »Wer zum Teufel hat dir erlaubt, sie reinzulassen?«, verlangt er zu wissen.

Astrid bleibt völlig ruhig. »Wer zum Teufel hat mir das verboten?«, erwidert sie.

Nicholas fährt sich mit der Hand durchs Haar. »Um Himmels willen, Mom. Ich dachte nicht, dass ich das extra betonen muss. Ich habe dir doch gesagt, dass sie wieder zurück ist. Du weißt, wie ich fühle. Und du weißt auch, was sie getan hat.« Er deutet auf Paige, die noch immer mit dem Baby spielt und ihm den Bauch kitzelt. »Woher willst du wissen, dass sie ihn nicht entführt, wenn du mal kurz wegschaust? Woher willst du wissen, dass sie ihn nicht verletzt?«

Astrid legt ihrem Sohn die Hand auf den Arm. »Nicholas«, sagt sie, »glaubst du wirklich, dass sie das tun würde?«

Bei diesen Worten hebt Paige den Blick. Sie steht auf und hebt Max hoch. »Ich musste ihn einfach sehen, Nicholas. Ich werde jetzt gehen. Deine Mutter kann nichts dafür.« Sie drückt Max an sich, und er schlingt seine Ärmchen um ihren Hals.

Nicholas tritt einen Schritt vor, jetzt ist sie ihm so nah, dass er ihren warmen Atem spüren kann. »Ich will dein Auto nicht mehr bei uns sehen«, sagt er mit seiner ruhigen, stählernen Chirurgenstimme. »Ich werde bei Gericht ein Kontaktverbot gegen dich erwirken.«

Er erwartet, dass Paige sich umdreht und eingeschüchtert davonkriecht, wie es jeder tut, wenn er in diesem Tonfall spricht. Doch sie bleibt ganz ruhig und reibt Max den Rücken. »Das ist auch mein Haus«, sagt sie ruhig, »und mein Sohn.«

In diesem Moment explodiert Nicholas, und er packt das Baby so grob, dass Max zu schreien beginnt. »Was zum Teufel willst du denn tun? Das Kind mitnehmen, wenn du das nächste Mal beschließt davonzulaufen? Oder hast du vielleicht sogar schon einen Plan dafür?«

Paige verschränkt die Hände. »Ich werde nicht wieder weglaufen. Ich will nur wieder in mein Haus gelassen werden. Ich werde nicht wieder weglaufen, solange ich nicht dazu gezwungen werde.«

Nicholas lacht. Es ist ein seltsames Geräusch aus der Nase. »Natürlich«, sagt er. »Genau wie beim letzten Mal. Die arme Paige, die von einem grausamen Schicksal davongetrieben wird.«

In diesem Augenblick weiß Nicholas, dass er gewonnen hat. »Warum musst du das unbedingt so sehen?«, flüstert Paige. »Warum kannst du nicht einfach sehen, dass ich wieder nach Hause gekommen bin?« Sie weicht einen Schritt zurück und versucht sich vergeblich an einem Lächeln. »Du bist ja vielleicht perfekt, Nicholas, und alles, was du tust, gelingt dir gleich beim ersten Mal. Wir Normalsterbliche müssen es jedoch immer wieder und wieder versuchen und hoffen, dass wir jedes Mal eine zweite Chance bekommen, bis es endlich klappt.« Und dann dreht sie sich um und rennt aus dem Raum, bevor ihr die Tränen kommen, und Nicholas hört, wie sie die schwere Eichentür hinter sich zuwirft.

Max zappelt auf Nicholas' Armen, und er setzt ihn auf dem Teppich ab. Das Baby starrt auf die offene Schlafzimmertür, als warte es darauf, dass Paige wieder zurückkommt. Und Astrid, die Nicholas ganz vergessen hatte, bückt sich, um Max das abgerissene Blatt einer Zimmerpalme aus der Hand zu nehmen. Als sie sich wieder aufrichtet, schaut sie Nicholas direkt in die Augen. »Ich schäme mich für dich«, sagt sie und verlässt den Raum.

*

Paige ist am Haus, als Nicholas mit Max wieder zurückkehrt. Mit Zeichenblock und Kohle sitzt sie ruhig vor der Veranda. Trotz seiner Drohung ruft Nicholas nicht die Polizei. Stattdessen tut er so, als würde er sie nicht sehen, während er Max, die Wickeltasche und die Krankenhausakten ins Haus trägt. Von Zeit zu Zeit kann er Paige zum Fenster hereinschauen sehen, als er an diesem Abend mit Max auf dem Wohnzimmerboden spielt. Aber er macht sich nicht die Mühe, die Vorhänge zuzuziehen oder Max in ein anderes Zimmer zu bringen.

Als Max nicht einschlafen kann, versucht es Nicholas auf die Weise, die immer funktioniert. Er holt den Staubsauger aus der Besenkammer, stellt ihn auf die Schwelle zum Kinderzimmer und schaltet ihn ein, sodass das Brummen des Motors Max' Schreie übertönt. Schließlich beruhigt Max sich, und Nicholas stellt den Staubsauger wieder weg. Vielleicht ist es ja genetisch bedingt. Er erinnert sich noch daran, dass auch er, wenn er nach einer Sechsunddreißig-Stunden-Schicht nach Hause kam, wunderbar einschlafen konnte, während Paige im Hintergrund staubsaugte.

Nicholas geht in den Flur und schaltet das Licht aus. Dann tritt er ans Fenster. Er weiß, dass er von dort Paige sehen kann, sie ihn aber nicht. Ihr Gesicht schimmert im Mondlicht silbern und ihr Haar wie Bronze. Um sie herum liegen Dutzende von Zeichnungen verstreut: Max sitzend, Max schlafend, Max, wie er sich herumwälzt. Nicholas sieht jedoch kein einziges Bild von sich.

Der Wind weht ein paar Blätter auf die Stufen der Veranda. Ohne darüber nachzudenken, öffnet Nicholas die Tür, und die Bilder flattern in den Flur. Er hebt sie auf: Max mit einer Rassel, Max, wie er versucht, sich den Fuß in den Mund zu stecken, und so weiter. Und er geht damit auf die Veranda hinaus. »Ich glaube, die gehören dir«, sagt er und tritt neben Paige.

Paige hat versucht, auf allen vieren die anderen Bilder festzuhalten. Einen Teil von ihnen hat sie mit einem großen Stein gesichert, und den Rest hält sie gerade mit dem Ellbogen fest. »Danke«, sagt sie und dreht sich unbeholfen zur Seite. Sie sammelt die Bilder ein und stopft sie rasch in ihre Zeichenmappe, als wäre ihr das peinlich. »Wenn du hier draußen bleiben willst«, sagt sie, »dann kann ich mich in den Wagen setzen.«

Nicholas schüttelt den Kopf. »Es ist kalt«, sagt er. »Ich werde wieder reingehen.« Er sieht, wie Paige die Luft anhält. Sie wartet auf eine Einladung, doch das wird nicht geschehen. »Du machst das gut mit Max«, sagt Nicholas. »Er fremdelt im Augenblick stark und lässt nicht jeden an sich heran.«

Paige zuckt mit den Schultern. »Ich glaube, ich bin irgendwie mit ihm verwachsen. Jetzt ist er schon eher so etwas, was ich mir unter einem Baby vorgestellt habe: etwas, das sitzt, lächelt und mit dir lacht, nicht nur etwas, das isst, schläft und kackt und dich vollkommen ignoriert.« Sie schaut Nicholas an. »Und ich glaube, du kommst auch sehr gut mit Max zurecht, mehr als gut sogar. Schau dir doch nur einmal an, was aus ihm geworden ist. Er ist ein vollkommen anderes Kind als noch vor drei Monaten.«

Es gäbe einiges, was Nicholas darauf antworten könnte, doch stattdessen nickt er nur kurz. »Danke«, sagt er, setzt sich auf die Verandastufen und streckt die Beine aus. »Du kannst nicht ewig hier draußen bleiben«, bemerkt er.

»Ich hoffe, das muss ich auch nicht.« Paige legt den Kopf zurück und atmet die frische Nachtluft ein. »Als ich in North Carolina war, habe ich mit meiner Mutter im Freien geschlafen.« Sie setzt sich auf und lacht. »Und es hat mir tatsächlich gefallen.«

»Ich sollte dich mal zum Camping nach Maine mitnehmen«, sagt Nicholas.

Paige starrt ihn an. »Ja«, sagt sie, »das solltest du.«

Ein kalter Wind fegt über den Rasen und lässt Nicholas erschaudern. »Du wirst hier draußen noch erfrieren«, sagt er und steht rasch auf, bevor er noch mehr sagen kann. »Ich werde dir einen Mantel holen.«

Er läuft auf die Veranda, als wäre sie ein Zufluchtsort, und schnappt sich den erstbesten Mantel, den er im Flur findet. Es ist ein schwerer Wollmantel von ihm, und als er ihn Paige hinhält, sieht er, dass er ihr bis über die Knöchel reichen wird. Paige schlüpft in den Mantel und zieht ihn zu. »Das ist nett«, sagt sie und berührt Nicholas' Hand.

Nicholas zieht sie rasch zurück. »Nun«, sagt er, »ich will ja nicht, dass du krank wirst.«

»Nein«, erwidert Paige, »ich meine uns beide.« Sie deutet auf sich selbst und Nicholas. »Du brüllst nicht.« Als Nicholas nichts darauf erwidert, nimmt sie ihren Zeichenblock und die Kohle und schenkt ihm dann noch ein Lächeln. »Gib Max einen Kuss von mir«, sagt sie.

Als Nicholas wieder in die Sicherheit seines Hauses zurückkehrt, fühlt er sich in dem dunklen Flur kurz desorientiert. Er muss sich am Türrahmen abstützen, bis seine Erinnerung wieder zurückgekehrt ist. Vielleicht hatte er ja kurz geglaubt, irgendwann mit dem Spiel aufzuhören und Paige wieder hereinzulassen, doch jetzt sieht er, dass das nicht geschehen wird. Sie ist wegen Max zurückgekommen, *nur* wegen Max, und irgendwie macht ihn das verrückt. Das fühlt sich wie ein Schlag in die Magengrube an, und er weiß auch ganz genau, warum das so ist. Er liebt sie noch immer. So dumm das auch sein mag und sosehr er sie auch für das hasst, was sie getan hat, er kann einfach nicht anders.

Nicholas späht aus dem Fenster und sieht, wie Paige mit dem Mantel in einen Schlafsack kriecht, den sie sich von einem gottverdammten Nachbarn geborgt hat. Ein Teil von ihm hasst sich dafür, ihr diese kleine Bequemlichkeit zugestanden zu haben, und ein anderer Teil will ihr noch viel mehr geben. Wenn es um Paige geht, ist nichts einfach. Alles ist impulsiv, und allmählich fragt Nicholas sich, ob das alles nicht ein großer Fehler war. Er kann nicht ewig so weitermachen. Das ist weder gut für ihn noch für Max. Es muss entweder zu einer Versöhnung oder einem klaren Bruch kommen.

Das Mondlicht fällt unter der Haustür hindurch und erfüllt den Flur mit einem geisterhaften Glühen. Nicholas fühlt sich plötzlich erschöpft und schleppt sich die Treppe hinauf. Er wird darüber schlafen müssen. Manchmal sehen die Dinge am nächsten Morgen schon wieder anders aus. Ohne sich auszuziehen, kriecht er ins Bett und stellt sich Paige vor, die draußen wie ein Opferlamm unter freiem Himmel liegt. Seine letzten bewussten Gedanken gelten seinen Bypasspatienten und dem Moment während der Operation, in dem er das Herz eines Patienten anhält. Und er fragt sich, ob die Patienten das spüren.

KAPITEL 35

PAIGE

Anna Maria Santana, die ich nie gekannt habe, ist am 30. März 1985 geboren und auch gestorben. UNSER VIER-STUNDEN-ENGEL steht auf dem Grabstein, der zwischen den anderen Gräbern noch immer recht neu wirkt. Das Grab liegt auf dem Friedhof, über den ich während meiner Schwangerschaft immer gewandert bin. Ich weiß nicht, warum mir Anna Marias Grab damals nie aufgefallen ist. Es ist sauber und ordentlich, und Veilchen blühen am Rand. Irgendjemand kommt offenbar häufig hierher, um das kleine Mädchen zu besuchen.

Es ist mir nicht entgangen, dass Anna Maria Santana ungefähr zur selben Zeit gestorben ist, als ich mein erstes Kind empfangen habe. Plötzlich wünschte ich, ich hätte auch etwas, das ich hierlassen könnte – eine Rassel oder einen pinkfarbenen Teddybären –, und dann wird mir bewusst, dass sowohl Anna Maria als auch mein eigenes Kind inzwischen acht wären und die Babysachen schon längst gegen Barbies und Fahrräder getauscht hätten. Ich höre die Stimme meiner Mutter: *In meinem Kopf warst du immer fünf Jahre alt. Und bevor ich es mich versehen hatte, warst du erwachsen geworden.*

Irgendetwas muss geschehen, und zwar bald. Nicholas und ich können nicht ständig aufeinander zugehen und uns dann wieder voneinander losreißen wie bei einem seltsamen

Stammestanz. Ich habe heute nicht mehr versucht, wieder ins Mass General zu gehen, und ich werde auch nicht zu den Prescotts fahren, um Max zu besuchen. Ich darf Nicholas nicht noch mehr unter Druck setzen, denn er steht kurz vor dem Zusammenbruch. Dieser Zustand macht mich ruhelos, ich werde nicht weiter herumsitzen und ihn über meine Zukunft entscheiden lassen, wie er das früher immer getan hat. Aber ich kann ihm nicht die Augen für etwas öffnen, das er nicht sehen will.

Ich bin auf den Friedhof gegangen, um wieder einen klaren Kopf zu bekommen. Das hat bei meiner Mutter funktioniert, und jetzt hoffe ich, dass das auch bei mir so sein wird. Ich habe Nicholas die Wahrheit gesagt, was meine Flucht betrifft, aber ich bin noch immer nicht mit mir ins Reine gekommen. Was, wenn Nicholas mich plötzlich mit offenen Armen auf der Veranda erwartet, wenn er bereit ist, da weiterzumachen, wo wir aufgehört haben? Werde ich dann die gleichen Fehler noch einmal machen?

Vor Jahren habe ich mal einen Leserbrief in einer Zeitschrift gelesen, in dem ein Mann gestanden hat, eine Affäre mit seiner Sekretärin zu haben. Es ging schon über Jahre, doch er hatte seiner Frau nie etwas davon erzählt, und obwohl sie eine glückliche Ehe führten, hatte er das Gefühl, ihr alles sagen zu müssen. Ich war überrascht gewesen, was die Ratgebertante ihm darauf geantwortet hatte: *Damit öffnen Sie die Büchse der Pandora. Was sie nicht weiß, kann sie auch nicht verletzen.*

Ich weiß nicht, wie lange ich noch warten kann. Ich würde Max nie nachts aus seinem Bettchen holen und mit ihm durchbrennen, wie Nicholas scheinbar glaubt. Das könnte ich Max nicht antun und Nicholas ganz besonders nicht. Nachdem er drei Monate mit Max zusammen war, scheint er weicher geworden zu sein. Der Nicholas, den ich im Juli verlassen habe, wäre nie auf allen vieren um eine Ecke gekrochen und hätte so getan, als wäre er ein Grizzlybär, um seinen Sohn zu unterhalten. Aber allein schon aus praktischen Gründen kann ich nicht ewig im Vorgarten schlafen. Wir haben Mitte Oktober, und die ersten Blätter fallen von den Bäumen. Nachts hat es bereits gefroren, und bald wird es Schnee geben.

Ich gehe zum *Mercy* in der Hoffnung, von Lionel eine Tasse Kaffee zu bekommen. Das erste vertraute Gesicht, das ich sehe, ist Doris. Sie bringt zwei Teller in eine Nische und läuft dann zu mir, um mich in die Arme zu nehmen. »Paige!« Durch die Durchreiche brüllt sie in die Küche: »Paige ist wieder da!«

Lionel kommt sofort herbeigerannt und macht eine große Show daraus, mich am Tresen auf einen der alten roten Hocker zu setzen. Das *Mercy* ist kleiner, als ich es in Erinnerung hatte, und die Wände sind vor lauter Nikotin kränklich gelb. Würde ich den Laden nicht kennen, es wäre mir unangenehm, hier zu essen. »Wo ist das tolle Baby?«, fragt Marvela und beugt sich dicht an mich heran, sodass ihre Hängeohrringe mir in die Haare baumeln. »Du musst doch wenigstens Bilder haben.«

Ich schüttele den Kopf und nehme dankbar die Tasse Kaffee an, die Doris mir bringt. Lionel ignoriert die kleine Schlange, die sich an der Kasse gebildet hat, und setzt sich neben mich. »Dieser Arzt, den du da hast, ist vor ein paar Monaten hier gewesen. Er hat geglaubt, du seiest weggelaufen, und ist zu uns gekommen, weil er dich suchte.« Lionel schaut mir in die Augen, und seine Narbe verdunkelt sich vor Erregung. »Ich habe ihm gesagt, dass du nicht so jemand bist«, sagt er. »Ich kenne mich da aus.«

Einen Augenblick lang sieht es so aus, als wolle er mich umarmen, doch dann reißt er sich zusammen und wuchtet sich vom Hocker. »Was guckst du so?«, knurrt er Marvela an, die neben mir mit den Händen ringt. »Wir haben hier ein Geschäft zu führen, Süße«, sagt er zu mir und stapft zur Kasse.

Während die Kellnerinnen und Lionel wieder ihrer Routine folgen, schaue ich mich im Laden um. Die Speisekarten haben sich nicht verändert, aber die Preise. Sie stehen auf winzigen, fluoreszierenden Stickern, die auf der Karte kleben. Die Herrentoilette funktioniert immer noch nicht, wie bereits am letzten Tag, an dem ich hier gearbeitet habe. Und über der Kasse an der Wand hängen nach wie vor all die Gästeporträts, die ich gezeichnet habe.

Ich kann nicht glauben, dass Lionel sie nicht einfach weggeworfen hat. Inzwischen sind doch sicher einige der Gäste gestorben. Ich schaue mir die Bilder an: Elma, die Taschenlady; Hank, der Chemieprofessor; Marvela und Doris; Marilyn Monroe und Nicholas ... *Nicholas.* Ich stehe auf und gehe näher heran, um mir das Bild genauer anzusehen. Es hängt ganz unten, und ich muss mich bücken, ja fast kriechen. Ich fühle den verwunderten Blick der Gäste auf mir ruhen. Lionel, Marvela und Doris tun so, als würden sie mein Verhalten nicht bemerken.

Ich erinnere mich noch sehr gut an dieses Bild. Im Hintergrund hatte ich das Gesicht eines kleinen Jungen gezeichnet, der auf einem Baum sitzt und die Sonne in den Händen hält. Zuerst hatte ich geglaubt, meine Lieblingssage aus Irland gezeichnet zu haben: Cuchulainn, der den Palast des Sonnengottes verlässt, nachdem seine Mutter zu ihrem ersten Mann zurückgekehrt war. Damals hatte ich nicht verstanden, warum ich ausgerechnet diese spezielle Szene aus meiner Kindheit in Nicholas' Porträt gemalt hatte, aber ich glaubte, es hatte etwas damit zu tun, dass ich weggelaufen war. Ich hatte die Zeichnung angestarrt, und ich hatte meinen Vater gesehen, wie er mir die Geschichte erzählt und dabei Pfeife geraucht hatte. Zu der Zeit hatte ich die Hände meines Vaters noch deutlich vor Augen. Sie waren schmutzig, und er gestikulierte damit, während er mir erzählte, wie Cuchulainn wieder auf die Erde kam. Ich fragte mich, ob Cuchulainn sein anderes Leben wohl je vermisst hatte.

Monate später, als Nicholas und ich im *Mercy* saßen und uns sein Porträt anschauten, erzählte ich ihm die Geschichte von Dechtire und dem Sonnengott. Er lachte. Nicholas sagte, er habe noch nie von Cuchulainn gehört, aber als Kind habe er tatsächlich geglaubt, wenn er nur hoch genug in den Baum klettere, könne er die Sonne fangen. *Ich nehme an*, hatte er gesagt, *in gewissem Sinne können wir das alle.*

*

Ich schließe das Haus auf und verbringe eine volle Stunde damit, schmutzige Socken und Unterhosen aus den unmöglichsten Orten hervorzuziehen: aus der Mikrowelle, aus dem Weinregal und sogar aus einer Suppenterrine. Als ich einen Stapel Wäsche beisammenhabe, schalte ich die Waschmaschine ein. Dann wische ich im Wohn- und Schlafzimmer Staub und schrubbe die Fliesen im Badezimmer. Und ich schrubbe auch die Toilette und sauge die hautfarbenen Teppiche, und ich tue mein Bestes, die inzwischen versteinerten Marmeladeflecken in der Küche wegzubekommen. Dann beziehe ich die Betten frisch und lege frische Decken in Max' Wiege. Ich leere den Windeleimer und sprühe Parfüm auf den Teppich, damit der Gestank übertüncht wird. Und die ganze Zeit über läuft der Fernseher und zeigt die Seifenopern, die ich auch bei meiner Mutter gesehen habe, als sie sich den Knöchel gebrochen hatte. Ich sage Devon, sie soll ihren Mann verlassen, und ich weine, als Alanas Baby tot geboren wird, und ich schaue mir fasziniert eine Liebesszene zwischen einem reichen Mädchen namens Leda und Spider, einem Gauner, an. Ich decke gerade den Tisch für zwei, als das Telefon klingelt, und ich hebe aus Gewohnheit ab.

»Paige«, sagt die Stimme, »ich kann dir gar nicht sagen, wie froh ich bin, dich gefunden zu haben.«

»Es ist nicht so, wie du denkst«, sage ich rasch, während ich noch rate, wer da wohl am anderen Ende der Leitung ist.

»Willst du Max nicht besuchen kommen? Er wartet schon den ganzen Tag auf dich.«

Astrid. Wer sollte mich auch sonst anrufen? Ich habe keine Freunde in dieser Stadt. »Ich ... Ich weiß nicht«, sage ich. »Ich putze gerade das Haus.«

»Nicholas hat mir gar nicht erzählt, dass du wieder eingezogen bist«, sagt Astrid.

»Das bin ich auch nicht.«

»Paige«, sagt Astrid, und ihre Stimme klingt so scharf wie die Kanten ihrer Schwarzweißbilder. »Wir müssen reden.«

Mit Max auf dem Arm wartet sie auf mich an der Haustür. Er trägt einen edlen Overall und winzige Sneaker von Nike. »Imelda hat Kaffee für uns in den Salon gebracht«, sagt sie und gibt mir Max. Dann dreht sie sich um, geht in das imposante Foyer und erwartet von mir, dass ich ihr folge.

Der zum Spielzimmer umfunktionierte Salon wirkt weit weniger einschüchternd als damals, als ich mit Nicholas zum ersten Mal hier war. Ich frage mich, ob die Dinge sich wohl anders entwickelt hätten, wenn auch damals schon ein Schaukelpferd und eine Wiege mitten im Raum gestanden hätten. Ich lege Max auf den Boden, und sofort richtet er sich auf alle viere auf und schaukelt vor und zurück. »Schau«, rufe ich, und es verschlägt mir den Atem. »Er will krabbeln.«

Astrid gibt mir eine Tasse. »Ich will dir ja nicht deine Illusionen rauben, aber das macht er schon seit drei Wochen. Ihm fehlt noch die Koordination.« Ich schaue Max eine Weile beim Schaukeln zu und nehme mir die Sahne und den Zucker, die Astrid mir reicht. »Ich habe einen Vorschlag«, sagt Astrid.

Ich schaue sie ein wenig ängstlich an. »Ich weiß nicht ...«, sage ich.

Astrid lächelt. »Du weißt doch noch gar nicht, worum es geht.« Sie rückt ein Stück näher an mich heran. »Hör zu. Nachts ist es inzwischen eiskalt. Sehr viel länger kannst du nicht auf dem Rasen schlafen, und Gott allein weiß, wie lange es noch dauern wird, bis mein sturer Sohn wieder zur Vernunft kommt. Ich möchte, dass du hier einziehst. Robert und ich haben darüber gesprochen. Wir haben mehr Zimmer als ein kleines Hotel. Aus Rücksicht auf Nicholas muss ich dich allerdings bitten, tagsüber das Haus zu verlassen, sodass ich mich weiter um Max kümmern kann. Nicholas ist ein wenig ... sagen wir *eigen*, was die Frage betrifft, ob du in Max' Nähe sein solltest. Aber ich sehe keinen Grund, warum sich unsere Wege nicht dann und wann kreuzen sollten, wenn ich Max habe.«

Ich starre Astrid mit offenem Mund an. Diese Frau bietet mir ein großes Geschenk an. »Ich weiß nicht, was ich sagen soll«, murmele ich und schaue zu Max auf den Boden. Eine Million Dinge gehen mir durch den Kopf: *Da muss es doch einen Haken geben. Sie hat sich mit Nicholas was ausgedacht, um zu beweisen, dass ich als Mutter ungeeignet bin. Irgendetwas, um mir den Kontakt mit Max noch schwieriger zu machen. Oder sie will etwas als Gegenleistung. Aber was könnte ich ihr schon geben?*

»Ich weiß, was du denkst«, sagt Astrid. »Robert und ich schulden dir etwas. Ich habe mich geirrt, als ich glaubte, du und Nicholas sollten nicht heiraten. Du bist genau, was Nicholas braucht, auch wenn er zu dumm ist, das selbst zu erkennen, doch er wird es noch merken.«

»Ich bin nicht, was Nicholas braucht«, widerspreche ich ihr und schaue weiter zu Max.

Astrid beugt sich vor, sodass ihr Gesicht nur noch wenige Zoll von meinem entfernt ist, und zwingt mich so, sie wieder anzuschauen. »Hör mir zu, Paige. Weißt du, was meine erste Reaktion war, als Nicholas mir erzählt hat, dass du gegangen bist? Ich dachte: *Halleluja!* Ich dachte, du hättest es wirklich in dir. Als Nicholas dich zum ersten Mal hierhergebracht hat, waren es nicht deine Vergangenheit oder dein Lebensstil, wogegen ich etwas gehabt habe. Für Robert kann ich natürlich nicht sprechen, aber auch er hat seine Vorbehalte inzwischen überwunden. Ich wollte jemand Entschlossenes für Nicholas, jemanden mit Schneid. Aber als ich dich sah, habe ich nur jemanden gesehen, der ihn vergöttert und ihm hinterherläuft wie ein Hund. Ich habe jemanden gesehen, der bereit war, sein Leben für ihn aufzugeben. Ich dachte nicht, dass du den Mumm hast, dich dem Wind zu stellen, geschweige denn einer Ehe. Aber nachdem du jahrelang nach seiner Pfeife getanzt bist, hast du ihm schließlich einen Grund gegeben innezuhalten. Was du durchgemacht hast, ist keine Tragödie, nur ein Schluckauf. Ihr werdet das beide schon überleben, und es wird noch zwei, drei kleine Maximilians geben und jede Menge Schulabschlüsse, Hochzeiten und Enkelkinder. Du bist eine Kämpferin, genau wie Nicholas. Ich würde sogar behaupten wollen, dass du ihm in dieser Hinsicht in nichts nachstehst.« Sie stellt die Kaffeetasse ab und nimmt mir auch meine weg. »Imelda bereitet gerade ein Zimmer für dich vor«, sagt sie. »Sollen wir es uns mal anschauen?«

Astrid steht auf, doch ich bleibe sitzen. Ich verschränke die Hände im Schoß und frage mich, ob das wirklich ist, was ich will. Nicholas wird außer sich sein vor Wut. Das Ganze könnte sich als Bumerang für mich erweisen.

Max macht ein lautes, schlürfendes Geräusch. Er kaut an irgendetwas, das wie eine Spielkarte aussieht. »Hey«, sage ich und nehme es ihm aus der Hand. »Darfst du das denn haben?« Ich wische den Speichel ab und gebe Max ein anderes Spielzeug. Dann bemerke ich, was ich da in der Hand halte. Es ist ein Schlüsselring mit drei laminierten Fotografien. Es ist Astrids Arbeit. Das erste Bild zeigt Nicholas mit einem leichten Lächeln, aber in Gedanken völlig woanders. Das zweite ist ein Bild von Max, aufgenommen vor ungefähr zwei Monaten. Gierig starre ich es an und sauge all die subtilen Veränderungen auf, die ich versäumt habe. Dann blättere ich zu dem letzten Bild. Es zeigt mich und ist verhältnismäßig aktuell, auch wenn ich nicht weiß, wann und wo Astrid es aufgenommen haben könnte. Ich sitze draußen vor einem Café in Faneuil Hall. Ich könnte sogar schon schwanger gewesen sein. Ich scheine in eine unbestimmte Ferne zu schauen, und ich weiß, dass ich schon damals meine Flucht geplant habe.

»Mama«, sagt Max und greift nach der Fotokarte. Auf der Rückseite steht in Astrids Handschrift das Wort, das er gerade gesagt hat.

Imelda streicht gerade die Tagesdecke glatt, als Astrid mich in mein neues Zimmer führt. »Señora Paige«, sagt Imelda und lächelt erst mich und dann Max an, als er sich eine ihrer schwarzen Locken schnappt. »Der hier hat schon einen kleinen Teufel im Leib«, sagt sie.

»Ich weiß«, erwidere ich. »Das ist die väterliche Linie.«

Astrid lacht und öffnet den Schrank. »Du kannst deine Sachen hier reintun«, sagt sie, und ich nicke und schaue mich um. Für Prescott-Verhältnisse ist das Zimmer schlicht. Es gibt ein pfirsichfarbenes Sofa und ein Himmelbett, und die Laken sind von der Farbe eines verregneten Sonnenuntergangs in Arizona. Die bodenlangen Vorhänge bestehen aus Alencon-Spitze und werden von Granatäpfeln aus Messing zurückgehalten. Der Spiegel ist antik und passt perfekt zum Schrank. »Ist das in Ordnung so?«, fragt Astrid.

Ich lasse mich aufs Bett sinken, setze Max neben mich und reibe ihm den Bauch. Ich werde das feuchte Gras und die Büsche vermissen, aber das hier ist auch ganz nett. Ich nicke Astrid zu. Dann stehe ich schüchtern auf und gebe ihr das Baby. »Wenn ich mich recht entsinne, waren das deine Bedingungen«, sage ich. »Ich komme später wieder zurück.«

»Komm zum Abendessen«, sagt Astrid. »Ich weiß, dass Robert dich auch sehen will.«

Sie folgt mir die Treppe hinunter und bringt mich zur Tür. Max wimmert und greift nach mir, als ich gehen will, und Astrid gibt ihn mir kurz. Sanft streichele ich ihm über den Kopf und zwicke ihn zärtlich in den Arm. »Warum bist du nur auf meiner Seite?«, frage ich ihn.

Astrid lächelt. Im schwächer werdenden Licht und nur in diesem einen Augenblick erinnert sie mich an meine Mutter. Dann nimmt Astrid das Baby wieder zurück. »Warum sollte er das nicht sein?«, entgegnet sie.

*

»Robert«, sagt Astrid Prescott, als wir ins Speisezimmer gehen, »du erinnerst dich doch noch an Paige, oder?«

Robert Prescott faltet seine Zeitung zusammen, zieht seine Lesebrille aus und steht auf. Ich strecke die Hand aus, doch er ignoriert sie und umarmt mich stattdessen nach kurzem Zögern. »Danke«, sagt er.

»Für was?«, flüstere ich. Was habe ich jetzt schon wieder gemacht?

»Für dieses Kind«, antwortet er, und er lächelt. Da wird mir klar, dass Nicholas das in all der Zeit nie zu mir gesagt hat.

Ich setze mich, aber ich bin zu nervös, um die Suppe und den Salat zu essen, die Imelda aus der Küche bringt. Robert sitzt an einem Ende des riesigen Tisches, Astrid am anderen und ich irgendwo dazwischen. Mir gegenüber ist ein leerer Stuhl, und nervös starre ich darauf. »Das ist nur um der Symmetrie willen«, erklärt Astrid, als sie meinen Blick bemerkt. »Mach dir keine Sorgen.«

Nicholas hat Max bereits abgeholt. Astrid hat ihr gesagt, dass er morgen eine Vierundzwanzig-Stunden-Schicht hat, weshalb er früh ins Bett wollte. Für gewöhnlich sitzt Max beim Abendessen in seinem Hochstuhl neben Robert, der ihn dann füttert.

»Nicholas hat uns noch nicht viel von deiner Reise erzählt«, bemerkt Robert, und es klingt, als wäre ich auf Kreuzfahrt mit der QE2 gewesen.

Ich schlucke und frage mich, wie viel ich den beiden erzählen kann, ohne mich in Schwierigkeiten zu bringen. Immerhin sind das hier *Nicholas'* Eltern, egal wie nett sie auch sein mögen. »Ich weiß nicht, ob Nicholas euch je erzählt hat«, beginne ich zögernd, »dass ich ohne Mutter aufgewachsen bin. Sie hat uns verlassen, als ich fünf Jahre alt war, und als ich dann nicht gerade einen guten Job mit Max machte, habe ich mir gedacht, wenn ich sie finde, würde ich von da an automatisch alles richtig machen.«

Astrid schnalzt mit der Zunge. »Du *hast* einen guten Job gemacht«, sagt sie. »Du hast all die harte Arbeit gemacht. Und du hast ihn doch gestillt, oder? Ja, ich erinnere mich daran, dass Nicholas erzählt hat, wie schwer es war, Max in nur einem Tag zu entwöhnen. Als ihr klein wart, haben wir uns über so etwas noch nicht einmal Gedanken gemacht. In unseren Kreisen war Stillen ›nicht angemessen‹.«

Robert wendet sich ab und übernimmt das Gespräch. »Ignorier Astrid einfach«, sagt er und lächelt. »Manchmal verbringt sie Wochen oder gar Monate in irgendwelchen Hütten und ohne eine Menschenseele zu sehen. Sie ist es also gewohnt, mit sich selbst zu reden.«

»Und manchmal«, sagt Astrid in betont freundlichem Ton, »gehe ich weg, und wenn ich dann mit mir selbst rede, stelle ich keinen Unterschied zu den Tischgesprächen mit dir fest.« Sie steht auf, geht zu Robert und beugt sich über ihn, bis er sie anschaut. »Habe ich dir heute schon gesagt, dass ich dich liebe?«, fragt sie und küsst ihn auf die Stirn.

»Nein, das hast du nicht«, erwidert Robert.

»Aha.« Astrid tätschelt ihm die Wange. »Dann hast du mir also *doch* zugehört.« Sie schaut zu mir herüber und grinst. »Ich gehe mal nachsehen, was mit unseren Steaks passiert ist.«

Wie sich herausstellt, hat Robert Prescott schon von Donegal, dem Pferd meiner Mutter, gehört. Nun, nicht wirklich von Donegal, aber von seinem Vater, der von Seattle Slew abstammt. »Und sie macht das alles allein?«, fragt er.

»Sie hat das Gelände von einer größeren Farm gepachtet, und ein Junge hilft ihr beim Stall ausmisten«, erkläre ich. »Es ist ein wunderschöner Ort. Es gibt dort so viel Grün, und unmittelbar dahinter liegen die Berge. Es ist wirklich ein schöner Ort zum Leben.«

»Aber du bist nicht geblieben«, bemerkt Robert.

»Nein«, antworte ich. »Das bin ich nicht.«

In diesem Augenblick, gerade als mir das Gespräch zu unangenehm wird, kommt Astrid wieder aus der Küche zurück. »Noch fünf Minuten«, sagt sie. »Ist es zu glauben? Da lebt Imelda nun schon zwanzig Jahre bei uns, und sie weiß immer noch nicht, dass du dein Steak nur als Holzkohle magst.«

»Ich mag es *gut durch*«, korrigierte Robert sie.

»Jaja«, sagt Astrid und lacht. »Ich bin gut, nicht wahr?«

Während ich die beiden so beobachte, zieht sich mir der Magen zusammen. Ich hätte nie gedacht, dass zwischen Nicholas' Eltern eine solche Wärme herrscht, und es macht mir deutlich, was ich als Kind alles versäumt habe. Mein Vater erinnert sich mit Sicherheit nicht daran, wie meine Mutter ihr Steak mag, und meine Mutter könnte niemals sagen, was die Lieblingsfarbe meines Vaters ist. Ich habe nie gesehen, wie sich meine Mutter in der Küche hinter meinen Vater gestellt und ihn geküsst hat. Ich habe nie gesehen, dass sie so perfekt zueinander passen wie Robert und Astrid.

In der Nacht, als Nicholas im *Mercy* um meine Hand angehalten hat, habe ich ihn eigentlich gar nicht gekannt. Ich wusste, dass ich seine Aufmerksamkeit wollte. Ich wusste, dass er Respekt verlangte, wo auch immer er hinging. Ich wusste, dass er Augen hatte, bei deren Anblick es mir den Atem verschlug, Augen von den wogenden Farben des Meeres. Ich habe Ja gesagt, weil ich glaubte, er würde mir über Jake hinweghelfen und über das Baby, meine Mutter und Chicago. Und dann machte ich ihm einen Vorwurf daraus, dass er genau das tat, er erfüllte meine Erwartungen. Er ließ mich mein altes Selbst so gut vergessen, dass ich Panik bekam und weglief.

Ich habe Ja zu Nicholas gesagt, aber ich habe nicht gewusst, dass ich ihn wirklich heiraten wollte – nicht bis zu

560

dem Abend, als wir nach dem Streit wegen der Hochzeit aus dem Haus seiner Eltern gerannt sind. An jenem Abend habe ich zum ersten Mal erkannt, dass nicht nur ich Nicholas brauchte, Nicholas brauchte auch mich. Irgendwie hatte ich ihn mir immer als Helden vorgestellt, als Teil meines Plans. Doch an jenem Abend war Nicholas unter den Worten seines Vaters ins Wanken geraten und hatte seiner Familie den Rücken zugekehrt. Plötzlich fand der Mann, der die Welt sein Leben lang um den kleinen Finger hatte wickeln können, sich auf unvertrautem Gebiet wieder. Und zu meiner Überraschung war dieses Gebiet die Straße, die ich schon gegangen war. Zum ersten Mal in meinem Leben brauchte jemand meine Erfahrung. Das vermittelte mir ein Gefühl, das ich noch nie gehabt hatte.

Und das war nichts, was einfach so verflog.

Während ich Astrid und Robert für den Rest des Abendessens beobachte, denke ich an alles, was ich über Nicholas weiß. Ich weiß, dass er keinen Tintenfisch, keine Schnecken, keine Muscheln und keine Aprikosenmarmelade isst. Ich weiß, dass er auf der rechten Seite des Bettes schläft und dass, egal was ich tue, das Laken sich auf seiner Seite immer von der Matratze löst. Ich weiß, dass er um Martini einen großen Bogen macht. Ich weiß, dass er seine Boxershorts in der Mitte faltet, damit sie in die Kommode passen. Ich weiß, dass er Regen riechen kann, bevor er da ist, und dass er an der Farbe des Himmels erkennen kann, ob es schneit. Ich weiß, dass niemand ihn je so kennen wird wie ich.

Und ich weiß, dass Nicholas auch viele Fakten über mich aufzählen kann, und trotzdem würden die wichtigsten Wahrheiten fehlen.

*

Vergib mir, Nicholas, denn ich habe gesündigt. Die Worte gehen mir bei jedem Schritt durch den Kopf, der mich weiter von dem Haus der Prescotts wegführt. Ich fahre die Straßen von Brookline hinunter und nehme den vertrauten Weg zu unserem Haus. Die letzte halbe Meile schalte ich die Scheinwerfer aus. Ich will nicht gesehen werden.

Seit achteinhalb Jahren war ich nicht mehr bei der Beichte. Darüber muss ich lächeln. Wie viele Vaterunser würde Vater Draher mir wohl aufgeben, wenn ich ihn um Absolution bitten würde und nicht Nicholas?

Meine erste Beichte habe ich im vierten Schuljahr abgelegt. Die Nonnen hatten uns darauf vorbereitet, und wir warteten in einer Schlange und bekundeten unsere Bußfertigkeit, bevor wir in den Beichtstuhl gingen. Der Beichtstuhl war winzig und braun, und er vermittelte mir ein beklemmendes Gefühl. Ich hörte Vater Draher durch das Metallgitter atmen, das uns voneinander trennte. Bei diesem ersten Mal habe ich gesagt, dass ich den Namen des Herrn auf unheilige Art ausgesprochen hätte und dass ich mich mit Margaret Riordan um den letzten Schokoriegel in der Cafeteria gestritten hatte. Doch als Vater Draher nichts darauf sagte, begann ich, Sünden zu erfinden: dass ich beim Buchstabierwettbewerb geschummelt hätte; dass ich meinen Vater angelogen und dass ich unreine Gedanken hätte. Letzteres ließ Vater Draher husten, und damals wusste ich noch nicht, warum, denn ich hatte keine Ahnung, was ein unreiner Gedanke war. Das war einfach nur eine Phrase, die ich einmal im Fernsehen gehört hatte. »Zur Buße«, sagte er,

»wirst du ein Vaterunser und drei Ave-Marias sprechen.«
Und damit war die Sache erledigt, und ich konnte noch mal
von Neuem beginnen.

Im Haus brennt kein Licht, noch nicht einmal in Nicholas'
Arbeitszimmer. Dann erinnerte ich mich daran, was Astrid
gesagt hatte. Nicholas versuchte gerade, mal eine Nacht
durchzuschlafen. Ich bekam ein schlechtes Gewissen. Vielleicht sollte ich das ein andermal tun, aber ich will es auch
nicht länger hinausschieben.

Ich stoße mit dem Zeh an Max' Lauflernwagen, der in
einer Ecke des Flurs steht. Geräuschlos steige ich die Treppe
hinauf und schleiche auf Zehenspitzen am Kinderzimmer
vorbei und zu unserer Schlafzimmertür. Sie steht offen. So
kann Nicholas besser hören, wenn Max schreit.

Das ist mein Plan: Ich werde mich auf die Bettkante setzen und Nicholas anstupsen, damit er aufwacht. Ich werde
ihm alles sagen, was er schon von Anfang an hätte wissen
sollen, und ich werde ihm sagen, dass ich nicht länger
schweigen könne, und dann werde ich gehen, damit er darüber nachdenken kann. Und ich werde den ganzen Weg
nach Hause um Gnade beten.

Damit setze ich alles auf eine Karte, das weiß ich. Aber ich
sehe keinen anderen Ausweg mehr. Deshalb schleiche ich
auch ins Schlafzimmer, und ich sehe Nicholas halbnackt
und in die blaue Tagesdecke gewickelt auf dem Bett liegen.
Ich setze mich jedoch nicht auf die Bettkante. Ich kann
nicht. Wenn es nicht so ausgehen sollte wie geplant, werde
ich wenigstens wissen, wie es in seinem Herzen aussieht.

Ich knie mich neben das Bett und greife in Nicholas' dickes Haar. Dann lege ich ihm die andere Hand auf die

Schulter und staune, wie warm sich seine Haut anfühlt. Meine Hand wandert zu seiner Brust. Nicholas stöhnt und streckt sich und rollt sich auf die Seite. Sein Arm fällt auf meinen.

Sehr, sehr vorsichtig berühre ich mit den Fingerspitzen seine Augenbrauen, seine Wangen und seinen Mund. Ich beuge mich vor, bis ich seinen Atem auf meinen Augenlidern spüre. Dann beuge ich mich vor, bis meine Lippen seine streifen. Ich küsse ihn, bis er beginnt, meinen Kuss zu erwidern, und bevor ich zurückweichen kann, schlingt er die Arme um mich und zieht mich zu sich. Er reißt die Augen auf, doch es scheint ihn nicht zu überraschen, mich hier zu finden. »Du hast das Haus geputzt«, flüstert er.

»*Unser* Haus«, sage ich. Seine Hände liegen heiß auf meinen. Ich ziehe mich zurück und setze mich auf meine Fersen.

»Ist schon okay«, murmelt Nicholas und setzt sich in den Kissen auf. »Wir sind bereits verheiratet.« Er schaut mich von der Seite an und lächelt träge. »Ich könnte mich daran gewöhnen«, sagt er. »Dass du dich in mein Bett schleichst, meine ich.«

Ich stehe auf und sehe mich im Spiegel. Dann reibe ich mir die Hände an der Jeans und setze mich zögernd auf die Bettkante. Ich schlinge die Arme um die Brust. Nicholas setzt sich neben mich und legt den Arm um meine Hüfte. »Was ist los?«, flüstert er. »Du siehst aus, als hättest du einen Geist gesehen.«

Ich schüttele seine Hand ab. »Fass mich nicht an«, sage ich. »Du willst mich sicher nicht anfassen.« Ich drehe mich um und setze mich im Schneidersitz ihm gegenüber. Über

seine Schulter hinweg beobachte ich mich im Spiegel.
»Nicholas«, sage ich und sehe meine Lippen Worte formen,
die ich nie hören wollte. »Ich hatte eine Abtreibung.«

Nicholas versteift sich. Er ist wie erstarrt, und es dauert
eine Weile, bis er wieder atmen kann. »Du hattest *was?*«,
sagt er. Er rückt näher an mich heran, und die Wut in seinem Gesicht macht mir Angst. Ob er mich wohl gleich an
der Kehle packen wird? »Ist *das* der Grund, warum du drei
Monate lang weg warst? Um mein Kind loszuwerden?«

Ich schüttele den Kopf. »Das war, bevor ich dich kennengelernt habe«, sage ich. »Es war nicht dein Kind.«

Ich sehe die Gedanken und Erinnerungen über sein Gesicht huschen, und schließlich schüttelt er den Kopf. »Du
warst Jungfrau«, sagt er. »Das hast du mir zumindest erzählt.«

»Ich habe dir überhaupt nichts erzählt«, erwidere ich ruhig. »Du wolltest das nur glauben.« Ich halte die Luft an
und sage mir selbst, dass es vielleicht keinen Unterschied
machen wird. Immerhin hat Nicholas vor mir ja mit einer
anderen Freundin zusammengelebt, und wie viele Frauen
gehen heute schon unberührt in die Ehe. Doch andererseits
sind all diese Frauen auch nicht mit Nicholas verheiratet.

»Du bist katholisch«, sagt er und versucht, die Einzelteile
zusammenzufügen. Ich nicke. »Das war also der Grund, warum du Chicago verlassen hast.«

»Und das war auch der Grund«, füge ich leise hinzu, »warum ich Max verlassen habe. An dem Tag, an dem ich gegangen bin – dem Tag, als er von der Couch gefallen ist –,
da hielt ich mich für die schlechteste Mutter der Welt. Ich
hatte mein erstes Kind getötet und mein zweites verletzt. Ich

habe gedacht, keine Mutter zu haben sei immer noch besser, als jemanden wie mich ertragen zu müssen.«

Nicholas steht auf, und ich sehe etwas in seinen Augen, das ich noch nie gesehen habe. »Was das betrifft, hast du vielleicht recht«, sagt er so laut, dass ich schon Angst habe, Max wacht davon auf. Dann packt er mich an den Schultern und schüttelt mich so heftig, dass mir schwindelig wird. »Mach, dass du aus meinem Haus kommst«, sagt er, »und komm nie wieder zurück. Was willst du dir sonst noch von der Seele reden? Wirst du vielleicht wegen Mordes gesucht? Versteckst du einen Liebhaber im Schrank?« Er lässt meine Arme wieder los, und selbst im Dunkeln sehe ich die tiefblauen Abdrücke, die seine Finger auf meinem noch immer schmerzenden Fleisch hinterlassen haben.

Nicholas lässt sich auf die Bettkante fallen, als könne er die Last plötzlich nicht mehr tragen. Er beugt sich vor und legt das Gesicht in die Hände. Ich will ihn berühren, um ihm den Schmerz zu nehmen. Als ich ihn anschaue, wünschte ich, ich hätte nie etwas gesagt. Ich strecke die Hand aus, doch Nicholas zuckt vor meiner Berührung zurück. *Ego te absolvo.* »Vergib mir«, sage ich.

Doch für Nicholas sind diese Worte wie ein brutaler Schlag. Als er den Kopf hebt, sind seine Augen blutunterlaufen und voller Wut. Er starrt mich an und sieht mich als das, was ich wirklich bin. »Gott verdamme dich«, sagt er.

Kapitel 36

Nicholas

Als Nicholas im zweiten Jahr in Harvard studierte, hatten er und sein Zimmergenosse Oakie Peterborough sich betrunken und ihren schlafenden Betreuer im Studentenwohnheim mit Löschschaum vollgespritzt. Man setzte sie ein Jahr auf Bewährung, und danach trennten sich ihre Wege. Nicholas ging in die medizinische Fakultät, während Oakie die Law School besuchte. Noch Jahre bevor Nicholas seine erste Operation durchführte, war Oakie schon Partner in einem Bostoner Rechtsanwaltsbüro.

Nicholas nippt an seinem Limonenwasser und sucht nach Ähnlichkeiten zwischen dem Oakie, den er gekannt hatte, und dem Scheidungsanwalt, der ihm im Restaurant gegenübersitzt. Nicholas hatte ihn angerufen und ein gemeinsames Mittagessen vorgeschlagen, und Oakie hatte sofort geantwortet: »Ja, sicher«, und ihn für den Nachmittag in seinen Terminkalender eingetragen. Nicholas beobachtet, mit welch ruhigem Selbstvertrauen sein alter Zimmergenosse sich die Serviette auf den Schoß legt, und er sieht auch die Gleichgültigkeit in Oakies Augen. »Es ist schön, dich zu sehen, Nicholas«, sagt Oakie. »Es ist schon erstaunlich, dass man in derselben Stadt arbeitet und trotzdem keine Gelegenheit findet, sich mit seinen alten Freunden zu treffen.«

Nicholas lächelt und nickt. Er betrachtet Oakie Peterborough nicht als alten Freund. Das tat er nicht mehr, seit sie beide neunzehn gewesen waren und er Oakie mit der Hand in der Hose seiner Freundin ertappt hatte. »Ich hoffe, du kannst mir ein paar Antworten geben«, sagt Nicholas. »Du hast dich doch auf Familienrecht spezialisiert, nicht wahr?«

Oakie seufzt und lehnt sich zurück. »*Familien*recht ... Welch Euphemismus. Was ich tue, hat nichts mit Familienzusammenhalt zu tun – im Gegenteil. In meinem Fall ist *Familien*recht ein Widerspruch in sich.« Er starrt Nicholas mit großen Augen an, als er erkennt, worum es geht. »Du fragst mich doch nicht für dich selbst, oder?«

Nicholas nickt, und ein Muskel zuckt in seinem Kiefer. »Ich will alles über Scheidungen wissen.« Nicholas hatte nun schon länger kein Auge mehr wegen dieser Frage zugemacht, doch schließlich war er mit erstaunlicher Klarheit zu einem Entschluss gekommen. Ihm war scheißegal, was die Sache ihn kostete, solange Paige nur aus seinem Leben verschwinden und er Max würde behalten dürfen. Er ist wütend auf sich selbst, dass er sich fast hätte einwickeln lassen, als Paige vergangene Nacht zu ihm ins Schlafzimmer kam. Ihre Berührung, der Veilchenduft ihrer Haut ... Einen Augenblick lang hatte er sich in der Vergangenheit verloren und so getan, als wäre sie nie weg gewesen. Fast hätte er ihr die letzten drei Monate verziehen. Und dann hatte sie ihm erzählt, was er ihr nie vergessen würde.

Nicholas beginnt zu zittern, als er sich vorstellt, wie ein anderer Mann ihren Körper berührt und ein fremdes Kind in ihrem Leib heranwächst. Doch er denkt, dass dieser Schock mit der Zeit vergehen wird. Es ist jedoch nicht wirklich die Abtreibung, was ihn so aufregt. Auch wenn er als Arzt, der seine Zeit damit verbringt, Leben zu *retten*, so eine

Entscheidung nicht billigen kann, kann er aber die Motive verstehen. Nein, was ihn wirklich aufregt, ist die Geheimniskrämerei. Auch wenn er Paiges Motive für den Schwangerschaftsabbruch vermutlich nachvollziehen könnte, was er nicht verstehen kann, ist, dass sie ihrem eigenen Mann so etwas verheimlicht hat. Er hätte das Recht gehabt, das zu erfahren. Es mag ja *ihr* Körper sein, aber es ging immerhin auch um ihre gemeinsame Vergangenheit. Und offensichtlich hatte sie ihm in acht Jahren Ehe nie genug vertraut, um ihm die Wahrheit zu erzählen.

Nicholas hatte den ganzen Morgen damit verbracht, das Bild der um Gnade flehenden Paige aus seinem Kopf zu verdrängen. Sie hatte so zerbrechlich ausgesehen, dass Nicholas unwillkürlich an Pusteblumen hatte denken müssen, die beim leisesten Windhauch auseinanderfliegen. Ein Wort von ihm, und sie wäre entzweigebrochen.

Doch Nicholas hat genug Wut im Bauch, um jegliches Gefühl zu unterdrücken, das er vielleicht noch für sie empfindet. Er würde sie in ihrem eigenen Spiel schlagen und ihr Max abnehmen, bevor sie das Kind missbrauchen konnte, um sich ihre eigene Absolution zu erkaufen. Er würde sich von ihr scheiden lassen und sie so weit wie möglich von sich wegjagen, und vielleicht, in fünf oder zehn Jahren, würde er ihr Gesicht dann nicht mehr sehen, sobald er seinen Sohn anschaute.

Oakie Peterborough tupft sich die fetten Lippen mit der Serviette ab und atmet tief durch. »Schau mal«, sagt er. »Ich bin zwar Anwalt, aber ich bin auch dein Freund. Du solltest wissen, worauf du dich da einlässt.«

Nicholas starrt ihm in die Augen. »Sag mir einfach, was ich tun muss.«

Oakie seufzt. »Nun, Massachusetts gehört zu den Staaten, in denen das sogenannte ›schuldhafte Verhalten‹ einer der beiden Parteien als Scheidungsgrund anerkannt wird. Das heißt im Klartext, dass du das nicht beweisen musst, aber wenn du das kannst, dann wird das Vermögen dementsprechend aufgeteilt, und ...«

»Sie hat mich verlassen«, unterbricht Nicholas ihn. »Und sie hat mich acht Jahre lang angelogen.«

Oakie reibt sich die Hände. »War sie länger als zwei Jahre weg?« Nicholas schüttelt den Kopf. »Und sie war auch nicht der Hauptverdiener, oder?« Nicholas schnaubt verächtlich und wirft seine Serviette auf den Tisch. Oakie schürzt die Lippen. »Nun, dann kann man im juristischen Sinne nicht von ›Verlassen‹ sprechen. Und was das Lügen angeht ... Da bin ich nicht sicher. Für gewöhnlich werden als schuldhaftes Verhalten nur Dinge wie übermäßiger Alkoholkonsum, körperliche Gewalt und Ehebruch anerkannt.«

»Das würde mich nicht überraschen«, knurrt Nicholas.

Oakie hört ihn nicht. »Schuldhaftes Verhalten schließt jedoch ausdrücklich *nicht* einen Konfessionswechsel oder einen Auszug aus dem gemeinsamen Haus mit ein.«

»Sie ist nicht ausgezogen«, stellt Nicholas klar. »Sie ist *gegangen.*« Er starrt Oakie wieder an. »Wie lange wird das dauern?«

»Das kann ich nicht sagen«, antwortet Oakie. »Das hängt davon ab, ob wir juristisch relevante Gründe für eine Scheidung finden oder nicht. Falls nicht, dann muss man sich offiziell trennen, und ein Jahr später wird dann die Scheidung ausgesprochen.«

»*Ein Jahr?*«, brüllt Nicholas. »Ich kann kein Jahr warten,

Oakie. Sie wird irgendetwas Verrücktes tun. Sie ist gerade erst einfach losgerannt und drei Monate weggeblieben. Als Nächstes wird sie mir mein Kind wegnehmen.«

»Ein Kind«, sagt Oakie in sanftem Ton. »Bis jetzt hast du mir nichts von einem Kind gesagt.«

Als Nicholas das Restaurant verlässt, kocht er vor Wut. Folgendes hat er gelernt: Obwohl die Gerichte heutzutage nicht mehr automatisch der Mutter das Sorgerecht zusprechen, entscheiden sie ›im Interesse des Kindes‹. Und da Nicholas so viel arbeiten muss, gibt es keine Garantie dafür, dass er Max bekommt. Er hat gelernt, dass Paige Anrecht auf einen Teil seines zukünftigen Verdienstes hat, da sie ihn während seines Studiums finanziell unterstützt hat. Und er hat gelernt, dass dieses Verfahren viel länger dauern wird, als er es für möglich gehalten hätte.

Oakie hat versucht, es ihm auszureden, doch Nicholas ist fest davon überzeugt, keine Wahl zu haben. Er kann noch nicht einmal an Paige *denken*, ohne dass sein Rücken sich versteift und seine Finger zu Eis gefrieren. Er kann es einfach nicht ertragen, dass sie ihn zum Narren gehalten hat.

Nicholas macht sich auf den Weg zum Mass General und ignoriert dort alle, die ihn begrüßen. Als er in seinem Büro ankommt, schließt er die Tür hinter sich. Mit einer schnellen Armbewegung fegt er alles von seinem Schreibtisch herunter. Die Akte, die dabei zuoberst auf dem Boden landet, ist die von Hugo Albert, den er heute Morgen operiert hat. Und Hugo Albert feiert heute seine Goldhochzeit. Als Nicholas Esther Albert gesagt hatte, dass es ihrem Mann gut gehe, hatte sie geweint und Nicholas immer und immer wieder gedankt und gesagt, sie würden ihn fortan immer in ihre Gebete einschließen.

Nicholas legt den Kopf auf den Tisch und schließt die Augen. Er wünschte sich, er hätte eine Privatpraxis wie sein Vater oder dass die Beziehung zu seinen Patienten nur so kurz dauern würde wie in der Inneren. Es ist einfach zu hart, so intensive Beziehungen für so eine kurze Zeit einzugehen und dann einfach beim nächsten Patienten weiterzumachen. Doch dann, ganz allmählich, findet Nicholas sich wieder damit ab, dass das offenbar sein Schicksal ist.

Mit letzter Kraft reißt er sich zusammen, öffnet die oberste Schreibtischschublade und holt einen Bogen Briefpapier heraus, das jetzt seinen Namen trägt. »Oakie will also eine Liste«, murmelt er. »Dann werde ich ihm also eine Liste geben.« Und Nicholas beginnt, alles aufzuschreiben, was er und Paige besitzen. Das Haus. Die Autos. Die Mountainbikes und das Kanu. Der Grill, die Wintergartenmöbel, die weiße Ledercouch und das riesige Bett. Es ist dasselbe Bett, das sie auch schon in ihrer alten Wohnung hatten. Nicholas und Paige hatten sich das handgemachte Bett bestellt, weil man ihnen versichert hatte, es würde noch in der gleichen Woche geliefert. Doch es hatte sich verspätet, und so hatten sie monatelang auf einer Matratze auf dem Boden geschlafen. Das erste Bett war einem Lagerhausbrand zum Opfer gefallen, und deshalb musste es noch mal gemacht werden. Eines Nachts hatte Paige sich an ihn gekuschelt und ihn gefragt: »Glaubst du, Gott will uns damit sagen, dass alles nur ein großer Fehler war?«

Als Nicholas kein weiterer Besitz mehr einfällt, holt er ein zweites Blatt Papier aus der Schublade und schreibt seinen

Namen in die eine und Paiges Namen in die andere Ecke. Dann zeichnet er eine Tabelle. GEBURTSNAME. GEBURTSORT. AUSBILDUNG. DAUER DER EHE. All das kann er leicht ausfüllen, doch er ist schockiert, als er sieht, wie viel Platz seine Ausbildung im Gegensatz zu Paiges einnimmt. Dann schaut er auf das Feld DAUER DER EHE und schreibt nichts hinein.

Wenn sie diesen Kerl geheiratet hätte, hätte sie das Kind dann bekommen?

Nicholas schiebt die Papiere beiseite, dreht sich zum Fenster um, legt den Kopf zurück und betrachtet die Rauchschwaden aus den Kaminen des Krankenhauses, doch er sieht nur Paiges verletztes Gesicht darin. Er blinzelt, aber das Bild verschwindet nicht, bis er glaubt, verrückt zu werden.

Nicholas fragt sich, ob sie diesen anderen Kerl wohl geliebt hat ... und warum sich ihm beim Gedanken an diese unausgesprochene Frage der Magen umdreht.

*

Als Nicholas sich mit dem Stuhl wieder umdreht, steht seine Mutter vor dem Schreibtisch. »Nicholas«, sagt sie, »ich habe dir ein Geschenk mitgebracht.« Sie hält ein großes, in Pappe verpacktes Rechteck in der Hand. Schon als er das Klebeband abzieht, weiß er, dass es sich um ein gerahmtes Foto handelt. »Das ist für dein Büro«, sagt sie. »Ich habe wochenlang daran gearbeitet.«

»Das ist nicht mein Büro«, sagt Nicholas. »Ich kann hier nichts aufhängen.« Dann starrt er das Foto an. Es zeigt eine Weide am Ufer eines Sees, die von einem wütenden Wind zu einem umgedrehten U gebogen wird. Im Hintergrund ist alles purpurn, und der Baum selbst ist rot wie Lava, als würde er im Innern glühen.

Astrid tritt um den Tisch herum und stellt sich neben ihren Sohn. »Fantastisch, nicht wahr?«, sagt sie. »Das liegt nur am Blitz.« Sie schaut auf die Papiere auf Nicholas' Schreibtisch und tut so, als wisse sie nicht, was sie zu bedeuten haben.

Nicholas streicht mit den Fingern über die Signatur seiner Mutter, die unten eingraviert ist. »Sehr schön«, sagt er. »Danke.«

Astrid setzt sich auf die Schreibtischkante. »Ich bin nicht nur hier, um dir das Foto zu geben, Nicholas. Ich bin hier, um dir etwas zu sagen, was dir nicht gefallen wird«, sagt sie. »Paige ist bei uns eingezogen.«

Nicholas starrt sie an, als hätte sie ihm gerade verkündet, sein Vater sei in Wahrheit ein Zigeuner und seine Diplome alle falsch. »Du willst mich wohl auf den Arm nehmen«, sagt er. »Das könnt ihr mir nicht antun.«

»Genau genommen, Nicholas«, erwidert Astrid, steht auf und geht auf und ab, »hast du uns nicht zu sagen, was wir in unserem Haus tun sollen oder nicht. Paige ist ein liebes Mädchen, und sie ist ein charmanter Gast – es ist wohl besser, das spät zu erkennen als nie, nehme ich an. Imelda sagt, sie macht sogar ihr Bett selbst. Stell dir das einmal vor.«

Nicholas juckt es in den Fingern. Er verspürt das dringende Verlangen, seiner Mutter an den Hals zu springen. »Wenn sie Max auch nur anrührt ...«

»Darum habe ich mich bereits gekümmert«, sagt Astrid. »Sie hat eingewilligt, das Haus tagsüber zu verlassen, wenn

Max bei mir ist. Sie schläft nur bei uns. Auto und Vorgarten sind nämlich wirklich nicht der geeignete Schlafplatz für sie.«

Nicholas glaubt, dass er sich auf ewig an diesen Moment wird erinnern müssen: das faltige Lächeln seiner Mutter, die flackernde Leuchtstoffröhre an der Decke, das Knarzen von Rädern, als irgendetwas an der Tür vorbeigerollt wird. *Das*, wird er sich noch Jahre später sagen, *war der Augenblick, als mein Leben auseinanderfiel.* »Paige ist nicht das, wofür du sie hältst«, sagt er verbittert.

Astrid geht auf die andere Seite des Büros, als hätte sie ihn nicht gehört. Sie nimmt eine vergilbte Seekarte von der Wand und zeichnet mit den Fingern die Strömungslinien nach. »Ich denke, genau hier wäre gut«, sagt sie. »So siehst du es jedes Mal, wenn du den Kopf hebst.« Sie kommt wieder zurück, legt die alte Karte auf den Tisch und nimmt sich das Bild des Weidenbaums. »Weißt du«, sagt sie in beiläufigem Ton und stellt sich auf die Zehenspitzen, um das Bild richtig aufzuhängen, »dein Vater und ich, wir haben uns auch einmal fast scheiden lassen. Ich glaube, du erinnerst dich noch an sie. Sie war Hämatologin. Ich wusste davon, und ich habe ihn ununterbrochen bekämpft. Ich habe mich bemüht, so schwierig zu sein wie möglich. Ich habe Drinks auf ihn geschüttet, weil ich eine Szene machen wollte, und ein-, zweimal habe ich ihm sogar gedroht, mit dir wegzulaufen. Ich dachte, einfach zu schweigen sei der größte Fehler, den ich machen könnte, weil er mich für schwach halten und mich einfach fertigmachen könnte. Und dann, eines Tages, wurde mir klar, dass ich viel mehr Macht über ihn haben würde, wenn ich diejenige war, die nachgab.« Astrid rückt das Bild gerade und tritt einen Schritt zurück. »So. Was denkst du?«

Nicholas' Augen sind nur noch schmale Schlitze, dunkel und wütend. »Ich will, dass ihr Paige aus dem Haus werft, und wenn sie sich Max auch nur auf dreißig Meter nähert, dann schwöre ich bei Gott, ich werde euch vor Gericht bringen. Und jetzt will ich, dass du aus meinem Büro verschwindest und mich später anrufst, um dich aus tiefstem Herzen bei mir dafür zu entschuldigen, dass du dich in mein Leben eingemischt hast. Ich will, dass du diese verdammte Seekarte aufhängst und mich allein lässt.«

»Also wirklich, Nicholas«, sagt Astrid in freundlichem Ton, obwohl sie am ganzen Leib zittert, denn so hat sie ihn noch nie erlebt. »Ich erkenne meinen Sohn ja gar nicht wieder.« Sie hängt die Seekarte wieder an die Wand, dreht sich aber nicht um.

»Du weißt ja noch nicht einmal die Hälfte«, murmelt Nicholas.

*

An diesem Nachmittag trifft Nicholas aufgrund einer Komplikation bei einem Patienten unerwartet spät bei seinen Eltern ein. Und so betritt Paige den Salon, als er gerade Max' Spielsachen einpackt. »Das kannst du mir nicht antun«, schreit Paige, und als Nicholas den Kopf hebt, liegt nicht ein Hauch von Gefühl in seinem Blick.

»Hm«, sagt Nicholas und hebt den Bibo-Ball auf. »Meine Mutter hat dir die schlechten Nachrichten offenbar schon überbracht.«

»Du musst mir doch eine Chance geben«, sagt Paige und tritt vor ihn, um ihm in die Augen zu schauen. »Du hast offenbar gar nicht darüber nachgedacht.«

Astrid erscheint in der Tür. Sie trägt Max auf den Armen. »Hör ihr zu, Nicholas«, fordert sie ihren Sohn ruhig auf.

Nicholas wirft seiner Mutter einen Blick zu, der Paige an den Basilisken aus den irischen Sagen erinnert, das Monster, das mit Blicken töten kann. »Ich denke, ich habe genug zugehört«, sagt er. »Ich habe sogar Dinge gehört, die ich nie hören wollte.« Er steht auf, wirft sich die Wickeltasche über die Schulter und reißt Max grob aus Astrids Armen. »Warum läufst du nicht in dein Gästezimmer«, sagt er spöttisch zu Paige, »und weinst dir dein kleines Herzchen aus. Dann kannst du ja wieder runterkommen und dir einen Brandy mit *meinen* gottverdammten Eltern genehmigen.«

»Nicholas ...«, sagt Paige, und ihr bricht die Stimme. Sie wirft Astrid einen raschen Blick zu und rennt dann Nicholas hinterher, reißt die Tür auf und schreit seinen Namen auf die Straße hinaus.

Nicholas bleibt kurz am Wagen stehen. »Du wirst eine verdammt gute Abfindung bekommen«, sagt er ruhig. »Die hast du dir verdient.«

Paige stützt sich am Türrahmen ab und lässt ihren Tränen freien Lauf. »Das darf nicht sein«, schluchzt sie. »Glaubst du wirklich, dass es mir auf das Geld ankommt? Oder dass es mich kümmert, wer in diesem dummen, alten Haus wohnt?«

Nicholas denkt an all die Horrorgeschichten, die er von anderen Chirurgen gehört hat, deren raffgierige Weiber ihnen die Hälfte ihrer goldenen Löffel weggenommen und ihren Ruf ruiniert haben. Aber er kann sich Paige einfach nicht in einem maßgeschneiderten Kostüm im Zeugenstand vorstellen, wo sie eine vorgefertigte Geschichte abspult, um sich für den Rest des Lebens abzusichern. Er kann sich einfach nicht vorstellen, wie sie darüber diskutiert, ob eine halbe Million Dollar im Jahr für den Lebensunterhalt ausreichen. Wenn er sie freundlich fragen würde, würde sie ihm die Hausschlüssel vermutlich einfach geben. Paige ist nicht wie die anderen, das war sie nie ... und genau das hatte Nicholas immer an ihr gefallen.

Paige ist das Haar ins Gesicht gefallen, und ihr läuft die Nase. Ihre Schultern zittern vor Anstrengung. »Mama«, sagt Max und streckt die Hand nach ihr aus. Nicholas dreht ihn von ihr weg und schaut zu, wie Paige sich mit dem Handrücken über die Augen wischt. Er sagt sich, dass es nicht anders enden kann, nicht nach allem, was er jetzt weiß, und doch spürt er ein Brennen in der Brust, überstrapaziertes Gewebe, das zu reißen droht, als ihm das Herz bricht.

Nicholas verzieht das Gesicht und schüttelt den Kopf. Er steigt in den Wagen, schnallt Max an und startet den Motor. Er versucht, sich noch einmal alles ins Gedächtnis zurückzurufen, doch er versteht einfach nicht, wie es so weit hatte kommen können – bis zu dem Punkt, an dem es kein Zurück mehr gab. Paige hat sich keinen Zoll bewegt. Nicholas kann ihre Stimme über das Brummen des Motors hinweg nicht hören, aber er weiß, dass sie ihm sagt, dass sie ihn liebt – ihn und Max.

»Ich kann nicht anders«, sagt er und fährt weg, ohne auch nur einmal zurückzuschauen.

Kapitel 37

Paige

Als ich am Morgen zum Frühstück herunterkomme, bringe ich meine Reisetasche mit. »Ich möchte euch für eure Gastfreundschaft danken«, sage ich steif, »aber ich glaube, ich werde heute gehen.«

Astrid und Robert schauen einander an, und dann ist es Astrid, die als Erste spricht. »Wo willst du denn hin?«, fragt sie.

Obwohl ich mit dieser Frage gerechnet habe, bringt sie mich aus dem Gleichgewicht. »Ich weiß es nicht«, antworte ich. »Ich nehme an, zurück zu meiner Mutter.«

»Paige«, sagt Astrid in sanftem Ton, »wenn Nicholas die Scheidung will, dann wird er dich auch in North Carolina finden.«

Als ich nichts darauf sage, steht Astrid auf und nimmt mich in die Arme. Und sie hält mich fest, obwohl ich ihre Umarmung nicht erwidere. Sie ist dünner, als ich erwartet habe, fast schon zerbrechlich. »Und ich kann wirklich nichts tun, um deine Meinung zu ändern?«, fragt sie.

»Nein«, murmele ich, »das kannst du nicht.«

Astrid zieht sich auf Armeslänge von mir zurück. »Aber ich werde dich nicht gehen lassen, bevor du nicht etwas gegessen hast«, sagt sie und geht in Richtung Küche. »Imelda!«

Sie lässt mich mit Robert allein, in dessen Gegenwart ich mich von allen Menschen im Haus am wenigsten wohl fühle.

Das hat nichts damit zu tun, dass er grob oder gar unfreundlich zu mir gewesen wäre. Er hat mir sein Haus zur Verfügung gestellt, macht mir Komplimente, wenn ich zum Essen komme, und hebt die Lebensart-Seiten der Zeitung für mich auf, bevor Imelda die Rezepte rausschneiden kann. Ich nehme an, das Problem bin ich, nicht er. Ich nehme an, manche Dinge – wie Vergebung – brauchen schlicht ihre Zeit.

Robert faltet seine Morgenzeitung und winkt mir, mich neben ihn zu setzen. »Wie hieß noch mal dieses Pferd mit der Kolik?«, fragt er wie aus dem Nichts.

»Donegal.« Ich streiche die Serviette auf meinem Schoß glatt. »Aber er ist jetzt wieder gesund – oder zumindest war er das, als ich gegangen bin.«

Robert nickt. »Hm. Es ist schon erstaunlich, wie sie sich immer wieder erholen«, bemerkt er.

Ich hebe die Augenbrauen. Jetzt verstehe ich, worauf dieses Gespräch hinausläuft. »Manchmal sterben sie auch«, erwidere ich.

»Jaja, natürlich«, sagt Robert und streicht Schmierkäse auf einen Muffin. »Aber nicht die guten. Nie die guten.«

»Das *hoffst* du«, sage ich.

Robert schiebt mir den Muffin herüber. »Genau.« Plötzlich legt er mir über den Tisch hinweg die Hand auf den Arm. Unerwarteterweise ist seine Berührung kühl und fest, genau wie Nicholas'. »Du machst es ihm sehr leicht, dich zu vergessen, Paige. Das würde ich mir an deiner Stelle zweimal überlegen.«

Und in genau diesem Augenblick kommt Nicholas ins Speisezimmer. Er trägt Max auf dem Arm. »Wo zum Teufel steckt ihr alle?«, verlangt er zu wissen. »Ich bin spät dran.«

Er setzt Max in den Hochstuhl neben Robert und schaut mich demonstrativ nicht an. Astrid kommt mit einem Tablett voll Toast, Obst und Bagel herein. »Nicholas!«, ruft sie, als hätte es den gestrigen Abend nie gegeben. »Bleibst du zum Frühstück?«

Nicholas funkelt mich an. »Ihr habt doch schon Gesellschaft«, sagt er.

Ich stehe auf. Max schlägt mit einem Silberlöffel auf Roberts Teller, er hat Nicholas' aristokratisches Gesicht, aber ganz eindeutig meine Augen. Das sieht man an ihrer Rastlosigkeit. Ständig schaut er zu dem einen Ort, den er nicht sehen kann. Er wird einmal ein Kämpfer sein.

Max sieht mich und lächelt, und das lässt meinen ganzen Körper glühen. »Ich wollte gerade los«, sage ich. Kurz schaue ich zu Robert hinüber, gehe hinaus und lasse meine Reisetasche stehen.

*

Der Aufenthaltsraum der ehrenamtlichen Pfleger im Mass General ist kaum mehr als eine kleine Kammer hinter den Wartezimmern der Ambulanz. Während ich auf Harriet Miles warte, die Sekretärin, die gerade ein Bewerbungsformular für mich herausholt, schaue ich über ihre Schulter hinweg in den Flur und warte darauf, einen Blick auf Nicholas zu erhaschen.

Ich will das nicht tun, aber mir bleibt keine andere Wahl. Wenn ich will, dass Nicholas seine Meinung noch einmal ändert, was die Scheidung betrifft, dann muss ich ihm zeigen, was er verpasst. Und das kann ich nicht, wenn ich ihn nur per Zufall oder im Vorbeigehen bei seinen Eltern treffe.

Also muss ich all meine Zeit dort verbringen, wo er sie auch verbringt: im Krankenhaus. Unglücklicherweise bin ich für die meisten Stellen nicht qualifiziert, die mich mit ihm zusammenbringen würden. Deshalb habe ich mich selbst davon überzeugt, dass ich schon immer ehrenamtlich tätig sein wollte, dass ich nur bis jetzt nie die Zeit dazu hatte. Dabei weiß ich natürlich, dass das nicht stimmt. Ich hasse den Anblick von Blut, und ich mag die antiseptische, kranke Wolke nicht, die man immer in Krankenhausfluren riecht. Wenn ich eine andere Idee hätte, wie ich Nicholas zu Gesicht bekommen könnte, wäre ich nicht hier.

Harriet Miles ist ungefähr einen Meter fünfundzwanzig groß und fast genauso breit. Sie muss auf einen Hocker steigen, um die oberste Schublade des Aktenschranks zu erreichen. »Wir haben nicht so viele erwachsene Freiwillige, wie wir gerne hätten. Und die meisten Teenager bleiben nur ein Jahr hier, um ihre College-Bewerbung aufzupeppen.« Sie schließt die Augen, steckt die Hand in einen Stapel Papier und zieht blind das richtige heraus. »Aha«, sagt sie. »Gewonnen.«

Sie setzt sich wieder auf ihren Stuhl, von dem ich schwören könnte, dass sie ein Kissen daraufgelegt hat, um größer zu wirken. Doch natürlich beuge ich mich nicht vor und schaue nach. »So, Paige ... Haben Sie irgendeine medizinische Ausbildung, oder haben Sie schon einmal ehrenamtlich in einem anderen Krankenhaus gearbeitet?«

»Nein«, antworte ich und hoffe, das hält sie nicht davon ab, mich anzuheuern.

»Das ist kein Problem«, sagt Harriet dann auch. »Sie werden einen Orientierungskurs machen und können dann gleich mit der Arbeit beginnen ...«

»N... Nein«, stammele ich. »Ich muss *heute* anfangen.« Als Harriet mich daraufhin verstört anschaut, setze ich mich und balle die Fäuste unter dem Tisch. *Vorsichtig*, denke ich. *Sag, was sie hören will.* »Ich meine, ich *will* heute anfangen. Ich werde alles tun. Es muss nicht unbedingt mit Medizin zu tun haben.«

Harriet leckt über die Bleistiftspitze und beginnt, das Formular auszufüllen. Sie blinzelt nicht, als ich ihr meinen Namen nenne, aber ich nehme an, es gibt viele Prescotts in Boston. Ich gebe Roberts und Astrids Adresse an, und einfach nur so nenne ich ihr ein falsches Geburtsdatum und mache mich drei Jahre älter, als ich bin. Ich sage ihr, ich könne sechs Tage die Woche arbeiten, und sie schaut mich an, als wäre ich eine Heilige.

»Ich kann Sie am Empfang einsetzen«, sagt sie und schaut stirnrunzelnd zu dem Plan an der Wand. »Sie werden zwar keinen Papierkram machen können, aber Sie können die Patienten in Rollstühlen in ihre Zimmer fahren.« Sie tippt mit dem Bleistift auf den Plan. »Oder Sie können mit dem Bücherwagen herumfahren«, schlägt sie vor, »von einem Krankenzimmer zum anderen.«

Keines von beidem, erkenne ich, wird mich dorthin führen, wo ich hinwill. »Ich habe da eine Bitte«, sage ich. »Ich würde gerne in der Nähe von Dr. Prescott sein, dem Herzchirurgen.«

Harriet lacht und tätschelt mir die Hand. »Jaja, er ist sehr beliebt, nicht wahr? Diese Augen! Ich glaube, er ist der Grund für die Hälfte aller Graffitis auf der Damentoilette. Jeder will in der Nähe von Dr. Prescott sein.«

»Sie verstehen nicht«, sage ich. »Er ist mein Mann.«

Harriet schaut auf das Bewerbungsformular und deutet auf meinen Namen. »Oh«, sagt sie.

Ich lecke mir die Lippen und beuge mich vor. Stumm spreche ich ein rasches Gebet, dass keine Unbeteiligten in diesem Krieg zwischen mir und Nicholas verletzt werden. Dann lächele ich und lüge, dass sich die Balken biegen. »Wissen Sie, seine Dienstzeiten sind furchtbar. Wir sehen uns kaum.« Ich zwinkere Harriet verschwörerisch zu. »Ich habe mir das als so eine Art Geburtstagsgeschenk gedacht. Dass ich ihm nahe sein will und so. Ich dachte, wenn ich jeden Tag in seiner Nähe Dienst habe, sozusagen als seine persönliche, ehrenamtliche Hilfskraft, dann wäre er glücklicher. Und das macht ihn sicherlich zu einem besseren Chirurgen, und davon würde jeder profitieren.«

»Was für eine romantische Idee.« Harriet seufzt. »Wäre es nicht wunderbar, wenn alle Arztfrauen sich bei uns melden würden?«

Ich schaue sie ruhig und gelassen an. Ich bin keine dieser typischen Arztfrauen, aber wenn das meine Buße sein soll, dann schwöre ich, ich werde sie ertragen. Ich würde Harriet Miles den Mond versprechen, wenn sie mir nur hilft. »Ich würde alles dafür tun«, sage ich.

Harriet Miles lächelt mich an und schmilzt förmlich dahin. »Ich wünschte, *ich* wäre so verliebt«, sagt sie, greift zum Telefon und wählt eine Hausnummer. »Wollen wir doch mal sehen ...«

*

Astrid findet mich im Garten unter einem Pfirsichbaum, wo
ich zeichne. »Was ist das?«, fragt sie, und ich antworte ihr,
dass ich das nicht wisse. Im Augenblick ist es auch tatsächlich nur eine Ansammlung von Linien und Kurven. Irgendwann wird es sich aber in etwas verwandeln, das ich erkenne.
Ich zeichne, weil das für mich wie eine Therapie ist. Nicholas
hat mich heute nicht bemerkt – noch nicht einmal, als ich
das Bett mit seinem gerade operierten Patienten von der
Intensivstation in ein Privatzimmer geschoben habe, und
anschließend bin ich ihm auch noch mit dem Bücherwagen
bei seiner Visite gefolgt und habe in der Cafeteriaschlange
hinter ihm gestanden. Er bemerkte mich erst, als ich gerade
das Trinkwasser im Zimmer des Patienten nachfüllte, der
am nächsten Tag operiert werden sollte. Und er bemerkte
mich nur, weil er gegen mich lief und Wasser auf meine
pinkfarbene Uniform spritzte. »Oh, Entschuldigung«, sagte
er, schaute auf die Flecken in meinem Schoß, auf meine
Brust und dann in mein Gesicht. Vor lauter Angst brachte
ich kein Wort heraus. Ich hatte fest damit gerechnet, dass
Nicholas hinausstürmen und nach dem Verwaltungschef
brüllen würde, doch er hob nur die Augenbrauen und
lachte.

»Manchmal zeichne ich einfach«, sage ich zu Astrid und
hoffe, dass ihr das als Erklärung reicht.

»Manchmal schieße ich einfach«, sagt sie, und ich schaue
sie überrascht an. »*Fotos*«, fügt sie hinzu. Sie lehnt sich gegen
den Stamm des Baumes und wendet ihr Gesicht der Sonne
zu. Ich betrachte ihr entschlossenes Kinn und das silberne
Haar, und ich sehe den Mut, der sie umhüllt wie ein teures
Parfüm. Und ich frage mich, ob es irgendetwas auf der Welt

gibt, wozu Astrid Prescott nicht in der Lage wäre, wenn sie sich einmal dazu entschlossen hat.

»Es wäre schön gewesen, schon früher eine Künstlerin in der Familie gehabt zu haben«, sagt sie. »Es war für mich immer eine Frage der Ehre, meine Talente weiterzugeben.« Sie lacht. »Zumindest die fotografischen.« Sie öffnet die Augen und lächelt mich an. »Nicholas war fürchterlich mit der Kamera. Er hat nie verstanden, wie man ein Bild richtig belichtet, und Abzüge hat er immer zu lange im Entwickler gelassen. Er hatte zwar ein Auge für das richtige Motiv, aber es fehlte ihm an Geduld.«

»Meine Mutter war Künstlerin«, platze ich heraus und erstarre dann. Meine Hand schwebt wenige Zoll über dem Zeichenblock. Das ist das erste Mal, dass ich freiwillig etwas Persönliches von mir preisgebe. Astrid rückt näher an mich heran, weil sie weiß, dass dieser kleine Riss in meiner Rüstung der erste Schritt ist, um hineinzugelangen. »Und sie war eine gute Künstlerin«, sage ich so sorglos, wie ich kann, und denke an die Pferde an der Decke in Chicago und dann in North Carolina. »Aber vor allem hatte es ihr das Schreiben angetan.«

Ruhelos huscht mein Stift über ein neues Blatt Papier, und da ich es nicht wage, Astrid in die Augen zu sehen, erzähle ich ihr die Wahrheit. Die Worte kommen einfach so, und erneut rieche ich die Filzstifte in meiner winzigen Hand und spüre die Hände meiner Mutter, die mich auf dem Hocker festhalten. Und ich fühle den Körper meiner Mutter neben meinem, während wir uns die zügellosen Pferde ansehen. Ich kann mich noch gut an die Freiheit erinnern, zu glauben, ja zu wissen, dass sie auch noch am nächsten Tag da sein würde und am darauffolgenden.

»Ich wünschte, meine Mutter wäre da gewesen, um mir das Zeichnen beizubringen«, sage ich und schweige dann. Mein Stift fliegt nicht mehr über das Papier, und als ich es anstarre, legt Astrid ihre Hand auf meine. Noch während ich mich frage, warum ich ihr das erzählt habe, höre ich mich weitersprechen: »Nicholas hat großes Glück gehabt. Ich wünschte, jemand wie du wäre da gewesen, als ich aufgewachsen bin.«

»Dann hat Nicholas gleich doppelt Glück gehabt.« Astrid setzt sich neben mich ins Gras und legt mir den Arm um die Schultern. Es fühlt sich seltsam an – nicht wie die Umarmung meiner Mutter, in die ich mich am Ende des Sommers so wunderbar geschmiegt hatte. Trotzdem, bevor ich mich versehe, lehne ich mich an Astrid. Sie seufzt in mein Haar. »Sie hatte keine Wahl, weißt du?« Ich schließe die Augen und zucke mit den Schultern, doch Astrid will es nicht darauf beruhen lassen. »Sie ist nicht anders als ich«, sagt sie und zögert dann. »Oder als du.«

Instinktiv löse ich mich wieder von ihr und bringe eine vernünftige Distanz zwischen uns. Ich öffne den Mund, um ihr zu widersprechen, doch irgendetwas hält mich davon ab. *Astrid, meine Mutter, ich.* Wie in einer Collage stelle ich mir grinsende Reihen von Astrids Kontaktabzügen vor: die dunklen Hufabdrücke auf den Weiden meiner Mutter; die lange Reihe von Herrenhemden, die ich an dem Tag, als ich wegging, aus dem Wagen geworfen habe ... All die Dinge, die wir getan haben, weil wir sie tun *mussten.* All die Dinge, die wir getan haben, weil wir das *Recht* dazu gehabt haben. Und wir hinterließen überall Spuren – Spuren, die entweder andere zu uns lockten oder den Weg markierten, den wir eines Tages wieder zurückgehen würden.

Ich atme tief durch. Gott, so entspannt war ich schon seit Tagen nicht mehr. Um Nicholas zurückzugewinnen, kämpfe ich gegen eine Macht an, die größer ist als ich selbst, doch allmählich beginne ich zu verstehen, dass auch ich Teil einer solchen Macht bin. Und das heißt, dass ich vielleicht doch eine Chance habe.

Ich lächele Astrid an, greife wieder zum Stift und zeichne rasch ein Bild der verdrehten Zweige über ihrem Kopf. Sie schaut auf den Block, dann in den Baum, und schließlich nickt sie. »Kannst du mich auch zeichnen?«, fragt sie und schmeißt sich in Pose.

Ich reiße das Blatt ab und beginne, Astrids Gesicht zu zeichnen und ihr mit Gold durchzogenes graues Haar. Mit ihrer Haltung und ihrem Ausdruck hätte sie auch eine Königin sein können.

Die Schatten des Pfirsichbaums färben ihr Gesicht in einem seltsamen Gittermuster, das mich an das Gitter im Beichtstuhl von Saint Christopher erinnert, und die fallenden Blätter tanzen um meinen Block. Als ich fertig bin, tue ich so, als würde ich noch weitermachen, damit ich mir erst einmal anschauen kann, was ich wirklich gezeichnet habe, bevor Astrid einen Blick draufwirft.

In jeden Schatten auf ihrem Gesicht habe ich eine andere Frau gezeichnet. Die eine scheint Afrikanerin zu sein. Sie trägt einen dicken Turban auf dem Kopf und schwere Goldohrringe. Eine ist ein zerlumptes Mädchen, nicht älter als zwölf, das sich die Hand auf ihren schwangeren Bauch hält. Eine ist meine Mutter, und eine bin ich selbst.

»Bemerkenswert«, sagt Astrid und berührt vorsichtig ihr Bild. »Jetzt sehe ich, warum Nicholas so beeindruckt war.«

Sie legt den Kopf auf die Seite. »Kannst du auch aus dem Gedächtnis zeichnen?« Ich nicke. »Dann zeichne ein Bild von dir.«

Ich habe auch früher schon Selbstporträts gezeichnet, aber nie auf Befehl. Ich weiß nicht, ob ich das kann, und das sage ich Astrid auch. »Solange du es nicht versuchst, kannst du es auch nicht wissen«, erwidert Astrid, und pflichtbewusst blättere ich zu einem leeren Blatt. Ich beginne mit meinem Hals und arbeite mich hoch. Als ich am Kiefer ankomme, halte ich kurz inne. Es ist alles falsch. Ich reiße das Blatt ab und fange noch mal von vorne an, diesmal oben am Haaransatz. Und auch das funktioniert nicht, und ich muss wieder neu anfangen. Das mache ich sieben Mal, und dabei wird jede Zeichnung vollständiger als die vorherige. Schließlich lege ich den Stift beiseite und reibe mir die Augen. »Vielleicht ein andermal«, sage ich.

Doch Astrid schaut sich die weggeworfenen Zeichnungen an. »Das hast du besser gemacht, als du glaubst«, sagt sie und hält sie mir hin. »Schau.« Ich blättere durch die Bilder und bin erschrocken, dass ich das nicht schon früher gesehen habe. Auf jedem einzelnen Bild, selbst auf denen, die nur ein paar Linien enthalten, habe ich mich nicht selbst, sondern Nicholas gezeichnet.

KAPITEL 38

PAIGE

Die letzten drei Tage war Nicholas *das* Gesprächsthema im Krankenhaus, und das nur meinetwegen. Als er am Morgen eintrifft, helfe ich dabei, seinen Patienten für die Operation vorzubereiten. Dann sitze ich in meiner pinkfarbenen Uniform auf dem Boden vor seinem Büro und zeichne ein Porträt der Person, die er gerade operiert. Es sind simple Zeichnungen, für die ich nur wenige Minuten brauche. Jede zeigt den Patienten weit weg vom Krankenhaus und in der Blüte seines Lebens. Ich habe Mrs. Comazzi als junges Mädchen in einer Tanzhalle gezeichnet. Mr. Goldberg habe ich als Gangster im Streifenanzug abgebildet, und Mr. Allen als Ben Hur, kräftig und auf einem Streitwagen. Und all diese Bilder klebe ich an Nicholas' Tür, für gewöhnlich mit einem zweiten Bild von ihm selbst.

Zuerst habe ich Nicholas gezeichnet, wie er im Krankenhaus ist, am Telefon oder wie er die Entlassungspapiere eines Patienten unterzeichnet. Doch dann habe ich begonnen, ihn so zu zeichnen, wie ich ihn in Erinnerung haben will: singend an der Wiege; wie er mir beibringt, einen Baseball zu werfen, und wie er mich auf dem Schwanenboot in aller Öffentlichkeit küsst. Jeden Morgen gegen elf macht Nicholas das Gleiche. Er kommt in sein Büro zurück, flucht an der Tür und reißt die Bilder ab. Das von sich wirft er entweder in den Mülleimer oder stopft es in die oberste Schreibtischschublade, doch das andere, das von dem Patienten, nimmt er zur postoperativen Visite mit. Ich bot Mrs. Comazzi gerade eine Zeitschrift an, als er ihr das Bild gab. »Oh, mein Gott«, rief sie. »Schauen Sie mich an. *Schauen Sie mich nur an!*« Und Nicholas konnte nicht anders, als zu lächeln.

Gerüchte verbreiten sich im Mass General schnell, und jeder weiß, wer ich bin und wann ich meine Zeichnungen aufhänge. Um Viertel vor elf, kurz bevor Nicholas kommt, versammeln sich die Leute. Die Schwestern kommen in ihrer Kaffeepause rauf, um zu erraten, welchen Patienten ich gezeichnet habe. Dann machen sie Bemerkungen über den Dr. Prescott, den ich zeichne und den sie nie zu sehen bekommen. »Joi!«, hörte ich einmal eine von ihnen sagen. »Ich hätte nie gedacht, dass er auch normale Kleidung besitzt.«

Ich höre Nicholas' Schritte im Flur, schnell und abgehackt. Er trägt noch immer seine OP-Kleidung, was bedeuten kann, dass etwas schiefgelaufen ist. Rasch mache ich den Weg frei, werde jedoch von einer unbekannten Stimme aufgehalten. »Nicholas«, sagt der Mann.

Nicholas bleibt stehen, die Hand auf dem Türknauf. »Elliot«, sagt er. Es ist mehr ein Seufzen als ein Wort. »Schauen Sie«, sagt er, »es war ein ziemlich übler Morgen. Vielleicht können wir ja später miteinander reden.«

Elliot schüttelt den Kopf und hebt die Hand. »Ich bin nicht Ihretwegen hier. Ich bin gekommen, um zu sehen, was es mit diesen Kunstwerken auf sich hat. Ihre Tür ist offenbar zur Krankenhausgalerie mutiert.« Er schaut zu mir herunter und strahlt mich an. »Der Gerüchteküche nach ist unsere geheimnisvolle Künstlerin Ihre Frau.«

Nicholas nimmt sich die blaue Haube ab, lehnt sich an die Tür und schließt die Augen. »Paige, Elliot Saget. Elliot, Paige. Meine Frau.« Er atmet tief durch. »Im Augenblick noch.«

Wenn die Erinnerung mich nicht trügt, ist Elliot Saget der Chefarzt der Chirurgie. Rasch biete ich ihm meine Hand an. »Es ist mir ein Vergnügen«, sage ich und lächele.

Elliot stößt Nicholas aus dem Weg und schaut sich die Bilder an. Ich habe Mr. Olsen gezeichnet, der heute Morgen operiert wurde. Neben ihm hängt ein Bild von Nicholas, wie er Karaoke auf einer Bowlingbahn singt. Das hat er meines Wissens zwar nie gemacht, aber es würde ihm guttun. »Was für ein Talent«, bemerkt Elliot und schaut zwischen den beiden Bildern hin und her. »Sie lässt Sie fast so menschlich aussehen wie der Rest von uns, Nicholas.«

Nicholas murmelt etwas vor sich hin und dreht den Schlüssel in der Tür. »Paige«, sagt Elliot Saget zu mir, »die PR-Chefin unseres Krankenhauses würde gerne mit Ihnen über Ihre Arbeit sprechen. Ihr Name ist Nancy Bianna, und Sie hat mich gebeten, Sie zu bitten, mal vorbeizukommen, wenn Sie Zeit haben.« Dann lächelt er, und ich weiß sofort, dass ich ihm vertrauen kann. »Nicholas«, sagt er durch die inzwischen offene Tür hindurch. Er nickt und geht dann wieder.

Nicholas beugt sich vor und versucht, seine Zehenspitzen mit den Fingern zu berühren. Nach einem langen, harten Tag habe ich ihn das auch früher schon tun sehen. Als er sich wieder aufrichtet und sieht, dass ich noch immer da bin, verzieht er das Gesicht. Er geht zur Tür und reißt die beiden Bilder ab, die ich gezeichnet habe, zerknüllt sie und wirft sie in den Müll.

»Du solltest das nicht tun«, sage ich wütend. Die Bilder –
so einfach sie auch sein mögen – sind mein Werk. Und ich
hasse es, zusehen zu müssen, wie mein Werk zerstört wird.
»Wenn du die von dir nicht willst, okay. Aber vielleicht hätte
Mr. Olsen sein Porträt ja gern gesehen.«

Nicholas' Blick verdunkelt sich, und seine Finger ver-
krampfen sich um den Türknauf. »Das ist keine Garten-
party, Paige. Mr. Olsen ist vor zwanzig Minuten auf dem
Operationstisch gestorben. Vielleicht kannst du mich *jetzt*
ja mal allein lassen«, sagt er ruhig.

*

Es dauert vierzig Minuten bis zu den Prescotts, und als ich
da bin, zittere ich immer noch. Ich ziehe meine Jacke aus
und lasse mich gegen die Kommode fallen, deren Kante mir
in den Rücken sticht. Ich zucke zusammen, richte mich wieder auf und starre mich selbst in einem antiken Spiegel an.
Die letzte Woche habe ich mich ständig unwohl gefühlt,
egal wo ich war. Und tief in mir weiß ich, dass das nicht nur
mit den scharfen Kanten der Möbel zu tun hat oder mit
sonst einem Zierrat. Der Grund ist, dass ich mich weder in
dem kalten Krankenhaus noch im eleganten Wohnsitz der
Prescotts heimisch fühle.

Nicholas hat recht. Ich verstehe sein Leben nicht. Ich
kenne die Dinge nicht, die alle anderen als selbstverständlich betrachten. Ich kann zum Beispiel nicht die Laune eines
Arztes nach der Operation deuten, und ich weiß auch nicht,
auf welche Seite ich mich lehnen muss, wenn Imelda nach
dem Essen das Geschirr abräumt. Ich zerreiße mich förm-

lich, um Teil einer Welt zu sein, in der ich immer zwei Schritte hintendran bin.

Eine Tür öffnet sich, und klassische Musik strömt in den Flur. Robert hält Max auf dem Arm und lässt ihn an einer CD-Hülle kauen. Ich schenke ihm mein bestes Lächeln, aber ich zittere nach wie vor. Mein Schwiegervater tritt vor und kneift die Augen zusammen. »Was ist denn mit dir passiert?«, fragt er.

Der ganze Tag, dieser ganze letzte Monat, all das schnürt mir förmlich die Kehle zu. Robert Prescott ist der letzte Mensch auf der Welt, vor dem ich zusammenbrechen will, dennoch kann ich nicht anders und lasse meinen Tränen freien Lauf. »Nicholas«, schluchze ich.

Robert runzelt die Stirn. »Er hat nie gelernt, sich mit jemandem anzulegen, der genauso stark ist wie er«, sagt er. Er nimmt mich am Ellbogen und führt mich in sein Arbeitszimmer, einen dunklen Raum, der mich an Fuchsjagden und steife, britische Lords denken lässt. »Setz dich, und atme erst einmal tief durch«, sagt er. Dann setzt er sich auf einen großen Lederstuhl und Max auf den Schreibtisch, damit er dort mit den Briefbeschwerern aus Messing spielen kann.

Ich lehne mich auf der burgunderfarbenen Couch zurück und schließe gehorsam die Augen, aber ich fühle mich einfach zu fehl am Platze, als dass ich mich wirklich entspannen könnte. Unter dem eingefrorenen Grinsen eines ausgestopften Rehbocks steht eine Kristallkaraffe mit Brandy, und über der Tür hängen zwei gekreuzte Duellpistolen. Dieser Raum – gütiger Gott, das ganze *Haus* – sieht aus, als wäre es einem Roman entsprungen.

Echte Menschen leben nicht so, umgeben von Tausenden von Büchern, antiken Gemälden blasser Frauen und dicken

Teppichen. Echte Menschen nehmen eine Tasse Tee nicht so ernst, als wäre es die heilige Kommunion. Echte Menschen machen keine fünfstelligen Spenden an die Republikanische Partei …

»Magst du Händel?«

Beim Klang von Roberts Stimme reiße ich die Augen auf, und jeder Muskel in meinem Leib ist sofort hellwach. Ich schaue ihn vorsichtig an und frage mich, ob das so eine Art Test ist, eine Falle, um mir zu zeigen, wie wenig ich wirklich weiß. »Ich weiß nicht«, antworte ich bitter. »*Sollte* ich?« Ich warte darauf, dass Robert die Augen zusammenkneift oder die Lippen schürzt, doch als er das nicht tut, ist mein Kampfgeist wie weggeblasen. *Es ist deine eigene Schuld, Paige*, denke ich. *Er versucht nur, nett zu sein.* »Tut mir leid«, sage ich. »Ich hatte keinen sonderlich guten Tag. Ich wollte dich nicht anfahren. Es ist nur … Als ich klein war, war das einzig Antike in unserem Haus die Familienbibel meines Vaters, und die Musik, die wir uns angehört haben, hatte einen Text.« Ich lächele zögernd. »An diese Art Leben hier muss man sich erst gewöhnen, obwohl du das wahrscheinlich nicht verstehst, weil …«

Ich halte abrupt inne und erinnere mich an das, was Nicholas mir vor Jahren über seinen Vater erzählt hat. Kurz flackert etwas in Roberts Augen auf – Reue oder vielleicht Erleichterung –, aber es verschwindet genauso schnell, wie es gekommen ist. Fasziniert starre ich ihn an. Ich frage mich, woher jemand, der einen ähnlichen Hintergrund hat wie ich, so genau weiß, wie man sich in einem Haus wie diesem zu bewegen und zu verhalten hat.

»Hm. Nicholas hat es dir also erzählt, ja?«, sagt Robert, und er klingt weder enttäuscht noch wütend.

Plötzlich weiß ich wieder, was an mir genagt hat, als Nicholas mir von der einfachen Herkunft seines Vaters erzählt hat. Nicholas' Vater war derjenige gewesen, der am nachdrücklichsten gegen Nicholas' Ehe mit mir protestiert hatte. Nicht Astrid – was ich hätte verstehen können –, sondern Robert. *Er* war derjenige gewesen, der Nicholas vertrieben hatte. *Er* war derjenige gewesen, der gesagt hatte, Nicholas würde sein Leben ruinieren.

Ich sage mir selbst, ich sei nicht mehr wütend, nur neugierig. Trotzdem nehme ich Max auf den Arm und bringe ihn von meinem Schwiegervater weg. »Wie *konntest* du?«, flüstere ich.

Robert beugt sich vor und stützt sich mit den Ellbogen auf den Tisch. »Ich habe so hart für das alles hier gearbeitet.« Er macht eine weit ausholende Geste, die das gesamte Haus einschließt. »Ich konnte den Gedanken einfach nicht ertragen, dass irgendjemand das alles wegwirft. Nicht Astrid und ganz besonders nicht Nicholas.«

Max windet sich, und ich setze ihn auf den Boden. »Nicholas musste das nicht alles wegwerfen«, erkläre ich. »Du hättest auch für seine Ausbildung zahlen können.«

Robert schüttelt den Kopf. »Es wäre nicht das Gleiche gewesen. Irgendwann hättest du ihn zurückgehalten. Du wirst dich nie in diesen Kreisen bewegen können, Paige. So zu leben ist einfach nichts für dich.«

Es ist nicht die Wahrheit, die so wehtut. Wehtut, dass ich mir erneut anhören muss, wie Robert Prescott entscheidet, was das Beste für mich ist. Ich balle die Fäuste. »Wie zum Teufel kannst du dir da so sicher sein?«

»Weil es *mir* genauso geht«, antwortet er ruhig. Entsetzt

lasse ich mich wieder auf die Couch fallen. Ich starre Robert in seinem Kaschmirpullover an und lasse meinen Blick über das fein geschnittene silberne Haar und den kunstvollen Bart schweifen. Und dabei sehe ich, dass auch er die Fäuste geballt hat und dass seine Halsschlagader pocht. *Er hat Angst*, denke ich. *Er hat genauso viel Angst vor mir wie ich vor ihm.*

Kurz frage ich mich, warum er ausgerechnet *mir* etwas erzählt, was ihn so offensichtlich schmerzt. Dann erinnere ich mich daran, was meine Mutter gesagt hat, als ich sie gefragt habe, warum sie nie zurückgekommen sei: »Wie man sich bettet, so liegt man.«

Ich lächele sanft, hebe Max vom Boden hoch und gebe ihn seinem Großvater zurück. »Ich werde mich jetzt zum Abendessen umziehen«, sage ich und drehe mich um.

Roberts Stimme hält mich auf, und seine Worte verschmelzen mit Händels Flötenspiel. »Es ist es wert«, sagt er. »Ich würde alles noch mal genauso machen.«

Ich drehe mich nicht wieder um. »Warum?«

»Warum würdest *du* es noch mal genauso machen?«, erwidert er, und die Frage folgt mir die Treppe hinauf und in mein Zimmer. Sie verlangt nach einer Antwort, und sie bringt mich aus dem Gleichgewicht.

Nicholas.

*

Manchmal singe ich Max in den Schlaf. Es ist egal, was ich singe – Gospel oder Pop, Dire Straits oder die Beatles. Auf Wiegenlieder verzichte ich jedoch, denn die hört Max schon von allen anderen.

Wir sitzen auf dem Schaukelstuhl in seinem Zimmer bei den Prescotts. Astrid lässt mich ihn inzwischen halten, wann immer ich will, solange Nicholas nicht in der Nähe ist oder gleich kommt. Das ist ihre Art, mich zum Bleiben zu bewegen, glaube ich, obwohl ich es inzwischen nicht mehr als Alternative betrachte zu gehen.

Max hat gerade gebadet. Da er im Wasser immer so schlüpfrig ist, geht das am einfachsten, indem ich mich ausziehe, mit ihm in die Wanne steige und ihn mir zwischen die Beine setze. Er hat eine Tupperschüssel und eine Gummiente, mit denen er in der Wanne spielt. Und wenn er Babyshampoo in die Augen bekommt, ist ihm das egal. Hinterher wickele ich dann das Handtuch um uns beide und tue so, als würden wir dieselbe Haut teilen, und ich denke an Kängurus, Opossums und andere Tiere, die ihre Jungen immer mit sich herumtragen.

Max wird schläfrig. Er reibt sich die Augen mit seinen kleinen Fäusten und gähnt. »Warte mal eine Sekunde«, sage ich zu ihm, setze ihn auf den Boden und stecke ihm den Schnuller in den Mund.

Er beobachtet mich, während ich sein Bettchen zurechtmache. Ich streiche das Laken glatt und räume Krümelmonster und die Rassel aus dem Weg. Als ich mich plötzlich herumdrehe, lächelt Max, als sei das ein Spiel, und dabei fällt ihm der Schnuller aus dem Mund. »Du kannst nicht gleichzeitig nuckeln und lächeln«, kläre ich ihn auf. Ich stecke das Nachtlicht ein, und als ich mich wieder zu Max umdrehe, lacht er. Er streckt mir die Arme entgegen und bettelt darum, hochgehoben zu werden.

Plötzlich erkenne ich, dass ich genau darauf immer gewartet habe: auf einen Mann, der vollkommen von mir abhängig ist. Als ich Jake getroffen habe, habe ich jahrelang alles getan, damit er sich in mich verliebt. Als ich Nicholas geheiratet habe, habe ich ihn an seine andere Geliebte verloren, die Medizin. Jahrelang habe ich von einem Mann geträumt, der ohne mich nicht leben kann – von einem Mann, der mein Gesicht sieht, wenn er die Augen schließt; von einem Mann, der mich auch morgens liebt, wenn ich beschissen aussehe, wenn ich das Abendessen zu spät mache oder wenn ich die Waschmaschine zu voll lade und so den Motor ruiniere.

Max starrt zu mir hinauf, als könne ich nichts falsch machen. Ich habe immer jemanden gewollt, der mich so behandelt wie er. Ich habe nur nicht gewusst, dass ich so einen Mann erst selbst auf die Welt bringen muss. Ich hebe Max hoch, und sofort schlingt er die Arme um meinen Hals und beginnt, an mir hinaufzukrabbeln. Das ist seine Art des Umarmens. Er hat es gerade erst gelernt. Ich kann nicht anders, als zu lächeln. *Pass auf, was du dir wünschst,* ermahne ich mich selbst. *Es könnte wahr werden.*

*

Nancy Bianna steht in dem langen Flur mit den Bildern der Fördermitglieder an der Wand und presst den Finger auf die Lippen. »Hmmm«, murmelt sie. »Ich vermisse da etwas.« Sie wiegt den Kopf vor und zurück, und ihr gerade geschnittenes Haar bewegt sich wie bei einem alten Ägypter.

Nancy ist der Hauptgrund, warum meine Zeichnungen von Nicholas' Patienten und auch ein paar neue von Elliot

Saget und Nancy und sogar von Astrid und Max jetzt in Rahmen am Krankenhauseingang hängen. Bis dahin hatten ein paar schlechte Nachdrucke von Matisse die Wände dort geziert. Doch Nancy sagt, das werde der Anfang von etwas Großem sein. »Wer hat auch ahnen können, dass Dr. Prescott so gute Verbindungen hat?«, sinniert sie nun. »Erst Sie und dann vielleicht auch noch eine Ausstellung von seiner Mutter.«

Als ich sie zum ersten Mal traf, nachdem Elliot Saget mich zu ihr geschickt hatte, da hat sie mir leidenschaftlich die Hand geschüttelt und sich ihre schwarz umrandete Brille die Nase hinaufgeschoben. »Was Patienten sehen wollen, wenn sie ins Krankenhaus kommen«, erklärte sie, »ist keine Anhäufung sinnloser Farbkleckse. Sie wollen *Menschen* sehen.« Sie beugte sich vor und packte mich an den Schultern. »Sie wollen *Überlebende* sehen. Sie wollen *das Leben* sehen.«

Dann stand sie auf und schlenderte im Kreis um mich herum. »Natürlich ist uns klar, dass Sie das letzte Wort haben, was die Auswahl und den Ausstellungsort der Bilder betrifft«, fügte sie hinzu, »und selbstverständlich werden wir Sie für Ihre Arbeit auch angemessen entlohnen.«

Geld. Sie wollten mir Geld für die dummen, kleinen Bildchen geben, die ich zeichnete, um Nicholas' Aufmerksamkeit zu erregen. Meine Zeichnungen würden an den Wänden des Mass General hängen, sodass Nicholas immer an mich erinnert werden würde, auch wenn ich nicht da war.

Ich lächelte Nancy an. »Wo sollen wir anfangen?«

Drei Tage später sind wir damit beschäftigt, die Ausstellung einzurichten. Nancy läuft durch den Flur und tauscht das Porträt von Mr. Kasselbaum gegen eines von Max. »Der Gegensatz von Jung und Alt«, sagt sie. »Frühling und Herbst. Hach, ich liebe es.«

Am anderen Ende der Ausstellung, neben der Rezeption, gibt es eine weiße Karte, auf die mein Name gedruckt ist. PAIGE PRESCOTT, steht dort zu lesen, EHRENAMTLICHE HILFSKRAFT. Es gibt keine Biografie, nichts, was auf Nicholas oder Max hindeuten würde, und das ist irgendwie nett. Das gibt mir das Gefühl, aus dem Nichts plötzlich ins Scheinwerferlicht getreten zu sein, als hätte ich keine Vergangenheit.

»Okay, okay ... Aufhängungsorte ...«, ruft Nancy und fasst mich an der Hand. Außer uns sind nur noch zwei Hausmeister mit Leitern und Drahtscheren im Flur, und keiner von beiden spricht sonderlich gut Englisch. Deshalb weiß ich auch gar nicht genau, mit wem Nancy eigentlich redet. Sie zieht mich zur Seite und atmet tief durch. »Tada!«, trillert sie, obwohl sich gegenüber dem letzten Moment gar nichts verändert hat.

»Das ist schön«, sage ich, weil ich weiß, dass Nancy darauf wartet.

Nancy strahlt mich an. »Kommen Sie morgen mal vorbei«, sagt sie. »Wir denken darüber nach, unsere Briefköpfe zu verändern, und wenn sie auch Ahnung von Kalligrafie haben ...« Sie lässt den Satz unvollendet.

Nachdem sie mit den Arbeitern und den Leitern im Aufzug verschwunden ist, stehe ich allein im Gang und schaue mir meine eigene Arbeit an. Das ist das erste Mal, dass meine Fähigkeiten ausgestellt werden. Ich bin gut. Ich habe ein freudiges Kribbeln im Bauch, und ich gehe den Flur hinunter und berühre jedes einzelne Bild. Jedes einzelne erfüllt mich mit Stolz, und ich signiere sie alle mit meinen Fingerabdrücken.

*

Als ich eines Abends nach Hause komme, ist es im Haus so dunkel wie im Wald. Ich gehe in die Bibliothek, um meine Mutter anzurufen. Dabei komme ich an Astrids und Roberts Zimmer vorbei, und ich höre sie Liebe machen, und aus irgendeinem Grund bekomme ich Angst, anstatt verlegen zu sein. Als ich in der Bibliothek ankomme, setze ich mich in Roberts großen Ohrensessel und halte das schwere Telefon in der Hand wie eine Trophäe.

»Ich habe vergessen, dir etwas zu erzählen«, sage ich, als meine Mutter ans Telefon geht. »Wir haben das Baby nach dir benannt.«

Ich höre, wie meine Mutter nach Luft schnappt. »Du sprichst also doch noch mit mir.« Sie hält kurz inne und fragt mich dann, wo ich bin.

»Ich wohne bei Nicholas' Eltern«, antworte ich. »Du hattest übrigens recht, was das Zurückkommen betrifft.«

»Ich wünschte, es wäre anders«, sagt meine Mutter.

Ich wollte sie nicht wirklich anrufen, aber ich konnte nicht anders. Nun, da ich sie gefunden habe, brauche ich sie einfach. Ich will ihr von Nicholas erzählen, mit ihr wegen der Scheidung weinen und ihre Vorschläge und Meinung hören.

»Tut mir leid, wie du von hier weggegangen bist«, sagt sie.

»Das muss dir nicht leid tun.« Ich will ihr sagen, dass das niemandes Schuld ist. Und ich denke an die saubere Luft in

North Carolina, die mir morgens immer so gutgetan hat. »Ich hatte eine nette Zeit bei dir.«

»Nett? Um Himmels willen, Paige«, sagt sie. »Das hört sich an, als würdest du mit einer Herbergsmutter reden.«

Ich reibe mir die Augen. »Okay«, sage ich, »ich hatte *keine* nette Zeit bei dir.« Aber das ist gelogen, und das weiß sie auch. Vor meinem geistigen Auge sehe ich uns beide, wie wir uns an Donegal schmiegten, als er kaum stehen konnte. Und ich sehe, wie ich den Arm um meine Mutter gelegt habe, als sie nachts geweint hat. »Ich vermisse dich«, sage ich, und anstatt mich leer zu fühlen, als diese Worte meinen Mund verlassen, lächele ich. Stellen Sie sich nur vor? Nach all den Jahren sage ich das zu meiner eigenen Mutter, und ich meine es auch so, und die Welt ist nicht unter mir zerbrochen.

»Ich mache dir keinen Vorwurf daraus, dass du gegangen bist«, sagt meine Mutter. »Ich weiß, dass du wieder zurückkommen wirst.«

»Und woher weißt du das?«, frage ich ein wenig verärgert darüber, dass sie mich so leicht durchschauen kann.

»Weil«, antwortet meine Mutter, »ich nur deshalb weitermache.«

Ich kralle mich in Roberts Sessel. »Vielleicht verschwende ich hier ja nur meine Zeit«, sage ich. »Vielleicht sollte ich sofort wieder zurückkommen.«

Es wäre ja so einfach, an einen Ort zu gehen, wo ich willkommen bin, an irgendeinen Ort, nur um nicht hierbleiben zu müssen. Ich halte kurz inne und warte darauf, dass sie mein Angebot annimmt. Doch stattdessen lacht meine Mutter nur leise. »Weißt du, was dein erstes Wort war?«, fragt sie. »Noch vor *Mama* und *Dada?* Es war *Tschüss.*«

Sie hat recht. Es wird mir nichts nützen, einfach immer weiter zu rennen. Ich lasse mich in den großen Sessel zurücksinken, schließe die Augen und versuche, mir den Bach vorzustellen, über den ich mit Donegal gesprungen bin, und die Wolken am Himmel. »Sag mir, was ich versäume«, bitte ich meine Mutter. Und ich höre ihr zu, wie sie mir von Aurora und Jean-Claude erzählt, von der ausgeblichenen Farbe an den Stallwänden und vom Wechsel der Jahreszeiten, der immer häufiger verhindert, dass man abends noch auf der Veranda sitzen kann. Und nach einer Weile konzentriere ich mich gar nicht mehr auf ihre eigentlichen Worte, sondern genieße einfach den Klang ihrer Stimme.

Dann höre ich sie sagen: »Ich habe deinen Vater angerufen.«

Ich bin sicher, falsch gehört zu haben. »Du hast *was?*«, hake ich nach.

»Ich habe deinen Vater angerufen. Wir hatten ein gutes Gespräch. Ich hätte das nie von mir aus getan, aber du hast mich dazu ermutigt ... indem du gegangen bist, meine ich.« Es folgt ein kurzes Schweigen. »Wer weiß«, murmelt sie, »vielleicht werde ich ihn eines Tages sogar wiedersehen.«

Ich schaue auf die wie mutiert aussehenden Tische und Stühle in der dunklen Bibliothek und reibe mir die Schultern. Allmählich bekomme ich Hoffnung. Vielleicht ist es genau das, was meine Mutter und ich nach zwanzig Jahren füreinander tun können. Unser Verhältnis ist nicht so wie das, das andere Mütter zu ihren Töchtern haben. Meine Mutter wird nie mehr mit mir über Jungs im siebten Schuljahr reden, mein Haar an einem verregneten Sonntag flechten oder meine Wunden mit einem Kuss heilen. Wir können nicht wieder zurückgehen, aber wir können einander weiter überraschen, und ich nehme an, das ist besser als nichts.

Plötzlich glaube ich wirklich, dass Nicholas mich schon verstehen wird, wenn ich nur lange genug durchhalte. Es ist nur eine Frage der Zeit, und ich habe viel zu tun. »Ich arbeite jetzt ehrenamtlich im Krankenhaus«, erzähle ich meiner Mutter stolz. »Ich arbeite, wo Nicholas arbeitet. Ich bin ihm näher als sein Schatten.«

Meine Mutter schweigt zunächst, als denke sie darüber nach. »Es sind schon seltsamere Dinge geschehen«, sagt sie schließlich.

*

Max wacht schreiend auf, er hat die Beinchen dicht an die Brust gezogen. Doch als ich ihm den Bauch reibe, schreit er nur noch lauter. Ich glaube, dass er vielleicht rülpsen muss, aber das scheint nicht das Problem zu sein. Schließlich lege ich ihn auf die Schulter, laufe mit ihm herum und drücke seinen Bauch an mich. »Was ist denn los?«, fragt Astrid und steckt den Kopf zur Tür herein.

»Ich weiß es nicht«, antworte ich, und zu meiner Überraschung gerate ich bei diesen Worten nicht in Panik. Irgendwie weiß ich, dass ich das schon herausfinden werde. »Er könnte Blähungen haben.«

Max hebt den Kopf und läuft knallrot an, so wie er es immer macht, wenn er in die Windel macht. »Aha«, sage ich. »Willst du mir ein Geschenk machen?« Ich warte, bis er so aussieht, als sei er fertig. Dann ziehe ich ihm den Strampler aus und wechsle ihm die Windel. Da ist jedoch nichts drin, gar nichts. »Du hast mich auf den Arm genommen«, sage ich, und er lächelt.

Ich ziehe ihm die Windel wieder an, setze ihn zu seinen Spielsachen auf den Boden und spiele ein wenig mit ihm. Von Zeit zu Zeit verzieht er wieder das Gesicht. Er scheint Verstopfung zu haben. »Vielleicht sollten wir dir zum Frühstück ein paar Pflaumen geben«, sage ich. »Danach müsstest du dich schon wieder besser fühlen.«

Ein paar Minuten lang spielt Max stumm mit mir, dann bemerke ich, dass er nicht wirklich aufmerksam ist. Er starrt ins Leere, und die Neugier, die seine blauen Augen sonst zum Leuchten bringt, ist verschwunden. Er schwankt leicht, als würde er gleich umkippen. Ich runzele die Stirn, kitzele ihn und warte darauf, dass er reagiert. Es dauert ein, zwei Sekunden länger als für gewöhnlich, doch schließlich kommt er wieder zu mir zurück.

Er ist nicht er selbst, denke ich, obwohl ich nicht sagen kann, warum. Ich beschließe, ihn aufmerksam zu beobachten. Zärtlich reibe ich ihm die pummeligen Unterarme und fühle ein zufriedenes Flattern in meinem Bauch. *Ich kenne meinen eigenen Sohn*, denke ich stolz. *Ich kenne ihn gut genug, um selbst subtile Veränderungen zu bemerken.*

*

»Tut mir leid, dass ich nicht angerufen habe«, sage ich zu meinem Vater. »In letzter Zeit war alles ein wenig verrückt.«

Mein Vater lacht. »Ich hatte dich dreizehn Jahre für mich allein, Liebes. Ich glaube, da hat deine Mutter sich drei Monate verdient.«

Ich hatte meinem Vater Postkarten aus North Carolina geschrieben, genau wie Max. Ich hatte ihm von Donegal erzählt und von den Gerstenfeldern an den Hügeln. Ich habe ihm alles erzählt, was auf eine kleine Postkarte passte, meine Mutter habe ich nicht erwähnt.

»Gerüchten zufolge«, sagt mein Vater, »hast du mit dem Feind geschlafen.« Ich zucke unwillkürlich zusammen. Zuerst glaube ich, er meint Nicholas, doch dann wird mir klar, dass er von meinem Einzug bei den Prescotts spricht.

Ich schaue zu dem Fabergé-Ei auf dem Kaminsims und dem Karabiner aus dem Bürgerkrieg, der darüberhängt. »In der Not frisst der Teufel Fliegen«, sage ich.

Ich wickele das Telefonkabel um meinen Knöchel und suche nach einem Weg, dieses Gespräch so schmerzfrei wie möglich zu führen. Aber es gibt so wenig, was ich sagen *muss*, und so viel, was ich sagen *will*. »Wo wir gerade von Gerüchten sprechen«, sage ich. »Ich habe gehört, dass Mom angerufen hat.«

»Aye.«

Mir bleibt der Mund offenstehen. »Das war's? Aye? Einundzwanzig Jahre sind vergangen, und das ist alles, was du zu sagen hast?«

»Ich habe das erwartet«, sagt mein Vater. »Ich habe mir schon gedacht, dass du das Glück hattest, sie zu finden, und früher oder später würde sie den Gefallen erwidern.«

»Den *Gefallen?*« Ich schüttele den Kopf. »Ich dachte, du wolltest nichts mehr mit ihr zu tun haben. Hast du nicht gesagt, es sei zu spät?«

Kurz schweigt mein Vater. »Paige«, sagt er dann, »wie hast du sie angetroffen?«

Ich schließe die Augen und lasse mich auf die Ledercouch zurücksinken. Ich überlege mir meine nächsten Worte gut. Ich stelle mir meine Mutter so vor, wie es ihr gefallen würde: wie sie mit Donegal schneller als das Licht über die Weide galoppiert. »Sie war nicht, was ich erwartet habe«, sage ich stolz.

Mein Vater lacht. »Das war May nie.«

»Sie glaubt, dass Sie dich eines Tages wiedersehen wird«, füge ich hinzu.

»Tut Sie das, ja?«, erwidert mein Vater, doch in Gedanken scheint er weit weg zu sein. Ich frage mich, ob er sie gerade so sieht wie damals, als er sie zum ersten Mal getroffen hat. Und ich frage mich, ob er sich noch an das Zittern in seiner Stimme erinnern kann, als er um ihre Hand angehalten hat, oder an das Funkeln in ihren Augen, als sie Ja gesagt hat, oder nur an den Schmerz in seinem Herzen, als ihm klar wurde, dass sie für immer gegangen war.

Vielleicht bilde ich mir das ja nur ein, aber für den Bruchteil einer Sekunde nehme ich alles im Raum mit schier unglaublicher Klarheit wahr. Die kontrastreichen Farben des Orientteppichs werden noch kräftiger, und die riesigen Fenster funkeln wie die Augen des Teufels. Ich frage mich, ob ich all die Zeit zuvor jemals klar gesehen habe.

»Dad«, flüstere ich, »ich will wieder zurückgehen.«

»Bei Gott, Paige«, sagt mein Vater, »als wenn ich das nicht wüsste.«

*

Elliot Saget ist mit meiner Galerie im Mass General zufrieden. Er ist so überzeugt davon, dass er irgend so einen humanitären ›Best-of-Boston‹-Preis gewinnen wird, dass er mir die Sterne vom Himmel verspricht. »Nun«, sage ich, »ich würde lieber Nicholas bei einer Operation zusehen.«

Ich habe Nicholas noch nie wirklich seinen Job machen sehen. Ja, ich habe ihn mit seinen Patienten gesehen. Ich habe gesehen, wie er sie von ihrer Angst befreit und wie er ihnen mehr Verständnis entgegenbringt als seiner eigenen Familie. Aber ich will auch sehen, wofür seine ganze Ausbildung gut gewesen ist. Ich will sehen, was seine Hände zu leisten vermögen. Elliot schaut mich stirnrunzelnd an, als ich ihn darum bitte. »Das wird Ihnen nicht sonderlich gefallen«, sagt er. »Jede Menge Blut und Narben.«

Aber ich bleibe hartnäckig. »Ich bin zäher, als ich aussehe«, erwidere ich.

Und so wird heute Morgen kein neues Patientenbild an Nicholas' Tür geheftet. Stattdessen sitze ich allein in der Galerie über dem Operationssaal und warte darauf, dass Nicholas den Raum betritt. Es sind bereits sieben andere Leute da: Anästhesisten, Krankenschwestern, Assistenzärzte, und jemand sitzt an einer komplizierten Maschine, an die alle möglichen Schläuche angeschlossen sind. Der Patient liegt nackt auf dem Tisch und ist in einem seltsamen Orange bemalt.

Nicholas kommt herein. Er zieht sich noch die Handschuhe über, und alle Augen richten sich auf ihn. Ich stehe auf. Es gibt einen Lautsprecher auf der Galerie, sodass ich Nicholas' tiefe Stimme hören kann und das Rascheln seines Mundschutzes. Nacheinander begrüßt er alle. Dann schaut er unter die sterilen Tücher und beobachtet, wie ein Schlauch in den Hals des Patienten eingeführt wird. Er sagt etwas zu einem Arzt neben sich. Der Mann sieht jung aus, und er hat das Haar zu einem Pferdeschwanz zurückgebunden. Der junge Arzt nickt und macht einen Schnitt am Bein des Patienten.

Alle Ärzte tragen seltsame Brillen auf dem Kopf, die sie sich vor die Augen klappen, wenn sie sich über den Patienten beugen. Ich muss lächeln. Irgendwie erinnert mich das an diese Scherzbrillen mit herausfallenden Glubschaugen. Nicholas steht ein wenig abseits, während zwei Ärzte am Bein des Patienten arbeiten. Ich kann nicht gut sehen, was sie da tun, aber sie nehmen immer wieder andere Instrumente von einem mit einem Tuch bedeckten Tablett, Dinge, die wie Nagelscheren oder Wimpernzangen aussehen.

Sie ziehen ein purpurnes Spaghettiband aus dem Bein, und als mir klar wird, dass das eine Vene ist, muss ich würgen. Ich muss mich setzen. Die Vene wird in ein Glas gelegt, das mit einer klaren Flüssigkeit gefüllt ist, und die Ärzte nähen das Bein mit so kleinen Stichen zu, dass man sie kaum sehen kann. Einer von ihnen nimmt zwei Metallteile von einer Maschine und hält sie ans Bein, und ich schwöre, ich kann verbranntes, menschliches Fleisch riechen.

Dann geht Nicholas zur Brust des Patienten. Er greift nach einem Messer – nein, nach einem Skalpell – und schneidet damit in gerader Linie die orangefarbene Brust des Patienten auf. Beinahe sofort ist die Haut voll dunklem Blut. Dann tut er etwas, das ich einfach nicht glauben kann: Er holt eine Säge aus dem Nichts – eine echte Säge wie von Black&Decker – und beginnt, das Brustbein durchzusägen.

Ich glaube, Knochensplitter zu sehen, obwohl ich mir nicht vorstellen kann, dass Nicholas das zulassen würde. Als ich gerade das Gefühl habe, gleich in Ohnmacht zu fallen, gibt Nicholas die Säge einem anderen Arzt, bricht die Brust auf und hält sie mit einem Metallgerät offen.

Ich weiß nicht, was ich erwartet habe ... vielleicht ein rotes Valentinsherz. Aber was da mitten in der Öffnung liegt, sieht aus wie eine gelbe Wand. Nicholas nimmt sich eine Schere von einem Tablett und macht irgendetwas mit den Händen. Dann nimmt er zwei Schläuche, die mit der komplizierten Maschine verbunden sind, und bringt sie an Stellen an, die ich nicht ganz erkennen kann. Er zieht eine Hautschicht oder so etwas weg, und darunter kommt ein zuckender Muskel zum Vorschein, halb pink und halb grau, und ich weiß, dass ich ein Herz sehe. Es zuckt bei jedem Schlag, und wenn es sich zusammenzieht, wird es so klein, dass es kurz zu verschwinden scheint. Nicholas sagt zu dem Mann neben der Maschine: »Leiten wir ihn um.« Und mit einem leisen Surren beginnt rotes Blut durch die Schläuche zu laufen. Ich glaube, ich kann Nicholas unter seiner Maske lächeln sehen.

Er bittet eine Krankenschwester um etwas, und sie gibt ihm einen Becher mit einer klaren Flüssigkeit. Die schüttet er über das Herz, und von einem Augenblick auf den anderen steht es still. *Gütiger Gott*, denke ich. *Er hat den Mann getötet.* Aber Nicholas hält nicht einen Augenblick inne. Er greift zu einer anderen Schere und tritt nah an den Patienten heran.

Plötzlich spritzt Blut auf Nicholas' Wange und das Hemd eines anderen Arztes. Nicholas' Hände bewegen sich so schnell, dass ich ihnen nicht mehr folgen kann, als er in die offene Brust greift, um den Blutfluss zu stoppen. Ich weiche einen Schritt zurück und schnappe nach Luft. Und ich frage mich, wie Nicholas das jeden Tag aushalten kann.

Der zweite Arzt greift in das Glas, das ich schon ganz vergessen hatte, und holt die Beinvene heraus. Und dann sticht Nicholas, dem inzwischen der Schweiß auf der Stirn steht, mehrmals eine winzige Nadel in Herz und Vene und zieht sie mit einer Pinzette durch. Der andere Arzt tritt zurück, und Nicholas tippt das Herz mit einem Metallinstrument an. Und einfach so beginnt es wieder zu schlagen. Dann hört es wieder auf, und Nicholas verlangt nach einem Defibridingsda. Den setzt er dann ans Herz an und zwingt es so wieder zum Schlagen. Der zweite Arzt entfernt die Schläuche vom Herz, und durch die Maschine fließt kein Blut mehr. Stattdessen tut das noch immer offen liegende Herz wieder das, was es auch schon zuvor getan hat: In gleichmäßigem Rhythmus dehnt es sich aus und zieht sich wieder zusammen.

Von da an überlässt Nicholas die meiste Arbeit dem anderen Chirurgen: das Zusammenfügen der Knochen und das Nähen der orangefarbenen Haut. All das erinnert mich irgendwie an Frankensteins Monster. Ich drücke die Hände an die schräge Glaswand der Galerie. Mein Gesicht ist dem Glas so nahe, dass es von meinem Atem beschlägt. Nicholas schaut hoch und sieht mich. Ich lächele zögernd und staune über die Macht, die er empfinden muss, weil er jeden Morgen Leben spendet.

KAPITEL 39

NICHOLAS

Nicholas erinnert sich daran, einmal gehört zu haben, dass derjenige, der eine Beziehung begonnen hat, es als leichter empfindet, sie auch wieder zu beenden. Offensichtlich, denkt er, hat derjenige, der das gesagt hat, Paige nicht gekannt.

Er wird sie einfach nicht los. Eines muss er ihr jedoch lassen: Er hat nie gedacht, dass sie so weit gehen würde. Aber es lenkt ihn ab. Wo auch immer er hingeht, sie ist schon da. Sie arrangiert Blumen für die Patienten, fährt sie auf die Intensivstation, isst ihm gegenüber in der Cafeteria zu Mittag. Inzwischen vermisst er sie schon, wenn sie einmal nicht da ist.

Das mit den Zeichnungen ist außer Kontrolle geraten. Zuerst hat Nicholas die Bilder einfach ignoriert, die an seine Tür geklebt waren wie Kindergartenbilder an einen Kühlschrank. Aber als die Leute Paiges Talent bemerkten, konnte er nicht anders, als sie sich auch anzusehen. Die von seinen Patienten bringt er in deren Krankenzimmer, da sie das ein wenig aufzuheitern scheint. Einige von seinen Patienten haben sogar schon von den Bildern gehört, wenn sie ins Krankenhaus kommen, und sie fragen während der Voruntersuchung danach. Nicholas tut so, als würde er die Bilder von sich wegwerfen, doch in Wahrheit sammelt er sie in der untersten, abgeschlossenen Schublade seines Schreibtischs.

613

Wenn er eine freie Minute hat, holt er sie zum Vorschein und schaut sie sich an. Weil er Paige kennt, weiß er, wonach er suchen muss. Und tatsächlich ist da in jedem einzelnen Bild von ihm noch etwas anderes – selbst in diesem lächerlichen, auf dem er in einem Bowling-Shirt singt. Oder genauer gesagt ist da noch *jemand*. Im Hintergrund jedes einzelnen Bilds verbirgt sich ein kaum sichtbares Porträt von Paige selbst. Nicholas findet ihr Gesicht immer wieder, und jedes Mal weint sie.

Und inzwischen hängen die Bilder überall in der Eingangshalle des Mass General. Der gesamte Stab behandelt Paige wie eine Art Picasso. Fans strömen zu Nicholas' Bürotür, um die neuesten Werke zu bestaunen, und er muss sich tatsächlich einen Weg zwischen ihnen hindurchbahnen, wenn er in sein eigenes Büro will. Sogar der Verwaltungschef – der gottverdammte Verwaltungschef! – ist im Flur mit Nicholas zusammengestoßen und hat ihm zu Paiges Talent gratuliert.

Nicholas weiß nicht, wie es ihr gelungen ist, in nur wenigen Tagen so viele Menschen auf ihre Seite zu ziehen. In jedem Fall ist *das* Paiges wahres Talent: Diplomatie. Wo auch immer er hingeht, erwähnt jemand ihren Namen, oder schlimmer noch, sie ist selber da. Das erinnert ihn an die sogenannte ›Blockstrategie‹ von Werbeagenturen, die einen Spot auf mehreren Kanälen zugleich schalten, sodass man ihrem Produkt noch nicht einmal durch Umschalten entkommen kann. Er bekommt Paige einfach nicht aus dem Kopf.

Nicholas schaut sich die Porträts in seiner Schublade gerne an, kurz bevor er in den Operationssaal geht – was, Gott sei Dank, der einzige Ort ist, an den Paige nicht darf.

Dank der Bilder bekommt er einen klaren Kopf, und diese Art von Konzentration unmittelbar vor einer Operation ist gut. Er holt die neueste Zeichnung heraus. Darauf hat er die Hände halb gehoben, als würde er einen Zauber wirken. Jeder einzelne Strich ist tief ins Papier gedrückt, und seine Fingernägel sind stumpf und größer als im Leben. Diesmal verbirgt sich Paiges Gesicht im Schatten seines Daumens. Das Bild erinnert ihn an das Foto, das seine Mutter vor so vielen Jahren entwickelt hat, um ihre Ehe zu retten, das Foto, auf dem ihre Hände unter denen seines Vaters liegen. Paige hat das nicht wissen können, und das kommt Nicholas unheimlich vor.

Nicholas lässt das Porträt auf dem Schreibtisch liegen, ganz oben auf den Papieren, die er für Oakie Peterborough vorbereiten soll. Seit dem Tag, als er mit Oakie zu Mittag gegessen hat, hat er den Listen nichts mehr hinzugefügt. Das war vor einer Woche. Nicholas ermahnt sich immer wieder, dass er endlich einen Beratungstermin machen muss, doch dann vergisst er wieder, es seiner Sekretärin zu sagen, und er selbst ist schlicht zu beschäftigt dafür.

Bei der Operation heute Morgen handelt es sich um einen ganz normalen Bypass, den Nicholas auch mit verbundenen Augen legen könnte. Strammen Schrittes geht er in den Umkleideraum, obwohl er es nicht eilig hat, und zieht sich seine blaue OP-Kleidung an. Er nimmt sich die Papierschuhe und eine Papierkappe und bindet die Maske am Hals fest. Dann atmete er tief durch, geht in den Waschraum und denkt nur noch an das Reparieren von Herzen.

Es ist immer noch ein seltsames Gefühl, Chef der Kardiologie zu sein. Und als Nicholas den Operationssaal betritt, ist der Patient bereits vorbereitet, und die lockeren Gespräche zwischen Anästhesist, Assistenzärzten und Krankenschwestern verstummen. »Guten Morgen, Dr. Prescott«, sagt schließlich jemand, und Nicholas weiß dank der dämlichen Masken noch nicht einmal, wer das ist. Er wünschte, er wüsste, was zu tun ist, damit sich alle entspannen, doch dafür fehlt es ihm an Erfahrung. Als normaler Arzt hat er zu viel Zeit damit verbracht, sich nach oben zu kämpfen, als dass er darüber nachgedacht hätte, über wen er dabei geklettert war. Patienten sind eine Sache: Nicholas ist der festen Überzeugung, wenn jemand einem sein Leben anvertraut und 31 000 Dollar für fünf Stunden Arbeit bezahlt, dann hat er es auch verdient, dass man ihm zuhört und mit ihm lacht. Er hat sogar schon am Bett von Patienten gesessen und ihnen die Hand gehalten, während sie gebetet haben. Ärzte sind jedoch etwas vollkommen anderes. Sie sind so sehr damit beschäftigt, nach einem Brutus in ihren Reihen zu suchen, dass irgendwann jeder zu einer potenziellen Bedrohung wird. Das gilt besonders für einen Vorgesetzten wie Nicholas. Mit nur einem Eintrag in die Personalakte kann er eine Karriere beenden. Nicholas wünschte, er würde nur einmal lächelnde Augen über den blauen Masken sehen. Er wünschte, Marie, die kräftige, ernste OP-Schwester, würde mal ein Furzkissen unter den Patienten legen oder Plastikkotze auf das Instrumententablett. Auch ein Witz wäre sicher mal nett. Nicholas fragt sich, was wohl geschehen würde, wenn er in den Operationssaal kommen und sagen würde: »Kennen Sie schon den von dem Rabbi, dem Priester und dem Callgirl?«

Nicholas redet leise, während der Patient intubiert wird, und dann dirigiert er den Assistenzarzt, einen Mann seines

Alters, beim Entnehmen der Beinvene. Seine Hände bewegen sich wie von selbst, machen den Schnitt, öffnen den Brustkorb, durchtrennen Aorta und Vena cava für die Bypassmaschine und nähen und kauterisieren Blutgefäße, die versehentlich beschädigt worden sind.

Nachdem das Herz angehalten worden ist – ein Vorgang, der seine Magie für Nicholas nie verloren hat –, schaut Nicholas durch seine Vergrößerungsbrille und beginnt, die kranken Herzarterien herauszuschneiden. Dann näht er die Beinvene ein, um das Hindernis zu umgehen. Als plötzlich Blut auf Nicholas und seinen ersten Assistenten spritzt, knurrt er einen Fluch. Der Anästhesist hebt den Blick, denn er hat noch nie gesehen, wie Dr. Prescott – der berühmte Dr. Prescott – die Fassung verliert. Doch gleichzeitig fliegen Nicholas' Hände nur so dahin und klemmen das Gefäß ab, damit die anderen Ärzte es nähen können.

Als alles vorbei ist und Nicholas zurücktritt, damit sein Assistent die Wunde schließen kann, fühlt er sich nicht so, als seien schon fünf Stunden vergangen. Das tut er nie. Nicholas ist nicht religiös, aber er lehnt sich an die gefliese Wand und spricht ein stummes Dankgebet. Trotz der Tatsache, dass er weiß, was er kann, kann Nicholas nicht anders, als zu glauben, dass Kardiologie auch viel mit Glück zu tun hat und dass irgendjemand seine schützende Hand über ihn hält.

Und in diesem Augenblick sieht er den Engel. Auf der Galerie steht eine Frau, die ihre Hände ans Glas presst, ihre Wangen sind gerötet. Sie trägt etwas Weites, das ihr bis zu den Unterschenkeln reicht und das im fluoreszierenden Licht des Operationssaals förmlich glüht. Nicholas kann nicht anders. Er tritt einen Schritt vor und hebt die Hand ein winziges Stück, als könne er sie berühren. Er kann ihre Augen nicht sehen, aber irgendwie weiß er, dass sie nur eine Erscheinung ist. Der Engel gleitet davon und verschwindet im dunklen Hintergrund der Galerie. Nicholas weiß, auch wenn er sie vorher noch nie gesehen hat, dass sie immer über seine Operationen wachen wird. Er wünschte nur, er könnte ihr Gesicht sehen. Er wünscht sich das so sehr, wie er sich noch nie etwas in seinem Leben gewünscht hat.

*

Nach diesem spirituellen Erlebnis ist es eine große Enttäuschung für Nicholas, Paige während der Nachmittagsvisite in jedem Krankenzimmer vorzufinden. Heute hat sie ihr Haar zu einem Zopf geflochten, der ihr über die Schulter fällt und sich bewegt wie eine Peitsche, wenn sie Wasser nachfüllt oder Kissen aufschüttelt. Sie trägt kein Make-up – das tut sie ohnehin nur selten –, und sie sieht fast genauso alt aus wie die Teenager, die sonst diesen Job machen.

Nicholas klappt Mrs. McCrorys Krankenakte auf. Die Patientin ist Ende fünfzig, hat vor drei Tagen eine neue Herzklappe bekommen und kann bald nach Hause. Nicholas fährt mit dem Finger über die Daten, die die Assistenzärzte gesammelt haben. »Ich denke, wir können Sie so langsam mal hier rausjagen«, sagt er und grinst Mrs. McCrory an.

Mrs. McCrory strahlt und packt Paiges Hand, die ihr am nächsten ist. Erschrocken schnappt Paige nach Luft und hätte vor lauter Schreck fast eine Vase mit Petunien umgeworfen. »Immer mit der Ruhe«, sagt Nicholas trocken. »In meinem Terminkalender ist kein Platz mehr für einen unerwarteten Herzinfarkt.«

Paige dreht sich angesichts dieser unerwarteten Aufmerksamkeit um. Mrs. McCrory beäugt sie kritisch. »Er beißt nicht, Liebes«, sagt sie.

»Ich weiß«, murmelt Paige. »Er ist mein Mann.«

Mrs. McCrory klatscht aufgeregt in die Hände. Nicholas murmelt etwas Unverständliches vor sich hin. Es erstaunt ihn immer wieder, wie schnell Paige seine gute Laune ruinieren kann. »Hast du nicht irgendwo was anderes zu tun?«, fragt er.

»Nein«, antwortet Paige. »Ich soll da hingehen, wo du auch hingehst. Das ist mein Job.«

Nicholas wirft die Krankenakten auf Mrs. McCrorys Bett. »Das ist *nicht* der Job von ehrenamtlichen Mitarbeitern. Ich bin schon lange genug hier, um zu wissen, was ihr macht, Paige. Ambulanz, Patiententransport, Anmeldung. Ehrenamtliche werden *nie* einem Arzt zugeteilt.«

Paige zuckt mit den Schultern, doch es sieht mehr wie ein Zittern aus. »Sie haben eine Ausnahme für mich gemacht.«

Nicholas hat Mrs. McCrory völlig vergessen. »Bitte, entschuldigen Sie uns«, sagt er, packt Paige am Oberarm und zerrt sie aus dem Raum.

»Oh, bleiben Sie doch!«, ruft Mrs. McCrory ihnen hinterher. »Sie sind besser als Burns und Allen.«

Im Flur lehnt Nicholas sich an die Wand und lässt Paige los. Er wollte sie anbrüllen und sich beschweren, doch plötzlich weiß er nicht mehr, was er sagen wollte. Er fragt sich, ob inzwischen schon das ganze Krankenhaus über ihn lacht. »Gott sei Dank lassen sie dich wenigstens nicht in den OP«, sagt er.

»Doch, das tun sie. Ich habe dich heute beobachtet.«
Sanft berührt Paige ihn am Ärmel. »Dr. Saget hat das für
mich arrangiert. Ich war auf der Galerie. Oh, Nicholas, es ist
einfach unglaublich, was du kannst.«

Nicholas weiß nicht, was ihn wütender macht: die Tatsache, dass Saget Paige hat zuschauen lassen, ohne ihn vorher
um seine Zustimmung zu bitten, oder dass sein Engel in
Wirklichkeit seine Frau war. »Das ist mein Job«, schnappt
er. »Das mache ich jeden Tag.« Er schaut Paige an, und da ist
wieder dieser Ausdruck in ihren Augen: der Ausdruck, der
vermutlich schuld daran ist, dass er sich in sie verliebt hat.
Wie seine Patienten, so betrachtet auch Paige ihn als etwas
Makelloses. Aber er hat das Gefühl, im Gegensatz zu den
Patienten wäre Paige genauso beeindruckt gewesen, wenn
sie ihn beim Putzen der Krankenhausflure beobachtet hätte.

Der Gedanke schnürt ihm die Kehle zu. Nicholas zieht
seinen Kragen hoch und denkt darüber nach, in sein Büro
zu gehen und endlich Oakie Peterborough anzurufen, damit
die Sache ein für allemal erledigt wird. »Nun«, sagt Paige
leise, »ich wünschte, *ich* wäre auch so gut darin, alles zu reparieren.«

Nicholas dreht sich um und geht den Flur hinunter und
zum nächsten Patienten, einer Transplantation von letzter
Woche. Er ist schon halb im Zimmer, als er noch einmal zurückschaut und Paige hinter sich sieht. »*Ich* werde das verdammte Wasser nachfüllen«, sagt er. »Sieh einfach zu, dass
du von hier verschwindest.«

Paige hält sich mit beiden Händen rechts und links am
Türrahmen fest, und ihr Haar löst sich aus dem Zopf. Die
Uniform, die ihr zwei Nummern zu groß ist, bläht sich an

der Hüfte und reicht ihr bis zu den Schienbeinen. »Eines wollte ich dich noch wissen lassen«, sagt sie. »Ich glaube, Max wird krank.«

Nicholas lacht, doch es ist mehr ein verächtliches Schnaufen. »Aber sicher doch«, erwidert er. »Du bist ja eine Expertin darin.«

Paige senkt die Stimme und schaut den Gang hinunter, um sicherzugehen, dass niemand in der Nähe ist. »Er hat Verstopfung«, sagt sie, »und er hat sich heute schon zweimal erbrochen.«

Nicholas grinst. »Hast du ihm Sahnespinat gegeben?« Paige nickt. »Dagegen ist er allergisch.«

»Aber da sind keine Pusteln«, sagt Paige, »und außerdem ist es mehr als das. Er ist ständig schlecht drauf. Nicholas, er ist einfach nicht er selbst.«

Nicholas schüttelt den Kopf und macht einen Schritt ins Krankenzimmer. Wenn er Paige so in der Türe stehen sieht, die Arme ausgestreckt wie eine Gekreuzigte, dann sieht sie wirklich wie ein Engel aus. »Er ist nicht er selbst«, wiederholt Nicholas. »Woher zum Teufel willst du das denn wissen?«

KAPITEL 40

PAIGE

Als Astrid Nicholas an diesem Abend Max gibt, stimmt noch immer etwas nicht. Er hat den ganzen Tag immer wieder geweint. »Ich würde mir keine allzu großen Sorgen machen«, sagt Astrid zu mir. »Er hat schon immer zu Verdauungsproblemen geneigt.« Aber es ist nicht das Weinen, was mir solche Sorgen macht. Es ist die Tatsache, dass er keinen Kampfgeist mehr in den Augen hat.

Ich stehe auf der Treppe, während Nicholas Max entgegennimmt. Dann greift er mit der freien Hand nach Wickel- und Spielzeugtasche. Er ignoriert mich völlig, bis er schließlich die Tür erreicht. »Du solltest dir einen guten Anwalt suchen«, sagt er. »Ich habe morgen einen Termin bei meinem.«

Meine Knie werden weich, und ich stolpere gegen das Treppengeländer. Ich habe das Gefühl, als hätte ich eine ganze Serie von Schlägen in die Magengrube bekommen. Es sind nicht die Worte, die mich so verletzen, es ist das Wissen darum, dass ich zu spät gekommen bin. Ich kann im Kreis laufen, bis ich umfalle, aber ich kann den Kurs meines Lebens nicht ändern.

Astrid ruft mir hinterher, als ich mich die Treppe hinauf – und in mein Zimmer schleppe, doch ich höre nicht zu. Ich denke darüber nach, meinen Vater anzurufen, doch der würde mir nur einen Vortrag über Gottes Willen halten,

622

und das wäre kein Trost. Denn was, wenn Gottes Wille mir nicht gefällt? Was, wenn ich das Ganze irgendwie aufhalten will?

Ich tue, was ich immer tue, wenn ich leide: Ich zeichne. Ich greife zu meinem Zeichenblock und zeichne ein Bild nach dem anderen auf demselben Blatt Papier, bis alles zu einem großen schwarzen Klecks verschwimmt. Dann blättere ich weiter und fange wieder von vorne an, und das mache ich immer weiter, bis die Wut nach und nach meinen Körper verlässt und über meine Fingerspitzen auf das Papier sickert. Als ich nicht länger das Gefühl habe, von innen heraus zerfressen zu werden, lege ich die Zeichenkohle beiseite und beschließe, noch einmal von vorne zu beginnen.

Diesmal zeichne ich mit Pastellkreide. Die benutze ich nur selten, denn ich bin Linkshänderin, und wenn ich mit der Handkante darüberschmiere, sieht das nach einer Weile so aus, als wäre ich voller blauer Flecken. Aber im Augenblick brauche ich einfach Farbe. Nach einer Weile erkenne ich, dass ich Cuchulainns Mutter zeichne, Dechtire, was mir nur natürlich erscheint, nachdem ich an meinen Vater und die Launen der Götter gedacht habe. Ihre lange, saphirblaue Robe weht um ihre Knöchel, und ihr Haar weht in hohem Bogen hinter ihr her. Ich zeichne sie mitten in der Luft, irgendwo zwischen Himmel und Erde. Einen Arm streckt sie nach einem Mann aus, dessen Silhouette sich vor dem Boden abzeichnet, und mit dem anderen greift sie nach oben, nach Lugh, dem mächtigen Sonnengott.

Ich lasse ihre Finger die ihres Mannes berühren, und die Berührung ist wie ein physischer Schlag. Dann verlängere ich ihren anderen Arm und sehe, wie ihr Leib sich auf der

Seite verdreht und streckt, während sie versucht, den Himmel zu erreichen. Ich muss all mein Können aufbieten, damit Dechtires Hand den Sonnengott berühren kann, und als es so weit ist, zeichne ich wie wild und lösche Dechtires Porzellangesicht, den Leib ihres Manns und Lughs bronzenen Arm einfach aus. Ich zeichne Flammen, die alle Charaktere bedecken und Funken über Himmel und Erde schleudern. Ich zeichne ein Feuer, das sich selbst nährt und alle Luft aufsaugt. Auch mir selbst verschlägt es den Atem, und ich sehe, dass sich mein Bild in ein Inferno verwandelt hat. Ich werfe die glühenden Pastellkreiden durch den Raum: Rot und Gelb, Orange und Sienna. Traurig betrachte ich das zerstörte Bild von Dechtire und staune, dass ich das Offensichtliche bisher nie bemerkt habe: Wenn man mit dem Feuer spielt, dann verbrennt man sich die Finger.

In dieser Nacht schlafe ich nur unruhig, und als ich wieder aufwache, regnet es in Strömen. Ich setze mich im Bett auf und versuche, mich daran zu erinnern, was mich geweckt hat. Mir wird übel, und ich weiß, was es ist. Es ist wie dieses Gefühl, das ich auch schon bei Jake gehabt habe, als wir noch so eng miteinander verbunden waren. Dieses Gefühl, das von mir Besitz ergriff, wenn er nachts nach Hause kam, wenn er an mich dachte und wenn er mich brauchte.

Ich springe aus dem Bett und ziehe Hemd und Hose von gestern an. Socken suche ich erst gar nicht, sondern ziehe die Sneaker über die nackten Füße. Dann binde ich mir rasch das Haar zu einem Pferdeschwanz, und schließlich schnappe ich mir die Jacke vom Türknauf und laufe nach unten.

Als ich die Tür öffne, steht Nicholas vor mir im Eisregen. Hinter ihm, im gelb beleuchteten Inneren seines Wagens, sehe ich Max. Max ist seltsam still, sein Mund vor Schmerz verzerrt. Nicholas schließt bereits die Tür hinter mir und zieht mich in den Sturm hinaus. »Er ist krank«, sagt er. »Gehen wir.«

KAPITEL 41

NICHOLAS

Er schaut zu, wie Hände, die er nicht kennt, den Körper seines Sohnes untersuchen. John Dorset, der diensthabende Kinderarzt, steht neben Max. Jedes Mal, wenn er mit den Fingern Max' Unterleib berührt, schreit das Baby vor Schmerz und rollt sich zu einem Ball zusammen. Das erinnert Nicholas an die Seeanemonen, mit denen er als Kind am Strand in der Karibik gespielt hat. Bei der kleinsten Berührung zogen sie sich um seinen Finger zusammen.

Max hatte gestern Nacht nicht einschlafen können, auch wenn das allein noch kein Grund zur Sorge war. Es war die Art, wie er alle halbe Stunde aufgewacht war und geschrien hatte, als würde man ihn foltern, und fette, klare Tränen waren ihm über das Gesicht gekullert. Und nichts hatte geholfen. Doch dann hatte Nicholas ihm die Windel gewechselt, und er wäre fast in Ohnmacht gefallen, als er das viele geronnene Blut gesehen hatte.

Paige zittert neben ihm. Sie hält seine Hand, seit man Max in die Notaufnahme gebracht hat. Nicholas spürt den Druck ihrer Fingernägel auf der Haut und ist dankbar dafür. Er braucht den Schmerz, um sich daran zu erinnern, dass das alles nicht nur ein Albtraum ist.

Max' Kinderarzt, Jack Rourke, schenkt Nicholas ein warmes Lächeln und betritt den Untersuchungsraum. Nicholas beobachtet, wie die beiden Ärzte über seinem strampelnden

626

Sohn die Köpfe zusammenstecken. Machtlos ballt er die Fäuste. Er will da rein. Er *sollte* da drin sein.

Schließlich kommt Jack wieder ins Wartezimmer zurück. Inzwischen ist es Morgen, und die Krankenschwestern der Tagschicht trudeln langsam ein und holen Bibo-Pflaster und Smiley-Sticker für ihre kleinen Patienten heraus. Nicholas war mit Jack in Harvard, doch nach dem Studium hatten sie kaum noch Kontakt, und plötzlich ärgert ihn das. Er hätte mit diesem Mann mindestens einmal die Woche zu Mittag essen sollen. Er hätte mit ihm über Max' Gesundheit reden sollen, bevor es überhaupt so weit kommen konnte. Er hätte es selbst diagnostizieren müssen.

Er hätte es diagnostizieren müssen. Das ist es, was Nicholas mehr stört als alles andere. Wie kann er sich einen Arzt schimpfen und dann noch nicht einmal etwas so Simples wie eine Verhärtung im Unterleib bemerken? Wie hat er nur die Symptome übersehen können?

»Nicholas«, sagt Jack und schaut zu, wie sein Kollege Max hinsetzt, »ich habe eine ziemlich genaue Vorstellung davon, was das sein könnte.«

Paige beugt sich vor und greift sich den Ärmel von Jacks weißem Kittel. Ihre Berührung ist leicht, fast substanzlos wie von einem Geist. »Ist Max in Ordnung?«, fragt sie und schluckt ihre Tränen herunter. »Wird er wieder gesund werden?«

Jack ignoriert ihre Fragen, und das macht Nicholas wütend. Mein Gott, Paige ist die Mutter des Babys, und sie hat furchtbare Angst. So behandelt man eine Mutter nicht. Er will gerade etwas dazu sagen, als John Dorset Max an ihnen vorbeiträgt. Max sieht Paige, streckt die Ärmchen aus und beginnt zu schreien.

Ein Geräusch kommt aus Paiges Kehle, eine Mischung aus einem Schrei und einem Heulen, aber sie nimmt das Baby nicht. »Wir werden jetzt ein Ultraschallbild machen«, sagt Jack zu Nicholas und *nur* zu Nicholas. »Und wenn ich die Schwellung dann verifizieren kann – ich glaube, sie ist schlauchförmig, direkt im Dünndarm –, werden wir einen Einlauf mit Barium machen. Das sollte die Invagination vermindern, doch das hängt von der Schwere der Schädigung ab.«

Paige reißt sich von der Tür los, hinter der Max und der Arzt verschwunden sind, und packt Jack Rourke am Revers. »Sagen Sie es *mir!*«, schreit sie. »Sagen Sie es mir in normalen Worten.«

Nicholas legt Paige den Arm um die Schulter und lässt sie ihr Gesicht an seiner Brust vergraben. Er flüstert ihr zu und sagt ihr, was sie wissen will. »Sie glauben, es handelt sich um eine Dünndarmeinstülpung«, sagt Nicholas. »Und wenn sie sich nicht darum kümmern, kann der Darm platzen ...«

»Und dann stirbt Max«, flüstert Paige.

»Nur, wenn sie es nicht wieder richten können«, sagt Nicholas, »aber das können sie. Das können sie immer.«

Paige schaut ihn an. Sie vertraut ihm. »Immer?«, wiederholt sie.

Nicholas weiß, dass es falsch ist, jemandem falsche Hoffnungen zu machen; dennoch setzt er sein bestes Lächeln auf. »Immer«, sagt er.

Er sitzt ihr gegenüber im Wartezimmer der Pädiatrie und schaut zu, wie zwei gesunde Kleinkinder sich um Spielsachen streiten und eine kleine blaue Plastikrutsche hinunterrutschen. Paige geht nach oben, um nach Max zu fragen, doch die Krankenschwestern haben noch keine neue Information. Zwei kennen noch nicht einmal Max' Namen. Als Jack Rourke Stunden später wieder zurückkommt, springt Nicholas auf. Er muss all seine Selbstbeherrschung aufbringen, um seinen Kollegen nicht einfach gegen die Wand zu werfen. »Wo ist mein Sohn?«, bringt er mühsam hervor.

Jack schaut von Nicholas zu Paige und wieder zurück. »Wir bereiten ihn gerade für eine Notoperation vor«, antwortet er.

*

Nicholas hat noch nie im Wartezimmer der Chirurgie des Mass General gesessen. Es ist schmuddelig und grau, und die roten Würfel, die als Sitze dienen, sind voller Kaffee- und Tränenflecken. Nicholas wäre lieber sonst wo, nur nicht hier.

Paige kaut am Rand eines Styroporkaffeebechers. Nicholas hat sie noch keinen Schluck trinken sehen, obwohl sie sich seit einer halben Stunde an den Becher klammert. Sie starrt unentwegt geradeaus auf die Tür, die zu den Operationssälen führt, als gebe es dort eine magische Anzeigetafel, die ihr alle Fragen beantworten könne.

Nicholas hatte im OP dabei sein wollen, doch das verstößt gegen die medizinische Ethik. Er ist zu sehr in den Fall involviert, und er konnte tatsächlich nicht vorhersagen, wie er reagieren würde. Er hätte alles dafür gegeben, wieder der distanzierte Chirurg zu sein, der er gestern noch war. Was hatte Paige noch mal nach der Bypassoperation gesagt? Er sei *unglaublich*. Gut im *Reparieren*. Und doch kann er nicht das Geringste tun, um seinem eigenen Sohn zu helfen.

629

Wenn Nicholas über einem Bypasspatienten steht, den er kaum kennt, dann fällt es ihm leicht, Leben und Tod nur in Schwarz und Weiß zu sehen. Wenn ein Patient auf dem Operationstisch stirbt, dann ist das dramatisch, aber er nimmt es nicht persönlich. Das wäre auch unmöglich. Ärzte lernen schon früh, dass der Tod ein Teil des Lebens ist. Aber Eltern sollten das niemals lernen müssen.

Wie stehen die Chancen, dass ein sechs Monate altes Kind eine Darmoperation überlebt? Nicholas zermartert sich das Hirn, aber er kennt die Statistiken einfach nicht. Und er kennt noch nicht einmal den Arzt, der da drinnen operiert. Er hat noch nie von dem verdammten Kerl gehört. Plötzlich kommt Nicholas der Gedanke, dass er und alle anderen Chirurgen eine Lüge leben: Ein Chirurg ist nicht Gott; er ist nicht allmächtig. Er kann kein Leben erschaffen; er kann es nur davon abhalten zu gehen. Und selbst das gelingt oft kaum.

Nicholas schaut zu Paige hinüber. *Sie hat getan, was ich niemals kann*, denkt er. *Sie hat Leben auf die Welt gebracht.*

Paige stellt den Styroporbecher ab und steht auf. »Ich werde mir noch etwas Kaffee holen«, verkündet sie. »Brauchst du irgendwas?«

Nicholas starrt sie an. »Du hast den anderen Kaffee doch gar nicht angerührt.«

Paige verschränkt die Arme vor der Brust, und ihre Fingernägel bohren sich in die Haut und hinterlassen rote Abdrücke, die sie jedoch nicht bemerkt. »Es ist kalt«, sagt sie, »viel zu kalt.«

Eine Gruppe Krankenschwestern kommt vorbei. Sie tragen einfache weiße Uniformen; doch Fellohren ragen aus ihrem Haar, und sie haben Schnurrhaare und Pelz im Gesicht. Dann bleiben sie stehen, um mit dem Teufel zu reden. Es ist irgendein Arzt, ein rotes Cape flattert um seine blaue OP-Kleidung. Er hat einen Gabelschwanz, einen schimmernden Ziegenbart und eine Chilischote an seinem Stethoskop. Paige schaut Nicholas an, und einen Augenblick lang herrscht in seinem Kopf einfach nur Leere. Dann fällt ihm wieder ein, dass heute Halloween ist. »Ein paar Leute verkleiden sich«, erklärt er. »Das heitert die Kinder in der Pädiatrie auf.« *Wie Max*, denkt er, spricht es aber nicht aus.

Paige versucht sich an einem Lächeln, doch es ist nur ein verzerrtes Grinsen. »Und?«, fragt sie. »Kaffee?« Aber sie rührt sich nicht. Dann, plötzlich, beginnt sie wie ein gesprengtes Gebäude in sich zusammenzufallen. Sie lässt den Kopf hängen, dann die Schultern, und schließlich schlägt sie die Hände vors Gesicht. Als dann ihre Knie nachgeben, ist Nicholas schon aufgesprungen und bereit, sie aufzufangen. Vorsichtig setzt er sie auf einen Stuhl. »Das ist alles meine Schuld«, sagt sie.

»Das ist nicht deine Schuld«, widerspricht Nicholas ihr. »Das hätte jedem Kind passieren können.«

Paige scheint ihn nicht gehört zu haben. »Das war die beste Art, die Schuld zu begleichen«, flüstert sie, »aber er hätte *mich* stattdessen treffen sollen.«

»Wer?«, fragt Nicholas irritiert. Vielleicht konnte er ja doch jemandem für all das hier die Schuld in die Schuhe schieben. »Von wem sprichst du?«

Paige schaut ihn an, als wäre er verrückt. »Von Gott«, antwortet sie.

Als Nicholas die Windel wechselte und das Blut sah, da hatte er nicht mehr nachgedacht. Er hatte Max in eine Decke gewickelt und war mit der Wickeltasche über der Schulter, aber ohne Portemonnaie einfach losgerannt. Doch er war nicht direkt zum Krankenhaus, sondern erst einmal zum Haus seiner Eltern gefahren. Instinktiv hatte er Paige abholen wollen. In diesem Moment war es egal, warum Paige ihn verlassen hatte oder warum sie wieder zurückgekommen war. In diesem Moment zählte nur, dass sie Max' Mutter ist. Das ist die Wahrheit, und das ist auch der Punkt, von dem aus sie wieder eine Verbindung zueinander aufbauen können.

Falls Max wieder in Ordnung kommen sollte, heißt das.

Nicholas schaut Paige an. Sie weint leise vor sich hin. Er weiß, dass viele Dinge vom Erfolg dieser Operation abhängen. »Hey«, sagt er. »Hey, Paige. Liebling. Lass mich dir einen Kaffee holen.«

Er geht den Flur hinunter, vorbei an Elfen und Kobolden, und er pfeift vor sich hin, um die ohrenbetäubende Stille auszusperren.

*

Sie hätten schon längst rauskommen müssen, um über die Fortschritte zu berichten. Inzwischen ist sogar schon die Sonne untergegangen. Nicholas bemerkt das jedoch erst, als er rausgeht, um sich die Beine zu vertreten. Auf der Straße hört er die Rufe der feiernden Menschen und das Knirschen, wenn jemand auf liegen gebliebene Süßigkeiten tritt. Dieses Krankenhaus ist eine künstliche, kleine Welt für sich.

Wenn man hineingeht, verliert man jegliches Gefühl für Zeit und Wirklichkeit.

Paige erscheint an der Tür. Sie winkt wild, als würde sie ertrinken. »Komm rein«, formt sie mit den Lippen hinter dem Glas.

Kaum ist Nicholas durch die Tür, da packt sie ihn am Arm. »Dr. Cahill sagt, es sei alles gut gelaufen«, berichtet sie und sucht in Nicholas' Gesicht nach einer Reaktion. »Das stimmt doch, oder? Er würde doch nichts vor mir verheimlichen.«

Nicholas kneift die Augen zusammen und fragt sich, wohin zum Teufel Cahill so schnell verschwunden ist. Dann sieht er ihn, wie er sich an der Schwesternstation ein paar Notizen macht. Nicholas läuft zu ihm und reißt den Chirurgen an der Schulter herum. Er sagt kein Wort.

»Ich denke, Max wird wieder in Ordnung kommen«, erklärt Cahill. »Wir haben zunächst versucht, das ohne größeren Eingriff zu regeln, doch dann mussten wir doch schneiden. Wie bei so einem kleinen Kind üblich, sind die nächsten vierundzwanzig Stunden kritisch. Trotzdem würde ich sagen, die Prognose ist exzellent.«

Nicholas nickt. »Ist er auf der Intensiv?«

»Für eine Weile. Später werden wir ihn dann auf die Pädiatrie verlegen.« Cahill zuckt mit den Schultern, als wäre das ein Fall wie jeder andere auch. »Sie sollten jetzt vielleicht erst einmal ein wenig schlafen, Dr. Prescott. Das Baby ist noch sediert. Er wird eine ganze Weile schlafen. Sie andererseits sehen wirklich mies aus.«

Nicholas fährt sich mit der Hand durchs Haar und reibt sich das unrasierte Kinn. Er fragt sich, wer für ihn wohl die

633

Operation heute Morgen abgesagt hat. Er selbst hatte das ganz vergessen. Nicholas ist so müde, dass er die Zeit nur noch verzerrt wahrnimmt. Cahill verschwindet, und plötzlich steht Paige wieder neben ihm. »Können wir jetzt gehen?«, fragt sie. »Ich will ihn sehen.«

Das reißt Nicholas wieder in die Gegenwart zurück. »Glaub mir, das willst du nicht«, erwidert er. Er hat schon Babys kurz nach einer Operation gesehen. Nähte bedecken ihren halben Leib, und ihre Augenlider sind blau und durchsichtig. Irgendwie sehen sie immer wie Opfer aus. »Warte noch eine Weile«, sagt er. »Wir gehen rauf, sobald er in die Pädiatrie verlegt worden ist.«

Paige reißt sich von Nicholas los und schaut ihn mit funkelnden Augen an. »Jetzt hör mir mal zu«, sagt sie mit harter Stimme. »Ich habe den ganzen Tag lang gezittert, ob mein Sohn leben oder sterben wird. Mir ist egal, ob er den ganzen Laden vollblutet. Bring mich zu ihm, Nicholas. Er muss wissen, dass ich hier bin.«

Nicholas öffnet den Mund, um ihr zu sagen, dass Max noch bewusstlos ist und deshalb nicht wissen kann, ob sie nun im Aufwachzimmer oder Gott weiß wo ist. Doch dann hält er inne. Er selbst hatte noch nie eine Narkose bekommen. Woher soll er also wissen, was jemand in der Narkose mitbekommt und was nicht? »Komm mit«, sagt er. »Für gewöhnlich würden sie dich nicht reinlassen; aber ich denke, ich kann ein paar Beziehungen spielen lassen.«

Auf dem Weg zum Aufwachzimmer der Intensivstation paradieren Kinder in Pyjamas durch den Gang. Sie tragen Pappmachémasken, die Füchse, Geishas und Batman darstellen. Sie werden von einer Krankenschwester angeführt, die Nicholas schon einmal gesehen hat. Er meint, dass sie einmal den Babysitter für Max gespielt hat. Sie singen ›Camptown Races‹, und als sie Paige und Nicholas sehen, lösen sie ihre Formation auf und springen um sie herum. »Süßes oder Saures«, trällern sie. »Süßes oder Saures. Gib mir was zu essen.«

Paige schaut Nicholas an, der nur den Kopf schüttelt. Sie steckt die Hände in die Hosentaschen und zieht sie heraus. Eine ungeschälte Paranuss, drei Nickel und eine kleine Rolle Verbandmull sind alles, was zum Vorschein kommt. Sie nimmt jeden einzelnen Gegenstand, als wäre er vergoldet, und drückt die Schätze den wartenden Kindern nacheinander in die Hand. Enttäuscht starren die Kinder sie an.

»Gehen wir«, sagt Nicholas und schiebt Paige zwischen den kostümierten Kindern hindurch. Er nimmt einen Umweg über den Versorgungsaufzug und geht direkt zur Schwesternstation. Sie ist unbesetzt, doch Nicholas geht einfach hinter den Tisch, als sei das sein gutes Recht, und blättert durch den Belegungsplan. Dann dreht er sich zu Paige um, um ihr zu sagen, wo Max liegt, doch sie ist bereits gegangen.

Nicholas findet sie im Aufwachzimmer, teilweise verdeckt von dünnen weißen Vorhängen. Sie ist wie versteinert, während sie auf Max in seinem Krankenhausbettchen starrt.

Nichts hätte Nicholas auf das hier vorbereiten können. Unter einem sterilen Plastikzelt liegt Max vollkommen still auf dem Rücken, die Arme über dem Kopf. Er hängt an einer Infusion, und ein dicker Verband bedeckt seinen ganzen Oberkörper bis hin zum Penis, der mit Mull umwickelt ist. Eine Windel trägt er nicht. Eine Maske auf Mund und

Nase versorgt ihn mit Sauerstoff. Seine Brust hebt und senkt sich kaum merklich, und sein Haar wirkt geradezu obszön schwarz vor dem Hintergrund seiner alabasterweißen Haut.

Hätte Nicholas es nicht besser gewusst, er hätte geglaubt, Max sei tot.

Nicholas hat vergessen, dass Paige auch hier ist, doch dann hört er ein ersticktes Geräusch neben sich. Die Tränen laufen Paige übers Gesicht, als sie um die Vorhänge herumgeht und die Hand auf das Gitter des Bettchens legt. Licht schimmert silbern auf ihrem Gesicht, und mit ihren blutunterlaufenen Augen und den eingefallenen Wangen sieht sie wie ein Geist aus, als sie sich zu Nicholas umdreht. »Du Lügner«, flüstert sie. »Das ist nicht mein Sohn.« Und sie läuft aus dem Raum und den Flur hinunter.

Kapitel 42

Paige

Sie haben ihn umgebracht. Er ist so still und blass und winzig, dass es keinen Zweifel gibt. Wieder einmal hat ein Baby nicht überlebt, und ich trage die Schuld.

Ich laufe aus dem Zimmer, in dem sie Max aufgebahrt haben, die Treppe hinunter und durch die nächstbeste Tür, die ich finden kann. Ich ersticke, und als die automatische Tür aufgleitet, sauge ich gierig die Nachtluft von Boston ein. Ich kann einfach nicht genug davon bekommen. Ich fliege die Cambridge Street hinunter, vorbei an Teenagern in neonbunten Lumpen und knutschenden Pärchen – Rhett und Scarlett, Cyrano und Roxanne, Romeo und Julia. Eine alte Frau mit pflaumenfarbener Haut hält mich mit ihrer faltigen Hand fest. »Spieglein, Spieglein an der Wand«, sagt sie. »Nimm das, Liebes.«

Die ganze Welt hat sich verändert, während ich im Krankenhaus war. Oder vielleicht bin ich gar nicht die, für die ich mich halte. Vielleicht ist das hier ja das Fegefeuer.

Die Nacht stürzt sich auf mich herab und packt mich an den Füßen. Wenn ich lache, weil meine Lungen zu platzen drohen, dann hallt mein Schreien in den dunklen Straßen wider. *Ja*, denke ich, *jetzt fahre ich in die Hölle.*

Irgendwo im Hinterkopf weiß ich, wo ich bin. Das ist das Geschäftsviertel von Boston, wo es an Werktagen von Schlips – trägern und Hotdog-Verkäufern nur so wimmelt, doch abends und nachts ist das Government Center nur eine graue Ödnis. Ich bin der einzige Mensch hier. Im Hintergrund höre ich Tauben flattern. Es klingt wie ein schlagendes Herz.

Ich bin mit einem Ziel hierhergekommen. Ich denke an Lazarus und Christus. Es ist einfach nicht richtig, dass Max für meine Sünden sterben soll. Mich hat nie jemand gefragt. Doch heute Nacht bin ich bereit, meine Seele für ein Wunder zu geben.

»Wo bist du?«, flüstere ich und ersticke an meinen eigenen Worten. Zum Schutz vor dem Wind, der über die Plaza fegt, schließe ich die Augen. »Warum kann ich dich nicht sehen?«

Ich drehe mich wie wild im Kreis. »Ich bin mit dir aufgewachsen«, schreie ich. »Ich habe an dich geglaubt. Ich habe dir vertraut. Aber du bist kein gnädiger Gott.« Wie zur Antwort pfeift der Wind an den schimmernden Fassaden der Geschäftshäuser entlang. »Als ich deine Kraft gebraucht habe, warst du nie da. Als ich um deine Hilfe gebetet habe, da hast du dich von mir abgewandt. Ich wollte dich doch nur verstehen«, rufe ich. »Ich wollte doch immer nur Antworten.«

Ich falle auf die Knie und spüre den unnachgiebigen Beton, feucht und kalt. Dann hebe ich mein Gesicht gen Himmel. »Was für eine Art Gott bist du eigentlich?«, sage ich und sinke auf dem Bürgersteig förmlich in mich zusammen. »Du hast mir meine Mutter genommen. Du hast mich gezwungen, mein erstes Baby aufzugeben. Und du hast mir mein zweites Kind gestohlen.« Ich reibe die Wange über den rauen Beton und spüre, wie er meine Haut aufschürft und

Blut fließt. »Ich habe keines von ihnen je wirklich gekannt«, flüstere ich. »Wie viel kann ein Mensch ertragen?«

Ich kann ihn fühlen, bevor ich den Kopf hebe. Er steht direkt hinter mir. Und als ich ihn sehe, eingerahmt vom heiligen Licht des Glaubens, da ergibt plötzlich alles einen Sinn. Er ruft mich beim Namen, und ich werfe mich in die Arme des Mannes, von dem ich schon immer gewusst habe, dass er mein Retter ist.

KAPITEL 43

NICHOLAS

»Paige«, sagt Nicholas, und sie dreht sich langsam um. Ihr Schatten nähert sich ihm zuerst. Dann tritt sie vor und fällt direkt gegen ihn. Einen Augenblick lang weiß Nicholas nicht, was er tun soll. Wie von selbst schließen sich seine Arme um sie. Er vergräbt sein Gesicht in ihrem Haar. Es duftet, ist warm und sträubt sich an den Rändern, als wäre es lebendig. Er ist erstaunt, dass sich das nach all der Zeit einfach nur richtig anfühlt.

Nicholas kann sie nur zum Gehen bewegen, indem er den Arm um ihre Schulter legt und sie mehr oder weniger vorwärtsschleppt. Paiges Augen sind geöffnet, sie scheint Nicholas anzuschauen, ohne ihn zu sehen. Ihre Lippen bewegen sich, und als sie sich eng genug an ihn lehnt, kann er ein Flüstern hören. Es hört sich an wie ein Gebet.

Auf den Straßen von Boston wimmelt es von Maskierten: Elvira und der Lone Ranger, PLO-Terroristen und Marie Antoinettes. Ein großer Mann, der wie eine Vogelscheuche verkleidet ist, hakt sich auf Paiges anderer Seite unter, stolpert und zieht Paige und Nicholas nach links. »Folge dem Gelben Weg«, singt er aus voller Brust, bis Nicholas ihn abschüttelt. Flackernde Laternen werfen Schatten, die in Gassen voller Herbstlaub kriechen. Nicholas kann schon den Winter riechen.

Als er die Parkgarage des Mass General erreicht, nimmt

er Paige auf die Arme und trägt sie zu seinem Wagen. Dort stellt er sie wieder auf die Füße, während er Max' Kindersitz beiseiteschiebt. Dann hilft er Paige auf den Rücksitz. Er legt sie auf die Seite und deckt sie mit seiner Jacke zu. Als er den Kragen unter ihr Kinn zieht, packt sie seine Hand und hält ihn mit der Kraft eines Schraubstocks fest. Sie starrt über seine Schulter und beginnt zu schreien.

Nicholas dreht sich um und sieht sich Auge in Auge dem Tod gegenüber. Neben der Tür steht eine unmöglich große Gestalt im fließenden schwarzen Gewand des Sensemanns. Die Augen sind in den Falten der Kapuze verborgen, und die Spitze einer Sense aus Alupapier berührt Nicholas an der Schulter. »Machen Sie, dass Sie hier wegkommen«, knurrt Nicholas und brüllt die Worte dann noch einmal. Er versetzt dem Gewand einen Stoß, das sich so substanzlos wie Tinte anfühlt. Paige hört auf zu schreien, setzt sich auf und versucht, wieder auszusteigen. Nicholas macht ihr die Tür vor der Nase zu und steigt dann selbst ein. Dann fährt er durch die überfüllten Straßen Bostons in die Zuflucht seines Heims.

»Paige«, sagt Nicholas. Sie antwortet nicht. Er schaut in den Rückspiegel und sieht, dass sie die Augen weit aufgerissen hat. »Paige«, sagt er erneut, diesmal lauter. »Max wird wieder gesund werden. Er wird wieder *gesund*.«

Er beobachtet ihre Augen, als er das sagt, und er glaubt, einen Funken des Erkennens zu sehen, aber das könnte auch das trübe Licht im Wagen gewesen sein. Er überlegt, welche Apotheken heute in Cambridge geöffnet haben und was er verschreiben könnte, um Paige aus diesem Zustand zu holen. Normalerweise würde er Valium vorschlagen, aber Paige ist jetzt ruhig. Zu ruhig eigentlich. Er will, dass sie wieder um sich schlägt und schreit. Er will eine Spur von Leben sehen.

Als Nicholas in die Einfahrt einbiegt, setzt Paige sich auf. Nicholas hilft ihr aus dem Wagen, steigt die Stufen zur Veranda hinauf und erwartet, dass sie ihm folgt. Doch als er den Schlüssel in die Haustür steckt, bemerkt er, dass Paige nicht neben ihm steht. Er sieht sie über den Rasen zu den blauen Hortensien wandern, zu der Stelle, wo sie geschlafen hat, als sie noch vor dem Haus campieren musste. Sie legt sich aufs Gras, und der Raureif schmilzt unter der Wärme ihrer Haut.

»Nein«, sagt Nicholas und tritt zu ihr. »Komm rein, Paige.« Er streckt die Hand aus. »Komm mit mir.«

Zunächst rührt sie sich nicht, doch dann bemerkt Nicholas, wie ihre Finger zucken. Da wird ihm klar, dass er ihr nicht nur entgegenkommen, sondern den ganzen Weg gehen muss. Nicholas kniet sich auf die kalte Erde und zieht Paige hoch. Als er sie zum Haus führt, schaut sie immer wieder zu den blauen Hortensien zurück. Die Stelle, wo sie gelegen hat, wirkt geradezu obszön grün vor dem Hintergrund des Raureifes, ganz so, als hätte sie an dieser Stelle einen künstlichen Frühling geschaffen.

Nicholas führt sie ins Haus und hinterlässt Dreckspuren auf dem hellen Teppich. Als er Paige den Mantel auszieht und ihr das Haar mit einem sauberen Geschirrtuch trocken reibt, schaut er auf die schmutzigen Fußabdrücke und kommt zu dem Schluss, dass ihm das gefällt. Die Abdrücke vermitteln ihm das Gefühl zu wissen, wo er gewesen ist. Er wirft Paiges Mantel auf den Boden und dann ihr nasses Hemd und ihre Jeans. Und er schaut zu, wie jedes einzelne Kleidungsstück wie ein glitzerndes Juwel auf den Teppich mit seiner kränklichen Farbe fällt.

Nicholas ist so fasziniert von den Farbklecksen, die plötzlich überall im Raum erscheinen, dass er Paige zunächst nicht bemerkt. Zitternd steht sie vor ihm. Sie trägt nur noch ihre Unterwäsche. Als Nicholas sich zu ihr umdreht, staunt er über den Farbkontrast: Paiges gebräunter Hals im Gegensatz zu ihrer milchig weißen Brust und dem dunklen Muttermal auf ihrem weißen Bauch. Falls Paige bemerken sollte, wie er sie anstarrt, so sagt sie zumindest nichts. Sie hält den Blick gesenkt und reibt sich die Arme. »Sag etwas«, fleht Nicholas sie an. »Irgendwas.«

Falls sie wirklich einen Schock erlitten haben sollte, dann darf sie auf gar keinen Fall halbnackt in einem kalten Raum stehen. Nicholas denkt darüber nach, sie in die alte Decke mit den aufgedruckten Eheringen zu wickeln, doch er hat keine Ahnung, wo sie ist. Also nimmt er Paige in die Arme, und die Kälte ihrer Haut lässt ihn schaudern.

Nicholas führt sie nach oben ins Bad. Er schließt die Tür und lässt so heißes Wasser in die Wanne, dass die Spiegel beschlagen. Als die Wanne halbvoll ist, öffnet Nicholas Paiges BH und zieht ihr den Slip aus. Er hilft ihr in die Wanne und sieht, wie ihre Zähne klappern und der Dampf aufsteigt. Er starrt durch das Wasser auf die Schwangerschaftsstreifen an ihrer Hüfte, die nur noch schwach sichtbar sind, als wäre die Geburt eine ferne Erinnerung.

Automatisch greift Nicholas nach dem mit Dinosauriern bedruckten Waschlappen, um Paige so einzuseifen, wie er es auch bei Max immer macht. Er beginnt mit ihren Füßen und lehnt sich dabei halb in die Wanne, um auch zwischen den Zehen sauberzumachen. Dann arbeitet er sich ihre Beine hinauf und schrubbt auch in den Kniekehlen und auf der Innenseite der Schenkel. Er rubbelt ihr die Arme, den Bauch und die Schulterblätter. Er nutzt den Auftrieb des Wassers, um sie hochzuheben, sodass er sie auch am Po und zwischen den Beinen waschen kann. Er wäscht ihren Busen und sieht, wie ihre Brustwarzen sich aufrichten. Dann greift er zu der Tupperdose, die er immer an der Badewanne stehen hat, und gießt Paige klares Wasser übers Haar.

Schließlich wringt Nicholas den Waschlappen aus und hängt ihn zum Trocknen auf. Es läuft noch immer Wasser in die Wanne, und der Pegel steigt. Als Paige sich bewegt, schwappt Wasser auf Nicholas' Hemd und Schoß. Sie streckt die Hand aus und macht ein krächzendes Geräusch. Sie greift nach Max' Gummiente. Ihre Finger schließen sich um den gelben Kopf und den orangefarbenen Schnabel. »O, Gott«, sagt sie und dreht sich zu Nicholas um. »O, mein Gott.«

Alles geschieht ganz schnell. Paige taumelt aus der Wanne, und Nicholas steht auf, um sie aufzufangen. Sie schlingt die Arme um seinen Hals, krallt sich in sein Hemd und zieht es ihm über den Kopf. Und die ganze Zeit über küsst sie ihm die Stirn, die Wangen und den Hals. Seine Fingerspitzen kreisen um ihre Brust, während sie versucht, ihm die Hose aufzumachen. Als sie beide nackt sind, liegt Nicholas auf den weißen Fliesen über Paige und streicht sanft über ihre Lippen. Zu seiner Überraschung packt sie sein Haar, küsst ihn gierig und lässt ihn nicht mehr gehen.

Es ist schon so lange her, seit Nicholas seine Frau zum letzten Mal neben sich gespürt und sie gehalten hat. Er erkennt jeden Duft und jede Textur ihres Körpers. Und er kennt die Stellen, wo ihre Haut sich berühren und schlüpfrig werden wird. In der Vergangenheit hat er meist nur an seine eigene Lust gedacht – an den Moment, wenn der Druck zu stark wird, wenn er weiß, dass er loslassen muss, und daran, wie ihm das Herz bis zum Hals schlägt, wenn er kommt – jetzt aber denkt er nur daran, Paige glücklich zu machen. Das ist das Mindeste, was er tun kann. Es ist so lange her.

Nicholas kann an Paiges Atmen ablesen, was sie fühlt. Er hält inne und flüstert an ihrem Hals: »Wird das wehtun?«

Sie schaut ihn an, und Nicholas versucht, ihren Gesichtsausdruck zu deuten, doch er sieht nur das Fehlen von Angst und Reue. »Ja«, sagt sie. »Mehr, als du denkst.«

Sie kommen zusammen mit der Gewalt des Sturms, beißen, kratzen und schluchzen. Sie sind so fest aneinandergepresst, dass sie sich kaum bewegen können, und sie schaukeln nur vor und zurück. Nicholas spürt Paiges Tränen auf der Schulter. Er hält sie fest, während sie zittert und sich sanft um ihn schließt, und er schreit auf, als er die Kontrolle verliert. Er liebt sie mit der Macht der Leidenschaft, als könne der Akt, durch den Leben entsteht, den Tod vertreiben.

*

Sie schlafen tief und fest auf dem Bett. Sie haben sich noch nicht einmal die Mühe gemacht, die Tagesdecke zu entfernen. Nicholas schlingt seinen Leib um Paige, als könne er sie so vor dem Morgen beschützen. Selbst im Schlaf greift er nach ihr, nimmt ihre Brust in die Hand und streicht ihr mit dem Arm über den Unterleib. Mitten in der Nacht wacht er auf und sieht, dass Paige ihn anstarrt. Und er wünscht, er könne in Worte fassen, was er ihr sagen will.

Stattdessen zieht er sie zu sich und beginnt erneut, sie zu berühren, diesmal viel langsamer. Irgendwo im Hinterkopf denkt er, dass er das nicht tun sollte, doch er kann nicht anders. Wenn er sie für eine Weile entführen kann; wenn sie *ihn* für eine Weile entführen kann ... Was soll das schon schaden? In seinem Beruf stehen die Chancen immer gegen ihn, doch er hat schon vor langer Zeit gelernt, dass man das Ergebnis nicht immer kontrollieren kann. Und er sagt sich selbst, dass das der Grund ist, warum er jetzt so angestrengt versucht, nicht wieder hineingezogen zu werden. Aber er kann kämpfen bis zum Umfallen, irgendwo in seinem Hinterkopf weiß er um die Grenzen seiner Macht.

Nicholas schließt die Augen, als Paige ihm über den Nacken leckt und ihm mit ihren kleinen Händen über die Brust streicht. Einen kurzen Augenblick lang erlaubt er sich die Vorstellung, dass sie genauso zu ihm gehört wie er zu ihr. Paige küsst ihn auf den Mundwinkel. Es geht nicht um Besitz oder Grenzen. Es geht darum, alles zu geben, bis man nichts mehr geben kann, und dann in den letzten Winkeln zu suchen, bis man doch noch etwas findet.

Nicholas wälzt sich herum, sodass er und Paige einander gegenüberliegen. Lange Zeit schauen sie sich einfach nur an, streichen über vertraute Haut und flüstern Dinge, die ohne Bedeutung sind. Noch zweimal in dieser Nacht kommen sie zusammen, und jedes Mal hakt Nicholas stumm etwas ab. Das erste Mal steht für die Vergebung. Das zweite Mal steht für das Vergessen. Und das dritte Mal steht für den Neuanfang.

KAPITEL 44

PAIGE

Ich wache in meinem eigenen Bett auf. Ich liege in Nicholas' Armen, und ich habe absolut keine Ahnung, wie ich dorthin gekommen bin. *Vielleicht*, denke ich bei mir, *war das alles ja nur ein böser Traum*. Und einen Augenblick lang bin ich fest davon überzeugt, wenn ich den Flur hinuntergehe, werde ich Max friedlich in seiner Wiege liegen sehen, doch dann erinnere ich mich an das Krankenhaus und an letzte Nacht, und ich drücke mir das Kissen auf den Kopf in der Hoffnung, das Tageslicht auszusperren.

Nicholas rührt sich neben mir. Die weißen Laken stehen in starkem Kontrast zu seinen schwarzen Haaren und lassen ihn unsterblich aussehen. Als er die Augen öffnet, erinnere ich mich flüchtig an die letzte Nacht, an Nicholas' Hände, die wie ein Waldbrand über meinen Körper fegten. Ich erschrecke mich und ziehe die Decke hoch, um mich zu bedecken. Nicholas dreht sich auf den Rücken und schließt die Augen.

»Das hätte vermutlich nie passieren dürfen«, flüstere ich.

»Vermutlich nicht«, erwidert Nicholas gereizt. Er reibt sich das Kinn. »Ich habe um fünf Uhr im Krankenhaus angerufen«, sagt er. »Max schläft noch immer tief und fest, und seine Werte sind gut. Die Prognose ist hervorragend. Er wird wieder ganz gesund werden.«

Er wird wieder ganz gesund werden. Mehr als alles andere

auf der Welt will ich Nicholas vertrauen, aber ich werde ihm nicht glauben, bevor ich Max nicht gesehen und in die Arme genommen habe und er nach mir ruft. »Können wir ihn heute sehen?«, frage ich.

Nicholas nickt. »Um zehn Uhr«, sagt er, steigt dann aus dem Bett und zieht sich seine Boxershorts an. »Möchtest du das Badezimmer hier benutzen?«, fragt er leise, und ohne auf eine Antwort zu warten, stapft er durch den Flur zum kleineren Badezimmer.

Ich starre mich selbst im Spiegel an. Ich bin schockiert von meinen eingefallenen Wangen und den roten Augen. Ich schaue mich nach meiner Zahnbürste um, aber natürlich ist die nicht hier. Nicholas hat sie mit Sicherheit schon vor Monaten weggeworfen. Also borge ich mir seine, aber ich kann mir kaum die Zähne putzen, denn meine Hände zittern. Die Zahnbürste fällt klappernd ins Waschbecken und hinterlässt einen blauen Zahnpastafleck. Und ich frage mich, wann ich selbst diese simpelsten Fähigkeiten eingebüßt habe.

Dann erinnere ich mich an die dumme Liste meines Könnens, die ich an dem Tage gemacht habe, als ich von zu Hause weggelaufen bin. Was hatte ich aufgeschrieben? Damals konnte ich eine Windel wechseln, Milchpulver abmessen und meinen Sohn in den Schlaf singen. Und was kann ich jetzt? Ich krame in den Schubladen unter dem Waschbecken und finde meine alte Schminktasche, die hinter Nicholas' Rasierapparat steckt. Ich hole einen blauen Eyeliner heraus und werfe die Kappe ins Klo. *Ich ...*, schreibe ich auf den Spiegel. *Ich kann traben, galoppieren und über Hindernisse springen.* Ich tippe mir mit dem Stift ans Kinn. *Ich kann mir selbst einreden, dass ich nicht meine Mutter bin.* Der Platz auf dem Spiegel wird knapp; also schreibe ich auf den weißen Wandschränken weiter. *Ich kann meinen Schmerz wegzeichnen. Ich kann meinen eigenen Mann verführen. Ich kann ...* Hier halte ich inne und denke bei mir, dass das nicht die Liste ist, die ich machen sollte. Ich nehme mir einen grünen Eyeliner und schreibe dort weiter, wo ich aufgehört habe, doch diesmal liste ich wütend die Dinge auf, die ich *nicht* kann: *Ich kann nicht vergessen. Ich kann nicht denselben Fehler zweimal machen. Ich kann so nicht leben. Ich kann nicht die Schuld für alles auf mich nehmen. Ich kann nicht aufgeben.*

Als ich sehe, wie meine Worte das sterile Badezimmer in Grün und Blau tauchen, fühle ich mich inspiriert. Ich schnappe mir die Flasche mit dem blassgrünen Limonenshampoo und schmiere damit die Fliesen ein, und ich male pinkfarbene Lippenstiftherzen und orangefarbene Bodylotionkringel auf den Wassertank der Toilette. Nicholas kommt herein, als ich gerade mit den blauen Zahnpastawellen und den springenden Aloe-Vera-Delfinen fertig bin. Ich zucke unwillkürlich zusammen und erwarte, dass er losbrüllt, doch er lächelt nur. »Ich nehme an, du brauchst das Shampoo nicht mehr«, sagt er.

Nicholas nimmt sich nicht die Zeit zu frühstücken, was mir nur recht ist, auch wenn wir erst acht Uhr haben. Auch wenn wir Max nicht sofort werden sehen können, werde ich mich einfach besser fühlen, wenn ich in der Nähe meines Kindes bin. Wir steigen in den Wagen, und ich bemerke, dass Max' Kindersitz beiseitegeschoben ist. Ich frage mich, wie das passiert ist. Ich warte darauf, dass Nicholas aus der Einfahrt fährt, doch er steht einfach nur da, den Fuß auf der

Bremse und die Hand am Schalthebel. Er schaut auf das Lenkrad, als hätte er so etwas Faszinierendes noch nie gesehen. »Paige«, sagt er. »Es tut mir leid, was letzte Nacht passiert ist.«

Ich schaudere unwillkürlich. Was habe ich auch erwartet?

»Ich wollte ... Ich wollte das nicht tun«, fährt Nicholas fort. »Es ist nur, du warst so schlecht dran, und ich dachte ... Himmel, ich weiß nicht, was ich gedacht habe.« Er schaut mich entschlossen an. »Es wird nie wieder vorkommen«, sagt er.

»Ja«, erwidere ich leise, »es wird nie wieder vorkommen.«

Ich lasse meinen Blick über das schmale Stück Straße schweifen, von dem ich einmal geglaubt habe, hier den Rest meines Lebens zu verbringen. Ich nehme nicht wirklich Objekte wie Bäume, Autos oder Foxterrier wahr. Stattdessen sehe ich Farben wie auf einem impressionistischen Gemälde. Grün und Limone, Violett und Pfirsichfarben. Und an den Rändern der Welt, wie ich sie kenne, verschwimmen die Farben miteinander. »Ich habe mich geirrt, was dich betrifft«, sagt Nicholas. »Was auch immer geschieht, Max gehört zu dir.«

Was auch immer geschieht. Ich drehe mich zu ihm um. »Und was ist mit dir?«, frage ich.

Nicholas schaut mich an. »Ich weiß es nicht«, sagt er. »Ich weiß es wirklich nicht.«

Ich nicke, als wäre das eine Antwort, die ich akzeptieren könnte, und schaue aus dem Fenster, während Nicholas rückwärts aus der Einfahrt fährt. Es verspricht, ein kalter Herbsttag zu werden, aber überall finden sich Erinnerungen an letzte Nacht: Eierschalen auf den Straßen, Rasierschaum an Häuserfenstern und Toilettenpapier in den Bäumen. Ich

651

frage mich, wie lange es wohl dauern wird, das alles sauberzumachen.

Im Krankenhaus fragt Nicholas nach Max, und man sagt
ihm, Max sei in die Pädiatrie verlegt worden. »Das ist schon
mal ein guter Anfang«, murmelt Nicholas, spricht aber nicht
wirklich mit mir. Er geht zu einer gelben Aufzugtür, und ich
folge ihm. Die Tür öffnet sich, und wir gehen hinein. Es
riecht nach Desinfektionsmittel und frischen Laken.

Ein Bild erscheint vor meinem geistigen Auge: Ich bin
mit Max, der inzwischen ungefähr drei Jahre alt ist, auf diesem Friedhof in Cambridge. Er tobt zwischen den Grabsteinen herum. Heute ist mein freier Tag am College, ich mache
endlich meinen Bachelor. Ich gehe aufs Simmons College,
nicht nach Harvard, und das ist auch egal. Ich setze mich
auf eine Bank, während Max fasziniert über die verwitterten
Steine streicht. »Max«, rufe ich, und er kommt zu mir und
hockt sich auf die Knie, sodass seine Hose voller Grasflecken
ist. Ich deute auf den Zeichenblock, auf dem ich gezeichnet
habe, und wir legen ihn auf die Grabplatte eines Soldaten
aus dem Unabhängigkeitskrieg. »Such du aus«, sage ich zu
Max. Ich biete ihm eine Reihe von Buntstiften an. Er entscheidet sich für Melone, Laubgrün und Violett. Ich nehme
Gelb-Orange und Maulbeerblau. Mit den Stiften malt er
das Bild eines Ponys aus, das ich für ihn gezeichnet habe. Es
ist ein Shetlandpony, auf dem er diesen Sommer bei meiner
Mutter reiten wird. Dann lege ich die Finger auf seine kleine
Hand und führe sie sanft an den Linien entlang, die ich für
ihn gezeichnet habe. Und ich spüre das Blut unter meiner
Haut rauschen.

Zischend öffnet sich die Aufzugtür, doch Nicholas bleibt

wie angewurzelt stehen. Ich warte darauf, dass er die Führung übernimmt, doch nichts geschieht. Ich drehe den Kopf, um ihn anzuschauen. So ist er nie. Der sonst so coole und unerschütterliche Nicholas hat Angst vor dem, was kommt. Zwei Krankenschwestern gehen an uns vorbei. Sie schauen in den Aufzug und flüstern miteinander. Ich kann mir vorstellen, was sie über Nicholas und mich sagen, und es kümmert mich nicht im Mindesten. Und wieder ein Punkt auf der Liste meiner Fähigkeiten: *Ich komme auch allein in einer Welt zurecht, die um mich herum auseinanderfällt.* Ich komme sogar so gut darin zurecht, erkenne ich, dass ich einen anderen stützen kann. »Nicholas?«, flüstere ich, und ich sehe an dem Flackern in seinen Augen, dass er ganz vergessen hat, dass ich da bin. Trotzdem ist er erleichtert, mich zu sehen. »Alles wird gut«, sage ich zu ihm, und ich lächele, und es kommt mir vor, als sei es Monate her, dass ich zuletzt gelächelt habe.

Das Maul des Aufzugs will sich wieder schließen, doch ich halte es auf. »Von hier an wird es immer leichter werden«, sage ich voll Selbstvertrauen, und ich drücke Nicholas die Hand. Und er erwidert meinen Druck. Gemeinsam verlassen wir den Aufzug und machen die ersten Schritte den Flur hinunter. An Max' Tür bleiben wir stehen und sehen ihn ruhig atmen. Nicholas und ich stehen schweigend auf der Schwelle. Wir haben alle Zeit der Welt, um darauf zu warten, dass unser Sohn wieder gesund wird.

DANKSAGUNG

Ich bin all den Profis dankbar, die mir bereitwillig ihre Zeit und ihr Wissen zur Verfügung gestellt haben: Dr. James Umlas, Dr. Richard Stone, Andrea Greene, Frank Perla, Eddie LaPlume, Troy Dunn, Jack Gaylord und Eliza Saunders. Für ihre Hilfe beim Überprüfen der Fakten, beim Babysitten und beim Brainstorming danke ich auch Christopher van Leer, Rebecca Piland, Kathleen Desmond, Jane Picoult, Jonathan Picoult und Timothy van Leer. Mein besonderer Dank gilt Mary Morris und Laura Gross, und stehende Ovationen gibt es für Caroline White – die eine ebenso wunderbare Lektorin wie Freundin ist.